中华译学倡立倡字与

以中华为根 译与学并重
弘扬优秀文化 促进中外交流
拓展精神疆域 驱动思想创新

丁酉年冬月 许钧撰 罗卫东书

中华译学馆·中华翻译研究文库

许 钧◎总主编

中国文学译介与传播研究

（卷二）

许 钧 李国平◎主编

浙江大学出版社

总　序

改革开放前后的一个时期,中国译界学人对翻译的思考大多基于对中国历史上出现的数次翻译高潮的考量与探讨。简言之,主要是对佛学译介、西学东渐与文学译介的主体、活动及结果的探索。

20 世纪 80 年代兴起的文化转向,让我们不断拓展视野,对影响译介活动的诸要素及翻译之为有了更加深入的认识。考察一国以往翻译之活动,必与该国的文化语境、民族兴亡和社会发展等诸维度相联系。三十多年来,国内译学界对清末民初的西学东渐与"五四"前后的文学译介的研究已取得相当丰硕的成果。但进入 21 世纪以来,随着中国国力的增强,中国的影响力不断扩大,中西古今关系发生了变化,其态势从总体上看,可以说与"五四"前后的情形完全相反:中西古今关系之变化在一定意义上,可以说是根本性的变化。在民族复兴的语境中,新世纪的中西关系,出现了以"中国文化走向世界"诉求中的文化自觉与文化输出为特征的新态势;而古今之变,则在民族复兴的语境中对中华民族的五千年文化传统与精华有了新的认识,完全不同于"五四"前后与"旧世界"和文化传统的彻底决裂与革命。于是,就我们译学界而言,对翻译的思考语境发生了根本性的变化,我们对翻译思考的路径和维度也不可能不发生变化。

变化之一,涉及中西,便是由西学东渐转向中国文化"走出去",呈东学西传之趋势。变化之二,涉及古今,便是从与"旧世界"的根本决裂转向对中国传统文化、中华民族价值观的重新认识与发扬。这两个根本性的转变给译学界提出了新的大问题:翻译在此转变中应承担怎样的责任? 翻译在此转变中如何定位? 翻译研究者应持有怎样的翻译观念? 以研究"外译中"翻译历史与活动为基础的中国译学研究是否要与时俱进,把目光投向"中译外"的活动? 中国文化"走出去",中国要向世界展示的是什么样的"中国文化"? 当中国一改"五四"前后的"革命"与"决裂"态势,将中国传统文化推向世界,在世界各地创建孔子学院、推广中国文化之时,"翻译什么"与"如何翻译"这双重之问也是我们译学界必须思考与回答的。

综观中华文化发展史,翻译发挥了不可忽视的作用,一如季羡林先生所言,"中华文化之所以能永葆青春","翻译之为用大矣哉"。翻译的社会价值、文化价值、语言价值、创造价值和历史价值在中国文化的形成与发展中表现尤为突出。从文化角度来考察翻译,我们可以看到,翻译活动在人类历史上一直存在,其形式与内涵在不断丰富,且与社会、经济、文化发展相联系,这种联系不是被动的联系,而是一种互动的关系、一种建构性的力量。因此,从这个意义上来说,翻译是推动世界文化发展的一种重大力量,我们应站在跨文化交流的高度对翻译活动进行思考,以维护文化多样性为目标来考察翻译活动的丰富性、复杂性与创造性。

基于这样的认识,也基于对翻译的重新定位和思考,浙江大学于 2018 年正式设立了"浙江大学中华译学馆",旨在"传承文化之脉,发挥翻译之用,促进中外交流,拓展思想疆域,驱动思想创新"。中华译学馆的任务主要体现在三个层面:在译的层面,推出包括文学、历史、哲学、社会科学的系列译丛,"译入"与"译出"互动,积极参与国家战略性的出版工程;在学的层面,就翻译活动所涉及的重大问题展开思考与探索,出版系列翻译研究丛书,举办翻译学术会议;在中外文化交流层面,举办具有社会影响力的翻译家论坛,思想家、作家与翻译家对话等,以翻译与文学为核心开展系列活动。正是在这样的发展思路下,我们与浙江大学出版社合作,集合全国译学界的力量,推出具有学术性与开拓性的"中华翻译研究文库"。

积累与创新是学问之道,也将是本文库坚持的发展路径。本文库为开放性文库,不拘形式,以思想性与学术性为其衡量标准。我们对专著和论文(集)的遴选原则主要有四:一是研究的独创性,要有新意和价值,对整体翻译研究或翻译研究的某个领域有深入的思考,有自己的学术洞见;二是研究的系统性,围绕某一研究话题或领域,有强烈的问题意识、合理的研究方法、有说服力的研究结论以及较大的后续研究空间;三是研究的社会性,鼓励密切关注社会现实的选题与研究,如中国文学与文化"走出去"研究、语言服务行业与译者的职业发展研究、中国典籍对外译介与影响研究、翻译教育改革研究等;

四是研究的(跨)学科性,鼓励深入系统地探索翻译学领域的任一分支领域,如元翻译理论研究、翻译史研究、翻译批评研究、翻译教学研究、翻译技术研究等,同时鼓励从跨学科视角探索翻译的规律与奥秘。

青年学者是学科发展的希望,我们特别欢迎青年翻译学者向本文库积极投稿,我们将及时遴选有价值的著作予以出版,集中展现青年学者的学术面貌。在青年学者和资深学者的共同支持下,我们有信心把"中华翻译研究文库"打造成翻译研究领域的精品丛书。

许　钧

2018 年春

目　录

第四编　中国文学在日本、韩国和泰国的译介与传播

第一编

中国文学在英语世界的译介与传播

民族文学的世界之路

——《马桥词典》的英译与接受

吴　赟

韩少功的小说《马桥词典》以马桥土语为标记,将其中的历史、地理、人物、民俗、物产等 115 个乡土符号进行词条格式的编目,一一解读、引申、阐发,构建了一个由马桥村落演绎而来的中国文化寓言。自 1996 年出版以来,《马桥词典》即成为讲述民族及时代集体记忆的代表作之一;值得关注的是,2003 年该书的英文版 *A Dictionary of Maqiao* 一经推出,便得到了英语世界的高度评价与赞赏。这样一部书写中国独特本土经验和社会现实的小说能够在殊异的文化语境中获得新生,让本土文化的价值立场融入世界文学的观念与标准之中,既归功于文学译介、传播过程中各个主体的运作,也和《马桥词典》作为民族书写本身所具有的超越历史情境、民族语境的文学观念、艺术风格、人文理想密切相关,同时也揭示了文学文本中的差异性和不可通约性并不会成为异域接受中不可跨越的障碍,相反会构成丰厚、鲜明、独特的文学印记,彰显民族文学文本自身的价值和力量。

一、以"创造性直译"为原则的英译本

2003 年,《马桥词典》的英译本 *A Dictionary of Maqiao* 由美国哥伦比亚大学出版社(Columbia University Press)推出后,就得到了英语世界的广泛热评,这与译者——英国汉学家蓝诗玲(Julia Lovell)——有着密不可分的联系。她对原文本的忠实阐释以及文本生命在新语境下的创造性延续与再生造就了一个成功的译本。该书扉页上援引了《泰晤士报文学副刊》(*Times Literary Supplement*)的评价:"《马桥词典》是一部杰出的、多层次的小说,聪明、富有同情、有趣……蓝诗玲的翻译是了不起的成就,精细地反映了这本复杂的书。"①《出版人周刊》(*Publishers Weekly*)认为:"蓝诗玲完美地翻译了这本小说,爱好文学的人绝不能错过它。"②

译入语读者对译作的认同接受程度决定了翻译成功与否,《马桥词典》的英译个案为中国当代文学走向世界提供了可资借鉴的翻译策略和操作路径。蓝诗玲曾总结自己在翻译过程中信守"忠实化再创造"(faithful recreation)的原则,即"忠实于原文,但在一些特别的地方,绝对的忠实会严重伤害英文的流畅度"③。换言之,她的翻译强调以原文为基点,追求最大化地传承和再现原文的意义与风格,同时努力调试译文,使之适应西方读者的认知能力、阅读习性和审美感受。

---

① Han, S. *A Dictionary of Maqiao*. Lovell, J. (trans.). New York: Columbia University Press, 2003.

② Han, S. *A Dictionary of Maqiao*. Lovell, J. (trans.). New York: Columbia University Press, 2003.

③ Abrahamsen, E. Interview: Julia Lovell. 参见: http://paper-republic.org/ericabrahamsen/interview-julia-lovell,检索日期:2010-01-10。

《马桥词典》不以典型人物的塑造为小说的根本,相反将语言作为全书的本体和主体,作者捕捉并编纂的词条汇聚了马桥当时当地的人情、社会、政治、经济等众生相。这些鲜活、独特的语言构成了浓重的马桥乡土社会,讲述了人类在震荡的历史变革中的思想、情感和民族文化心理,同时也成为翻译中是否能够再现原作风味的焦点和难点问题。其中人、事、物的专名与术语勾勒了马桥的地理环境和历史传统,如九袋(Nine Pockets)、津巴佬(Old Forder)、亏元(Kuiyuan)、马同意(Agreed-Ma)、马疤子(Bandit Ma)、红花爹爹(Red Flower Daddy)、打车子(Riding a Wheelbarrow)、枫鬼(Maple Demon)、满天红(Light the Sky Red)、莴玮(Lettuce Jade)、荆界瓜(Bramble Gourd)、朱牙土(Purple-Teeth Soil)、清明雨(Qingmin Rain),等等;指代马桥风俗习惯的民俗用语揭示了马桥的文化传统和民族渊源,如蛮子(Savages)、三月三(Third of the Third)、同锅(Same Pot)、撞红(Striking Red)、煞(Clout)、晕街(Streetsickness)、背钉(Nailed Backs)、走鬼亲(The Ghost Relatives)、嘴煞(Mouth-Ban)、结草箍(Knotted Grass Hoop)、磨咒(Curse-Grinding)、飘魂(Floating Soul)、放藤(Presenting the Vine)、隔锅兄弟(Separated-Pot Brothers),等等;反映马桥人思维方式的日常用语沉淀了马桥的价值观念,如乡气(Rough)、下(Low)、不和气(Rude)、龙(Dragon)、打起发(On the Take)、归元(Beginning(End))、问书(Asking Books)、呀哇嘴巴(Hey-Eh Mouth)、肯(Ken/Will)、话份(Speech Rights)、宝气(Precious)、贵生(Dear Life)、贱(Cheap),等等。蓝译本在处理这些词语时,循着忠实为先的原则,不删除、不改写,多用音译、直译,充分地体认和尊重这些词语所代表的精神气质和民族特征。

事实上,“忠实”并不仅仅意味着字词之间的全盘复制,一部译作成功与否取决于文本在全局视角的忠实度,这其中包括语调、语域、清晰度、吸引力、表达的优雅度等多个层面的审视。要实现这个意义上的忠实度,就不能止于不加修饰的简单移植,必须在忠实原意的前提下承担起对读者的责任,加入再创造的考量和策略,对译本的接受环境做出合理性和普遍性的考虑,避免译文因晦涩难懂而丧失可读性和审美性。在蓝译本中,带有"忠实化再创造"的巧译比比皆是,试举一例:

> 县城里的小贩有时为了招揽顾客,就特别强调地吆喝:"买呵买呵,荆界围子的荆界瓜呵……"有人把这种瓜写成"金界瓜",写在瓜果摊的招牌上。
>
> Sometimes, in an effort to drum up customers, the peddlers in the country capital would yell with particular vigor, "Get your Brambleland Embankment Brambleland Melons!"
>
> Some people wrote this as "Baubleland Melons" on the sign for their melon stalls. ①

从"荆界瓜"到谐音异义的飞白修辞"金界瓜",蓝诗玲的翻译处理是以直译而来的"Brambleland Melon"变字化入"Baubleland Melons",Brambleland 与 Baubleland 音似形似,而"bauble"一词带有"闪耀,美丽"的意思,和"金"意义也十分贴合。这样具有等值效果的创造性处理在译本中随处可见,流畅的译文既实现了高度的忠实,同时也使译语充满了文学所特有的生动、睿智的美感。

不过,单纯依靠字词层面的创造性直译并不能完成有效翻译的艰巨使命。中国在特定时代中的民俗、人情与社会构成了英语

---

① Han, S. *A Dictionary of Maqiao*. Lovell, J. (trans.). New York: Columbia University Press, 2003.

世界对文本理解的困难,语言与文化的陌生化和障碍性给英语读者带来了巨大的阅读困惑。为了让外国读者群更好地接受这些陌生的文化意象,蓝译本的"创造性直译"同样也体现在对语言信息的适当增补解释和说明上,将确实必要的信息巧妙地融入正文文本中。值得注意的是,她并没有在译本中诉诸解释性的脚注,因为"那会使小说读起来带着社会政治的道德意味,而不是一部文学作品"。相反,在正文中补充原著文本中隐含的文化内涵,使得读者无须中断阅读,翻到页面底部的脚注来寻求解释。在蓝诗玲看来,"对大多数非中文读者而言,将真正必要的信息融入正文更能再创造出近似母语读者阅读原作的感受"①。这样的处理方法使遥远而又别具异域特色的异质他者融入英语的言说方式之中,让原著对特定时代中国乡村的描写、对个体和社会面貌的展现都较为忠实地呈现在译者的笔下,再现了极具地域文化性的中国文化风貌。

除了正文内部的增补之外,正文之前的"译者前言""翻译说明""音译汉语的发音指南",以及正文之后的"词汇"和"主要人物指南"都对译本进行了必要的补充和说明。这些对于接受环境的考虑使得译文避免因晦涩难懂而丧失可读性。《纽约时报》的评论文章认为:"在这本主题为理解失落的书中,译者蓝诗玲面临一个特别重要的任务;她的前言、发音指南和其他辅助手段增加了这本小说在英文中的力量。……翻开书本就进入了一个满是土匪和鬼魂的世界,在那里'不和气'是'漂亮','同性恋'是'红花爹爹',人们不是'死',而是'散发'。意义的相互对照比比皆是,小说慢慢地浮现为一则恢宏的习语。这是对语言界限和词语中微历史的思

---

① Han, S. *A Dictionary of Maqiao*. Lovell, J. (trans.). New York: Columbia University Press, 2003.

考。"①很显然,这些翻译处理能够在一定层面上去除英语读者的阅读障碍,帮助他们更好地理解韩少功小说中的异国情调,从而领会并欣赏原著中奇特的中国世界。

另外,值得注意的是,中文所特有的文学修辞和文化内涵使得原文文本带有一些极致的语言特征,给翻译过程造成巨大的困难。《马桥词典》的英译也遭遇了这一困境。蓝诗玲在"翻译说明"部分特别解释:"小说原文中有五个词条在方言和普通话之间存在强烈的双关,如要翻译的话,就必须在英语中增加语言学方面的大量解释性词语,而这将分散读者在阅读过程中的注意力。因此在得到作者的允许之后,我决定在译本中略去以下词条:'罢园''怜相''流逝''破脑''现'以及最后一个词条'归元'的最后一段。"②

对原著的删减是十分危险的行为,中国当代文学的英译往往因此而遭到诟病。德国汉学家顾彬曾评价说,有些译者"只用了头脑中的几把'剪刀'就完成了他的'秘密使命',即民主、文学和美国伦理观"③。这种"暴力改写"会大大地淡化、消解和改造汉语的陌生感、民族性及其背后所蕴蓄的文化基因和审美方式。但是,从另外一个方面来看,译者总是要在原文的陌生化与译文的可读性这两难之间做出权衡和选择;从蓝诗玲的删减和她的说明可以看出,来自于原文的文化与语言差异有时会给译语系统带来巨大冲击,而过于激进的存异行为则会阻碍目的语读者的阅读和理解,不为他们所接受,这样也会违背译者对读者所负有的责任。毕竟要充分传达原文本异质他者的各个方面是不现实的,读者的感受和利

---

① Wolff, K. A Dictionary of Maqiao. *The New York Times*, 2003-08-31.

② Han, S. *A Dictionary of Maqiao*. Lovell, J. (trans.). New York: Columbia University Press, 2003.

③ 顾彬. 括号里的译者——对翻译工作的几点思考(在美国达拉斯翻译会议上的讲话). 苏伟,译. 参见:http://www.de-cn.net/mag/lit/zh4847519.htm,检索日期:2009.

益、目的语文化的规范和他者性一样是翻译伦理中必须实现的元素。在这种情况下,适度的变通和节制必不可少,否则通过翻译所移植的形象和概念就会沦为一纸空谈,甚至产生负面影响,使目的语系统变得混乱无序。另外,蓝诗玲与韩少功在翻译过程中的交流证明了删减词条得到了作者方的认可,这为消减差异的译法找到了合法的依据,同时也证明译者与作者之间存在着相互尊重与良好互动,这也在一定程度上保证了翻译能在可读性和陌生化之间获取平衡,让作者与读者彼此的写作观和阅读观在相异文化的碰撞中较为和谐地共处,从而创建了一个较为优秀的译本,帮助这部小说更好地走入英语视阈。

二、一部融合民族性和世界性的佳作

2012 年底,《华尔街日报》(*The Wall Street Journal*)向英语读者介绍了五本不该错过的中国书籍,其中一本就是《马桥词典》①。推荐词这样写道:"与众多陈腐的中国当代文学作品不同,《马桥词典》是一部清新之作。整部小说将史诗般的历史叙事融入一系列厚重的小故事中,结构紧凑,语言精警。"文中尤其着重指出:"词典的叙事文体使这本书别具魅力。虽然很多中国小说都自诩继承了魔幻现实主义的传统,但《马桥词典》才算做得到位:将熟知的世界描绘成一幅异乡的模样,通过对每个词条进行耐心、细化的定义来深化语义的神秘意蕴,以这样的方式引领读者在字里行间探索领悟。"②

---

① 这五本书分别为莫言的《天堂蒜薹之歌》、阎连科的《丁庄梦》、韩少功的《马桥词典》、余华的《活着》、北岛的 *Endure*。

② Morse,C. Found in translation:Five Chinese books you should read. *The Wall Street Journal*,2012-10-15.

《马桥词典》的叙事方式以及对于魔幻现实主义的继承和发展成了外媒关注的焦点。同样,在英语世界的多个专业书评中,这两点也被反复提及,如《出版人周刊》(*Publisher Weekly*)认为:"对于韩的魔幻小说来说,马桥,这个……不起眼的虚构乡村,就好比马孔多对于《百年孤独》的意义——在这里,各种残忍的故事和当代历史的演进在大众观念的'化石层序'中变了形。韩把词典的规则套用进小说的规则里,在马桥版对词语的特殊定义中,韩讲述了乡村土匪、疯道士等各色人物的一个又一个小故事。"①

正如这些外媒书评中提到的,以《百年孤独》为代表的拉美魔幻现实主义文学对韩少功创作《马桥词典》带来十分重要的影响。1982 年,马尔克斯获得诺贝尔文学奖让中国作家看到中国文学走向世界的契机。魔幻现实主义借用超现实主义等西方现代派技巧,用拉美特有的文学形式来反映拉美文化与生活,这一糅合传统文化、现实生活以及西方表现手法的文学模式给中国的许多作家开启了文学创作的新思路。《马桥词典》在叙事技巧和借文本反思历史文化方面都对魔幻现实主义有所借鉴。

《马桥词典》最迥异于其他长篇小说的地方就在于它的叙事方式,小说并没有围绕某一个核心人物或某一个核心故事来展开艺术构思,而是作者韩少功通过当年插队知青和词典编写者的视角,把马桥的民俗、人物、故事等符号编撰成一本乡土词典,根据词条的排列和索引,再一一编排和阐释成一个个文学故事。在这种非个性化的叙事方式下,传统的人物情节被消解,事件的完整性、时间的连续性和情节的起承转合纷纷被打破,读者可以不再遵循传统长篇小说从头到尾的线性阅读方式,而是可以像翻阅词典一样,进行散点式的阅读。这样小说避免了单一的宏大或私人叙事的套

---

① A Dictionary of Maqiao. *Publisher Weekly*,2003-06-16.

路,避免了众多的人物纷繁出场带来的阅读压力,这也构成了这部小说在英语世界被成功接受的一大原因。

在借文本反思历史文化方面,《马桥词典》通过马桥这个乡村文化符号来体现对民族文化的思考。事实上,魔幻现实主义的艺术形式必须加载民族性的内涵,才能真正体现其艺术价值。如果只是在艺术技巧和创作思维层面停留在简单的模仿和因袭之上,作品很难真正取得立足之地。《马桥词典》虽然有着魔幻现实主义的筋脉,但血肉气韵却都是地道乡土的中国文化。这和韩少功大力推广的寻根文学宗旨一脉相承:"文学有根,文学之根应深植于民族传统文化的土壤里,根不深,则叶难茂。"在《马桥词典》的乡土词条背后,是传统中华民族的思想、情感以及文化心理;将马桥鲜明、深刻的民族性和地域性放大,就可以看到对于普遍人性的解读和揭示。应该说,整部小说充满了作家对自己民族文化的历史和现状的思考和参与,这是任何西方文学形态或者意象所无法取代的,这同时也是小说吸引西方目光的一大缘由。

在英译本的前言部分,蓝诗玲这样评价韩少功和这本小说:"《马桥词典》和韩少功一样,既是国际的,也是地域的、独特的。韩把自己置身于从儒家到弗洛伊德的多种文化影响之下,在语言的探索中,他毫无畏惧地游走在不同国家和不同时代之间,他认为建立普适性、规范化语言是不可能的,这样做会带来各种荒诞与悲剧。他的文学参照体系包括中国和西方历史与文化——道家、十字军东征、美国反共产主义思潮,现代主义艺术和文学——这样产生的小说既有迷人的中国色彩,艺术手法也能被西方接受。无论是传统文学还是魔幻现实主义,哲学思辨还是讲述故事,他都游刃有余。韩笔下的马桥居民就像任何读者期待的那样具有普适意义,而且立体鲜活。虽然韩少功的人物住在马桥,'这个小村庄,几乎在地图上找不到',但是我们要记住爱尔兰现代诗人派屈克·卡范纳的断言：'地域性文学具有世界意义；它处理人性的基本要素。'就像韩少功的词典所探索的，方言、生活和马桥人完全值得占据世界文学中的一席之地。"①

2011 年，《马桥词典》获得了纽曼华语文学奖(Newman Prize for Chinese Literature)。蓝诗玲的这一段话被引作该小说得奖的具体理据，这也说明了《马桥词典》把自身的民族性和世界性的人性视角融合在一起，实验性和先锋派的叙事风格和对中国文化、语言与社会的深刻洞察构成了一部为世界所认可的佳作。

三、有关中国文学走向世界的思考

中国当代文学如何走向世界是目前热议的话题。步入 21 世纪以来，"越来越多的中国当代小说被译介出去，书写了中国小说翻译的繁荣景象"②。在莫言获得诺贝尔文学奖之后，这一话题引发了更为广泛的关注与讨论。中国文学在世界总体文学的格局中应该占据什么样的位置？文学的民族属性与世界意识应该如何合作，完成文学自我更新、走向世界的历史过程？

我们不能忽视的是，中国文学的世界化除了涵盖文本、创作主体、译者等各方元素，还必须包括接受群体的反馈，即读者的审美趣味、价值取向和阅读效应，而这也是检验世界化进程的一个重要标准。从英语世界来看，像莫言、韩少功等被成功接受的中国作家仍屈指可数，英语读者对于中国文学作品的接受不力是普遍事实。撇开翻译问题不谈，仅从创作实践上来说，中国文学的海外接受曾

---

① Han, S. *A Dictionary of Maqiao*. Lovell, J. (trans.). New York: Columbia University Press, 2003.

② 吴赟. 《浮躁》英译之后的沉寂——贾平凹小说在英语世界的译介研究. 小说评论, 2013(3):72-78.

经遇到过何种障碍？英语世界的读者需要并且能够接受什么样的中国文学文本？

美国翻译家杜迈可(Michael S. Duke)认为，中国小说在世界接受不力的主要原因是"作家们太想对中国社会现实做出评价或影响，与此同时他们缺乏出色的艺术表现形式"①。而另一位翻译家詹纳尔(W. J. F. Jenner)对这一问题有过更为细致的论述，她认为，中国小说普遍"书中人物太多；性与暴力的描写十分隐晦，不够明晰；叙事者采用全知视角；强调复杂情节，而不是人物或环境；对社会的展示胜过对人物的挖掘；不敢挑战既定的价值观和世界观；篇幅太长；叙事技巧多借用中国古代白话小说或者已经过时的西方文学模式"②。文学批评家李欧梵早在 1985 年就批评过当时的中国现当代文学过分强调社会现实主义，缺乏文学想象，他呼吁中国作家寻求写作灵感时，可以求助于威廉·福克纳小说创作的神话范式、加西亚·马尔克斯等的魔幻现实主义作品、米兰·昆德拉的东欧政治超现实主义作品。③

这些批评和建议在一定程度上总结了近百年来中国文学创作在世界化道路上所遇到一些问题。从"五四"到新中国成立前的小说创作背负着"以天下为己任"的儒家思想，感时忧世、文以载道的文学使命感融合于这种文化传统中，成为一种挥之不去的社会教化和道德功用的情结，虽然作品大多闪耀着为中华民族命运忧虑的人性光辉，但总体来说话题过于偏狭，缺乏文学审美的独特性，

---

① Duke, M. S. The problematic nature of modern and contemporary Chinese fiction in English translation. In Goldblatt, H. (ed.). *Worlds Apart: Recent Chinese Writing and Its Audiences*. New York: M. E. Sharpe, 1990.

② Jenner, W. J. F. Insuperable barriers. In Goldblatt, H. (ed.). *Worlds Apart: Recent Chinese Writing and Its Audiences*. New York: M. E. Sharpe, 1990.

③ 李欧梵. 世界文学的两个见证：南美和东欧文学对中国现代文学的启示. 外国文学研究, 1985(4):42-49.

在艺术形式上充满了对 19 世纪和 20 世纪西方文学模式的简单模仿抑或改编。诚然,这些作品是中国 20 世纪文学面貌的重要构成力量,但是如果把这些作家的作品呈现给英语读者,他们很难找到高昂的阅读兴趣。正如詹纳尔所言:"为什么一个对 19 世纪二三十年代不感兴趣的人要去读曹禺、茅盾或巴金? 既然他们能读到伊夫林·沃的讽刺作品原著,为什么他们要费神去读钱锺书的《围城》?"①

相比于新中国成立前注重表达意义,较少关注艺术形式的中国文学创作,新中国成立后到新时期初的文学创作过分关注对政治意识形态的表达,话语言说方式太过高亢激昂,这种文学表达虽然能够振奋当时中国读者的情感与思绪,但是与英语世界习惯阅读的文学语言格格不入,再加上历史、政治的种种原因,中国文学充其量是被当作阅读中国的政治信息,甚至是枯燥的宣传资料,在英语世界几近无声,而同期的日本文学却已经收获了一大批英语读者。"2000 年英国一个主流文学评论期刊认为一部日本小说是'对人性不屈精神的赞美诗',而同时却将所有的中国小说随意地贴上了'社会主义现实主义'的标签。"②事实上,这一文学风格在80 年代就已经不能代表中国文学创作的主流了。

习惯性的偏见使得中国文学的世界之路更加艰难。不过在当前中外文学交流日益频繁的大语境中,中国文学越来越多地加入了与世界各国的对话之中,越来越多的中国作家开始具有世界意识、世界眼界以及世界性的知识体系。包括魔幻现实主义在内的多个文学流派给中国文学创作带来了全方位、多角度的冲击与影响,也让中国文学走向世界在历史的经验基础上有了新的认识和

① Jenner, W. J. F. Insuperable barriers. In Goldblatt H. (ed.). *Worlds Apart: Recent Chinese Writing and Its Audiences*. New York: M. E. Sharpe, 1990.

② Lovell, J. Great leap forward. *The Guardian*, 2005-06-11.

内涵:既不能故步自封,囿于民族文学的自我发展;也不能丧失自我,简单地借鉴与模仿西方文学。一方面,诉诸中国传统小说叙事技巧、人物设置纷繁迭出的文学作品会因为艺术风格与英语世界普遍的写作手法大相径庭而阻碍接受效果,经过译介之后,小说语言独特的地域风格和情绪色彩会加大英语读者的阅读难度,其表达和理解的力度和美感也会大大消减。另一方面,简单地照搬和因袭所谓的世界意识和文学思潮只能使作品沦为西方文学各种形式的翻版,一旦作品再译回英语,就会失去独特的生命力和表现力。如果中国文学作品不能给英语世界的读者提供新鲜的、迥异的,或者更好的作品,自然就无法得到异域读者的青睐和欣赏。而像《马桥词典》这样同时兼具民族特色和世界情怀的小说之所以能够得到认可,也就不难理解了。简言之,中国文学走向世界就应该兼具世界性和民族性,在独特性的基础上努力寻求人类共有的文学主题和艺术表现形式。

在汉学家杜迈可看来,英语世界的读者"希望一部优秀的小说在表现形式和内容意义上都充满艺术性,能清晰明了、生动简约,能让自己情感投入,思维活跃,他们习惯阅读并且期待阅读神秘、复杂、充满暗示、矛盾、讽刺和暧昧的作品。他们期待作家的表达恰如其分,达到艺术效果,最重要的是,他们期待读到想象丰富、思想深刻的作品。最后,他们期待小说能在想象探索的基础上,喻示个人对当代内心世界和外部世界的独立见解"①。从这一段话中可以看出,英语读者对于一部优秀文学作品的要求具有放之四海而皆准的普适性标准:需要优秀的表现手法、文学技巧,同时需要探索人性的基本诉求和理念。这为民族文学的接受提供了充分的

---

① Duke, M. S. The problematic nature of modern and contemporary Chinese fiction in English translation. In Goldblatt, H. (ed.). *Worlds Apart: Recent Chinese Writing and Its Audiences*. New York: M. E. Sharpe, 1990.

理据。无论怎样民族性的作品,在恰当的表现手法和艺术技巧的运用下,归根到底都直指人性,直指人类共有的希望、梦想、欲望、恐惧、悲伤和梦魇。这些主题能够跨越国界,让全世界的读者领会并欣赏原著中迷人的小说世界。诸如《马桥词典》这样的文学作品正是立足在本民族的土壤之上,吸收世界文学的表现手法和写作特质,从而构建起自己的民族文学特色。虽然这样的文学文本存在着鲜明、独特的地域与民族文化印记,但是这种差异性也恰恰是民族文学文本自身的价值和力量所在,并进而形成超越历史情境与地域的人文情怀与理想,为异域读者所认同和接受。这也使得民族属性与世界意识在文学主题和表现手法的结合成为中国文学走向世界的一剂良方。

四、结　语

《马桥词典》的英译本 *A Dictionary of Maqiao* 自 2003 年出版之后,在英语国家获得了热烈反响。这要归功于译者蓝诗玲对原文文本的翻译,将原作的写作特性和文化异质移植进英语文学和文化之中,以地道的现代英语彰显出《马桥词典》独特、乡土的本真面貌。同时,也要归功于韩少功在文学创作中将魔幻现实主义的艺术表现手法融入对中国乡村的叙事之中,民间方言词汇串联成词典词条,讲述并阐释了马桥的地方故事、文化心理乃至中国的民族精神。

《马桥词典》在英语世界的成功为中国民族文学的世界之路提供了镜鉴和启示。自"五四"以来,中国文学在世界格局中一直面目模糊,近于无形,这既与简单因袭西方过时的文学模式相关,也与中国文学自身发展中的政治意识形态等多种因素相关。进入新时期之后,随着中外文化交流与交融日益频繁,中国文学话语在世界的缺席状态渐渐得到弥合,《马桥词典》等优秀文学作品在世界文学中获取了认可和褒扬,这为中国文学走向世界提出了一条可供借鉴的道路:文学创作应该兼具世界意识和民族本质,将文学的世界元素内化为民族写作的创新动力,在中国文学独特性的基础上寻求人类共有的文学主题和艺术表现形式,从而表达出中国文学的真正声音。

本文是教育部新世纪优秀人才支持计划（编号 NCET-13-0904)和 2013 年国家社科基金一般项目"中国当代小说的英译研究"（编号 13BYY040)的阶段性成果。

（吴赟,同济大学外国语学院特聘教授;原载于《小说评论》2014 年第 2 期）

译出之路与文本魅力

——解读《解密》的英语传播

吴　赟

继莫言之后，麦家这个名字成为中国文学"走出去"的新热点。2014 年 3 月，小说《解密》的英文版 *Decoded* 由英国的"企鹅"与美国"FSG"(Farrar, Straus and Giroux,法劳·斯特劳斯·吉罗出版公司)两大出版集团联手推出，并在 21 个英语国家同步上市。包括《纽约时报》《纽约客》《经济学人》等数十家英美主流媒体均对麦家及其作品《解密》的文学成就和艺术特色详加剖析，不吝赞美。同时，这部作品已被纳入代表着荣誉与权威的"企鹅经典文库"，麦家也成为首个被该文库收录作品的中国当代作家。

一部中国小说要想在英语世界取得成功是异常艰难的。目前在西方已建立起文学名声的中国作家屈指可数，虽然莫言、余华、阎连科、苏童等人已拥有了相对稳定的读者群，但其他众多中国作家并没有在英美读者心中形成清晰的形象。《解密》在英国的出版商——企鹅出版公司执行总编亚历克斯·科什鲍姆(Alexis Kirschbaum)认为，"中国文化对大多数西方人而言仍然是十分陌生的概念。一位中国作家通常得拿到诺贝尔奖才能在西方被人认知"①。在这种背景下,麦家以及《解密》成功地走向世界即为解答"走出去"这一宏大的命题提供了宝贵的样本资源。译者米欧敏(Olivia Milburn)精到的翻译,以及文学经纪人、出版公司在内的传播环节是推动《解密》享誉海外的重要动因,而作品自身的文学特质和艺术魅力则构成了该作品成功"走出去"的核心元素。

一、译出之路:译者、文学经纪人与出版社的协作

一部优秀作品的译出是有机有序、环环相扣的生产链,需要从翻译到版权代理到出版营销等各个环节在整个文学场域中的精密配合和优质运作。透视《解密》的译出之路,分析其英译本出版的三大关键元素——米欧敏、谭光磊与企鹅出版社,我们不难发现正是出版社、经纪人与译者等多个参与者在译本选择、形成、传播与接受这几方面的有效协作帮助作者麦家走进了西方视野,建立了卓著的文学声名。

从原作到出版社推出译作的生产流程中,译者米欧敏扮演了一个至关重要的角色。虽然翻译是整个译介过程中独立于出版之外的一个环节,但是从欧美出版社的运作体系来看,翻译的确是促成出版的最为重要的因素。米欧敏是英国人,牛津大学古汉语博士,如今在韩国首尔国立大学教中文,精通中国文学与文化,且了解英语读者的阅读习惯和审美倾向。这使得译者在以英语为母语进行文学翻译的过程中,能采取有效的翻译策略,既忠实于原著,保留《解密》独特的文学个性和写作风格,又能跨越语言与文化层

---

① Russell, A. Chinese novelist Mai Jia goes global. *The Wall Street Journal*, 2014-04-03.

面的局限与障碍,使原著中的陌生元素适应西方读者的认知能力和审美习惯。值得一提的是,促使米欧敏进行翻译的原因中不乏因缘际会的巧合因素:其祖父在二战时期是密码破译员,因此在机场书店偶然看到《解密》和《暗算》这两本小说之后,米欧敏便想把中文里的密码破译世界展示给祖父看,由此开始翻译,推出了一本深富感染力的译作。译者除具备必要的语言与文学资本之外,也由于家学渊源而十分了解密码学,因而具备了翻译资本中所要求的专业领域知识。译者对这一原文本选择的偶然性事实上也正是一部优秀译作诞生的必然性所在:一位具有充分翻译资本和专业资本的优秀译者是保证翻译质量的不可或缺的重要元素。

译本产生之后,往往需要借力于一些社会资本才能走入文本的传播环节。米欧敏与著名汉学家、翻译家蓝诗玲(Julia Lovell)是大学同窗,在译稿完成之后,蓝诗玲将之举荐给企鹅集团,并大力褒扬,由此开始了《解密》在西方世界的辉煌。蓝诗玲自身在中国文学翻译领域的权威地位以及她与企鹅的良好关系进一步增强了《解密》英译本的翻译资本。

此外,麦家的文学经纪人谭光磊也是推动《解密》英译本进入英语文学场域的重要原因。在英美世界,出版经纪人制度已经十分成熟而健全,其主要的职责是发掘并包装作者、帮助作者寻找合适的出版社、签订出版协议、协助作品宣传,并负责作品的海外版权等业务。简而言之,出版经纪人就是作家与出版社之间的纽带和桥梁。事实上,海外的出版机构大多不会直接和作者联系,而是通过出版经纪人来进行洽谈,这在某种程度上给中国文学"走出去"的事业提出了一个十分重要的建设课题。目前,成功外译的中国小说大多都是依靠外国经纪人来运作的,我国能够从事这一行的人才寥寥无几,我国台湾地区的谭光磊是践行这一角色的佼佼者。他应该称得上是当今中国小说外译事业中最为成功的经纪人,凭借多年从事海外版权代理的经验,他已在作家和国内外出版社之间建立起了一个资源丰富、交流迅捷的信息平台。《解密》的英译本能够最终与企鹅和 FSG 签订出版协议,并进行环球宣传,谭光磊在其中功不可没。

译者、经纪人以及其他社会资本的多方合作使得《解密》英译本能够在翻译场域的博弈中占据优势,成功地与西方主流出版社签订出版协议。英国的企鹅出版社一向名列世界四大出版社之中,是世界最著名的英语图书出版商,2012 年与美国兰登书屋合并之后成为全世界最大的图书出版公司。美国的 FSG 出版公司一向守护文学传统,有"诺奖御用出版社"的美誉,是独立文学出版商中最负盛名的代表。一本中文小说的英译本进入出版环节之后,便从翻译场域进入了经济资本和权力主导的商业与文化场域。这些大型商业出版机构具有庞大的资金支持、丰富的营销手段和多样化的销售渠道。在看重作品本身文学价值之外,它们也同时十分重视作品的经济效益,努力提高作品的传播与接受效果,进而反过来增强它们在翻译场域和文学的地位、声誉与资本。也正因为此,由这些出版社推出的中国小说译本是目前为止真正在海外形成较大影响力、拥有较大数量读者群的译本。

明显不同于中国在图书面市之后开始营销与宣传的是,欧美出版公司对一本新书的宣传大多在面市之前的三个月就启动,出版社制作样书送给各大媒体,并邀请相关书评人撰写书评。诸如《纽约时报》《经济学人》等主流媒体的书评文字往往就是大众读者获取图书信息的主要途径。一本图书能否激发大众的阅读兴趣,相关书评的评价就显得十分重要。由于包括麦家在内的中国当代作家在世界文学场域中所拥有的文学与文化资本十分薄弱,其作品的书评推广就变得至为关键。企鹅和 FSG 这两家出版社对《解密》这本重点书的宣传从 2013 年 8 月就开始,长达足足八个月。

除了出版社自己刊文力推《解密》之外,他们还先后邀请了数十家西方主流媒体为该书撰写书评。企鹅和 FSG 长久以来在出版业举足轻重的地位使得它们能够邀请到一些权威的星级书评家。迄今为止,《纽约时报》《纽约客》《经济学人》《卫报》《每日电讯报》《芝加哥论坛报》《泰晤士报》《华尔街日报》《独立报》《观察家报》《星期日独立报》等西方重要媒体纷纷刊登长文,连篇累牍地对《解密》的英译本盛赞不已。除传统的书评宣传之外,两大出版社还不惜重金,派出由多位文字、摄像、摄影记者组成的制作团队前往杭州专访麦家,所制作的短片在 YouTube 上播映。2014 年 5 月起,出版社还邀请麦家到美国、英国、加拿大、澳大利亚等四个重要英语国家的 11 个城市进行环球宣传。自《解密》英译本推出以来,其在英美市场的销量一直位居中国小说榜首,创下中国图书作品海外销售的历史最好成绩,其文学资本在整个世界文学场域中的地位也得到了大大提升。这与两大出版社不遗余力的宣传与推广密不可分。

从《解密》的译出之路来看,译者、文学经纪人、出版社等多重参与者的有效协作大大增强了作品英译本在世界文学场域中的地位和声誉。而整个过程中,从译者发现原文本、寻找社会资本推荐译本、文学经纪人的运作乃至出版社经济资本的大力投入充满了不可复制的偶然性。将其对照中国当代文学对外译介的整体格局,不难发现当前文化输出过程中的中国话语薄弱和机制漏洞。如何找到适合的译者?如何让译本被西方主流出版社发现?如何在海外推广及宣传译作?任何一个环节的不足或缺失都可能导致作品外译以惨淡收场。尤其目前在中国,绝大多数的中国作家都不谙英语,大多没有处理海外版权的经验,往往坐等翻译家及出版社找上门来洽谈合作。而欧美出版社的编辑大多不懂中文,无法直接鉴别原作是否有出版价值。因此在中国作家与外国出版社之间存在着巨大的交流障碍和信息断裂。英国翻译家尼克·汉姆(Nicky Harman)曾经指出:"许多英国出版商都说他们希望作者富有魅力,善于交流,最好还能说英语。而只有少数几位作家能具有这些特点。很多写出鸿篇巨制的作家既不年轻,没什么魅力,也不会说英语。"[1]如何将译者、出版社、经纪人这几方面所拥有的文化资本、社会资本、经济资本充分协调、有效运作,正是中国文学外译过程中最为关键的问题之一。

二、文本魅力:实现对中国文学的期待与想象

企鹅集团和 FSG 出版社均在推出麦家时称他"可能是之前你从未听说过的世界上最受欢迎的作家"。这一措辞既涵盖了《解密》的大众读者接受度,同时也暗指了这部小说所具有的重塑外国读者对中国文学认知与形象的颠覆意义。如果没有翻译家米欧敏、经纪人谭光磊、两大西方主流出版机构多方的共同努力,那么西方读者也就无法在莫言、余华、苏童、阎连科等人之外发现一个迥然不同而又新意十足的中国作家。除去这些元素之外,一位之前在异域籍籍无名的中国作家能够走进西方主流文化,获得业界的高度认可和商业的巨大成功,归根到底是因为作品本身的文学特质和艺术特色。以《解密》为镜,我们可以一窥中国文学创作走向世界的基本要素,并从中获得丰富的启示意义。

西方主流期刊的书评文章往往是判断一部中国小说在英语世界接受程度的最直接佐证。英国《经济学人》的文章,标题即称《解密》为"一部每个人都应该读的中国小说",文章中说:"迄今为止,虽然已经有几千本中国小说被翻译,但是如果外国读者对中国没

---

① Harman, N. Bridging the cultural divide. *The Guardian*,2008-10-05.

有特别兴趣的话,这些小说几乎没有一本令人读得下去。但《解密》却打破了这个定式。它节奏很快,充满活力,故事新意十足,在众多中国小说中脱颖而出,从第一页开始就扣人心弦。"①《解密》之所以在西方大获成功,主要原因在于它既符合了英语读者群对一部优秀小说的阅读经验和认同,又在叙事内容和叙事手法上均推陈出新,在中国本土的深刻内涵中兼具有西方文学精神,实现甚至超越了英语世界对于中国文学、文化及现实的期待与想象。

1. 对传统类型叙事的颠覆与开拓

《解密》的类型叙事与西方读者的普遍流行阅读经验十分契合。以推理/悬疑为主题的文学书写历来是西方大众文学叙事中的强势类型,阿加莎·克里斯蒂、丹·布朗、约翰·勒卡雷等广受欢迎的西方作家均属此类。二战之后,这一大众文学类别已经越来越多地进入纯文学场域,演绎重点从理性地分析谜团转向对于人性、心理、伦理的探求,众多著名作家如美国的威廉·福克纳(William Faulkner)、欧内斯特·海明威(Ernest Hemingway)、英国的塞西尔·戴-路易斯(Cecil Day-Lewis)、格雷厄姆·格林(Graham Greene)等均在严肃文学创作中融入推理叙事的元素,同时赋予作品深刻的历史意义及文化内涵。相比之下,推理悬疑这一类型的小说在中国的文学格局中常常被纯文学推至边缘地位,以致初起时,麦家的作品在中国的文学评论圈评价并不高,中国文学界对于麦家及其作品所持有的迟疑态度在一定程度上解释了为何长久以来诸如谍战小说之类的类型文学都不是中国文学对外传播的重点。

然而,与莫言、苏童、余华等立足纯文学的叙事不同,也与西方读者熟悉的推理悬疑的类型叙事不同,《解密》在传统的文学书写

① New Chinese fiction: Get into character. *The Economist*,2014-03-22.

中推陈出新,建立了一种新的叙事典范。《金融时报》这样写道:"很容易把麦家看成中国版的约翰·勒卡雷:都曾在国家的情报部门和间谍、密码破译员一起工作,作家把这种经历融入小说创作,使之兼具文学的细腻和商业的魅力。两人的作品也都被改编成电视和电影。然而,相似之处仅止于此。容金珍和勒卡雷世界里的史迈利截然不同。这是一个不走常规的间谍小说,充满了元小说和后现代意味的峰回路转。"①

应该说,《解密》的成功之处就在于小说演绎的并不仅仅是西方常见的间谍小说包含的惊险刺激,而是将间谍惊险小说、历史传奇和数学谜题糅合为一个强大的有机体。企鹅出版公司总编基施鲍姆在接到译稿时说,她之前从来没有看到哪一本书中能把这几种文学题材融合在一起。但恰恰是这样的独辟蹊径给西方读者提供了迥异的阅读感受,令他们耳目一新。

《解密》直接区别于传统推理/悬疑小说的地方在于它颠覆了传统叙事中典型的英雄塑造,在历史复杂的秘境中拷问英雄形象与自我本体之间的统一与对立。数学天才容金珍成为特情机构701的一名电报密码破译员,创造了惊人的奇迹,然而这个英雄形象却因为机密的笔记本遗失而精神崩溃。正如麦家自己所说,"琐碎的日常生活(体制)对人的摧残,哪怕是天才也难逃这个巨大的'隐蔽的陷阱'"②。文本中高大化的英雄在细碎的日常生活中陷入了难以自我认同的悲哀与迷局。密码的符号意义与宏大的历史背景结合起来,以个人信念与行为、身份与秩序的隐喻在战争世界中的起承转合,展现作者对生命与自我的思考、对人性与社会的关怀和批判。

---

① Evans,D. *Decoded*,by Mai Jia. *Financial Times*,2014-03-29.
② 邢玉婧. 谍战剧:麦家制造. 军营文化天地,2011(1):14-17.

　　此外，与如何解密、如何掌握解码技巧等传统推理小说中的主要内容相比，《解密》中的非惊险元素在阅读作品和接受作品时更为重要。作者在一大堆迷宫式的细节中完成了对人物及人性的深刻探索。《纽约时报》认为："麦家的小说并没有展示给我们多少真实的密码学或者间谍工作。读它的乐趣——让人实在不忍释卷的原因在于他对容金珍的心理研究。全书情节紧张，气氛脱俗，细节华丽。"①《泰晤士文学增刊》则说："《解密》对密码、政治、梦境和各自的意义做了细致、复杂的探索。从奇异、迷信的开篇到 20 世纪容氏家族的逐步衰落，全书引人入胜。但是归根到底，揭示人物的复杂才是本书永恒的旨趣所在。"②

　　《解密》的创作变革了西方推理小说这一类型文学的基本原则和传统，充满人性关怀和批判的书写为这一类型叙事开拓了新的文学意义和价值，也使其具备了被纯文学的场域接纳的条件与资本。这也是麦家和他的小说成为雅俗文学之争的焦点的原因。而在二十余年的创作后，麦家的小说《暗算》于 2008 年获得茅盾文学奖。这说明主流文学圈给予了麦家较高的文学地位，同时也标志着畅销性与经典性、通俗性与文学性在麦家小说中实现了较为理想的统一。"国内文学评论界普遍认同麦家作品主流文学、主旋律文学和纯文学的定位，从纯文学走向商业文化，体现了主旋律与文化消费的结合。进入国内的茅盾文学奖和国外企鹅文学经典，是麦家作品文学经典属性的最好注解"③，同时也为解读《解密》在英语世界的成功提供了有效的佐证。

---

① Link，P. Decoded，by Mai Jia. *The New York Times*，2014-05-02.

② Walsh，M. Decoded. *The Times*，2014-03-15.

③ 陈香，闻亦. 谍战风刮进欧美：破译中国文学"走出去"的"麦家现象". 中华读书报，2014-05-21.

2. 中西结合的表现手法与叙事方式

《解密》对于一个中国故事的表现手法与叙事方式是该小说在英语世界大受欢迎的另一主要原因。在吸收西方悬疑文学特质的同时,麦家以新中国成立后至 70 年代这一时期内主流的红色经典为文学题材。他把解密学的世界、人性心理的隐秘世界以及 20 世纪的中国世界熔铸在一起,在强大的叙事张力中重塑了 1949 年之前中国在世界历史上的地位,并巧妙地实现了对中国国家与民族形象的爱国主义表述。推理悬疑的抽丝剥茧中充满着典型的中国经验和中国记忆,这为英语读者提供了一个引人入胜的、充满魔力而又神秘的中国之旅。正如《纽约客》所评:"麦家将自己无人能及的写作天赋与博尔赫斯的气质巧妙结合,为读者呈现了一段复杂而又好看的中国历史以及独特的政治魅力。"①

中国当代小说多以战争和世俗沉沦为背景的大历史或乡土叙事及欲望化的以身体书写为主导的个体叙事为主,大多呈现对人性阴暗和道德沦丧的描述。麦家对此颇不以为然:"回头来看这将近 20 年的作品,大家都在写个人、写黑暗、写绝望、写人生的阴暗面、写私欲的无限膨胀。换言之,我们从一个极端走到了另一个极端。以前的写法肯定有问题,那时只有国家意志,没有个人的形象,但当我们把这些东西全部切掉,来到另一个极端,其实又错了。"②这也解释了为什么在《解密》中我们看到了对英雄和国家民族命运的书写,对文学精神力量和审美理想的勾画。然而,《解密》对英雄的构建不同于五六十年代意识形态控制下声势浩大的红色叙事,那些传统的红色小说集中笔墨去刻画高大全的人物形象,生命个体的情感往往被民族与国家大义遮蔽,而《解密》在家国天下

---

① What we're reading: Summer edition. *The New Yorker*,2014-07-03.
② 麦家,季亚娅. 文学的价值最终是温暖人心. 文艺报,2012-12-12.

的背景下是个体悲剧的崇高感和神圣感,这种悲剧叙事充满了诗意与传奇性。对于传统红色英雄的去魅显示了文本对于深刻人性的探索,这也正是小说叙事的魅力所在:在探索国家、政治、社会等宏大命题的同时,透视作家了对于伦理、生命与人性的思考。

相比于其他大多数中国作家,麦家更加重视如何讲好故事。他认为:"其实真正小说的文学性就体现在故事性。"①而兼顾大众读者和具有阅读经验的上层读者的审美趣味,是他的写作准则之一,也是《解密》被英语世界接受和认可的主要原因之一。

从叙事方式来看,一方面,小说中融入了多种西方写作技巧,写作手法是在中国作家中并不常见的心理及个人化叙事,在艺术表现手法上符合世界文学的经验和标准。《华尔街日报》认为:"《解密》的可读性和文学色彩兼容包并,暗含诸如切斯特顿、博尔赫斯、意象派诗人、希伯来和基督教经文、纳博科夫和尼采的回声。"②麦家自己也承认受到卡夫卡、阿加莎·克里斯蒂等作家的影响,其中对他影响最大的则是博尔赫斯③。从主题、结构、情节、语言等诸多方面都可以看出,《解密》的叙事化用了博尔赫斯的小说手法,大量的历史、数学、文学、哲学、传说乃至风水学、天文学、佛学纠集在二战、抗战、冷战、抗美援朝等政治风云之中,形成了一个博尔赫斯式的文学迷宫结构和叙事机制。

另一方面,麦家在营构《解密》这个中国故事的时候,在叙事模式上挪用和改造了中国古典和先锋小说的各种技巧与资源。这些承接于中国经典文学的经验和现实同样也成为麦家小说连接世界

---

① 吴凡. 博尔赫斯的中国传人——论麦家小说的叙事特色. 参见 http://www.chinawriter. com. cn,检索日期:2009-11-14。

② Russell,A. Chinese novelist Mai Jia goes global. *The Wall Street Journal*,2014-04-03.

③ 冯源. 麦家:"谍战小说之王"走出国门. 国际先驱导报,2014-03-21.

文学的路径。在全书开篇,麦家以第三人称对容金珍的家族史做了全景式的叙述,这种全知叙事方式在中国古典小说中十分典型;在一些章节的结尾处,他的写作手法与几个世纪以来的中国小说叙事如出一辙……这些具有典型中国化和民族性的叙事方式还原和再造了那些久已沉没的中国文学传统,它们会让中国读者进入自如的本土文化语境,但是对于英语读者而言,这些叙事手段却十分陌生,包括如《纽约时报》在内的众多外媒评论也纷纷指出《解密》吸收了很多早期的中国叙事风格。不过这种陌生并没有疏离读者,相反,值得深思的是,艺术表现形式存在的巨大文化差异反而成为《解密》热销的一个主要原因。如《金融时报》认为:"它用曲折、多头并绪的中国古典小说构架,层层展开和情节息息相关的故事和人物。西方读者会觉得小说开头读起来十分受挫,但是这种背离常规、恍惚、懒散的开篇把作品带出了紧张的惊险小说的藩篱,带读者走入更为离奇、难以预料的世界。"①麦家对整个故事的解剖、重组与整合方法赋予了小说一种本土的深刻,让西方读者认识中国那些显著不同的文学根源,了解中国当今的思维方式,实践了一个世界对另一个世界窥视的阅读期待。

简而言之,《解密》获得成功的根本原因在于小说的特质综合在一起满足了英语世界读者对于一部优秀小说的要求,也实现甚至超越了他们认知中国的期待与想象。汉学家杜迈可曾说英语世界的读者"习惯阅读并且期待阅读神秘、复杂、充满暗示、矛盾、讽刺和暧昧的作品。最重要的是,他们期待读到想象丰富、思想深刻的作品。最后,他们期待小说能在想象探索的基础上,喻示个人对

---

① Aw, T. *Decoded*, by Mai Jia, review. *Financial Times*, 2014-03-05.

当代内心世界和外部世界的独立见解"①。《解密》恰恰涵盖了所有必备的要素。在西方读者眼里,这本小说在表现形式和内容意义上都充满艺术性和新颖性,书中层出不穷的细节拥有一种独特而丰厚的美感,全书读起来就是一部深刻的人物探索、一个独特的中国故事,有着浓郁的魔幻现实主义色彩和深厚的中国文学风格,为读者提供了许多解读中国社会与生活的新视角。

三、结　语

《解密》英译本在英语世界所获得的成功让我们思索:中国文学作品应该怎样才能"走出去"? 什么样的中国文学作品才能真正"走出去"? 麦家和《解密》在海外的走红,给了我们如下启示:从文学的翻译和传播路径来看,只有当译者、文学经纪人、出版社等文学场域的各个参与者有效协作,充分发挥在各自环节的作用,才能保证译作走入西方读者的文学视野。虽然这一过程充满了众多不确定性和偶然因素,但其中也包含着必然的准则和规律,那就是从翻译场域到商业场域以及文化场域的历程中,各个参与方要立足自身所拥有的权力与资本,增强原作转化为译作之后的文学地位、文化声誉以及经济利益。由此反观其他众多中国文学作品的英译情况,我们不难洞察各自在翻译以及传播等各个阶段存在的问题和缺失。

从文学作品自身来看,中国文学创作的世界之路不能机械地借鉴与模仿所谓的"世界文学"元素,简单地照搬和因袭世界意识和文学思潮只能使作品沦为西方文学各种形式的翻版,一旦作品

---

① Duke, M. S. The problematic nature of modern and contemporary Chinese fiction in English translation. In Goldblatt, H. (ed.). *Worlds Apart: Recent Chinese Writing and Its Audiences*. New York: M. E. Sharpe, 1990.

译成英语,就会失去独特的生命力和表现力。相反,中国文学必须讲出属于自己的好故事,无论是类型小说还是纯文学作品,必须拥有适合自己的写作谱系和艺术特色,既要有小说创作普适性的艺术规则、格调与方法,同时也要有取自于自身传统和民族的情怀与特色。正如《解密》的创作一样,文学书写必须落实到个体生命与个体形象的主体之上,其创作手法可以在先锋与传统、世界与民族、宏大与个人之间自由游走,可以重塑已经沉寂的中国古典叙事传统,可以在独特性的基础上努力寻求与西方共有的文学主题和艺术表现形式,完成具有深刻、独特的本土与民族文化印记,具有现实和历史承载力的文学叙事。在中外文化交流日益频繁的今天,来自异域的西方读者对中国有着强烈的阅读期待,他们更加希望读到的并非是围绕着政治的讲述,而是更多讲述中国的好故事,更多生动、鲜明地展示中国色彩和现实的当代文学。

(吴赟,同济大学外国语学院特聘教授;原载于《小说评论》2016 年第 6 期)

美国主流媒体与大众读者对毕飞宇小说的阐释与接受

——以《青衣》和《玉米》为考察对象

胡安江　胡晨飞

一、毕飞宇的经验世界与文学表达

关于毕飞宇的小说,有论者指出:"毕飞宇的小说确立的是一种摇摆不定的青春成长经验。而且在这种成长经验中,很少有正面的、激动人心的、昂扬向上的力量,似乎所有人生的榜样都在讲述或以自己的经验提醒人们,没有完美的世界,人生是一声叹息,诗就是那种欲哭无泪的感觉。"①而本文所论的《玉米》描述的三个女人"来自'中国经验'中最令人伤痛、最具宿命意味的深处……我们从《玉米》中、从那激越的挣扎和惨烈的幻灭中看到了'人'的困难,看到'人'在重压下的可能,看到'人'的勇气、悲怆和尊严"②。而《青衣》中的筱燕秋同样是一个"在现实生活中苦苦挣扎、不甘于

---

① 杨扬."60年代生"及对应的文学气质——毕飞宇论.扬子江评论,2010(1):5.
② 李敬泽.序//毕飞宇.玉米.上海:上海锦绣文章出版社,2008:3.

命运摆布的女性形象"①。筱燕秋的悲剧"既是性格的悲剧,又是命运的悲剧,既是时代的悲剧,又是人性的悲剧"②。正是这样的悲剧女性角色,也正是作者对于"生存之疼痛"③这一人类普遍问题的深刻思考,《青衣》和《玉米》一经译出,便在英语世界受到了各方读者的普遍褒扬和高度认可。其中,《玉米》英译本在 2011 年还荣获了第四届英仕曼亚洲文学奖(Man Asian Literary Prize)。

与某些中国作家在海外的译介与接受不同,毕飞宇的作品不是倚靠"特殊事件""敏感话题""离奇情节"和"禁书身份"赢得西方读者的青睐;他的受认可主要凭借的还是对于普遍人性的反映,以及独具匠心的叙事技巧与语言表达。毕飞宇曾称:"一个小说家最在意的还是语言的气质问题,最不能接受的是翻译作品改变了自己原本小说的结构和语言风格,改变后'那也许是很好的小说,但它不再是我的'。"④不言而喻,毕飞宇的小说美学中最重要的还是其细腻的语言风格与别致的叙事结构,以及在语言与叙事之间带给读者的那些"感动问题"(杨扬语)。本文主要考察在美国语境下的西方媒体和大众读者对于毕飞宇小说的解读、阐释与接受;同时,在此基础上,兼论毕飞宇小说海外传播的路径、文学编辑、出版社、文学代理人等相关议题,以期进一步深化对于中国文学"走出去"的探讨。

---

① 赵林云. 论毕飞宇的女性悲剧书写——以《青衣》《玉米》为中心. 文艺争鸣, 2010(4):158.
② 吴义勤. 一个人·一出戏·一部小说——评毕飞宇的中篇新作《青衣》. 南方文坛,2001(1):56.
③ 孙会军,郑庆珠. 从《青衣》到 The Moon Opera——毕飞宇小说英译本的异域之旅. 外国语文,2011(4):92.
④ 高方,毕飞宇. 文学译介、文化交流与中国文化"走出去"——作家毕飞宇访谈录. 中国翻译,2012(3):49.

二、褒扬与困扰:美国主流媒体与大众读者
对毕飞宇小说的阐释与接受

对于读者接受的考察,大致可以从"专业读者"和"大众读者"两个层面进行。不可否认,无论是专业读者还是大众读者,他们对于文学文本的阐释既有基于文本本身(从形式到内容)的评价,还有对于文本之外诸因素(例如意识形态和权力关系)的考量。这两种评价此消彼长,共同影响着文学文本的传播与接受。

众所周知,《青衣》和《玉米》的英译本,均出自美国著名翻译家葛浩文(Howard Goldblatt)和林丽君(Sylvia Li-chun Lin)两人的合译。2007 年, *The Moon Opera*(《青衣》)在美国出版,这是毕飞宇的作品首度与美国读者见面,以专业读者为代表的主流媒体旋即高调回应。例如,亚马逊网站的推介文字如是说:

> 《青衣》是中国一位年轻且极富才情的文学新秀的中篇小说处女作——这部优秀的小说带领我们进入到中国戏剧的世界,女主角筱燕秋、《奔月》的 A 角,因为妒忌而用开水泼伤了其替补 B 角的脸,被剧团雪藏,转而到艺校教书。二十年后,一位富有的烟厂老板愿意出资使《奔月》复演,唯一的条件就是要让筱燕秋饰演嫦娥。而在这一次的复出表演中,筱燕秋真的将自己当作了月亮上不朽的女神嫦娥。《青衣》不仅将中国戏剧舞台背后的世态炎凉、人情世故,以及嫉妒、惩罚与救赎的情感表现得淋漓尽致,而且为我们勾勒出了一个充满着庄严感与束缚的绝妙的女性世界。①

不难发现,"中国戏剧""女性世界"在上述推介文字当中反复

① 参见:http://www.amazon.com/The-Moon-Opera-Bi-Feiyu/dp/B005OL9VQE/ ref=dp_return_1? ie=UTF8&n=283155&s=books,检索日期:2014-07-23。

出现。而这两者也成了专业读者评价毕飞宇及其《青衣》的关键词。在该小说封底的推介文字中,美国畅销书女作家邝丽莎(Lisa See)也称:

> 《青衣》是一部了不起的小说!毕飞宇不仅带领我们进入到中国戏剧的世界,更引领我们走进了女性的内心世界。我希望这仅仅是我们阅读毕飞宇众多小说的开端。①

"中国戏剧"的神秘纷繁正好契合了美国读者对于古老中国的文化想象,而"女性世界"则永远都可以满足人类的"猎奇"心理,由此,包裹着"中国戏剧"元素与神秘"女性世界"的《青衣》在美国获得专业读者几乎一致的好评,也就不足为奇了。

然而,专业读者的阐释与评价并未止步于此,而是延伸到了对于作品文学性与情感表达的深度探讨。例如,美国最具权威的书评杂志《出版人周刊》(*Publishers Weekly*)评述道:

> 小说家毕飞宇为我们呈现了一个有关于艺术与金钱的生动故事。1979年,筱燕秋在其处女秀《奔月》当中完成了A角的出色表演,然而不久后,她却因为嫉妒攻击了其替补B角,从此断送了自己的事业。20年后,40岁的筱燕秋身形不再,且处于并不开心的婚姻生活当中,但是却由于烟厂老板、她的戏迷的出资,而重获了出演《奔月》的机会。为了确保演出的万无一失,筱燕秋挑选春来、她的一个极具天赋的学生作为替补B角。至此,小说由于烟厂老板愚蠢的个人兴趣,在艺术与金钱之间复杂的冲突当中达到高潮。最终,筱燕秋完成了她的角色表演,而简短的叙事与支配一切的道德意识则使整

---

① 参见:Bi, F. *The Moon Opera*. Goldblatt, H. & Lin, S. L. (trans.). Boston: Houghton Mifflin Harcourt, 2009: Back Cover.

部小说充满了寓言般的特质。①

整段评论不仅叙及《青衣》的故事情节,而且谈到了小说"简短的叙事"结构以及充满着"寓言般的特质"的"道德意识"的情感表达方式。类似的还有美国图书馆协会(American Library Association)会刊《书单》(*Booklist*)的评论:

> 这部薄薄的小说主题并不宽广,但读后却使人久久不能平静。这位中国作家在他的第一部小说当中,不动声色地将其精准的隐喻性叙事与京剧这一历经变迁却恒久存在的中国文化形式联系在一起。小说中的京剧使我们沉迷,它是一种高度程式化的、与中国文化紧密相连的艺术形式。表演的精细度越高,表演者所受到的褒扬就越多。②

除去对"京剧"这一古老"中国文化形式"的描述,《书单》的评论中还涉及了有关小说"主题"及"隐喻性叙事"等文学文本自身从内容到形式的评论。而《柯克斯评论》(*Kirkus Reviews*)在简要叙及所谓的"政治阵营"之后,也用了较多文字评论小说的悲剧营造手段、普遍人性再现等元文学问题。当然,书评对于小说的"情节"与"情感"更是赞不绝口:

> 小说不仅为我们描摹了中国京剧,而且让我们看到了一个向资本主义开放了的、拥有表达自由的国家。筱燕秋的悲剧在细节上或许有其独特性,但是在本质上却是普遍的人性体现。因此,尽管有瑕疵,从情节上到情感上整部小说仍不失为一出精彩的剧目。③

---

① Anonymous. The Moon Opera. *Publishers Weekly*,2008,225(43):no page number.

② Hooper,B. The Moon Opera. *Booklist*,2008,105(6):no page number.

③ Anonymous. The Moon Opera. *Kirkus Reviews*,2008,76(22):no page number.

上述西方媒体的评论对于中国现当代小说而言,可谓难得。众所周知,之前无论是出版社还是其他西方媒体,对于中国现当代文学的商业推销大都以"性""政治""暴力""愚昧"等作为招徕术。这里,我们发现,西方主流媒体上述内行的评价与前述的毕飞宇的小说美学正好不谋而合。

同样地,Three Sisters(《玉米》)2010 年在美国翻译出版后,媒体对于这部小说的评价,大致也经历了和 The Moon Opera 类似的路径。例如亚马逊网站推介说:

> 在中国的一个小村庄,育有七姐妹的王家依然在为生育一个男孩儿而努力;七姐妹中的三个成了这部了不起的小说当中的主人公。从对于小村庄的背叛,到"文革"式的标语,再到城市生活中压抑的节奏,毕飞宇追随着三位女性的步伐,书写着她们想要改变自身命运的努力,以及对于那个不属于她们的"人潮涌动"的中国的抗争。玉米所表现出的人性尊严、玉秀的女性魅力、玉秧的野心——她们运用自身作为武器,努力掌控自己的世界、自己的身体以及自己的生活。……《玉米》引领并促使我们沉浸在一种文化当中,一种我们自以为懂的而阅读之后会更加理解的文化当中。……《玉米》为我们呈现了当代中国人的生活场景,同时为我们讲述了三位女性面对生活偶有胜利却充满悲剧色彩的难忘的故事。①

推介文字中出现的"文革""女性""抗争"以及"悲剧"等字眼,再次成为专业读者评价小说的关键性语汇。譬如《出版人周刊》的评论:

---

① 参见:http://www.amazon.com/Three-Sisters-Bi-Feiyu/dp/0151013640/ref=sr_1_7? s=books&ie=UTF8&qid=1402816935&sr=1-7&keywords=three+sisters,检索日期:2014-06-17。

　　在王连方三个女儿争取自我与个体尊重的抗争中,毕用无情且充满讽刺的笔调为我们描述了 20 世纪的中国家庭与社会生活。1971 年,玩弄女性成性的王连方最终被抓,导致他丢掉村支书的职务,而他的整个家庭也随之颜面尽失。大女儿玉米被未婚夫遗弃,成为镇上一个老男人的第二任妻子。对玉米而言,这是人生的一种进步,但是她的新家却充斥着流言蜚语与猜忌。漂亮的三女儿玉秀追随玉米来到镇上,但所有的希望却因为一次意外怀孕而毁灭。十年之后,最小的女儿被北京的一所大学录取,她原本有机会摆脱沉闷的人生,但她的故事同样令人心碎。毕用清醒直白的语言述说了乡村生活的残酷。在弥漫着各种严格仪式、迷信以及民间风俗的中国乡村,封建家族制权力泛滥,操控着全部日常生活。作者的叙述冷静、坦白,向我们讲述了一个有关人类悲惨命运与女性在自我贬抑的文化当中求生存的阴郁故事。①

　　显然,"弥漫着各种严格仪式、迷信以及民间风俗的中国乡村"和"封建家族制"的文化同样满足了美国读者对于文学文本外的古老中国的期待与想象,而"清醒直白的语言"以及"女性在自我贬抑的文化当中求生存的阴郁故事",再度暗合了前述的毕氏小说美学。美国《华盛顿邮报》(*The Washington Post*)的评述与此类似。评论者认为:"它用非常人性化的语言记录了中国女性的低下地位以及城乡之间的巨大差别。"②而《书单》的评论这一次却开始大谈其中所谓的"东方主义"元素:

　　　　以 20 世纪七八十年代的中国为背景,毕的小说跟随小村

---

① Huntley, K. Three Sisters. *Publishers Weekly*, 2010, 106 (21): no page number.

② Yardley, J. Three Sisters. *The Washington Post*, 2010-08-15.

庄中的三姐妹展开。她们的父亲是一个好色的村支书,总是不停地与女人厮混。出于对父亲的反感,大女儿玉米计划通过婚姻逃离家庭。然而,她与一位年轻飞行员之间的爱情在两个妹妹遭受强暴之后戛然而止,最终她嫁给了一位年老的政府官员。她漂亮且独具女性魅力的妹妹玉秀因为遭人强暴、名誉受损,追随玉米来到她在镇上的家,并且不断曲意迎合玉米丈夫郭家兴难缠的女儿。玉米、玉秀两姐妹之间的对抗跟随玉秀与郭家兴儿子的爱情走向高潮。尽管小说的最后一部分不够精彩,仅仅讲述了小妹妹玉秧在师范学校的故事,但是整部小说仍不失为描写女性生存环境的优秀作品。①

整段文字几乎只字不提小说的语言表达和叙事技巧,而刻意强调"女性""村庄"等字眼。这里的阐释显然有以"意识形态""性爱""愚昧""悲剧"等作为招徕术的味道。

然而,专业读者对于 *Three Sisters* 的评论却更多地放在了作品本身的文学性与思想性上面。例如,美国畅销书作家、《最后一位中国御厨》(*The Last Chinese Chef*)的作者妮可·莫恩丝(Nicole Mones)在小说封底的推介文字中指出:

> 毕飞宇为我们讲述了一个关于三姐妹努力抗争以掌控自我命运的动人故事。她们在残酷、不公正的生活琐碎面前所表现出的英雄般的坚忍在任何时空背景下都比比皆是,然而毕却出色地将这一普遍存在的社会苦痛的根源直指人性深处——并揭示了这种苦痛是如何代代相传的。因而,这是一

---

① 参见: http://www.amazon.com/Three-Sisters-Bi-Feiyu/dp/product-description/0151013640/ref=dp_proddesc_0?ie=UTF8&n=283155&s=books,检索日期:2014-06-17。

部深刻的、启迪人心的小说。①

整段评论在高度概括 *Three Sisters* 内容的同时,兼顾了作品对于人类普遍情感的表达与探讨,由此上升到了对于小说艺术性发掘的层面。此外,华裔美国作家、《承诺第八》(*The Eighth Promise*)的作者李培湛(William Poy Lee)在小说封底的推介中也称:

> 在"文革"的时代背景下、在性别歧视革命错综复杂的网格中,毕飞宇以冷静的笔调为我们呈现了玉米三姐妹饱含爱恨情仇的生活。这是一部交织着爱与恨、挫败与胜利、妥协与救赎的引人入胜的小说。②

作为小说家,李培湛的评述字里行间也都是对于《玉米》文学性与思想性的探讨。而《旧金山纪事报》(*San Francisco Chronicle*)的评论进一步认为:

> 《玉米》是一部不动声色却引人入胜的小说……毕一丝不苟地勾勒了 70 年代中国处于过渡期的乡村,并在其中创造了令人难忘的人物角色。……尽管小说的笔调冷酷压抑,但其中却暗藏希望。三位年轻女性对于贫穷生活的蔑视,以及她们与生活抗争以寻求自我全新未来的决心使我们看到了希望。就此而言,她们超越了小说令人绝望的情境,深深地鼓舞了读者。③

这里,论者用"创造了令人难忘的人物角色""使我们看到了希

---

① 参见:Bi, F. *Three Sisters*. Goldblatt, H. & Lin, S. L. (trans.). Boston: Houghton Mifflin Harcourt, 2010: Back Cover.

② 参见:Bi, F. *Three Sisters*. Goldblatt, H. & Lin, S. L. (trans.). Boston: Houghton Mifflin Harcourt, 2010: Back Cover.

③ Fan, W. Three Sisters. *San Francisco Chronicle*, 2010-08-08.

望""深深地鼓舞了读者"等表述,对《玉米》的艺术性和思想性进行了周密的概括。

客观而论,在专业读者层面,毕飞宇及其《青衣》和《玉米》受到各方热评。尽管中国文化(京剧)、意识形态("文革"、中国乡村)以及猎奇心理(性爱、女性)这些文本外因素的推介仍然点缀其间,但专业读者群对于毕飞宇及其小说的探讨,已经开始向着叙事结构、语言表达、文学性、思想性等纯文学讨论转变,并在很多问题上形成了与国内评论界比较一致的看法。

那么,在大众读者层面,毕飞宇及其小说的接受情况又如何呢?以美国亚马逊网站上的读者评论为例,我们发现关于 *The Moon Opera* 和 *Three Sisters* 的评价褒贬不一。认为写得好的读者,无外乎称赞小说中所呈现的迷人的京剧、生动的中国乡村生活场景、细腻丰富的女性世界等,诸如此类的评述大多类同于主流媒体的评价,所以此处不再赘述;而认为写得不好的读者,其理据往往来源于无法理解的文学表述。例如,在 *The Moon Opera* 的读者评论中,一位署名 Juushika 的读者就提出:

> 小说的开篇艰涩难懂:小说的叙述首先以剧团团长的视角展开,后来却转变为筱燕秋的视角,叙述人称之间的转换使读者难以辨认故事的主角。同时,小说的呈现方式同样令人无法理解:语言是零散的,时间轴在筱燕秋二十年前的经历与二十年后的《奔月》排演之间交叉进行。……并且全书过于短小,几乎只有一个场景——仿佛阅读还未开始,就已结束,使读者难以将小说人物与小说情节串联为一个整体。①

---

① 参见:http://www.amazon.com/Moon-Opera-Bi-Feiyu/dp/B005OL9VQE/ref=sr_1_1? s=books&ie=UTF8&qid=1402816891&sr=1-1&keywords=moon+opera,检索日期:2014-06-16。

实际上,《青衣》当中"叙述人称"的转换(从乔炳璋到筱燕秋)、"叙述场景"的更迭(二十年前筱燕秋的经历回顾与二十年后《奔月》的排演),乃至语言的飞散,正是《青衣》艺术性与文学性的深层次体现,但是或许正是中英文小说在语言表达与叙述方式上的差异,导致了大众读者在阅读接受上的困扰。

而针对 *Three Sisters*,大众读者的阅读困扰则主要聚焦于小说的叙事结构(小说的三个部分《玉米》《玉秀》《玉秧》之间有何关联),特别是小说的最后一部分《玉秧》。许多读者认为其情节无聊,无法视作结尾,是整部小说的最大败笔。例如,署名为 Cathe Fein Olson 的读者认为:

> 小说的最后一部分,关于在师范学校学习的玉秧的叙述,像是完全不同的另外一部小说。对于王家七姐妹,小说仅仅写到了其中的三个,剩下的四人却只字未提。因此小说最困扰我的地方正在于,小说写到玉秧之后就戛然而止了。我的意思是,小说并没有结束,只是停止了。……同时,作者是如何以及为什么选择了七姐妹中的这三个而不是其他人,同样使我感到困惑。①

而署名为 Kimmy 11 的读者同样直言不讳:

> 小说的最大问题在于没有女主角。当读到玉米失去她的真爱,你会感觉难过,但是之后她放任自己的行为又使你无法喜欢她。对于玉秀,也是一样。而小说最糟糕的则是玉秧的故事。她的故事如此无聊,以至于我非常奇怪为什么要把玉秧写进小说。我相信作者一定在试图通过这样的方式向我们

---

① 参见:http://www.amazon.com/Three-Sisters-Bi-Feiyu/product-reviews/0151013640/ref=cm_cr_pr_btm_link_next_2? ie=UTF8&pageNumber=2&showViewpoints=0&sortBy=bySubmissionDateDescending,检索日期:2014-06-16。

传递一些有关于爱情、性欲、权力的信息,但是我认为如果只讲一个故事,效果可能会好得多。①

然而,毕飞宇在《玉米》法文版序言中辩称:"小说里涉及了两个时间,它们是 1971 年和 1982 年。《玉米》和《玉秀》写的是 1971 年的故事。我为什么一定要选择 1971 年? 因为 1971 年是'文革'前期和'文革'后期的分界。……《玉秧》的故事则发生在 1982 年的校园。1982 年,是'文革'结束的第六个年头了。'文革'后的第一批大学生已经变成了教师,那些在'文革'当中被打倒的人也已经重新回到了课堂。我想看看这些人是如何教育孩子的。"②由此可见,《玉米》在大众读者当中所遇到的阅读困扰,其根源还是在于中美两国在语言、文化等方面存在的巨大差异。

另据统计,"综合各网站上的记录,截至 2013 年 2 月底,《青衣》共计 121 位英语读者打分,平均分为 2.97(满分为 5 分),《玉米》则有 135 位英语读者打分,平均分为 2.73"③。可见,在大众读者层面,《青衣》和《玉米》的文学影响并不是那么尽如人意。

三、毕飞宇小说海外传播的相关议题探讨

文学作品的海外传播,或者说文本旅行的顺畅与否,除了作者、译者和读者这传统"三方",还有赖于源语文本的选择、文本的旅行线路以及各类文学赞助人(编辑、出版社、文学代理人等)的干

---

① 参见:http://www.amazon.com/Three-Sisters-Bi-Feiyu/product-reviews/0151013640/ref=cm_cr_pr_btm_link_1?ie=UTF8&showViewpoints=0&sortBy=bySubmissionDateDescending,检索日期:2016-06-16。

② 毕飞宇. 法文版自序//毕飞宇. 玉米. 北京:人民文学出版社,2013:6-7.

③ 吴赟. 西方视野下的毕飞宇小说——《青衣》与《玉米》在英语世界的译介. 学术论坛,2013(4):97.

预和斡旋等诸多要素的合力。这里,我们结合毕飞宇小说的文本旅行,对上述问题做简短论述。

首先,就毕小说的"旅行线路"而言,起始点均在法国。根据毕本人的叙述,"到目前为止,法国,或者说法语是我的第一站,我的作品都是从法语开始的,然后慢慢地向四周散发"①。而《青衣》和《玉米》英译本的版权,均由以"出版全球最优秀的经典文学作品和文学新作"为宗旨的英国电报书局(Telegram Books)购得,而后再经由著名的霍顿·米夫林·哈考特(Houghton Mifflin Harcourt)出版公司引入美国。而电报书局之所以选择购买英译版权,原因正在于他们读到了这两部小说的法语译本,认为非常出色,应当引入英语世界。此外,莫言作品的最早外译本是出版于 1990 年的《红高粱家族》法语版,1993 年才由企鹅集团(Penguin Books)下属的维京出版社(Viking Press)出版英译本;为苏童赢得海外声名的第一个外译本同样出自法语,1992 年法国的弗拉马里翁出版社(Flammarion)率先出版了法语版《妻妾成群》,此后多次再版,次年由美国著名的哈珀·柯林斯出版集团(Harper Collins)旗下的威廉·莫罗出版社(William Morrow)出版英译本。可见,作为汉学研究重镇的法国在中国现当代文学"走出去"的进程中,历来都扮演着一个相当重要的角色。因此,加大和法国在各个层面的文化交流,无疑将有力地助推中国文学走向世界的步伐。

其次,就编辑/出版社的干预而言。葛浩文曾经谈到,"美国的编辑在文学创作中是有很重要的角色的","译者交付译稿之后,编辑最关心的是怎么让作品变得更好。他们最喜欢做的就是删和

---

① 高方,毕飞宇. 文学译介、文化交流与中国文化"走出去"——作家毕飞宇访谈录. 中国翻译,2012(3):49.

改"①。例如《青衣》中筱燕秋的丈夫面瓜,这个人物本身是一个没有受过多少教育的人,由于表达能力有限,很自然地他会将对妻子的爱表示为"如果我们没有女儿,你就是我的女儿";再比如《玉米》中,玉米与其恋人以兄妹相称,同样是一种朴素的爱的表达。然而这些表述对于脱离了中国语境的美国编辑们来讲,简直就是无法接受的乱伦关系,因此编辑会强烈要求译者在译文当中做出相应的删减。虽然在葛氏夫妇的极力争取之下,*The Moon Opera* 和 *Three Sisters* 中并未删去相关语句,但是这种大范围的删减和改动,却也是常常出现的。例如,姜戎的《狼图腾》,英译本就删去了原作的第一章;莫言的《天堂蒜薹之歌》,英译本结尾应编辑的要求做了变更;甚至刘震云的《手机》,英译本将原作的第二章放到了小说的开头等,足以说明编辑在文学作品英译过程中所发挥的举足轻重的作用。事实上,正是因为他们深谙目标读者的期待规范,所以他们的文学干预往往会最大限度地促成中国现当代文学作品在海外的传播效度。

而出版社方面,毕飞宇的《青衣》和《玉米》在美国均由霍顿·米夫林·哈考特出版公司引进出版。因为是商业出版集团,所以为了营利,必然会努力迎合市场与读者对于古老中国的期待与想象,这一点从 *The Moon Opera* 和 *Three Sisters* 的封面设计即可一览无余。*The Moon Opera* 的封面是一张青衣装束的东方女性面孔,面孔被放得很大,占据了整个封面,既显现了小说的主题与主角,同时,封面呈现的中国戏剧文化也带给读者强烈的视觉冲击与文化想象;而 *Three Sisters* 的整个封面以红色为基调,正中突出地摆放着两个重叠的红色繁体汉字"囍",左上角则印有一幅小

---

① 李文静. 中国文学英译的合作、协商与文化传播——汉英翻译家葛浩文与林丽君访谈录. 中国翻译,2012(1):59.

的红色的毛泽东头像,整体带给人的联想就是那个时代的中国。对于出版社而言,这样的商业营销方式无可厚非。不言而喻的是,如果连"走出去"都无法办到,遑论让人了解和接受中国文化?综上,尊重而不是责难海外文学编辑、译者、出版社的文学干预和商业运作,对于当下"汉语作为小语种"的中国文学的海外传播至关重要。

再者,关于中国文学"走出去"过程中文学代理人/机构的斡旋。毕飞宇曾说:"我很幸运,很早就有了西方的代理人。所有的事情都是他们出面,我的工作就是写作。我的外译途径很简单,最早是通过南京大学的许钧教授和法国的陈丰博士介绍到法国,在译介方面,他们两个是我的第一个推手……后来我有了英国的代理人,一切就走上正轨了。"①通过熟悉出版行业规则及相关法律法规的职业代理人/机构的努力,中国作家"走出去"的过程,也会变得更加顺畅。例如,阿来的美国代理人让他的《尘埃落定》译成了 14 种语言,行销 17 个国家;虹影与总部设在伦敦的著名经纪人公司托比(TOBY)签约,促成其小说版权在全球十几个国家和地区的行销;李洱的文学代理人,促成其《石榴树上结樱桃》在德国 DTV 出版社翻译出版,同时还为其在德国举办作品朗诵会、学术讨论会,助推小说首印 4000 册一售而空,并加印 4 次;而麦家的海外代理人,则帮助其与英国的企鹅集团总部以及在美国被誉为"诺奖御用出版社"的 FSG 出版集团建立版权交易关系,促成其小说《解密》英译本在上市的第一天,就冲破英国亚马逊 10000 名大关;此外,《解密》英译本还成功入选"企鹅经典文库"(Penguin Classics)。这些恐怕都与文学代理人的努力不无关系。因此,从

---

① 高方,毕飞宇. 文学译介、文化交流与中国文化"走出去"——作家毕飞宇访谈录. 中国翻译,2012(3):51.

这个意义上讲,发掘与培养沟通中西出版行业的职业文学代理人对于中国文学"走出去"而言,其重要性显然远胜于翻译行为本身。

最后,选择译介怎样的现当代文学作品。这似乎是一个仁者见仁的问题。在谈及美国人喜爱的中国小说类型时,葛浩文提到,"大概喜欢两三种小说吧,一种是 sex(性爱)多一点的,第二种是 politics(政治)多一点的,还有一种侦探小说,像裘小龙的小说就卖得不坏"①。那么,在作品的选择上,是否一定要根据上述标准来迎合读者的阅读期待呢? 并不尽然! 例如毕飞宇的《青衣》和《玉米》并无明显的性爱、政治或侦探小说的主题倾向;相反,其作品的文学性和思想性依然可以为美国读者认可。这就证明:作品能否被读者认可,更多在于作品是否具有人文关怀与文学思考。如果仅是迎合西方读者对于中国的阅读想象,一方面禁锢了中国形象的完整表达,另一方面也低估了西方读者的阅读与接受能力。正如编辑总监艾利克斯(Alexis Kirschbaum)所言,"麦家先生颠覆了我们对中国作家的传统印象,我们没想到中国也有这样的作家,他写作的题材是世界性的。他的作品里有种特别吸引我注意力的东西,让我觉得他的书是我一定要出版的。他的小说正如'novel'(小说,英文中亦有"新颖"的意思)这词所代表的那样——它带来了新鲜的体验,将读者带入了一个陌生化的世界"②。其实,中国不仅"也有这样的作家",而且还有很多这样的作家;也许只是由于面对西方强势文化时候的不自信,我们将真正的自我"故步自封"了。因此,增强自己的文学自信,努力创作出真正关乎"世道人心"的优秀文学作品,是我们的文学可以实现海外传播的重要前提。

---

① 季进. 我译故我在——葛浩文访谈录. 当代作家评论,2009(6):46-47.
② 参见:http://www.cssn.cn/ts/ts_sksy/201403/t20140320_1036233.shtml,检索日期:2014-03-20。

四、结　语

　　著名学者韦努蒂(Lawrence Venuti)曾说:"源自 20 世纪初的出版惯例在很大程度上决定了我们的跨文化交流形态,而且,我相信,它也造成了自二次世界大战以来英语译本产量惊人低下的现状,按照行业统计,目前这一数字仅占图书年总产量的 2% 多一点。"①毫无疑问,无论是文化势差、民族心理、文化心态,还是翻译产业中的"精英主义"态度和"学院做派",这些合力共同促成了以英、美为代表的英语世界对于翻译及翻译作品的事实性歧视。按照毕飞宇的说法:"汉语作为小语种的命运格局,没有改变。"因此,"中国文学所谓'走出去',需要相当长的时间,需要耐心,可能需要几十年时间"②。回顾百年来中国文学海外传播的艰难历程以及海外图书市场和目标读者的期待规范,中国文学"走出去"的愿景还远远无法让人乐观起来。除了做好攻坚克难的心理准备,社会各界对于助推中国文学海外传播的各种力量(译者、文学编辑、出版社、文学代理人、主流媒体、大众读者等)是否应该多一些包容心态? 而且,也许更重要的是,社会各界是不是应该考虑精诚合作、携手助推这项事业而不是彼此攻讦、相互推诿?

　　(胡安江,四川外国语大学翻译学院教授;胡晨飞,西南政法大学外语学院讲师;原载于《小说评论》2015 年第 1 期)

---

① Venuti, L. *Translation Changes Everything*:*Theory and Practice*. New York:Routledge,2013:158.
② 石剑峰. 中国文学"走出去",还需要几十年. 东方早报,2014-04-22.

《大浴女》在英语世界的翻译和接受

吴　赟

作为当代文坛最具影响力的女性作家之一,铁凝以其作品中蕴含的鲜明女性意识而著称。在她的众多小说中,她对中国女性的生存境遇与命运起伏始终充满着深切的人文关怀。她以诗意而感性的笔触细致地描摹了中国当代女性在道德与情感上遭遇的惊涛与微澜,《大浴女》便是其代表作品之一。这部作品借女主人公尹小跳成长、历练走向成熟的故事,铺排了一个女孩到女性自我建构和社会主体获得的历程。通过女主人公的经历与感触,小说在日常生活的细碎叙事中,向我们展现了女性在情爱的洪流中挣扎、渴求与自我救赎,不断沐浴苏生,洗涤一新,揭示了女性与男性、女性与时代之间的矛盾与冲突,重新审视并拷问了亲情、爱情与友情等永恒性的宏大人性命题。2000 年,《大浴女》成为当年文学图书市场的一道抢眼的风景:作为著名品牌“布老虎丛书”之一,它在春季全国文艺图书集团订货会上以 20 万册的辉煌业绩位居榜首。[①]由此可见,中国读者对这部小说的期待与热爱程度。

尽管铁凝的作品一直深受中国读者喜爱,然而,相比于同时代

---

① 参见:新书报,2000-04-28(16):1.

的王安忆、池莉、残雪等其他中国女性作家,她的作品在英语世界的传播相对滞后。自 2000 年《大浴女》由人民文学出版社出版之后,直到 2012 年,美国斯克里博纳出版社(Scribner)才推出了由张洪凌和杰森·索默(Jason Sommer)合译完成的英文译本(*The Bathing Women*)。在译本封底,出版社这样介绍铁凝和《大浴女》:"2006 年,49 岁的铁凝成为'中国作家协会'有史以来最年轻的主席,她的作品曾被翻译成俄语、德语、法语、日语、韩语等语言。而《大浴女》则是铁凝第一部被翻译成英语的小说。"①虽然铁凝的部分作品曾由"熊猫丛书"、《人民文学》期刊翻译并出版,但一直以来并未有西方主流出版社对其主要作品进行翻译推广。从中国知网上查询"铁凝小说英译",目前也并未有任何学者探讨铁凝小说的英译情况。因此,对铁凝代表作品《大浴女》的英译本研究有着很重要的现实意义和学术价值。通过探讨海外出版社的翻译选材、《大浴女》的英译模式、译者的翻译策略以及其出版后在英语世界的接受情况,可以一窥中国当代女性文学在海外传播的历程和呈现的镜像。

一、文本选择:对女性自我的审视和关怀

中国文学经由译介走向世界,其中所涉不只是简单的文字或文学的双语转换。翻译文本的选择、翻译过程的建构、译本产生后的传播路径与交流方式、进入目的语国家之后的接受情况和形成影响,这诸多方面构成中国文学外译的完整图景与研究重点。

---

① 这个言论并不准确。经笔者从 MCLC 上查阅,在《大浴女》英译本问世前,铁凝的《麦秸垛》《永远有多远》《孕妇和牛》《蝴蝶发笑》曾被译为英语,由外文出版社"熊猫丛书"和《人民文学》期刊发行。这也在很大程度上从侧面证明,美国(甚至西方)对中国政府组织的"主动译出"活动并不待见。

就文本选择来说,从总体来看,西方对中国当代文学的阅读往往受着好奇心理的驱使。"文革"以后的中国快速发展,经济的腾飞、城市的变迁乃至生活起居的差异都给西方带来了全新的文化体验。其中以女性视角展开的现实性文学作品充满对于女性个人经验的直接书写,呈现了鲜明的都市文化和时代气息,再加之性爱以及政治元素的渲染,因此尤为容易引起西方读者的阅读兴趣。

如著名汉学家、翻译家蓝诗玲(Julia Lovell)在谈及这本小说时说:"中国一些卓有成就的、颇有见地的女性小说家带给我们阅读的快感——人物刻画细致、对话观察入微——和莫言、余华那种粗糙的、拉伯雷式的讽喻迥然不同。铁凝的《大浴女》充满了温婉的人性光辉,相比那些男性同行近作中的喧哗,实在令人眼前一亮。"①《出版人周刊》(*Publishers Weekly*)则认为:"故事发生在一个文化价值观发生转变的时代,精巧地描绘了四个女性的心理,她们努力满足自己对于美食、同伴、家庭、社会、性和爱的需求。"②《图书馆期刊》(*Library Journal*)认为:"铁凝文笔流畅,捕捉到了人类无论处于何种境况,都想要出人头地的欲望……有些读者喜欢阅读那些能够直视困境中复杂人性的文学作品,这本书一定会受到这类读者的喜爱,尤其是其中热衷亚洲文学的读者。"③

这样的阅读趋势使得《大浴女》的翻译成为可能。译者张洪凌在接受采访时就为何选择《大浴女》进行翻译做了如下阐释:"我基本上遵循的是文学史上女性主义的写作传统,特别是想表现女性

① Lovell, J. *The Bathing Women* by Tie Ning—review. *The Guardian*, 2013. 参见:https://www.theguardian.com/books-mar/22/bathing-women-tie-ning-review,检索日期:2013-03-22。

② *The Bathing Women*:A novel. 参见:https://www.amazon.com/Bathing-Women-Novel-Tie-Ning/dp/1476704252 n.d.

③ *The Bathing Women*:A novel. 参见:https://www.amazon.com/Bathing-Women-Novel-Tie-Ning/dp/1476704252 n.d.

在中国现代特定历史时期的精神成长,她们的自我意识是如何在一个比较广阔的背景下得到丰富和完善的。翻译对我来说一直是个学习和深度阅读的过程,我选择能够让我学到很多东西的作品……其实在选择翻译铁凝之前我也考虑过刘震云和韩少功,翻译过刘震云的《我叫刘跃进》的前四章,但我的文学代理商不无遗憾地告诉我们,美国的阅读市场大部分由女性读者组成,如果我们想寻求商业出版社,最好是选择女性读者感兴趣的作品。"①《大浴女》对"文革"的自我批评、移民美国、中国都市生活中的现代繁荣都有着生动、恰当的描述,但这些并不是铁凝笔下人物的全部精彩之处,她们的人生情感、灵魂纠结与其说是强调历史与社会语境,不如说是刻画了女孩成为女性的历程中所经历的苦难、冲突和令人心醉的美。铁凝透过笔下几个女性人生的描写,透过尹家姐妹的成长、生活、命运,叙述了一个时代的人世变化;小说在日常细碎的民众体验之中,把历史、政治、权力、伦理、性别与性、城镇与社会等主题融合在一起,给西方提供了中国当代社会的生动镜像,让他们了解其中表露的女性特质、文化心理乃至中国存在的诸多社会问题。正是对于女性自我的鲜明审视和人文关怀,以及在表现中国城市和社会时具有的独特性和表现力,使得英语读者对文本有了较为直接的认识和感知,也是《大浴女》能够走入西方世界的主要原因。

除译者外,出版社也是文本是否可以获得认可的决定性因素。张洪凌的文学代理人在了解《大浴女》的情节后,认为这正是他们可以推介到西方的文学作品,因此很快就与斯克里博纳出版社(Scribner)签署了出版协议。该出版社成立于 1846 年,属于出版

---

① 李想. A study on the translation of *The Bathing Women* from the perspective of semantic and communicative translation. 上海:上海外国语大学本科毕业论文,2017.

体系中具有权威地位的"赞助人"——许多耳熟能详的美国作家如海明威、菲茨杰拉德、托马斯·伍尔夫、斯蒂芬·金的众多作品均由该出版社出版,这样就为《大浴女》英译本的海外传播开辟了行之有效的通道。

二、英译模式:初译加润色的中外译者合译

从"中国文学"走向"世界文学",翻译起着至关重要的作用。"优秀的翻译可以促进一部文学作品在不同的语言文化中的经典化过程,反之,拙劣的翻译则有可能使得本来已列入经典的优秀作品在另一种语言文化中黯然失色甚至被排除在经典之外。"①《大浴女》英译本由张洪凌和杰森·索默合译完成。两位译者的合作保证了译本既具有忠实性和准确性,又具有可读性和文学性。

张洪凌 2000 年毕业于华盛顿大学小说创作系英文小说创作专业,如今在美国路易斯市芳邦大学(Fontbonne University)讲授小说写作。而索默是英语教授兼诗人,曾发表过多部诗集,如《亚当与夏娃的笑声》(*The Laughter of Adam and Eve*)、《他人的烦恼》(*Other People's Troubles*)与《睡在我办公室的人》(*The Man Who Lives in My Office*)等。此前,两位译者曾选取王小波的《2015》《黄金时代》和《东宫西宫》这三部代表性作品进行翻译,编成合集《王的爱情与枷锁》(*Wang in Love and Bondage*),于 2007 年由纽约州立大学出版社(State University of New York Press)出版。

在王小波逝世 16 周年的专访中,张洪凌介绍了他们翻译王小波作品时的合作模式:先由她本人翻译初稿,而后索默与张洪凌一

---

① 王宁. 翻译研究的文化转向. 北京:清华大学出版社,2009.

起在初稿基础上修改润色①。在翻译《大浴女》过程中,这种模式
基本没有改变。由于索默不懂中文,因此由张洪凌翻译初稿,随后
索默再对译文进行文学润色,两位译者的合译各有侧重,在各司其
职的基础上协力合作。这种合译模式与另一种较为普遍的分块承
包式合译有着显著不同。分块承包式是将原文本切分为不同板
块,同时推进翻译,时间的同步性与化整为零的空间性虽然能保证
翻译的效率,但是不同的译者各有自己的翻译特色,因此整体译本
中很难形成统一的翻译风格。而在张洪凌与索默的合译模式中,
初译者来自源语国并且精于源语,而润色者以译语为母语且精于
译语。两人按照时间的先后推进,两人的责任也各不相同,各自主
导初译与润色,这样就能保证两位译者在合作过程中不断修正译
文,去除突兀的格格不入的翻译词句,使得合译的各个部分构成和
谐的一个整体。

具体而言,张洪凌与索默的这种翻译合作模式在两个方面具
有优势。

其一,中美译者的不同分工与职责保证了翻译的质量。译者
总是置身于两种文化和语言之间的矛盾与互动之中,一方面要为
原著负责,尽可能保留原作在源语文化中的文字和艺术特色;另一
方面,也要兼顾目标语读者的接受能力,让读者欣赏到原著译入目
的语之后具有的艺术魅力。索默同绝大多数英语读者一样,不懂
中文,作为《大浴女》译本的第一位读者,他除了译者身份之外,同
时也是一位普通读者。如果索默感觉译文难以理解,译本也就同
样很难为大众读者所接受。在谈及翻译过程时,张洪凌指出:"我
在把初译交给他看过后,两人还会定期碰面讨论,他是一个诗人,

---

① 王小波逝世 16 周年:专访著作英文版译者. 参见:http://edu. sina. com. cn/en/
2013-04-12/131273489. shtml,检索日期:2013-04-12。

对文字有非常精细的感觉,所以我们的讨论是冗长甚至可能是痛苦的,因为有时候他遇到的理解障碍非常微妙,连我都不明白他的障碍是什么。需要很多次的讨论举例才能沟通。"①这样一来,初译者首先能确保对原文内涵以及政治、社会、文化等方面的精确解读,而润色者则在阅读译作过程中尽量去除译文的翻译腔,并增强译文的文学性和可读性,从而确保目的语读者对译文的接受。两位译者之间的不断沟通和交流保证了译文能够兼顾原文和读者的不同诉求,使之具备较高的翻译质量。

其二,两位译者的作家身份使得译本具备了文学的美感和洞察力。在一些西方汉学家看来,当代中国文学界之所以出不了一流作家,很大程度上可以归因于大多数当代中国作家都不懂外语。②《大浴女》的两位译者则不然,两人不仅是学者,同时也是作家。张洪凌专攻英文小说创作,曾在英文刊物上发表过短篇小说,也完成了一部英文长篇小说的创作。而另一位译者索默不仅是英文系的文学教授,同时也是一位卓有成就的诗人,他曾于2001年荣膺美国"怀丁作家奖"(Whiting Writer's Award)中的诗歌系列奖。因此,他们的翻译将不同于其他译者。作家身份赋予他们的敏锐洞察力和表现力使得他们在理解作者意图和写作策略方面具有天然的优势,而在译文的措辞选择上也会更接近目标读者的阅读旨趣;同时,他们所设想的读者群不仅仅局限于小范围的学术界,而是普通的大众读者,这不仅确保了译文的流畅性和文学性,同时也扩展了读者群,让更多的英语读者欣赏到原著独特的魅力。

---

① 李想. A study on the translation of *The Bathing Women* from the perspective of semantic and communicative translation. 上海:上海外国语大学本科毕业论文,2017.

② 顾彬. 从语言角度看中国当代文学//张柠,董外平. 思想的时差:海外学者论中国当代文学. 北京:北京大学出版社,2013.

三、翻译策略：中英两种文化的杂合

中英两种语言与文化的巨大差异使得翻译中无可避免地出现高度的文化杂合现象。在《大浴女》英译本中，译者一方面尽量传递原著语言与文化的异质性，另一方面则尽量靠近英语读者，让语言在接受度和表现力上符合英语习惯。这种较为鲜明的文化杂合使得译作以尊重原作内容和风格为依归，但在策略选择上兼有异化与归化，也就是说，中文与英文在翻译的过程中碰撞融合，通过译者的选择处理呈现出兼具中文与英文特色的语言风格。张洪凌作为中国人，其特定的文化身份对译本的最终成型具有可见的影响。索默在访谈中的一段话则清晰地表明了文本贴近英文的特征："如何让译作被美国读者接受也是很大的挑战。我的任务就是找到和原著中独特的语言韵律、节奏、语气对应的英文最佳表达，既不破坏原著的风格，也能以一种地道的英文表达让美国读者理解。"①既信守对原文语言的忠实，又努力实现地道的英文表达，在翻译的这两端诉求中，译者在坚守原则的基础上不断地妥协、折中，努力达到一种较为理想的和谐。

一方面，两位译者尽量靠近原文中的中国文化特质。读者在阅读由翻译引入的异国文学作品时，本身就有责任去包容异国文化，适当的陌生感能够提醒读者开放视野，接受自己不曾接触过的东西。试看一例：

> 他们来到老马家卤肉店，六十年代中期以后，这家卤肉店

---

① 李想. A study on the translation of *The Bathing Women* from the perspective of semantic and communicative translation. 上海：上海外国语大学本科毕业论文，2017.

已改名叫"革新"。唐菲花六分钱在"革新"买了两只酱兔头，递给尹小跳一个。①

They went to Old Ma's Spiced Meat Shop. In the mid-sixties, the shop had changed its name to Innovations. Fei spent six cents on two marinated rabbit heads and handed Tiao one of them. ②

在《大浴女》中，铁凝花了大量笔墨来写美食与食谱，这给译者带来了巨大挑战，因为饮食文化历来集中体现了中西方价值观念的分歧与冲突。最广为人知的例子该数"狗肉"可不可吃。中国人并不视吃狗肉为禁忌，但海外读者却将狗视为同伴，"吃狗肉"与"吃人"无异，甚至有人用"dog eaters"来辱骂华人。同理，"酱兔头"一词要不要译、该怎么译便成了个棘手的问题。张洪凌和索默也就此问题进行了长久的讨论——是该打破"忠实"原则，贴近读者，还是冒着无视读者反感的风险，尊重原著，两位译者无法决断，在征求了铁凝本人的意见之后，经过多方沟通交流之后最终达成一致，还是译作"marinated rabbit head"。再者，"酱兔头"不仅仅是一个文化意象，它还是连接重要人物唐菲整个人生的线索，有着重要的意义。因此，译者最终决定尽可能地去还原原作的本真面目，让陌生的异质他者融入英语的言说方式之中，再现了极具地域文化性的中国色彩。

一个优秀译本的杂合程度既受到原文本的制约，也受到语言交际效果的制约。如果异质成分过多，就很容易使目标语读者丧失阅读的乐趣。因此，译本必须具备较强的社会传真的功能，必须

---

① 铁凝. 大浴女. 北京：人民文学出版社，2006：80.
② Tie, N. *The Bathing Women*. Zhang, H. & Sommer, J. (trans.). New York: Scribner, 2012.

充分考虑译本读者的阅读习惯,让读者的主体世界有足够充分的显现。试看一例:

> 一个坏男孩站在门口,拿着一只形状酷似元宵的猪胰子*对尹小帆说你舔舔,你舔舔这是元宵,甜着那。(脚注*:猪胰子:元宵形状的肥皂,主要成分是碱)①
>
> Once, a boy, at the entrance to the building, held out a piece of soap that looked like a rice ball, and he said to Fan, "Lick it. Lick it. It's a rice ball and tastes very sweet." ②

脚注的使用会使得文本的意义更为精确、明晰,但是由于脚注独立于正文之外,会切断读者的阅读行为,在一定程度上破坏读者的阅读体验。铁凝在《大浴女》写作的若干地方,使用了脚注,上文所示就是其中一个例子,作者特意加注来解释"猪胰子"这一词。猪胰子此处实指"猪胰子皂",由猪的胰脏经处理后混合豆粉、香料制成,去污能力强,旧时生产水平较为落后,人们常用猪胰子代替香皂洗手、沐浴。生产水平提高后,鲜少有人继续使用猪胰子皂。对于生活在 21 世纪的中文读者来说,这一词语极为生僻,因而作者不得已牺牲了一部分可读性,解释了猪胰子的形状与用途,保留了词语的历史感与年代感。而在翻译中,译者选择了解释性翻译的策略,将脚注直接化入原文中,译为"a piece of soap looked like a rice ball"。英文如字字对应翻译"猪胰子",则无法译出中文特殊的文化内涵,因此并没有特别大的留存价值。译者在此处进行了适当的增补,这样既传达了作者意图,让读者明白该物品的形状与用途,又避免中断读者的阅读过程,保持了行文的流畅性和阅读

---

① 铁凝. 大浴女. 北京:人民文学出版社,2006.
② Tie, N. *The Bathing Women*. Zhang, H. & Sommer, J. (trans.). New York: Scribner, 2012.

体验的完整性。再看一例：

> 他们两人就这么混着，直到白鞋队长高中毕业去了乡下插队，唐菲又认识了福安市歌舞团的一个舞蹈演员。[①]

> Fei and Captain Sneakers continued this way until he graduated from high school and was sent down to the countryside for peasants' reeducation. Then Fei met a dancer from the Fuan Song and Dance Troupe. [②]

《大浴女》着力描绘了从"文革"后期一直到 21 世纪初的中国，向读者展现了那一特殊历史时期的生活图景，因而不可避免地会使用具有强烈时代色彩的词语，"插队"便是其中一个。"插队"本意指排队时不遵守秩序，而在中国城市知识青年"上山下乡"时，则逐渐用来指代"安插到农村生产队"这一模式。如果按照字面意思译成"cut in line"，不但让读者不知所指，也背离了作者的真正指代，因而译者在此处直接译为"接受农民再教育"，直接解释出了特殊历史背景下的特殊举措的目的，使译文更容易被海外读者理解与接受。这样做正是因为译者将可接受性作为翻译活动的重要依归，适度削弱并修补因文学陌生元素而引起的阅读困难。

译者在双语转换的过程中，始终表现出鲜明的文化立场，这一立场是由译者的文化身份所决定，不可能完全客观中立，对原文的体现也不可能全无遮蔽，因此在很大程度上影响着翻译策略的选择。在一些情况下，译者会刻意改写译文，这样的文化杂合处理达到了维护本人文化身份乃至本民族的形象与尊严的目的。例如：

> 尹小跳早就发现很多从美国回来的中国人脸色都不好

---

① 铁凝. 大浴女. 北京：人民文学出版社，2006：103.

② Tie, N. *The Bathing Women*. Zhang, H. & Sommer, J. (trans.). New York：Scribner, 2012.

看。在白种人成堆的地方,他们的黄脸仿佛变得更黄。①

Tiao had noted long ago that many Chinese from America didn't look very healthy; their faces seemed to have turned browner among the hordes of white people. ②

在"启蒙运动"后期,随着西力东渐,往昔《马可·波罗游记》《曼德维尔游记》所描绘的"繁荣富庶、高度文明"的中国形象已成为过眼云烟,中国形象逐渐走向败坏。对中国的全面否定于 19 世纪初期达到高潮,手拿大刀、头缠红布的义和团使西方猛然间看到了一个觉醒的中国,这让西方人惊恐万分,他们意识到中国是一个潜在的巨大威胁,于是"黄祸"一词(Yellow Peril)在此期间应运而生。由英国作家萨克斯·罗默创作的"傅满洲"(Fu Manchu)系列小说正是"黄祸"思想的典型代表,傅满洲这一形象刻板丑陋,被西方人视为"黄祸"的拟人化形象,是中国人奸诈取巧的绝佳象征。这一人物形象也被视为"辱华观念"中典型的"东方歹徒形象",再加之 yellow 本身在英语中含有"胆小,懦弱"的意思,因此在《大浴女》中,译者为了回避 yellow 的负面内涵,特意将其改写为brown。从这一改译中,译者张洪凌的文化身份与文化立场鲜明可见,为不迎合西方对中国人的刻板印象,译者摒弃了忠实翻译的立场,对译本的接受环境做出合理性和普遍性的考虑,使得西方读者不至于再次形成对中国形象的负面认知。

四、西方接受:政治化与人文化掺杂的解读

《大浴女》一书出版后在国内广受赞誉,后陆续被译为多国语

---

① 铁凝. 大浴女. 北京:人民文学出版社,2006:202.

② Tie, N. *The Bathing Women*. Zhang, H. & Sommer, J. (trans.). New York: Scribner, 2012.

言,其中包括俄语、德语、法语、日语等,英译本则于 2012 年问世。
不过不同于国内的一路褒扬,《大浴女》在海外的接受却呈现了政
治化述评与人文化解读掺杂的格局。

　　《大浴女》用感性、充满诗意的语言描写了中国社会变迁之时
的爱欲纠缠和人性纷争,再加之女性书写独有的写作视角,呈现了
一个细致的不同于惯常西方认知的中国文学作品,因此被译介到
西方社会之后,在一定范围内形成较好的接受情况。诺贝尔奖得
主大江健三郎盛赞该作,认为:"如果要让我选出过去十年内世界
上最好的十部文学作品,《大浴女》毫无疑问会在其中。"①蓝诗玲
认为,《大浴女》作为典型的女性作品,文笔细腻,人物刻画精致,运
用了大量的心理描写,风格与莫言、余华等男性作家作品形成了鲜
明的对比,这在一定程度上填补了中国女性作家作品在英语世界
的空缺,让西方读者得以窥得此类作品的冰山一角。蓝诗玲还称
赞道:"她(铁凝)是敏锐而富有同情心的观察者,观察着中国社会,
技法娴熟地捕捉着每日生活中的不适、伪善和粗鄙,以及侵蚀着人
与人之间关系的欺诈与怨怼。"② 书评期刊《书单》(Booklist)称:
"铁凝通过娴熟的笔法精准地刻画了每个人物行为背后的千般情
绪,那些痛苦与冲突的片段中充满了令人心痛的美感。"③

　　2012 年,这部小说获英仕曼亚洲文学奖(Man Asian Literary
Prize)提名,该奖项由英国英仕曼公司创办,旨在从亚洲作家英文
作品中,评选出优秀作品。《大浴女》能够凭借英译本入围该奖项,

---

① Tie, N. *The Bathing Women*. Zhang, H. & Sommer, J. (trans.). New York:
Scribner, 2012.

② Lovell, J. *The Bathing Women* by Tie Ning—review. *The Guardian*. 参见:
https://www.theguardian.com/books-mar/22/bathing-women-tie-ning-review,
检索日期:2013-03-22.

③ Hunter, S. *The Bathing Women*:A novel. 参见:https://www.amazon.com/
Bathing-Women-Novel-Tie-Ning/dp/1476704252 n. d.

在一定程度上说明了西方社会对该部作品的积极认可与评价。

不过,在这些肯定与褒扬的声音中,仍有一些西方评论文章着力淡化文本中的人性关怀和人文思考,刻意突出了对小说的政治性解读。如《纽约客》的评价着重强调"文革"的影响,"书中三个女性生活的年代里,甚至沙发都被视为对人的身心产生坏的影响。……女主人公的行为举止由'文革'塑造,在那段充满无知和压迫的岁月里,处处弥漫着格格不入可能带来的危险。"①《多伦多星报》(*Toronto Star*)的评论认为:"这部作品成功地给我们展现了那个痛苦多难的年代。"②其实,"文革"只是《大浴女》的一部分时代背景,小说的时间长度一直绵延到 20 世纪 90 年代中国经济蓬勃发展的时期,小说着力刻画的是当代中国的新一代女性形象。以上期刊对于"文革"的聚焦和片面的、意识形态化的解读,都说明英语读者对小说立意仍然进行以西方价值观为主导的过度政治化的阐释。

虽然《大浴女》中对中国女性敏锐的体察与书写引起了英语公众的兴趣,来自中国的异国情调元素得到了关注和褒扬,但是,对这部小说的众多批评和解读仍建立在对中国政治文化的固有观念之上,也建立在西方长期以来对中国的刻板印象之上。这样的阅读模式和体验也说明,虽然英语世界的读者对中国文学的阅读已经具有了较为浓厚的文化与文学兴趣,但仍然受到传统惯性思维的制约,仍然聚焦于政治化的大历史叙事,尤以"文革"中的书写为轨迹来引导并鉴定阅读旨趣和价值判断。

---

① The Bathing Women. *The New Yorker*. 参见:http://www. newyorker. com/magazine/2012/12/17/the-bathing-women,检索日期:2012-12-17。

② Beerman, J. *The Bathing Women* by Tie Ning:Review. Toronto Star. 参见:https://www. thestar. com/entertainment/books/2012/12/21/the_bathing_women_by_tie_ning_review. html,检索日期:2012-12-21。

五、结　语

铁凝在《大浴女》中立足女性意识，借跌宕起伏的情节洞悉自我，对女性的生命内涵展开内省与质询，并由此审视外部世界，体现对人性、对命运以及对男权社会的批判与思考。作为一部典型的中国女性作家作品，其英译本的在场使得以男性作家作品主导的中国文学外译市场呈现出别样的色彩与光芒，同时也使得西方读者能够从女性的视角出发，了解在特定历史时期下中国社会的风貌。

《大浴女》的两位译者在合作翻译时，尽可能保持原著中含有的异质文学文化因素，英译本极为贴近原文，展现了原作独特的文学话语；同时译本也注意贴合英语目标读者的阅读旨趣，注重再现语言的流畅度和文学性。尽管不同语言之间存在着巨大的差异，但对欲望的追逐、对苦难的同情、对人世跌宕里的悲欢离合，这些人类共通的本性是具有普适意义的。也正因如此，文学作品才能增进不同文化形态之间的相互了解，才能尊重、包容彼此的异质因素。中国文学作为东方文化的特别形态，要被西方乃至全世界认识、接受仍有十分漫长的道路要走，需要作家、译者等多重维度的共同努力。

本文是国家社科基金一般项目"中国当代小说的英译研究"（编号 13BYY040）的阶段性成果。

（吴赟，同济大学外国语学院特聘教授；原载于《小说评论》2017 年第 6 期）

莫言小说《檀香刑》在英语世界的文化行旅

卢巧丹

2013年,由美国首席中国现当代文学翻译家葛浩文先生翻译的莫言长篇小说《檀香刑》由美国俄克拉荷马大学出版社出版。从中国到英语世界,莫言小说跨越文化边界,翻译的过程也就变成了文化转变的过程。这一文化转变过程称为"文化行旅"。进入异域旅行,自然不乏新奇和快乐,但同时该过程细致微妙,荆棘丛生,有时甚至险象万生。

旅行首先始于原作。原作的经典性(canonicity)和文化语境是旅行顺利的保障。译者在小说翻译过程中的"文化意识"(cultural awareness)至关重要。旅行是为了展示自身的艺术魅力,又能和谐地融入异国文化,存异求同是旅行中的文化策略。而原文与译文的洽洽调和是旅行的愿景。《檀香刑》作为葛浩文先生的最新译著,目前还鲜有论述。本文拟从莫言小说《檀香刑》的经典性和文化语境、葛浩文的文化翻译思想、翻译中的存异求同和原文和译文的洽洽调和这四方面切入,勾勒该小说在英语世界文化行旅的轨迹,探讨葛浩文如何在翻译过程中充分考虑源语和目标语的文化背景,根据翻译目的、读者对象等因素选择恰当的文化翻译策略,重新塑造小说的形象与特点,再现原作艺术。

一、《檀香刑》的经典性和文化语境

作品经典性一直是制约中国文学走向世界的重要因素。英国汉学家詹纳尔(W. J. F. Jenner)在讲到影响中国现当代作品在英语世界接受的因素时指出:"看看中国现代文学作品英译本的现状,实在难以令人满意……简单地说,我们提供给英语国家读者的作品与他们自己的或同语系的文学作品相比,并没有更好或不同,而是 19 世纪和 20 世纪西方模式的低劣模仿和改写……给英语国家读者提供错误的作品影响了对中国作品的需求。"①葛浩文也多次指出:"所有想要'走出去'的作家得问问自己,即作为一个文学创作者,他们是否就满足于自己的作品被当成社会文化教材来阅读? 他们是否更愿意读者欣赏他们的艺术境界,并且得到共鸣? 如果是后者,那么作家们就必须对自己有更高的追求,不能画地自限。"②中国现当代小说要顺利进入英语世界,开启精彩旅途,原作的经典性和适宜的文化语境是重要保障。

那么究竟什么才是作品的经典性? 经典和经典性之间又有什么关系? 方忠认为,文学经典是指"具有丰厚的人生意蕴和永恒的艺术价值,为一代又一代读者反复阅读、欣赏,体现民族审美风尚和美学精神,深具原创性的文学作品"③。一部文学作品要成为经典,必须具备不同于一般文学作品的优越性,即具有经典性。④

---

① Jenner, W. J. F. Insuperable barriers? Some thoughts on the reception of Chinese writing in English translation. In Goldblatt, H. (ed.). *World Apart: Recent Chinese Writing and Its Audience*. New York: M. E. Sharpe, 1990: 181.

② 葛浩文. 中国文学如何"走出去". 文学报,2014-07-03(20).

③ 方忠. 论文学的经典化与中国现代文学史的重构. 江海学刊,2005(3):189.

④ 卡尔维诺. 为什么读经典. 黄灿然,李桂蜜,译. 南京:译林出版社,2006:3.

美国学者科尔巴斯(E. Dean Kolbas)认为,经典性概念意味着对一部作品的认知内容的审美判断。也就是说,一部文学作品是否能成为经典,取决于对它的认知内容的审美判断,取决于它是否能在审美维度上胜出,即具有比非文学文献和一般文学作品优越的审美特殊性。用科尔巴斯的话说,"文学作品独特的认知价值,以及它们的客观真理,都镶嵌在它们的形式审美特征里了"①。由此可见,一部作品的经典性主要体现在作品的思想维度和审美维度上,而思想维度和审美维度你中有我,我中有你,不可分割。莫言的小说《檀香刑》就是这样一部长篇力作,作品思想维度和审美维度水乳交融。

小说以纯粹的民间视角,借鉴民间说唱艺术,以"施刑"为主线,穿插诸多惊心动魄的历史事件,真实地再现了清末发生在山东"高密东北乡"的一场可歌可泣的民间反殖民运动。整部作品洋溢着浓厚的民间气息,再现了乡土中国历史与生活中最朴实本真的情景。书中人物,个性迥然,跃然纸上。文中受刑者孙丙猫腔绕梁不绝,再加上媚娘的哭唱、钱大老爷的九曲回肠,小说成了一个众声喧哗的多声部交响对唱,把故事演绎得凄凉而悲壮。而在这种凄凉和悲壮背后,莫言对古老文明掩映下的封建王朝权力体系、中国几千年的暴力文化以及伦理道德体系等进行了尖锐的批评和抨击,也对民间自由自在的艺术生命形式和高密东北乡人们舍生取义奏出的生命绝唱进行了热情洋溢的赞美。

作品的思想必须借助作品的艺术形式,如小说的叙事结构、故事情节和语言特点等。小说采用"凤头""猪肚"和"豹尾"独特的三部叙事结构,大量使用口语、俗语、谚语、粗语等独具特色的民间语

---

① Kolbas, E. *Critical Theory and the Literary Canon*. Boulder: Westview Press, 2001: 114.

言,写作笔法洒脱豪放,纷飞的想象蕴含着澎湃的激情。虽然时有评论家批评莫言的语言不够精致严谨,但莫言的写作方式,是属于激情喷涌式的写作,灵感四射,语言一泻千里,或极尽讽刺,或高歌赞美,以狂欢化或戏剧性的叙事方法,穿透中国现代经历的大事件和大变局,表现原生态的农民心灵世界和情感激荡,体现出自己的文学力量。张清华说:"在《丰乳肥臀》和《檀香刑》之后,莫言已不再是一个仅用某些文化或者美学的新词概念就能概括和描述的作家了,而成了一个异常多面和丰厚的,包含了复杂的人文、历史、道德和艺术的广大领域中几乎所有命题的作家……莫言在其小说的思想与美学的容量、在由所有二元要素所构成的空间张力上,已达到了最大的程度。"①

《檀香刑》内容与形式高度统一,思想维度和审美维度水乳交融。正是作品这种内在的经典性,使小说走进了经典的殿堂,成了一部汪洋恣肆、激情四射的典范之作。也正是作品这种内在的经典性,使小说得以跨越时空,开启精彩的异国之旅。

二、葛浩文的文化翻译思想

把中国现当代小说译成英语,是一次文化行旅。译者的文化翻译思想在旅行过程中起着至关重要的作用。在翻译过程中,译者势必面临两大主要挑战。首先是关于译作的接受问题。源语文化语境与译语文化语境迥然不同,即便译语流畅,但能否为英语国家读者理解?译者应该如何跨越文化边界,架起沟通的桥梁?其次是关于原作艺术性的再现问题。译作是译者灵感闪烁的结晶。那么译者又该如何使自己的译作在创造性、风格甚至是文字游戏

---

① 张清华. 叙述的极限——论莫言. 当代作家评论,2003(2):59.

等多方面与原作媲美,同时又能满足英语读者和英语世界出版社的期待? 面对这两大挑战,葛浩文先生究竟是在什么样的文化翻译思想指导下选择他的文化翻译策略的呢?

这几年,随着莫言获得诺贝尔文学奖,批评者们纷纷聚焦葛浩文的翻译思想研究。姜玉琴和乔国强教授曾在《文学报》上指出:"葛浩文以'市场'作为翻译中国文学的准则,其本身就是一种文化霸权主义思想在发挥作用。"[①]胡安江教授也指出:"实际上,葛氏的归化译法几乎见于他的每一部作品。"[②]朱怡华也在其硕士论文中指出,葛浩文在翻译策略上,采取归化翻译法,使译文更符合英语读者的阅读习惯。[③] 这些观点都以偏概全,有时甚至断章取义,并没有通过对原文和译文进行细致的比读,来整体把握译者的文化翻译思想。

葛浩文虽然没有系统地对他的文化翻译思想进行过总结,但从他的翻译实践中,我们仍然可以概括他的文化翻译思想。

葛浩文在翻译时,充分意识到了文化差异。他说:"译者如何处理翻译问题,我们如何应付复杂的跨文化交流活动是我们要思考的问题。"[④]葛浩文在 2002 年发表于《华盛顿邮报》的《写作生活》("The writing life")中系统阐述了自己翻译观,并总结出四点基本原则,即"翻译应当忠实""翻译即背叛""翻译是重写"和"翻译是一种跨文化交流活动"。在讲到"什么样的翻译是好翻译"时,葛浩文认为答案可以简单归纳为两派说法,即纳博科夫派和帕斯派。[⑤] 这两派提到了两种对立的文化处理意见,一种是尽可能地

---

① 姜玉琴,乔国强. 葛浩文的"东方主义"文学翻译观. 文学报,2014-03-13(19).

② 胡安江. 中国文学"走出去"之译者模式及翻译策略研究——以美国汉学家葛浩文为例. 中国翻译,2010(6):15.

③ 朱怡华. 翻译家葛浩文研究. 上海:华东师范大学硕士学位论文,2012.

④ Goldblatt, H. The writing life. *The Washington Post*,2002-04-28(BW10).

⑤ 葛浩文. 中国文学如何"走出去". 文学报,2014-07-07.

接近原文,保留语言异质性,另一种是以目的语或译文读者为归宿。葛浩文说:"我还是照我的一贯翻译哲学进行,翻出作者想说的,而不是一定要一个字一个字地翻译作者说的。"①其实葛浩文一直在强调的就是用地道的语言,忠实地传达原文的内容。大多数批评者简单地认为他主要采用归化的翻译策略,甚至给他戴上"文化霸权主义"的帽子,这无法公平公正地把握译者的文化翻译思想。

在译介莫言小说的过程中,从《红高粱》到《檀香刑》,葛浩文的文化翻译观也在反思中衍变,不断走向成熟。从最开始的以目的语文化为归宿的原则慢慢过渡到以源语文化为归宿的原则,即从"求同"为主过渡到"存异"为主。《檀香刑》是葛浩文的最新译著,在翻译过程中,葛浩文努力保留源语文化,再现原文的艺术性。如在翻译小说题目《檀香刑》时,葛浩文就面临挑战。他在《檀香刑》英译本的译序中对小说书名的翻译做了解释:"翻译这部莫言最伟大的历史小说,挑战重重,首先面临的挑战就是小说题目《檀香刑》的翻译。'檀香刑'字面意思是'sandalwood punishment'或'sandalwood torture',对极其注重声音、节奏、语调的这样一部小说来说,以上两个译文都没法达到要求。在小说中,刽子手大声喊出他设计的酷刑的名字:'檀-香-刑!',而'sandalwood'这个单词就已经有三个音节了,我需要找到一个更短的词来最切近地再现原文,于是我把题目译成'Sandal-wood-death!'"②

在《檀香刑》的译序中,葛浩文特别强调对原文声音、韵律和语调的翻译。他指出:"要想在翻译的过程中,既不至于用到美国街头俚语,又不至于过于传统,也是一项额外的挑战。最后的挑战在

---

① 葛浩文. 中国文学如何"走出去". 文学报,2014-07-03(20).

② Mo,Y. *Sandalwood Death*. Goldblatt,H. (trans.). Norman:University of Oklahoma Press,2013:ix.

于韵律。在汉语中运用韵律比英语中多得多,不论长度如何,汉语的戏剧几乎每一行都运用韵律。我为了翻译这大量的唱段,使英译文尽可能和原文贴近,不得不绞尽脑汁,调用头脑中储备的所有韵律单词。"①

葛浩文的文化翻译思想可以概括为"存异求同"四个字。存异是为了尽可能与原文贴近,保留异域情调,丰富译入语文化;求同是为了使译作更好地为读者接受。正是在"存异求同"文化思想指导下,译者融进自己的朝气和激情,灵活调整文化翻译策略,积极应对译作接受和原作艺术性再现问题,让作品的艺术生命在异域空间得到延续和传承。

三、存异:保留异域情调,传承中国文化

作品从一种语言到另一种语言,转换的不仅是语言,还有语言所赖以生存的土壤。语言转换,最大的障碍是原文中独特的语言结构;文化转换,最大的障碍莫过于独特的民族特征。如果独特的语言结构又表现了独特的民族特征,如汉语中的歇后语、谚语、民谣等,翻译就难上加难。《檀香刑》是"一部真正民族化的小说,是一部真正来自民间、献给大众的小说"②。莫言在写作中加入大量山东农村的方言、民谣、小调、乡村谚语等,语言表达极具乡土特色,给小说蒙上了特有的中国韵味。

那么《檀香刑》中最本土的语言表达在翻译中又是如何处理的呢?是再现乡土特色,还是归化到英语文化中?葛浩文是如何跨越文化边界,让译作得到异域读者的接受与认可的呢?

---

① Mo,Y. *Sandalwood Death*. Goldblatt, H. (trans.). Norman:University of Oklahoma Press,2013:ix.
② 莫言. 檀香刑. 北京:作家出版社,2012:封底.

　　葛浩文虽然也是在"话语的统治下"工作,但他在处理《檀香刑》中最本土的文化信息时,尽可能保留原文的乡土文化,如莫言的民间口语的风格,在他的英译作品中得到了很好的体现。但用异化的策略并不意味着用不通顺的译文来传达原文的思想内容。相反,葛浩文用通顺地道的语言,来表现源语的文化观念和价值观,以及源语中的比喻和形象。下面就以文化特色词、人名、称呼、成语、歇后语、俗语等这些极具代表性的文化信息翻译为例,来看葛浩文如何在翻译中存异,再现异国风情。

　　莫言小说里面有很多文化特色词,由于中英两种语言和文化具有很大的异质性,这些文化特色词在英文里都找不到对等词。在翻译时,葛浩文努力保留原文的形象,或采用音译法,或采用生造词,或采用解释法,在目的语的文本中,突出原文之"异",保留这些文化特色词的异国情调。

　　小说采用"凤头""猪肚"和"豹尾"独特的三部叙事结构,"凤头""猪肚"和"豹尾"分别直译成"Head of the Phoenix""Belly of the Pig"和"Tail of the Leopard"。"猫腔"也音译成"maoqiang","旦"音译成"dan","生"音译成"sheng","刀马旦"直译成"sword-and-horse role","月老"直译成"man in the moon",保留了原文的形象。"绿帽子"第一次出现时,译成了"a cuckold's green hat",很显然,译者意识到了"绿帽子"的隐含意义,而后面再次出现时,就简译为"green hat",既较好地译出了其隐含意义,又保留了原文的语言形式。翻译文化特色词时,如此存异的例子在译文中举不胜举。

　　英语人名比较简单,比较常用的女性名约 500 个,男性名约 800 个。汉语中姓不是特别多,但命名五花八门,非常复杂。而莫言小说中的人名更是独具特色,有着丰富的文化内涵。在《檀香刑》中,葛浩文基本上采用了音译法,如把"赵甲"音译成"Zhao

Jia"，"孙丙"音译成"Sun Bing"，"钱丁"音译成"Qian Ding"，"洪小七"音译成"Hong Xiaoqi"。

《红高粱》是葛浩文翻译的第一部莫言小说，而《檀香刑》是葛浩文最新翻译的一部莫言小说。在这本小说中，莫言文化信息的处理方式发生了改变，譬如在翻译称呼语时，他在正文中几乎都用了拼音法，尽管会给读者带来陌生感，如：爹/亲爹—dieh、干爹—gandieh、干儿子—ganerzi、老太爷—laotaiye、老爷—laoye、少爷—shaoye、师傅—shifu、衙役—yayi、状元—zhuangyuan 等。对这些称呼，译者在译文后用一张表格做了注释，如状元的注释为："the top scholar in the Imperial Examination；the best in a field"，这样既能保留原文文化特色，又可以帮助读者更好地理解，读者在阅读过程中也可以保持流畅。关于这一处理方法，葛浩文还特意在译序中做了解释："小说中一些词、一些术语，我没有翻译。尽管这些词或术语我可以采用下定义、描写或解构的方法，但我拒绝这样做。很多单词或术语，通过音译法，进入英语，收效良好……英语中的中国外来词数量很少，我认为现在该是更新和补充新词的时候了，因此，小说中很多词我都没有翻译，书尾我列了词汇表。只有一个词和标准拼音有细微出入，这个词就是'dieh'（爹），在中国北方通常称呼父亲为'爹'，汉语标准拼音应该是'die'。"①

四字成语是汉语特有的表达，它们短小精悍，寓意丰富，读起来朗朗上口，富有节奏感。莫言小说中四字成语俯拾皆是，为小说的意境美和音韵美添砖加瓦，如在"尔见识短浅，食古不化。当今皇上皇太后，顺应潮流，励精图治。爱民如子，体恤下情。犹如阳光，普照万物。大树小草，均沾光泽。尔心胸褊狭，小肚鸡肠。墨

---

① Mo，Y. *Sandalwood Death*. Goldblatt，H.（trans.）. Norman：University of Oklahoma Press，2013：ix.

守成规,少见多怪"中,出现了 14 个四字结构,表达言简意赅,语句自然流畅。但英汉两种语言之间存在着巨大的差异,英语中没有类似的四字结构,那葛浩文又是如何处理这些四字结构的呢? 在翻译这些含有中国文化因素的汉语成语和其他四字表达时,葛浩文以原文语义传达为己任,基本上都采用了异化的策略,尽可能接近源语,如他把"当今皇上皇太后,顺应潮流,励精图治。爱民如子,体恤下情。犹如阳光,普照万物。"翻译成了"In conforming to the times in their desire to make the country prosper, His Imperial Majesty and Her Royal Highness have dedicated Themselves to loving the common people as Their own children, to understanding and sympathizing with those at the bottom, in the same way that the sun shines down on all creation.",译文灵活变通,自然流畅,较好地保留了原文中的异质成分,却又不乏洋腔洋调。

《檀香刑》中俗语、歇后语、谚语、脏话,众声喧哗,小说洋溢着浓郁的乡土韵味。歇后语是中国人民在生活实践中创造的一种特殊语言形式,短小精悍、幽默风趣,散发出浓郁的生活气息,有着丰富的文化内涵。根据《现代汉语词典》(第 5 版),歇后语是由两个部分组成的一句话,前一部分像谜面,后一部分像谜底,通常只说前一部分,而本意在后一部分。歇后语这种独特的结构形式在英语中一般很难找到对等的表达方式。那么在《檀香刑》的翻译中,译者又是如何翻译汉语中具有浓郁文化特色的歇后语的呢? 葛浩文把歇后语"睁着眼打呼噜,装鼾(憨)"译成"Your eyes are open, yet you pretend to be asleep",这个歇后语用直译的方法译出了第一层意义"睁着眼打呼噜,装鼾",但"装憨"这层谐音喻义还是丢失了。他把"老鼠舔弄猫腚眼,大了胆了"译成"Like the rat that licks the cat's anus, you are an audacious fool",这个译文生动简洁,贴切自然,把歇后语的两层意义都很好地再现了出来。歇后语具有浓厚的民族特色,对译者来说是个挑战。面对这一挑战,葛浩文的翻译虽然难称理想,但他基本上没有用加注法、解释法或套译法等,而是在符合译入语语言规范的前提下,充分考虑中英文化差异,充分考虑读者认知水平,努力用最贴切、最能为译入语读者接受的表达方式传达。

俗语是汉语语汇里为群众所创造,并在群众口语中流传,具有口语性和通俗性的语言单位。莫言在小说中大量妙用俗语,生动地展现了高密东北乡当时的俗人、俗事和俗话。然而,这些生动形象的俗语承载着丰富的文化信息,给译者带来巨大的挑战和困难。在翻译这些俗语时,在不影响读者理解的前提下,葛浩文基本采用直译法,如他把"有枣无枣打三竿,死马当作活马医。"译成"You hit the tree whether there are dates or not; you treat a dead horse as if it were alive.",把"炒熟黄豆大家吃,炸破铁锅自倒霉。"译成"When the beans are fried, everyone eats, but if the pot is broken, you suffer the consequences alone."。

莫言小说中的俗语举不胜举,葛浩文在翻译这些俗语时经常加上"There is a popular adage that goes"或者"A popular adage has it that",而对于俗语本身,绝大多数都用直译的方法,较好地保留了原文中的意象,彰显了中国民间语言的活力与魅力。

四、求同:适度文化认同,灵活文化改写

译者是跨文化传播者,在跨文化传播过程中,他要有一种开阔的读者意识,要对读者的文化意识有适度的认同意识,并灵活调整译文的文化语境。这就是所谓的"文化改写",也就是翻译理论中的归化说。郭建中教授通过对韦努蒂的访谈,重新给归化下了定

义："在译文中把源语中的文化观念和价值观,用目的语中的文化观念和价值观来替代,特别是把原文的比喻、形象和民族、地方色彩等用相应的目的语中的比喻、形象和民族、地方色彩来替代。"①

葛浩文提出的四个翻译原则,其实已经阐明了他的翻译观,即翻译时既要忠实,又不得不背叛原文,进行重写。也就是说,除了存异,还要求同。译者在翻译过程中,除了有自己较鲜明的文化观,也会受到当时占统治地位的意识形态和诗学形态的限制,或多或少会对原作进行一定程度的调整,使译作尽可能多地为读者接受。另外,面对着翻译中的两大挑战,正如陆敬思(Christopher Lupke)所说:"任何简单的翻译方式都无法解决作家的个性化声音与其文化和语言环境的独特性这对孪生问题。在某些时刻,译者对原作的处理必然要享有一定自由,以便将其重塑到他自己的声音和英语文化框架之中。"②

葛浩文承认他在翻译中国文学作品时,对多部作品进行了编辑和改写,如李锐的《旧址》,莫言的《红高粱家族》《天堂蒜薹之歌》《丰乳肥臀》《狼图腾》等。莫言给译者葛浩文充分的自由,让译者做主,"想怎么弄就怎么弄"。因此,葛浩文以"异化"为主要策略,特别是在翻译一些文化特色词、人名、称呼、歇后语、俗语等时,但为了让译作更容易被西方读者接受,同时也使用归化方法,用流畅地道的译入语,适度改写。

莫言小说具有鲜明的乡土文化,文中频见骂人的粗话,最常见的有"狗娘养的""畜生""刁民""狗杂种""小杂种"等。在翻译这些粗话时,葛浩文基本都用了归化的策略,用地道的英语中的粗话来

---

① 郭建中. 重新定义:直译、意译与异化、归化//郭建中. 翻译:理论、实践与教学——郭建中翻译研究论文选. 杭州:浙江大学出版社,2010:360-361.
② 陆敬思. 渴望至高无上——中国现代小说与葛浩文的声音. 粤海风,2013(4):63.

替代,如把"小杂种"翻译成"you little bastard","你这个狗日的"翻译成"you dog-shit bastard","王八蛋"译成"no-good bastard",等等。

而在翻译四字表达或一些文化特色词或一些俗语时,葛浩文虽然以异化为主,但有时考虑读者的接受能力,也会使用归化策略。例如,他把"狗仗人势,狐假虎威"这两个成语用归化的方法译成了"a browbeating toady who took advantage of his favored position",原成语的比喻和形象丢失了,他把"那些人被他闹得丈二和尚摸不着头脑"译成了"they could make no sense of what he was talking about",同样也丢失了"丈二和尚摸不着头脑"的生动形象,但两个译文都简洁地道,更容易为读者接受。

五、文化第三维空间:原文文化和译文文化的洽洽调和

译者在翻译过程中,一定会在译文里注入自己的文化翻译观,最终的译文其实是"原文+原文文化背景+译文+译文文化背景+原文作者的气质和风格+译者的气质和风格的混合体"①。最终译文的文化既不是源语文化,也不是译语文化,而是各元素有机结合起来而形成的一个综合体,是文化的第三维空间,是异化和归化的动态平衡,更是源语文化和译语文化的洽洽调和。

刘宓庆指出,要达到源语文化和译语文化的洽洽调和,必须考虑文化适应性的问题。文化适应性主要包括三方面的问题:准确的文化意义(或含义)把握、良好的读者接受和适境的审美判断②。在译介莫言小说的过程中,葛浩文始终从大文化的视野出发,坚持

---

① 刘宓庆. 文化翻译论纲. 北京:中国对外翻译出版公司,2007.
② 刘宓庆. 文化翻译论纲. 北京:中国对外翻译出版公司,2007.

读者关照观,把小说翻译置于整体文化矩阵中,努力再现原小说整个文化意境。

从《红高粱》到《檀香刑》,葛浩文的文化翻译观也慢慢地发生了改变,从以目的语文化为归宿的原则过渡到了以源语文化为归宿的原则,即从"求同"为主过渡到"存异"为主,通过适境的审美判断,努力使译文尽可能与原文接近,保存原文的"原汁原味",最终得到良好的读者接受,完成作品在英语世界的文化行旅。

《檀香刑》英译本出版后,《波士顿环球报》(*Boston Globe*)、《纽约时报书评》(*New York Times Book Review*)、《出版人周刊》(*Publishers Weekly*)、《泰晤士报文学增刊》(*Times Literary Supplement*)、《南华早报》(*South China Morning Post*)等纷纷发表评论。《南华早报》詹姆斯·基德评价说:"葛浩文的英译本令人称赞,其语调是多重对立面的巧妙融合。"英国著名翻译家蓝诗玲在《泰晤士报文学增刊》撰文评价:"《檀香刑》更加野心勃勃,发人深省。主题富有想象力……但是,如果斟词酌句,其语言还是粗枝大叶,套话连篇。"汉学家陆敬思对葛浩文赞美有加:"他的丰富学识,他对英语文学及其他拥有英语译文的文学传统的广泛涉猎,对高雅文化和流行文化的狂热消费,赋予了他将中国文学声音传达给英语读者的杰出天赋。借用华莱士·史蒂文斯的隐喻,葛浩文正是汉学研究领域的'雄狮'。对我们来说,他的翻译'至高无上',在某种意义上,它们实现了永恒而不可磨灭的语言成就,足以与原作比肩而立,改变了英语世界中国现代文学的研究版图。正是这些卷帙浩繁的译文才使得中国现代文学的教学和研究成为可能。"①

---

① 陆敬思. 渴望至高无上——中国现代小说与葛浩文的声音. 粤海风,2013(4):63.

六、结　语

　　莫言的长篇小说《檀香刑》具有浓郁的地方色彩和民族特色，思想维度和审美维度水乳交融。正是作品这种内在的经典性，为其小说跨越时空，开启精彩的异国之旅奠定了基础。葛浩文在翻译过程中，始终从大文化的视野出发，充分考虑源语和目标语的文化背景，根据翻译目的、读者对象等选择存异求同的文化策略。他注重保留原文的语言和文化特色，努力展示源语的艺术魅力，又采用符合西方主流诗学的叙事方法，努力保持译文可读性，力求和谐地融入译入语文化。译者在翻译过程中努力准确把握原文的文化意义，加上适境的审美判断，最终获得了良好的读者接受，达到原文与译文的洽洽调和。

　　葛浩文的翻译赋予了莫言作品新的生命力，而英语世界读者对译作的阅读分析也丰富扩展了他的作品的艺术价值。《檀香刑》的文化行旅，是文化碰撞、沟通和融合的过程，最终产生了新的文化视野，在异域空间获得了全新的生命。

　　（卢巧丹，浙江大学外国语言文化与国际交流学院高级讲师；原载于《小说评论》2015 年第 4 期）

《浮躁》英译之后的沉寂

——贾平凹小说在英语世界的译介研究

吴　赟

　　民族化与乡土叙事是中国当代文学的重要标签,记载了中国大地三十多年来乡土生活的嬗变与发展。贾平凹与莫言都是书写这一类文学作品的代表作家,他们用独特、深刻的视角表现了当代中国人的生活与情感,在国内获得了巨大的文学成就。不过,相比于刚刚荣获诺贝尔文学奖的莫言,贾平凹在国际社会中所获得的关注和认可却远远不及。本文将对贾平凹小说在海外的译介和接受情况加以梳理及归纳,探讨海外读者对贾平凹笔下乡土中国的认识与理解,分析贾平凹在国内外文学声名并不相称的根源,从而为中国文学"走出去"提供历史镜鉴和有益启示。

一、贾平凹小说在英语世界的译介情况

　　贾平凹小说的译介主要是通过三种方式完成的。一是以外文局(中国国际出版集团)为主导的国家译介行为,由国家挑选篇目、译者,通过《中国文学》期刊和"熊猫丛书"出版;二是由海外汉学家挑选篇目,编译成集,由国外出版社出版;三是以单行本的形式,由

国外出版社翻译出版的中长篇小说。

《中国文学》和"熊猫丛书"是中国为了打开对外交流的局面而先后创办的,其译介主体由国家机构以及中英文编辑共同构成,在编辑方针、译介内容、翻译语言、出版发行等各个环节均实行了计划化和组织化的规划与管理,直至 1991 年底起,才开始独立经营,自负盈亏。这样的译介模式使《中国文学》和"熊猫丛书"被纳入对外宣传事业之中,成为对外宣传中国的手段和桥梁。在这一宗旨的指引下,"译什么"往往要比"怎么译"重要得多。

自 20 世纪 70 年代末起,贾平凹的一些中短篇小说经由这种方式被翻译、介绍到国外。其中《中国文学》刊登的短篇小说有:《果林里》(*The Young Man and His "Apprentice"*,1978 年第 3 期)、《帮活》(*A Helping Hand*,1978 年第 3 期)、《满月儿》(*Two Sisters*,1979 年第 4 期)、《端阳》(*Duan Yang*,1979 年第 6 期)、《林曲》(*The Song of the Forest*,1980 年第 11 期)、《七巧儿》(*Qiqiao'er*,1983 年第 7 期)、《鸽子》(*Shasha and the Pigeons*,1983 年第 7 期)等。另外,1991 年,外文出版社从《中国文学》上选编若干作家作品,集结成小说选集出版,书名为《时机并未成熟:中国当代作家及其小说》(*The Time Is Not Yet Ripe*:*Contemporary China's Best Writers and Their Stories*),其中收录了贾平凹的《火纸》(*Touch Paper*)。

"熊猫丛书"在 20 世纪 90 年代由中国文学出版社先后出版了贾平凹的两部小说选集,分别是 1991 年出版翻译的《天狗》(*The Heavenly Hound*),收录了《天狗》(*The Heavenly Hound*)、《鸡窝洼人家》(*The People of Chicken's Nest Hollow*)和《火纸》(*Touch Paper*)三篇中篇小说,以及 1996 年出版的《晚雨》(*Heavenly Rain*,1996),收录了《晚雨》(*Heavenly Rain*)、《美穴地》(*The Good Fortune Grave*)、《五魁》(*The Regrets of a Bride Carrier*)、

《白朗》(*The Monk King of Tiger Mountain*)四篇中篇小说。

这些被译介的中短篇多为在现代化建设中形成的乡土小说，反映了"文革"之后乡村中国的新面貌，描绘了新时代农民淳朴的心灵和纯真的爱情。应该说，《中国文学》和"熊猫丛书"对中国文学"走出去"起到了一定的作用。不过，转入市场行为之后，由于编译人才匮乏、出版资金短缺等原因，2001年，中国文学出版社被撤销，2002年，《中国文学》停刊，"熊猫丛书"也几乎停止出版，这标志着国内对中国当代文学的主动对外译介遭遇到重大的挫折。如今，通过这一渠道出版的贾平凹小说已基本淡出视线，说明了在国外大众市场遭受冷遇的现实。

对贾平凹小说的第二种译介方式是由汉学家编译，国外出版社出版，收录在中国当代作家作品选集中。具体有：1988年，朱虹编译、美国 Ballantine Books 出版社出版的《中国西部：今日中国短篇小说》(*The Chinese Western：Short Fiction from Today's China*)中收录了贾平凹的两个短篇：《人极》(*How Much Can a Man Bear?*)和《木碗世家》(*Family Chronicle of a Wooden Bowl Maker*)。1990年，萧凤霞(Helen F. Siu)编译、斯坦福大学出版社出版的《犁沟：农民、知识分子和国家，现代中国的故事和历史》(*Furrows：Peasants, Intellectuals, and State：Stories and Histories from Modern China*)收入了贾平凹的《水意》(*Floodtime*)。1992年，马汉茂(Helmut Martin)与金介甫(Jeffrey Kinkley)编译、M. E. Sharpe 出版社出版的《当代中国作家自画像》(*Modern Chinese Writers：Self-Portrayals*)收录了贾平凹的《即便是在商州生活也在变》(*Life is Changing, Even in Hilly Shangzhou*)。

编译这些作品集的都是美国著名的汉学家，其中选录的贾平凹小说聚焦"文革"之后农民形象的变更，描绘了贫穷、封闭的中国西部农民在面对巨大的社会和政治变迁时,经历的种种阵痛和展望生活的信念。不过,这些作品集大多被归在学术化、专业化的小众类别,而且因为收录文本较多,因此其意义在于以合集的形式体现当代中国的形貌,对于贾平凹自身的文学价值并没有分章别类地加以凸现。

对贾平凹小说的第三种译介方式是以单行本形式出版的中长篇小说,这也是对贾平凹译介形成最大影响力的形式。具体有:1991 年美国路易斯安那州立大学出版社(Louisiana State University Press)出版、葛浩文(Howard Goldblatt)翻译的《浮躁》(*Turbulence*)和 1997 年加拿大 York Press 出版社出版的、罗少颙(Shao-Pin Luo)翻译的《古堡》(*The Castle*)。

《浮躁》以秦地文化为背景,以农村青年金锁与小水之间的感情经历为主线,描写了改革开放之初的时代情绪和社会现实。《古堡》概括了乡土文化的封闭性和狭隘性,批判了乡土农民愚昧、冥顽的精神现状。《浮躁》是贾平凹"商周系列"的第一部,奠定了他在中国文坛的地位,1988 年荣获第八届美国美孚飞马文学奖(The Pegasus Prize for Literature)。之后,美孚公司聘请葛浩文翻译此书。译作译笔精到,与原著相得益彰。1991 年,为了祝贺《浮躁》英译本在美国首次发行,"飞马文学奖"顾问委员会邀请贾平凹夫妇访问美国。贾平凹在华盛顿、丹佛、洛杉矶等处朗读了《浮躁》片段,唱起了陕西民歌,中华民族浓郁的乡土气息和传统特色吸引了众多的美国读者,也大大提升了贾平凹在海外的文学名声。

以上梳理了贾平凹在英语世界里的译介情况,值得注意的是,对贾平凹小说的翻译都是在 20 世纪进行的。而步入 21 世纪之后,贾平凹作品的英译情况几乎为零,除了 2008 年 8 月刊登在《卫报》(*The Guardian*)上由 Nicky Harman 翻译的小说《高兴》(*Happy*)节选以及 2011 年刊登在"纸托邦"(Paper Republic)上由 Cannan Morse 翻译的《古炉》(*Old Kiln*)节选,众多耳熟能详的代表著作如《废都》《秦腔》等都没有在英语世界得到完整的翻译和推广。相比于他丰富多产的创作实践,新世纪中这一寂然无声的翻译现实颇值得深思。

二、贾平凹小说在英语世界的接受情况

由于中国当代文学在海外的阅读群并不庞大,《浮躁》《古堡》等小说英译本的出版虽然让贾平凹以及他的作品在海外获取了一定的影响力,但是英语社会对他的阅读并未形成主流化的大众趋势,而是仍然以汉学家的小众研究群为主体。从报纸期刊的研究文章来看,对贾平凹小说的认知和接受大多立足"乡土""民族化""寻根文学"等关键词语。"文革"以后中国乡村的急剧变化,历史积淀和现代意识的碰撞,文学想象与政治文化的互动,对民族习性与人生情感的观照,这些都成为解读贾平凹的重点依归。

文学评论家 Philip F. William 在《古堡》英译本的书评中写道:"贾平凹用自己的小说证明了陕西为大量描写中国乡村生活的优秀文学作品提供了素材。"[1]贾平凹的众多小说都以故乡陕西东南农村的秦岭山区为背景,以偏远山村的农民为写作对象。在《古堡》一书中,他描绘了商州这一贫穷山区严酷的社会与经济现实,揭示了民性愚昧对变革所造成的巨大障碍。正如批评家 Lawrence N. Shyu 所说,小说"一下子就让读者深切地关注到农民根深蒂固的习性和传统,尤其是愚昧的民性、森严的父系宗族体制和乡村社会中冥顽的性别歧视"[2]。他对于象征手法的运

---

① Williams,P. F. The Castle. *World Literature Today*,1997,71(3).
② Shyu,L. N. The Castle. *The International Fiction Review*,1998,25(1).

用,对英雄情怀的悲剧性刻画给小说带来史诗般的特质,帮助西方读者了解了 20 世纪七八十年代中国在变革与守旧之间的矛盾与冲突。

至于《浮躁》这本成就贾平凹在西方文学声名的小说也是落笔于作家生长的村庄,描述了中国的传统乡村在改革的现代化冲击下所经历的精神震荡和文化变迁。2003 年英文再版的封底这样介绍这本书:"在这本迷人的乡村小说中,贾平凹展示了一个令人难忘的乡土中国,一个充满异国情调,又夹杂着神秘熟悉感的世界。……小说中的人性光辉跨越了文化和政治差异,使之与我们自己的文化产生共鸣。"①获得飞马文学奖帮助这本小说在美国引起了较大的阅读兴趣。自 1991 年英文版面世之后,共计有十篇书评发表在《基督教科学箴言报》(*The Christian Science Monitor*)、《柯克斯评论》(*Kirkus Reviews*)、《纽约时报》(*New York Times*)、《今日世界文学》(*World Literature Today*)、《图书馆期刊》(*Library Journal*)等报刊之上,大多不乏溢美之词。如《基督教科学箴言报》上的评论认为:"一部珍贵的、细节丰富的著作,洞若幽微地描述了中国乡村在改革时代中风云激荡的十年生活。"②《柯克斯评论》称《浮躁》是贾平凹在美国的处女作,评论说:"这是 20 世纪 80 年代发生在中国农村的一个曲折微妙的故事。乡土习俗和诗学意象大大丰富了这部描写改革时期,新旧之间中国的小说。可能冗长了些,但是确实既真切感人,又发人深省。"③

---

① Jia, P. *Turbulence*. Goldblatt, H. (trans.). Louisiana: Louisiana University Press, 2003.

② Snyder, A. S. Rev. of *Turbulence*. *The Christian Science Monitor* (*Eastern edition*), 1992-01-15.

③ Associates, K. Rev. of *Turbulence*. *Kirkus Reviews*, 1991-08-15.

不过,《浮躁》的获奖也引发了一些质疑。文学评论家 Michael Duckworth 认为:"《浮躁》欠缺当前中国文学中那种令人醒目的新意,因此对于关注中国政治变革的美国而言,可能不会受到欣赏。"①美国著名汉学家金介甫也认为:"翻译贾平凹等作家主要的障碍在于,虽然性解放和为个人权利而斗争的主题在中国具有新意,但是对于我们(美国读者)而言确实是陈词滥调。"②长久以来,西方读者们普遍认为"中国文学就是枯燥的政治说教"③,因此改革开放之后,他们希望阅读的是能够直接言说并抨击政治的中国文学作品,在解读和评论中也总是刻意突出政治性和意识形态的功用。《浮躁》的译者葛浩文也说:"美国人对讽刺的、批评政府的、唱反调的作品特别感兴趣。"④而贾平凹的《浮躁》只是想挖掘出乡土生活的深刻事实,并没有刻意地喊口号或批评当今政治,这种对政治性的回避会使得西方读者丧失对这本小说的阅读兴趣。Michael Duckworth 认为:"这是中国作家走入西方市场会面临的两难压力:政治异见者会立刻赢得认同,但同时会大大局限作家的文学视野。而一旦中国作家跳出这一西方熟悉的圈子,也就会丧失西方的关注,担上再也不会受到重点关注的风险。几千名中国作家等着那屈指可数的几个翻译家点头,而翻译家们更倾向于那些背叛传统的激动人心的新作。葛浩文曾翻译过莫言的更富创新精神的《红高粱》,他说要是他自己选,他不会去翻译《浮

---

① Duckworth, M. An epic eye on China's rural reforms. *Asian Wall Street Journal*, 1991-10-18.

② Kinkley, J.C. World literature in review: Chinese. *World Literature Today*, 1992, 66(4).

③ Lovell, J. Great leap forward. *The Guardian*, 2005-06-11.

④ 罗屿,葛浩文. 美国人喜欢唱反调的作品. 新世纪周刊,2008(10):120-121.

躁》。"①《出版人周刊》(*Publishers Weekly*)的评论中也说:"这本小说的情节非常常规化。当金狗努力摆脱官僚势力的控制,同时在党的领导下开创事业时,他在细细的道德界线上摇摆。贾的散文文风,就像周河一样,缓慢地流淌着,将读者带向早已注定的、平平无奇的终点。"②

了解文学作品在海外的接受情况,除了要关注如上专业报刊的解读和评论之外,还要关注普通读者的接受情况和阅读反应。这本书在亚马逊北美店销售榜截至 2013 年的排行榜上,名列第1603675 位。以小说类来看,10 万位后的排名,表明其销量是非常非常低的,几乎没有进入大众视野。而从有限的读者留言和打分情况来看,有近一半读者认为由于文化障碍、写作风格差异,很难坚持阅读下去。

贾平凹的其他著名小说如《废都》《秦腔》等,因为还没有英文译本,因此接受和评价都局限于狭小的汉学家范围内,对他们的研究只能归于学术化的范畴,无法反映整个英语社会对于贾平凹作品的阅读和接受情况。不过,值得一提的是,虽然还未得到完整、正式的译介,但是英语主流媒体也关注到了贾平凹的作品,只不过评价视角仍然受到政治意识形态的驱使。如《纽约时报》的书评评论《废都》时说,在中国有人指责这本小说"腐蚀了社会主义价值观,其他人把它当作文艺多元化的标志,最终,《废都》删除了众多性场景而存活了下来","然而,贾平凹在每一次删除之后提到了审查,而愉悦了读者。比如,标明此处删除 18 个字,此处删除 42 个字等。这实际上是一个高明的营销策略,反而增加了小说的色情

---

① Duckworth, M. An epic eye on China's rural reforms. *Asian Wall Street Journal*, 1991-10-18.

② Steinberg, S. Fiction—*Turbulence* by Jia Pingwa and translated by Howard Goldblatt. *Publishers Weekly*, 1991-08-30.

效果,提高了销售量,肥了作者的腰包"①。全文的论述重心是文学的审查制度。这些政治性的解读在英语国家屡见不鲜。虽然贾平凹的许多小说充满细腻的心理描写和强烈的时代意识,也富于文学普适性的美感以及对人性哲理性的反思,但是一旦"走出去",便不落俗套地落入被政治性解读和判断的窠臼。这种意识形态的指向性往往会使得对包括贾平凹在内的中国文学的理解和接受变得褊狭、走样。

三、《浮躁》之后译介不力的原因

改革开放以来的三十多年间,日新月异的中国引起了全世界广泛的兴趣和关注。尤其是步入新世纪以来,越来越多的中国当代小说被译介出去,书写了中国小说翻译的繁荣景象,2012 年底莫言获得诺贝尔文学奖,更是激发了世界阅读中国的热情,成为世界了解中国风土人情、价值观念、社会文化的较好途径。然而,在这样的盛景之下,对贾平凹这位中国著名作家及作品的译介却陷入了一片沉寂。在《浮躁》和《古堡》之后,英语国家就没有对他的小说进行过完整的翻译,代表他文学事业高峰的《废都》《秦腔》等作品都没能及时、有效地走出国门,被英语读者认知、欣赏和接受。尤其是《废都》早在 1993 年就已面世,但时隔二十年仍未能翻译成英文出版,不能不说是一大遗憾。这一译介不力的现状颇值得探讨。

从小说本体这一方面来看,贾平凹的语言风格为翻译设置了较大的难度。陕西方言俗语的运用是贾平凹系列作品的显著标志,体现了中国独特的文化精神和美学精神。小说语言在乡土风

---

① Kristof, N.D. She moaned. *New York Times Book Review*, 1999-10-24.

情、人物性格、作品主题等各个方面都弥漫着浓郁的乡土气息,刻画了陕西独特的人情世故、民族情感与地域风格,体现了贾平凹寻根文学创作中独特的民间视角和民间关怀。这种以方言俗语为特点的语言风格使得翻译成为艰巨的任务。相比于更接近西方创造叙述手法的莫言,译者在面对贾平凹的小说时,受到的挑战要大得多。文学评论家李星认为:"贾平凹采用的是中国传统的白描手法创作,还有很多独特的情绪色彩,而民间话语更是村俗俚语,怎样才能保留作品的原汁原味,这对翻译家来说,太难了!"①在目前积极推动中国文化"走出去"的大环境之下,方言创作已然成为翻译的一大掣肘。"中国图书对外推广计划"办公室主任吴伟坦言:"我们有些地域作家,用方言写东西,一般说普通话的人都看不大明白,再变成外文,在表达和理解上就是一大衰减。"②

不过,翻译方言为特征的乡土小说也并非不可能,毕竟《浮躁》的译介就是成功个案,这显然对译者的功力提出了非常苛刻的要求。迄今为止,向英语国家成功译介中国文学的翻译家大多都以英语为母语,谙熟英语语境的文化观念、审美习惯,并了解英语读者的阅读感受。而本土译者因为较少考虑到目标市场的接受程度,所以译本往往欠缺自然流畅的表达美感。这种文学美感的缺失会影响到译本在目标读者中的流通与接受,因此难被认可,这就造成从中国本土输出的作品在大众市场遭受冷遇的现实。《中国文学》和"熊猫丛书"的挫折也证明了这一事实。金介甫曾对此作过评论:"外文出版局和旗下的'熊猫丛书'等一起完成翻译,没有启用以英语为母语的著名翻译家来定稿。他们的产品千人一面,译得多,但译得不好。……英语枯燥无味,呆板无趣,所有的文学

---

① 张静. 评论家称贾平凹也有获诺奖实力:作品难翻译得多. 西安晚报,2012-10-13.
② 吴伟. 向莎士比亚学习传播. 时代周报,2009-09-16.

趣味在翻开第一页就消失了。"①目前在中译英领域,以英语为母语的优秀译者寥寥无几,合格的本土译者则更难以寻觅。《废都》的翻译就遭遇过这一困境。葛浩文曾在接到采访时提到:"有一年,夏威夷大学出版社的编辑交给我一份贾平凹《废都》的译稿,让我看看有没有可能修改得像样一些。是一个在美国留学的中国博士生翻的,他跑到西安找到贾平凹,自报家门,说他想翻译《废都》。贾平凹就同意了。可惜这位留学生的英文水平实在太差了,翻出来的东西让人根本读不下去,完全是一堆文字垃圾。"②

事实上,翻译是一个复杂的文化交际行为,所涉及的不仅仅是译者的双语转换能力,它受社会、政治、文化等多种因素制约,需要原作者、译者和出版社等全方位协作。英国翻译家 Nicky Harman 指出:"英国的出版商必须更好地理解中国小说。'中国禁书'这一无聊的旧标签只有一层含义:这本书没有通过审查。书如果写得不好的话,光靠性和暴力的题材是卖不动的。许多英国出版商都说他们希望作者富有魅力,善于交流,最好还能说英语。而只有少数几位作家能具有这些特点。很多写出鸿篇巨制的作家既不年轻,没什么魅力,也不会说英语。"③这一番话不仅对海外出版社提出要求,希望他们摆脱对于中国文学错误的认知和判断,同时也对中国的作家群体提出了要求。如果按照这个要求来分别评价贾平凹和莫言,那么显然贾平凹做得并不够。李星曾直言陕西作家固守乡土,很少"走出去",他说:"莫言是个具有世界眼光,非常重视对外交流的作家,来陕西都来了十余次,每次都来这边找文学界的朋友,非常有推广意识。相比之下,陕西作家就知道闷头苦干,很

---

① 赋格,张英. 葛浩文谈文学. 南方周末,2008-03-26.

② Harman, N. Bridging the cultural divide. *The Guardian*,2008-10-05.

③ 张静. 评论家称贾平凹也有获诺奖实力:作品难翻译得多. 西安晚报,2012-10-13.

少主动'走出去',就是舍不得家乡的那碗黏面,以前别人叫贾平凹去香港他都不去,陈忠实也是这样。这对我们冲击世界有着很大的拘囿,也是陕西作家必须改进的地方。"①作家自身对于翻译的看法和立场对于译作的产生有着至关重要的作用。贾平凹和葛浩文之间的交流就是明证。1991年《浮躁》译完至今二十余年,葛浩文再也没有翻译过任何一部贾平凹的小说,但翻译了莫言的几乎所有作品,此外还翻译了萧红、老舍、巴金、苏童、毕飞宇、冯骥才、李锐、刘恒、马波、王朔、虹影等约25位作家的40余本小说,使得中国当代小说英译"差不多成了(葛浩文)一个人的天下"②。葛浩文在谈到贾平凹的作品时曾说:"《浮躁》里有些我看不懂的西安土话,我就一笔一画地写下来向作者请教,但据说作者因此认为'葛浩文不懂中文',甚至得出'只有中国人能翻中国书'的看法。"③从中可以看出,在中国小说英译的问题上,我们的作家应该树立开阔的国际合作眼光,充分信任海外从事中译英工作的汉学家和翻译家,与他们积极合作。

此外,贾平凹不同于莫言、苏童、余华等作家,缺乏有影响的电影改编来助推原作在国际上的影响力。电影能将文学作品中的形象加以强烈的视觉冲击,吸引异域关注的目光,从而引起海外读者兴趣的阅读兴奋点。1987年,莫言的《红高粱家族》改编成电影《红高粱》获得1988年柏林国际电影节金熊奖;1991年,苏童的《妻妾成群》改编成电影《大红灯笼高高挂》获得威尼斯电影节银狮奖,第62届奥斯卡最佳外语片提名;1994年,余华的《活着》改编

---

① Updike, J. *Bitter Bamboo*: Two novels from China. *The New Yorker*, 2005-05-09.

② 赋格,张英. 葛浩文谈文学. 南方周末,2008-03-26.

③ 季进. 当代文学:评论与翻译——王德威访谈录. 当代作家评论,2008(5):68-78.

成同名电影,获得第 47 届戛纳国际电影节评委会大奖和英国电影学院奖最佳外语片奖。这三部获奖影片大大提升了原著小说在西方社会的影响力,也大大提高了原作者在海外的知名度。相比之下,贾平凹的小说却缺乏这种文学延伸形态的助推力。虽然也有几部小说被改编成电影,其中不乏优秀作品,如 1985 年由《鸡窝洼人家》改编的电影《野山》和 2009 年由同名小说改编的电影《高兴》,但是由于这些电影并没有在国际社会形成热烈反响,也就没有能够推动异域对原著小说的阅读。

除了以上原因,译入语的整体环境也会影响译作的传播和接受。中国文学作品在法国的境遇要好得多。法国文学界往往会把短期的商业利益搁置一边,愿意去出版一些他们认为优秀的作品,这也是一直以来他们所坚持的文学多元化的传统。1997 年,贾平凹以法文版的《废都》获得法国的三大文学奖之一的"菲米娜外国文学奖",这也是亚洲作家第一次获此奖项,而且作品销售量要达到 8 万册以上才能入选。之后,法国《新观察家》杂志把贾平凹列入 1997 年"世界十大杰出作家"。2003 年,贾平凹又获得由法国文化交流部颁发的"法兰西共和国文学艺术荣誉奖",以褒扬他在法国的巨大影响力。相比之下,"任何外国文学要在西方(尤其是以美国为重心)的英文市场打开局面都不是件容易的事",中国文学在英语文化中则更是处于十分边缘的位置,这也就不难理解为何贾平凹的众多小说都陷入未被英译的沉寂了。

四、结　语

贾平凹的小说在原生态的叙事之中,精微、生动地刻画了变化中的乡土中国,表现了在现代化转型中中华民族的生活状态和情感世界,是中国当代文学的重要代表。然而,英语世界对他的翻译在经历了 20 世纪八九十年代的一阵热潮之后,就陷入了一片沉寂,迄今他的一些重要作品均未得到成功的译介,未能被英语世界的广大读者阅读。探讨已译贾平凹小说在英语世界的接受情况以及小说未译的各种原因能够帮助我们更好地了解中国当代文学在西方读者眼中所呈现的形态,为中国独特的文学话语"走出去"提供有益的借鉴和启示,使之为更多的海外读者所接受。

本文是上海外国语大学校级重大科研项目"中英人文交流视域内的英国研究"和校级一般科研项目"中国当代小说的英译研究"的阶段性成果。

(吴赟,同济大学外国语学院特聘教授;原载于《小说评论》2013 年第 3 期)

《红楼梦》英译思考

冯全功

2014 年 4 月 23 日，英国的《每日电讯报》刊登了一篇题为《史上十佳亚洲小说》的报道，把《红楼梦》列为第一名，称其为"史诗般的巨著"，"以一个贵族家庭中的两个分支为主线，讲述了一个凄美的爱情故事，充满人文主义精神"。毫无疑问，《红楼梦》已成为世界文学的有机组成部分，引起了国际学界的广泛关注。然而，任何一个国家的文学经典，只有通过对外译介与传播，才能跻身于世界文学之林，《红楼梦》如此，《金瓶梅》如此，《哈姆雷特》如此，《战争与和平》亦如此。值得注意的是，已被译介的民族文学经典也不一定是世界文学的家族成员，未取得经典地位的民族文学作品也有可能通过翻译在国际上产生重大影响，反过来促进其在本国的经典化进程，如寒山诗在美国的译介等。总之，翻译是桥梁，是民族文学(经典)作品通向世界文学殿堂的必经之路。民族文学经典的形成都经过时间的冲刷与洗礼，经过读者的解读与阐释，是主体(如作者、读者、批评研究者)、文本(如作品本身、批评与研究文本、受原文影响的文本)、文化(当时与当下的意识形态、社会文化语境)等因素多维互动的结果。一般而言，文学经典具有较高的审美价值与社会价值，"涉及人类精神生活中的根本性问题，借由鲜活的当下性而达致深远的永久性"①。其中,"深远的永久性"不仅涉及时间的冲洗问题,还涉及空间的扩散问题,文学经典的对外译介与传播便是一种典型的空间扩散,使其在异域文化中获得新的生命。

自从 2012 年莫言获诺贝尔文学奖以来,中国文学作品的对外译介与传播成了翻译界的热点话题,引起了众多学者的关注与参与,如许钧、谢天振、朱振武、胡安江、鲍晓英、王颖冲、孟祥春、许多等,研究话题包括译介主体、译介内容、译介模式、译介渠道、译介策略、译介受众、译介效果,很大程度上突破了传统的语言文字转换研究。如果说中国古典文学作品(如《诗经》《红楼梦》《水浒传》《金瓶梅》等)的译介与传播一直比较受学界关注的话(全国典籍英译学术研讨会已举办 11 届,隔年召开),最近几年现当代文学作品的译介与传播走上了前景化的位置,有与之分庭抗礼之势。当代文学作品是不是经典还不好"盖棺论定",如莫言的《红高粱》、余华的《活着》等,似乎还需要时间的检验与沉淀。黄曼君认为,"对于文学经典,不能孤立地将其视为实在本体,而要同时将其视为关系本体"②,错综复杂的关系(如读者的接受、学者的研究、各种形式的宣传以及对其他文本的影响等)产生了经典,并继续维持经典的存在。相对新近产生的文学作品或非文学经典而言,文学经典的译介更加复杂,可资利用的互文资源更丰富,更能体现其作为"关系本体"的存在。作为中国文学经典中的经典,《红楼梦》在英语世界的译介与传播已有二百余年的历史,造就了其在世界文学中的地位。鉴于中国文学与文化"走出去"的大环境,有必要系统梳理《红楼梦》的译介之路,包括译者身份、翻译模式、翻译目的、传播效

---

① 黄曼君. 中国现代文学经典的诞生与延传. 中国社会科学,2004(3):151.
② 黄曼君. 中国现代文学经典的诞生与延传. 中国社会科学,2004(3):151.

果、译文本身的可阐释空间等,探讨其对中国文学"走出去"的启示,从而推动更多的中国文学作品成为世界文学的家族成员,扩大中国文学作品的世界影响力。

一、《红楼梦》在英语世界的译介之路

早在 18 世纪初期,《红楼梦》便开始了在英语世界的译介之旅。1812 年,英国新教传教士马礼逊(Robert Morrison)英译了《红楼梦》第四回中的几段文字,发现于马礼逊的私信中,惜未正式出版①。1816 年,马礼逊编写的具有教材性质(供学习中文者使用)的《中文会话及凡例》中收录了《红楼梦》第 31 回宝玉和袭人对话的英译片段,被学界视为《红楼梦》英译的正式开端。随后英国驻华公使、香港第二任总督德庇时(John. F. Davis)、英国驻宁波领事罗伯聃(Robert Tom)、英国外交官梅辉立(William F. Mayers)、英国传教士艾约瑟(Joseph Edkins)等人对《红楼梦》也都有零星的译介。1868 年,大清帝国海关职员、英国人包腊(Edward C. Bowra)翻译了《红楼梦》的前八回,连载于《中国杂志》上,这是《红楼梦》在英语世界首次较大规模的译介,但仍未以单行本的形式出版。1892 年到 1893 年间,英国驻澳门副领事乔利(H. B. Joly)翻译出版了《红楼梦》的前 56 回,惜因早逝未能全译。20 世纪出现了几个重要的编译本与全译本,包括 1929 年出版的王际真的编译本(后有修订本)、1957 年出版的麦克休姐妹(Florence Mchugh & Isabel Mchugh)的编译本(从库恩的德译本转译而来)、1973 年至 1986 年出版的霍克思(David Hawkes)与闵

---

① 葛锐.道阻且长:《红楼梦》英译史的几点思考.李晶,译.红楼梦学刊,2012(2):246.

福德(John Minford)的全译本(霍译前八十回,闵译后四十回)、1978 年与 1980 年出版的杨宪益与戴乃迭的全译本、1991 年出版的黄新渠的编译本以及 2012 年出版的王国振的编译本。此外还有邦斯尔(Bramwell S. Bonsall)神父于 20 世纪 50 年代完成的《红楼梦》英语全译本,未能正式出版,电子扫描版存于香港大学图书馆。王良志 1927 年也编译了《红楼梦》,但学界鲜有见到译文真面目的,疑已佚失。2015 年南开大学博士生宋丹发现,林语堂也编译过《红楼梦》,有日本翻译家佐藤亮一的日文转译本,但也没有正式出版,手稿存于日本的一家市立图书馆。此为《红楼梦》英译史(本)的概貌,时间跨度两百年左右。这对中国文学经典的对外译介与传播又有什么启示呢?

(一)译者身份的多样化

中国文学经典到底由谁来翻译更加合适,这是一个有争论的话题。有的认为是目的语功底较好的外国人(顺向翻译),有的认为是对中国文化更为了解的中国人(逆向翻译),有的人认为最理想的情况是中西合璧。综观《红楼梦》英译史,译者可主要分为三类:英语国家的外交官或传教士、其他英语国家的译者与中国译者。除了邦斯尔的全译本之外,早期外交官或传教士的译文主要是片段翻译(如马礼逊、德庇时)或节译(如包腊、乔利),具有典型的实用主义倾向,旨在为英语读者"提供语言学习材料和消遣性读物"①。这些译文(片段)的文学性相对不是很高,但对扩大《红楼梦》在英语世界的影响无疑具有开创之功。麦克休姐妹不懂中文,她们的《红楼梦》编译本从德译本转入,在英语世界具有和王际真

---

① 江帆. 他乡的石头记——《红楼梦》百年英译史研究. 天津:南开大学出版社,2014:39.

编译本不相上下的影响力,译文也粲然可读。霍克思为牛津大学汉语教授,也是一位汉学家与红学家,曾在北京大学学习中文,他与学生(女婿)闵福德合译的《红楼梦》为目前正式出版的两个英语全译本之一,广受好评。霍克思本人对《红楼梦》也有比较深入的研究,体现在译文的前言后记等副文本以及《〈红楼梦〉英译笔记》中。杨宪益是中国的大师级翻译人物,曾获"翻译文化终身成就奖",其与英国夫人戴乃迭合译的《红楼梦》也备受关注,后又入选《大中华文库》,具有较强的文化传播目的。王际真系美籍华人,曾长期任教于美国哥伦比亚大学,他的《红楼梦》编译本至今仍有市场,堪称最具权威的英语编译本。王氏前后两个编译本颇受中国红学的影响,尤其是胡适的新红学,译本出现之后对美国红学也产生了很大的影响,"可称中美红学之间的桥梁和纽带"①。林语堂一生钟爱《红楼梦》,著有《眼前春色梦中人:林语堂平心论红楼》一书,他的长篇英语小说 *Moment in Peking*(《京华烟云》或《瞬息京华》)与《红楼梦》也具有十分强势的互文关系。林语堂的译本未能出版,其作为《红楼梦》译者的身份之前也鲜为人知,鉴于他令英美本土人汗颜的英语能力及其深厚的红学与中国文化素养,林语堂无疑是《红楼梦》英译的最佳人选之一,相信林译的出版将会在读者圈与学术界掀起新的波澜。

外交官与传教士的译者身份是特殊时代的产物。针对中国文学经典的外译而言,外国人与中国人都可以是合适的人选,如林语堂、霍克思、杨宪益、王际真等,他们都有相关留学背景,目的语驾驭能力相当娴熟,对汉语语言文化也都比较了解。"汉学家模式"固然是比较理想的选择,然而,目前国外汉学家数量有限,愿意从事中国文学作品译介的又少之又少,再加上谢天振所谓的"时间

---

① 张惠. 王际真英译本与中美红学的接受考论. 红楼梦学刊,2011(2):293.

差"与"语言差"①的存在,中国文学对外译介与外国文学向内译介存在严重的不平衡性,这就客观上要求"本土译者"参与到中国文学经典的对外译介中去,何况有些本土译者的英语功底也不见得就比母语译者差。目前《大中华文库》的译者大多数是中国本土译者,具有较强的"送去主义"倾向。如果说"文库"还未起到有效传播中国文学与文化的目的,那也不见得是译文质量或译者语言能力的问题,也有可能是出版渠道或宣传不到位的问题。针对某些质疑,许多、许钧撰文肯定了"文库"的重要意义与多重价值②。许渊冲也是一位典型的"本土译者",英译了大量中国文学经典,还因此荣获"北极光"杰出文学翻译奖,此系国际翻译界的最高奖项之一,许渊冲是首位获此殊荣的亚洲翻译家。正如许钧所言,"中译外事业其实是需要所有类型译者的共同合力,这样才可以立体、全面、准确地传达'中国声音'"③。针对中国文学经典的对外译介而言,不管是何种身份,也不管是本土译者还是国外译者,抑或是中西合璧(如杨宪益与戴乃迭夫妇、葛浩文与林丽君夫妇),都要对经典本身以及双语文化足够熟悉,充分借鉴与利用相关互文资源(如霍克思、王际真等对红学界研究成果的借用),力争产生精品译文。

(二)翻译目的的多元化

综观《红楼梦》英译史,可以发现主要有三大翻译目的:汉语学习、文学译介与文化传播。文学经典的翻译也不一定出于纯粹的文学目的,《红楼梦》的早期英译很多是出于提供汉语学习材料的

---

① 谢天振. 中国文学"走出去":问题与实质. 中国比较文学,2014(1):8-10.
② 许多,许钧. 中华文化典籍的对外译介与传播——关于《大中华文库》的评价与思考. 外语教学理论与实践,2015(3):13-17.
③ 许方,许钧. 关于加强中译外研究的几点思考——许钧教授访谈录. 中国翻译,2014(1):74.

目的,如马礼逊的早期译介、罗伯聃的早期译介以及乔利的前56回节译本等。马礼逊编写的《中文会话及凡例》在封面上明确标明:"供汉语学习者使用的入门教材"(Designed as an Initiatory Work for the Use of Students of Chinese)。该书的体例与翻译常用的格式也不相同,采取横竖混合排版,以英文直译起句,以中文为中心,左边为中文发音,右边为字字对译的英文。乔利在译本序言中也声称,"如果我的译文能为现在和将来的汉语学习者提供些许帮助的话,我就心满意足了"(I shall feel satisfied with the result, if I succeed, even in the least degree, in affording a helping hand to present and future students of the Chinese language)。所以乔译基本上都是字面直译,变通性不大,文学价值十分有限。王际真、麦克休姐妹、霍克思等人的译本则可视为纯粹的文学译介目的,尽量保留小说的故事性与文学性,译文也具有很强的可读性,尤其是霍译。霍克思在前言中表示,"我不敢说处处翻译得都很成功,但如果能向读者传达这部中文小说给我的哪怕是一小部分乐趣,我就算没有虚度此生了"(I cannot pretend always to have done so successfully, but if I can convey to the reader even a fraction of the pleasure this Chinese novel has given me, I shall not have lived in vain)。如果说霍译是兴趣型的,杨译便是任务型的,文化传播的目的十分明显。杨宪益曾坦言,"翻译《红楼梦》也不是自己要翻,是工作上的需要"[1],是外文出版社下派的一项任务。鉴于文化传播的目的,杨译多采用直译法,异化翻译为主导策略,有较多的注释,译文多了些书卷气,灵性相对不足。当然,后来还有一些出于其他目的的次要译文,使《红楼梦》翻译目

---

① 杨宪益. 从《离骚》开始,翻译整个中国:杨宪益对话集. 文明国,编. 北京:人民日报出版社,2010:119.

的呈现出多元化的态势,如 2007 年含澹编译的《红楼梦》,主要为清代孙温《红楼梦》绘图的文字解读的翻译,具有连环画的性质。2011 年 Christine Sun 编译的《红楼梦》是以英语儿童读物的形式出现的,配有很多插图,对国外儿童具有一定的启蒙作用。其他语种也有类似的连环画译文,如 2015 年法国 FEI 出版社出版的《红楼梦》连环画,有专门译者对其配图文字进行翻译,颇受法国漫画界关注。

最近十年,中国政府尤其注重汉语与汉语文化的国际推广,已在海外建立了几百所孔子学院。翻译也是语言学习的重要手段,孔子学院也不妨借鉴早期《红楼梦》的译介,以中国文学经典的外译为材料,采用汉外对照的形式,为孔子学院学生提供语言学习材料,根据学生汉语水平的高低,设计不同的翻译体例与学习方式。这样便有助于实现语言学习、文学熏陶与文化传播的多重目的。《大中华文库》以及上海外语教育出版社出版的《中国名著汉外对照文库》也可为国外高水平的汉语学习者提供学习与阅读素材。当然,还可以把中国文学经典的节译或片段翻译置入汉语学习教材,或采取现有译文,或有针对性地重新翻译。如果单纯是文学译介的话,要注重译本本身的文学性与可接受性,在异域世界还它一个文学经典,霍译《红楼梦》便是一个很好的榜样。如果强调文化传播的话,不妨采取深度翻译(thick translation)的理念,通过加注补偿、整合补偿、前言后记等传达原文的文化内涵,增强中国文化在异域世界的可解性。如果是这样的话,杨译的《红楼梦》还有较大的改进余地,如注释相对简单、前言的意识形态过于浓厚(强调阶级斗争)等。针对一些故事性和趣味性较强的中国文学经典,也不妨用浅显易懂的外语编译成插图版的儿童读物,如《西游记》《聊斋志异》等,这一定程度上也可达到文化传播的目的。不同的翻译目的预设了不同的读者对象,或者说不同的读者对象需要不同的翻译目的,中国文学经典的对外译介与传播呼唤多元化的存在形态,以形成合力,共同提高中国文学在世界上的知名度与影响力。

(三)译本形态的多样化

黄忠廉把翻译分为全译与变译两大范畴,其中,变译又可分为摘译、编译、译述、缩译、综述、述评、译评、译写、改译、阐译、参译与仿作十二种具体形态①。《红楼梦》在英语世界有三个全译本,即邦译、杨译与霍译,其他译本则属变译的范畴。早期传教士与外交官的片段翻译多属摘译,如马礼逊翻译的袭人与宝玉的对话、德庇时翻译的第三回描写宝玉的两首《西江月》等。由于英年早逝,包腊与乔利分别翻译了《红楼梦》的前8回与前56回,这两个译本也可归在摘译的范畴。鉴于篇幅较长,《红楼梦》更多地以编译本的形态存在的,如王际真译本、麦克休姐妹译本、林语堂译本等。编译本多聚焦于宝黛爱情,故事性较强,思想性往往有所削弱。王际真与麦克休姐妹译本在西方具有较大的影响力,其中王际真的译本还被转译成了西班牙语、希腊语和泰语②,进一步拓展了《红楼梦》在异域文化的生存空间。清代孙温的《红楼梦》绘图、中国艺术研究院《红楼梦》研究所谭凤环的《红楼梦》绘图(工笔画)等,具有较高的艺术鉴赏价值,如果配以文字介绍(不管是汉外对照还是纯粹外文),把整个图画穿插起来,加以对外推广的话,相信还是有一定市场的。这种通过图画文字来译介中国文学经典的方法不失为一种有效的途径。《红楼梦》等文学经典在海外的影视戏剧传播(要尤其注重字幕翻译)也是中国文学与文化对外传播的有效手段。海外还存在一些基于《红楼梦》改编的小说,如美籍华人

---

① 黄忠廉. 翻译方法论. 北京:中国社会科学出版社,2009.
② 唐均. 王际真《红楼梦》英译本问题斠论. 红楼梦学刊,2012(4):193.

Pauline Chen(陈佩玲)就写过一部名为 *The Red Chamber*(《红楼》,2012 年出版)的英语小说,故事情节、人物形象、人物关系、互文资源与母体小说《红楼梦》的本来面目差别很大,创作过程中还借鉴了霍译《红楼梦》的部分译文,属于典型的互文写作。若按黄忠廉的变译术语,Pauline Chen 的《红楼》便是典型的仿作。如果把海外红学也纳入研究范围的话,《红楼梦》变译的存在形态则更加多样,译述、译评、参译、摘译等都有具体的表现。

中国经典文学的对外译介要鼓励多形态的存在,不管是语际翻译还是符际翻译。正如许钧所言:"我们可以考察不同的翻译版本,如节译本、编译本、绘画普及本、全译本、全译加注本等对不同读者群的实际影响力以及由此产生的外文译本的社会影响力,从而可以为同一文本生产出不同形式、不同种类的外文译本找到现实依据和理论支撑……如何通过不同形式的媒介,有效地推动中国文化典籍与文学作品的译介与传播,立体地塑造中国形象,也非常值得探讨。"[1]谢天振也表达过类似的观点,建议中国文学外译"不要操之过急,一味贪多、贪大、贪全,在现阶段不妨考虑多出一些节译本、改写本"[2]。据江帆研究,霍译《红楼梦》的影响主要在专业读者圈,在普通读者圈的影响力不及王际真以及麦克休姐妹的编译本[3]。在当今的快餐文化时代,对大部头的中国文学经典而言,编译等其他变译形式以及符际翻译也许更容易进入普通受众的视野。这就呼唤文学经典译本形态的多样化,通过合适的渠道加以出版宣传,全方位、多层次、多角度地满足不同读者的需求。

---

[1] 周新凯,许钧. 中国文化价值观与中华文化典籍外译. 外语与外语教学,2015(5):74.

[2] 谢天振. 隐身与现身:从传统译论到现代译论. 北京:北京大学出版社,2014:13.

[3] 江帆. 他乡的石头记——《红楼梦》百年英译史研究. 天津:南开大学出版社,2014:125-126.

可能也会有学者担心,中国文学经典的编译等变译形式会改变经典的本来面目,这种担心是完全多余的,只要有全译本的存在,有原作的存在,了解"真面目"的机会总是有的。何况时代、市场以及中国文学对外译介所处的现实语境等外部因素也需要很多编译或压缩性的翻译(缩译)。考虑到读者的接受,葛浩文英译的几部中国现当代小说就被迫(出版社要求)压缩了很多文字,包括莫言的两部小说以及姜戎的《狼图腾》①。这也说明文学译介并不只是译者的事情。

(四)经典文学的世界化

中国文学经典走向世界的唯一途径便是对外译介与传播,通过多语言、多样化的译本促进其在世界范围内的影响力与经典化,使之成为世界文学的有机组成部分。在世界文学体系内,如果用一部作品或一个作家来代表整个国家的话,那么中国的便是曹雪芹的《红楼梦》(至少笔者这样认为),这在一些世界文学选集中也有所反映,如2004年出版的《朗曼世界文学选集》。江帆把《红楼梦》在世界文学经典中的位置称为"边缘经典"与"对等经典"②,还未取得"超经典"的位置。之所以如此,原因可能是多方面的,如语言媒介问题(汉语而非英语书写)、读者接受问题、意识形态问题、译者声誉问题、与英美主流诗学的吻合度等。试想,如果林语堂编译的《红楼梦》在国外公开出版的话,凭其在国际文坛中的声誉以及译文本身的质量,读者接受度会不会更高些呢? 答案也许是肯定的。杨译在海外的"遇冷",除了出版社的干扰外(如受时代局限产生了负面效应的"出版说明"),与其本身的出版渠道(国内的外

---

① 葛浩文. 葛浩文随笔. 史国强,编. 闫怡恂,译. 北京:现代出版社,2014:243.
② 江帆. 他乡的石头记——《红楼梦》百年英译史研究. 天津:南开大学出版社,2014:229-235.

文出版社)是否也密切相关呢？如果是由国外著名出版机构出版，杨译会不会获得更多的受众呢？这也许能一定程度上印证韩子满所谓中国文学"走出去""非文学思维"(如政治思维、市场思维)的重要性①。当然，杨译在海外"遇冷"与其采取的主导翻译策略(异化)也有很大的关联，毕竟至今中国文学对外传播的接受环境还未成熟。

翻译文学在目的语文化语境中的地位是动态演变的，同一原作的不同译本之间存在竞争关系，在一定时段内有中心与边缘之分。霍译《红楼梦》目前在海外占主流地位，尤其表现在英语世界有关中国文学(史)以及海外红学的著述中，多采用霍氏译文，杨译则很少露面。然而，正如许钧所言，"在当下以及将来的全球化的语境下，中国文化越来越融入复杂多元的世界文化体系，世界也已对中国及中国文化表达了强烈的兴趣和好奇，杨译本的'异化'与'忠实'较好地保留并传递出了富含中国文化的审美和修辞特色，也正因为此，从发挥中国文化的长期渗透力与影响力而言，这一译本自有不可低估的价值，相信会被越来越多的英语读者所认同和接受，在翻译史上赢得其位置"②。所以翻译文学经典的身份并不是固定不变的，随着时间的推移与接受环境的改变，特定译本可能会从边缘走向中心，也可能会从中心退到边缘，尤其是在专业(精英)读者圈内。为了促进中国文学经典外译本的有效传播及其经典化进程，还要充分利用网络化手段，或进行网络宣传(尤其是新译本)，或建立专业网站(如专注于中国文学对外译介的 Paper Republic 等)与数字化营销平台，或在专业网站上发布在线译文及读者(专家)评论，或在网上商城发布译本的电子书，甚至还可以通

---

① 韩子满. 中国文学"走出去"的非文学思维. 山东外语教学，2015(6):77-84.
② 许钧. 译入与译出:困惑、问题与思考. 中国图书评论，2015(4):117.

过众包翻译模式(网上汇聚业余译者的力量)译介中国文学经典。

　　总之,中国文学经典要想走向世界,成为世界文学的家族成员,唯一的途径便是通过翻译,尤其是多样化的翻译形态(全译、变异、符际翻译),更有利于扩大中国文学经典在海外的知名度与影响力。历平认为,中国文学作品在英语世界的经典建构与译文本身的艺术价值和可供阐释的意义空间、翻译选材与社会文化的互动、译作评论与推介、社会对文学英译的认识大环境等内外因素都有密切的联系①。中国文学作品"走出去"的"非文学思维"(如注重政治、市场、出版、宣传等因素)固然重要,但要想真正地"走出去",使中国文学经典的译本在目的语文化中也能成为持久不衰的经典,"文学思维"更加重要,这便涉及译文本身的文学性与阐释空间的问题。

二、《红楼梦》英译本的阐释空间

　　文学经典既是实在本体又是关系本体,具有原创性、典范性和历史穿透性,包含着巨大的阐释空间,对经典的独特的读解系统与阐释空间,是它得以持续延传、反复出现、变异衍生,真正成为经典的必由之路②。《红楼梦》在国内之所以是超级经典,主要在于其思想的深刻性、文化的丰富性、艺术的精湛性以及语言的优美性,具有无限广阔的阐释空间,读者为之着迷,作家为之倾倒。鲁迅有关《红楼梦》的"单是命意,就因读者的眼光而有种种……"便是对其阐释空间的评论,体现了小说主题的复调性。如果说"文学批评的任务应该主要在于发掘文学文本的可阐释空间,而且越是优秀

---

① 历平. 中国文学在英语世界的经典化:构建、受制与应对. 解放军外国语学院学报,2016(1):16.
② 黄曼君. 中国现代文学经典的诞生与延传. 中国社会科学,2004(3):150.

的作家,其创作就越丰富、越复杂,给后人阐释和评说的空间就越大"①,那么,文学经典翻译的任务是否也应该为译文读者创造一个类似的"可阐释空间"呢? 蔡新乐就认为,"翻译的目的不在于表述、传达、转换,也不在于转化,而在于这些作为活动进行之后——在作为过程定型之后——对意义的蕴含程度是否与原本存在的、既定的或者'原文'中的蕴含程度相当、相若、相应"②。这种观点基本上印证了中国文学经典翻译保留原作"可阐释空间"的合理性。

王际真、麦克休姐妹、黄新渠等几家的编译本基本上都是聚焦于宝黛爱情,注重小说的故事情节,删除的内容至少有一半以上,大大缩小了原作的可阐释空间。如果海外红学研究者基于编译本研究《红楼梦》,结论的可靠性就很难保证。针对阐释空间的保留问题,这里主要指的是全译本。杨译比较忠实,异化为主导翻译策略,包括很多加注补偿,有利于译文读者对之进行深入解读。《红楼梦》有典型的"尚红"意识,因为"红"不仅是小说的标志性色彩,更是一种象征,象征众多红颜女子,如"悼红轩""怡红院""千红一窟""落红成阵""红消香断有谁怜"等,组成了一个强大的象征语义场。杨译通过再现这些核心短语的中"红"(red)之意象,为译文读者创设了类似的解读空间,结合具体语境,也不难体悟其中的微言大义。霍克思认为"红"在中西文化语境中有不同的联想意义,基本上对之进行了舍弃或变通,如把"悼红轩"译为"Nostalgia Studio"、把"怡红院"译为"The House of Green Delights",把"千红一窟"译为"Maiden's Tears"、把"红消香断"译为"Of fragrance and bright hues bereft and bare"等。《红楼梦》的书名,霍克思也

---

① 张杰,赵光慧. 平台与历史:文本的可阐释空间. 外国文学研究,2008(5):18.
② 蔡新乐. 文学翻译的艺术哲学. 开封:河南大学出版社,2001:15.

因此避而不译,而是把其还原为《石头记》(*The Story of the Stone*)。霍译的处理体现出极大的创造性,若逐个评论上述含红短语的翻译,也不失为有效的选择。然而,一部小说毕竟是一个整体,整体来看,原文中"红"的象征语义场便在霍译中流失了,不利于表现小说为(年轻)女子呐喊与平反的主旨。这也说明了整体细译与整体细评的必要性。贾宝玉有强烈的"女儿崇拜"或"处女崇拜"①思想,最经典的言论便是"女儿是水做的骨肉,男子是泥做的骨肉",其中"女儿"又该如何翻译呢?杨译、霍译的措辞皆为"girls",准确到位;乔译为"woman",邦译为"females",很大程度上扭曲了宝玉的女性观。贾宝玉类似的话语还有很多,乔译与邦译很少注意到"女儿"与"女人"的区别,从而使贾宝玉的思想(形象)出现了较大的变异。然而,若从女性主义视角解读《红楼梦》,乔译与邦译的措辞更具普遍性,提供了一个新的解读空间,与曹雪芹的女性观似乎并不冲突(贾宝玉虽是曹雪芹的主要代言人,但并不能因此把两者的思想完全等同起来)。所以译文的解读空间也不一定完全是移植原文的,误译的现象有时也可为译文读者创设新的解读空间,庞德英译的中国古典诗歌也是明证。

　　整体而言,杨译对小说中的思想话语的翻译更到位,这与译者的身份有关,作为中国人,杨宪益对中国思想文化的理解更加透彻,如小说中的对立修辞(真假、有无、好了、阴阳等)、女性修辞、富有哲理的俗语修辞等。若英语读者想通过研读《红楼梦》了解中国文化与思想,杨译无疑是较好的选择。换言之,若从文化交流层面解读译本,杨译的解读空间似乎更大,更有利于实现中国文学经典翻译的跨文化传播目的。然而,小说毕竟是小说,就像舒开智所言,"经典的解读,首先应该是审美的解读,离开了审美,经典就失

---

① 梅新林. 红楼梦哲学精神. 上海:华东师范大学出版社,2007:212-244.

去了它之为文学经典的核心要素"①。所以针对中国文学经典的翻译而言(主要针对全译),首先要充分发挥"文学思维"的作用,把译文视为独立的文本,注重译本本身的文学性与艺术性。从艺术性的再现或审美空间的大小而言,霍译是最优秀的,更具有作为独立文本的价值。霍译也非常注重传达原文的思想,但在文学性上下的功力更大,出现了很多"创造性叛逆",给译文带来了不少灵气。在此不妨试举一例。小说第九回李贵给贾政说道,"哥儿已经念到第三本《诗经》。什么'攸攸鹿鸣,荷叶浮萍'"②。霍译为:"Master Bao has read the first three books of the Poetry Classic, sir, up to the part that goes / Hear the happy bleeding deer / Grousing in the vagrant meads…"③李贵没有文化,把《诗经》中的"呦呦鹿鸣,食野之苹"误说成了"攸攸鹿鸣,荷叶浮萍",引得贾政等人哄堂大笑。这种误引,按头制帽,颇有趣味,反映了人物(李贵)的社会身份和知识水平。霍译没有对其进行简单的直译(杨译如此),而是"将错就错",重新创造了一种幽默化的效果。试想"bleeding deer"(正在流血的鹿)如何会"happy"(高兴),"grousing"(发牢骚,诉苦)又该如何理解呢?洪涛曾推测霍译的"bleeding"是 breeding(繁殖生育的)之误④,若真如此,那么"grousing"也应该是 grazing(动物吃草)的有意误拼。这种推测恐怕并不是没有道理的。霍译类似的"创造性叛逆"还有很多,通过灵活变通的翻译方法(其他译本多为直译或无奈的加注),增大了译文本身的审美化解读空间,有助于实现"句中有余味,篇中有余

---

① 舒开智. 论文学经典的阐释维度与空间. 江淮论坛,2008(3):182.

② 曹雪芹,高鹗. 红楼梦. 北京:人民文学出版社,1974:108.

③ Cao, X. *The Story of the Stone*(vol. 1). Hawkes, D. (trans.). London: Penguin Group, 1973:204.

④ 洪涛. 女体和国族:从《红楼梦》翻译看跨文化移殖与学术知识障. 北京:国家图书馆出版社,2010:162.

意"(姜夔《白石道人诗说》)的文学胜境。有些文字游戏(如"三春"双关、"林/雪"双关)在无法再现的情况下,霍译也在附录中对之进行了说明解释,体现出高度为读者负责的意识。海外红学研究的视角很多,如文体叙事学、神话原型批评、女性主义批评、互文性理论、寓言与反讽等,多从文本内部挖掘《红楼梦》的潜在价值。如果海外学者对译本进行文本分析的话,全译本无疑是首选,杨译自有其不可忽略的研究价值,更加接近小说的"真面目",也更有利于中西文化与思想的碰撞与交流。如果把译文作为独立的文学文本来阅读欣赏的话,霍译或其他编译本也许更适合当下英语读者的胃口。这也是翻译目的使然,不同的翻译目的(如杨译的文化传播、霍译的文学译介)会针对不同的受众群体,不同的受众群体在不同译文的阐释空间中会发现不同的东西。

语料库翻译研究表明,文学翻译普遍存在"显化"现象,即对原文中一些隐藏的信息予以明示的过程,包括人称、逻辑、语义、审美等诸多层面,译者的加注补偿、整合补偿等众多补偿措施也是译文显化的具体表现。由于语言差异、文化差异、诗学差异的存在,显化是不可避免的,所谓翻译就是阐释。然而,显化会很大程度上缩小原文的解读空间,译者要善于在显化(缩小隐含空间)、等化(再现隐含空间)与隐化(增大隐含空间)之间保持适度的张力,尽量在译文中营造一个类似的解读空间。鉴于原文读者与译文读者语境视差的存在,也不妨在译文中提供一些交际线索(如各种补偿),但最好不要越俎代庖,把隐藏的信息全部说完。适度补偿可一定程度上扩大译文读者的视域,更有利于实现作者视域与读者视域的融合,由此产生文本的意义。文学经典的意义是一个开放的结构,译者也不能一味地填补空白,把意义的开放结构"封死",还要给读者留下足够的品味余地。

中国文学经典在异域文化中的经典化进程涉及的因素很多,

如与其主流意识形态、主流诗学以及文学赞助人等之间的关系。这种外在的权力关系也许是我们无法控制的。在这种情况下就要加强译文本身的内在吸引力,设法提高译文本身的文学性与艺术性,保留文学经典本身的阐释空间(包括艺术性与思想性两大层面)也不失为一种有效的选择,所谓"从长远看,中国文学要屹立于世界文学之林,只能依靠文学自身的价值"①。鉴于显化现象的普遍存在,阐释空间的保留不仅可以移植或再现原文中的,也允许重建一种新的阐释空间,以弥补显化现象带来的阐释空间的磨损。

三、结　语

在中国文化"走出去"的大环境下,中国文学的对外译介与传播受到越来越多的关注与思考。本文以《红楼梦》为例探讨了中国文学经典的译介之路与译文本身的阐释空间,概而言之,主要观点有:(1)不同的翻译目的导致了不同的译本存在形态,译本的多样化存在有助于中国文学经典在异域文化中的经典化进程,从而成为世界文学的家族成员;(2)鉴于不同的翻译目的,本土译者模式与外国译者(汉学家)模式都有各自的优势,不能一味强调中国文学经典的翻译须由母语(目的语)译者来翻译,尤其是历时而言;(3)中国文学经典的对外传播要全面考虑各种因素,把"文学思维"与"非文学思维"(如政治思维、市场思维)充分结合起来;(4)文学思维就是要把译文当作文学作品来看,设法提高译文本身的审美性与文学性,尽量保留原作的阐释空间;(5)译文的阐释空间有再现原文的,也有再创造的,在艺术审美层面鼓励译者创设新的阐释空间,以弥补翻译显化以及删减现象导致的阐释空间的磨损。文

---

① 曹丹红,许钧. 关于中国文学对外译介的若干思考. 小说评论,2016(1):59.

学翻译是一种特殊的跨文化交流,尤其是对文学经典而言,无论是何种身份的译者,也无论采取什么样的翻译策略,异化也好,归化也罢,都要秉承"修辞立其诚"的原则,"各美其美,美人之美",唯有如此,才能真正实现翻译的跨文化交流目的。

（冯全功,浙江大学外国语言文化与国际交流学院副教授;原载于《小说评论》2016 年第 4 期）

《西游记》英译本副文本解读

朱明胜

　　"副文本"一词最初是由法国文艺理论家杰拉德·热奈特 (Gérard Genette)于 20 世纪 70 年代在《广义文本导论》中提出[①]。 他后来又撰写了《隐迹文本》《副文本:阐释的门槛》。这三部作品 的相继问世标志着其"跨文本三部曲"的完成[②]。副文本作为现代 文学评论领域的一个概念,是相对于文本而言,指文本外围的外部 文字。按照热奈特的划分,它包括作品的序、跋、标题、封套以及手 记等 13 种副文本类型,后来又进一步把它细分为"周边文本"和 "外部文本"两类。正、副标题、序、跋、注释等属于周边文本,而采 访、书评、手记、告读者则属于外部文本。热奈特从叙事学的角度 把副文本因素归纳为文本的叙述框架,将其比喻成一道深入了解 作品、进入作品的"门槛",是通向文本的必经入口,是个过渡地 带[③]。文本周围的旁注或者补充资料,在客观上引导和调控着读 者对该作品的接受,影响着读者对作品的心理预设。

---

①　Genette, G. & Maclean, M. Introduction to the paratext. *New Literary History*, 1991(22): 261-272.

②　Deng, Jun. A new perspective of literary criticism. *Lingua Cultura*, 2009, 3 (1): 79.

③　金宏宇. 中国现代文学的副文本. 中国社会科学,2012(6):170.

在文学译介与传播过程中,译本的副文本在介绍作品、促进译本在目标语境中的传播和接受起着极其重要的作用。有学者指出,译者"对原作的理解与认识,往往通过译序或前言加以表达,连同译作一起都是促进文学交流的重要因素"[①]。

对副文本进行分析研究,有助于发现译本在生成时的文化动因、译本在接受时的传播语境以及所面对的不同受众群体。本文以中国古典小说《西游记》英译本的副文本为考察对象,对不同译本的封面页、献辞、译序、介绍以及跋、注释等进行分析与解读,进而就副文本在译本的传播与接受过程中所起的作用加以思考。

一、封面页

《西游记》的英译有近一个世纪的历史,有多个版本。海伦·海斯翻译的《佛教徒的天路历程》由 E. P. 达顿公司出版社于 1930 年在英国伦敦出版发行。该出版社最初专注于宗教方面的书籍出版,后专门出版经典文学,目前该公司隶属于著名的企鹅出版集团。

阿瑟·韦利的译本 *Monkey* 经过多家出版社多次出版发行,最初由伦敦乔治·艾伦与昂温出版有限公司出版,于 1942 年首次印刷,其中在 1961 年由英国著名的专注于出版文学、宗教和神话的等严肃书籍以及政治、艺术和科学书籍的企鹅出版社出版发行。

李提摩太的新版译本《猴王的神奇冒险》由塔托出版社 2012 年 7 月 12 日出版。该出版社是世界上最大的出版关于中国、日本和东南亚国家关于设计、厨艺、语言、旅游和宗教方面书籍的出版

---

① 高方. 从翻译批评看中国现代文学在法国的译介与接受. 外语教学,2009(1):100.

商,它的宗旨为"出版沟通东西文化的书籍"。

余国藩的节译本《猴子与和尚》以及全译本都是由芝加哥大学出版社出版的。大学出版社作为大学的有机组成部分,不同于商业性出版社,不以赢利为目的,它们专门从事学术专著的发行,鼓励教师从事科研著作的出版,具有较强的专业性。

詹纳尔的缩译本由商务印书馆(香港)1994年出版发行。香港作为对外宣传的窗口,该书以缩译本在此发行出版,可以极大地发挥对外传播效果。其全译本 *Journey to the West* 由中国外文出版社 1986 年第一次印刷。外文出版社是一家国际性的综合出版社,从事各类外文版图书的编译出版,读者对象主要为外国读者,出版物包括领导人著作、党和政府重要文献、中国国情读物、中国文化典籍和中国文学经典等,是外国人了解中国的一个重要窗口。从该译本的出版社可以看出,该书是中国文化"走出去"战略的重要一环。

大卫·克尔狄恩翻译的《孙猴子:西游记》,由香巴拉(Shambhala)出版公司于 1992 年在美国马萨诸塞州的波士顿出版发行。该出版社的名字本身就取自梵语 Shambhala。据藏传佛教记载,这个名字是指隐藏于喜马拉雅雪山顶部的一个神秘王国。这个出版社出版了许多涉及宗教与哲学方面的书籍。

这六个版本的《西游记》分别位于中、英、美三国,并由专门从事人文学科的出版社出版,如企鹅出版社;也有专门从事跨文化传播的出版社,如塔托出版社;也有从事学术研究的大学出版社,如芝加哥大学出版社;有致力于中国文化外传的专业出版社,如外文出版社。各种不同的出版社,传达了译者不同的翻译目的,也确定了译者的目标读者,给不同的受众提供不同的选择。

封面页是最早呈现在读者面前的部分,设计精美的封面能增强图书内容的思想性和艺术性,扩大对图书的宣传,能传达重要的信息以及突出强调所要表达的重点。在不同版本的封面页上,各出版社所用的图片也有所不同,显示出各个出版社以及译者对原作的理解、对译文所表达内容侧重点的差异。

在海伦·海斯的《西游记》英译本中,封面页的中下部写着 *The Buddhist Pilgrim's Progress*(《佛教徒的天路历程》),即该书的英语书名,封面上没有标注出作者吴承恩和译者的名字,上面只有唐三藏双手合十的人物画像并附有汉字"唐三藏",右下角写有 The Wisdom of the East("东方智慧")。从右下角的文字中,我们可以看出译者对《西游记》的重视程度,把该书所要表达的内容上升到能够开启"智慧"的高度①。

在阿瑟·韦利的译本 *Monkey*(《猴子》)书面页上,写有作者 WU CH'ENG-EN,封面显示猴子出世后,跪在地上,向空中的两个天兵天将跪拜,突出了猴子这个角色。封面上用红体字突出了作者 Wu Ch'eng-en,并把英语译名 *Monkey* 置于作者的下面,中央也突出强调该部小说是"企鹅出版社经典作品"②。

李提摩太的译本 *The Monkey King's Amazing Adventures* (《猴王的神奇冒险》),封面页设计为猴子单脚着地、右手拿金箍棒、左手搭凉棚向远处眺望的威武形象,该插图由新加坡南洋艺术学院教师常怀延创作。书面右侧有汉字《西游记》书名,右下侧依次写有作者、译者以及作序者丹尼尔·凯恩。封面的背景上有汉字的草体和刻章,显得古色古香,汉字和英语相互映衬,相得益彰,凸显了《西游记》在"中国最著名的传统小说"中的地位,彰显出阅

---

① Hayes, H. M. *The Buddhist Pilgrim's Progress*. New York: E. P. Dutton and Company, 1930.

② Wu, Ch'eng-ên. *Monkey*. Waley, A. (trans.). London: Penguin Books, 1961.

读该书的重要意义①。

余国藩先生有两个英译本，一个是节译本 *The Monkey and the Monk*（《猴子与和尚》），另一个是全译本。在节译本中，其封面上是孙悟空一人在云头双手紧握金箍棒，双眼凝视下方，作打斗状，第二页则为师徒四人行走在取经路上的画面②；全译本 *The Journey to the West* 封面则是木吒护送师徒四人过河。封面页上没有署上作者吴承恩的名字，只写有该书是由余国藩翻译和编辑的，表明了译者对该著作作者争议所采取的严谨治学态度③。

詹纳尔的译本也有两个，书名均为 *Journey to the West*，一个是由外文出版社于 1993 年出版的全译本，封面是孙悟空与天兵天将中的三大天王战斗的场面，还有哮天犬在下面狂吠。封面页上写出了作者吴承恩和译者詹纳尔④。而节译本于 1994 年 3 月由商务印书馆（香港）出版发行，书的封面是孙悟空牵着白龙马，行走于树林中⑤。

大卫·克尔狄恩翻译的 *Monkey: A Journey to the West*（《孙猴子：西游记》），封面上没有写出作者吴承恩的名字，图片是假悟空跷着二郎腿在阅读着长卷。书中的插图和封面上的猴子均选自 1833 年日本《西游记》中著名的木刻艺术家 Hokusai 和其他艺术

---

① Wu, Cheng'en. *The Monkey King's Amazing Adventures*. Richard, T. (trans.). Tokyo & Rutland, Vermont & Singapore: Tuttle Publishing, 2012.

② Yu, Anthony C. (ed. & trans.). *The Monkey and the Monk*. Chicago: The University of Chicago Press, 2006.

③ Yu, Anthony C. (ed. & trans.). *The Journey to the West* (Vol. I). Chicago: The University of Chicago Press, 2012.

④ Wu, Cheng'en. *Journey to the West* (Vol. I). Jenner, W. J. F. (trans.). Beijing: Foreign Languages Press, 1993.

⑤ Wu, Cheng'en. *Journey to the West*. Jenner, W. J. F. (trans.). Hong Kong: The Commercial Press (HK), 1994.

家的作品①。

从以上可以看出，不同的译本在封面页上所选用的图片也不同，显示出了译者对译本侧重点的差异。海伦·海斯把唐僧作为中心人物，突出强调了该书所表达的智慧；把猴子置于中心地位，则强调了猴子的重要性；余国藩的译本把师徒四人作为中心人物，则旨在尽量传达和忠实于原文的内容。对于作者吴承恩的名字是否出现在封面页上，也显示了译者对《西游记》原作者的考究和重视程度。译者在借用或翻译书名时，使用了押头韵，即 The Buddhist Pilgrim's Progress 和 The Monkey and the Monk，使得书名显示出形式美和音韵美。

二、献 辞

作品中的献辞通常是为了感激、鼓励等原因写上一段自己对所关爱之人的敬语。

大卫·克尔狄恩的译本上写着"为简威廉·魏特林喜爱《猴王》而作"。简威廉·魏特林为译者的朋友，兼小说评论家，又是儿童文学作家，对禅宗有深入研究，译者在此对他的帮助表示感谢。

在余国藩的节译本中，献词为"致小詹姆斯·米勒，迈克尔·默林，爱德华·瓦修列克，并纪念韦恩·布斯"，这几个人分别是余国藩的同事和朋友，在此以表示对他们的关心和帮助的感谢。他们劝说余国藩翻译缩略本以供普通读者进行阅读，才促成了节译本的出现。在修订过的全译本中，译者写的是"致普里西拉及克里

① Wu, Ch'eng-en. *Monkey: A Journey to the West*. Kherdian, D. (trans.). Boston & London: Shambhala Publications, 2005.

斯托弗"，以此来表示对妻子的支持和鼓励，以及对儿子的疼爱。

在阿瑟·韦利的译本中，他的献词为"致贝丽儿与哈罗德"。后者为韦利的工作合作伙伴，而前者贝丽儿则是韦利生活上的终身朋友和伴侣，跟阿瑟·韦利有着亲密的关系。

在詹纳尔的译本中，译者感谢李荣熙先生广博的知识，在翻译过程的修改错误和解决问题。感谢外文社的员工，特别感谢黄晶莹的耐心和关怀，她修改了其中的一些错误，并进行了订正。

不同版本中，译者通过对不同人物的献辞研究，可以发现其感情、心路历程以及在翻译过程所涉及的人物。

三、"前言"与"介绍"

作为副文本的一个重要方面，"前言"与"介绍"让读者了解了书籍的基本内容、写作背景、成书意图、学术价值以及著作者的介绍等，是真正通往文本的"门槛"，因此，对其研究就显得极为重要。由作者或名人为译本作序，说明翻译该书的意图，对其进行评介、推荐，或对有关问题进行阐述，提升了译本的知名度，对于增加该书的发行量也发挥着重要作用。

在海伦·海斯的《佛教徒的天路历程》英译本中，编者希冀这本书能成为中西方友好与相互了解的使者，把旧世界的思想和新世界的行动结合起来。其"介绍"部分主要包括小说的历史意义、对作者吴承恩的生平、为官经历及创作过程进行了简要介绍，并指出小说中各个人物在现实生活中所指代的人物类型。译者指出，该书值得人们从文学和人性的角度来进行深思，是中国最早描写"普通民众"，甚至把社会底层人都引入小说里的作品，作者希冀通过搞笑的故事让普通大众了解、接触佛法。故事中的人物也各有象征意义，师傅玄奘代表了人内心所固有的、始终如一的原则与乐于奉献的爱心。正如历史上的玄奘一样,书中的师傅也用毕生精力来寻求真经,不辞劳苦为大众带来佛法;猪八戒则代表了人类的感官享受和无法控制的欲望,经过悟空和唐僧的纠正后,修成了正果;白龙马忠心耿耿,乐意毫无怨言地承受一切负担;沙僧是每个人心中容易变化的表面,经过自控和坚持目标而达到极乐世界。这本书是一个富有幽默元素的精神寓言,书中使用了历史上真实的人物玄奘和太宗皇帝,就极大地增加了故事的真实性和可信度①。

大卫·克尔狄恩的译本《孙猴子:西游记》在"编者前言"中指出,中国小说《西游记》的英译本书名为 *Journey to the West*(*Hsiyu-chi*)或 *Monkey*,该书一半是叙事诗,一半是社会讽刺作品,可能是东亚最流行的作品。这部小说被认为是生于 16 世纪的吴承恩所作,共一百回。为了适应不同的读者,译者对该书进行了浓缩。故事讲述一个调皮捣蛋的猴子,以及他在陪同师傅玄奘(一个真实的历史人物)取经途中遇到妖魔鬼怪的故事。尽管该书被西方译者描述为民间小说,但清代著名道士刘一明指出,《西游记》用到印度取经的主题来阐明《金刚经》和《妙法莲华经》。该书使用炼金术的主题来讲述《周易参同契》和《悟真篇》,用大唐和尚和他的弟子来阐述"河图"和"洛书"以及《易经》的真实意思。刘一明说,《西游记》解释了社会上最大的现实,诠释了自然的轮回和人类社会所发生的事件。当提到学习"道"、自我修养、处理社会上一些事情的方法时,《西游记》就可以解释这一切。读者也会注意到故事的象征意义,里面的人物分别代表了人类的普遍本性。玄奘代表了"凡夫俗子"、所有人共有的、迷糊的本质;猪八戒代表了人类无

---

① Hayes, H. M. *The Buddhist Pilgrim's Progress*. New York: E. P. Dutton and Company, 1930.

法控制的好色和贪吃,也代表了取经路上的活力和精力;沙僧形象不是太鲜明,有些中国的评论者认为他具有忠诚或全心全意的一面;猴子则概括了心猿的好动,其性格在取经之前可以用纪律驯服;一路上所遇到的妖魔鬼怪可以被看作是人心灵上的投射,一旦战胜了诱惑,就达到了目标。实际上,整个行程可以被看作是在取经路上自我提升和品德积累过程的精神寓言。这部经典著作最特殊之处是成功地将宗教追求和冒险故事融为一体①。

阿瑟·韦利的节译本,使得猴子的故事在西方广为人知,他的译本于 1943 年在英国出版。但韦利的文本试图强调文本的文学性,而不是精神方面,省略了原文中的叙述部分。"介绍"中简单介绍了作者吴承恩的生平,并指出,真实的玄奘取经故事被附上了神话色彩,增加了故事的趣味性。作者略去了书中的诗歌部分和一些章节。该书具有荒谬的深刻性和荒诞美,它集民间文学、寓言、宗教、历史、反抗官僚的讽刺和诗歌等各种因素于一体。故事中的官员为天上的圣人,讽刺对象与其说是官员,不如说是宗教。天上的官员等级是地上官员的复制品,天上的神就是地上统治者的再现。玄奘代表了普通人,在经历人生中的困难时因急切而犯错误;猴子代表了天才人物的不安分和不稳定性;猪八戒象征物质的贪欲、蛮力和一种令人讨厌的耐心;沙僧则有更多的神秘性,但人物形象不甚鲜明。译者还论述了原作版本的选择及胡适先生给原作所做的序②。

在余国藩节译本的"前言"中,译者介绍了故事的梗概,以及真实的史实。译者指出,在这个从历史上真实的故事转换为小说的过程中有两个重要的特点:第一个特点是主人公的身世及其性格。

① Wu, Ch'eng-en. *Monkey: A Journey to the West*. Kherdian, D. (trans.). Boston & London: Shambhala Publications, 2005.

② Wu, Ch'eng-ên. *Monkey*. Waley, A. (trans.). London: Penguin Books, 1961.

在描述事件时,"天意"起着极其重要的作用,最终使唐朝皇帝受到观音的点化,让玄奘来作为求经者。第二个主要特点是,在进行虚构过程中,玄奘和尚带着一个猴子来作为弟子。他的弟子是一个动物形象,守护着师傅,同时还具有超人的智慧和魔法。作为学者的译者翻译《西游记》时有两个动因:一是改正阿瑟·韦利那个广受欢迎并歪曲形象的节译本;二是校正学者兼驻美大使胡适博士为这位英国译者所做出的有重大影响的前言,指出了该评论的不足之处。在此胡适声称,"该书没有儒释道评论家的各种寓言解释,它只是一部充满幽默、讽刺、打趣、让人消遣的小说"。译者从学术的角度对胡适的观点提出了质疑,他认为,该书中的宗教因素不仅对小说的构思和成书起着关键作用,还包括了这部小说中独特的幽默、多余的话语、善意的讽刺和愉悦的消遣①。

　　在余国藩的全译本中,译者引用了老子《道德经》第四十一章中的"上士闻道,勤而行之;中士闻道,若存若亡;下士闻道,大笑之。不笑不足以为道"和尼采的名言"语言从未尽其义,仅仅凸显某些有意味深厚的典型特征而已"。这就点明了对于《西游记》,不同的读者有不同的理解和诠释。该书除了是一部精心构思的喜剧和讽刺作品之外,里面还包含了严肃的寓言、中国宗教的三教合一等一些现象。译者在"介绍"部分用丰富的知识,从历史的角度来简述中土和尚去印度取经的过程,并介绍了玄奘的身世,他是这些取经和尚中最著名的和受人尊敬的;译者又对《西游记》的版本与作者进行了学术上的追溯,区分了杨志和与朱鼎臣版本的差异;在文本中,作者使用诗歌来做背景介绍故事的发展;评论者发现作者利用历史上真实的取经和尚、虚构的猴子来表达一个寓言。该小

---

① Yu, Anthony C. (ed. & trans.). *The Monkey and the Monk*. Chicago: The University of Chicago Press, 2006.

说远离尘世,通过神话、宗教来进行叙事;介绍了清代陈士斌在1696 年为该书作序时通过炼丹术、阴阳、易经故事对该小说进行了寓言式的诠释[①]。

在詹纳尔的全译本中,译者简单介绍了《西游记》这部神话小说以及成书时间,并对该小说的梗概做了介绍。这个活泼生动的奇幻故事讲述了三藏法师带领他的三个徒弟西行求经路上的冒险故事。头几章讲述了猴子的壮举,以他大闹天宫而结束;后面讲述了三藏受唐王的差遣,前往西天取经的经历[②]。

在詹纳尔的节译本中有详细的"译者介绍",译者先讲述了该小说在中国被改编成多种形式,深受孩子们的欢迎。该书是 16 世纪和 17 世纪的小说中唯一一部深刻影响中国文化,并且一直到现在还非常受欢迎的小说。节译本除了包含故事的主要情节之外,译者还讲述了真实的玄奘跟小说中的玄奘的差异以及各个版本的差异、小说中的猴子与印度神话中神猴哈努曼的联系。这个故事通过多种艺术形式表现出来,并随着不同时代的艺人加工发展而日臻完善。译者猜测该书的作者可能是吴承恩,因为他曾经为官,熟悉官场生活,所以写出了一些宫廷政治。关于作者身份还存在的一个问题是,该作品好像经过无数的观众不断地进行积累、发展并日趋使之完备的过程。吴承恩确定了一个固定的形式,以后没有提升的空间或者没有必要再进行修改。《西游记》是一部经过几百年的发展,集体创作的一部小说,小说情节动人,引人入胜。小说中也许人们关注的不是三藏是否被救出,而是猴子这次的施救方法。"介绍"中还对各个人物形象进行了详细的描述,其中猴子

① Yu, Anthony C. (ed. & trans.). *The Journey to the West* (*Vol. I*). Chicago: The University of Chicago Press, 2012.

② Wu, Cheng'en. *Journey to the West* (*Vol. I*). Jenner, W. J. F. (trans.). Beijing: Foreign Languages Press, 1993.

和猪八戒的对话是故事中的笑点,他们的对话充满了乐趣,对于一些读者来说,这些对话是小说的重点,符合人性的特点,让该小说具有持久的魅力和吸引力。因其原型符号有各种解读,该书所要表达的主旨一直备受争议,始终没有得到满意的答案。难点之一就是,一个布道讲法的故事是如何鼓励一般民众去相信一个在信仰上差异如此之大的佛教。小说中含有佛教,但并非全是如此,正如 16 世纪的欧洲文学含有基督教,但却没有宗教意味一样。里面还有强烈的道教元素,有些评论家认为这是该书的重要信息,该书提供了去寻找"道"的一个向导。小说中有许多道教的象征符号,如五行,通过把五行和修炼来达到形式或者隐喻永生的长生不老药。该书还使用了象征手法,最好的方式就是学会欣赏书中的智慧、幽默以及丰富的观察和发现。该节译本的原则是保留了整个故事情节,去掉了故事中的诗歌和不能促进故事情节发展的诗词,进行了最小化的改写,尽量使读者在阅读过程中全面了解原著中的东西。

在李提摩太的新版《猴王的神奇冒险》"介绍"中谈到了译者的一些信息。他于 1868 年作为英国浸礼会传教士来到中国,与其他传教士不同的是,当别人在反对中国当地民间故事像《西游记》中的神和英雄时,他却支持使用这些神灵和英雄,试图找到东方神话小说中的宗教因素,寻求儒释道和基督教之间所包含的精神挑战和成长中的普遍信息。为该版本撰写"介绍"的是麦考瑞大学中国研究中心主任丹尼尔·凯恩,他曾先后在北京大学中文系做访问学者,于 1996 年做澳大利亚驻北京大使馆的文化参赞。他凭借深厚的汉语功底以及对中国历史的了解,介绍了玄奘取经的背景:小说《西游记》利用玄奘弟子辩机的《大唐西域记》和慧立所写的传记《大唐大慈恩寺三藏法师传》里真实的历史人物活动作为主线。故事的开始没有讲玄奘和尚,而讲了猴子出世,接着讲观音寻找取经人,采取虚构的情节、奇妙的想象来构筑整个故事,以独特的方式讲述了玄奘的取经过程。一方面《西游记》是一部冒险、滑稽的故事;另一方面,它又是一个寓言,其中到印度朝圣比喻个人寻求启蒙和教化。李提摩太也在小说中看到了基督教的主题,而这种解读却是其他人所没有的。李提摩太所生活的知识环境要求所有的文学作品都要具有道德说教。对李提摩太来说,该书中的道德说教就是佛教徒战胜外部的诱惑和内心的魔鬼来达到自我教化。他认为,基督教跟中国的佛教、道教和儒家思想等这些教派有相通之处。他认为,中国宗教,特别是大乘佛教的许多特征跟基督教有共通之处。李提摩太的态度可以在他的译文中反映出来。他常把"玉帝"译成"上帝"、道家的"天宫"和佛教的"极乐世界"译成"天堂"、"弥勒佛"译成"弥赛亚"、"传令官"译成"天使"。玉帝在天空能看到下界,认为玉帝有望远镜,十万八千里被认为是电的速度。"简介"中还谈到了阿瑟·韦利、海伦·海斯、余国藩、詹纳尔等译者的译本特点,还有其他的一些诸如戏剧、动画片、电影、电视连续剧等其他随着时代发展而展示出来的不同表现形式。李提摩太的译本更像一个改述,可读性比较强,接近原文,尽管有些地方删减并做了总结,有其古雅和古怪之处,但却增加了小说的魅力①。

　　不同版本译作的"前言"或"介绍"中讲解了《西游记》的故事情节及人物的象征意义,或故事情节与历史的关系,或谈论译者及译者所采取的翻译方法,或从故事性引介,或从学术性论证,这些无不对读者起着心理预设或者暗示的作用,引导着读者进行阅读。

---

① Wu, Cheng'en. *The Monkey King's Amazing Adventures*. Richard, T. (trans.). Tokyo, Rutland, Vermont & Singapore: Tuttle Publishing, 2012.

四、跋、注释及其他

"跋"在介绍书籍时能起到"游园的向导"的功能。《西游记》各译本后面有著名学者所撰写的"跋",对图书起到了引荐和推介的作用。书中的"跋"评价了该书的学术价值、审美价值或者思想意义,引导读者如何进行阅读,对读者施加了一定的影响。对内容上的评论具有很强的导读作用,除了能宣传该译本的作用之外,还能提高读者的认识水平和鉴赏能力。除了有几种版本在封底有对《西游记》故事做简单的介绍之外,在余国藩的全译本和缩译本以及大卫·克尔狄恩的译本后还专门有同行专家为译本所写的评论。

在余国藩的全译本封底上有宾夕法尼亚大学主攻中国科学史与科学社会学的内森·席文、哈佛大学费正清中国研究中心的李惠仪以及范德堡大学艺术和科学学院亚洲研究中心的康若柏等三位研究中国科技史和炼丹术、文学史和宗教史的专家的评介,这些评价极大地提升了该书的学术性和专业性。他们三个分别从自身研究的方向出发对余先生的新译本做出了中肯的评价。

在余国藩的缩译本《猴王与和尚》的封底上,有美国汉学家、宾夕法尼亚大学亚洲及中东研究系教授、《逍遥游》和《道德经》的译者梅维恒所写的跋。他在评价该缩译本时说,译者精心挑选了三十一回组成该书,并包含了所有的主要人物,情节丰富,讲述了玄奘在四个忠诚的弟子保护下一起去西天取经的历程;《纽约时报》书评栏目上对缩略本评价说,"(该书是)我们这个时代人文翻译和出版中的伟大事业之一"①。

---

① Yu, Anthony C. (ed. & trans.). *The Monkey and the Monk*. Chicago: The University of Chicago Press, 2006.

在大卫·克尔狄恩译本的封底评论中,《世界宗教》的作者、著名宗教研究专家休斯顿·史密斯说:"大卫·克尔狄恩出色的译本具有《星球大战》式的宇宙级功夫!中国最卖座、最精彩刺激的道德故事便拥有这一切。这本书极富魅力,读起来让人赏心悦目。"《走进空门》的作者、对禅宗颇有研究的学者威廉·魏特林说:"大卫·克尔狄恩用诗一般的寓言准确地复述了中国古代的寓言故事。不安分但很聪明的猴子,在其他滑稽而又精力充沛的妖怪帮助下,帮助寻求自我的玄奘师傅,在佛道传统中增加了洞察力。该书确实值得一读!"①

在阿瑟·韦利译本的封底上,《国家民族政坛杂志》评论道:"在西方文学作品中没有像《猴王》那样的作品。这部小说集流浪汉小说、神话故事、讽刺性寓言、米老鼠、大卫·克洛科特的英雄故事,还有《天路历程》中的信仰追求于一体,作者把这些元素有机地融入一个艺术整体。"美籍华裔作家和翻译家郭镜秋在《纽约时报》上评论道:"《西游记》应该是远东历史上最流行的故事,这部经典著作融流浪小说、民族史诗、讽刺、寓言和历史于一个欢乐的故事之中。故事讲述了淘气的猴子遭遇到大小精灵、各路神仙、半神半人、吃人魔鬼、怪物和仙女。阿瑟·韦利的译本是第一部准确的英语译本,给西方读者提供了一部忠实于原著精神和意思的版本。"《泰晤士报》上的评论是:"人物的挑战精神和活力使得阿瑟·韦利的译本给大家提供了一部消遣作品。"《曼彻斯特卫报》评价说:"该小说拥有极大的热情、深刻的意义和常用的谚语,给读者带来极大的乐趣。"②

---

① Wu, Ch'eng-en. *Monkey: A Journey to the West*. Kherdian, D. (trans.). Boston & London: Shambhala Publications, 2005.

② Wu, Ch'eng-ên. *Monkey*. Waley, A. (trans.). London: Penguin Books, 1961.

在余国藩的全译本中,除了在正文前面有长达 96 页的"介绍"、后面有"索引"之外,在译文后对每一回相关的背景知识、专有名词、特殊表达法、明喻、暗喻和类比、生活细节都有详细的注释,对专业读者的研读具有极大的帮助作用。

五、结　语

本文旨在从《西游记》不同的英语版本研究中,寻求副文本的基本特征,以便判定副文本信息在引导读者方面的作用和功能。首先,从不同时期、文化、文类、译者、译作和同一译作的不同版本来看,副文本的表现方式和方法在不断变化。其次,副文本的语境作用由交流实例或者接受情境、语境特征等界定,如译者和受众的性质、译者的权威性和认真负责的程度、信息的语内力量等。最后,译者设计副文本是为了获得理想读者,让他们根据提示最大限度地接近文本意义和创作意图。在《西游记》不同译本封面图案的选择、书前的献辞、介绍的侧重和书后跋的评价上可以看出,所有这些作为译本的组成部分,都影响着读者的阅读和期待。译者的观点和利用副文本形式的动机密不可分,副文本为读者提供了一种观察译本的视角,起到了一定的引导作用。

（朱明胜,南通大学外国语学院副教授;原载于《小说评论》2016 年第 4 期）

第二编

中国文学在法语世界的译介与传播

试论中国文学在法国的阐释视角

许　方

在新的历史时期,随着中国文化"走出去"战略的有力实施,中国文学在域外的译介无论是量还是质,近年来都有了明显的进步。学界对中国文学,尤其是当代中国文学的译介与传播予以了持续的关注,也取得了不少成果。但我们注意到,相关的研究比较注重中国文学在域外译介历史和现状的梳理,而对其在域外阐释的情况却关注不够。如果说,文学翻译就其本质而言,具有"生成"的特征,那么,"文本意义不可能是一种固定不变的客观存在,也无法被一次性完整地获得,而是在解释学循环中不断生成、更新,处于多元的无限可能性之中"①。文学翻译,是一种"历史的奇遇"②,在文本译介、传播的过程中,对文本的理解与阐释,是其中最为关键的一环。基于此认识,本文拟以中国文学在法国的接受情况为例,具体考察法国学界是通过何种途径理解中国文学作品,进入中国文学作品,又是采用何种视角加以阐释的。

---

①　刘云虹. 试论文学翻译的生成性. 外语教学与研究,2017(4):613.
②　许钧. 翻译是历史的奇遇——我译法国文学. 外国语,2017(2):97.

一、"用一种新的眼光"来看中国文学作品

法国汉学界向来重视对中国文学,尤其是对中国古典文学的研究。程千帆先生有言:"法国同行们不仅从我国的古典诗歌当中认识我们祖先所创造出来的辉煌的文化,丰富了他们和法国人民的精神世界,而且还以他们勤奋而且细致的研究,对于中国的古典诗歌,从微观到宏观,都提出了许多值得重视的见解。这,不但对于我们中国学者的研究工作极为有益,而且使得广大的中国人民在阅读这些作品时,也开阔了视野,呼吸到了新鲜的气息。"[①]法国汉学界对中国文学的阐释与研究,具有双重的参照价值。对于程千帆先生的这一观点,法国著名汉学家侯思孟有着积极的回应。在这位曾先后在美国耶鲁大学和法国巴黎大学获得中国文学博士学位的著名学者看来,外界的批评可以带来不一样的参照。"同是中国古代文学作品,生活背景、生活态度不同的人们,其视角、理解并不一样。法国人的文章也许会使中国读者感到震惊,使他们转换一下视角,用一种新的眼光来看自己的文学作品。"[②]他所强调的文学批评的视角,对于我们讨论中国文学在法国的理解与阐释路径很有启发。

我们知道,在法国汉学界,由于历史传统与意识形态的双重原因,长期以来对中国文学一直存在重古代轻现当代的倾向,同时也存在明显的重诗歌轻小说的现象。这样的现象在 20 世纪 60 年代以后,特别是 21 世纪以来,有了一些改观。如侯思孟所言,不同

---

① 钱林森,编. 牧女与蚕娘——法国汉学家论中国古诗. 上海:上海古籍出版社,1990. 见程千帆"序"第 2 页。

② 钱林森,编. 牧女与蚕娘——法国汉学家论中国古诗. 上海:上海古籍出版社,1990. 见侯思孟"序"第 5 页。

生活背景、不同文化的人,对同一部作品的理解会不一样,评价的视角也会有异,而来自域外的批评,会带来不一样的目光,会突破局限,拓展对作品理解与阐释的空间。批评家洪治纲在论及中国当代文学的评价时指出:"由于长期置身其中,缺少必要的时空距离,我们对当代文学进行重新评价时,会时常变得迷离不清;又因为当代文学的发展走过了不少弯路,曾深受非文学因素的干扰,我们在判断某些作品的艺术价值时,同样会显得过度'警惕'。也就是说,当我们带着明确的主体意识,不断地介入当代文学的历史进程中,试图以'在场'的姿态和求真的意愿,为当代文学绘制价值图谱时,总是会有一些难以剔除的潜在因素在干扰自己的判断。"[1]而在洪治纲看来,"不承认这种局限是不行的。有例为证的是余华的长篇小说《兄弟》。它在国内引起的大面积非议已成为一个文学事件,众多评论家都对之持以否定的态度,甚至认为它是一部粗俗低劣的作品。但它在国外却广获好评,日本、法国、美国、德国、英国、意大利等国家的很多主流媒体上,都以大量版面积极地评介这部小说,甚至不乏'杰作''长河小说''史诗性作品'之类的盛誉"[2]。洪治纲所提出的核心观点,就在于域外不同的批评与观点,有助于我们克服局限,以一种新的目光,去重新审视,在不同视角作用下,有新的诠释,新的发现。歌德所强调的"异之明镜照自身"的观点,说明的也正是"寻找一个外在于自己的视角,以便更好地审视和更深刻地了解自己"[3]的道理。

---

① 洪治纲. 主体的自觉与中国当代文学的再认识. 文艺报,2010-05-05.
② 洪治纲. 主体的自觉与中国当代文学的再认识. 文艺报,2010-05-05.
③ 顾彬. 关于"异"的研究. 北京:北京大学出版社,1997. 见乐黛云"序"第1页.

二、以多元视角阐释中国文学

　　域外对中国文学的批评与阐释,其价值不容低估,国内学界对此有越来越一致的看法。就中国文学在英语世界的批评而言,季进和余夏云的《英语世界中国现当代文学研究综论》一书可以说是最新的研究成果①。我们发现,在英语世界,对中国文学作品最为关注、研究也最为深入的学者中,有不少都有中国背景,如该书主要章节所梳理、分析的夏志清、李欧梵、王德威、刘禾、周蕾、张英进等学者的研究成果。在法国,情况有所不同,对中国文学的研究与批评,程抱一、张寅德这样有中国背景的学者较少,更多的是法国本土的汉学家。之所以要区分这一点,是因为有中国背景和无中国背景的学者,在批评的视角和阐释的路径上,应该说存在较多的差异,对此问题,我们会另题探讨。

　　论及域外对中国文学,尤其是中国现当代文学的阐释,学界首先会想到的,是"意识形态"的视角。拿一种比较通俗的说法,就是外国人,尤其是西方人阅读中国的文学作品,往往会采取一种政治的眼光,以意识形态为视角,去理解、去诠释中国现当代文学作品。有学者指出:"文学与政治和意识形态的关系向来比较复杂。中国的现当代文学,与政治和意识形态有着密不可分的关系。而西方对于新中国,更是怀有偏见,对中国当代文学的理解与阐释自然会受到政治与意识形态因素的影响。"②对以"意识形态"为视角,对中国现当代文学作政治性的解读与阐释,中国作家比较敏感,贾平凹就强烈地表示,"我是最害怕用政治的意识形态眼光来套我的作

---

① 季进,余夏云.英语世界中国现当代文学研究综论.北京:北京大学出版社,2017.
② 许多.中国文学译介与影响因素——作家看中国当代文学外译.小说评论,
　　2017(2):5.

品的",并指出,"如果只用政治的意识形态的眼光去看中国文学作品,去衡量中国文学作品,那翻译出去,也只能是韦勒克所说'一种历史性文献',而且还会诱惑一些中国作家只注重政治意识形态的东西,弱化了文学性。这样循环下去,中国文学会被轻视的,抛弃的"①。莫言也在不同的场合,多次呼吁西方不要一味地对他的作品进行意识形态化的政治性的解读。西方对中国现当代文学的意识形态化阐释,确实是一个值得关注和思考的客观现实,需要引起我们的特别关注与警觉,但从法国对中国文学的批评与阐释的整体状况看,意识形态并非是唯一的视角。从我们所掌握的材料看,我们发现法国对中国文学的阐释视角是多元的。

1. 历史的阐释视角

要认识、理解中国文学,需要以历史的视角为入径,从中国社会的历史变迁,尤其是中国文学的发展历史中去把握,去定位。可以说,不了解中国文学的过去,就难以理解中国文学的现在,更难以把握中国文学未来的走向。法国早期对中国现代文学的研究与阐释,因为大都出自在中国的传教士之手,他们对"中国文学的兴趣和研究,并不都出于对纯学术的开发,而多半在于'净化道德'的传教目的,因而他们对中国现代作家的介绍和研究,难免带有某些宗教的、政治的偏见和臧否失当的偏颇"②,但传教士明兴礼在新中国成立后,回到法国继续对中国现代文学进行研究,于1953年发表了《中国当代文学的顶峰》一书。所谓的顶峰之说,就是基于历史的一种比较与判断。这种从历史的角度对中国文学进行评价的路径,较为自觉地体现在明兴礼的其他批评著作中,如他撰写的

---

① 许多. 中国文学译介与影响因素——作家看中国当代文学外译. 小说评论,2017(2):5.
② 钱林森,编. 法国汉学家论中国文学——现当代文学. 北京:外语教学与研究出版社,2009. 见"引言"第III-IV页。

《巴金的生活与创作》指出:"巴金所展现的'家',在心理描写、情节设置和悲剧力量方面,不仅远远胜过同辈作家林语堂的《瞬息京华》,而且比赛珍珠的《大地》写得'更深刻入神',即使与不朽的名著《红楼梦》相比也有其独特之处。"①实际上,自 20 世纪 80 年代以来,在法国汉学界对中国现当代文学的评价中,有不少著作都在历史这个维度上去考察中国文学的发展和特征,如居里安和金丝燕合作主编的《中国文学——过去和当代写作:汉学家和作家互看》(1998)、杜特莱的《中国当代文学:传统和现代性》(1898)、夏德兰的《现代主义或现代性?》(2004)等,都着力于"对一个世纪中的中国现当代文学进行历史的审视和整体思考"②。如果我们深入法国汉学家的具体评论之中,我们更能强烈地感受到这种历史的视角之于理解、阐释与评价中国作家与作品的重要性。如米歇尔·鲁阿在对中国女作家进行评价时,这样写道:"我们从中国历史上可以列举出为数不少的女作家,其中许多人可与当时最杰出的异性同行们相媲美,如宋代最伟大的词人之一李清照即是女性。然而,在'五四'之后,文化界出现了崭新的局面:女作家获得了应有的权利,她们不仅越来越多地涉足文坛,更有甚者,她们还以女性作家的目光注视着她们所处的那个被各种矛盾搅得动荡不安的时代,并为文学创作增添了新的内容。"③这段话,看上去非常平常,无惊人之语,但仔细阅读,可见汉学家鲁阿对中国文学史和社会发展情况有较深入的了解,对于女作家在"五四"之后的状况也有准确的把握。基于此,鲁阿对冰心、丁玲的评价就很中肯,尤其

① 钱林森,编. 法国汉学家论中国文学——现当代文学. 北京:外语教学与研究出版社,2009. 见"引言"第 V 页。

② 钱林森,编. 法国汉学家论中国文学——现当代文学. 北京:外语教学与研究出版社,2009. 见"引言"第 XVIII 页。

③ 米歇尔·鲁阿. 中国的女作家. 施婉丽,译//钱林森,编. 法国汉学家论中国文学——现当代文学. 北京:外语教学与研究出版社,2009:201-207.

是对丁玲精神的肯定,很有见地。也是基于历史的审视,鲁阿对改革开放之后的女性作家的评价显示出了某种深刻性,如对张洁的《爱,是不能忘记的》,鲁阿是这样诠释的:"在'伤痕文学'珍爱的诸如恩爱夫妻或热恋情人被强行拆散后又重逢这一类主题中,张洁又增加了一个内容:妇女不屈服某种受'商品交易规律支配'的婚姻。不过,这一思想并非是张洁的创新,因为鲁迅早在《伤逝》中已反映了这一主题。但是鲁迅提醒人们,在社会尚未变革时,应防止某种形式上的'解放',它对妇女只能是致命的陷阱。"①鲁阿的这一带有历史省察与哲思意味的见解,即使在今天看来,也是不失其价值的。

2. 文学社会学的阐释视角

如果说文学是人学,那么人,是社会的人,写人,必然要写社会。法国文学中,巴尔扎克是写社会、写社会之人的杰出代表,其《人间喜剧》,写的就是一出社会之人的悲喜剧。中国现代文学中,鲁迅的《阿 Q 正传》、老舍的《骆驼祥子》,写人,也写社会。法国的传统文学批评流派中,圣伯夫创立了肖像批评,朗松注重历史批评。这两种流派,也都特别重视文学中的社会批评。20 世纪 60 年代的法国波尔多文学社会学派更是以社会学的视角聚焦于文学现象与文学作品。该流派的代表性人物埃斯卡皮的《文学社会学》一书在法国乃至国际的文学批评界产生了重要影响。考察中国文学在法国的阐释状况,我们发现少有那种在国内盛行的女性主义批评、解构主义批评等批评途径,反而常见较为传统的批评视角,如上文我们所介绍的历史的阐释视角。在法国,文学社会学的阐释视角,可以说也广泛地应用于对中国文学的批评中。如优秀的

---

① 米歇尔·鲁阿. 中国的女作家. 施婉丽,译//钱林森,编. 法国汉学家论中国文学——现当代文学. 北京:外语教学与研究出版社,2009:201-207.

青年汉学家王剑(Sebastian Veg),他翻译过鲁迅的重要作品,如《彷徨》,对鲁迅有较深的研究。在其对鲁迅作品的解读与阐释中,就特别注重挖掘乡村社会对于塑造小说人物的意义。又如 2008年诺贝尔文学奖得主勒克莱齐奥对于老舍的评论,也充分注意到城市空间与城市记忆之于老舍小说的价值。在为《四世同堂》撰写的序中,他挖掘了"小羊圈胡同"之于《四世同堂》的独特的空间意义和书写价值。正是"在胡同这个狭窄的舞台上,随着战争的谣言和侵略者威胁的阴影不断扩大,小说人物一点点掀开面具,暴露了他们深层的自我"①。对中国当代文学,勒克莱齐奥也特别注重从社会环境和历史记忆的角度去理解作者及其作品。勒克莱齐奥为了更好地理解莫言,几次提出要到莫言的老家高密去看看,莫言作了积极回应,勒克莱齐奥有机会于 2015 年冬季到高密访问。这次访问,给他留下了深刻的记忆。他在北京师范大学发表的《相遇中国文学》的演讲中这样说道:"我看到了给莫言灵感写下《红高粱家族》的高粱地,还参观了高密县为他设立的文学馆。但这趟旅途中最动人的时刻,还是到高密乡村去看莫言出生的老屋。陋室还是三十年前莫言夫妇离开时的样子,这让我得以想见那个年代这家人经历的苦难,那时莫言往返于军队和老屋,在此写下了他的早期作品。小屋以土为地,窄窄的砖墙裸着,没有墙漆,它给人极度贫困的感觉,却同时让人感觉充满希望,因为正是在这种环境下,才能看出夫妇二人如何凭意志创造出全新生活,激发出文学才情。莫言小说中的每一个字因此而变得更加真实、更加有力,因为无论《红高粱家族》还是《檀香刑》,都在这片景象中生根,都扎根于这座逼仄的老屋中。"②法国学界从文学社会学视角对于中国文学的解

---

① 勒克莱齐奥. 师者,老舍. 许玉婷,译//钱林森,编. 法国汉学家论中国文学——现当代文学. 北京:外语教学与研究出版社,2009:165-169.

② 勒克莱齐奥. 相遇中国文学. 施雪莹,译. 许钧,校. 文学评论,2016(1):6.

读,更多地还表现在出版社对中国文学作品的各种宣传介绍中或汉学家为法译中国作品所写的序言中,其中涉及对小说发生的社会背景的介绍、社会因素之于小说人物的意义分析、社会空间之于小说的结构价值的挖掘等,限于篇幅,这里不拟展开。有学者指出:"对法国读者来说,要想真正理解一部中国文学作品,领悟其独特的价值,必须对源语国家,即对中国的社会和文化有个基本的理解。"①

3. 诗学的阐释视角

在当下对中国文学在国外阐释与传播的研究中,往往会提到一点,那就是国外有一种重政治解读轻文学阐释的倾向。这样的一种判断,可以说比较客观。但我们也应该看到,法国的汉学界有自己的传统,一直比较注重对于中国文学的诗学解读与分析,尤其是对中国古典诗歌与小说的解读。即使是对鲁迅这样具有独特地位、与意识形态有着密不可分之关系的作家,法国学界也有学者以自觉的意识,试图突破对鲁迅的政治性解读,如法国著名汉学家、哲学家弗朗索瓦·于连就明确提出:"我们今天就要采取完全相反的态度,毫不犹豫地回到作品本身,从严格意义上的文学观点出发,而不必想方设法地把鲁迅的作品说成具有典范意义;我们应当永远除去一切硬加上去的意识形态的投影,从作品原有的清新内容中去考察作品本身不可剥夺的思想深度。"②在此,于连的主张有二:一是回到文本;二是回到文学。他所提出的严格意义上的文学观点,在很大程度上,就是"诗学"的途径。在他那篇题为《作家鲁迅:1925 年的展望——形象的象征主义与暴露的象征主义》,在法国汉学界有着重要影响的论文中,于连以鲁迅的主要作品为讨

---

① 高方. 老舍在法兰西语境中的译介历程与选择因素. 小说评论,2013(3):67.

② 弗朗索瓦·于连. 作家鲁迅:1925 年的展望——形象的象征主义与暴露的象征主义. 钱林森,译//钱林森,编. 法国汉学家论中国文学——现当代文学. 北京:外语教学与研究出版社,2009:32-42.

论对象,指出鲁迅的作品具有象征主义的特征,但学者一般较多地关注鲁迅"论战性的象征",而忽视其"诗的象征"。前者属于"揭露真相"的"暴露的象征主义",后者则属于"用现象表现的象征主义"。于连在文章中通过对鲁迅作品的"景物描写"的细致的诗学分析,指出:"《野草》常常是用同一类型的对立手法表现不同的景物,雪与北方,枣树与天空,火与冰,树与墙,东方与西方,以及影与所有的人,都不能相容。正因为这样,这种不相容性才是象征化的必要标志。"①在于连看来,"在鲁迅的作品中,那种富有象征功能的文学样式依然是丰富多彩的,鲁迅具有中国散文的巨大天赋(如传统的批评所表述的那样),在这种情况下,即在纯美学的选择甚于批评效果上考虑的情况下,这种强烈的象征色彩就愈加浓厚,它是暗暗地(隐蔽地)表现出来的,因此就具有一种永远新奇的潜在思想:这种潜在的思想像一个陷阱似的安排在杂文的每一页里,它随时都会使读者偏离正常的意识"②。于连对于鲁迅作品的象征手法的特征、复杂性、创新性及其产生的效果作了颇具特色的解读。对于现代作家老舍,著名的法国老舍专家保尔·巴迪也同样在诗学的层面展开过深入的探讨,他撰写的《老舍与短篇小说艺术》一文,就从短篇小说的形式、叙述方式与叙述角度等多个角度,对老舍的短篇小说作了公允的评价。法国翻译家何碧玉更是以《京派美学》为题,就京派作家的特质作了探讨,认为"京派美学力图使小说贴近散文与诗。观照自然,追求完美,维护真、善、美之间的联系,这些都使它成为一种古典艺术,虽然不够大胆,却对介入

---

① 弗朗索瓦·于连. 作家鲁迅:1925 年的展望——形象的象征主义与暴露的象征主义. 钱林森,译//钱林森,编. 法国汉学家论中国文学——现当代文学. 北京:外语教学与研究出版社,2009:32-42.

② 弗朗索瓦·于连. 作家鲁迅:1925 年的展望——形象的象征主义与暴露的象征主义. 钱林森,译//钱林森,编. 法国汉学家论中国文学——现当代文学. 北京:外语教学与研究出版社,2009:32-42.

艺术的侵越提供了一种有益的防范"①,并注重"将美学作为京派的首要特点",以此为入径,就京派作家的艺术手法与表现特点展开深入的探索。考察一个多世纪以来中国文学在法国的阐释状况,我们可以看到诗学的阐释视角起到的重要作用:无论是巴迪对老舍小说的语言特色的评价,还是杜特莱对阿来的写作技巧的探讨,或是张寅德对余华小说叙事手法的分析,都可以看到法国汉学界在中国现当代文学研究中所表现出的一种具有倾向性的努力,那就是于连所呼吁的:回归文本,回归文学。

除了上述三种阐释视角外,我们也观察到,比较文学的视角也是法国汉学界解读与阐释中国文学的主要方法之一,这方面的探讨已经比较充分,本文不拟展开。

三、小 结

中国文学在域外的传播,阐释是其中重要的一环。我们结合法国汉学界对中国文学,尤其是对中国现当代文学阐释的一些实例,就其主要的阐释视角作了探讨与评述,从中可以看到,法国对中国现当代文学的阐释,并非完全以意识形态的视角为入径,也少见国内批评中较为盛行的后殖民主义、女性主义、生态批评等视角,而是呈现出多元与传统的倾向,关注历史、关注社会、关注文学作品的艺术价值。

(许方,博士,华中科技大学外国语学院讲师;原载于《小说评论》2018 年第 1 期)

---

① 何碧玉. 京派美学. 陈寒,译//钱林森,编. 法国汉学家论中国文学——现当代文学. 北京:外语教学与研究出版社,2009:174-191.

巴金在法国的译介与接受

高　方　吴天楚

　　十年前,也就是 2005 年的 10 月 17 日,巴金在上海与世长辞,享年 101 岁。巴金逝世的消息在国际文坛产生了巨大反响。在法国,该消息当日便在法国国家电台和电视台等媒体上播出。次日,法国众多报纸刊登相关消息,三大日报更是开辟专栏,刊登纪念巴金的长文:一是《解放报》发表长文,题目叫《巴金不会写冬天》;二是《世界报》发文,题为《巴金,二十世纪中国文学的巨人》;另一篇是《费加罗报》发表的文章,题为《巴金,中国最具声名的作家》。左中右三大日报同日发文,纪念巴金,足见作家在法国的影响。法国波尔多第三大学的安必诺(Angel Pino)教授指出,上述三家大报发表的"文章的标题总体上较为准确地反映了巴金在法国民众心目中的形象"①。在巴金逝世十周年之际,本文试图追踪与梳理巴金在法国的译介历程,进而就巴金在法兰西语境中的阐释与接受状况做一简要考察与分析。

---

① 　安必诺(Angel Pino). 巴金在法国的接受//李晟文,编. 中国/欧洲/美洲:从马可·波罗到今天的相遇与交流. 魁北克:拉瓦尔大学出版社:104-105. 此文已译成中文,载:陈思和,李村光,编. 一粒麦子落地——巴金研究集刊卷二. 上海:三联书店出版社,2007:216-245.(该段译文即出自此书第 230 页。)

一、巴金在法国的译介历程

在《雾》的法译本译后记《巴金与法国》一文中,译者黄育顺
(Ng Yok-Soon)这样介绍作家:他是"一位享誉全球的伟大的中国
现代作家,一位伟大的当代作家"。谈及巴金的影响,黄育顺写道:

> 1977 年,巴金与茅盾一道被推荐为诺贝尔文学奖的候选
> 人。1982 年 4 月 2 日,意大利学院将当年的"国际但丁奖"授
> 予巴金。他是首位获此殊荣的中国作家。随后,在 1984 年的
> 5 月 14 至 18 日期间,国际笔会在东京举行第 47 届大会,作
> 为中国作协主席和国际笔会中国分会主席,巴金受邀参会,位
> 列"全球文学界七大名人"。1984 年 10 月 18 日,"为表扬巴
> 金六十年来对中国新文学运动的巨大贡献,为表扬他的道德
> 勇气和求知求真的精神,为表扬他对中国人民在这狂飙激流
> 的世纪中追求进步所作的有力呼吁",香港中文大学授予其荣
> 誉文学博士学位……①

黄育顺所援引的几个重要事件足以说明巴金在国际上的文
学声望和影响力。在法国,巴金的影响,不仅来自其法译作品的传
播,还源于很多其他方面,比如他与法国的渊源、他高尚的品格、他
漫长而丰硕的文学生涯、他在中国作家协会中的地位,等等,正如
法国著名汉学家保尔·巴迪(Paul Bady)在"巴金"词条中所言:

> 巴金曾一度广受欢迎,而在"文化大革命"的恐怖乌云散
> 去后,如今的他依旧备受喜爱。造成这一现象的原因是多方

---

① 黄育顺. 巴金与法国//巴金. 雾. 黄育顺,译. 巴黎:百花出版社,1987:
197-198.

面的。首先,他的思想……其次,他的小说作品获得了空前的成功。最后,无论在中国还是国外,他所历经的磨难为他赢得了世人的同情。[①]

该词条是巴迪为法国大学出版社出版的《世界文学辞典》所撰写的,后被雷威安(André Lévy)主编的《中国文学辞典》收录。保尔·巴迪认为,巴金之所以倍受喜爱有三点重要原因,可以归结为作家的思想内涵、小说成就和独特经历。在此,暂且抛开作家的"思想"以及"所经受的磨难",最受我们关注的是"他的小说作品获得了空前的成功"这一评价。的确,在被介绍给法国公众的时候,巴金往往被冠以"文学巨匠"或"二十世纪中国文学的最后一位'巨人'"的头衔。可以说,巴金所获得的名望在很大程度上归功于他的文学创作,即他在文学上的伟大成就。不过,我们想知道的是,巴金的作品是否能为法国读者所理解。换言之,法国读者对巴金的喜爱是否建立在阅读其作品的基础之上? 要回答这个问题,有必要对巴金作品在法国的翻译情况做一梳理。

旅法华人学者黄育顺为在法国推介中国现代文学做出了巨大努力,他先后译介过鲁迅、巴金、茅盾、丁玲、艾青等作家。在他看来,"一位作家被译成外文的作品会为他赢得一定的声望,并将他的精神光辉播散到其他民族中去。正因如此,读者才能在译作中与作者相互理解,产生共鸣"[②]。他认为,"在中国作家当中,巴金的作品法译最多"。他对巴金作品的法译情况进行了细致的梳理,列出法译本列表,并作为附录,收于《雾》的法译本中(1987,法国百花出版社)。表中列出 11 部法文译作,包括《家》《雾》《春》《海的

---

① 保罗·巴迪. 巴金//贝阿特丽丝·迪迪埃,主编. 世界文学辞典(第 1 卷). 巴黎:法国大学出版社,1994:287-288. 后载:雷威安,编. 中国文学辞典("伽德利日"丛书). 巴黎:法国大学出版社,2000:5-6.

② 黄育顺. 巴金与法国//巴金. 雾. 黄育顺,译. 巴黎:百花出版社,1987:200.

梦》《春天里的秋天》《憩园》《寒夜》《复仇》《长生塔》以及短篇小说集《罗伯斯庇尔的秘密及其他小说》等。

从 1987 年至今,随着中法文化交流的不断深入,法国大众对中国文学的兴趣亦与日俱增。安必诺在多方搜集信息的基础上继续研究,对巴金在法国的翻译和接受情况做了一个总结(用他自己的话说,这是"第一份总结"):

> 与在五四运动中成长起来的其他中国作家一样,巴金的作品在法国并非鲜见。如果说其作品的翻译在数量上不及鲁迅的作品,至少他与老舍在此方面是不相伯仲的,而比起茅盾、沈从文或郭沫若,巴金则更是有过之而无不及。据统计,署名巴金的读物(译本)有五十几种之多。成书的作品占 19 本,其中有两本未出版;另有单行本若干,其中包括:短篇小说五部,以连载形式发表的长篇小说两部,散文、随笔或各式记叙文共计十五篇,以及《随想录》选刊八项。值得注意的是,这其中有几项包含多篇文章,有些文章全篇或部分被两次选用,有的是同一文本的全文或节选以两种方式出版,其中大部分作品都附有补充资料。这些作品篇幅相差甚大,从十几行到六百七十几页不等。①

安必诺并不满足于对巴金的法译作品做一简单汇总。他以这份详细而全面的总结为基础,对作家法译情况进行了历时的梳理,分析了影响翻译的因素,如对翻译作品的选择、参与翻译活动的媒介,以及出版者和译者等因素。安必诺的研究中有三点尤其值得

---

① 安必诺. 巴金在法国的接受:第一份总结//李晟文,编. 中国/欧洲/美洲:从马可·波罗到今天的相遇与交流. 魁北克:拉瓦尔大学出版社:93. 参见作者附在书末的书目,该书目按年代排序,分列在四个条目下:1. 翻译;2. 访谈;3. 评论;4. 传记:105-120(译文第 216 页).

我们关注:

首先,作为巴金研究专家,安必诺按照作品创作的时间先后来介绍巴金的法译作品:"所有被翻译的作品中,创作时间最早的要上溯到 1921 年,即巴金的处女作《怎样建设真正自由平等的社会》;而最迟的是一封公开信,注明创作时间为 1989 年。在被翻译的作品中,多于五分之三的作品创作于 1949 年以前:20 世纪 20 年代两部,30 年代二十一部,40 年代七部;其他作品都创作于'文化大革命'之后,基本上同属于《随想录》系列,其中 70 年代八篇,80 年代十五篇。不过,在一些大部头作品的翻译中,也附入了两篇创作于 50 年代的文章。"①的确,1949 年是巴金文学创作的一条明确的分界线。以此为界,巴金的创作前后有别。1949 年以前,作家的创作重心在小说上,其最具代表性的小说作品均完成于该年份之前。而法国对巴金作品的译介也多见小说类作品,由此回应了保罗·巴迪对于巴金小说成就的评价。

其次,安必诺对巴金作品在法国的译介状况做了分期考察:"整个翻译活动前后延续了近六十年时间。最早的是由明兴礼(Jean Monsterleet)于 1947 年翻译的《雾》。但这部作品的复本的读者,仅限于必须对译者进行考察的博士生答辩委员会委员。最近的一本译作是由索菲·阿克斯蒂妮(Sophie Agostini)于 2001 年完成的《探索集》,而这本译作也是为大学硕士生论文答辩所准备的,发行量同样十分有限。我们可以将整个翻译活动划分为两个具有同样重要性的时间段:第一阶段为三十年,在这三十年只有五部作品被译成法文;第二个阶段从 1978 年开始,也为三十年。

---

① 安必诺. 巴金在法国的接受:第一份总结//李晟文,编. 中国/欧洲/美洲:从马可·波罗到今天的相遇与交流. 魁北克:拉瓦尔大学出版社:94(译文第 217 页).

主要的译作就是在这一时期完成的。"①我们可以就安必诺的分期考察进一步展开思考。1978年起,巴金作品被大量译成法文,这与中国文化政治大语境相关,也与中法文化交流的深入发展相关。

再次,安必诺对巴金翻译作品的出版情况做了分析,指出出版社相当分散:"付印的十七本书在十三家不同出版社的旗下出版,其中有一家当然是位于中国。有八家出版社各自只出版了其中的一种,三家出版了两种,只有一家出版了三种。"②据安必诺分析,这样分散的局面是由资金原因造成的,"出版商投资后收益微博,再版比较困难,这就使得他们打消了继续出版此类书籍的念头"③。的确,在巴金被翻译的作品当中,大多数没有再版,只有"三本书一次再版,另三本两次再版,《家》的译本六次再版"④。再版过一次的三本书分别是:《罗伯斯庇尔的秘密及其他小说》(1980年由玛扎里出版社出版,收入"小说"丛书,1997年在斯托克出版社再版,收入"世界书库"丛书)、《春天里的秋天》(1982年由中国文学出版社出版,收入"熊猫丛书",2004年由北京外文出版社再版,收入"中国文学"丛书),以及《长生塔》(1982年由梅西多尔现代出版社出版,收入"文学"丛书,1992年由伽利玛出版社再版,收

---

① 安必诺. 巴金在法国的接受:第一份总结//李晟文,编. 中国/欧洲/美洲:从马可·波罗到今天的相遇与交流. 魁北克:拉瓦尔大学出版社:94(译文第217页).

② 安必诺. 巴金在法国的接受:第一份总结//李晟文,编. 中国/欧洲/美洲:从马可·波罗到今天的相遇与交流. 魁北克:拉瓦尔大学出版社:95(译文第218页).

③ 安必诺. 巴金在法国的接受:第一份总结//李晟文,编. 中国/欧洲/美洲:从马可·波罗到今天的相遇与交流. 魁北克:拉瓦尔大学出版社:95(译文第218页).

④ 安必诺. 巴金在法国的接受:第一份总结//李晟文,编. 中国/欧洲/美洲:从马可·波罗到今天的相遇与交流. 魁北克:拉瓦尔大学出版社:95(译文第218页).

入"弗里奥"(Folio)丛书)。《寒夜》再版过两次(玛丽-何塞·拉利特(Mari-José Lalitte)译,1978 年由伽利玛出版社出版,1983 年和 2000 年再版,收入"弗里奥"丛书),而《憩园》则有两个译本,分别再版了两次。翻译和流传最广的小说当属《家》。

二、巴金在法国的阐释、理解与接受

1. 巴金在法国的早期阐释

早在 20 世纪 40 年代,一批在华传教士即对中国现代文学予以关注,展开研究。在这批先驱中,最早对巴金及其作品产生兴趣的当属奥克塔夫·白礼哀(Octave Brière)。白礼哀在《震旦大学学报》上发表了一系列文章,谈论中国的新文学和当时最具代表性的作家,如鲁迅、巴金和冰心。在题为《中国当代小说家巴金》[1]的论文中,白礼哀着力追踪巴金追求和塑造理想的心路历程,他从巴金四十余部小说、短篇合集和翻译作品中选择了"革命"三部曲、"爱情"三部曲和"激流"三部曲进行评析。为了让普通读者对巴金的创作偏好及其小说中的宏大主题有所了解,在简要的评析后,白礼哀试图"进一步深入作家的灵魂,探究其对生命中重大难题的看法和感悟"[2]。事实上,白礼哀的研究不仅为法国人认识和理解巴金及其作品开辟了道路,也为中国读者衡量巴金的重要性提供了另一条途径。

几乎同时,另一位法国传教士明兴礼也开始对当时的中国文学展开研究。明兴礼,原名让·蒙斯特利(Jean Monseterleet),1937 年至 1951 年间,他居住在中国,期间见过巴金三次。自 1946

---

[1] 白礼哀. 中国当代小说家巴金. 震旦大学学报,1942,3(3):577-598.
[2] 白礼哀. 中国当代小说家巴金. 震旦大学学报,1942,3(3):588.

年两人结识,直到 1951 年明兴礼回国,两人一直都保持着通信①。明兴礼十分欣赏巴金,并就巴金的生活与创作写了一部专著。该专著的中译本于 1950 年出版,书名为《巴金的生活和著作》②。遗憾的是,由于法文手稿遗失,该著作未见法文版。根据安必诺的考证,该书仅有若干章节在法国成篇出版③。其实,明兴礼在见到巴金之前就已经对他产生了兴趣。1942 年,他发表了一篇关于《家》的论文,试图展现小说《家》中的人道主义价值,该文后来成了明兴礼撰写的博士学位论文的一部分,博士论文题目为《中国当代文学:见证时代的作家》(博士论文附有巴金小说《雾》的法译),1947年于巴黎大学通过答辩。据安必诺介绍,明兴礼的论文由著名汉学家戴密微(Paul Demiéville)指导,是二战后第一篇通过答辩的汉学研究博士学位论文。明兴礼后以该博士学位论文为基础,撰写了《中国当代文学巅峰》一书,于 1953 年出版。书中,他花了长长的一章来写巴金,章名为"巴金(1904):反抗的赞颂者"。就白礼哀和明兴礼对巴金的研究进行对比,我们可以发现,两者的研究具有一个共同点:在肯定巴金作品优点的同时,他们都毫不避讳地指出了作家的缺陷。明兴礼在对巴金的创作进行了恰当的分析之后,这样总结道:

---

① 见:安必诺,何碧玉,附录书目"让·蒙斯特利"词条,《西方传教士:中国现代文学的最早读者》,第 489-491 页;安必诺《巴金的两封未发表的信》,邵宝庆译,巴金校,载陈思和、李存光主编《生命的开花——巴金研究集刊卷一》,文汇出版社,2005:第 227-234 页。明兴礼与巴金的通信,参见安必诺《无政府主义者与传教士:巴金写给明兴礼的信 1946—1951》,友丰书店,即将出版。

② 明兴礼. 巴金的生活和著作. 王继文,译. 香港:文风出版社,1950. 后由上海书店于 1986 年再版。

③ 安必诺. 巴金在法国的接受:第一份总结//李晟文,编. 中国/欧洲/美洲:从马可·波罗到今天的相遇与交流. 魁北克:拉瓦尔大学出版社:101.

巴金是一位浪漫的诗人,他的作品让我们听见心跳,他唯一的目的就是通过情感的伟力征服读者,而情感的伟力也正是他所试图宣扬的。

他为人充满热情、富有同情心;他的作品令人振奋,感情丰富。在他最美的小说里,在他最令人揪心的文字中,我们听见的是他的声音,那是正义者的声音,是人道主义者的声音。在小说人物的选择上,他融汇了自己的理想和虔诚:有多少个人物,就有多少个他自己,每个人物都反映了他的灵魂、痛苦、希望、恨和爱中的一个侧面。他作品的核心就是他自己。①

如果说巴金在创作中的真诚、激情和虔诚使读者听到了他作为正义者和人道主义者的强有力的声音,为他赢得了读者的心,那么在明兴礼看来,巴金小说艺术的缺点和不足也是显而易见的:

作为俄罗斯小说的支流,巴金忽视了井然有序的谋篇布局。他的某些小说给人以拼贴画的感觉。在主人公性格的塑造上他展开得不够充分,在人物的选择上,在场景、对话、内心独白和无关话题的篇幅上,他又缺乏节制,他的绝大多数小说都受到了这些缺点的损害。②

在读这样的评价时,我们会对明兴礼的坦诚和中肯感到惊讶。他的评价既无政治性导向,也无意识形态的判断。他的批评主要围绕小说的结构、风格,以及小说的叙事艺术。忽视井然有序的谋篇布局、展开不够充分、缺乏节制,这些缺点都是中国的评论家们鲜有提及的。相比之下,白礼哀的批评则要温和得多。在谈到巴金的优点时,白礼哀这样写道:

---

① 明兴礼. 中国当代文学巅峰. 香港:文风出版社,1950:36.
② 明兴礼. 中国当代文学巅峰. 香港:文风出版社,1950:37.

首先必须称赞他朴实的文风。他的作品里从来没有过多的华丽文辞,文风流畅、自然、生动,感情充沛、富有激情。在描写人类的苦痛时,他往往能捕捉到最哀婉动人的音符。我们可以将他在《家》的序言中用来描述生活激流的图景用在他身上:"我无论在什么地方总看见那一股生活的激流在动荡,在创造它自己的道路,通过乱山碎石中间。这激流永远动荡着,并不曾有一个时候停止过,而且它也不能够停止;没有什么东西可以阻止它。在它的途中,它也曾发射出种种的水花,这里面有爱,有恨,有欢乐,也有痛苦。"在炽烈的情感和强有力的表达之下,潜藏着真正的文采,以及鼓舞人心的力量。①

这段对巴金作品的评价和明兴礼有所不同,不过同样是对巴金的正面评价。正是借助这股由感情与激情、爱与恨铸成的鼓舞人心的力量,巴金吸引了"中国新一代的青年。总之,我们可以肯定地说,在活着的作家中,他是最受欢迎的,此外,他也是最年轻的作家之一。他的名气或许会越来越大,因为他一生中最重要的作品仍处于创作中。他告诉我们:这部正在创作的作品名为《群》,它将延续《家》《春》《秋》三部曲"②。巴金作品的力量尤其在于其真诚,在于其对真理的探寻。尽管在1949年后,巴金几乎停止了小说创作,但他的名声依旧不减,甚至大大超出了白礼哀的预期。提及巴金的缺点,白礼哀的口吻更为平和:"他是个绝顶天才,还太过年轻,但他将来一定能更加明晰,运用更加欢快、细腻的色彩。他的描写往往过于阴沉,充满苦涩,令人沮丧;我们希望能有一股清风,看到一些闲适的场景,让精神得到放松。他的文采有时过于浮夸。当他不再年轻气盛时,他的杰作便摆在了我们面前:《家》无疑

---

① 白礼哀. 中国当代小说家巴金. 震旦大学学报,1942,3(3):595.
② 白礼哀. 中国当代小说家巴金. 震旦大学学报,1942,3(3):595.

是过去十年中最成功的一部小说。"①

按白礼哀的说法,巴金的缺点主要体现为两点:一是他描写过于阴沉,这可能会让他的小说变得沉闷;二是他着力过深,有时会令读者疲劳。作者提出的建议就是,希望他的写作更加考究,更有章法。尽管指出了巴金作品中的缺点和不足,白礼哀和明兴礼都将巴金视为中国现代文学史上最重要的作家之一。事实上,白礼哀将巴金视为当时"最受欢迎的作家",而明兴礼则坚信,巴金的作品将成为不朽的经典:"巴金的小说是艺术品,更是中国文艺复兴的悲怆见证,它们将永葆魅力,一如述说人类起源的古老故事。中国在发展,或许会在一曲动人的悲歌中留下壮烈的音符。将来,一代代后辈会推崇新的文学大师,他们更睿智、更艺术,而巴金这座雕像则会竖起,如一根原始石柱,鉴证中国的觉醒。"②半个多世纪过去了,我们今天仍会对这样坦诚、敏锐又富有远见的评论感到震撼。

2.艾田蒲与巴金的缘分

1957 年,应中国作家协会之邀,法国著名汉学家艾田蒲(René Étiemble)率领法国作家代表团访华。访问期间,他有幸与一些中国作家会面,其中包括巴金。回到法国之后,艾田蒲撰书《东游记》,记录此次访华之旅,1958 年由伽利玛出版社出版。书中,他花了不少篇幅来写巴金。在记述他与巴金的会面之前,他首先谈到了"根据巴金小说改编的电影《家》"。他在与巴金会面的前一天晚上看了这部电影。据他说,这部电影拍得很差:"画面扁平,经常跳帧;剪辑十分拖沓,电影本该追求动感,而这部片子仿佛还停留

---

① 　白礼哀. 中国当代小说家巴金. 震旦大学学报,1942,3(3):595-596.
② 　明兴礼. 中国当代文学巅峰. 香港:文风出版社,1950:37-38.

在中国戏曲的审美标准上(……)我丝毫没被感动。"①艾田蒲很为这部电影感到惋惜,因为"这个故事足以拍一部好电影,一部尤其讨中国人喜欢的电影。中国人刚刚打破宗族制,打破一家之长的权威"。

艾田蒲拜访巴金的确切日期是 1957 年 6 月 14 日。这次会面持续了两个小时。两位作家的交谈从著名的"激流"三部曲开始。当艾田蒲问到是否很快会有第四部问世时,巴金回答道:"……我几乎没空创作。我翻译了奥斯卡·王尔德的所有短篇小说,翻译了赫尔岑、托尔斯泰,还有其他作家的作品。除此之外,每天还有好多会要开。如果一切顺利的话,我会在明年写第四部。其实早就计划好要写,只不过还没动笔。"②这段关于《家》的讨论可能并非出于无心。艾田蒲大概早就有意将三部曲和巴金的其他作品翻成法文。他告诉了巴金这个想法,并问巴金:"除了这个三部曲(或者说是四部曲),您最希望自己的哪些作品被翻成法文?"巴金毫不犹豫地回答说:"《憩园》和《寒夜》。"③

巴金的心愿很真诚。而艾田蒲也尽力满足他的愿望。他觉得"激流"三部曲很值得翻译:"这是对儒家伦理多么猛烈的控诉。比起最初的美德,儒家伦理已经堕落到了何种地步! 这是一幅多么恢宏的画卷,它是一个渴盼革命、渴盼真正社会主义社会的化身!"④谈及《寒夜》,艾田蒲认为这个故事"毫不客气地描绘了国民

---

① 艾田蒲(René Étiemble). 东游记(或称《新孙行者》). 巴黎:伽利玛出版社, 1958:200.
② 艾田蒲(René Étiemble). 东游记(或称《新孙行者》). 巴黎:伽利玛出版社, 1958:200.
③ 艾田蒲(RenéÉtiemble). 东游记(或称《新孙行者》). 巴黎:伽利玛出版社, 1958:200.
④ 艾田蒲(René Étiemble). 序言//巴金. 寒夜("弗利奥"丛书). 玛丽-何塞·拉利特,译. 巴黎:伽利玛出版社,1983:9.

党集团治下知识分子的悲惨处境,也为女性解放呐喊辩护"①。然而,翻译作为一项跨文化的交流活动,受制于很多因素。从 1957 年起,中国的政治文化语境开始发生变化。"反右运动"、"大跃进""文化大革命",一系列政治运动接踵而至,中国与西方的文学、文化交流就此中断。1977 年 2 月,艾田蒲在《寒夜》法译本的序言中不无遗憾地写道:"我将要花上二十年的时间来满足他的部分心愿。"②事实上,巴金等了二十多年,才终于看到法译本的《寒夜》和《家》问世。艾田蒲兑现了他的诺言,巴金也获得了越来越多的法国读者。

3. 有限但开放的接受

如果说理解之路需要参与和互动,那么接受则是一个参与交流、促进理解的过程。而具体到巴金在法国的接受,以下两点特别值得关注。

一是巴金与法国的特殊关系促进了作家的接受。对于法国读者而言,巴金年轻时代的旅法经历无疑拉近了他与读者的距离。法国几乎所有有关巴金的文章和研究都会提到,他 20 世纪 20 年代曾在法国生活过。作家正是在法国期间写出了他的第一篇小说《灭亡》,他漫长而丰产的文学生涯也正是从法国开始的。

的确,巴金在法国将近两年的生活③为他打开了一个新世界,使他得以发现人类新的价值。关照巴金作品的法译情况,我们发现,法国译者对于受这段生活启发的小说很感兴趣。出版于 1980 年的小说集《罗伯斯庇尔的秘密及其他小说》收入了巴金在年轻时

---

① 艾田蒲(René Étiemble). 序言//巴金. 寒夜("弗利奥"丛书). 玛丽-何塞·拉利特,译. 巴黎:伽利玛出版社,1983:10.

② 艾田蒲(René Étiemble). 序言//巴金. 寒夜("弗利奥"丛书). 玛丽-何塞·拉利特,译. 巴黎:伽利玛出版社,1983:10.

③ 从 1927 年 1 月至 1928 年 12 月。

写的多个短篇。这些短篇小说都极富深意,有的展现了中国学生旅居巴黎的孤独,有的则描写年轻的无政府主义斗士所处的困境,这些小说中的不同人物都打上了法国大革命的烙印。在给小说译者的一封信中,巴金写道:

> 这些短篇小说都是我在回到中国后,为了纪念我的法国朋友、纪念我在法国度过的时光而写的。这些小说是我的早期创作,它们重燃了我年轻时代的情感和激情。
>
> 《罗伯斯庇尔》这个短篇是借古讽今,我用一个外国的历史人物来影射蒋介石的独裁统治。在我写的这些短篇中,读者可以找到典型的人道主义者、无政府主义者,以及爱国主义者的形象。①

对于巴金而言,法国是追求自由、爱和真理的理想国度。在法国现实主义、浪漫主义和自然主义文学的影响下,巴金对文学的使命有了更深刻的了解。半个世纪之后,当巴金作为中国现当代文学最伟大的作家之一回到法国时,我们可想而知,法国人民对这位深受法国影响的作家是多么欢迎。我们也可以理解,为何法国的汉学家要力荐巴金为诺贝尔文学奖的候选人,为何在到访中国时,时任法兰西共和国总统的弗朗索瓦·密特朗要中途停靠飞机,去拜访巴金。②

二是理解巴金要考虑其所受的外国文学影响。上文提到,巴金与法国的特殊关系对于其在法国的翻译和接受起着不可忽视的作用。与此同时,为了更好地理解巴金的人格及其作品,法国的研

---

① 巴金. 致译者书//巴金. 罗伯斯庇尔的秘密及其他短篇小说. 多人,合译. 巴黎:马札里出版社,1980:9.
② 有关巴金与法国的关系,参见刘秉文《巴金与法国》,博士论文,达尼埃尔-亨利·巴柔指导,巴黎第三大学,1991.

究者和译者们也把目光投向了他所受到的外国文学影响。白礼哀认为,俄国作家对巴金起着决定性的影响。从思想、叙事、小说结构到写作技巧,巴金"完全是俄国作家的支流"。谈到巴金所受俄国作家的影响,明兴礼也使用了白礼哀的提法,并将巴金小说的缺乏章法归因于此:"作为俄罗斯小说的支流,巴金忽视了井然有序的谋篇布局。"①指出巴金受到的影响,可以帮助我们更好地把握巴金思想的嬗变,把握其创作的丰富性。事实上,巴金始终对外部世界敞开怀抱,并乐于接受一切歌颂爱和鼓励寻求真理的思想。俄罗斯文学并不是他所受到的唯一影响来源:"除了俄国的影响,还必须注意到巴金对法国小说家的喜爱。他尤其钟爱莫泊桑和左拉,原因想必是一样的。在 1789 年的革命者中,他崇拜罗伯斯庇尔、丹东和马拉。他还喜欢卢梭,他们两人不无相似之处。"②

安必诺认为,"巴金或许比任何一个'五四'时期诞生的作家都更加深刻地受到了来自西方的现代性的影响,而中国的现代文学正是在与西方现代性的接触中产生的"。安必诺还指出,巴金是"同时代的中国作家中受外国文学影响最深的作家,比如,从他写作的句法当中,我们便可发现这一影响的痕迹,连他自己都称这种句法为'欧化的'句法"③。

法国著名汉学家、法兰西公学院讲座教授谢和耐(Jacques Gernet)为《复仇》法译本撰序,文中,他在讨论巴金所受影响的同时,着重指出了巴金小说艺术的独创性:

> 这些小说深深打上了悲观主义的烙印,反映了当时中国知识分子的生存状态。巴金讲述了男男女女的悲惨故事,他

---

① 明兴礼. 中国当代文学巅峰. 香港:文风出版社,1950:37.
② 白礼哀. 中国当代小说家巴金. 震旦大学学报,1942,3(3):594.
③ 安必诺. 巴金与现代性. 会议论文. 里斯本:"十一届中国文化周",由里斯本科技大学社会政治科学研究院中国学中心举办,2003-01-13—01-18:4.

们一个个都承受着命运的重压：社会的不公、人的残忍、战争的不幸、种族主义、没有工作、流离失所。讲述这些悲剧，目的在于引起读者的反抗情绪。创作这些饱含巨大能量的短篇作品，为的是孕育情感，而且故事越短小，其中蕴含的情感就越强烈：短篇小说的奥妙尽在于此，这也是中国当代作家的拿手体裁。巴金的短篇小说在继承中国文学传统的同时，还借鉴了各国作家的经验，有俄国作家，也有法国作家，尤其是莫泊桑。这使得巴金的艺术成了极富原创性的集大成者。他用寥寥几行字就能营造出氛围；巴金笔下的风景如油画中那般细腻，在这样的景色中，他以现实主义的手法塑造人物，人物的故事深深震撼了我们的想象。①

谢和耐的观点值得特别关注：巴金所受的影响是积极的，他对世界文学的开放与吸收，使他的艺术成了"极富原创性的集大成者"。

对于巴金在法国的译介与接受，安必诺提出了一个值得思考的问题："巴金身上的现代性体现在话语的内容，而非话语的形式。如果说巴金在当时受到年轻人的追捧，那么他征服读者的原因是他作品的内容，是他对旧社会的批判，最重要的，是他所描绘的家长制家庭土崩瓦解的图景。在中国文学界，巴金不是那个摧毁写作的拉瓦肖尔，他在赞美拉瓦肖尔的时候披的是米拉波的衣裳。不过，对巴金作品最激进的批评不是来自巴金本人吗？他声称，值得称赞的不是作品的形式，也不是作品的内容，而独独是作品的

---

① 谢和耐. 序言//巴金. 复仇("世界各地"丛书). 佩内洛普·布尔汝瓦(Pénélope Bourgeois)，内马尔·勒拉尔日(Nernard Lelarge)，译. 巴黎：赛格尔出版社，1980：5.

真诚。"①

　　对巴金来说,理解,是一项非常重要的行为。他的一生都在尝试理解他者,给他者以爱。从某种意义上说,正是为了这份理解和这份爱,他才走上了追求真理的道路。对巴金而言,他的作品被翻译到法国,不仅为法国读者理解他本人开辟了一条开放之路,也为他们理解中国、理解一个世纪来中国人所走过的道路开辟了一条开放之路。巴金在法国被翻译和接受,最重要的意义莫过于此。

　　(高方,南京大学外国语学院教授;吴天楚,南京大学外国语学院博士生;原载于《小说评论》2015 年第 5 期)

---

① 安必诺. 巴金与现代性. 会议论文. 里斯本:"十一届中国文化周",由里斯本科技大学社会政治科学研究院中国学中心举办,2003-01-13—01-18:11.

老舍在法兰西语境中的译介
历程与选择因素

高　方

中国现代文学在法国的译介中,老舍是一个具有代表性的作家,值得特别关注。在中国,普通读者对老舍非常了解,一般都知道他在 1949 年前创作的小说《骆驼祥子》和《四世同堂》,对他的戏剧《茶馆》也很熟悉。唐弢认为:"老舍的作品大多取材于城市下层居民的生活,讲究情节的波澜起伏,善于运用精确流畅的北京口语。一部分作品受有英国小说的明显影响,主要是取其幽默风趣和用语机智俏皮的特点。他一向注意写得通俗易懂,后来又努力于文艺的民族化群众化工作。他的作品特别在城市居民中拥有广泛的读者。《骆驼祥子》译成多种外文后,得到了较高的国际声誉。这些都扩大了中国现代文学的社会影响。"[1]事实上,老舍在中国现代文学史上占有不可忽略的地位,他的作品在西方世界受到持续的关注,为扩大中国文学在国外的影响起到了重要的作用。本文旨在对老舍作品在法国的翻译历程做一梳理,并就老舍作品在法国的译介原因与选择因素加以考察。

---

① 唐弢,主编. 中国现代文学史·卷 2. 北京:人民文学出版社,1979:183.

一、老舍作品在法国的译介历程

谈到老舍作品在法国的翻译,我们首先会想到保尔·巴迪在1984 年发表的那篇具有重要价值的文章:《时间之门:遗忘和复归的老舍》①。保尔·巴迪是法国研究老舍的专家,对中国现代文学有着独特的看法。他的这篇文章的标题可以让我们想起马塞尔·普鲁斯特的巨著《寻找失去的时间》(一译《追忆似水年华》)。在我们看来,文章作者的本意,恐怕就是想借此突出老舍的小说《正红旗下》所具有的特别价值。他认为,"如果没有这部老舍很不幸未能完成的杰作,老舍就永远不可能让人知道他复归的时光"②。在文章的开头,保尔·巴迪指出:

> 直到最近几年,老舍(1899－1966)的小说作品才作为一个整体出版,其小说创作即使不能说是闻名世界,至少也是个很坚实的参照。自这位作家在 1978 年 6 月恢复名誉以来,他的一些作品被发现,一一整理出版,这对于我们来说至少是一种极大的补偿。老舍作品的整体问世,在本质上非但没有推翻专家们赋予老舍的一个小说家和天才作家的形象,反而极大地丰富了这一形象。③

1978 年是一个非常重要的年份,因为这一年标志着改革开放的开始。老舍名誉的恢复在一定程度上证明了思想的解放对于作家价值的重新肯定所起的作用。从 1966 年老舍由于不堪忍受红卫兵的折磨而自杀到 1978 年期间,事实上老舍的生命和他的作品

---

① 保尔·巴迪. 时间之门:遗忘和复归的老舍. 亚洲学报,1984,272(1-2):133.
② 保尔·巴迪. 时间之门:遗忘和复归的老舍. 亚洲学报,1984,272(1-2):134.
③ 保尔·巴迪. 时间之门:遗忘和复归的老舍. 亚洲学报,1984,272(1-2):133.

这两个方面都从历史舞台上消失了。但从 1978 年起，由于他的作品被重新认识，不断出版，老舍的精神生命得以复活，而且他的形象不断得到了修正、补充和丰富。

对于法国读者来说，在 1978 年前，对老舍并非完全不了解。早在 1947 年，法国的阿尔托出版社就出版了老舍的《骆驼祥子》，法文标题为 *Cœur-Joyeux coolie de Pékin*（《北京苦力祥子》），并且列入了"世界名著"丛书。不过，这个译本并不完整，而且译者让·普马哈是根据伊文·金的美国译本翻译的。巴黎第四大学教授、著名汉学家安娜·程（中文名程安兰）认为，老舍的这部作品"当今已被翻译成多种语言，但是很不幸，不少译本都是以 1945 年美国伊文·金的翻译为基础翻译而成，而伊文·金擅自将小说的结尾改成了大团圆的结局"①。事实上，这个《骆驼祥子》的第一个法文译本并没有忠实于老舍的原著，很多章节被删除，是一个很不完整的译本。就我们所知，伊文·金的英译很不忠实于原著，老舍曾就译者对原文的随意删改上诉美国法庭，并获准更换了译者。

1955 年，老舍的另一部作品《四世同堂》在法国与读者见面。该小说的法文书名为 *La Tourmente Jaune*（《黄色风暴》），译者为克莱蒙·勒克莱，由普隆出版社在"交叉火光"丛书中推出。需要指出的是，这个译本也是根据美国译本翻译的，而且也很不完整。值得注意的是，虽然这两部翻译作品都是从美国的英文译本转译的，而且都不完整，但就对老舍作品的选择而言，可以说是非常准确的，因为这两部作品是老舍最具代表性的作品。虽然其法文译本没有唤起法国读者对老舍的普遍好奇心，对老舍予以应有的关注，然而老舍的作品当时却有幸被法国出版社列入"世界名著"丛

---

① 安娜·程. 译本序//老舍. 骆驼祥子（口袋书）. 安娜·程，译. 普罗旺斯：菲利普·毕基耶出版社，1990：8.

书,这说明其创作的独创性已开始被异域所关注。两年以后,即在1957 年,老舍的《猫城记》由弗朗索瓦－彭塞翻译,由法国东方出版中心出版,列入了"异域文学"丛书。

此后,老舍作品在法国的翻译经历了相当长一段时间的沉寂,法国读者差不多等待了十多年,才有幸读到了《骆驼祥子》的一个新译本。相比之下,这一译本较为完整,法文名 *Le Pousse-pousse*(《人力黄包车》),由弗朗索瓦·程(即法兰西院士华裔作家程抱一,又名程纪贤)翻译,于 1973 年由著名的罗贝尔·拉丰出版社在"亭子丛书"出版。弗朗索瓦·程中法文俱佳,他出生在中国,从小受中国文化的熏陶,中文修养极高。比起其他译者,如与让·普马哈相比,他能够更为深刻地理解中国的社会和文化,这在很大程度上也帮助他更为深入地融入原作。可以说,是弗朗索瓦·程开启了一条使法国读者走近老舍、了解老舍,同时也有利于了解中国的道路。此时,中国正值"文化大革命"。需要指出的是,历史总是经常发生矛盾:老舍得以在国外被广大读者所认识和阅读,可在当时,他的作品却在其祖国被禁止。弗朗索瓦·程在他的译作的"告读者"中指出:"矛盾在于,自老舍悲惨过世以后就一直被认作是反革命分子,当今中国再难觅得《骆驼祥子》的影子,可在同一时期,《北京苦力祥子》继续在美国出售,自 1946 年起已有百万册之多。美国的译本与我们在'亭子丛书'推出的译本不同。与很多中国的当代小说一样,《骆驼祥子》有着不同的版本。"①弗朗索瓦·程在此谈到了老舍的作品在其祖国和在外国的不同命运,同时也提出了一个译者应该注意的重要问题:选择哪个版本进行翻译。事实上,如弗朗索瓦·程所说,中国现代小说和当代小说经常由于政治

---

① 弗朗索瓦·程. 译序//老舍. 骆驼祥子. 弗朗索瓦·程,译. 巴黎:罗贝尔·拉丰出版社,1973:8.

原因和意识形态的原因而具有不同的版本。就我们所知,老舍的
《骆驼祥子》至少有两个版本。弗朗索瓦·程为了尝试着介绍真实
的老舍,对翻译版本的选择非常慎重。弗朗索瓦·程的法文译本
参考了"各种资源,采用了北京的最终版本作为基础,但是也特
别恢复了最后一章中某些被删节的内容,这些删节似乎在忠实性
和真实性方面,甚至更简单地说在小说的生动性方面削弱了小
说"①。译者的苦心是显而易见的:通过恢复这些被删节的内容,
他想要还给原作者以作品的忠实性和真实性。在翻译的过程中,
这种对于真和美的追求几乎是所有严肃的译者所共同关心的事
情,弗朗索瓦·程的努力证明了这一点。但是翻译不是译者的一
个完全独立的活动,每一个译者都不可避免地会受到一些影响翻
译活动的因素的限制,这些因素包括从文本的选择到翻译的策略。
尤其是书籍的出版要依赖于出版商,"出版商就拥有了很不同寻常
的权力来保证出版,出版的意思就是说使一个文本和作者最终达
到一个被人所知、所承认的出版(öffentlichketi)的状态"②。

　　如果说在北京人民文学出版社最终确定的版本中,最后一章
可能由于政治的原因遭到了删节,而这些删节又损害了作品的忠
实性和生动性,那么我们在弗朗索瓦·程的译本中也同样可以发
现一些删节。应该说,这类删节不是出于政治性的,而是出于其他
的原因:一方面,出版社为了赢得更多的读者,不得不对原文有所
改动或删节,这在法国对中国文学的译介中可以说是一个比较普
遍的现象(中国经典文学除外);另一方面,在翻译策略上,文字的
改动有出版者或翻译者对读者的趣味和接受心理与习惯的考虑。

---

① 弗朗索瓦·程. 译序//老舍. 骆驼祥子. 弗朗索瓦·程,译. 巴黎:罗贝尔·拉
　　丰出版社,1973:8.
② 皮埃尔·布尔迪厄. 出版界的保守革命. 出版与出版家:社会科学研究集刊,
　　1999(126/127):3. 巴黎:瑟伊出版社,1999.

《红楼梦》的法译者李治华先生在关于《骆驼祥子》法文翻译的评论中,对让·普马哈和弗朗索瓦·程的两个法文译本进行了比较。他认为让·普马哈的翻译错误很多:"我买了一本,对照原文看了几页,发现错误百出,不堪卒读。"①关于弗朗索瓦·程的翻译,他认为很有特色,他这样写道:

> 1973 年,《骆驼祥子》的第二个法译本由巴黎罗贝尔·拉丰(Robert Laffont)出版社出版,我看了以后,觉得与前一译本迥然不同。新译本是巴黎第三大学东方语文学院中文系程纪贤(François Cheng)教授所作。程先生的译文非常流畅,读起来像是一部直接用法文写成的小说,令人钦佩。不过,在我记忆里,仿佛老舍的原著更为丰富充实。②

李治华对该书的翻译情况做了考证。他说他曾"邂逅程氏夫妇,谈起《骆驼祥子》的翻译,程氏说这是一部集体译作,他夫人和女儿也曾经参与此事。程夫人是法国人,他们的女儿程安兰在法国出生,攻读中文,曾在北京留学,翻译过《论语》。程氏屡次在法国农村度假,着意汲取农民俗语以活跃译文,并先后数易其稿。但他自己对现译文仍不满意,表示日后如有机会当再加修改"③。李治华以原文对译文进行了比较,他认为"程氏利用法国农民口语来翻译老舍著作的做法实应提倡"。但是,"《骆驼祥子》是一部乡土色彩极其浓厚的小说,描写北京名胜古迹、街道市容、时令气候和风土人情淋漓尽致、细致入微,令人读了恍如身临其境。而且作者运用纯粹的北京口语,有时还掺杂一些北京土话,读起来特别够味儿。程纪贤不是北京人,没有在那儿长期住过,所以翻译起来十分

---

① 李治华. 里昂译事. 北京:商务印书馆,2005:216.
② 李治华. 里昂译事. 北京:商务印书馆,2005:216.
③ 李治华. 里昂译事. 北京:商务印书馆,2005:216-217.

吃力。"在李治华的评价中,我们可以看到对北京口语的传神翻译的重要性及其困难。除了翻译上的问题,李治华认为:"更为严重的是,译者对原著作了一些删节:有的删去几个字句,有时成段删削,甚至整章略掉,如第十章。原著 24 章,译文只有 23 章。如此大量删节,译序竟未加以说明,似欠恰当。"①有鉴于此,李治华希望有另一个真正符合"信、达、雅"要求的译本出现。李治华的希望没有落空,在弗朗索瓦·程的翻译问世差不多 20 年后,我们看到了菲利普·毕基耶出版社出版的《骆驼祥子》修订增补版。这个翻译本实际上是弗朗索瓦·程的翻译的修订、增补和改进版。译本由程抱一和他女儿程安兰共同署名,表明这是他们父女二人共同合作翻译的成果。

1978 年,官方恢复了老舍的名誉。就在这一年,在 Reclus-Huang Chou-yi 女士的主持下,巴黎第七大学东亚出版中心用中法两种文字对照,出版了老舍于 1959 年创作的三幕话剧《全家福》,法文名为 Les Retrouvailles。这部中法对照版的集体译作几乎没有引起读者的注意。

自 20 世纪 80 年代开始,老舍作品的法译开始增多。一方面,在中国国内,外文出版社为了推动中外文学与文化交流,采取了一种相当积极的态度,主动向外国公众介绍中国现当代文学作品。该出版社用英语或法语有步骤地出版了鲁迅、巴金、老舍等中国著名作家的代表性作品,统一纳入"凤凰译丛"。作为中国现当代最重要的作家之一,老舍的剧作《茶馆》于 1980 年由外文出版社出版了法文版。1982 年,由 Sophie Loh 翻译的法文版《宝船》也由该出版社出版。三年以后,《骆驼祥子》法文版问世,法文书名为 Le Tireur de pousse-pousse。外文出版社出版的这三部法文译作通

---

① 李治华. 里昂译事. 北京:商务印书馆,2005:224.

过巴黎的友丰书店进入了法国读者的视野。另一方面,在法国,伽利玛出版社陆续出版了老舍的多部作品:1982 年,出版了老舍短篇小说选,法文名为 *Gens de Pékin*(意为《北京人》),由保尔·巴迪、李治华、弗朗索瓦·莫勒、阿兰·佩罗布和玛蒂娜·瓦莱特—埃梅里合作翻译,收入"世界丛书";1986 年,《正红旗下》和《离婚》问世,由保尔·巴迪和李治华合作翻译,也收入"世界丛书"。2001 年,一个名为《我这一辈子》的文集被收入了该社著名的口袋书系列"Folio 丛书",后来收入该丛书的还有《正红旗下》(2003 年)和《离婚》(2003 年),这些作品多次重印,大大扩大了老舍在法国的传播。

除了伽利玛出版社在老舍作品的翻译和传播中扮演了重要的角色以外,还有一些出版社所做的贡献也不能被忽略,譬如说水星出版社、菲利普·毕基耶出版社、法国东方出版社、阿尔莱阿出版社和友丰书店。水星出版社于 1996 年出版了由 Xiao Jingyi 翻译的《四世同堂》的第一卷(1998 年收入"Folio 丛书"),1998 年出版了由尚塔尔·安德罗翻译的第二卷(2000 年收入"Folio 丛书"),2000 年出版了由尚塔尔· 陈-安德罗翻译的第三卷(2001 年收入"Folio 丛书")。菲利普·毕基耶出版社于 2000 年出版了由克洛德·巴彦翻译的《二马》,2001 年出版了由克洛德·巴彦转译自英文版的《鼓书艺人》,2003 年又出版了克洛德·巴彦翻译的短篇小说集,名为《从不说谎的人》①。法国东方出版社于 1981 年出版了由热纳维耶芙·蓬塞翻译的《猫城计》(1992 年再版,收入 Presses Poicket 口袋书系列)。阿尔莱阿出版社于 1989 年出版了由 Lu Fujun 和克里斯蒂娜·梅莱合作翻译的《牛天赐传》。友丰书店于 1999 年出版了由克洛德·巴彦翻译的《小坡的生日》。

---

① 该短篇小说集共收入老舍的 14 个短篇,其中有《毛毛虫》《牛老爷的痰盂》《老年的浪漫》《从不说谎的人》等。

在上文中,我们简要地梳理了老舍的作品在法兰西的翻译历程。根据我们的统计,老舍是在法国翻译最多的中国现代作家之一,包括复译本,先后共有 21 种之多。事实上,和其他中国作家相比,老舍在法国的译介和传播中处在一个相当突出的位置。通过梳理和审视 1947 年至今老舍在法国的翻译轨迹,我们至少可以看到,老舍在法国的翻译具有一些重要的特点。

第一,翻译没有局限在老舍的代表作,譬如《骆驼祥子》《茶馆》。事实上,翻译涵盖了他不同类型的作品,如长篇小说、短篇小说、戏剧、杂文,甚至还有评论。比如,保尔·巴迪翻译并于 1974 年在法国大学出版社翻译出版了老舍的《老牛破车》,法文题目是《老牛破车——小说的自评集和谈幽默》。这些类型众多的翻译帮助法国读者不断走近老舍、理解老舍,同时也有利于法国读者了解中国文学的风貌。

第二,如果我们同意瓦尔特·本雅明的观点,认为翻译是原作的一次重生,是原作生命在异域的再生,那么我们就可以说老舍很幸运地遇上了像程抱一、程安兰、保尔·巴迪、李治华和克洛德·巴彦这样的高水平译者。正是这些译者保证了对作品的精心选择和翻译的质量。多亏这些优秀的译者,老舍的文学生命得以在法兰西延续。我们认为,在文学的对外译介和传播中,对所译作品的选择和翻译质量的保证,实际上对于原作者的形象和作品的传播来说是最为重要的两个方面。在老舍作品的译者中,保尔·巴迪不仅以翻译质量出名,而且还特别以他的评论和对老舍作品的深入研究而出名,他是法国公认的老舍研究专家。譬如说他的译作《离婚》就被著名比较文学专家、巴黎新索邦大学张寅德教授评价为"既优美又忠实的译本"①。他对老舍的研究以感觉敏锐和观点

---

① 张寅德. 中国现代小说:1919—1949. 巴黎:法国大学出版社,1992:189.

独到而著称。比如,他通过对老舍短篇小说的深入研究,质疑了夏志清的"老舍在短篇小说创作上缺乏才能"的观点。弗朗索瓦·程,也即后来成为法兰西学院院士的程抱一先生,对于法国读者来说是一个具有重要标杆意义的代表性人物,他具有关于东方的深厚知识,特别是具有关于中国文学和中国文化的丰富学养,为吸引法国读者接受老舍、了解中国现代文学起到了很大的作用。

第三,翻译不仅仅是译者的一种孤立的行为。当我们审视翻译和读者接受的情况时,不应该忽略社会和文化的背景。中国的开放对于把老舍的作品翻译到国外是非常重要的。事实上,大多数对于老舍的翻译都是在 1978 年以后完成的。随着中国社会和经济的发展以及在世界舞台上中国影响的增强,我们可以期望外国公众对中国当现代文学的兴趣将逐渐增大。

第四,复译对于改善译作质量是非常必要的。在老舍的作品中,《骆驼祥子》是被翻译得最多的。从让·普马哈的译本到程抱一的译本再到程抱一和程安兰的升级版本,跨出的每一步不仅仅是翻译质量的进步,更是作品传播的一种扩展。事实上程抱一和程安兰的译作吸引了法国公众去关注老舍,再经由老舍的作品去关注中国社会,特别是去关注老北京,因为老舍在他的作品中别具一格地再现了老北京:"尤其是老北京的小人物,他们的职业、他们的生活、他们妙不可言的语言和他们的悲欢离合。"①

二、法兰西语境中的老舍:异国情调与独特性

通过上文对老舍在法兰西的翻译历程的梳理与简要分析,我

---

① 安娜·程. 译本序//老舍. 骆驼祥子(口袋书). 安娜·程,译. 普罗旺斯:菲利普·毕基耶出版社,1990:7.

们看到了作品的选择与译者水平的重要性。为什么法国人会选择并且偏爱老舍？为什么第一部被翻译的老舍作品是《骆驼祥子》？这些问题,对我们思考中国文学在异域的译介与传播来说是不可回避的。法国著名翻译学者安托瓦纳·贝尔曼指出:"梳理翻译史,在于耐心地去重新发现翻译活动在不同的历史时期与不同的翻译空间中所置身的无比复杂且难以适从的文化环境。同时还要从对历史的了解导向对现时的一种开放。"①作为跨文化的交流活动,翻译在一定程度上就是向他者的开放和对自身的丰富。翻译活动的动机和追求,就其根本而言,首先在于对他者的了解需要。而独特性,往往是选择一位作者和拟译作品的最重要因素之一。

歌德曾经指出:"探索我们特别喜爱的作品的独创性及其内在性,是每个人应做的努力。因此,首先必须审视相对我们灵魂来说这种内在性到底是什么,这种鲜活的力量在何种程度上激发并丰富了我们的灵魂。"②就老舍作品的翻译而言,选择《骆驼祥子》进行翻译,无疑可以被解释为是一种向他者和独特性敞开的需要。然而,对法国读者来说,要想真正理解一部中国文学作品,领悟其独特的价值,必须对源语国家,即对中国的社会和文化有个基本的理解。确实,《骆驼祥子》的翻译就是一个明显的例子,如果不了解孕育这部作品的社会与文化,就很难能对这部作品的独特价值有真正的理解。《骆驼祥子》的第一位法文译者让·普马哈显然意识到了这个问题。在他的译本中,他通过副文本的方式就此问题谈了自己的看法。在译作的"引言"中,让·普马哈开门见山,强调指出了理解老舍这部作品的困难以及读者了解中国的特点的必

---

① 安托瓦纳·贝尔曼. 异的考验——德国浪漫主义时代的文化与翻译. 巴黎:伽利玛出版社,1984:14.

② 转引自:安托瓦纳·贝尔曼. 异的考验——德国浪漫主义时代的文化与翻译. 巴黎:伽利玛出版社,1984:99.

要性：

> 中国,这个伟大的国家,如此吸引人,又是如此陌生。如
> 果读者不想在阅读《骆驼祥子》这部作品的过程中时刻感到困
> 惑,那就绝不应该忽视中国社会的一些特点。①

我们发现,在译作的"引言"中,译者既没有谈论作者也没有谈
论作品本身,而是尝试着向法语读者介绍中国的诸多特性,如中国
的习俗,中国人的特性、语言和独特的文字等,甚至还有一小段对
小说故事发生的所在地北京城的简要介绍。在介绍中,译者几乎
以扩张的笔触,以"他者"作为参照,强调国家的不同、语言的相异,
突出相对于法国的"异",甚或对立。中国的"异",成了读者阅读这
部作品时不至于时刻感到困惑的参照点。比如译者向法国读者这
样介绍道：

> 中国的大部分习俗都与其他国家的习俗相反。男子的普
> 通着装是长袍,女子穿的是裤子。在中国,人们用碗吃饭,用
> 大杯喝酒,服丧着白衣。

> 在用神灵或魔鬼的名字来咒骂时,他们的脑海中不会浮
> 现出任何咒骂天子的念头。中国人习惯用关于性器的字眼来
> 骂人。有些骂人的话,要是逐字翻译成法文,粗俗之至,让人
> 头发都竖起来,可他们骂起来,就像法语中"见鬼""活见鬼"或
> "魔鬼"一样平常,没什么骂不出口的。

> 中国人只要用眼睛看一看对话者,就能表达各种感情。
> 要是有人做了卑鄙的事或者见不得的人的事,感到理亏时,其
> 他人就有理由蔑视他们,可以直直地瞪着他们看,受谴责的人

---

① 让·普马哈. 引言//老舍. 骆驼祥子. 让·普马哈,译. 格勒诺布尔:阿尔托出
版社,1947:7.

就会感到窘迫而回避对方目光,不敢正眼面对对方。通常这种情况叫作"丢面子",这对于一个中国人来说这是非常难堪的。①

对于中国读者来说,这段引言或者说介绍似乎完全是没有必要的,拿译者本人的说法,这些介绍实在是令人"困惑的"。事实上,译者所介绍的内容只是有关中国文化的一点皮毛而已,而且是有关中国的一些老掉牙的说法。需要指出的是,让·普马哈翻译老舍的《骆驼祥子》是在1947年,如果说当时的法国读者要了解原文,真的还需要译者这么一个介绍的话,那么我们不难想象法国的读者对于中国社会和文化是何等的陌生。在译者看来,对中国文化的陌生构成了阅读的困难,同样,"中文本身也表现出许多特别让人困惑的特点",因此"文本的法文翻译有时候会表现出难以克服的困难"②。事实上,阅读的困难和翻译的困难是紧密联系在一起的,因为对作品的理解是翻译的第一步。特别是在文化层次上,如果读者对文本源语国家的文化过于隔膜,那就必然会在阅读的整个过程中遇上障碍。译者的这些担心,在一定程度上,说明了译者对老舍这部代表作的译介与传播所可能遭遇的困难,是具有清醒的意识的。但是,就我们的了解,在20世纪40年代,法国一般读者对中国的文化不至于陌生到如此程度。在我们看来,译者的这番介绍,具有另一层面的考虑,那就是针对读者普遍存在的猎奇心理,想通过这番介绍,以中国文化习俗乃至语言的奇异性,吸引法语普通读者。就这层含义来说,我们可以用译者的动机来为这段看似令人"困惑"的引言加以解释:译者想要通过这段引言来吸

---

① 让·普马哈. 引言//老舍. 骆驼祥子. 让·普马哈,译. 格勒诺布尔:阿尔托出版社,1947:7-8.
② 让·普马哈. 引言//老舍. 骆驼祥子. 让·普马哈,译. 格勒诺布尔:阿尔托出版社,1947:8.

引普通读者对于小说的好奇心,再通过小说来吸引公众对于中国这个既诱人又相对陌生的遥远国家的兴趣。

在翻译中,让·普马哈一定意识到了由于语言和文化不同而产生的困难,但是这种困难并不意味着绝对的不可译。一方面。在 20 世纪 40 年代,法国大众确实并不十分了解中国,这种状况增加了读者阅读和理解作品的难度,也增加了译者翻译的难度。但另一方面,随着中法文化交流的不断深入,法国读者对中国文化的了解越来越多,翻译的困难会相应地减少,可译性也会增加。事实上,不同国家语言之间、文化之间的关系对翻译和对作品的接受有着直接的影响。

尽管我们可以在让·普马哈的译作中指出这样或那样的错误或缺陷,但是他对老舍在法国的译介与传播所做的贡献是不可忽略的,因为从我们所掌握的资料来看,他是老舍作品在法国的第一位译者。如果说他的翻译在本质上就是一个跨文化的行为,那么中法两种文化相互之间的了解将随着中法之间交流的增多而不断加深。事实上,四分之一个世纪过去以后,当程抱一重译《骆驼祥子》的时候,形势已经有了很大的变化。法国公众对中国有了新的了解,越来越关注中国的现代文学作品。程抱一不是像老舍作品的第一位法译者那样,在引言中专注于文化和社会背景的介绍,而是在《译序》的一开头,就以十分简练的语言把读者的注意力引向作者与小说文本:"《骆驼祥子》是一部和作者老舍的一生一样具有传奇和悖论特点的小说。这是一部描写中国人特别是北京小人物的爱情小说。北京是老舍的家乡。"①紧接着,译者对故事的情节做了概述,突出北京"小人物"的形象,其中就包括"小说的主人

---

① 弗朗索瓦·程. 译序//老舍. 骆驼祥子. 弗朗索瓦·程,译. 巴黎:罗贝尔·拉丰出版社,1973:7.

公——祥子,一名黄包车夫"。祥子的命运是值得同情的。他的愿望仅仅就是拥有一辆属于他自己的人力黄包车,但是尽管他有力气、有耐力而且还省吃俭用,但还是没能实现自己的愿望。这是因为"社会包藏着力量——金钱、肉欲和战争的力量,这些力量是天真单纯的祥子所忽视的,或者说是没有意识到的"①。北京和它的小市民、黄包车夫的命运和他激烈而无情的抗争,还有战争,这一切包含了所有能够使法国大众感兴趣的新奇感,以及具有极大吸引力的异国情调因素。在译者看来,"这是一部令人心碎的淳朴作品,其中贯穿着讽刺、幽默和民间语言的尖酸刻薄。这些特点使得《骆驼祥子》这部小说在中国现代文学中占据了无可比拟的地位。这是一本平民的书,是写给平民的(它首先是以杂志的连载形式出现的),是用平民的语言写的,这些特点在当时那个年代都赋予了作品真正的革命性价值"②。这几行简明透彻的评说,不仅在文体学的层次上抓住了作品的内在性,而且也指明了作品的独特价值。译者认为这是一本"平民的书,是写给平民的",而且"是用平民的语言写的",强调其贴近大众的"真正的革命性价值"和无可比拟的文学史地位。这两者在很大程度上标志着作品的独创性。"无可比拟的"这个形容词,表明了译者对小说重要性的认识程度。如果说这部作品在中国现代文学中是无可比拟的,那么我们就可以确定地说它在世界文学中也是无可比拟的。但是这一无可比拟性并不仅仅意味着老舍作为作家的成功,而是通过这部成功的作品,把异域读者的目光引向了中国社会,尤其是引向了老北京。

在《骆驼祥子》《四世同堂》或是《茶馆》等作品中集中表现出来

---

① 弗朗索瓦·程. 译序//老舍. 骆驼祥子. 弗朗索瓦·程,译. 巴黎:罗贝尔·拉丰出版社,1973:7.
② 弗朗索瓦·程. 译序//老舍. 骆驼祥子. 弗朗索瓦·程,译. 巴黎:罗贝尔·拉丰出版社,1973:7-8.

的中国特性,尤其是对老北京的再现,极大地吸引了法国读者。老北京的历史、象征地位、语言、胡同,甚至是小人物的呼吸,这一切构成了老舍难以抵御的魅力和独特的吸引力。老舍作品的主要译者和研究专家保尔·巴迪先生非常欣赏老舍的才华,他认为老舍比其他任何作家都更擅长使用那些可以使北京及其精髓得以再现的口语。他写道:

> 在中国现代的大作家中,老舍是最早懂得利用口语在文学中的使用所带来的各种好处的作家之一。他比他的许多同代人要强,那些同代人有时候会混入句法和词汇已经西化了的"白话文"。老舍不是。他是有着艺术天赋的小说家,所使用的是真正的北京话。①

作为译者,保尔·巴迪知道怎样抓住老舍作品的特点。他所欣赏的,是真正的北京人使用的地道北京话,也就是说北京人的特性,而不是像老舍同时代的不少作家一样混合使用句法和词汇已经西化了的"白话文"。如果我们思考中国现代文学有可能对西方文学产生的影响,与那些只是简单地模仿西方作家的人相比,老舍作品所体现出的这一独特性对于文学创作而言意义就非同寻常了。保尔·巴迪认为,老舍的主要功绩和价值在于他所特有的小说艺术:

> 重要的是无论是谁在读或是让别人大声地朗读老舍的作品,都让人想起原创的音乐。自第一个音符开始,读者就仿佛置身于歌剧院中,他们不会再迷惑:他在北京,就在北京人之中。在他的描述中,有时甚至像这座城市自己开口在言说自

---

① 保尔·巴迪. 译序 // 老舍. 老牛破车. 保尔·巴迪,译. 巴黎:法国大学出版社,1974:10.

己,谈论它美丽的天空或是它美丽的皇家建筑。就像马可波罗和谢阁兰,虽然相隔几个世纪,但他们都一样为这座古老都城的辉煌而目眩神迷。老舍也同样不能抗拒从城市里散发出的神奇的魅力。①

面对充满着异国情调、有着不可抵挡的魅力的北京城,法国公众很难不目眩神迷。法国读者会随着老舍去旅行,进入那些北京小人物居住的小胡同。作为老舍的研究专家,保尔·巴迪善于深入老舍作品的灵魂里,以他所发现的老舍的独特性去吸引法国读者,走近老舍,理解老舍,接受老舍。

在老舍的法文译者和研究者的努力下,老舍的作品渐渐地吸引了法国文坛的一些重要作家的目光,2008 年的诺贝尔文学奖得主勒克莱齐奥就是一个突出的代表。早在 20 世纪 50 年代,勒克莱齐奥就开始阅读老舍的作品,他在一次访谈中坦陈:"我很喜欢老舍的作品。他的作品的法文本,我几乎都读过,有的英译本我也读过。他有一些中短篇,对自然因素的描写,我觉得很有意思。对老北京的描写,也让我喜欢。虽然现在的北京跟过去的北京不太一样了。他写作有现实主义的成分,但也有其他的笔触,像超自然的神秘的因素等。比如《正红旗下》,比如《月牙儿》等。许多西方人都认为,中国是一个非常理性的社会,实际上不完全是。"②勒克莱齐奥特别认同保尔·巴迪的观点,在他给《四世同堂》卷一所作的序中,称老舍为"大师",《序言》的题目是《师者,老舍》。他用自己理解的方式解释道:"《四世同堂》的第一主人公,可谓小羊圈胡同,这是一条具有老北京特色的胡同,也许除了墨西哥城的比维恩

---

① 保尔·巴迪. 译序//老舍. 老牛破车. 保尔·巴迪,译. 巴黎:法国大学出版社,1974:10.
② 许钧. 勒克莱齐奥的文学创作与思想追踪——访诺贝尔文学奖得主勒克莱齐奥. 外国文学研究,2009(2):7.

达,在世界上是独一无二的:一个由小巷和院子组成的迷宫,琉璃
瓦的屋顶——据说任何屋顶都不能超过紫禁城皇宫的高度,院子
里长着稀有树木,有柿子树、金合欢、槐树,住在里面的居民大多阴
郁而病弱,庭院为生活在里面的一家家人遮风避雨,人生的各种故
事孕育其中,中国祖祖辈辈的生活方式在这里顽强地存留了下来,
有传统的行当、当街的叫卖、各式礼仪、夫妻生活与厨房间的小秘
密,这一切都远离了外国人的目光,也在中央政权的掌控之外。"①
通过这些介绍,法国读者也许可以产生某种兴趣,与勒克莱齐奥一
起去感受老北京的沉重呼吸,把目光投向北京城那独特的景象和
风貌。作者用了"独一无二""稀有""中国祖祖辈辈的"之类的词
语,目的非常明确,就是为了把读者的目光引向老北京所透溢出的
异国情调。北京是"世界上最古老的城市之一",北京城的趣味、气
味、街道的颜色、"它的日常礼仪、音乐、希望和幻想,还有各种小诡
计"②都在变化,但北京城从未死去。借助老舍的小说,老北京吸
引了众多的法国人。老舍所描述的微观北京和宏观北京具有一种
北京文化的象征力量。对于外国游客,特别是法国游客来说,坐着
人力黄包车参观北京的老胡同,即使在现在也还是极具吸引力。
在某种意义上说,这不正是外国公众承认老舍作品的成功、价值和
独创性的一种令人信服的证明吗? 老舍的作品重现了老北京,包
括它的平民百姓及其生活习俗;老北京也重塑了老舍。这是一种
文学和文化的互动,值得我们思考。

---

① J. M. G. 勒克莱齐奥. 序言//老舍. 四世同堂·卷 I. Xiao Jingyi,译. 巴黎:水
星出版社,1996:5.
② J. M. G. 勒克莱齐奥. 序言//老舍. 四世同堂·卷 I. Xiao Jingyi,译. 巴黎:水
星出版社,1996:10.

三、结　语

综上所述,老舍是法国读者最喜爱的中国现代作家之一。老舍在法国的译介可追溯到 1947 年。在此后的半个多世纪里,老舍的一些主要作品在法国先后被译介,译本的质量不断提高,且在译本质量有保证的前提下,对老舍研究的基础显得更为扎实可靠。程抱一与女儿程安兰的通力合作、李治华的坚持不懈、保尔·巴迪的深入研究、著名作家勒克莱齐奥独特的解读,为法国读者阅读老舍、理解老舍提供了较多的可能性。而在法兰西的语境中,老舍的作品所表现出的异国情调和人文色彩更是为其在法国的生命拓展与延续构成了决定性的因素。

（高方,南京大学外国语学院教授;原载于《小说评论》2013 年第 3 期）

莫言作品在法国的译介与解读

——基于法国主流媒体对莫言的评价

周新凯　高　方

2012年备受瞩目的诺贝尔文学奖揭晓,我国著名作家莫言被授予诺贝尔文学奖,成为首位获此殊荣的中国本土作家。这一事件引发了国内媒体的"狂欢"与国外媒体的普遍关注。莫言的小说《红高粱家族》《蛙》等作品亦被译成多种语言,如英文、法文、德文、意大利文等。莫言的获奖对于中国当代文学的外译与传播而言,具有某种开拓性的作用,对中国文学作品走向世界,也将产生深远的影响。

一、莫言作品在法国的译介历程简述

从来没有哪个奖项像诺贝尔奖这样影响巨大,一经"开奖"便波及深远,引发热议。莫言获奖后,法国大量主流媒体与文学专刊纷纷撰文发表系列评论文章,其中包括《世界报》(*Le Monde*)、《新观察家》(*Le Nouvel Observateur*)、费加罗报(*Le Figaro*)、法新社(AFP)与文学半月刊(*La Quinzaine littéraire*)等一流杂志与媒介。事实上,法国媒体、评论界一向将莫言视作中国当代文学的头号标志性人物。正如中国问题专家皮埃尔·阿斯基(Pierre Haski)曾经表述的那样,"莫言毫无疑问是中国当代文学的头号人物","当今最犀利的文笔之一"。《文学双周刊》认为,莫言是一位"令人激动的""极为罕见"的作家①。《世界报》2012年亦刊文道:"把中国当代小说推上世界文学舞台的这一代作家,从贾平凹到余华,从苏童到阎连科,莫言无疑是最有代表性的";"毫无疑问,现实与虚构的融合使莫言陶醉其中,他处于中西传统、寓言式文学与现实主义文学的交叉点上。莫言无疑是当今最伟大的小说家之一"②。法国电视一台报道称:"莫言是世界上最著名的中国作家之一。"③

　　法国,是除中国本土以外,出版莫言作品最多的国家。莫言也是在法国被译介最多的中国当代作家。莫言的诸多作品很早即被译介,从1990年的《红高粱家族》《天堂蒜薹之路》(1990)、《筑路》(1993)、《十三步》(1995)、《酒国》(2000)、《丰乳肥臀》(2004)、《铁孩》(2004)、《檀香刑》(2006)、《生死疲劳》(2009)、《蛙》(2011),直至2012年的《牛以及三十年前的一次长跑比赛》等。莫言多部作品的法语译者、普罗旺斯大学中国语言与文学教授、汉学家诺埃尔·杜特莱(Noël Dutrait)这样评价道,"莫言的作品内容丰富,中国当下社会中的诸多主题,例如社会关系、腐败、传统的印记等,他都给予关注,表现出了人类与社会关系的复杂性","莫言总是在尝试不同的写作风格。比如,《酒国》像是一本侦探小说,《丰乳肥臀》是一部宏大的史诗般的小说,足可以和托尔斯泰、巴尔扎克和马尔克斯的作品媲美;《檀香刑》有民间戏曲的印记;《蛙》的最后一部则是一出有萨特风格的戏剧"。法国媒体与公众把莫言誉为"拉伯雷"式的作家。从媒体与专家的普遍赞誉中,可见莫言作品在法国

---

① 杭零. 中国当代文学在法国的译介. 南京:南京大学博士学位论文,2008:118.

② Ahl, N. C. Mo Yan: Le Nobel pour "celui qui ne parle pas". *Le Monde*,2012-10-15.

③ Le "Rabelais chinois" Mo Yan prix Nobel de Littérature 2012. *TF1*, 2012-10-11.

受欢迎的程度。

从 1990 年开始,莫言在法兰西的译介差不多已走过四分之一个世纪,他的作品在法兰西语境中获得了新的生命,有着与在中国不一样的解读。事实上,"一个作家,要开拓自己的传播空间,在另一个国家延续自己的生命,只有依靠翻译这一途径,借助翻译,让自己的作品为他国的读者阅读、理解与接受。一个作家在异域能否真正产生影响,特别是产生持久的影响,最重要的是要建立起自己的形象"①。借助于翻译,作家与作品才能在异域的空间中得到艺术生命的延续与形象的树立。而形象的确立与艺术生命的再现或延续需要读者的参与才能实现。正如萨特说过的那样,"在写作行动中包含着阅读行动,后者与前者辩证地相互依存,这两个相关联的行为需要两个不同的施动者。精神产品这个既是具体的又是想象出来的客体只有在作者和读者的联合努力之下才能出现"。接受美学的代表人物尧斯认为:"艺术作品的历史性不仅存在于他的再现或表现的功能中,也必然存在于它产生的影响中;在生产美学和再现美学的封闭圈中把握文学事实,此举剥夺了文学的一个维面,而这个维面与文学的审美特性和社会功能又有着必然的和内在的联系,这就是作品产生影响的维面和它的接受维面。文学首先面对的是读者。"②

在下文中,我们拟通过法国主要媒体在不同视阈下对莫言作品的评价,来具体考察在法兰西的文化语境下,莫言作品的形象与特点是如何被翻译与塑造的,其人其作品又经历了怎样的接受与解读。

---

① 许钧,宋学智. 20 世纪法国文学在中国的译介与接受. 武汉:湖北教育出版社,2007:184.

② 转引自:宋学智. 翻译文学经典的影响与接受:傅译《约翰·克利斯朵夫》研究. 上海:上海译文出版社,2006:173.

二、莫言在法兰西语境中的多重解读

(一)"莫言的与众不同之处,在于他强大的写作能力,以及独创又多元的写作风格"

莫言独特多样而又大胆自由的艺术表现方式、魔幻现实糅合的写作手法与民族性多元化的语言特色,对法国读者来说,具有不可忽视的吸引力。总体说来,对于莫言的写作艺术,瑞典皇家学院在颁奖词中有如下的总结,概括了异域读者眼中莫言最令人欣赏的文学特色:"莫言的小说杂糅幻想与现实、历史与社会视角,莫言创造的世界之复杂性令人想起福克纳和马尔克斯的作品,同时他又在中国古老文学与口头传统中找到新的出发点。"

诚如莫言作品的主要法译者杜特莱所言,"莫言的与众不同之处,在于他强大的写作能力,以及独创又多元的写作风格"。《世界报》亦撰文写道,"莫言的语言感情丰富","莫言是位糅合了真实、虚幻、趣味性等特点的作家。他的作品构造复杂,人物难以捉摸,叙事暧昧含糊。……他善于使用隐喻"[①]。"莫言在写作中加入大量山东农村的寓言故事、民谣、小调、乡村谚语,既丰富了作品内容,又给小说蒙上了其特有的中国韵味"。在莫言身上,多样丰富的写作与叙事风格、极具乡土特色的大胆的表达方式得到了异域读者的接受与认可。法国著名的《费加罗报》也发表专文,对莫言在中国语境中的成长与创作做了分析:"中国一直对西方伟大的文学作品敞开着大门。莫言阅读了大量的名家作品:巴尔扎克、普鲁

---

① Ahl, N. C. Mo Yan: Le Nobel pour "celui qui ne parle pas". *Le Monde*, 2012-10-15.

斯特、左拉、司汤达、莫泊桑、新小说、米歇尔·图尔尼埃。正是因为借鉴了卡夫卡、福克纳、马尔克斯与他的魔幻现实主义,莫言才具有如此重要的影响。现实与虚幻的糅合使他沉醉。然而,他的本意并非复制西方小说而是构想出真实反映中国的故事。"[1]

事实上,法国的媒体对莫言一直非常关注,一方面,他们从对审查制度的规避的角度来看莫言非同一般的叙述手法,另一方面则对莫言神奇的讲故事能力大加赞赏:"《生死疲劳》显示出莫言的聪明之处,它看上去不是一本政治小说,而是一个神奇故事,让人以孩童惊叹不已的心态来阅读,一个男子五次投胎转世、令人目瞪口呆的故事。"[2]莫言作品另一位主要法译者、汉学家尚德兰在评价莫言的作品《铁孩》时也特别强调这一点:"时而残酷,时而温情,或带有情欲色彩……透过孩子的眼睛,世界被描绘得像在一部巨大的诗篇里,没有成人的面具、戒备和卑劣……为法国读者提供了一把解读莫言的叙述天才和诗意世界的隐秘的钥匙。"[3]

对于莫言的写作特色与风格的形成,法国媒体普遍认为与其成长经历相关。2009年《世界报》发表署名文章,指出:"莫言1955年出生于中国东部山东省一个农民家庭,原名管谟业,由于'文革',不得不于12岁离开学校去工作。痛苦的童年生活给他的写作带来很多灵感,他写了很多关于中国社会中腐化、堕落、独生子女政策和农村生活问题的文章。莫言本人说过'饥饿与孤独是我写作的两大源泉'。""在博览了大量外国作家的作品后,莫言打开了创作思路。法国作家普鲁斯特、图尔尼埃、哥伦比亚作家加西

---

[1] Corty,B. Le Chinois Mo Yan, Prix Nobel de littérature. *Le Figaro*,2012-10-11.

[2] Joignot,F. L'Extraordinaire histoire d'un Rabelais en Chine communiste. *Le Monde Magazine 3*,2009-10-03.

[3] Mo,Y. *Enfant de fer*. C. Chen-Andro(trad.). Paris:Seuil,2004:Couverture arrière.

亚·马尔克斯的作品,使莫言找到了以寓言、神话作为艺术题材及自由的写作方式,从而避开了官方的审查。"该文还称:"莫言以具有讽刺意味、反传统、拉伯雷式富有色彩的文笔,创作了十部长篇、二十部中篇和几十篇短篇小说,获得多项中、外文学奖。目前在文学界里,将诺贝尔文学奖颁给莫言的呼声很高。"①

杜特莱表达了相似的看法,他在《新观察家》上撰文:"在莫言身上最令人感兴趣的是,他最开始是一位农民的儿子。多亏了军队他才能够上学,但没能进大学。这给予他从事的写作事业许多真实性的经历,然而对于一位伟大的作家来说这些还是不够的。他也看了许多世界文学大师的翻译成中文的作品,比如福克纳、马尔克斯、俄罗斯作家等。他的笔触扎根于山东农村与所有他接触的东西中。他跟我说他在每本书中都尝试新的写作形式,确实,这使得他的文风在中国具有一种独一无二的特性。"②杜特莱认为,莫言独一无二的特性,还在于他的"无限的大胆"。在某种意义上,法国译家和评者看重的是莫言大胆地糅合了众家之长,用最出人意料的方式,用最本土的语言表达,展现中国的现实,各种西方的文学表现手法对他来说只是趁手的工具而已。他形成了自己独特的文学创作手法,有世界文学的特点又不失民族性。这一特色深深吸引着异域的读者,为其作品拓展了双重的阅读空间。

(二)莫言笔下的人物,是"世界性的"

审美视野的融合与读者审美期待的相契,是文学作品吸引读者的关键。从目前发表的一些媒体评论看,法国读者在文学审美视阈融合方面对莫言的作品有着特别的期待。法国读者在莫言的

---

① Joignot, F. L'Extraordinaire histoire d'un Rabelais en Chine communiste. *Le Monde Magazine 3*, 2009-10-03.

② Dutrait, N. Mo Yan est un ogre! *Le Nouvel Observateur*, 2012-10-11.

作品中能够找到符合他们审美传统的多种元素,进而与作品产生共鸣。事实上,在不同地域,同一部文学作品会被给予不同的解读,这是受文学历史与审美传统等因素的影响而形成的。在法国这片崇尚自由、深具文学传统的国度上,法国不同层次不同领域的读者对莫言作品进行了丰富且多层次的解读与诠释。

莫言小说最初的译者之一西尔维·甘迪尔(Sylvie Gentil)在《世界报》撰文,对莫言作品所能引起的读者反应做了分析:"在他的作品中融合了性与酷刑的场景,战争的摧残,莫言都用一种拉伯雷式的粗犷方式进行处理。他也从描述中找到快感,如一场屠杀的盛宴。"[1]译者杜特莱对此深有同感,他打过一个非常形象的比喻,说:"莫言是个食魔:他如饥似渴地汲取着西方的叙事传统、中国的传奇故事、大众戏剧、流行歌剧。""此外他对生活中肉欲的实体感触灵敏,比如我们的身体,比如此中流淌的所有液体,譬如眼泪、唾液、精液……正因如此,他的描述非常露骨,正如我们在《丰乳肥臀》中看到的那样,亦如《檀香刑》中他唤起了读者的所有痛苦。"[2]诺奖的授予与专家读者的判断不谋而合。获诺奖后,《世界报》有文章这样诠释:"首先,因为莫言(正如他的笔名一样)能使人意识到一本书强于一段长长的演讲。其次,因为瑞典皇家学院刚刚加冕了这位讲述了中国人民历史的作家,等于告诉全世界:他小说中的人物堪比伟大作家巴尔扎克、福克纳、马尔克斯创造的形象——他们是世界性的,同时他们就是他们自己。"[3]

在文学审美方面,法国对莫言作品的普遍接受可从《丰乳肥臀》这本书的畅销中得到证实。《丰乳肥臀》的法译本在法国引起

---

① Mo Yan, nouveau Nobel de littérature, ou "Celui qui ne parle pas". *Le Monde*, 2012-10-11.

② Dutrait, N. Mo Yan est un ogre! *Le Nouvel Observateur*, 2012-10-11.

③ Mo Yan, Prix Nobel de littérature. *Le Monde*, 2012.

了巨大的反响,根据法国某文化网站 2007 年的统计数据,这本小说位居当年读者浏览最多作品的第二位。2000 年翻译出版的《酒国》与 2004 年面世的法译本《丰乳肥臀》是莫言在法国最令人感兴趣的作品,为莫言争取到了广泛的读者。国内有学者的研究指出,在法国读者看来,莫言作品之所以得到法国读者的认同,产生影响,是因为莫言的作品具有某些法国文学的特质,他们在莫言对历史的思考和描述方式中还看到了文艺复兴时期的人文作家拉伯雷的影子。在法国,拉伯雷被认为是民间诙谐文化和荒诞讽刺文学的代表,而在《丰乳肥臀》这幅令人目眩的中国历史画卷中,莫言具有创造性的、气质磅礴并激情澎湃的语言,讽刺夸张的描写,民间故事的风格,对荒谬现象的有力批判都不禁令法国评论者联想到拉伯雷的《巨人传》。不论是与马尔克斯的心有灵犀,还是与拉伯雷的气质相通,莫言在《丰乳肥臀》中表现出的思想特质和文学特质都特别能引起法国读者的共鸣,激发他们的文学亲近感。①

勒弗菲尔曾经指出:"翻译文学作品树立什么形象,主要取决于两个因素。首先是译者的意识形态:这种意识形态有时是译者本身认同的,有时却是'赞助者'强加于他的。其次是当时译语文学里占主导地位的'诗学'。"②从如上法国读者对作品的解读评价中可以看出,受法国小说传统影响的拉伯雷式的怪诞粗鄙、大胆多变的风格与写法被法国读者广泛接受,在中国规避审查、抵抗主流意识形态的某些影射性的特点在法兰西的语境中被放大,产生了基于误读之上的某种接受与共鸣。

---

① 杭零. 中国当代文学在法国的译介与接受. 南京:南京大学博士学位论文,2008:127.
② 转引自:许钧,宋学智. 20 世纪法国文学在中国的译介与接受. 武汉:湖北教育出版社,2007:195.

(三)直面历史,"莫言有敢于触及中国当代社会最尖锐问题的勇气"

阅读作品,进入中国历史与现实,是法国读者接受中国文学作品的一个重要原因。就莫言的作品而言,在很大程度上,法国读者特别期待透过莫言作品对中国文化、社会、政治增进了解。莫言在接受媒体访问时曾经讲过:"我获奖主要因为我作品的文学素质,我的文学表现了中国人民的生活,表现了中国文化和民族风情,同时我一直是站在人的角度上,立足于写人,我想这样的作品就超越了地区和种族的、族群的局限。"①莫言"作为老百姓"的文学观,以小见大、试图用真实自由的笔触从刻画普通百姓的生活来展现中国的文化、社会、民族、政治画面等因素确实强烈地吸引着异域的读者与大众。

译者杜特莱对记者这样说过:"莫言的作品内容丰富,中国当下社会中的诸多主题,例如社会关系、腐败、传统的印记等,他都给予关注,表现出了人类与社会关系的复杂性。"他补充道:"莫言有敢于触及中国当代社会最尖锐问题的勇气。而他总是从人性的角度来思考和写作这些问题。这就使他获得了一种独立的身份:他既不是异议人士,也并非官方作家,而是一位深植于社会与人民中间的独立作家。"重要电视媒体法国电视一台的评价与杜特莱的看法相当一致,认为"通过他现实主义的甚至有些粗野的笔触,莫言描绘了在中国发生的突然的变革……"②。

确实,法国读者、媒体与专家对莫言现实主义的笔触,对其作

---

① Comment Mo Yan est-il devenu le premier Chinois, Nobel de littérature? *Le Quotidien du Peuple en ligne*, 2012-10-12.

② Le "Rabelais chinois" Mo Yan prix Nobel de Littérature 2012. *TF1*, 2012-10-11.

品中投射出的个人命运、社会困境、历史悲剧与人性的沉沦等内容尤其关注与看重。法国汉学家、翻译家何碧玉认为，莫言的《红高粱》之所以成为无可争议的杰作，是因为它的风格的感官性和惊人的力度，同时也因为它对农村和中国历史的全新呈现。① 在尼尔斯看来，"《丰乳肥臀》讲述了一个年轻的男孩子在他的母亲怀中恋着母亲的乳房直到成年的故事。但是故事刻画了整个中国半个世纪的历史"②。《世界报》于 2009 年刊发的《在共产主义中国的一位拉伯雷式作家的非凡传奇》一文更是直接："莫言在《生死疲劳》中，以其独特的叙述方式，将残酷混合着夸张，以超现实主义来表现可怕的现实，讲述中国乡村社会自新中国成立以来 50 年间的变迁。"文章称："莫言将读者带入那些饥饿农民的脑子里，倾听那些不能表达出来的反叛言语，诲人不倦的村干部之间，荒谬的对话妙语如珠，可以让人感觉到恐惧的来临。在阅读这本书时，可以了解中国集体化的悲剧是怎样发生的。"③

在某种意义上，对不少读者而言，读莫言的作品，是看中国现实在某种意义上被遮蔽了的黑暗面。

莫言本人曾说过："我承认，小说中涉及共产党领导的'土改''文革''改革开放'，我都是站在超越阶级的角度去写的。……我想以具体的人为出发点去理解并解释历史。"④皮埃尔·阿斯基认为，莫言是一个停留在辽阔的"灰色地带"的作家，这也是很大一部分中国文化创作的特点，即远离主流意识形态中心，但并不与其决裂，既不吹捧附和也不全盘否定，在一个相对有限的空间内，最大

① Rabut，I. Le clan du sorgho. *La Gazette d'Actes Sud*，2004(3).
② Ahl，N. C. Mo Yan：le Nobel pour "celui qui ne parle pas". *Le Monde*，2012-10-12.
③ Joignot，F. L'Extraordinaire histoire d'un Rabelais en Chine communiste. *Le Monde Magazine 3*，2009-10-03.
④ 莫言. 说吧莫言，作为老百姓写作：访谈对话集. 深圳：海天出版社，2007：338.

限度地发挥自己的思想自由与创作自由。他认为,莫言的笔名虽然取"莫要多言"的意义,但作家并非缄默不语,恰恰相反,莫言认为"作家是政治家天然的敌人",他对自己的定位就是要揭示人民所经受的不平等和不公平,不是以人民的代言人的身份,而是以千千万万人民中的一员的身份发出个人的声音。①

在具有人文主义传统的法国,对于莫言作品在社会与人性层面的解读展现出一定的倾向性。《世界报》曾刊发社论,强调指出:"这些出生于 1919 年五四运动后的作家丰富了中国文学,颠覆了中国延续了千年的旧文学传统。他们并非某一种意识形态的倡导者,而是'更关注个体'。在这方面莫言非常突出。'个体'对于莫言来说,是被困在荒谬矛盾的政策螺旋中的人物,例如《蛙》中的堕胎助产士,作品批判了独生子女政策的异化现象;再如《生死疲劳》中被迫害的土地所有者,故事展现了中国五十年间农村土地革命的喧嚣历史。"②有评论者对阅读莫言作品的必要性做了阐发:"在作品中,莫言经常用辛辣的幽默笔触,抨击中国制度的各种问题,如任人唯亲、腐败问题、官僚主义等。""莫言时而被比作拉美派别的'魔幻现实主义'作家,时而被比作'拉伯雷'式作家,为了了解今日之中国,大量阅读莫言的作品是非常有必要的,中国经济飞速发展取得了令人瞩目的成就,但也存在着很多问题,比如……小人物、普通个体的痛苦遭遇。"③

从以上这些评论中,不难看出,法国读者对莫言小说的接受,看重的是莫言作品对社会底层民众的苦难生活的反思、对社会问

① 杭零. 莫言在法国的翻译与接受. 东方翻译,2012(6):9-13.

② Pedroletti, B. Mo Yan et la dure loi du Nobel. *Le Monde*,2012-10-11.

③ Haski, P. Mo Yan, prix Nobel de littérature, l'écrivain qui mangeait du charbon... Rue 89, 2012-10-01. http://www.rue89.com/2012/10/11/mo-yan-prix-nobel-de-litterature-le-realisme-magique-la-chinoise-236100.

题比如不公正现象深刻的批判、对现实黑暗处的揭露。钱林森教授在《中国文学在法国》一书中特别提到,"当代中国和世界复杂多变的政治文化形势,使法国对中国文学的关照不可能采用单一的视角。而二次大战后来自中、西方的各种频繁的政治干预,特别是我国文学自身在创作和研究方面所形成的非文学模式,又不能不使法国和西方的中国现代研究者产生一种非文学的影响。如果说,很少从纯文学的角度考察文学是法国汉学界几个世纪以来对中国的研究所形成的一个传统,那么这一传统在 20 世纪六七十年代的法国研究中国现当代文学中似乎表现得更突出了"。"部分译者和批评者把现当代文学作为中国的'晴雨表',把现当代文学作为了解中国社会动向的政治、社会资料"①。看来,这一接受因素至今仍然产生作用。在很大程度上,莫言的作品以一种生动的方式多角度地扩展着法国读者对中国文化、历史、政治与社会的认知,丰富与加深了法国大众对中国社会各方面的了解。与此同时,莫言等当代作家的系列作品也在不断修正着法国社会与大众对中国形象与社会的片面认识,进而促进人民之间的相互理解与交流沟通。

三、结　语

通过如上简要的考察,我们可以看出:一方面,翻译赋予了莫言作品新的生命,丰富、拓展并延伸了他作品的艺术价值,使得这部作品在异域的土壤上开出了绚烂的花。事实上,莫言作品在异域的不同解读有助于我们进一步认识其作品在源语国所忽略的方面,进而开启其作品在源语国被重新审视、解读与阐释的可能。另

---

① 钱林森. 中国文学在法国. 广州:花城出版社,1990:23.

一方面,莫言的作品在被译介到法国的过程中,也经历了某种具有误读性的接受与解读过程。但不能不承认,莫言"无限大胆"的写作历险,颇具颠覆性甚至"粗野"的语言特色,拉伯雷般、福克纳式的糅合幻想与现实,历史与社会视角的犀利辛辣的手笔,以及其作品对社会对政治的批判和对人性的揭示,引发了法国读者对其作品的广泛认可,对此,我们应该予以关注与研究。

本文为高方主持的教育部人文社会科学项目"中国现代文学在法国的译介研究"(编号:10YJC740029)和教育部全国优秀博士学位论文作者专项资金项目"中国文学在法国的译介研究"(编号201112)的阶段性研究成果。

(周新凯,南开大学外国语学院副教授;高方,南京大学外国语学院教授;原载于《小说评论》2013 年第 2 期)

从风格视角看法国对毕飞宇的翻译和接受

曹丹红

近些年来,中国文学的世界关注度日渐提高。但我们不时听到这样的声音:对于中国作家作品的接受,至少从目前阶段来看,国外尤其是西方往往关注文化和意识形态差异多于文学价值。如此一来我们不免产生疑惑:作品被移植到异域土壤中时,作家的风格受到了怎样的对待? 译者关注并如实再现了作品风格吗? 译文读者能真实感受到作品风格吗? 因为风格对作家而言具有根本性意义,"相对于一般规范的个人的风格偏向应该代表着作家跨出的历史性的一步"①,它体现了作家写作艺术的特殊性,可以说是作家和作品的"标签"。只有准确传译了风格,才能认为文学作品得到了真正的翻译;只有感受到了作品的风格,才能认为读者真正理解了作品。也正因因此,作品风格在另一种语言中的再现问题是学者、读者甚至作家本人都非常关心的一个问题。带着这样的问题,我们将目光投向了中国当代作家毕飞宇的小说及其法译本。近些年来,毕飞宇陆续获得"鲁迅文学奖""茅盾文学奖"等国内重要文学奖项,成了中国新生代作家的一位代表人物。同时,2009年法国《世界报》文学奖、2011年"英仕曼亚洲文学奖"的获得令他

---

① 贝西埃. 诗学史. 史忠义,译. 开封:河南大学出版社,2010:536.

在国外的知名度也不断提升,目前作品已被翻译成十多种语言在世界各地发行。毕飞宇作品在法国翻译出版的时间不算太早,最早被翻译出版的是中篇小说《青衣》(*L'Opéra de la lune*),由毕基耶出版社(Philippe Picquier)出版于 2003 年。随后他的作品以比较稳定的节奏陆续在法国翻译出版,其中《雨天的棉花糖》(*De la barbe à papa un jour de pluie*)由南方书编出版社(Actes Sud)出版于 2004 年,《玉米、玉秀、玉秧》(*Trois soeurs*)、《上海往事》(*Les Triades de Shanghai*)、《平原》(*La Plaine*)、《推拿》(*Les Aveugles*)由毕基耶出版社分别出版于 2005 年、2007 年、2009 年和 2011 年。新作《苏北少年"堂吉诃德"》已签约,也将由毕基耶出版社翻译出版。

一、风格的可感知性及翻译的选择

一个民族对一部外国作品的翻译和接受会受到该民族社会文化语境、政治意识形态、译者翻译动机和观念及译者翻译能力等诸多因素的影响①,然而涉及风格的传译,译者可以说是最重要的因素,因为译文读者对外国作家作品风格的体认,全部建立于译者对原作风格的感知及重构上。上文提到的毕飞宇六部已在法国翻译出版的作品由三位译者翻译。除《雨天的棉花糖》由何碧玉(Isabelle Rabut)翻译,最新的《推拿》由艾玛纽埃尔·贝什纳尔(Emmanuelle Péchenart)翻译外,其余四本均由克洛德·巴彦(Claude Payen)翻译。三位译者都有多年的中国文学翻译经验,其中何碧玉和贝什纳尔不仅是译者,也是对中国文学深有研究的汉学家。那么这三位译者对作品风格及其重要性有充分的意识

---

① 许钧. 翻译论. 武汉:湖北教育出版社,2003:195-254.

吗？如果有的话，又如何得知呢？

除了译文本身，我们也可以通过译者序、跋、封底文字等副文本及译者在报刊上发表的文章管窥其对作品风格的感受和认知。例如《雨天的棉花糖》译者何碧玉就曾在多处提到《雨天的棉花糖》的翻译感受。2011年，何碧玉在南京大学与毕飞宇进行了一次对谈，在对谈中她提到翻译《雨天的棉花糖》的因由："有时候我自己读了一部作品，觉得很好，就一定要翻译出来。(对毕飞宇)我们翻译你的《雨天的棉花糖》就是这样的情况。……一读就觉得你写得太美了，于是决定要译过来。"[1]"美"是一个很宽泛的总体感觉，但联系《雨天的棉花糖》的写作和发表背景，就能知道何碧玉所说的"美"的含义或许没有那么宽泛。《雨天的棉花糖》发表于1994年，是毕飞宇早期的作品，那时作家正从诗歌创作转向小说创作，因而作家这一阶段的小说带有浓厚的诗歌语言特征。例如："红豆的母亲、姐姐站在我的身边。她们没有号哭。周围显示出盛夏应有的安静。他的父亲不在身边。等待红豆的死亡我们已经等得太久了。"[2]再如："红豆死的时候是二十八岁。红豆死在一个男人的生命走到第二十八年的这个关头。红豆死时窗外是夏季，狗的舌头一样苍茫炎热。"[3]东西方诗学传统差异或许会导致原作的诗意无法被译者完全感受到，但是各国的诗学传统中也存在很多共性，如对诗歌节奏、韵律和意象等元素的关注，因此这里我们可以认为，何碧玉说《雨天的棉花糖》很"美"，是因为她感受到了这部小说浓浓的诗意，因而也就是抓住了原作一个关键的风格特征。

在《雨天的棉花糖》法译本封底的"出版者语"中，我们可以看

---

① 毕飞宇,何碧玉. 中国文学走向世界的路还很长……. 经济观察报,2011-05-23.

② 毕飞宇. 雨天的棉花糖. 上海:上海文艺出版社,2009:94.

③ 毕飞宇. 雨天的棉花糖. 上海:上海文艺出版社,2009:94.

到,何碧玉①从更为具体的方面谈到了小说的风格:"毕飞宇用他那澄明的智慧、理性又不乏直觉的笔触以及令人炫目的隐喻,将我们引入了主人公失败的一生和他的内心世界。"②我们再来看中国研究者对毕飞宇文字的感受。刘俊曾指出:"在我看来,构成毕飞宇小说世界最为突出的文学特性,是他笔下绵延不绝的各种神奇的比喻,这些比喻是这样地贴近生活、市民小井,却又这样地具有奇思妙想,充满文学想象的丰沛才华。在毕飞宇的小说中,令人惊叹的比喻,可谓比比皆是。"③王彬彬也指出:"毕飞宇也是善用比喻的。"④由此可见,何碧玉对毕飞宇作品风格的感受是很准确的。或许何碧玉是个特殊的例子,因她本人是著名汉学家、中国文学翻译家,她的语言能力、文学修养和批评意识可能都强于一般的中国文学法译者,但从她的例子可以看出,译者能够感受到作品的风格,而且随着个人能力的提高,译者的感受完全可以达到与母语读者接近的程度。

另一方面,译者能感受到作品的风格,也与风格本身的特征有关。过去的风格研究往往强调个人风格是"明显远离通常用法"⑤的"偏离",或者将风格视作附加因素,会在文本中"起到表达上的、

---

① 虽然是"出版者语",但也由兼任出版社"中国文学丛书"主编和译者的何碧玉撰写。她本人在上文提及的与毕飞宇的对谈中也提到,她的翻译出版工作分为四个阶段:"第四个阶段是写封底上的书籍介绍。这也是我工作的一部分。"(详见:毕飞宇,何碧玉. 中国文学走向世界的路还很长……. 经济观察报,2011-05-23.)

② Bi, F. *De la barbe à papa un jour de la pluie*. Rabut, I. (trad.). Arles:Actes Sud, 2004.

③ 刘俊. 执著·比喻·尊严——论毕飞宇的《推拿》兼及《青衣》《玉米》等其他小说. 当代作家批评,2012(5):130.

④ 王彬彬. 毕飞宇小说修辞艺术片论. 文学评论,2006(6):84.

⑤ 斯塔罗宾斯基. 莱奥·斯皮策与风格学解读//史忠义. 风格研究 文本理论. 开封:河南大学出版社,2009:11.

情感上的或美学上的强调作用"①。从这些传统风格观看,对风格的感受并不是必然的,因为无论"偏离"还是"附加"都预设了"常规"或"一般表达"的存在。假设"常规"确实存在,译者作为原作的异文化读者,由于不像母语读者那样熟悉异国的诗学传统,对这种传统下的"常规"或"一般表达"的判断也往往是偶然的。到了 20世纪末,风格研究领域出现了一些富有启迪意义的成果。法国当代重要文论家谢弗(Jean-Marie Schaeffer)对风格进行了重新思考,指出风格不是简单的减法(偏离)或加法(附加)的结果,而是主动"选择"的结果:当说话人或写作者"有可能在不同的语域之间进行选择时就产生了风格"②。选择是主体有意识的行为。由于成熟创作主体的稳定性,选择也就表现出了特定倾向,也就是通常说的"风格即人"。正如毕飞宇所说,一个作家的风格可以演变,然而"有些东西最后你肯定扔不掉"③。

与此同时,法国学者杰尼(Laurent Jenny)进一步指出,"要说存在着'选择'的话,那并不是说在'火焰'与'爱情'之间选取一个更好的,而是决定赋予某种业已存在的形式以一种新的价值"④。而这种具备了新价值的形式便是风格。从杰尼的讨论可知,"某种业已存在的形式"要具有新价值,必须满足两个条件,一是创新性地使用这种形式,如莫泊桑用一种通常表达静止感的时态(未完成过去时)来描述前后相继的行动,或普鲁斯特对长句的创造性运用。二是这些创造性运用必须在文本中反复出现,因为偶然的创造容易被忽略,但重复会令某种特征变得可见可感,这种可感性正

---

① Riffaterre, M. Criteria for style analysis. *Word*, 1959, 15(1): 155.

② Schaeffer, J.-M. La stylistique littéraire et son objet. *Littérature*, mars 1997 (105): 15.

③ 毕飞宇,汪政. 语言的宿命. 南方文坛,2002(4):32.

④ Jenny, L. Sur le style littéraire. *Littérature*, décembre 1997(108): 94.

是斯塔罗宾斯基认为"言语事实具有高度的验证性"①的原因。在文本中不断得到重复的特殊性最终摆脱了表意符号的地位,成了风格符号,参与到作品整体风格的构建中。正是因为"风格是某一心怀受众的作者的可以认识、可以重复、可以保持的符号"②,因此译者尽管千差万别,但都能在不同程度上感受或辨识原作的风格。而通过何碧玉的例子,我们看到这种感受和辨识最终影响了出版社和译者对作家作品的选择和翻译。

二、风格寓于文字及风格传译的可能性

然而,能感受到风格是否意味着风格的翻译和再现也成了顺理成章的事呢? 相比起学者何碧玉,毕飞宇的另两位译者巴彦和贝什纳尔对他们的翻译活动谈论得并不多,这是否意味着他们对风格的重构可能就不如何碧玉那么准确? 换句话说,如果译者对作品风格的关注不如对作品其他方面的关注那么有意识③,那么译作呈现的风格比之原作会有很大的出入吗? 由于中国文学作品外译过程中遇到的"高水平译者的缺乏、研究力量的不足等问题"④,文学作品的风格会因把握和再现上的困难而首先被译者舍弃吗?

---

① 斯塔罗宾斯基. 莱奥·斯皮策与风格学解读//史忠义. 风格研究 文本理论. 开封:河南大学出版社,2009:23.
② 萨义德. 世界·文本·批评家. 李自修,译. 北京:生活·读书·新知三联书店,2009:53.
③ 例如巴彦为《青衣》法译本撰写的"译者前言",通篇在介绍京剧和《嫦娥奔月》这出戏,几乎没有提及作品和翻译本身。(详细参见:Bi, F. *L'Opéra de la lune*. Payen, C. (trad.). Arles:Philippe Picquier, 2003.)
④ 高方,许钧. 现状、问题与建议——关于中国文学"走出去"的思考. 中国翻译,2010(6):8.

要回答这些问题,我们需要对比译作与原作,如此一来便无法避免对"风格"的讨论。然而,风格是个含混的概念,如郑海凌指出的那样,"学者们从不同的视角研究风格,对风格概念的界定很不一致"①。由于篇幅限制,此处不便展开对"风格"的"考古学"式研究,只在综合考量后援引法国学者热奈特的风格观,作为下文讨论的理论依据。深受美国逻辑学家古德曼(Nelson Goodman)的艺术符号学观的影响,热奈特提出:"风格是话语的例示功能(fonction exemplificative),后者与话语的指谓功能(fonction dénotative)相对立。"②以及"例示(exemplification)……承担了所有指谓外价值,因而也就承担了所有的风格效果"③。风格就此被等同于话语的"例示"功能,它指向语言符号本身的特征及其制造意义的方式。热奈特进而指出,话语的各个层次都可以"例示"某个或某些特征,因此任何话语都具有风格:"风格是述位属性(propriétés rhématiques)的总和。这些属性在三个话语层面得到例示:第一个是语音或书写材料构成的'形式'层面(实际上也就是物质层面),第二个是与直接指谓有关的语言学层面,最后是与间接指谓有关的修辞格层面。"④也就是说,风格分析可以在话语三个层面进行:首先是语音、书写材料所例示的属性,在这个层面,话语是对元辅音特征及其可能引发的联想、单词长短等的例示,例如"short"一词从书写来看只有五个字母,本身就是一个"短"词,其形式所例示的意义正好与词语所指谓的意义相同,词语的表达性

① 郑海凌. 文学翻译学. 郑州:文心出版社,2000:284.
② Genette, G. Style et signification. In *Fiction et Diction*. Paris:Seuil, 1991:188.
③ Genette, G. Style et signification. In *Fiction et Diction*. Paris:Seuil, 1991:190.
④ Genette, G. Style et signification. In *Fiction et Diction*. Paris:Seuil, 1991:203.

便由此产生。语音方面的情况同样如此,例如"凄凄惨惨戚戚"的语音本身就例示了"悲戚",与诗句所指一致,增强了诗句意欲表达的情感。其次是与直接指谓有关的语言学层面,在这个层面,第一层的语音或书写特征与约定俗成的指谓对象相结合,语言便具有了指谓功能与含义。热奈特指出,直接指谓方式能够例示词语所属的语言、阴阳性、词性、语域等,由此体现了话语的风格。最后是与间接指谓有关的修辞格层面,此时话语是对隐喻性、换喻性等特征的例示。

根据上述风格理论,通过研读毕飞宇作品及其他研究者的评论文章,我们发现在热奈特提到的三个层面,文本对比都呈现了一些有趣的现象。譬如在第二层面,我们在《玉米》中看到了作品所例示的语域特征及这种特征制造的风格。试举一例:

> 关于王连方的斗争历史,这里头还有一个外部因素不能不涉及。十几年来,王连方的老婆施桂芳一直在怀孕,她一怀孕王连方只能"不了"。施桂芳动不动就要站在一棵树的下面,一手扶着树干,一手捂着腹部,把她不知好歹的干呕声传遍全村。施桂芳十几年都这样,王连方听都听烦了。施桂芳呕得很丑,她干呕的声音是那样的空洞,没有观点,没有立场,咋咋呼呼,肆无忌惮,每一次都那样,所以有了八股腔。这是王连方极其不喜欢的。她的任务是赶紧生下一个儿子,又生不出来。光喊不干,扯他娘的淡。王连方不喜欢听施桂芳的干呕,她一呕王连方就要批评她:"又来作报告了。"①

单独看,这些画线的词语基本上没有特殊之处,但将它们密集地置于同一个段落,就会令人联想到"文革"语言以及整个"文革"

---

① 毕飞宇. 玉米. 上海:上海文艺出版社,2008:20.

背景。这是热奈特指出的话语"联想"(évocation)效果,它是例示的一种特殊类型,无疑是风格的体现。不仅如此,《玉米》的故事发生于"文革"时期,小说言说的内容是"文革"(指谓),而小说行文方式又是对"文革"语言的戏仿(例示),这就出现了前文提到的"short"的例子,以西方传统风格学家观点看,这种形式与内容的叠合正体现了作品的"表现力"(expressivité)。与此同时,戏妨的语言也体现了作家对现代汉语某种特征的批评。毕飞宇是一位对语言非常敏感的作家,他曾在一篇访谈中提到,受渊源和历史影响,我们现在使用的语言"带上了爆破和拆迁的色彩"①,现代汉语在他心目中"是怒火万丈的,充满了霹雳和血腥"②。因此可以认为,我们引述的文字在间接而非字面的高度,例示了作家对这种"戾气很重"③的语言的态度,而作家与这种语言所保持的距离,正是作品幽默感和深度的来源。

那么译者巴彦是如何处理这些关键词汇的呢?逐字逐句地对比原文和译文④后,我们发现原文画线的十处,除了"光喊不干""批评"没有在译文中体现出来,"没有观点,没有立场"成了"dépourvu de base idéologique"⑤即"缺乏意识形态基础",其余几处都是接近原文的字面翻译(回译分别为:斗争、外部因素、空洞、符合八个传统部分的文章、责任、她又来作报告了),又不失为标准通顺的法语。语言系统的转换和文化语境的转变可能无法令译文

---

① 沈杏培,毕飞宇. 介入的愿望会伴随我的一生——与作家毕飞宇的文学访谈. 文艺争鸣,2014(1):46.
② 沈杏培,毕飞宇. 介入的愿望会伴随我的一生——与作家毕飞宇的文学访谈. 文艺争鸣,2014(1):46.
③ 沈杏培,毕飞宇. 介入的愿望会伴随我的一生——与作家毕飞宇的文学访谈. 文艺争鸣,2014(1):46.
④ Bi, F. *Trois sœurs*. Payen, C. (trad.). Arles:Philippe Picquier,2007:46.
⑤ Bi, F. *Trois sœurs*. Payen, C. (trad.). Arles:Philippe Picquier,2007:46.

读者直接联想到中国"文革"的背景和语言,然而译者所采用的词汇在法国读者看来也应该是奇异的:它们一般不会被用来表现夫妻间的正常关系和对话;它们具有一种内在的一致性,从整体上可以令人联想到战争和政治语汇。也就是说,译文同样例示了另一特殊语域,令原文的"联想"功能和戏仿成分得到保留。而将"没有观点,没有立场"翻译成"缺乏意识形态基础",尽管没有逐字对应,却保持了语域层面的一致,甚至比原文更为直接地突出了对特殊语域的例示,确保了读者能更好地体会到特殊语域挪用的效果,由此感受到作者的反讽态度和幽默风格。

再如热奈特提到的风格第三层面。根据对风格的定义,文本在这个层面可以例示隐喻性、换喻性等,具有隐喻性、换喻性的文本倾向于将不同领域并置来制造惊奇和想象空间;在相反的情况下,文本则注重字面意义。上文我们已提到,毕飞宇的文字例示了一种隐喻性文字,而且这种风格已经为译者何碧玉所感受到。从更微观的角度看,毕飞宇的隐喻有其与众不同的地方:往往是几个复杂隐喻的交织,往往是差距较大的领域的比较,既是"绵延不绝"的,又是"令人惊叹"的,它们令文本避免了陷入陈词滥调的命运,由此产生的"奇思妙想"既体现了作家"文学想象的丰沛才华",也体现了作家的思辨深度。例如上文的《玉米》的例子。这段文字不仅例示了作者对特殊语域的挪用,也例示了作者在创造精妙隐喻方面的才能:连续几个隐喻将施桂芳的干呕比作了"空洞,没有观点,没有立场,咋咋呼呼,肆无忌惮……有了八股腔"的"报告"。一边是作为本体的干呕,另一边喻体全部围绕"报告"的种种特征展开,属于同一个语义场,两个领域的对照由此创造了连续、绵长的隐喻,体现了作者高超的行文艺术。我们已经分析过巴彦的译文,可以说在修辞格层面,巴彦的译文准确地再现了原作的风格。

《雨天的棉花糖》中也充满类似的隐喻,仅选取一例:

事情发生在我写到"取得了伟大胜利"之后。这个我记得相当清楚。一般说,讲演报告中不能缺少"伟大胜利"这样<u>营养丰富的词汇</u>,但在这样的<u>大补</u>过后必须是一个<u>减肥</u>过程。<u>减肥</u>是困难的。这是常识。不能太<u>腻</u>,却又不能<u>伤了筋骨</u>。"①

在这段绵长的比喻中,作者巧妙地将写讲演报告与进食进行了比较,喻体涉及了同一领域的"营养丰富(的词汇)""大补""减肥""太腻""伤了筋骨"这些词,形象有趣地体现了写作活动的特征。这六处关键词的对应法译文②如回译成中文,分别为"丰富的词语""摄入大量卡路里""禁食""瘦身""避开油脂""损伤肌肉",除原文出现两次的"减肥"分别被译成了"禁食""瘦身"外,我们看到译文几乎逐字对应地翻译了原文,更不必说例示了同一个特殊语义场。正是这些关键词的准确再现令译文能重构原文的绵长隐喻,向译文读者揭示了作者在这一层面的风格。

从上文两处文本对比的例子可以看到,风格看似诉诸读者的主观感受和整体感受,但它实际上是作者在文本多个层面上通过文字逐字逐句地构筑出来的,因而当译者能够紧贴原文文字,同时又不满足于一种机械的对应,而是把局部的字词当作风格的构成要素加以翻译时,对风格的再现也便成了可能。

三、作为作品特殊性的风格及读者对风格的接受

上文我们从译介者的角度谈论了对毕飞宇作品风格的感受和

---

① 毕飞宇. 雨天的棉花糖. 上海:上海文艺出版社,2009:98-99.
② Bi, F. *De la barbe à papa un jour de la pluie*. Rabut, I. (trad.). Arles:Actes Sud, 2004:24.

翻译。那么法国读者对毕飞宇作品的法译本又持什么样的态度？他们是否如不少人认为的那样，面对毕飞宇的作品乃至全部中国文学作品只有猎奇心态呢？读者会关注并欣赏作品的审美价值吗？我们知道，毕飞宇在法国获得的总体评价很高。在《推拿》法译本出版之际，评论家如是评论之前已被翻译的五部作品："(毕飞宇)最早的两本译作——《青衣》和《雨天的棉花糖》(南方书编)合情合理地在法国得到了很高的评价。之后的三部小说(《玉米》《上海往事》和《平原》——笔者)，包括《玉米》在内，展现了作家真正的天才，当然也暴露出一些局限性。"①对于《推拿》法译本，《十字架报》文章指出："作家毕飞宇的杰出才华模糊了视线，唤醒了感觉，以至于我们在读这本书时自己也像个盲人。(作品展现了)想象力的魔力、词语的力量、联想的能力和人物的深度。"②有些评论文章则直接涉及了作品的风格，例如《新观察家》对《平原》法译本的评论："某些段落的风格令人吃惊，它们的语调……是一种讽刺手法吗？"③我们认为，如果读者在阅读时只基于狭隘的猎奇心态，他们应该是无法得到上述结论的。

　　除了对审美和风格特征的直接评价，我们看到评论家对故事、内容或主题的谈论也往往伴随着对风格的感受。这首先和文学作品本身的性质有关：文学作品是一个多维度的存在，而它的存在方式是文字。因此我们看到《新观察家》文章对《推拿》的下述评论："人物、他们的性格、他们的关系得到了细致入微的刻画。小说语

---

① Mialaret，B. Bi Feiyu，un écrivain chinois au pays des aveugles. *Le Nouvel Observateur*，Rue 89，2011-10-20.

② Malovic，D. Immersion dans l'univers invisible. *La Croix*，2011-11-16.

③ Mialaret，B. Bi Feiyu et l'amour au temps de la Révolution culturelle. *Le Nouvel Observateur*，Rue 89，2009-9-26.

调是现实主义的，但它的主旨并不在于揭露盲人的悲惨境遇。"①或者"这个群体如何融入南京这个城市或融入当代中国，这不是作者要谈论的话题，作者仅仅满足于利用这个情节，然后以一种时而有些静止的方式，展开对一组肖像的描绘。"②《世界报》文章对《推拿》的下述评论："毕飞宇选择了最普通、最简单的形式。叙述跟随着最具普遍意味的想法和情绪，从一人过渡到另一人，从一日过渡到另一日。"③在这样的评论中，我们看到要区分哪里是对内容的谈论哪里是对风格的谈论其实是很困难的。

如果说报刊文章考虑到媒体的倾向、定位、受众等特点，在观点的表达和语词的选取上较为温和中庸，那么普通读者在非官方渠道发表的观点则让我们看到，读者可以对风格有更为敏锐的感受和更为直接的评价。例如《玉米》法译本出版后，在法国最重要的电子商城亚马逊（amazon. fr）、FNAC（fnac. com）等网站上均有销售。从读者留在这些网站空间的阅读感受和反馈来看，他们对《玉米》的评价很高。一位读者在亚马逊网站留言提到《玉米》是其迄今读过的最好的书，毕飞宇的写作水平在其眼中堪比福楼拜和马尔克斯，同时也盛赞译者为"天才译者"。另一位读者在 FNAC 网站留言指出毕飞宇的水平更胜左拉一筹。这些评论当然是基于译本给出的。上文我们也已举例表明，巴彦对小说风格第二和第三层面的传达确实很准确。

相比之下，尽管《十字架报》文章指出"艾玛纽埃尔·贝什纳尔的译文流畅丰富"（Malovic），但部分法国读者对《推拿》的译文表

---

① Mialaret, B. Bi Feiyu, un écrivain chinois au pays des aveugles. *Le Nouvel Observateur*，Rue 89，2011-10-20.

② Mialaret, B. Bi Feiyu, un écrivain chinois au pays des aveugles. *Le Nouvel Observateur*，Rue 89，2011-10-20.

③ Ahl, N. C. Au royaume des aveugles，nul n'est roi. *Le Monde*，2011-09-01.

现出了苛刻的态度。在"无国界读者"(Lecture sans frontière (ou presque))①、"书籍跟踪者"(Pisteurs de livres)②等阅读博客网站,读者普遍赞赏《推拿》的新颖主题和思辨深度,并从总体上肯定了小说,但对风格的评价褒贬不一,一些读者指出作品文字"琐碎""混乱""乏味""某些细节难以消化",另一些则直接指出译文"'沉重''不自然'……感觉有点奇怪",或者"翻译的确有时显得笨拙,而且有些沉重"等。

我们或许可以举一例来体会法国读者的感受。《推拿》中有一个十分巧妙的比喻:

> 对一个盲人来说,天底下最困难的事情是什么?是第一次出门远行。……都红偏偏就是这样不走运,第一脚就踩空(1)了。是踩空(2)了,不是跌倒(3)了,这里头有根本的区别。跌倒了虽然疼,人却是落实的,在地上(4);踩空(5)了就不一样了,你没有地方跌(6),只是往下坠(7),一直往下坠(8),不停地往下坠(9)。个中的滋味比粉身碎骨(10)更令人惊悸。③

作家在此将盲人的恐惧与另一个领域——走路进行了比较,不幸的都红第一次出门就不利,这次失败带给她的恐惧堪比某个一脚踩空、一直往下坠并不知何时能落地的路人的恐惧。原文标注的 10 个词汇或短语明显例示了同一个语义场。对于这段文字,法语译文回译后,我们发现译者没有译出"踩空(2)",其余九处法译文回译后分别为"第一次尝试没有任何结果"(1)、"摔倒"(3)、

---

① 参见:http://lecture-sans-frontieres. blogspot. com/2012/09/les-aveugles. html,检索日期:2014-08-01。

② 参见:http://pisteursdelivres. blogspot. fr/2014/01/fevrier-2014-livre-propose-par-marie. html,检索日期:2014-08-01。

③ 毕飞宇. 推拿. 北京:人民文学出版社,2008:68-69.

"倒在结实的地上"(4)、"没有任何结果"(5)、"脚下是虚空"(6)、"往下坠"(7)、"一直往下、不停往下"(8/9)、"粉身碎骨"(10)①。原文中(1)、(2)、(5)处都是"踩空",它与"跌倒"的对比是赋予这一绵长巧妙的隐喻以全部张力的形象,然而译文或没有译出,或使用了例示其他语义场的抽象词汇,打破了原文隐喻的内在逻辑,中断了原文的绵长隐喻,减弱了隐喻和表达的张力,降低了作品的思辨深度。译文呈现的是不完整的比喻和形象,故而令读者产生了莫名其妙之感。

四、结语:风格翻译与接受的历史性与现实性

不可否认,由于"中西方文学、文化交流中存在的'语言差'与'时间差'的事实"②,目前国外在选择翻译中国文学作品时,相比起意识形态、经济效益等因素,很多时候文学作品"所具有的文学审美特性在译介者的眼中是一个较为次要的因素"③,然而,上文我们以毕飞宇作品的法译为例,已经看到对于敏锐的译介者来说,文学作品风格不仅能被准确地感受到,同时也是促成作品得到译介的重要原因,而且随着中西文化和文学交流的深入,法国译者对中国文学作品风格的感知和传译应该也会越来越准确。正如何碧玉所言:"学的语言越多,就越是容易学,对于不同诗学风格的辨别就越是敏感,翻译起来就越容易。"④

从译介者和译文读者对作品的反应来看,法国读者对中国文

---

① Bi, F. *Les Aveugles*. Péchenart, E. (trad.). Arles:Philippe Picquier, 2011:107.
② 谢天振. 隐身与现身:从传统译论到现代译论. 北京:北京大学出版社,2014:13.
③ 杭零,许钧. 翻译与中国当代文学的接受——从两部苏童小说法译本谈起. 文艺争鸣,2010(11):116.
④ 转引自:杨柳. 翻译诗学与意识形态. 北京:科学出版社,2010:42-43.

学的接受也是多层次的。猎奇心态有之,能从文学性角度来欣赏作品的读者也不乏其人。而且随着自媒体等传播形式的出现,越来越多的读者能够在网络上自由地发表他们的观点,例如在上文提到的"无国界读者""书籍跟踪者"等网站,多位读者针对《推拿》发表评论,他们的讨论不时涉及对作品风格的探讨,有时甚至有激烈的观点碰撞。这样的讨论无疑能加深读者对《推拿》的理解,推动更多读者更好地去品味和欣赏作品本身。

与此同时,我们也不能因为中译外现在还处于刚起步的阶段,就草率地认定文学作品的风格在翻译过程中必然会被忽略甚至改变。我们所看到的风格改变很多时候是由两国诗学传统差异所导致的,这种情况下即便双语水平高超、文学功底深厚如何碧玉者,也无法将尽显毕飞宇风格的"一巷子都塞满老气横秋"这样的句子直接呈现于法语读者面前①。然而因为风格是由文字构筑出来的,它本身的多层次性、重复性和相对稳定性令它很大程度上能被译者感知并传译,某个层次的传译失败不会令作品风格受到彻底改变,偶然、局部的传译失败也不会对整体风格的传达产生严重影响。这也是为什么我们认为作品风格能够超越文化和译者的差异在译作中得到再现的原因。

在文本对比过程中我们也发现了一个问题:单从文字来看,《玉米》的译文存在一些问题,译者除随意改动可能影响作品风格的段落安排和标点(风格第一层面)外,还有不少漏译、误译甚至改写现象。而《推拿》的译文从字面来看也许最为忠实,很少有删改或添加之处。然而,从译文读者的反映来看,《玉米》受欢

---

① 法译文回译为:"巷子于是充满了秋天的忧郁。"(Bi, F. *De la barbe à papa un jour de la pluie*. Rabut, I. (trad.). Arles:Actes Sud, 2004:21)令人惊奇的搭配成了符合逻辑的普通表达,原文特殊隐喻所例示的作者大胆的创新性没能得到再现。

迎程度显然胜过了《推拿》。这也促使我们思考另一个与风格传译相关的问题:就风格翻译而言,怎样的"忠实"才称得上真正的"忠实"呢?

　　(曹丹红,南京大学外国语学院法语系教授;原载于《小说评论》2014 年第 6 期)

法兰西语境下对余华的阐释

——从汉学界到主流媒体

杭 零

"文革"后中国文学的大发展引起了西方世界的侧目,20 世纪 80 年代初中期一些零星作品就已在法国得到译介;80 年代末、90 年代初,越来越多的法国出版社表现出了解中国当代文学并向本国读者呈现的愿望,他们都试图在纷繁的中国当代文学图景中寻找最具个性的中国作家。在这一时期,阿城、残雪、韩少功、刘心武、马建、莫言、苏童、王蒙、王朔、张辛欣等作家纷纷得到译介,余华也在这股译介潮流的推动下登上了法国文学的舞台。1994 年,余华的《世事如烟》和《河边的错误》以合集的形式在法国毕基耶出版社(Philippe Picquier)出版①,同年,《活着》在法国袖珍书出版社(Le Livre de poche)出版②。前者是一家年轻的出版社,成立于 1986 年,专事亚洲图书出版,90 年代中期由加拿大蒙特利尔大学的汉学家胡可丽(Marie-Claire Huot)领导中国文学丛书的出版;后者则是法国家喻户晓的出版社,以出版价格亲民、携带方便的口

---

① Yu, H. *Un monde évanoui*. Perront, N. (trad.). Arles: Philippe Picquier, 1994.

② Yu, H. *Vivre*. Yang, P. (trad.). Paris: Le Livre de poche, 1994.

袋本图书见长。两家出版形态完全不同的出版社同时把目光投向余华,背后是不同的出版心态和取向。毕基耶由汉学家坐镇,对文本的选择更多的是基于作品在文学层面上的独特性和汉学家本人的文学审美倾向;而袖珍书出版社则更多地从市场的角度加以考虑,他们更关注作品是否能够对读者构成吸引力。出版策略上的差异使得两家出版社做出了不同的文本选择,毕基耶选择了两部具有"先锋实验"色彩的作品,而袖珍书出版社则选择了作为张艺谋获奖电影原本,更容易吸引大众关注的《活着》。

此后余华作品的出版转移到了以出版外国文学见长的南方书编出版社(Actes sud)。南方书编在 1997 年出版了《许三观卖血记》①,由此开始了对余华的持续译介,2002 年出版合集《古典爱情》②,2002 年出版《在细雨中呼喊》③,2006 年出版《一九八六年》④,2008 年出版《兄弟》⑤,2009 年出版合集《十八岁出门远行》⑥,2010 年出版《十个词汇里的中国》⑦。事实上,《活着》的出版虽然借助了电影的影响力,但并没有使余华在一夜之间成为法国大众所熟知的作家。据南方书编远东文学编辑埃娃·沙内(Eva Chanet)介绍,在余华作品出版的初期,销量十分有限,只有

---

① Yu,H. *Le vendeur de sang*. Perront,N. (trad.). Arles:Actes Sud,1997.

② Yu,H. *Un amour classique*. Guyvallet,J. (trad.). Arles:Actes Sud,2000. 该合集包含《现实一种》《古典爱情》《此文献给少女杨柳》《污染事件》。

③ Yu,H. *Cris dans la bruine*. Guyvallet,J. (trad.). Arles:Actes Sud,2002.

④ Yu,H. *1986*. Guyvallet,J. (trad.). Arles:Actes Sud,2006.

⑤ Yu,H. *Brothers*. Rabut,I. & Pino,A. (trad.). Arles:Actes Sud,2008.

⑥ Yu,H. *Sur la route à dix-huit ans*. Guyvallet,J.,Pino,A. & Rabut,I. (trad.). Actes Sud,2009. 该合集包含《十八岁出门远行》《西北风呼啸的中午》《死亡叙述》《往事与刑罚》《鲜血梅花》《两个人的历史》《命中注定》《我没有自己的名字》《蹦蹦跳跳的游戏》《我胆小如鼠》《黄昏里的男孩》。

⑦ Yu,H. *La Chine en dix mots*. Pino,A. & Rabut,I. (trad.). Arles:Actes Sud,2010.

500～900 册①。但南方书编并未因为销售的亏损放弃对余华的译介,相反,他们还继续推出作家早期的一些以语言实验为特征的、难以畅销的作品。这是因为他们和毕基耶出版社一样,以汉学家的选择和评价为导向,聘请了法国国立东方语言文化学院中文教授何碧玉(Isabelle Rabut)作为"中国文学系列"的主编。南方书编充分信任汉学家的判断,致力于作家文学声誉的长期建立,没有将目光放在短期市场效益上,这为余华在法国的译介建立了一个稳定、高质、良性的平台。

胡可丽和何碧玉对余华的选择,体现了汉学家对其文学才华的认可,但在很长一段时间内,这种认可还只局限于汉学界和出版界。直到 2008 年《兄弟》法译本的问世,余华才开始受到法国主流媒体的密集关注,在法国主流社会和普通读者中的知名度大大提高。法国社会对余华的阐释和接受由此呈现出两个互补的维度:一是汉学界以《兄弟》之前的创作,尤其是余华早期文本为基础,对其进行的分析解读;二是主流媒体以《兄弟》为主体对其做出的评价。它们共同构建了余华在法国的文学形象,与中国文化内部对余华的评价既有相通之处,又有相异之处。

一、胡可丽:余华笔下令人不安的现实

胡可丽为《世事如烟》法译本撰写了一篇名为《余华笔下令人不安的现实》的前言向法国读者介绍余华②。她在一开篇就强调余华的反传统性:"余华身上没有任何中国传统文人的东西。……

---

① 埃娃·沙内(Eva Chanet)在 2011 年 1 月位于法国南部阿尔勒的国际文学译者中心进行的一次讲座中提及这一数字。南方书编出版社"中国文学系列"主编何碧玉则在笔者的另一次采访中提到《许三观卖血记》是南方书编出版的余华作品中销量较好的一部,其他作品的累计销量一般在两三千册左右。

② 参见:Yu, H. *Un monde évanoui*. Perront, N. (trans.). Arles:Philippe Picquier, 1994:5-8.

他在每个方面都是激烈的。他很容易动怒,爆发出笑声或怒气。他完全不像被抹平了个性、礼貌微笑的中国人。"她强调余华文本的严酷,"谋杀、自杀、强奸、人的买卖都在其中发生。疾病和疯狂也如约而至",认为在《世事如烟》和《河边的错误》中,"理智不是逻辑的,现实比惯常的推理模式所能解释的还要复杂"。余华所呈现的是"一种遵循人们建立的或杜撰的信仰的人类逻辑,这一逻辑在一个声音和视觉的世界中发展"。

胡可丽指出《河边的错误》虽然遵循时间顺序,但在交流中却没有下文。语言也失去了其实际的交际功能,而是像沉默一样,更多地用来展现远离犯罪真相的其他事实和精神状态。因此,《河边的错误》不同于一般的侦探小说,而是对在恐惧和慌乱中挣扎的人们的逻辑进行的卓越研究。《世事如烟》则没有遵循时间顺序,而是在所有人物的印象、梦境和行为中摇摆,杜绝了简单的因果关系,将所有人的命运交织在一起。在这部作品中同样没有遵循理性逻辑,里面的人物行为荒诞,支配他们的唯一真实就是死亡的真实。余华给出了一幅幅与死亡有关的、令人不安的人类肖像,这些人们遵循着征兆和一种也许不可侦破的逻辑在活着。

胡可丽认为,《世事如烟》和《河边的错误》这两部作品表现出余华远离中国文学传统,拒绝说教功能和意义的唯一性,他应被归于博尔赫斯、卡夫卡、罗伯一格里耶这样的现代作家的行列。

二、何碧玉:余华和幽魂纠缠的空间

相较之下,何碧玉对余华的研究更为深入,她长期是余华作品的编辑和译者,同时也是余华的研究者。她在法国《现代》(*Les temps modernes*)杂志上发表了一篇长达三十多页、题为《余华和幽魂纠缠的空间》的文章①,对余华的创作进行了详细的论述,这篇文章也是法国汉学界对余华最系统的研究成果之一。

在这篇文章中,何碧玉分三个部分对余华的创作进行了论述。

第一部分名为"幽灵与鬼魂"。在这一部分中,何碧玉首先对余华的《一九八六年》进行了细致的文本分析。她指出,这部作品虽然在题材上并不新鲜,和20世纪80年代的很多中国文学作品一样涉及的是"文革"回忆,但它的形式一反时间性叙述和传统的内心独白技巧,将时间维度投射在了空间维度上。小说主人公,发疯的历史教师,不仅是背负着沉重过去的受害者,他就是过去本身,他在平淡的小城的出现引发了突然性的空间重组,他在人群中间精神错乱的表现使得公共空间同时被两个不同的时代占据和共享,即今天的幸福时代和过去的恐怖时代。这一人物的插入呈现出某种超现实的东西,显得不可理喻,人们对其视而不见的行为也让人不禁疑问这到底是个有血有肉的疯子还是一个过路人凭借当时的意识状态时而会感知到的幽灵。从文本一开始,一些细节,如主人公的妻子在晚上听到的脚步声、看到自己影子时的恐惧,就已经向读者透露出他们将进入虚幻之中。余华在这里写作的是关于记忆和遗忘的寓言,但这并不意味着余华在进行价值判断,他的文本非常中性,鲜有为某种意识形态解读留下余地的因素,它所质疑的是即时经验的确定性。现在不能消除过去,过去依然以无形的方式存在,不仅是作为模糊记忆或不安的感觉,而是作为隐藏着的事实和被当作唯一的那个事实相竞争,在欣快中幽灵的出现已经足以使这种欣快变得可疑,甚至不真实。余华的早期作品都表达出了这种面对世界所呈现的所谓真实的怀疑,《一九八六年》中"幽

---

① Rabut,I. Yu Hua et l'espace hanté. *Les temps modernes*,mars-juin 2005(630-631):213-246.

魂纠缠"的空间是对表象的肤浅性的一种回答。

何碧玉接着对《古典爱情》进行了分析。她认为,这部作品超越了余华所公开宣称的风格练习和戏仿,它和余华其他文本在灵感上的相似性,特别是透露出的情绪,表现出"传奇"这种形式与作家对现实的表现非常契合,尤其是在时空维度上。不同于《一九八六年》,《古典爱情》中的过去和现实是交替出现的,但这两个文本却有着惊人的相似性:极端状态间的反差,用春天的意象来表现对欢快生活的回归,其他人对之前发生的事的遗忘,主人公对遗忘的质疑,等等。主人公柳生不是在模仿过去,而是将过去从记忆中重新挖掘出来。记忆的复活依靠的不是一种努力,而是对意识的侵袭,类似梦境或幻觉。如同志怪小说一样,也许最后变成鬼魂的年轻女子从一开始就是一个幽灵。幸福和不幸轮番地从可触及的现实变为虚幻状态,以至于整个世界最终被去现实化。幽灵是过去、现在和将来的唯一联系。和《一九八六年》一样,《古典爱情》中的幽灵世界是对现实的补充,没有这个世界,现实将是不可靠的、偶然的。幽灵世界令真相浮出水面:一方面是暴力的真相,另一方面是梦境与欲望的真相,它们是混沌世界中唯一忠实的东西。

何碧玉认为,《世事如烟》是余华短篇小说中对中国现实的影射最为明显的作品之一。所有中国传统社会中的丑恶以及"文革"记忆都在其中涉及,例如包办婚姻、继承香火的顽固信念和孩子的工具化等。余华对世界的超验观都是从他的历史经验中而来,它远高于经验本身,因此其批判维度已经退居次要地位。不论读者是否把余华的写作与自己所知道的中国联系起来,都能够感受到一个受诅咒的世界,在这个世界中生存欲望总是通向死亡。余华知道在所有传统中,促使鬼魂纠缠这个世界的都是不满足,换句话说,幽灵是人类关系失败的表现。在《世事如烟》中,幽灵的出现直接与人物的无能相关,他们没有能力进行反思和交流。他们的无能使他们感到被一种宿命和因果报应所左右。这些人物既盲且聋,世界对于他们而言就如烟雾一般,遮蔽了他人,让他们认不出自己,给幽灵的出现创造了条件。

虽然余华的其他短篇并不像《古典爱情》和《世事如烟》那样属于幽灵故事的范畴,但在这些作品中间也出现了近似幽灵的事物,令现在、过去和将来相混淆,《死亡叙述》《命中注定》《鲜血梅花》都不例外。在余华的作品中,幽灵及其替代物的出现都代表着失去了意义的现实不可或缺的补充部分,它们是无意识、失去的真相、被遗忘的钥匙、使人们无法满足于苍白现实表面的最深层的不安。

文章的第二部分名为"路以及与他人的相遇"。何碧玉指出,在余华作品中"行走"是一个经常出现的要素,这种行走往往是盲目、混沌的。在空间中的迷失与在时间中的迷失联系在一起,其原因是被丢弃在一个难以解释的世界中的人物无法掌握自己生命的意义,《现实一种》就是一个范例。这部小说呈现的病态让人联想到残雪的创作,但余华的独特之处并不在于暴力的展示而在于对时空的重组。这部小说的空间被最小化,局限在一个院子里,但人物的行为却让人觉得他们是在一大片荒漠中。余华的才能在于将人物的行为从一切约定俗成的、直接的感情表达中抽离了出来,把它们放入一种对时间和空间的感知形式中,由此超越了心理写实主义,拓展了更为深层的心理领域。在这里时空表现出新的特质,无法理性地在空间中辨明方向和前进造成了时间感知、记忆和思维连接的混乱。所有的人物似乎都患有健忘症。这种健忘同时表现出人物的无能,他们无法掌握和重建他们自身行为的逻辑。在这个无解的世界中,还是有一些神秘信息,以预感或感觉的形式进入了人物的潜意识。他们只能感觉到一种超越自身的法则,从世俗的时空进入了宿命。余华通过相同场景的重复,建立了类似于其他文本的效果,每个画面都成为另一个画面的幽灵,仿佛每个行为都纠缠着将来，不论是以噩梦的形式还是报应的形式。无用的行走、没有出口的路、在一个被不可控制的宿命循环统治的世界中人的孤独和封闭，这就是余华的平行"真实"所描绘的与日常经验相反的哲学真相。

《四月三日事件》通过其空间组织表现了这种与未来的不确定性和与他人的相遇相关的焦虑。人的道路的交汇和这些潜在的相遇往往成为余华笔下人物焦虑的来源。在这部小说中，人生道路的主题从一开始就显现出来。如同这一时期的其他小说，余华的这部作品中笼罩着鬼怪气氛，读者进入了一种由印象、噩梦和清醒的梦构成的精神空间。《此文献给少女杨柳》讲述的则是与他人真正的相遇，余华的写作往往被认为冷酷残忍到令人无法承受，但这部作品表明他同时也是用最具颠覆性的手法描绘人与人之间最隐秘的交流的作家之一。余华用拼图技巧推动叙事，从不同的角度入手，直到完整的画面呈现出来。不过仍然存在一些晦涩地带和矛盾之处阻碍了完整画面的重现。读者要穿透文本的意义，必须放弃追随时断时续的线索，而是从全景的角度进行观察。文本由此表现为一个按照两种互补原则建立的空间，即镜像效果和汇聚效果。

当余华宣称将时间变成了叙述本身的结构时，它意味着时间维度的地位发生了改变，它变为了空间，只有空间才具有一种结构。正是这种时间的空间化才造成了文本中时间的反常，好似一座迷宫，与博尔赫斯有着相通之处。这里的迷宫并不产生焦虑，而是产生欣快，所有的注意力都集中在交汇点上，它是人们的自身存在相交融的抵押。

文章的第三部分名为"时空与时间的出口"。在这一部分，何碧玉指出，余华的早期创作和第二阶段的创作之间的差异不应仅仅归结于作家从先锋写作转向了更为传统的写作。它也是作家对时空关系的不同考虑和不同处理的结果。此前,余华的作品中有好几个时间层次在同一地点交错,取消了它们之间存在的延续性,也就取消了时间过程本身。早期的余华还没有意识到动态的时空、延续性和小说的厚度,在他的人物身上存在着一些反小说的东西,这些人物不会成熟,只是从一个时间点到另一个时间点,遭遇从一开始就决定的命运。从 20 世纪 90 年代初起,余华开始了在延续性上的铺陈。此时作家开始涉及长篇小说的创作,从某个角度来看,是作家的另一种时间观决定了这种选择。这意味着余华从与空间相关的象征领域进入了与时间相关的现实领域。不过余华的想象依然更具空间性而不是时间性。《在细雨中呼喊》给出了一幅生存彷徨的画卷,人物飘忽的身影承载着哲学维度。从短篇小说到长篇小说,可以看到同样的反复出现的画面,同样的因被遗弃和孤独产生的焦虑,但对人物关系的看法更为平和也更为复杂,温情和残酷不相上下,心理时间的维度被融入进去。余华放弃了过去的黑暗,他对他人的追寻具有了真正的人道主义色彩。

在《许三观卖血记》中,时间维度被重新引入,但我们还是可以看到将时间空间化的现象,书中的情节都是以静态画面的形式凝固和展开;作为背景的历史事件之间的关系都是通过主人公的只言片语串联起来,文本被主人公的行为所占据,而不是一个叙事连续体;此外,人物在时间中穿梭却没有受到时间的影响,例如主人公许三观身上除了衰老并没有明显的变化。这部作品的主旨在于时间是一个人们在其中行走的空间,遇到一些人,丢下一些人,行走不通向任何东西,它就是一个无限重复的过程。行走成了生活的意义本身,这为余华提供了彷徨和宿命之外的另一个出口。时空焦虑只有在达到另一个层面上的现实时才能被克服,它近似于一种智慧。由此,在余华的作品中空间成了一个形而上启示的场所。

三、张寅德:余华和历史的暴力

　　除何碧玉之外,华裔汉学家、巴黎第三大学比较文学教授张
寅德在《二十世纪中国小说世界:现代性与身份》(*Le monde
romanesque chinois au XXᵉ Siècle. Modernités et identités*)一书中
也辟出专章,以"余华和历史的暴力"为题对余华的创作进行了
论述①。张寅德在一开始就提到余华早期作品呈现的冷暴力风
格受到了卡夫卡和川端康成的很大影响。20 世纪 90 年代余华
的写作虽然发生了很大改变,但暴力仍然存在于余华的作品中,它
们以象征的方式表达着小说作为超越历史的一种力量。余华经常
被拿来和鲁迅做比较,余华和鲁迅一样,对历史的意义提出了质
疑,但又与鲁迅有所不同,鲁迅把新和旧对立起来,把希望寄托在
新上;而余华则将现实和虚构相区分,赋予主观性一种挑战和超越
历史的力量。小说中一种特定的时间性设置形成了对历史的质
疑,这种时间性将虚构逻辑和历史规则对立起来,对历史进行了控
诉、颠覆和改写。

　　余华的早期作品通过将历史时间戏剧化对历史进行揭露,用
放大镜对某一具体的时间进行聚焦、放大,常常停留在残酷的细节
上。历史时间被拉开并膨胀,形成了一种特别强大的摧毁力。这
些瞬间有时变成加速的悲剧,有时变成慢镜头描写。这样的时间
似乎具有一种魔鬼般的力量,使人无法改变和反抗。时间由此成
为一种宿命,时间顺序的混乱表现的反而是一种停滞的强迫性叙
事,历史具有绝对权力,决定着人物的命运。逃脱历史监禁的意图
使作者进行了极端的去历史化和去时间化,但对时间的去除只会

---

① Zhang,Y. *Le monde romanesque chinois au XXᵉ Siècle. Modernités et identités*.
　　Paris:Honoré champion, 2003:223-240.

再次证明它具有的不可摧毁的力量。

在《活着》当中，时间的戏剧化不再存在，不再构成对历史的控诉，看上去与历史形成了妥协，但事实上其中的时间并没有服从于历史，这种线性并不是在模仿历史，而是通过替代和讽刺对历史形成反抗。与历史的平行并不意味着与历史的相遇，而是与历史的不相容，意图在于用一种个人历史代替官方历史，为个人平反，认为个人的生命比集体命运更为重要。此外，这部小说采用了交替叙事的形式，两种叙事层次的并存改变了历史的线性。两种不同叙事体的交换维持着过去和现在这两个时间点之间的交流。在时间中的不停穿梭赋予了小说一种抵抗历史的力量，记忆抵抗遗忘，抵抗时间的消磨。小说的线性形成了与历史相反的图景，成为历史的批判。此外在语言上小说也体现出与正统的历史话语的距离，成为一道讽刺的屏障，保护着人的尊严，人类尊严同时在智慧中寻找到庇护。小说人物借助智慧和时间，拥有了和历史的强迫性和生物规则相抗衡的武器。

《许三观卖血记》中的时间并不是对历史的颠覆，而是一种超越历史的尝试。余华试图用一种简单的方式进行书写，但这种简单不是对传统的回归，而是在追寻世界和自我、虚构和历史的关系的道路上的一种延续。音乐为他提供了创新的灵感，促成了一种重复性、节奏性的写作。这种重复性首先体现在一些突出主题的反复出现上；其次反映在叙事语言上，直接引语的地位突出，呈现一种赋格曲的形式，以表现多重声音或一些特殊声音；同时大段独白也被一再打断，呈现有节奏的喘息。鲜血在这里不再具有暴力的意味，而是对生命的歌颂。余华通过对历史的"去范式化"把叙事行为变成生存义务，以此战胜时间和命运的有限性。

四、汉学界与主流媒体：余华形象的两面

从何碧玉等人的研究中可以看到,法国汉学家对于余华的创作脉络、在写作上的发展演进有着全面的了解和深刻的认识,他们对余华的肯定不是出于对某部作品的偏好,而是以余华的整体创作为基础。值得一提的是,他们特别重视余华早期的中短篇创作,这与国内学者的态度有所不同。国内学者虽然肯定余华在 20 世纪 80 年代的"先锋"写作对于改变中国文学的旧有面貌,带来美学形式上的突破所做出的贡献,但往往认为这一时期余华对外国文学的借鉴和模仿还略失自然,到了 90 年代,这些外来因素才可以说羚羊挂角、无迹可求①。因此 90 年代,余华所创作的《活着》《许三观卖血记》这样在写作手法上有所回归的长篇小说才真正奠定了余华在中国文坛的地位。在何碧玉看来,很多批评家把 80 年代的余华看作是吸收外国模式的典范,认为其质疑力量来自对意义的拒绝,这种观点虽然是褒奖性的但对余华的创作的认识是不全面的。余华的早期作品并非是只重形式,拒绝意义的文字游戏,所谓的语言实验服务于作者观察世界的角度。虽然他的早期作品很少有时间和空间标记,但却涉及中国近期以来所遭受的创伤②。此外,他们并不以割裂的态度来看待余华早期的"先锋实验"作品和后期具有写实倾向的作品,并不把这种转变简单归结于作家对文学潮流的顺应和对市场的屈服。他们都将余华的创作视为一个有机整体,寻找作家在哲学思考和美学建构上一以贯之的因素和发展演化的因素,何碧玉是从时空关系的角度,张寅德则是从小说与历史的关系的角度。

---

① 姚岚. 余华对外国文学的创造性吸收. 中国比较文学,2002(3):41-51.
② Rabut, I. Yu Hua, l'obsession du mal. *Le magazine littéraire*, mars 2004(429).

汉学家虽然强调卡夫卡等西方现代派作家对余华的影响,但他们对余华的重视并非出于他与西方现代派作家的相似性。胡可丽强调余华的反传统性,他突破了中国传统的写作手法和美学原则;何碧玉则强调余华对现实性和超越性的结合,他的作品一方面以极端真实的方式还原了中国的面貌,另一方面又将读者卷入魅惑、恐惧和激情之中,与自身的生存境遇产生共鸣。因此,汉学家所看重的是余华的创造性及其文本的超验性,他成功地将外来文学因素与个人体验、民族历史相结合,把想象的力量和形而上思考的深度结合在了一起。

何碧玉认为,余华作品的抽象性和超验性使得它们能够摆脱被当作了解中国的资料来阅读的危险,但这似乎也可以用来解释为什么余华的作品一直很难引起主流社会的广泛关注。

在 2008 年《兄弟》法译本问世之前,虽然余华已有六部译本问世,但法国主流媒体对他的关注不多,对其作品的介绍和评论也比较有限。《兄弟》法译本的出版成为余华在法国译介的分水岭,译本一经推出就引发了主流媒体评论的热潮,销量达到万册以上,远超余华过去的作品。《兄弟》赢得了法国主流媒体几乎一致的好评,法国最重要的报纸《世界报》《费加罗报》《解放报》《人道报》以及影响力较大的普及型文学刊物《文学杂志》《文学双周刊》《读书》等都对《兄弟》法译本以及余华本人进行了大幅报道,此外法国《国际信使》杂志首届外国小说奖也颁给了这部小说。值得注意的是,2004 年莫言《丰乳肥臀》法译本的出版也出现了类似的盛况。作为一种较为边缘的外国文学,中国当代文学在法国受到的关注是比较有限的,莫言的《丰乳肥臀》和余华的《兄弟》成为近年来为数不多的突破小众、进入主流社会的中国文学作品。这两部作品风格迥异,但同时又具有明显的共同点:卷帙浩繁、恢宏庞大,以小人物的命运展现数十年间中国历史的横向变革和社会的纵向落差。

这样的题材无疑能够引起主流社会的极大兴趣,令他们兴奋。

在《兄弟》法译本的封底介绍上,编者称通过这对"假"兄弟,展现在人们眼前的是近半个世纪的中国历史,从精神压抑、政治严酷的 60、70 年代到个人能量在跌宕起伏的混乱中释放的当代。在他们身上反映的是中国人在狂热和慌乱中的过渡,而刘镇是一个缩影,反映着几十年来的重大事件,成为一个文学想象构建的神话之地。这部小说承载了一代人的记忆,饥饿、暴力、经济狂热,余华写出了"一部真正的中国奥德赛"。

不难看出,编者所强调的是这部作品横跨历史、全景展示的宏大,而这一点也得到了主流媒体的普遍赞同,他们纷纷使用"大河小说""史诗"等词汇来形容《兄弟》的历史厚度和内容丰富性。在他们看来,《兄弟》虽然不是一部政治小说,但它兼具大河小说、流浪小说、荒诞小说的气质,透过两个主人公的命运,为了解今天的中国,慷慨地打开了一扇门。《费加罗报》对余华把握这一重大题材、掌控文本的能力给予了充分肯定,称:"粗俗和深刻,需要巨大的才能才能够在这两者之间保持平衡,特别是作家通过对比和隐喻,表现了在四十年间廉耻、价值观和贪欲怎样从一碗面条转移到一辆空调车。"①

对于作品在中国出版时饱受争议的粗俗性和夸张情节,法国媒体普遍站在理解、支持、为作者辩护的立场上。"89 街"网站称:"在中国,这部小说因其粗俗——有时还因其风格略有拖沓——受到批评。但通过何碧玉和安必诺的翻译,幽默、滑稽、奇遇的流浪冒险性质得到了有力的呈现。人物真实地存在,具有厚度,读者被

---

① 参见:http://www. lefigaro. fr/lefigaromagazine/2008/07/05/01006-20080705 ARTFIG00476-il-etait-une-fois-en-chine. php,检索日期:2013-02-05。

他们深深吸引,可以原谅作者的一些随意。"①《解放报》则从《兄弟》中读到了《巨人传》的味道:"人造处女膜、外科修复手术、承办人亲自检查参赛女选手,围绕处美人大赛的交易达到了恶俗趣味的顶点。不过必须指出的是,从《兄弟》的第一部分起,一开场,读者就会被放荡的意象所围攻而产生动摇,但此时不应气馁,前面的路还很长,付出的辛苦是值得的。《兄弟》是一部巨人传式的作品,作者极具天赋,用惊愕沮散却不失关怀的目光看待世界,让我们不停地从冷笑到眼泪,从滑稽到悲剧,从野蛮到全球化,从手推车到高速火车。"②《世界报》则引用余华的话说,小说之所以令中国人震惊是因为作家展示了"毫不做作的生活和赤裸裸的中国","在余华身上,粗俗与诗意是紧密相连的,这并非是什么新发现",而《兄弟》的重要性正在于"它的雄心和极端性③。

　　主流媒体的报道强调《兄弟》在中国创下的惊人销量,很少涉及这部作品与余华之前的创作之间的巨大反差。只有少数媒体,如对中国事物比较熟悉、对中国文学一向有所报道的"89街"网站涉及了余华从80年代以来的创作历程以及变化。这也说明主流媒体对余华的整体文学创作了解不多,它们对余华的认知主要来自《兄弟》这一部作品。可以看到,法国媒体也承认《兄弟》粗俗放荡的语言令人不适,离奇夸张的情节让人错愕,但他们认为这种负面感受是暂时性的,当读者随着小说的叙事逐渐走进作者所描绘的这个剧烈动荡、人心骤变的世界,身临其境地直面这样一个他们

---

① 参见:http://www.rue89.com/2008/04/17/brothers-de-yu-hua-la-chine-de-la-revo-cul-aux-derives-capitalistes,检索日期:2013-02-05。

② 参见:http://www.liberation.fr/livres/010179382-hip-hip-hip-yu-hua,检索日期:2013-02-05。

③ Ahl, N. C. Yu Hua, j'ai servi la Chine toute crue. *Le Monde*,2008-05-09. 转引自:杭零,许钧.《兄弟》的不同诠释与接受——余华在法兰西文化语境中的译介. 文艺争鸣,2010(7):131-137。

从未听闻,甚至无从想象的中国时,他们便能够体察作者的用意:余华是在以拉伯雷式的粗鄙展现中国社会的极端真实,是在用一种看似轻浮、夸张的笔调书写黑色幽默,他有着如司汤达般展现一个时代的雄心。

不论是法国汉学界还是主流媒体,对于余华的文学才华有着共同的肯定和欣赏,他们一致认为余华是中国当代文学最为突出的代表之一。但这种共识背后是不同的认识角度和文学取向。汉学家对余华的理解建立在对他的长期关注和系统研究之上,强调余华对个人经验的超越和对普遍人类存在的形而上追问。主流社会的意识形态则使他们尤为关注《兄弟》这样具有现实指向和丰富社会性的作品,强调余华对中国社会特有的个人经验和集体经验的书写。他们更容易认同余华全景式描绘当下中国的雄心,认同他在手法上的大胆和对历史与现实毫不避讳的触及。汉学家眼中用高度抽象的超验性话语进入世界文学维度的余华和主流媒体眼中用粗俗与幽默描绘了中国社会画卷的余华构建出了余华在法国文学形象的两面。而正是余华在创作上的不断创新和突破塑造了自身的多样性,为这些不同阐释提供了可能。

（杭零,华东师范大学外语学院法语系副教授;原载于《小说评论》2013 年第 5 期）

韩少功在法国的译介与接受

吴天楚　高　方

　　在中国当代文学的场域中,韩少功可谓是一位"标尺性作家"[①]。他的小说创作历经"伤痕文学""寻根文学"和跨文体写作的长篇小说创作三个阶段[②],成为中国当代文学发展历程中不可或缺的重要组成部分。英国汉学家蓝诗玲曾评价说,韩少功"是兼具非凡的艺术性与原创性的作家,他对人性的洞察既是本土的,也是全球的"[③]。自20世纪80年代始,韩少功的作品先后被译成俄、法、英、西、韩、日、德、波兰等十多国文字,与其他中国当代文学作品一道,踏上了海外译介与接受的旅程。作为中国文学海外旅行的重要目的地之一,法国对韩少功作品的介绍时间最早、成果也最丰富。基于作家及其作品在法国的影响力,法国文化部于2002年授予韩少功"法兰西文艺骑士勋章"。本文即以法国为例,梳理韩少功作品在法国的译介成果,考察法国文学批评界对其作品的接受情况。

---

① 廖述务. 韩少功研究资料. 天津:天津人民出版社,2008:1.
② 旷新年. 韩少功小说论. 文学评论,2012(2):63-71.
③ 蓝诗玲. 从地图上消失:韩少功的马桥//张健,主编. 当代世界文学(中国版)(第5辑). 北京:中国社会科学出版社,2014:207.

一、韩少功:当代文学"走出去"的先行者

韩少功是最早"走出去"的中国当代作家之一。早在 20 世纪 80 年代末,他的作品已被介绍到法国。1988 年,法国政府组织了名为"外国美人"(Les Belles Étrangères)的文学交流活动,旨在向法国公众介绍中国当代文学。在该活动的推动下,法国出版了汇集 17 位中国当代作家作品的小说集《重见天日——1978—1988 年中国短篇小说集》(*La Remontée vers le jour, nouvelles de Chine (1978—1988)*),其中便收录了韩少功的短篇小说《蓝盖子》,这也是韩少功的作品首次与法国读者见面。至今,法国共出版韩少功小说单行本 5 种,分别为《爸爸爸》《诱惑》《女女女》《鞋癖》和《山上的声音》。此外,作家还有多部作品以选译、节译的形式发表于法国的文学期刊。以下,我们对已译介作品的情况作简要介绍。

1990 年,执教于法国普罗旺斯大学中文系的诺埃尔·杜特莱(Noël Dutrait)与当时在法国求学的中国留学生户思社合作,共同翻译了韩少功"寻根文学"的代表作《爸爸爸》,由阿利内阿出版社(Alinéa)出版,这是韩少功作品的首个法译单行本。作为专治中国现当代文学研究的学者,杜特莱在译序中对韩少功的创作源流与创作思想进行了整体的梳理和把握。他从 6 年"知青"生活对韩少功创作的影响,谈到文学"寻根"的意义所在,并指出了卡夫卡、昆德拉等西方作家对韩少功及其同代作家的滋养。该译本问世后反响强烈,后由黎明出版社(L'Aube)收入"黎明口袋书"系列(L'Aube poche),分别于 1995 年和 2001 年再版。与此同时,专业出版亚洲文学、文化书籍的菲利普·毕基耶出版社(Philippe Picquier)也将目光投向了韩少功的创作,于 1990 年和 1991 年相

继推出了汉学家安妮·居里安（Annie Curien）翻译的小说选集《诱惑》（包括《诱惑》《雷祸》《归去来》《人迹》等四部短篇小说）以及韩少功的另一部代表作《女女女》。这批译介于 90 年代初的作品均创作于 80 年代中后期，是韩少功在 1985 年发表《文学的根》一文后，积极践行"寻根"理念的产物。

1991 年，法国"外国作家与译者之家"（MEET）推出了韩少功同年发表的小说《鞋癖》的法译本。该译本采用法汉对照形式，并附有韩少功与法国记者贝尔纳·布勒多尼埃（Bernard Bretonnière）的访谈。此后近十年间，法国出版界未见韩少功作品的单行本问世，仅有《鼻血》①和《谋杀》②两个创作于 80 年代末的短篇作品由安妮·居里安翻译，见诸杂志或合集作品中。2000 年，韩少功的作品重新回到法国读者的视野中，小说集《山上的声音》由伽利玛出版社出版，收录有《暗香》《山上的声音》《领袖之死》《余烬》《北门口预言》等五个短篇小说，集中介绍了韩少功 90 年代的创作。遗憾的是，自 2000 年至今，代表韩少功第三个创作阶段的作品如《马桥词典》和《暗示》尚未在法国出版，仅有安妮·居里安对两部作品的节译见于文学杂志③。

从以上对韩少功作品法译历程的梳理中我们发现，韩少功作品在法国的出版地较为分散，尚未得到某家出版社的持续跟踪介

---

① Han，S. Saignement de nez，nouvelle. Curien，A.（trad.）. In *Les Temps modernes*. 1992(557)：47-61.

② Han，S. Meurtre，nouvelle. Curien，A.（trad.）. In *Anthologie de nouvelles chinoises contemporaines*. Paris：Gallimard，1994：189-209.

③ (a)Han，S. Sucré. Extrait du roman *Le Dictionnaire de Maqiao*. Curien，A.（trad.）. In Curien，A. & Jin，S. *Écritures chinoises*，*La Nouvelle Revue française*. 2001(559)：256-260.（b）Han，S. Le Temps. Extrait du roman *Anshi*［*Suggestion*］. Curien，A.（trad.）. In *MEET*，*revue de la Maison des écrivains étrangers et des traducteurs*. 2004（8）：17-21.

绍,5 个单行本由 5 家出版社引进发行,仅有 2 部译作出自同一家出版社。至于译介人员,与其他译介到法国的中国当代作家一样,韩少功作品的译介主要是由法国的汉学家参与完成的,而法国国家科学研究中心的安妮·居里安女士更是起到了至关重要的作用。这一点我们将在下文专门论述。

二、聚焦"寻根":韩少功作品的法国阐释

对熟悉中国当代文学的法国读者而言,韩少功这个名字几乎是中国"寻根文学"的代名词。自 1988 年被介绍到法国起,韩少功便以"寻根作家"的身份与法国读者见面。在 1988 年法国政府举办的"外国美人"活动的宣传册上,韩少功被描述为"寻根文学"的领军人物①。尽管作家本人并不认同这一标签式的论断,但"寻根作家"无疑为其日后在法国的译介与接受奠定了基调。自 20 世纪 80 年代末以来,法国译介的韩少功作品也基本集中在"寻根"主题上,从《爸爸爸》到《诱惑》,再到《女女女》,无一不是作家"寻根文学"的力作。不论是译者前言还是封底介绍,译介者都明确指出了其"寻根作家"的身份。如杜特莱在《爸爸爸》的前言中提到,"与其他许多作家一样,韩少功致力于寻找中国社会的'根'"②。而在《女女女》的封底上,译介者也不忘提及:"1985 年,他提出'寻根文学'的理念,关注传统中国思想。"③那么,法国人如何理解韩少功的文学"寻根"? 他们的关注点又在何处呢?

---

① 参见:https://www. centrepompidou. fr/cpv/resource/cej64Mz/rMdxbGd,检索日期:2018-03-30。

② Dutrait, N. Préface. In Han, S. *Pa pa pa* (coll.《L'Aube poche》). Dutrait, N. & Hu, S. (trad.). La Tour d'Aigues:L'Aube, 1990:7.

③ Han, S. *Femme, femme, femme*. Curien, A. (trad.). Arles:Philippe Picquier, 1991.

(一)强调"寻根"的当下意义

不可否认,在韩少功的寻根作品中,对湘楚文化的挖掘和书写在一定程度上成了吸引法国读者的要素,译介者在对作品进行宣传时也常常将此作为卖点。在小说集《诱惑》的封底上,译介者将韩少功的小说比作一场旅行:"在神秘力量笼罩的自然中旅行。在中国的村庄中旅行:农民的语言里保存了古老的方言表达,那是往日居住于此的诗人屈原使用的语言。"小说《女女女》的内容简介也如出一辙:"在韩少功的小说里,还有山水风景,有神秘的气息,可以在中国村庄的古老天地中旅行,那里栖居着传说与迷信。""偏远的山区""当地传说""秘密""迷信"……这些字眼散发着浓厚的异域风情,凝聚着遥远的异邦想象,激发了读者对韩少功作品的兴趣,也构成了读者对韩少功作品最初的感性认识。

不过,这样简单化的宣传并没有妨碍法国文学批评界对韩少功作品,尤其是对其中"寻根"母题的深层认识。早在"外国美人"的宣传册上,编撰者就已指出,"这种对根系的回归并非是怀念过去或是某种异域情调,而是试图理解当下与传统之间、断裂与延续之间的关系"①。也就是说,从韩少功作品对湘楚文化元素的探寻中,法国的研究者看到了这一文本寻根实践的现实指向。事实上,自1985年《文学的根》一文发表后,中国文学界对这一命题进行了长久的讨论,对文学"寻根"的构想与实践既有褒奖,更有批判。批判的关键恰恰在于"寻根文学"中的"复古"倾向,在于其可能造成的文学作品与现实社会问题的脱节②。而法国研究者对韩少功作品的论断则回应了中国文学界的质疑,肯定了"寻根文学"的价值。

---

① 参见:https://www.centrepompidou.fr/cpv/resource/cej64Mz/rMdxbGd,检索日期:2018-03-30。

② 参见:洪子诚. 中国当代文学史. 北京:北京大学出版社,1999:322.

正如《爸爸爸》的译者杜特莱所言:"这一文学运动的目的在于分析中国文化中被忽视的方面,理解其对现代社会或多或少的影响。"①长期关注韩少功的汉学家、译者安妮·居里安也表示,"在韩少功那里,对中国文化的'寻根'并不指向一种对过去的怀念,而是将目光投向当代"②,"他并未从事社会学家或民族学家的工作,至少可以肯定,这不是他的首要工作,他要做的,是在不同的文化特色中寻求灵感的源泉。也正是在这个意义上,他的做法远非嗜古之举,而是尝试通过其文学作品铸就一种世界观"③。她的这番论述很好地总结了韩少功的创作理念,即力求在体现丰富文化特色的同时建立传统与现代之间的纽带,并试图验证"历史、哲学、文学等不同模式的中式思想如何能够服务于 20 世纪末的文学实践"④,韩少功"寻根"创作的当下意义也由此突显。

(二)重视"知青"身份的影响

综观韩少功作品在法国的接受,有一个关键词始终与"寻根"母题相伴左右,即"知青"。法国的译介者和媒体在介绍韩少功时对他的"知青"身份从来不吝笔墨,如菲利普·毕基耶出版社对韩少功的介绍,开篇就提到"他 12 岁成为红卫兵,'文化大革命'期间作为'知青'被送往偏远的农村。直到 25 岁,他才得以重拾学

---

① Dutrait，N. Préface. In Han，S. *Pa pa pa*(coll.《L'Aube poche》). Dutrait，N. & Hu，S. (trad.). La Tour d'Aigues:L'Aube，1990：7.

② Curien，A. Han Shaogong ou l'expression d'un monde en confrontation. *Les Temps modernes*，1992(557)：45.

③ Curien，A. Han Shaogong ou l'expression d'un monde en confrontation. *Les Temps modernes*，1992(557)：43.

④ Curien，A. & Nicolas，A. Littérature chinoise:des archipels pour un continent. *L'Humanité*，2004-03-18. 参见:http://www. humanite. frnode302217,检索日期:2018-03-30。

业"①。2010 年韩少功获得"纽曼华语文学奖"后,法国评论网站"89 街"(Rue 89)发表了题为《"寻根"作家韩少功获奖》的专题文章,同样是从作家 6 年的知青生活谈起,并将这段时光称作"滋养了他所有作品的重要经历;他发现了城市与乡村间的断裂,发现了民间传统与原始风俗的力量"②。在法国媒体看来,知青经历显然是韩少功"寻根"创作的源泉。

从表面看,这一对作家创作动机的探寻无可厚非,"知青"身份以及"文革"特殊历史时期的生活也的确为韩少功的文学思考与创作提供了资源,但法国媒体和研究者的兴趣似乎不止于此。在《爸爸爸》的译序中,译者对韩少功的"知青"经历,以及这段经历与其"寻根"创作的关系做了如下阐释:"这段经历让他发现了中国的两种文化:一种是'理性的'儒家文化……;另一种是'非正统'文化,这种更为古老的文化为前一种文化所压制,但在保存了大部分风俗、习惯和宗教的少数民族中却生机盎然;中国的年轻人完全不了解这种'非正统'文化。"③译者认为,正是"在这一真实发现的刺激下,韩少功与许多作家一样,致力于寻找中国社会的'根'"。从这段论述中我们看到,译者对韩少功"知青"身份的挖掘,显然已经超出了简单的事实陈述:译者首先对"正统"与"非正统"文化进行划分,暗含了对"非正统"文化之弱势地位的同情,接着自然而然引出"正统"文化压制"非正统"文化的判断,最终不忘摆出客观事实,即年轻人对"非正统"文化的无知,作为对这一文化

---

① 参见:http://www. editions-picquier. com/auteur/han-shaogong/,检索日期:2018-03-30。

② Mialaret,B. Un prix pour l'écrivain des 'racines' Han Shaogong. 2010-11-01. 参见:http://rue89. nouvelobs. com-11/01/un-prix-pour-lecrivain-des-racines-han-shaogong-174090,检索日期:2018-03-30。

③ Dutrait,N. Préface. In Han, S. *Pa pa pa* (coll. 《L'Aube poche》). Dutrait, N. & Hu, S. (trad.). La Tour d'Aigues:L'Aube, 1990:7。

压制的不良后果。

这段分析看似客观,实则是法国社会思考中国现当代文学的模式化逻辑,即"通常将中国现当代文学当成简单的数据"①,忽略文学创作的复杂性,而将解读的重点放在文学作品与社会体制、政治事实的必然关联上。尽管自 20 世纪 80 年代中后期以来,法国学界对中国文学的史料性解读逐渐淡化,趋向于多元阐释,但这一根深蒂固的预设始终是法国公众、媒体乃至学者在进入中国当代文学时的一条重要路径。如法国《解放报》在采访韩少功时,尽管强调他"更关注文化问题而非政治问题",却难免将其作品所指涉的史实罗列一二:"《鞋癖》中,他追忆的是身为语文老师的父亲在'文化大革命'初期自杀身亡。在他最新的短篇小说集《山上的声音》中,有好几个梦境般的故事都取材于他在农村生活期间见到的山野乡民的迷信活动。《领袖之死》中,小学教师害怕接受思想再教育,因为看见电视上的葬礼他哭不出来。"②而在随后的访谈中,采访者也倾向于追问其作品与政治环境的关系,如将《山上的声音》一书与其创作年代相联系,追问书中少数民族同胞对传统风俗的坚持是否是对现实社会制度的批判等。与众多中国当代作家一样,韩少功也未能逃脱这样"经典"的法式阐释。

通过以上分析我们看到,韩少功作品在法国的接受主要是围绕"寻根"主题展开的,法国的研究者与媒体从自身的视角出发,给出了他们对于韩少功"寻根"文学的阐释。韩少功的"寻根"创作之所以在法国受到青睐,其原因是多方面的。一方面,如前所述,韩少功于 80 年代末进入法国公众视野之时,中国文坛上的"寻根"热

---

① Julien, F. Sur le seuil. *Europe*, 1985(672): 17.

② Han, S. & Rose, S. J. Han Shaogong, de Mao au Tao. *Libération*, 2007-03-21. 参见:http://next. liberation. fr/livres/2007/03/21/han-shaogong-de-mao-au-tao_ 14035.

潮余温尚存。法国在追踪中国当代文学的发展与动态时,关注作为"寻根文学"领军人物的韩少功,关注其"寻根"代表作,这是一个必然。另一方面,作家在法国的译介与接受之所以长期被冠以"寻根"之名,除了作家本身创作的影响之外,还与法国面对中国文学时的文化心态密切相关。首先,韩少功笔下对中国文化的"寻根"体现了中华民族独特的民族性,让法国的读者和研究者看到了中国民间文化的多样性和生命力,湘楚文化略带奇诡色彩的呈现也为法国公众了解中国提供了一条新的路径。其次,一直以来,法国对中国当代文学的接受都难以绕开意识形态因素的介入,"文革"叙事更是一些法国学者偏爱的批评主题。因此,韩少功本人的"知青"身份自然成了法国在接受韩少功作品时乐于谈及的话题,韩少功的"寻根"创作本身也往往被解读为借由传统文化回溯来反抗官方主流话语的文本实践。

对于中国的研究者来说,这番老生常谈不免令人遗憾。不过,我们也欣喜地看到,随着法国学界对韩少功研究的深入,对韩少功作品的多元解读也成了可能。研究者逐渐摒弃了对韩少功作品的片面认知,不再仅仅满足于对"寻根"主题及其现实指向的挖掘,而是将重点转移到文学的本体上,试图从写作技巧、美学价值等多个层面来阐释韩少功的作品。如巴黎第三大学张寅德教授曾发表题为《书写异质性——〈马桥词典〉与 1990 年代的中国小说》①的文章,将《马桥词典》置于 20 世纪 90 年代中国当代小说发展的大背景中,从《马桥词典》引发的文学论战谈起,综合考察了《马桥词典》内容的丰富性、形式的创新性、写作手法的混合性,探究了韩少功创作所受到的中西文学传统的影响,并揭示了作家希望通过小说

---

① Zhang, Y. Écrire l'hétérogène, *Maqiao cidian* et le roman chinois des années 1990. *Études chinoises*, 2002, XXI(1-2): 7-40.

创作更新读者阅读旨趣的意图,可谓从形式和内容上全面展现了《马桥词典》的创作特色。

此外,法国汉学家安妮·居里安对韩少功及其创作的持续深入研究不容忽视,她也是韩少功作在法国最重要的推介者。因此,以下我们将重点论述安妮·居里安对韩少功及其作品的推介和研究。

三、"安妮之道":译家与作家的相知与互动

在文学作品翻译的过程中,译者承担着文学作品在译入语中"重生"的重任。而当作为翻译主体的译者兼具多个身份时,其在文学作品译介过程中的作用就显得更为关键。从中国当代文学在法国的译介来看,法国的译者往往身兼数职,他们既是文学作品的译者,也是法国学术研究领域内的专家,有时还与出版社合作,负责中国文学作品的译介选题工作。韩少功在法国的主要译者、法国国家科研中心近现代中国研究中心研究员安妮·居里安正是这样一位身兼数职的汉学家,是韩少功作品在法国译介的关键人物,可谓是韩少功的法国"伯乐"。韩少功本人亦曾撰文《安妮之道》,表达对安妮·居里安的敬意。

自 1988 年韩少功随团出访法国时起,安妮·居里安便关注到了这位以"寻根文学"著称的中国作家。从前文对韩少功作品法译情况的梳理中可以看到,安妮·居里安是最早翻译韩少功的译者之一,也是目前韩少功作品最主要的法文译者。在已问世的 5 个单行本中,有 4 个出自安妮·居里安之手。即便在韩少功作品缺席法国出版界的 90 年代中后期,她也始终关注韩少功的创作,先后选译了《鼻血》(1992)、《谋杀》(1994)、《马桥词典》(节译,2001)和《暗示》(节译,2004)。目前,《马桥词典》全书也已由她译完,即将由伽利玛出版社出版。除翻译之外,安妮·居里安也是研究中

国当代文学的专家,更是在研究韩少功及其创作方面着力最深的法国学者。总体而言,她对韩少功的关注和译介可以概括为两方面,即学术研究和文学交流。

首先,安妮·居里安对韩少功的作品进行了持续的挖掘。相较于法国学界对"寻根"主题的普遍侧重,她的研究显然更加深入,更为多元。除译序外,她撰写了多篇有关韩少功作品的文章。如在《诘问和想象在韩少功小说中》一文中,居里安抓住贯穿韩少功作品主题内容与体裁风格的"背反",历时地分析了多部作品中因"背反"而引发的"诘问",并揭示了"想象"之于作者的重要性,以及"诘问"与"想象"之间的互动关系①。1992 年,她在法国著名文学杂志《现代》上发表题为《韩少功:表现一个处于对抗中的世界》②的文章,在梳理韩少功创作思想及时代背景的基础上,通过对小说《鼻血》的分析,展现了韩少功作品中多条逻辑主线、多种思维模式既共生又对抗的现象,指出了这一"对抗游戏"(le jeu de confrontation)背后所受的道家和禅宗思想的影响。而在《自传的诱惑》中,居里安则将韩少功与史铁生并置,着重考察两位作家作品中的自传性,为我们提供了审视韩少功作品的新视角③。在2011 年召开的"韩少功文学写作与当代思想研讨会"上,居里安的发言则"以自己的广泛阅读作基础,在直观感受以及理性思考之后,分别从时间、空间两个维度来探讨韩少功作品疑惑状态、诗意弥漫等两大特点"④。作为译者,安妮·居里安延续了韩少功作品

---

① 安妮·克,肖晓宇. 诘问和想象在韩少功小说中. 上海文学,1991(4):75-80.

② Curien, A. Han Shaogong ou l'expression d'un monde en confrontation. *Les Temps modernes*, 1992 (557): 38-46.

③ 安妮·居里安,施康强. 自传的诱惑. 海南师范大学学报(社会科学版),1994 (4):47-53.

④ 张佩. 韩少功文学写作与当代思想研讨会综述. 海南师范大学学报(社会科学版),2012(2):168.

在法国文化土壤中的生命。而在翻译的同时,作为研究者的她则不断走近文本,真正将关注的重点放在了韩少功的创作思想、创作手法和美学特色等方面,在"寻根"主题之外开辟了作品解读的多元路径,丰富了韩少功作品的内涵。

除学术研究外,安妮·居里安对韩少功的推介与研究并未停留在案头方寸之间。现实中,她与作家本人也进行了深入的交流,并为作家与法国文学界的交流搭建了平台,促进了韩少功在法国的接受。法国圣纳泽尔市(Saint-Nazaire)的"外国作家与译者之家"(MEET)每年都会接待来自全球各地的作家和译者,组织他们进行文学对谈。1991 年,韩少功受到 MEET 的邀请,赴法进行文学交流,当时担任翻译的正是安妮·居里安。在她的协助下,韩少功与法国同仁就中国"现实主义"文学的现状、"寻根文学"的内涵、韩少功作品在中国的接受情况与发行量、韩少功的创作与翻译的关系、中国的社会状况对文学的影响等问题展开了有益的交流,增进了法国文学界对韩少功乃至对中国当代文学的了解[1]。此外,借由这次活动的契机,也有赖于安妮·居里安优秀的译笔,小说《鞋癖》的法译本于当年由 MEET 出版。自 2002 年起,安妮·居里安开始主持实验性文学活动"两仪文舍"(ALIBI),旨在为中法当代文学搭建交流的平台[2]。2005 年 2 月 16 日,韩少功受邀参加了第九期文舍活动。在安妮·居里安的主持下,他与加拿大法语

① 参见:MEET 网站的视频资料:http://www.meetingsaintnazaire.com/1991-HAN-Shaogong.html,检索日期:2018-03-30。
② "两仪文舍"活动流程如下:文舍预先拟定一个主题,由一位华文作家和一位法文作家分别就该主题进行同主题创作,再被译成中/法双语。接着,由巴黎人文科学之家举办"两仪文舍"讨论会,作家首先在会间进行朗诵和交流,译者随后介绍各自的译作,最后与会听众(包括各方面的专家学者)与作家进行交流讨论。详情见:"两仪文舍"网站:http://www.lettreschinoises-lettresfrancaises.msh-paris.fr:/fr/alibi_Prog1.htm,检索日期:2018-03-30。

作家阿丽森·斯坦叶(Alison Strayer)就"土地"(La Terre)这一主题进行了创作和交流,并与到场听众进行了讨论。总之,在安妮·居里安的努力下,韩少功在法国的接受不仅在文本层面上开花结果,而且走出了单纯的文本向度,令法国的读者、媒体和研究者得以了解一个更加立体、更加真实的韩少功。

四、结　语

通过前文的梳理和考察,我们从整体上把握了韩少功在法国的译介与接受情况。自 20 世纪 80 年代末至今,韩少功创作中的"寻根"主题得到了法国的媒体和研究者的极大关注和深入挖掘。尽管在译介和接受的过程中,韩少功作品的解读难免失之片面,但我们看到,随着中法两国文学与文化交流的深入,法国译介者对韩少功的研究也日趋多元。此外,对韩少功作品法译的研究让我们重新认识了译者之于文学翻译的重要性。作为韩少功最重要的法文译者,安妮·居里安功不可没。正是在她的努力与推介下,韩少功才得以一步步走进法国读者的视野,更"走近"法国大众,来到他们身边。这一译者与作家间的交流互动,对于当前热议的中国文学"走出去"课题无疑是一个重要的启示。如何在中外文学的交流中充分发挥外国译者的积极作用,如何加强作家与译者之间的联系和互动,值得我们在今后的文学外译工作中作进一步探究。

(吴天楚,南京大学外国语学院博士生;高方,南京大学外国语学院教授;原载于《小说评论》2016 年第 2 期)

译介动机与阐释维度

——试论阎连科作品法译及其阐释

胡安江　祝一舒

　　加拿大文学批评家梁丽芳(Laifong Leung)在 2011 年发表的《阎连科：一位作家的道义》("Yan Lianke：A writer's moral duty")的开篇,曾这样描述中国作家阎连科:"阎连科是一位精力充沛、悲天悯人和开拓创新的作家,他同时也是当代中国最高产、最成功和最具争议的作家之一。"①梁丽芳认为,正是由于阎连科的"政治胆略""悲天悯人"以及他在描写中国农村图景时带给读者的持续"创新手法"②,阎连科近年来受到海内外读者的高度瞩目与持续关注。梁丽芳甚至认为,阎连科的文学成就毫不逊色于有着国际影响力的中国作家莫言。

---

① Leung，L. Yan Lianke：A writer's moral duty. *Chinese Literature Today*，2011(winter/spring)：73.

② 关于阎连科的创作手法,王德威曾有过这样的论述:"平心而论,由于多产,阎连科的作品水平显得参差不齐;而他的语言累赘,叙事结构冗长,也未必入得了文体家的法眼。但小说创作不是作文比赛。在阎连科近年的作品里,他能将已经俗滥的题材重新打造,使之成为一种奇观,而他的语言和叙事结构恰恰成为这一奇观的指标。也因此,他的变与不变往往成为讨论的话题。或有论者认为他的新作已有哗众取宠之嫌,但对一个已经创作超过二十五年的作家而言,这似乎小看了他的抱负。"——王德威.革命时代的爱与死——论阎连科的小说.当代作家评论,2007(5):25.

事实上,哈佛大学东亚系教授王德威早前也坚持认为:"阎连科(1958—　)是当代中国小说界最重要的作家之一。"①对于外界给予阎连科的各种文学评价,王德威分析认为:"他的受欢迎和他的被查禁足以说明一个以革命为号召的社会在过去,在现在,所潜藏的'历史的不安'。"②而也许正是这种潜藏于其作品中的"历史的不安",使得阎连科开始走到中国现当代文学的前台,成为普通大众和专业读者津津乐道的焦点人物。在海外,阎连科的作品被译介为日、韩、法、英、德、意大利、荷兰、西班牙、葡萄牙、塞尔维亚、蒙古等 10 余种语言,在近 20 个国家出版发行;阎连科的名字也赫然出现在各类国际文学奖的名单之列,就连国际著名的"布克国际文学奖"(Man Booker Prize)③也将阎连科列入 2013 年的提名作家榜单。

一、话题作家:徘徊在受欢迎和被争议之间

按照梁丽芳的说法,"阎连科应该获得比现在更大的关注"④。然而,阎连科的数部小说,却因一再挑战国家审查制度的红线而屡

---

① 王德威. 当代小说二十家. 北京:生活·读书·新知三联书店,2006:425.
② 王德威. 当代小说二十家. 北京:生活·读书·新知三联书店,2006:427.
③ 创始于 2005 年的布克国际文学奖是英国最负盛名的布克文学奖的国际版,每两年评选一次,以表彰世界各地以英语写作或是主要作品有英语译本的作家。布克国际文学奖还规定,获奖者可以选择其作品的一名译者,分享这笔奖金中的 15000 英镑(约合 14.7 万人民币)。中国作家王安忆、苏童曾进入 2011 年布克国际奖决选名单。2013 年,第五届布克国际文学奖最终颁授给了美国小说家、翻译家莉迪亚·戴维斯(Lydia Davis)。
④ Leung, L. Yan Lianke: A writer's moral duty. *Chinese Literature Today*, 2011(winter/spring):73.

屡遭禁。① 可这似乎并不妨碍阎连科成为文学焦点,甚至从某种意义上讲,反倒进一步促成了人们对于他的关注和了解,尤其在海外,阎连科的多部作品受到各界读者的追捧和热评,阎连科本人也开始频繁地出现在海外的各种文学讲坛上。② 对于这样一位作家,有读者一再质问:"阎连科的作品在国内备受争议,但在海外却呼声很高,这是为什么? 阎连科到底是一位什么样的作家?"③

阎连科,1958 年出生于河南嵩县。1978 年入伍,1979 年开始文学创作,主要作品包括《夏日落》(1994)、《年月日》(1997)、《耙耧天歌》(1997)、《日光流年》(1998)、《坚硬如水》(2001)、《受活》(2003)、《为人民服务》(2004)、《丁庄梦》(2006)、《风雅颂》(2008)、《四书》(2010)等。人们一般认为,小说《受活》的出版标志着阎连科人生和创作上的转折点,该书出版后受到了文学界的强烈关注和高度认可,阎连科也凭借这部作品获得了第三届老舍文学奖。不过,阎连科的被人铭记,更多的是因为他创作了不同题材的具有高度争议性的文学作品。其中,《夏日落》《为人民服务》《丁庄梦》《风雅颂》等因为不同程度地触及到了中国社会文化中那些潜藏的"历史的不安",而成为中国现当代文学中的争议小说。事实上,1994 年《夏日落》的被禁据称是因为小说颠覆了"英雄"和"英雄主义",而且使用过多篇幅描画军队的"阴暗面";发表在文学双月刊《花城》杂志的《为人民服务》节本,则被指"使用粗俗、低级、下流的描写丑化'为人民服务'的崇高目标",因而理所当然地成为查禁对象;而描写河南"艾滋村"题材的小说《丁庄梦》则被认为"夸大艾滋

---

① Chen, T. Ridiculing the golden age: Subversive undertones in Yan Lianke's happy. *Chinese Literature Today*, 2011(winter/spring): 66.

② 阎连科在海外大学及文学机构的演讲已辑成《一派胡言:阎连科海外演讲集》(北京:中信出版社,2012)。

③ 熊修雨. 阎连科与中国当代文学. 文艺争鸣,2010(12):87.

病的危害与恐惧",同样难逃被禁的宿命;小说《风雅颂》一出版,就招致北大师生的激烈网评,认为其"影射北大,诋毁高校人文传统,肆意将高校知识分子形象妖魔化"。于是,阎连科数度成为话题人物,阎本人也因此成为中国现当代文学中事实上的、最具争议性的作家。①

无论是阎连科自己,还是阎连科的小说,从受到评论界关注的那天起,就被竞相贴上了各类文学标签。阎本人被称作是"中国魔幻现实主义大师";他的作品《年月日》被视为中国的《老人与海》②;《日光流年》被称为"读来几乎像是世纪末中国群众版的西西弗斯神话"③;《受活》被誉为中国版的《百年孤独》;布克国际文学奖评委会称其作品《为人民服务》④让人联想到英国作家劳伦斯(D. H. Lawrence)的《查泰莱夫人的情人》(*Lady Chatterley's Lover*);《丁庄梦》则被认为是一部可与加缪的《鼠疫》、笛福的《大疫年纪事》等描写蔓延性传染疾病的世界名著相媲美的爆炸性作品,堪称是中国版的《鼠疫》和《大疫年纪事》;《四书》在法国被视作圣经《创世纪》的重写本;随笔文论《发现小说》"应该是与鲁迅的《〈呐喊〉自序》,《从文自传》,李长之的《鲁迅批判》,《傅雷家书》,萧

---

① 按照阎连科本人的说法,目前出版社对其作品的基本要求就是"内容必须无争议,同时不能给出版社制造任何麻烦"。阎认为这严重干扰到了他的写作,以及他对于艺术和生活的追求。——Gupta S. Li Rui, Mo Yan, Yan Lianke & Lin Bai: Four contemporary Chinese writers interviewed. *Wasafiri*, 2008, 23(3): 34.

② 这种说法可能来自王德威教授的评论:"阎连科写他的老农和自然抗争,颇有海明威《老人与海》式的架构。"——王德威. 革命时代的爱与死——论阎连科的小说. 当代作家评论,2007(5):30.

③ 王德威. 革命时代的爱与死——论阎连科的小说. 当代作家评论,2007(5):32.

④ 关于这部作品,有论者认为它是阎连科最好的,也是最放肆的作品。不过,阎连科本人认为:"《为人民服务》也许不是我最好的作品,但它是我最重要的作品之一。不像其他的中国文学作品,它天生就有力量和想象力。"而王德威在2007发表的《革命时代的爱与死》一文中则认为:"《坚硬如水》仍是阎连科到目前为止最好的创作。"

红的《回忆鲁迅先生》,李健吾的《咀华集》《咀华二集》等传世名作并驾齐驱的重要文本"①。

至于文学奖项,有论者认为,作家和各类文学大奖之间是一种"既爱又恨"的暧昧关系。然而,阎连科的文学世界里却永远不乏文学奖项的垂青。在国内的文学大奖中,阎连科曾先后荣获第一、第二届鲁迅文学奖,第三届老舍文学奖等全国、全军及国外文学大奖 20 余项。在海(境)外,阎连科的《丁庄梦》入围 2011 年度"曼氏亚洲文学奖"(Man Asia Literary Prize)和 2012 年度"独立外国小说奖"(Independent Foreign Fiction Award);2012 年,阎连科又凭借《四书》入围第四届"世界华文长篇小说奖"②;同年 9 月,阎连科的《四书》入围法国文学大奖"费米娜文学奖"(La Prix Femina);2013 年,阎连科成功入围"布克国际文学奖"的终选名单。在布克国际文学奖的官方网页上,评奖委员会援引英国《独立报》(The Independent)专栏作家克拉丽莎·塞巴格·蒙蒂菲奥里(Clarissa Sebag Montefiore)对他作品的评价:"描画社会的超现实主义和极端虚无主义"(giddily surreal and ultimately nihilistic depiction of a society)。评委会一致高度认可阎连科在国内及国外文坛的影响力。

有论者认为,阎连科的作品总是在不断地捅破中国的"乌托邦之梦",因而他的作品受到世人的高度关注。另有论者认为他的每部作品总会选取一个或一系列"绝对刺激的材料"(人鬼合谋、人狗

---

① 程光炜,邱华栋,等. 重审伤痕文学历史叙述的可能性. 当代作家评论,2011(4):52.

② 世界华文长篇小说奖"红楼梦奖"是香港浸会大学文学院 2005 年设立并启动的文学奖项,设有 30 万元港币的全球同类奖项最高奖金,奖励已出版的单本长篇小说。首奖颁给贾平凹的《秦腔》;第二届颁授莫言的《生死疲劳》;第三届颁给中国台湾作家骆以军的《西夏旅馆》;第四届颁给了王安忆的《天香》。

对话、开棺盗墓、熬骨治疾、集体卖皮等)①,来"不依不饶地刻画"
自然的顽疾和人物的无助。而梁丽芳则认为"他挑战各种制约因
素的勇气,以及他在揭示人性的深度与广度方面所不断开拓的各
种创新手法,引发了大众读者和批评家的极大兴趣。尽管有时太
过激进,不过他描写疾病、身体残缺、死亡,以及他频繁使用逝者作
为第一人称叙事者的那种冷峻和讽喻手法,在中国文学中却是独
一无二的。而且,他将怪诞、魔幻和民间传说融为一体的做法为中
国小说注入了新生命"②。因此,无论是他作品的"反传统"主题,
还是他于作品中大量运用的奇特素材,以及他不断翻新的文学创
新手法和独具匠心的"工笔画式"的文学铺陈,共同构成了阎连科
文学世界中奇幻瑰丽的文学风景。不过,也许正是因为这些文学
意义上的"惊心动魄",以及由"他的语言和叙事结构"构成的文学
"奇观"③,使得阎连科的文学世界注定是一个充满了争议的反复
过程。这位话题人物,也由此"难以被整合进当代文学的整体格
局"④,因而始终徘徊在受欢迎和被争议之间。这种"窘境"与"尴
尬"却为阎连科和他的小说开启了另一扇窗口。事实上,在接踵而
至的各类国际文学大奖之前,阎连科和他的作品早已受到西方读
者的关注与垂青,尤其是在法国,阎连科的多部作品均得到了即时
译介和广泛传播。

二、译介动机与阐释维度

对于法国的汉学传统以及法国的中国文学翻译,法国著名汉

---

① 郜元宝. 论阎连科的世界. 文学评论,2001(1):45.
② Leung, L. Yan Lianke: A writer's moral duty. *Chinese Literature Today*, 2011(winter/spring): 73.
③ 王德威. 革命时代的爱与死——论阎连科的小说. 当代作家评论,2007(5):25.
④ 郜元宝. 论阎连科的世界. 文学评论,2001(1):45.

学家、翻译家、艾克斯·马赛大学的杜特莱教授(Noël Dutrait)①
曾有过这样的描述:

> 法国有一个比较长的汉学传统。在文学方面,中国古典
> 文学的许多作品已经有很多被翻译成法文。法国一般的读者
> 都知道孔子、孟子、老子的名字。他们对唐朝的诗、元朝的杂
> 剧、明朝的小说(四大奇书)等也比较熟悉。但是关于中国现
> 代与当代文学,许多读者几乎一无所知。除了鲁迅和巴金的
> 名字以外,他们不了解中国现代、当代文学的情况。(他们之
> 所以知道鲁迅的名字是因为在六七十年代中国的宣传机构都
> 很崇拜鲁迅;至于巴金,则是因为他是"文革"结束以后第一个
> 来法国访问的中国作家。)②

显而易见,中国现当代文学在法国的译介并不像中国古典文
学的译介与研究那样景气和深入人心,而且从杜特莱关于鲁迅和
巴金的叙述中,我们还知道法国人对于中国的主流意识形态一直
持高度关注的姿态。因此,阎连科的多部游离在主流意识形态之
外的作品,自然引起了法国人的阅读兴趣和翻译冲动。事实上,对
于法国知识分子和出版社在翻译选材方面的特点和偏好,法国著
名汉学家、南方书编出版社(Actes Sud)"中国文学丛书"主编、巴
黎东方语言学院(Inalco)中文系的何碧玉教授(Isabelle Rabut)曾
有着这样的概括:

> 仿佛出版社对作家不感兴趣,但对书很感兴趣,对书的故

---

① 杜特莱教授系法国著名的汉学家、翻译家,曾任法国普罗旺斯大学商学院院长、
  普罗旺斯大学中文系主任。他曾将中国作家莫言、阿城、韩少功、苏童等人的大
  量作品译成法文;他和妻子丽丽安所译莫言的《酒国》获得"2000 年度法国最佳
  翻译小说奖"。
② 参见:http://www. yhl. sdu. edu. cn/nw3/passage/21/2004/06/1087987664. html,
  检索日期:2013-06-24。

事很感兴趣。还有一个很有意思的情况：有些书的介绍就专门拿"被禁"说事儿。法国有一个传统，就是一个知识分子，可能是从18世纪伏尔泰的时候开始的，一个法国的知识分子，应该对政府有反对和批判的意识。既然作家也属于知识分子，他们也应该有这个态度。一看一部作品被禁止，法国出版社就马上来了兴趣，尤其是记者。既然这本书被禁，那一定是本值得译介的书。①

于是，阎连科的"被禁"以及他的"批判意识"自然赢得法国人的无数好感。2006年，阎连科的《为人民服务》即由法国著名汉学家克劳德·巴彦(Claude Payen)②译入法国，其法语译名为 *Servir Le Peuple*，由出版亚洲图书著称的毕基耶出版社 (Philippe Picquier)出版。

毫无疑问，阎连科这种典型的"文革叙事"以及大胆的"反传统"叙事手法，对于法国人而言，有着特殊的神秘感和天然的吸引力。在该法译本的推介文字中，编者还使用了"让人欣喜若狂"("jubilatoire")的字眼来表达这种喜悦："阎连科使用这句'文化大革命'时期的著名口号……他的这部短篇小说无视传统，让人欣喜若狂。"与此同时，在该译本的封面上，出版社则夸张地以一位身穿三点式内衣的中国年轻女子……作为主背景，而且封面上还随处点缀着意味深长的、让人无限遐想的男人的性器。于是，整个译本从封面到商业推销用语都充满了法兰西式的香艳色彩和不期而至

---

① 参见：http://www.eeo.com.cn/2011/0520/201847.shtml，检索日期：2013-06-14。

② 克劳德·巴彦(Claude Payen)是法国教育骑士勋章获得者，文学翻译家。主要译著包括老舍的作品《小坡的生日》《二马》《不说谎的人》，张宇的作品《软弱》，毕飞宇的作品《青衣》，郭小橹的作品《我心中的石头镇》。其中，毕飞宇的《青衣》由巴彦于2003年首译入法语世界，其法语译名为 *L'opéra de la lune*。美国著名翻译家葛浩文的《青衣》英译本的书名(*The Moon Opera*)即来自法文译名。

的法兰西式的文学期待。不言而喻,阎连科的《为人民服务》正好满足了法国出版机构、知识分子、新闻媒体和普通读者的诸种审美诉求。因此,这部书在中国出版后不久就在法国得到了即时译介。

2007 年,阎连科的《丁庄梦》也由法国汉学家巴彦译成法语,书名为 *Le Rêve du Village des Ding*,该译本同样由巴黎的毕基耶出版社出版发行。小说以中原地区发生的艾滋病蔓延为背景,重点描述了一群愚昧无知的、企图凭"卖血"发财的农民群像。法国评论家尼尔斯·阿勒(Nils C. Ahl)曾在法国最具国际影响力的《世界报》(*Le Monde*)上撰写评论称,该书是一部令人震撼的("bouleversant")作品,其故事情节令人"动容"("lyrique"),"心生绝望"("désespéré")……"具有极好的文学性"("de la très belle littérature")[①]。巴彦的法译本是这样介绍其故事情节的:

> 在夕阳的余晖下,河南平原被染成了一片猩红,像血一般的猩红,这是丁庄的老百姓们为了改善生活而卖出的鲜血。但是,几年以后,受到"热病"感染,他们的生命开始凋零,最终离开了这个世界,像落叶般被秋风带走。只有靠收购鲜血发家的老丁的儿子,靠着卖棺材和办冥婚,继续发财致富。

这样的故事情节和感性叙事无疑让读者心悸和动容,而且,与《世界报》的评论一样,该法译本的推销用语也使用了"震撼"("bouleversant")一词来表达这种情绪:

> 《丁庄梦》是一本震撼人心的小说。它之所以让人震撼,是因为它讲述的是一出悲剧;而且它的令人震撼,还因为它仅仅是一个更加恐怖的现实的虚构。这是数千名感染了艾滋病的河南农民的故事。作者在这部小说中用一种令人痛心疾首

---

① Ahl, N. C. Au Pays du Sang Malade. *Le Monde*, 2007-01-12.

的情感方式提及这点。"愤怒和热情是我工作的灵魂，"阎连科说道。他的书在中国被禁，作者的话语权也被剥夺。

这里的商业推销用语一方面提及了小说的"震撼"主题，另一方面则再次点明了原书的"禁书"身份和阎连科本人的"争议性"。此外，该译本的封面以白色为底色，绘入由不计其数的血手印组成的象征着艾滋病的"红丝带"，刺目的"猩红"挥之不去；同时，封面上还题有"相互关爱"四个汉字，巧妙地暗示了小说的中国题材。于是，该译本再度与法国各界人士对于域外文学的各种心理期待不谋而合。据说，在这部法译本面世之前，《丁庄梦》还曾引起法国电影人的浓厚兴趣，但阎连科本人当时对此并不热心。① 如果说，《为人民服务》在某种程度上与法国人对于中国政治语境的"批评意识"产生了高度契合，那么《丁庄梦》则最大限度地满足了他们对于所谓"愚昧落后"的中国社会的"偷窥式"想象。因此，这两个译本在法国获得了评论界和读书界的一致好评。2009 年，《为人民服务》和《丁庄梦》法译本在原来精装本的基础上，还发行了袖珍本。②

2008 年，毕基耶出版社出版了由法国翻译家金卉（Brigitte Guilbaud）③翻译的阎连科的《年月日》（*Les Jours*，*Les mois*，*Les Années*）。小说描写了荒旱灾年里的老农先爷，为照顾一株脆弱的玉米苗，不惜用自己的肉身作为玉米的养料。在这种人与自然的对峙中，"人定胜天的老话成了阿 Q 式的精神胜利法。身体的完

---

① 杨梅菊. 阎连科：我的写作是一根刺. 国际先驱导报，2011-06-08.
② 通常而论，中国文学作品在海外的翻译文本，往往是先出精装本，如果市场销售情况良好，才会继续推出平装本、袖珍本等其他装帧版式。
③ 金卉是法国巴黎（三区）Turgot 中学的汉语教师，她的翻译作品有曹文轩的《青铜葵花》、阎连科的《草青与土黄》《年月日》和《我与父辈》等作品。

成在于自我泯灭,成为土地的一部分"①。金卉译本的介绍文字是
这样描述作家和作品的:

> 一场可怕的大旱迫使一个小山村的村民逃离到更加温和
> 的地方。一位老人由于不能长时间行走而留下来守护唯一的
> 一棵玉米苗,陪伴他的是一只盲狗。从此,不管是对于老人还
> 是对于狗来说,活着的每一天都是克服死亡的胜利。书中干
> 旱的景色,光秃秃的大山环绕下的平原,迸发火焰般光芒的随
> 处可见的太阳,无不体现出某种力量和壮美。阎连科的小说
> 是生命的礼赞,是对生命的脆弱和顽强,还有对人类想要让生
> 命诞生、维持其发展并保证其传承的那种坚持和执着的礼赞。
> 这是一种信仰,对于短篇小说和叙事诗的信仰,对于令人眩晕
> 的语言的信仰,就像夜晚突然多出的时间或是人类最私密的
> 内心深处。

事实上,《年月日》的创作早于《受活》,属于阎连科"耙耧"小说
系列。在这个"乡土叙事"系列的作品中,"生存到了绝境,异象开
始显现。现实不能交代的荒谬,必须依赖神话——或鬼话——来
演绎"②。显然,这种异样的中国情调与夸张的叙事方式,自然可
以赢得法国读者的青睐。按照《出版商务周报》特约撰稿人王珺的
说法,"这些具有异国情调的面孔和故事与本土读者的距离较大,
只有准确抓住读者的兴趣点,才能实现翻译出版的成功"③。此
外,译本的介绍性文字里所使用的"礼赞""力量""壮美"一再强调
了小说的死亡美学主题,而"信仰"一词的频繁使用,无疑是译者对
阎连科语言美学的褒扬与膜拜,是译者对作者描写中国农村图景

① 王德威. 革命时代的爱与死——论阎连科的小说. 当代作家评论,2007(5):30.
② 王德威. 革命时代的爱与死——论阎连科的小说. 当代作家评论,2007(5):30.
③ 王珺. 华语书在法国热度不减. 出版商务周报,2012-08-30.

的"持续创新手法"的由衷认同。当然,不难想象,这里的言外之意
是说,小说所渲染的"乡土情结"和作品本身的语言魅力,都值得读
者关注与细察。同时,译者在这段文字里还反复提到了"生命"一
词,但与之形成鲜明对照的则是原作中大量生命力之贫瘠的描写:
一场大旱、一位老人、一只盲狗、一颗玉米苗。所有的故事情节都
围绕着这样的"死寂"与"僵滞"展开,这无疑又最大限度地召唤了
读者的审美参与。事实上,该译本获得了法国读者的高度认可,金
卉也因这部译作而获得了法国的"阿梅代·皮乔"(Amédée
Pichot)文学翻译奖。

2009 年,阎连科的《受活》由法国翻译家林雅翎(Sylvie
Gentil)①译成法语,还是由毕基耶出版社出版,书名为 *Bons
baisers de Lénine*,回译过来即《列宁之吻》。小说虚构了一个叫受
活庄的地方,这里所有的村民都天生残疾,这群人在主人公柳县长
的带领下,异想天开,希望从俄罗斯买进列宁遗体,在家乡建立一
座"列宁纪念堂",进而发展旅游事业,实现共同致富的梦想。对于
阎连科和这部小说,该法译本有这样的介绍和记述:

> 这是一位无视传统观念的作家,在他的国家,他的言论和
> 出版物都被禁止。阎连科用闪光的语言写出了一本充满想象
> 力、富有创意、荒诞幽默的小说。在河南偏僻的大山中,一座
> 村庄成了这个地区所有残疾人士的避难所,这座村庄在历史
> 的边缘过着平静的日子。但在县长决定组织当地居民成立一
> 个绝术团后,一切都变了;而成立这个绝术团的目的,是为了
> 筹集足够的钱,以便从俄罗斯买来列宁的遗体,以此吸引大量

---

① 法国翻译家林雅翎曾翻译了莫言(*Les Treize Pas*《十三步》,Paris:Seuil,1995)、
阎连科(*Bons baisers de Lénine*《受活》,Arles:Philippe Picquier,2009)以及徐星、
刘索拉、棉棉等中国作家的作品。

的游客。这样,这个偏远的"缩小版的世界"就可以融入中国大地上资本主义的新繁荣中。"对我来说,这是我最好的小说,"阎连科说,"这是一出富于幽默的戏剧,且这种幽默,如果从性的角度来看,它是不受约束的、快乐的、幸福的……是对中国社会的深度思考。"他说的这些的确是事实。这本情感丰富、无视礼教的小说满载着生活与写作的乐趣,令读者赞叹不已。

阎连科的反传统创作理念以及他的"争议性"再次被提及,同时被提及的还有他的"语言"和"创意"。而且,《受活》还被贴上了"荒诞小说"和"幽默小说"的标签,甚至这里的介绍性文字,还暗含着它是一部对中国社会进行"深度思考"的现实主义作品的意味。对于作者这种创作手法以及创作特点的描摹,很符合中西评论界对于阎连科的主流评价,即认为阎是中国版的"魔幻现实主义大师"。事实上,有论者在评价莫言在法国的接受情况时说:"莫言独特多样而又大胆自由的艺术表现方式、魔幻现实糅合的写作手法与民族性多元化的语言特色,对法国读者来说,具有不可忽视的吸引力。"[1]事实上,2008年的《年月日》和2009年的《受活》这两个法译本,都重复或者说共同演绎了中国式的"魔幻现实主义";此外,这里"无视礼教"的记述还意味深长地强化了小说的"反传统"主题。毫无疑问,阎连科的这部作品同样具有法国读者心仪的这些内在的文学元素。与此同时,阎连科"禁书作者"的身份,加上译本记述里赋予作品的这些文学标签以及这些光怪陆离的"荒诞"题材,共同建构了阎连科小说在当代法国翻译文学中的流行地位,阎连科因此得到法国读者的高度关注和普遍认可,林雅翎也因为这

---

① 周新凯,高方. 莫言作品在法国的译介与解读——基于法国主流媒体对莫言的评价. 小说评论,2013(2):12.

部译作而获得了 2010 年度法国的"阿梅代·皮乔"文学翻译奖。

三、启示与思考

2012 年,中国作家莫言问鼎诺贝尔文学奖,预示着"世界阅读中国的时代"①已然来临。在这样的"时代","世界需要通过文学观察中国,中国也需要通过文字来展示自己的真实形象"②。然而,在"世界阅读中国"的迫切诉求之下,一方面,对比中国作家协会 9000 有余的会员数量,作品被译介的中国当代作家仅有 230 多位③;另一方面,中国文学输出与西方文学输入的巨大逆差也是不争的事实,在西方国家的出版物中,翻译作品所占的份额非常之小,法国 10%,美国只有 3%。而西方国家向中国输出的作品,或者说中国从西方国家翻译过来的作品达到了出版总量的一半以上。④ 由此可见,中国文学走向世界的进程依然举步维艰。

基于上述现实,阎连科作品在法国的译介与接受,或许可以带给我们多方面的有益思考。

首先,法国政府主张文化多样性,积极推动法兰西文学作品的外译,也鼓励外国文学作品在法国的翻译与出版。⑤ 20 世纪八九十年代伊始,以出版中国图书知名的中国蓝出版社(Bleu de

---

①　参见：http://news. china. com. cn/txt/2012-12/07/content_27340554. htm,检索日期：2013-03-31。

②　张玉. 文学翻译助力莫言获诺奖. 人民日报海外版,2012-12-03.

③　李朝全. 中国当代文学对外译介情况//中国作家协会外联部,编. 翻译家的对话. 北京:作家出版社,2011:143-146.

④　许方,许钧. 翻译与创作——许钧教授谈莫言获奖及其作品的翻译. 小说评论,2013(2):9.

⑤　参见：http://wenhui. news365. com. cn/wybj/201101/t20110114_2934182. htm,检索日期：2013-06-13。

Chine)和以出版亚洲图书为方向的毕基耶出版社相继成立,加之友丰书店等华文出版社和专门出版中国漫画的小潘出版社等出版机构的努力,法国每年翻译出版的中文作品一直保持在数十种的数量水平。毋庸讳言,加强并深化与这些出版机构的合作和交流,无疑将有力地推动中国文学在法国这个传统汉学研究重镇的译介与接受,甚至从某种意义上说,中国文学在法国的传播与接受势必成为欧洲诸国译介中国文学的风向标。

其次,"西方对中国的文学有兴趣,这是事实。……西方的读者,尤其是媒体,过分地渴望中国的作家身上持不同政见者的身份"。他们"出于文化的好奇",尤其对于"中国式的性,中国人如何面对性,中国人如何实践性"的好奇,而关注中国文学。[1] 同时,作家和作品的话题性、作品的批判性被法国编辑视为选择中国作品的重要标准。"在某些情况下,这些要素还有可能取代文学性,成为译介者的第一选译标准。译介者的选译心态实际上也反映出整个法国社会的阅读取向,在阅读一部中国文学作品时,读者并非仅仅抱有一种文学审美的心态,还常常伴随着对中国社会现实的了解欲望"[2],而"中国式的性""话题性""批判性""中国社会现实",正是阎连科本人及其作品的深刻文学烙印。当然,这样的文学话题,自然不是我们乐意主动推介给西方读者的。事实上,我们想推介的文学作品和西方读者愿意接受的文学作品之间总存在某种意识冲突和文化对峙。那么,究竟如何处理"推介"与"被推介"之间的关系,如何在其间找寻中国文学海外传播的有利契机? 说到底,文学世界和现实世界之间总是有差距的,要弥合认知谬误和文化

---

[1] 参见:http://www. eeo. com. cn/2011/0520/201847. shtml,检索日期:2013-06-13。

[2] 杭零,许钧.《兄弟》的不同诠释与接受——余华在法兰西文化语境中的译介. 文艺争鸣,2010(7):134.

鸿沟，除了提倡所谓的"走出去"，还必须要大力倡导"请进来"的文化战略，让西方汉学家、海外留学生和观光客置身真实的中国文化语境，切身体验原汁原味的中国文化，从而实质性地带动中国文化的海外传播。

有论者曾指出，在创作中，作家并没有给作品一个确定的、一成不变的顺序，相反，他提供给公众的是一个可以重组的、有多种选择的作品。中国文学的写作者们，用自己的文字构造着中国文学通向世界的桥梁，而桥梁那一边的"重组"与"选择"，则依赖于具体文化语境当中的翻译及其各相关要素之间的协作。

（胡安江，四川外国语大学翻译学院教授；祝一舒，南京林业大学外国语学院讲师；原载于《小说评论》2013 年第 5 期）

可能的误读与理解的空间

——试论池莉小说在法国的译介

陈　寒

近年来,随着中国国际地位的提升,中国文化"走出去"的呼声日渐迫切。平心而论,这一过程中的实际困难不少。撇去文化产业竞争力、贸易扶持政策等市场问题不谈,如何实现真正"融入"国际社会,被外国人熟悉、接受和欣赏,而非形式上的"送出去"或者效益上的"卖出去",这是中国文化界和外语界共同关注的问题。就文学传播而言,翻译显得尤为重要,甚至可谓中国文学"走出去"的咽喉要道。由于当前中译外人才的短缺,中国文学"走出去"的经验并不十分丰富,特别是中国当代文学,主要还是依靠外国译者动手来"拿"。其中,文学历史悠久且汉学功底深厚的法国表现得较为主动,译介成果也可圈可点;而法国译介的名单中,中国作家池莉是接受效果较为成功的一个。本文试图通过梳理池莉"走进"法国的过程,为中国文学"走出去"摸索一些可供借鉴的经验。

一、翻译的选择:从作品到译者

自 1998 年起,法国南方书编出版社(Actes Sud)开始陆续出版中国作家池莉的小说。至今,池莉的 9 部作品已经有了法译本,分别是《烦恼人生》《云破处》《你以为你是谁》《预谋杀人》《你是一条河》《太阳出世》《有了快感你就喊》《看麦娘》和《生活秀》。法国出版社一眼相中、长期关注并翻译出版池莉小说,他们这种主动"拿来"的行为结果如何呢?据统计,池莉法译本的总销量已超过七万册,其中仅《云破处》就达两万多册,还被改编为话剧,在巴黎演出四十多场,这在六千万人口的法国实属不易①。如此出色的销量以及法国民众的热情恐怕是池莉本人与出版社签订合同时所不曾预见的。

仅就作品的选择而言,我们不难发现,法国出版社的眼光与中国国内不大相同:他们并没有选择中国读者较为熟悉的、通常被视为池莉代表作的《来来往往》《口红》《小姐你早》等"经典作品"。这是否透露出法国文坛对外来文学的引进从一开始就坚持自己的判断和选择?我们不妨来看看法国人如何诠释他们眼中的池莉。2004 年法国《解放报》对池莉的定位是:"当所谓'新现实主义'流派在中国的轮廓尚未清晰时,池莉已经能够成为这一流派的代表了。她已经开始运用医学的准确来描写江城武汉的日常生活。"②这一论述肯定了池莉在新现实主义流派中的地位和先锋意义。2005 年法国《时代报》在评论《太阳出世》时提到:"对池莉最好的定义就是近乎'俗'的现实主义,在这一点上,她借鉴了 20 世纪中国文学的两位巨人:老舍和巴金。"③从这些表达来看,法国并不曾对池莉产生诸如"市民作家""市民本位"等争论和诟病,法国评论界并不认为池莉小说是普通意义上的畅销书,走着急功近利的商

---

① 杭零,许钧. 从"市民作家"到女性知识精英——池莉在法国的形象流变. 文艺争鸣,2010(3):143.

② Haski, P. Le quotidien du peuple. Chi Li, médecin malgré elle. *Libération*,2004-03-18.

③ Clavel,A. Chi Li, Soleil Levant. *Le Temps*,2005-08-13.

业媚俗路线,而是揭示出其在时代社会背景中的突破和创新意义。如果说池莉小说始终关注市民题材,法国人认为这是同老舍、巴金等现代作家一样,以知识分子眼光来观察社会的一种角度的话,池莉的不虚假、不造作以及语言上简朴直白的风格则满足了不少法国读者的审美习惯,这或许是池莉小说得以走红法国的一个重要原因。

当然,一部文学作品在本国能否获得成功取决于作家与本国读者的相遇,而一旦进入国际市场,要想在异语环境中赢得广大读者,除了原作本身的魅力,恐怕还得依靠翻译家的水平和努力。许钧教授曾发文指出,近年来法国对中国当代文学的翻译展现出了新的趋势:"一是求新求快,力求第一时间反映中国当代文学的发展动态,并借此反应中国青年的思想变化;二是对作家的译介越来越系统化,很多作家都和法国出版社建立了长期合作的关系,作品得到了持续的有规划的翻译出版。"但他同时也提出了翻译市场繁荣背后的值得警惕的问题:"译者的选择、翻译的质量直接关系到作家在国外的文学形象及其作品在国外的传播,这甚至可以说是中国当代文学对外译介发展到现阶段,最值得我们关注的问题。"①应该说,池莉小说能够走俏法国,不仅因为适应了法国的接受环境,同时也有赖于翻译的成功。池莉的几位法译者何碧玉(Isabelle Rabut)、安必诺(Angel Pino)、邵宝庆等都是翻译经验丰富的汉学家,目前都任教于法国高校中文系,在翻译基本问题上有着明确的方向和追求,在用心揣摩原作意图的基础上,还十分看重译作的文学性。其中,安必诺是巴金研究专家,何碧玉则精通中国现当代文学,对沈从文、余华等作家的作品既有翻译实践,也发表了不少相关论文。另外,我们也注意到,池莉有几部译作是由不同

---

① 许钧. 我看中国现当代文学在法国的译介. 中国外语,2013(5):11.

母语的两位翻译家联手翻译的,比如《云破处》(Isabelle Rabut、邵宝庆)、《预谋杀人》(Angel Pino、邵宝庆)、《看麦娘》(Angel Pino、邵宝庆)。出发语和目的语双方都有母语译者参与,这应该是翻译实践中比较理想的状况,这样,译作的准确性和文学性都有了更为坚实的保障。

池莉作品在法能够长期保持热销,并由读者自发以俱乐部的方式建立起相对稳定的读者群,说明其作品的法语翻译也和她本人的创作一样,处在发展之中。有人曾经将池莉的《云破处》归纳为女性主义中呐喊"以暴制暴"的两性对抗模式,认为"对男性的仇恨和对抗的情绪,在作家池莉的《云破处》中得到了相当程度的体现……《云破处》的叙事策略仍然是传统的,并不能承载关于新的性别文化的开放性假设的表达,无法在改变了的现实世界中假设和论证新的性别关系"①。《云破处》在法获得了成功,从小说到话剧都受到法国读者的热烈欢迎,但是随着社会变化,人们对女性主义这一主题的认识不可能总停留在同一时期。如果说《云破处》对两性关系的解决最终采取了一方灭绝另一方这种简单化的模式,《生活秀》的结局则为两性留下了继续对话的可能性。社会在发展,文学在发展,翻译当然也要发展。以人名翻译为例,池莉法译本主人公的姓名仍基本沿用传统翻译手法,采取音译模式,比如《烦恼人生》中的印家厚(Yin Jiahou)、《你以为你是谁》中的陆掌珠(Lu Zhangzhu)、《你是一条河》的辣辣(Lala)等,作家在主人公姓名中所寄托的寓意都被忽略或转移到小说情节中去表达了;而到了 2011 年出版的法译本《生活秀》中,主要人物的人名翻译却不再采用通常的音译手法,而是选取了法语译名中不大常见的意译手法。为此,译者 Hervé Denès 在小说开头特别添加注释,交代了

① 梅丽. 中西视野下女性小说的两性关系建构. 文学评论,2010(1):123.

选用这种翻译策略的原因:在来家的四个孩子中,老大来双元和老三来双瑗名字中的"元""瑗"属于同音异义,音译无法进行区分,与此同时,他还告诉法国读者,按照中国习俗,"双"字的重复表示四人同属一辈。这样一来,法国读者既弄清了小说中的主要人物关系,又对四人的形象有了一个大致印象。其中,女主人公的名字来双扬法文译为 Célébrité,表示"名望",来双扬漂亮能干的形象以及被生活磨砺得精明泼辣的个性似乎被隐藏于名字中,而"来双扬"鸭颈后来也的确在中国名噪一时。意译人名的尝试对法国人理解中国独特的赋名方式和文学表达手法具有长期意义,在斟酌适当的情况下,译者不妨予以考虑。

二、接受的变化:从误读到理解

提起池莉这个名字,法国人最先想到的或许就是"中国的新现实主义"。法国南方书编出版社将池莉介绍为"中国新现实主义流派最具代表性的作家"[①]。那么更进一步看,对所谓"中国新现实主义",法国人如何理解?他们的关注点又在何处呢?

2001 年法国《世界报》在介绍池莉的《你以为你是谁》时如此写道:"池莉以反讽的眼光观察到 20 世纪 90 年代中国社会经济转型时期一个处在迷茫之中的家庭所遭遇的物质困境和精神痛苦。"[②]2004 年法国《快报》评论《你是一条河》:"搜查、焚烧、宣传、塑造卑劣。作家以微妙的笔触、悲剧性的反讽揭示出这种可怕的精神错乱。"[③]2005 年,同一位评论者又在法国《时代报》发表评论:"《你是一条河》描写了面对农村蒙昧主义的大量家庭的苦境。在

---

① 参见:http://www.actes-sud.fr/contributeurs/chi-li.
② Douin, J. L. Pourqui te prends-tu? de Chi Li. *Le Monde*, 2001-03-09.
③ Clavel, A. Chi Li, chronique des années de plomb. *L'Express*, 2004-03-15.

《太阳出世》中,池莉延续她的社会学分析,描述了一对平民阶层的年轻夫妇在新婚旅行中获知自己将要为人父母的消息……在平淡无奇的情节中,作家对生育问题展开了思考。在当时那个落后守旧的中国,流产是禁止的,避孕常常不安全,人们在医学上的无知达到了惊人的地步,各种行政手续荒诞无稽! 这是产生于一个愚钝民族的报告文学。"①

上述种种评论似乎向我们透露出一些法国读者和评论者欣赏池莉作品乃至中国当代文学时所采用的视角和抱有的心态:通过阅读小说去了解他们不曾了解或不太熟悉的某一时代的中国,认识一种令他们感到陌生而好奇的社会政治环境。关于这个问题,许钧教授曾敏锐地指出当前法国受众关注中国文学的一个"偏好"甚至可以说是"偏差":"与现代文学在法国的接受相似的是,当代文学所具有的认知价值和社会政治价值往往得到法国译介者的强调……而当代文学之所以相较现代文学更受法国读者的欢迎,在很大程度上也是因为它具有更大的认知价值,它可以满足法国读者了解中国社会现状的欲望和好奇心。"②不可否认,猎奇心理或许能在短时间内促使法国读者对中国文学产生浓厚兴趣,但这也不免会令我们感到担心:法国人是否会把中国小说当作某种断代史来读,而后又习惯性地站在法国立场上来评论这段"历史"的功过是非,从而忽略、抹杀了本应属于文学作品的价值? 这里似乎既包含着文道之争的古老辩题,又牵涉到翻译、传播等学科的基本矛盾。下面,我们还是回到法国评论界的报道,看看他们误读的情况以及误读之后又发生了哪些变化。

1999 年,池莉小说《云破处》在法国出版。2000 年,法国《世界

---

①   Clavel, A. Chi Li, Soleil levant. *Le Temps*, 2005-08-13.

②   许钧. 我看中国现当代文学在法国的译介. 中国外语,2013(5):11.

报》做出评论:"一对模范夫妻是否会因为参加了一次朋友聚会就劳燕分飞? ……作家还揭示出一种潜在的解体:在话语表面的清晰背后,某种社会模式正在动摇。"①这条评论的关注点显然不在文学本身,而是站在意识形态的"他者"立场得出的并不公正的结论。到了 2005 年,《云破处》被法国人搬上话剧舞台并在巴黎热演之后,法国《新观察家》杂志再次就《云破处》做出评论,视角和观点似乎就发生了一些变化:"中国向欧洲大量输出的不仅有纺织品,还有小说。《云破处》是另一个版本的《谁害怕弗吉尼亚·伍尔芙?》"《谁害怕弗吉尼亚·伍尔芙?》是美国荒诞派剧作家爱德华·阿尔比的著名三幕剧,曾数度被改编为电影、话剧等艺术形式,并曾斩获奥斯卡奖、托尼奖等重大奖项。这出话剧通过一对高知夫妇的暴风骤雨式的相互谩骂反映出人与人之间的不可沟通,无奈之下用幻想填塞现实的尴尬以及人的注定孤独的悲剧性。从主题上看,《云破处》与其颇有相似之处:外表幸福得被人艳羡而内部却极度痛苦的家庭,多年的共同生活并没有换来容忍、体谅和敬爱,反之,夫妻双方都到达了忍耐的极限,各种矛盾呼之欲出,冲突被推向顶点,最后以精彩的舞台形式予以爆发。将池莉与阿尔比进行比较无疑是从文学角度出发的,而孤独、善恶、表里、明暗等主题的探讨也突破了意识形态或女性主义,开始关注到《云破处》所揭露的普遍人性。从评论看,法国人不仅给予这出跨文化合作的话剧很高的地位,也充分肯定了与中国纺织品同样出色的中国小说,称赞其对法国民众的强大吸引力。

池莉的另一部小说《你是一条河》被一些评论家视为新历史主义代表作,何碧玉、安必诺夫妇看中并翻译了这部小说。译本在法国出版后,《世界报》如此评论:"这部抒情风格的作品戏仿了某些

①　Reyrolle, R. Trouée dans les nuages de Chi Li. *Le Monde*, 2000-03-31.

流浪汉小说。这是通过一位纯朴、倔强、贫穷而勇敢的女性所遭遇的挫折磨难而展现出来的大写的历史……一切都呐喊着撕裂,革命理想、官僚辞令与物质现实、个人现实、家庭现实之间的撕裂。混乱的牺牲品是个人。作家的目光游走在对社会的同情和带有嘲讽的幻想之间。书中准确的注释对外国读者理解作品必不可少,而这也恰恰证明书中的人物负载着一个民族的历史。因卖血过多而死的辣辣象征着名义上被拯救、实际上被欺骗的整个社会阶层。"①这一评论包含了文学方面的观照,比如除去关注其中新历史主义的创作特征,同时还指出其在题材、反讽手法等方面与欧洲流浪汉小说的共性,但总体上说,主要还是承袭了意识形态视角的解读。再看法国《时代报》的评论:"我们从池莉的故事中能读出左拉和雨果,女主人公的大儿子接受了'红卫兵'思想,而她的一个女儿却试图沉浸在禁书中来抵御这场风暴……池莉所运用的冷峻而尖锐的讽刺比时下的伪女性主义如卫慧、棉棉更具吸引力。"②

从上述观点看,法国人并不认同我们国内一些评论者认为池莉追求商业价值或者批评她的作品缺乏诗意、文学性的观点,譬如:"池莉的作品最缺乏的就是精神的痛苦,她的人物都是随遇而安的、忍辱负重的,都是命运的承受者,而不是承担者……从文化学、哲学、社会学的角度来认识,池莉的作品有着它时代记忆的作用,但是这些都是脱离了文学的基本特征来谈文学,其中忽略了文学最本质、最恒久的特征——文学性。"③且不论池莉小说的主人公究竟是不是"命运的承受者",我们发现,当国内一些评论者对池莉作品的审美向度、精神深度以及文学性提出质疑甚至批评时,法国读者却看到,与中国同时代作家一样,池莉笔下的主人公都是时

---

① D'Ceccatty, R. Mère courageuse du fleuve bleu. *Le Monde*, 2004-03-19.
② Clavel, A. Chi Li, Tu es une rivière. *Le Temps*, 2004-03-13.
③ 杨晓平. 诗意的逃遁——池莉小说简论. 名作欣赏,2013(29):120.

代和社会变化进程中的普通人,所不同的是,池莉的写作并非建立在制造畅销书的基础上,她并未试图追求瞬间的阅读冲击力,而是坚持以独特而冷静的眼光进行观察,运用擅长的反讽手法揭示出她眼中的一个时代,用她的眼睛为读者提供了一个理解那个时代和社会的视角。从比较文学和创作论来看,池莉偏爱的反讽手法令法国读者想起了左拉和雨果,这两位大作家虽然被文学史归入不同的流派,但他们都关注底层人民的疾苦和哀愁,也都擅长运用反讽来抨击不合理的社会现象。法国读者的这一联想反映出他们对池莉作品的尊重和喜爱。从接受美学的角度看,池莉的作品唤醒了法国读者的审美经验,满足了他们的"期待视野"(姚斯语),在某些方面打动了他们,因此获得了良好的接受效应。

三、结 论

改革开放以来,中国社会经历了巨大的变迁。在这种快速的巨变中,不少中国人感受到前所未有的压力和动力,他们在社会浮沉中体验着全新的生活,同时也寻找着自己的精神家园和生命意义。不论新现实主义、女性主义、新历史主义还是其他流派,中国文学始终代表中国人在沉吟、呐喊、歌唱,与中国人同步或努力更早一步追寻着心灵的归宿和生命的信仰。时空环境造就的这种精神生命的独特性或许是中国当代文学受到国际关注的最根本的原因。

反观池莉作品在法国的成功,除了时代和作家本人的因素,不可否认,法国翻译家和学者为之付出了不少努力。其中,Isabelle Rabut、Angel Pino、Hervé Denès等法国汉学家长期关注池莉的作品,并促成其在法国的出版、再版、热销甚至搬上舞台,这一事实本身既反映出法国对中国当代文学的重视,也体现了池莉作品在法国人眼中的价值,同时还为当代中国文学"走出去"提供了一些不错的经验。比如中国作家与国外出版社签订长期出版合同,找到风格适合的优秀译者并与之保持相对稳定的合作关系,积极推动翻译、评论与作品一起随时代、社会发展变化。另一方面,通过池莉作品在法国的评论,我们也不能不看到,少数西方学者在解读中国文学时,一方面要求作品远离其本国的主流话语和宏大叙事,追求小而新的"民间"视角,另一方面却又坚持站在自己的意识形态立场来审视、品评甚至某种程度上改编着中国文学,从而在东西方文学摆渡过程中忽略、遗失了文学存在和传播的根本意义。这种现象引发我们思考:中国文学要"走出去",当然不能仅依靠西方人动手来"拿"。在这一过程中,我们的学者和翻译家能做些什么?我们的努力方向在哪里?就当前的国际交流水平而言,中外两国译者合作翻译或许可以成为一种积极有效的解决途径。中国文学外译是否可以将这种配合进行模式化和制度化?中外双方都不妨做一些有益的尝试。

(陈寒,苏州大学外国语学院;原载于《小说评论》2015 年第 3 期)

法兰西语境下刘震云作品的接受与阐释

王天宇　高　方

美国著名汉学家葛浩文教授在谈及中国作家时,曾明确表示自己对刘震云的偏爱,认为他"看小市民的思想、行为看得非常透彻"[1],情节生动,"不仅读者喜欢,翻译家也很喜欢"[2]。刘震云为中国当代文学的代表作家之一,从短篇小说《塔铺》的发表算起,其小说创作之路已走过愈三十年,陆续发表了《一地鸡毛》《手机》《一句顶一万句》《我不是潘金莲》等一系列佳作,并斩获茅盾文学奖、"《当代》长篇小说年奖"等诸多国内重量级奖项。他的多部作品被改编成电视剧或电影,在国内外均引起广泛的关注与认可;同时,部分作品被译成英、法、德、意、西、日、韩、阿等 20 多种文字,受到外国读者的欢迎,2016 年作家被埃及文化部授予"埃及文化最高荣誉奖",2017 年又在摩洛哥受到表彰,以肯定其为推动中摩两国文化交流做出的贡献。

据胡安江教授资料整理,刘震云作品第一个译本为 1994 年

---

① 闻瑛. 葛浩文用西方眼光解读中国作家,正在翻译刘震云的两部作品. 参见:http://www.eduwx.com-literaryExpo_1015/2062.html,检索日期:2018-02-24。
② 梁昇. 莫言作品译者、汉学家葛浩文谈中国文学偏爱刘震云. 参见:http://culture.people.com.cn/n/2013/1014/c172318-23199527.html,检索日期:2018-02-24。

12 月由中国文学出版社推出的小说合集《官场》(*Corridor of Power*),收录于"熊猫丛书"。该部合集收录了同名小说《官场》以及《单位》(*The Unit*)、《一地鸡毛》(*Ground covered with chicken feathers*)和《塔铺》(*Pogoda Depot*)等四篇小说。此后,由中国官方牵头,又出版了小说《一地鸡毛》的英译单行本并两次再版发行。但遗憾的是,由于当时刘震云在海外的知名度并不高,加之中国出版社的官方背景及其对国外出版销售市场的不熟悉,这些译本并没有引起多少反响。直至 2011 年,由葛浩文翻译的《手机》(*Cell Phone：A Novel*)面世,英语世界读者才开始真正阅读和关注刘震云的作品①。自 20 世纪 80 年代起,法国作为中国现当代文学域外传播的重要驿站,在中国作家形象塑造和作品接受方面,均体现出自身的特色和取向,刘震云作品在法国的译介不仅起始时间早(从 2004 年开始),还呈现出与英译不同的自发性、体系性,为作家在法国乃至整个欧洲的形象确立做出了重要贡献。本文试图通过梳理刘震云在法国的译介历程,就法兰西语境下作家作品的接受与阐释状况做一简要考察与分析。

一、刘震云在法国的译介历程

在正式法译本推出前,中国籍学生郑鸣(Ming Zheng)于 1998 年在艾克斯－马赛一大提交了名为《中国小说刘震云〈官人〉的翻译和接受》②的硕士论文,其中翻译并分析了《官人》的部分段落。

---

① 胡安江,彭红艳. 从"寂静无声"到"众声喧哗":刘震云在英语世界的译介与接受. 外语与外语教学,2017(3):1-11.

② Zheng, M. *Réception par la traduction d'une œuvre chinoise "Les officiels" de Liu Zhenyun*. Marseille：Université de Provence Aix-Marseille I (Mémoire de maîtrise), 1998.

这是刘震云作品在法国的首次亮相,但由于传播范围有限,几乎不具影响力。

2004 年,"中国蓝"(Bleu de Chine)出版社出版了刘震云的第一部小说法译本——《官人》(*Les Mandarins*),由 20 世纪中国文学及社会历史研究专家魏简(Sebastian Veg)翻译。其编辑为著名汉学家,也是该社创始人安博兰女士(Geneviève Imbot-Bichet)。她曾评价,"在中国当代文学中,刘震云是一个真正写当代社会的作家……从《一地鸡毛》《手机》《我叫刘跃进》再到《我不是潘金莲》,当代中国发展的每一个阶段的特征,都能在刘震云的作品中深刻地表现出来"①。出于对作家作品本身的欣赏,在法国国家图书中心和中国国务院新闻办的联合资助下,她在 2006 年又组织出版了刘震云的另外两篇短篇小说《单位》和《一地鸡毛》,均由魏简所译,收录于《一地鸡毛》(*Peaux d'ail et plumes de poulet*)同名小说集中。这三篇短篇小说的原文发表于 20 世纪 80 年代末至90 年代初,是刘震云"官场小说"的代表,反映并批判了 20 世纪中国社会的"权力"问题,迎合了当时法国读者的阅读偏好及其对中国的幻想,但由于"中国蓝"出版社的资金问题,两个译本没能得到很好的宣传与推广,所获关注甚微,在其出版前后,仅有《世界报》和《解放报》在"新书推荐"(Repères)栏目中做了几行介绍。

2010 年,"中国蓝"出版社被伽利玛出版社收购,安博兰成了旗下"中国蓝"丛书的主编,主要负责该社中国现当代小说的编辑和出版事务。中法两国交往日趋频繁、两国关系日益紧密的大环境,以及 2012 年莫言荣获诺贝尔文学奖,进一步激发了海外读者对中国故事的好奇。2013 年,安博兰组织出版了刘震云的中篇小

---

① 王竞. 刘震云文学电影欧洲行. 参见:http://book. sina. com. cnnewswhhxw/2017-04-21/doc-ifyepsec0058455. shtml,检索日期:2018-02-24。

说《温故一九四二》(*Se souvenir de* 1942)和长篇小说《一句顶一万句》(*En un mot comme en mille*);前者由安博兰亲自翻译,后者则由伊萨贝尔·毕蓉(Isabelle Bijon)和王建宇联合打造。为加强两部作品的宣传,伽利玛出版社特邀刘震云赴法与读者面对面交流,并配合冯小刚执导的小说改编电影《1942》的观影推广宣传,刘震云作品走上文学与电影相结合的传播之路,吸引了大批读者及文学评论家的目光,逐步打开了作家在法国及欧洲的市场。法国作家、翻译家布丽吉特·杜赞(Brigitte Duzan)曾在其开创的网站"当代华文中短篇小说"上记录刘震云在巴黎凤凰书店的观影见面会,称其"为了反抗遗忘而写作,为了让世人了解真相而拍摄电影"①。这一次宣传无疑是成功的,刘震云及其作品吸引了《世界报》《新观察家》等法国重量级新闻媒体的目光,他们纷纷称赞其作品中的"幽默元素以及作家对丰富日常生活的把握与研究"②。与此同时,作家知名度的提升也引起了读者对之前两部小说《官人》和《一地鸡毛》法译本的关注,相关评论随之丰富。

2014 年,适逢中法建交 50 周年,巴黎书展以上海为主宾市邀请了近 20 名中国当代著名作家赴法,刘震云亦在邀请行列,他与法国读者有深入交流,以幽默风趣的方式讲述了文学与生活之间的关系。2015 年,他的长篇小说《我不是潘金莲》由著名译者金卉(Brigitte Guilbaud)翻译,伽利玛出版社出版。金卉对于小说标题的翻译,并未采用英译本《我没有杀死我丈夫》、瑞典语版《审判》、

---

① Duzan, B. Liu Zhenyun au Phénix: écrire contre l'oubli, et filmer pour le faire savoir. 参见:http://www. chinese-shortstories. com/Actualites_91. htm,检索日期:2018-02-24。

② Mialaret, B. Rencontre avec le romancier chinois Liu Zhenyun: la famine et la solitude, *Le Nouvel Observateur*. 参见:https://www. nouvelobs. com/rue89/rue89-chine/20131114. RUE0166/rencontre-avec-le-romancier-chinois-liu-zhenyun-la-famine-et-la-solitude. html,检索日期:2018-02-24。

德语和荷兰语版《中国式离婚》等归化式翻译方法,而选择最大限度地保留原标题的表达句式,同时考虑到法语读者的理解和接受,将"潘金莲"这个中国古典文学著名的"坏女人"形象翻译为"garce"(荡妇),"我不是荡妇",简洁明了,也暗合了刘震云语言简洁凝练的风格特征。2016 年,阿歇特出版社将"2013 中国当代优秀作品国际翻译大赛"法语组的 7 篇获奖作品以口袋书的形式出版成书,收于"明书"(Ming Books)系列,其中包含由洛布丽·格雷瓜尔(Läubli Grégoire)和钟正凤合译的刘震云的短篇小说《塔铺》(Les Épreuves)。此书编辑在封底写道:"作为茅盾文学奖得主,他以幽默而又充满感情的笔触揭露了中国社会变迁与城市化对小人物的影响。"①遗憾的是,这套汇集了中国当代优秀作家短篇小说的翻译丛书,在法国图书市场却几乎没有引起任何反响。随后,2017 年 3 月至 4 月,在国家汉办的组织下,刘震云沿着他文学作品在欧洲翻译出版的路径,从北往南,受邀到访了瑞典、荷兰、法国、德国等七个国家,依托书展、朗诵会、观影会等丰富多彩的活动与当地读者进行了多维度的深入交流,促进了作家作品在欧洲的传播与接受。在巴黎停留期间,恰逢伽利玛出版社刚刚出版了由埃尔韦·德内斯(Hervé Denès)翻译的长篇小说《手机》(Le Téléphone portable),刘震云出席了该书的发行签售会,现场回答了读者的许多问题,极大地提升了该书的销量与影响,《手机》也成为目前为止作家在法国获得专业评论数量最多的译本。此外,伴随着文学文本的探讨,还有《一句顶一万句》《1942》和《我不是潘金莲》这三部电影的放映,文学与电影相辅相成,共同演绎出刘震云笔下的中国故事。同年 7 月,《我不是潘金莲》正式在法国各大院

---

① La quatrième couverture. In *Tranchant de lune et autres nouvelles contemporaines de Chine* (coll.《Ming Books》). Paris:Hachette Livres,2016.

线上映,在奖项加持下,有了译本为基础,该片一经上映便大获好评,普通观影者和专业影评人均赞叹其扣人心弦的故事情节、类似宋代画作般圆形遮罩的画面布局,最后这部电影观影人数达16778 名①,并再次带动译本销量小幅度回升②。

　　如果说,刘震云作品在英语世界的传播始于国家的官方推广,而作家与法国的缘分则起于汉学家安博兰对其作品的文学欣赏。安博兰身兼推介人、出版商及译者三职,依托自己所在的出版社平台,一直自发而系统地推动着刘震云作品的法译,在其不懈努力之下,刘震云在法国的译介之路才显示出与英语世界不同的风景。英译本"从传播与接受的现实考虑和市场推广出发,有意识地发掘并夸大了其文学创作中的政治意味、灾难叙事、社会犯罪、伦理道德等元素"③,在腰封和副文本中做文章,以借此拉近与西方读者间的距离,而法译本,除了《官人》《一地鸡毛》两部作品为迎合读者的猎奇心理特别设计了封面,之后则始终遵循对文本本身的尊重,设计简洁,从不依靠装帧或夸大的言语来吸引读者眼球。王德威教授曾指出:"在国外,当人们看到茅盾文学奖的作品,就想这个作品我们可以暂时先不要看它。……这个问题,不只是一个理论的问题,或文学创作的问题,它更是一个政治的问题。"④或许是因为这个原因,刘震云 2011 年获得茅盾文学奖的作品《一句顶一万句》至今未被译成英语。与此相对,法国却将这一奖项的获得看作是对作家文学创作的一种肯定,在 2011 年后推出的法译本中,编辑

――――――――――――

① 参见:http://jpbox-office.com/fichfilm.php? id＝16484,检索日期:2018-02-24。

② 参见:http://www.edistat.com/livre_tarifs.php? ean＝9782070144969,检索日期:2018-02-24。

③ 胡安江,彭红艳.从"寂静无声"到"众声喧哗":刘震云在英语世界的译介与接受.外语与外语教学,2017(3):1-11.

④ 季进.另一种声音——海外汉学家访谈录.上海:复旦大学出版社,2011:102.

在封底均特别标注作家曾荣获茅盾文学奖;《一句顶一万句》的法译本也在获奖两年后推出,被誉为"象征其技巧成熟的代表作"①。由此,法国出版商、编辑及译者对刘震云作品文学性的看重可见一斑。

法国读者和批评界对刘震云作品的阐释与接受亦是一个逐步深化和丰富的过程,从对社会政治元素的解读,到对于作品文学性的关注,再到通过电影语言进一步理解文学语言,期间多种元素相互作用,共同构建了法兰西语境下的作家形象。

二、法兰西语境下刘震云作品的理解与阐释变迁

法国关于刘震云及其作品的评论最早出现于 2004 年,即译者魏简所作的《官人》译后序——《〈官人〉中的革命话语与不断往复的官场众生相》。在文章中,魏简依托中法两国以及英语世界的相关研究成果,试图全面描绘刘震云的作家形象,并紧扣革命话语和官场描写这两个方面,细致阐述了小说的语言特色与思想内容。魏简指出,"这篇小说作为中国'新写实'的代表……是刘震云最具寓言性质的小说,描绘了在一个局长领导下,部门内部因'活动'造成的后果"②;在语言方面,他认为故事中的人物语言极具荒诞性和破坏性③。不可否认的是,西方批评界对中国现当代文学作品

---

① La quatrième couverture. In Liu, Z. *Se souvenir de 1942* (coll. 《Bleu de Chine》). Imbot-Bichet, G. (trad.). Paris: Gallimard, 2013.

② Veg, S. Discours révolutionnaire et spirale bureaucratique dans "Les Mandarins". In Liu, Z. *Les Mandarins*. Veg. S. (trad.). Paris: Bleu de Chine, 2004: 116-117.

③ Veg, S. Discours révolutionnaire et spirale bureaucratique dans "Les Mandarins". In Liu, Z. *Les Mandarins*. Veg. S. (trad.). Paris: Bleu de Chine, 2004: 116-117.

的解读和接受偏见依旧存在,魏简也没能免俗,企图用小说去解读、批判中国的社会问题,"国家机关是一种政治意识形态机构,领导人终其一生、费尽心思搞组织,却没有真正的实力"①。这一论断用文学解读现实,扭曲中国故事,混淆了读者的关注焦点,造成了刘震云早期在法国的阐释偏差。2006 年,魏简为《一地鸡毛》的法译本也作了译后序——《放弃还是抵抗:如何反对一地鸡毛?》。相对于前一篇从官场领导者的切入视角,《一地鸡毛》和《单位》则是从官场中小人物的日常生活展开描写,政治体系成了日常生活的背景。因此,魏简巧妙地从"一地鸡毛"这个意象入手,将它与成语"鸡毛蒜皮"相联系,翻译成"peaux d'ail et plumes de poulet",并指出:"该表达在中文里是指日常生活的琐碎小事,作家借此概括了大多数中国人的日常生活。"②这正与国内评价不谋而合。王必胜曾评价刘震云的小说,"从生活的琐细、日常的普泛的人事中,描绘芸芸众生者流并不高尚也不尽庸俗的心态和情致;他展示改革生活中一隅小波不兴的生活场景,但沿波寻澜,从中可以见到生活变革的跫音和轨迹"③。随后,魏简将刘震云笔下荒谬丑陋的中国官场与捷克小说家哈维尔的后集体主义社会相类比,借哈维尔之口,将批判延伸至整个现代社会,"后集体主义体系中空虚和灰暗的生活描写最终不正是对整个现代社会的漫画式展现么?"④在

---

① Veg, S. Discours révolutionnaire et spirale bureaucratique dans "Les Mandarins". In Liu, Z. *Les Mandarins*. Veg. S. (trad.). Paris: Bleu de Chine, 2004: 120-121.

② Veg, S. Renoncement ou résistance: que faire contre les plumes de poulet? In Liu, Z. *Peaux d'ail et plumes de poulet*. Veg, S. (trad.). Paris: Bleu de Chine, 2006: 203.

③ 王必胜. 刘震云的意义. 文艺争鸣,1992(1):67-69.

④ Veg, S. Renoncement ou résistance: que faire contre les plumes de poulet? In Liu, Z. *Peaux d'ail et plumes de poulet*. Veg, S. (trad.). Paris: Bleu de Chine, 2006: 212.

他看来,刘震云以讽刺的笔调,书写的"并不是对消费社会的一个道德批判,而是一种对比,他将大众的追求与意识形态语言相对比,进而揭露了两者之间深刻的矛盾"①。

国内评论界普遍认为刘震云"官场小说"从日常生活切入,将官场与普通人的生存相联系,展现了权力对人的异化以及对人生存状态的改变,"嬉笑戏谑中撕开血淋淋的现实,喜剧的外壳下包裹着浓厚的悲剧色彩"②,风格独树一帜。对此,魏简的看法基本一致,他吸收了中国现当代文学研究专家陈晓明的思想——"(作家)关注的是那些生活情境的细枝末节,给这些细枝末节注入兴奋剂,使之长出奇花异葩"③,进而得出结论,"正是通过对历史与政治话语的反讽解密,让读者(包括西方读者)得以一瞥没有任何价值的官场'活动'"④。可以说,魏简对于刘震云作品的解读,能够体现其对作家作品的深刻理解,但也未能跳出西方评论界借由文学论述中国社会政治现实的解读路径。

2009 年,刘震云荣获"《当代》长篇小说年奖",引起了部分法国汉学家和评论者的关注。2010 年,杜赞女士在她的网站上为刘震云专门撰文,系统而全面地介绍了刘震云的几部代表作。在她看来,"在中国,刘震云尤其因由他小说改编的电影和电视剧闻名。他每出一本书,总能引起媒体的轰动。但在法国,除了几篇短篇小

---

① Veg, S. Renoncement ou résistance: que faire contre les plumes de poulet? In Liu, Z. *Peaux d'ail et plumes de poulet.* Veg, S. (trad.). Paris: Bleu de Chine, 2006: 213.

② 祝羽彤,舒耘华. 喜剧形式与悲剧精神——谈刘震云官场系列小说. 产业与科技论坛,2017(14):190-191.

③ 陈晓明. "历史终结"之后:九十年代文学虚构的危机. 文学评论,1999(5):36-47.

④ Veg, S. Discours révolutionnaire et spirale bureaucratique dans "Les Mandarins". In Liu, Z. *Les Mandarins.* Veg, S. (trad.). Paris: Bleu de Chine, 2004: 122.

说被翻译过来外,他几乎不为人知"①。除文学作品外,她还专辟篇章,介绍了刘震云与冯小刚的合作,称赞两人为"讽刺幽默的大师"。这是法国第一篇全面介绍作家作品的文章。杜赞作为一名作家、翻译家,对刘震云作品的文学性以及他的影剧化改编给予了高度关注,内容甚少涉及社会政治因素,为法国民众了解刘震云提供了新的视角。2013 年,《温故一九四二》和《一句顶一万句》的法译本出版,由作家本人亲自参与宣传,一经面世就吸引了多方关注,评论界也普遍开始将目光聚焦于作品本身,就它们的语言特色和思想内涵进行了探讨。《世界报(外交版)》在赞叹其故事震撼性的同时,却称"《温故一九四二》是一篇短小的散文,如同经历蝗灾后的河南土地般枯燥无味。没有任何风格效果,只有报道与证词叠加,作者认为它们最真实可信"②。这或许是因为《温故一九四二》在国内被定性为调查体小说,在法国又被认为是一部散文(essai),虽然体裁发生转变,但作家本身简单直白的"调查"风格却被保留,这种风格初读"枯燥无味",但却贴合了作者真实再现历史的诉求。评论家贝特朗·米亚拉雷(Bertrand Mialaret)一方面称赞作家在《一句顶一万句》中"以幽默的语言描绘出生动有趣的人物,是对日常生活的一次丰富而精彩的研究"③,另一方面对《温故一九四二》却一直抓住该书与其同名电影的审查问题做文章,还

---

① Duzan, B. Liu Zhenyun: présentation. 参见:http://www. chinese-shortstories. com/Auteurs_de_a_z_LiuZhenyun. htm,检索日期:2018-02-25。

② Célérier, P. P. Vieux cauchemars chinois. *Le Monde diplomatique*. 参见: https://www. monde-diplomatique. fr-02/PATAUD_CELERIER/50096,检索日期:2018-02-25。

③ Mialaret, B. Rencontre avec le romancier chinois Liu Zhenyun:la famine et la solitude. *Le Nouvel Observateur*. 参见:https://www. nouvelobs. com/rue89/rue89-chine/20131114. RUE0166/rencontre-avec-le-romancier-chinois-liu-zhenyun-la-famine-et-la-solitude. html,检索日期:2018-02-25。

将它与杨继绳《墓碑》进行对比,以自己的方式解读作家为何"回避"60年代大饥荒的原因。在这一阶段,随着中国国力的增强,中法交往愈加密切,莫言荣获诺贝尔文学奖也吸引了西方对中国故事的关注,加之作家本人积极参与出版社各项实地推广活动及电影的助力,刘震云在法国的读者群逐步扩大,主流媒体对其关注度也大幅度提升,在社会政治因素外,开始加强对其作品本身文学价值的关注。

2015年,《我不是潘金莲》法译本出版,并获得当年《世界报》外国文学奖(Prix de l'Inaperçu-Étranger)提名,法国评论者称,"承袭《一句顶一万句》中新写实的辛辣风格,作家在这部小说中以讽刺的手法、批判的笔调成功描绘出一个虚伪的社会"①。次年,由冯小刚导演、刘震云编剧的同名电影(英译名 *I am not Madame Bovary*)荣获2016年多伦多国际影展国际影评人费比西奖,以及第64届圣塞巴斯蒂安国际电影节最佳影片金贝壳奖等国际重要奖项,作家的国际知名度进一步打开。2017年,刘震云再次前往法国为《手机》法译本的发行宣传造势,收获众多褒奖之声,评论界主要的关注目光也从政治解读走向了文学与电影。《世界报》首先发声,称"在这部充满幽默感的小说中,刘震云见证了世纪之交手机对中国的影响。刘震云是最懂得用文学反映社会变迁的艺术家之一。……阅读他的小说,如同紧贴窗户观察正经历城市化变迁的中国,既能看到它的不足,又能了解它的革新"②。普通读者也

---

① Vauclair, D. Premier des 5 nommés pour le prix Étranger 2015:Liu Zhenyun pour *Je ne suis pas une grace*, aux éditions Gallimard. 参见:http://www. prixdelinapercu. fr-05/premier-des-5-nommes-pour-le-prix-etranger-2015-liu-zhenyun-pour-je-ne-suis-pas-une-garce-aux-editions-gallimard/,检索日期:2018-02-25。

② Bougon, F. Le mari, la femme, l'amante et le téléphone. *Le Monde*. 参见:http://www. lemonde. fr/livres/article/2017/04/20/le-mari-la-femme-l'amante-et-le-telephone_5114116_3260. html,检索日期:2018-02-25。

对小说故事表示喜爱,称从中看到了"中国城乡间的差异"①。另一方面,电影《我不是潘金莲》自同年 7 月登陆法国院线后就吸引了大批目光,法国国家电影中心下属电影研究会(GNCR)从原作、电影内容和形式以及中国的二套房政策等多方面入手,对这部电影进行了全方位的解读,强调了冯小刚与刘震云为"展现中国社会变迁下,司法体制僵化,甚至荒谬"所做的努力,并对导演的圆形遮罩画面以及模仿宋画的艺术布局表达了欣赏②。《解放报》也盛赞该片导演的技艺纯熟,刘震云的黑色幽默令人影响深刻③。

一方面,法兰西语境下刘震云作品的文学性阐释正在逐步加强,另一方面,从文学到电影文学,作家在法国的接受层面也在丰富拓展。在这过程中,安博兰女士一直隐身于作家背后,通过"出版者言"表达着自己对作家作品的感受与理解,甚少为社会意识形态干扰,成为刘震云在法国作家形象构建的一块重要基石。对于《官人》《一地鸡毛》这两部"官场小说",她认为作家"继承了 20 世纪初中俄两国作家讽刺的传统手法",揭露了"并不仅限于中国"④的社会弊端。她在《温故一九四二》中读出了作者"幽默、反讽的精致技法",感受到他"对当权者的辛辣批判"⑤;她在《一句顶一万

---

① Neufville,V. Le téléphone portable,Liu Zhenyun. 参见:http://virginieneufville. blogspot. fr/2017/12/le-telephone-portable-liu-zhenyun. html,检索日期:2018-02-25。

② Anonyme. I am not Madame Bovary. 参见:http://www. gncr. fr/films-soutenus/i-am-not-madame-bovary,检索日期:2018-02-25。

③ Uzal,M. "I am not Madame Bovary",héroïne encerclée. *La Libération*. 参见:http://next.liberation. fr/cinema/2017/07/04/i-am-not-madame-bovary-heroine-encerclee_1581561,检索日期:2018-02-25。

④ La quatrième couverture. In Liu,Z. *Les Mandarins*. Veg,S. (trad.). Paris:Bleu de Chine,2004.

⑤ La quatrième couverture. In Liu,Z. *Se souvenir de* 1942 (coll. 《Bleu de Chine》). Imbot-Bichet,G. (trad.). Paris:Gallimard,2013.

句》中体会到"孤独",进而称赞作家"通过幽默的讽刺,对中国日常生活展开思考。这部小说是一部长篇巨作,象征着作家技艺的成熟"①;而在《我不是潘金莲》中,因为"出乎意料的结局",她又读出了"辛辣讽刺"之外的"同情与悲伤"②;最后,在最新出版的《手机》法译本中,她通过作家"简洁凝练的语言,直接的叙述",了解了"他所偏好的主题:话语及其在人际关系中的作用,以及它在中国社会现代化过程中所遭遇的变化"③。安博兰的观点与国内文学界的主流评论有所呼应,为法兰西语境下刘震云作品的解读与阐释进行了有效的修正与补充。

三、"小说+"的推广模式思考

据法国国家出版工会(SNE)统计④,近几年来,中国一直位居海外收购法国图书版权数量的首位,而与此相对,在占法国18.3%的翻译市场中,中文书籍仅占0.8%(2017年数据⑤),这种文化输入与输出的差异让我们意识到中国文学文化在海外传播的困难,同时,也让我们思考如何进一步推动中国文化"走出去"？ 在

---

① La quatrième couverture. In Liu, Z. *En un mot comme en mille* (coll. 《Bleu de Chine》). Bijon, I. & Wang, J. Y. (trad.). Paris: Gallimard, 2013.

② La quatrième couverture. In Liu, Z. *Je ne suis pas une garce* (coll. 《Bleu de Chine》). Guilbaud, B. (trad.). Paris: Gallimard, 2015.

③ La quatrième couverture. In Liu, Z. *Le Téléphone portable* (coll. 《Bleu de Chine》). Denès, H. (trad.). Paris: Gallimard, 2017.

④ Anonyme. Synthèse des repères statistiques 2016—2017. 参见:https://www.sne. fr/resultats-recherche/? fwp_main_engine_facet＝Repères%20Statistiques,检索日期:2018-02-26。

⑤ Anonyme. Chiffres clés du secteur du livre: l'édition 2017 est parue (données 2015-2016). 参见: http://www.culturecommunication. gouv. fr/Thematiques/ Livre-et-Lecture/Actualites/Chiffres-cles-du-secteur-du-livre-l-edition-2017-est-parue,检索日期:2018-02-26。

"一带一路"的倡议下,中国文化如何与异域他者文化进行平等对话? 对此,或许刘震云在法国的译介与阐释变迁能带给我们一些启发。除了作家作品本身的文学魅力、译者的贴切传译、出版商的大力宣传外,还有一因素值得我们关注,即"小说＋"的立体推介模式,将小说与影视相结合,进一步扩大受众,提升作家在异域的影响力。

翻译家杜赞曾说过,"比起电影,书籍的发行量更小,受众也更少"[①],的确,影视输出是文学传播最直接、有效的路径之一。作为文化形象传播的载体和媒介,影视改编是面向海外宣传中国文学文化的重要方式。法国对中国文学改编电影的喜爱来源已久,早在 1991 年,苏童的小说《妻妾成群》就通过张艺谋的电影《大红灯笼高高挂》走入法国,进而走向世界。刘震云也是如此,早在 1995 年,他就与文学影视改编结下了不解之缘:冯小刚根据其小说《单位》和《一地鸡毛》改编了同名电视剧,是他们各自艺术道路上重要的里程碑,也开启了两人长达 20 余年的默契合作。此后,由冯小刚导演、刘震云编剧的影视作品成就了一种独具特色的中国"黑色幽默"电影,受到大众的喜爱与褒奖,斩获国内外许多重要的电影奖项。在刘震云的法译之旅中,影视改编和冯小刚这两个关键词也一直是法国民众与评论者关注的焦点。早在 2004 年,魏简就曾提及,"冯小刚的影视化改编让刘震云一战成名"[②];2007 年,小说《手机》在尚无任何海外译本的情况下,凭借其影视声名,被列为法国 2007 年中文老师资格考试四本必读书目之一;2017 年,评论家

---

① Duzan, B. Liu Zhenyun au Phénix: écrire contre l'oubli, et filmer pour le faire savoir. 参见: http://www. chinese-shortstories. com/Actualites_91. htm,检索日期:2018-02-24。

② Veg, S. Discours révolutionnaire et spirale bureaucratique dans " Les Mandarins". In Liu, Z. *Les Mandarins*. Veg, S. (trad.). Paris: Bleu de Chine, 2004: 124.

米亚拉雷也直言,"刘震云的成功与冯小刚密不可分"①。法国出版商显然也认识到了这一点,在刘震云 2013 年和 2017 年两次图书宣传活动中,他们在文本阅读和讨论会之前,均安排了相关电影放映会。法国甚至将"刘震云文学电影欧洲行"译为"Tournée des films littéraires de Liu Zhenyun en Europe"(在法语中,文学、电影不是并列的关系,而是被译为"由文学改编的电影"),可见电影对刘震云作品在法国译介的重要推广作用。

根据语言学家雅各布森的观点,翻译可以划分为语内翻译、语际翻译和符际翻译三类。在这种意义上,影视改编其实也是一种广义上的翻译行为,而其中获得国际奖项的电影作品,更会对文学作品在海外的传播与接受起到极大的推动作用。以《我不是潘金莲》为例,在 2016 年连续斩获多个国际电影节大奖后,该片于次年 7 月被引入法国,并迅速掀起一阵观影热潮,进一步提升了作家在法国的影响力。有论者言,"阅读原著是个体审美经验参与到原著构建的审美空间,观影是集体意识或无意识的凝聚和再生,是对原著审美空间的延伸和扩展。……影视媒介构建了新的文学场域,文学作品经久不衰的原因不仅源于文字阅读的传承,还依赖于影视改编才得以广泛传播,共同创造着文学经典形成的社会文化机制"②。由此我们得出结论,"小说＋"立体推介模式,将小说与影视改编相结合,是刘震云作品在法国传播的有效途径,也是中国文学文化扩大海外影响力的重要模式之一。

在安博兰女士自发且系统的推介下,在多位具有影响力的译者和汉学家的翻译助力下,依托"小说＋"的立体宣传模式,刘震云

---

① Miaralet，B. Liu Zhenyun à Paris. 参见：http://mychinesebooks.com/liu-zhenyun-paris/,检索日期：2018-02-26。

② 邵霞. 基于《我不是潘金莲》的文学作品翻译、电影改编与传播. 浙江传媒学院学报,2017(5):72-76.

逐步摆脱了西方评论界的政治解读导向,以自己的文字与思想打动法国读者,成为中国文学文化"走出去"的一个成功范例。正如他自己所说,"东西方文化虽然有很大差异,但本质仍有相似处。随着不同民族、不同地区的交流日益增多,在精神层面、情感层面也日益融合"①,我们相信,以翻译为媒介,随着"小说+"立体传播模式的推广,中国文学文化在世界范围内将得到更为深入的了解,"中国形象"和"中国故事"将得到更为本真的书写和传播。

(王天宇,南京大学外国语学院、法国国立东方语言文化学院博士研究生;高方,南京大学外国语学院教授;原载于《小说评论》2018 年第 4 期)

---

① 吴焰. 刘震云:文学是世界上成本最低的交流. 人民日报,2017-12-17(07).

第三编

中国文学在德语、俄语和西语世界的译介与传播

新时期中国女性作家在德语世界的译介与接受

赵　亘

汉学家顾彬(Wolfgang Kubin)曾提出以 1979 年为新中国文学史发展的分界线[①]。1979 年之后,中国文学界的个性化声音日益鲜明,中国的文学作品呈现了更为丰富多样的形式、主题和内容,进入了一个"新时期"。而在德国,对于中国当代文学的接受过程则基本同步于中国文学在新时期的发展与开拓。中国当代作家的作品译入德语即开始于 20 世纪 80 年代初期。由于德国媒体对中国作家的关注视野褊狭,因此德语学界在从事中国文学德译研究时也往往采用重个人、轻整体的视角。为了全面了解中国文学和中国文化自开放政策以来在西方,特别是德国土地上的传播和接受,整体呈现中国文学在德语世界的译介面貌,我们有必要转换研究视角,进行系统的梳理和研究。

女性文学是中国当代文学的一个重要构成部分。从 1979 年至今,中国文坛崛起了一批较有影响力的女性作家,如张洁、张辛欣、张抗抗、王安忆、残雪、戴厚英等。她们文笔细腻,从女性视角选择的题材颇能引起读者的共鸣,因而在中国文坛迅速占据了一

---

① 　顾彬. 二十世纪中国文学史. 上海:华东师范大学出版社,2008:262.

席之地,支撑并发展了中国自"五四"以来的"女性文学"这片领域。她们的作品往往从"小我"折射社会变化,寻找探求"自我"意识和女性在中国社会各个时期的定位价值,为读者了解中国在改革开放后新时期的人文社会变化提供了新的视角,也是德国社会了解中国的重要窗口。本文旨在通过对新时期女性作家在德国的译介概貌、接受程度进行研究,剖析德国社会对于这一批女作家的审视态度,包括她们的创作内容和创作思想,继而探索中国女性文学这一独特的种类在德语世界的未来之路。

一、新时期中国女性作家德译概貌

通过德国国家图书馆的检索库、卫礼贤翻译研究中心的图书目录、北京德国图书信息中心以及笔者在德国高校图书馆的搜集整理,上述这些女性作家在德国的译介形式可以分为以下几种情况。

第一种是以单行本形式出版的作家代表作以及作家的个人小说集。至 2017 年为止,在德国出版的此类作品共有 25 部,包括张洁《沉重的翅膀》《方舟》《世界上最疼我的那个人去了》,张辛欣《北京人》《在同一地平线上》《我们这个年纪的梦》,王安忆《米尼》,戴厚英《人啊,人》,残雪《天堂里的对话》以及陈丹燕、冯丽、黄蓓佳、卫慧、棉棉、郝景芳的一些代表作。

第二种出版形式为小说集。新时期以来共有 9 部主要的德语版中国小说集,其中 3 部是女性作家小说集,其余则也收录了男性作家作品。1982 年出版的小说集《爱的权利》是首部译入德语的中国新时期女作家作品,包括了张抗抗和张洁的三部短篇小说代表作《爱的权利》《悠远的钟声》和《爱,是不能忘记的》。这类小说集出版时间集中于 20 世纪 80 年代至 90 年代初,收录的女作家也相对较为集中。主要的作家和其作品有王安忆《本次列车终点》、张辛欣《北京人(节选)》、谌容《人到中年》、残雪《旷野里》和张洁的一些短篇等。

第三种中国女性作家作品在德面世的媒介是文学或汉学类杂志。在 20 世纪 80 年代,共有约 6 种期刊涉足了中国女性文学题材。较之于小说集,德国的文学或汉学杂志对作家的选择面更宽阔,刘索拉、陈染和程乃珊等女作家的作品即通过这一途径译入德语。

新时期女性作家作品对德译介至今将近四十年。从翻译数量和时间分布来看,主要可以分成两个阶段,即"文革"结束初期的翻译高潮以及进入 20 世纪 90 年代之后的翻译低潮。在"文革"结束初期至 20 世纪 80 年代中期,中国文坛涌现的主要女作家的作品几乎在德国都有译本,其中包括张洁、张辛欣、王安忆和戴厚英等。在 25 部作家单行本中,11 本都是出版于 20 世纪 80 年代,占据了近一半的数量。同一时期也有大量的中短篇作品收录于小说集和期刊中出版。除了翻译的数量较多这一点之外,对于同一作品还存在不同的翻译和发行版本。张洁的短篇《爱,是不能忘记的》在三部小说集中出现了三个不同的译本。畅销作品往往会一版再版,例如《沉重的翅膀》,德国卡尔·翰泽尔出版社(Carl Hanser Verlag)在 1985 年至 1987 年短短两年时间内发行了七个版次。德国奥夫堡出版社(Aufbau Verlag)1986 年又在民主德国出版了该书。德国袖珍书出版社(Deutscher Taschenbuch Verlag)也乘着《沉重的翅膀》热卖的东风发行了两次未删减版。而与高潮时期的出版盛况相比较,进入 20 世纪 80 年代后期至 90 年代之后,翻译量却呈现明显下降的趋势,基本只有作家单行本问世。

二、译介作品、译者和出版机构

在女性文学德译的高潮期,译介作品主要体现了女性性别意识的觉醒、知识界以及中国当时社会一系列变化和问题;摆脱了20世纪五六十年代文学作品过分依附于政治需要的束缚,女性作家的性别意识开始觉醒、主体意识开始成熟,人的生命意识也得以彰显①。张洁的《爱,是不能忘记的》宣告了女性对真爱的理想渴望。张抗抗的《爱的权利》《北极光》则表现了新时期女性对爱情、对理想对象的寻找和追求。王安忆的《荒山之恋》和《锦绣谷之恋》更是大胆展现女性的身体本能和心理欲望。这些在当时的文坛都可谓开风气之先,充分体现了当时那批中国知识女性的自我觉醒和内心对社会开放以及自由生活的向往。而另一些女作家的作品则反映了知识界对于知识分子在经历磨难之后人生思考。如戴厚英的《人啊,人!》和谌容的《人到中年》表现了知识分子在当时社会中的艰难处境以及思想上的压抑环境,引发了知识界的极大共鸣。还有反思当时“文革”遗留社会问题以及改革转型期中国社会的作品,如张洁《沉重的翅膀》、王安忆《本次列车终点》、张辛欣的《北京人》等。这些小说在表现企业经济改革和知青命运的过程中折射了当时中国社会和一部分中国人的生活情况和心理变化。这些女性作家的作品既展现了中国当时社会的整体风貌,也由于作家的性别特征兼具了中国特色的女性启蒙意识。对于当时的德国来说,它们一方面是了解中国这个古老东方文明大国的良好途径,通过这些女性文学作品可以深刻反映中国社会经历十年封闭之后的

---

① 曹新伟,顾炜,张宗蓝. 20世纪中国女性文学史. 北京:北京大学出版社,2012: 127-132.

生活现状;另一方面,更为重要的是以这些作品为途径获悉中国人的思想转变和价值追求。这种体现在作品中的反思精神与德国社会的品味是十分契合的。反观进入 90 年代之后的低潮期,张洁、王安忆、张抗抗等作家的作品在德语世界的关注度降低。王安忆之后的代表作《长恨歌》至今未翻译成德语出版。由于余华、莫言等男性作家的作品陆续在德面世,阅读中国文学的焦点逐渐转移到了这一批男性作家的身上。

除了上述这些作家和作品之外,新时期译入德语的女作家还有残雪、陈丹燕、刘索拉、皮皮、黄蓓佳,以及 80 后女作家郝景芳等,但翻译的规模都不甚大。例如郝景芳,其《北京折叠》是一部科幻小说,在汉语德译作品中这类题材是第一次出现。2016 年《北京折叠》获雨果奖最佳中短篇小说奖,成为继《三体》之后又一在科幻题材领域折桂的中国作品。选择将其译入德语应当是受到雨果奖项的影响。

综观这些年来德语世界选择翻译的中国女性文学作品,其中大部分都是可以引发德语读者自身共鸣性思考的。例如张洁的作品《沉重的翅膀》和《世界上最疼我的那个人去了》都属于此类。《沉重的翅膀》描写的社会改革转型可以引发德语读者对二战后德国社会变化的共鸣。尽管两种社会变革是不同性质的,但中国的"文革"结束初期以及德国的二战结束初期,人们都处于一种摆脱精神束缚、投入社会建设的阶段。对中国的兴趣以及作品带来的反思力推动了这部作品在德国的成功。《世界上最疼我的那个人去了》描写了母女之间细腻的感情互动。家人,特别是老年人的情感需要和照顾护理也是德国这个严重老龄化社会所面临的共性问题。但池莉、方方、铁凝、迟子建、徐坤等这些同样较有代表性的女作家,她们的作品并无德译版面世。池莉等只在德国进行过规模甚小的作品朗诵会,也没有产生很大的影响。可见,德国国内对于中国新时期女性文学的发展状况了解得并不全面,还存在较大的空白。这种空白现象是由很多因素综合作用的结果,作品的主题、市场的需要等都会影响翻译对象的选择。在书商争相扩大销售量的背景下,能够引起一定轰动效应,打破人们常规印象的作品往往被优先选择。20 世纪 90 年代以来,德语世界对于中国女作家的印象似乎主要就停留在了某些争议较大的女作家身上,这对于中国女性文学整体在德语世界的接受既十分偏颇,也有失公平。

在德国,选择中国新时期女性作家作品翻译发行的出版社基本都是历史较悠久且具有文学和学术出版背景的权威出版社。主要有卡尔·翰泽尔出版社、奥夫堡出版社、德国袖珍书出版社和菲舍尔袖珍出版社(Fischer Taschenbuch Verlag)等。卡尔·翰泽尔出版社于 1928 年成立之初就致力于出版高质量的文学作品,涉及文学经典、诗歌以及当代小说。除了张洁的作品,该出版社在80 年代还出版了戴厚英和王安忆的作品。奥夫堡出版社成立于1945 年,诞生于当时的民主德国,从事流亡文学、文学理论和哲学书籍的出版,继而转向出版当代文学,至今拥有众多书籍销售冠军的纪录。在德国还有一类出版社以出版现有图书的随身版为主要业务,德国袖珍书出版社和菲舍尔袖珍出版社是其中的代表。这类出版社的出现说明德国有良好的读者资源,大众普遍具有随身阅读的习惯。德国袖珍书出版社在 80 年代出版了张洁、戴厚英等人作品的随身版,还有众多中国作家的小说集。菲舍尔袖珍出版社创立于 1962 年,推出过张洁、陈丹燕等作家小说和小说集。这四个出版社至今仍然是中国文学在德国出版的生力军,由它们推出发行的作品往往销量不俗。除了上述四个出版社之外,瑞士的联合出版社(Unionsverlag)也是一个老牌文学类出版社,以出版鲁迅全集的德译版而闻名。张洁的长篇小说《世界上最疼我的那个人去了》即由联合出版社邀请著名汉学家梅薏华(Eva Müller)

翻译出版。

中国女作家的作品也曾由德国大学的汉学研究机构出版。残雪的小说集《天堂里的对话》就是由德国波鸿－鲁尔大学的卫礼贤翻译中心和项目出版社(Projekt Verlag)联合发行。该机构自1994年至2006年间发行了二十多部中国文学翻译和研究著作,是德国汉学界的重要研究基地之一。具有学院背景的出版社还有东亚出版社(Ostasien Verlag),创立者杭曼青(Martin Hanke)和沙敦如(Dorothee Schaab-Hanke)本身即是汉学家和译者,曾在汉堡大学从事研究。自2007年成立以来,该出版社一直致力于出版东亚文化相关的书籍。2009年它即选中了冯丽的两部小说相继出版,沙敦如承担了其中一部的翻译工作。

在中国女性文学的出版领域,20世纪还活跃着一些小型的德国出版社。1982年中国女作家第一部德译小说集《爱的权利》即由西蒙＆马吉拉出版社(Simon & Magiera Verlag)推出。其中的三部小说当时在国内也才发表不久。尽管该出版社现已无从查找,但在20世纪80年代,它相继推出过一系列研究东亚文化的书籍,其中包括张洁的小说集和丁玲的诗集。雅知出版社(Engelhardt-Ng Verlag)在20世纪80年代出版了一套中国女性文学译丛,其中就包括张辛欣两部作品《在同一地平线上》和《我们这个年纪的梦》,以及王安忆的小说集《道路》,还有两本分别是李清照的词集以及刘晓庆的自述。这一套译丛在当时对于中国文学,特别是女性文学在德国的传播可以说是一个极大的推动。

除了出版社之外,值得一提的还有一些德国文学或汉学杂志。它们在80年代至90年代伴随着中国女作家翻译高潮刊登了众多女作家的作品。主要有《季节女神》(*Die Horen*)、《袖珍汉学》(*minima sinica*)、《中国文汇》(*Chinablätter*)等。《季节女神》取自席勒创办的同名刊物,延续了出版严肃文学作品的传统,在 1985 年和 1989 年大量刊登了中国当代女作家的短篇作品。《中国文汇》是始于 1982 年的一份汉学刊物。《袖珍汉学》则是 1989 年由汉学家顾彬创办的。这些期刊至今仍然活跃于业界。

从译者的角度来看,除了 1988 年一期中国文学特辑 (Literarisches Arbeitsjournal. Sonderheft China)是由王炳钧等人编辑翻译,其余的译者均为德籍人士。这一批译者可以分为汉学家和自由译者。著名汉学家的代表有梅薏华和吴漠汀(Martin Woesler)。梅薏华是中国女性文学的研究专家并翻译了张洁的《世界上最疼我的那个人去了》。吴漠汀是中国经典著作《红楼梦》的译者之一,也是棉棉的译者。自由译者也基本都是系统学习过汉语和汉学的专业人士。其中最多产的当属卡辛·哈塞尔布拉特 (Karin Hasselblatt)。自 80 年代中国新时期女作家进入德国以来,她一直不断地翻译各种题材的作品,王安忆、张抗抗、卫慧和棉棉的作品都有涉猎,可以说是中国女性作家在德的首要翻译者。东亚出版社也请了著名翻译家高立希(Ulrich Kautz)执笔翻译冯丽的《所谓先生》。还有诸如包惠夫(Wolf Baus)和李玛丽(Marie-Luise Beppler-Lie)分别是波鸿语言中心和马堡大学的汉语教师。这些译者本身就可被视为文学翻译的质量保证。

总的来看,新时期中国女作家在德国的出版主要借助于集中的几个出版机构。它们普遍具有较丰富的文学作品出版经验,因此很快为译作打开了市场,并且不断引入新的作品,说明德国大众对中国女性文学的确具有较为浓厚的兴趣。但 80 年代翻译高潮之后,文学及汉学杂志渐渐退出女性文学翻译领域,这也表明了女性文学作品的德译渐渐趋向低潮。在译者方面呈现的特点是,一方面汉学家参与翻译并将译作与研究相结合,另一方面也有一批较为稳定的自由译者在从事女性文学的德译。

作品的出版频率和数量始终与市场紧密结合在一起,译者的选择也与译作的受重视程度相互关联。至今,知名度较高,能够引起反响的译作还是局限于那些大型出版机构发行或者译者较为知名的作品。

三、新时期中国女性作家作品在德语世界的接受

"文革"结束初期,中国形象在德语世界是混沌模糊的。译介不失为了解中国的一条捷径。对于中国这一时期涌现的大量女作家作品进行翻译、传播也是德国社会当时构建中国新形象的重要方法之一。中国当时的女作家中有很大一部分是"文革"中经历上山下乡的知识青年,继而在运动结束之后成了开辟文学新风气的先锋。她们写作的主要出发点就在于对历史的反思以及探讨女性角色在这一历史变革中的社会属性和所历变化,其中有着挥之不去的自身经历的烙印。而当时的德国处于两德分裂时期,对中国这个东方大国的了解还停留在 20 世纪 50 年代以前的中国文学译介。民主德国在 1960 年中苏关系破裂之后就基本停止了对中国文学的译介,联邦德国则受到冷战的影响也一直鲜有中国文学的翻译作品[1]。"文革"以及之前的政治运动使得中国本身也持有对外不开放的态度,因此德语世界想要了解中国是比较困难的。然而,联邦德国 1968 年的学生运动对中国的"文革"加以了不切实际的推崇,引发了德语世界对中国社会的兴趣,似乎中国是一个带着神秘面纱的东方美女,但却无人可以去揭开其面纱,让人一窥究竟。在这样的背景下,一旦有反映当时中国现状的文学作品问世,

---

① 谢淼. 新时期文学在德国的传播与德国的中国形象建构. 中国现代文学研究丛刊,2012(2):33-42.

在德语世界会激起反响、得到认同就不足为奇了。

中国新时期女性文学作品大都从不同角度描绘了中国社会当时的现状、发展和变化。顾彬在谈及中国女性文学时认为,中国女性写作的侧重点有所不同,女性看问题更加深刻①。这一说法指出了女性作家在写作时懂得运用自己的女性意识来看待社会或生活问题,而男性作家则无法从这些视角出发展开叙事及创作。

就这一点来看,新时期女性作家在作品中表达的新的爱情观是当时的一大进步,也是女性视角写作的一大显著特点。80年代女作家们打破长期的创作禁锢,带着对自己性别特征的觉醒和认同来考虑这一原本的禁忌话题。爱是人与人之间最基本的情感联系,也是社会发展中表达人性自由精神的基本元素,对爱的描写恰好符合西方世界观察中国社会的需要。在开放政策的影响下,中国社会中的个体及其精神世界究竟发生了怎样的变化? 与西方的价值取向有没有接近或共通之处? 这些问题无疑会引发德语世界乃至整个西方的阅读热情。1982 年问世的小说集《爱的权利》以及王安忆的小说《荒山之恋》《锦绣谷之恋》、张辛欣的《在同一个地平线上》等都是从不同的角度讲述“爱”这一主题。对于这些作品,德语世界表现出的是感同身受,深为中国女性的自我意识觉醒和对“爱”追求而感到振奋,抑或是为女性的悲剧命运所吸引。顾彬认为,“爱”能够作为文学主题回归,本身就说明了人性已然回归,“爱”不再只能针对政党或祖国这些革命象征物而存在了②。

除了“爱”这个主题,女性视角下描写的还有中国当时社会所呈现的一系列问题。女性知识分子在经历了众多政治运动之后,

---

① 顾彬. 二十世纪中国文学史. 上海:华东师范大学出版社,2008:319.
② 顾彬. 二十世纪中国文学史. 上海:华东师范大学出版社,2008:318.

结合自己的女性身份所带来的特殊经历,对很多社会问题和现象都能够加以反思、质疑和批判。张洁的《沉重的翅膀》是此处不可不提的一部作品。可以说,该书接近 10 万册的发行量是之后的中国女性文学作品再也没有创造过的辉煌。德国的评论认为,"《沉重的翅膀》之所以具有魅力,是因为它为读者讲述了一个兼具旧时代和新时期的中国。它描写了许多人性的弱点,却尝试从主人公的个人经历和社会现实中去寻找其根源。整部小说尊重中国的传统和中国人的思想意识,以至于在出版了约四十年后依然没有失去其现实性"①。该书的译者阿克曼(Michael Kahn-Ackermann)认为,《沉重的翅膀》之所以在德国能够获得这样的成就,一方面是由于张洁的书写得的确很好,故事情节起伏有致;另一方面是由于德国人对改革开放后的中国不了解。这本书以文学的形式传递了丰富的信息,打破了德语世界人们原本既有的中国东方古国的形象,而且作者是一位女性,更能使人了解中国社会这一性别群体的观点态度。因此,此书的成功不完全是文学意义上的成功②。而关于小说中表现的中国当时社会女性的地位,《明镜》杂志在 1985 年对张洁的专访③中提道:"我们发现在您的小说中总是漂亮的女人不成功,而成功的女人不漂亮,为什么会这样?"张洁的回答是:"如果一个女人既不漂亮,也不成功,那岂不是太悲哀了,相貌平平的女性会把更多的精力放在工作上,也就比较容易成功。"作家本身想要表达的是,尽管中国社会当时还是男性为主宰,但女性可以

① Mörking, L. Mit, „Schweren Flügeln" —die Autorin Zhang Jie. 参见:http://www.chinatoday.com.cn/chinaheute/2007/200706/p51.htm,检索日期:2017-07-03。

② 汉学家阿克曼的中国不了情。参见:http://webcast.china.com.cn/webcast/created/2200/44_1_0101_desc.htm,检索日期:2017-07-03。

③ 《明镜》杂志专访张洁。参见:http://www.spiegel.de/spiegel/print/d-13515448.html,检索日期:2017-06-30。

通过自身的努力获得应有的回报。而在德国式思维中,这种关系却是缺乏逻辑性的,女性的事业与相貌不存在内在的逻辑关系。因此《明镜》对于《沉重的翅膀》中中国女性形象还是定义为一群受压迫的女性。不论是社会还是女性形象的描写,该书都引起了德语世界读者的思考,并且引发了讨论和争议。始于文学而不局限于文学是该书在世界领域都被广为接受的重要原因。

在译介的高潮期,这些女性作家的作品对于德语世界当时中国形象的建立起到了非常大的作用。中国读者通过阅读进行反思的同时,德语世界也在反思他们之前对中国的印象,尽管有些定性思维无法立即改变,但至少从这些作品起,彼此之间开始了对话交流。

德语世界在接受新时期中国女作家通过作品所展现的中国社会形象的同时,对女作家的叙事风格却在多数时候抱有一种质疑、批判的态度。

顾彬在谈及中国新时期女性文学时认为:"中国的女性文学更看重主题,而非文学质量……此类小说吸引国外读者的首先是中国女性的悲剧经历。另外诸如棉棉、卫慧等多以描写中国女性的性心理而出名,而不是因为其叙述能力。"①另有德语读者认为,棉棉的作品"文本缺乏内在关联,语言肤浅,就如同一篇中小学生的作文一般"②。这些评价可以与阿克曼对中国当代作家叙事的评价联系起来。"我也读过一些年轻的作家的作品,从写作技巧来说,他们可能比 80 年代作家更懂,可是我觉得没有意思。这不是

---

① 顾彬. 二十世纪中国文学史. 上海:华东师范大学出版社,2008:319.

② 《熊猫》德国亚马逊书评。参见:https://www. amazon. de/product-reviews/ 3462041479/ref= cm _ cr _ dp _ hist _ three? ie = UTF8 & filterByStar = three _ star & reviewerType=all_reviews & showViewpoints=0,检索日期:2017-06-30。

一种真正的自我探索,好像唯一的探索就是市场能否成功。"①这些当代女作家的叙事风格到底是故意迎合市场,还是其原本独有的写作特征,此处不宜作其他评论,但显而易见,汉学家的评判基调对于这些作品在德语世界的接受一定会产生一些影响。

对叙事风格的批判不仅涉及 90 年代的女性作家。王安忆作为一个在中国国内和英语世界影响颇大的女作家,在德语世界的传播或影响力却并不大,个中原因可能还是在于对王安忆叙事风格的接受度较低。顾彬认为,王安忆的叙事在很大程度上受到了张爱玲的影响,其《荒山之恋》《小城之恋》和《锦绣谷之恋》在叙事模式上都源自张爱玲笔下扭曲的女性心理。作家这个女性叙事者和作品中的"我"无法区分清楚,是顾彬认为的最大的问题②。因此,在两部中短篇小说集和《米尼》在德翻译之后,王安忆的其他代表性作品就没有了德译版。和王安忆相似,残雪、刘索拉等先锋派的代表女作家在德国的传播程度也不高。残雪只有一部小说集翻译出版,刘索拉只有一篇小说收录于小说集中。残雪和刘索拉的超现实叙事风格被定义为"以卡夫卡为入门指南"而形成的带有"病态"的写作风格③。

新时期女性作家的叙事风格在德语世界获得最多认同的还是张洁的《沉重的翅膀》。它在德国销量惊人,在德语世界获得一致好评。《沉重的翅膀》的叙事方式在德语世界看来是直白的,但其情节起伏很多,存在一系列的矛盾冲突④,这使得故事生动、富有

---

① 汉学家阿克曼:中国值得得诺贝尔文学奖的作家不多。参见:http://www.yicai.com/news/4675153.html,检索日期:2017-07-01。

② 顾彬. 二十世纪中国文学史. 上海:华东师范大学出版社,2008:322.

③ 顾彬. 二十世纪中国文学史. 上海:华东师范大学出版社,2008:325.

④ Mörking, L. Mit, „Schweren Flügeln"—die Autorin Zhang Jie. 参见:http://www.chinatoday.com.cn/chinaheute/2007/200706/p51.htm,检索日期:2017-07-03。

张力,增加了可译性和可读性。另外,德语世界的读者之所以对这部作品的接受度高,还源于其中大量的内心独白,这种叙事方式对于西方读者来说是非常熟悉且易于接受的。张洁在接受《明镜》采访时称,"中国传统的叙事方式是说书式的,但在这部小说中,故意突出对个人的立体化描写,使人物可以鲜活地站在读者面前,并且注重人物对自身的反省,这在西方文学中是常见的"①。张洁的写作并不是为了迎合西方世界的读者,但她的叙事风格恰好契合了德语读者的阅读兴趣,因此容易被接受。

四、结　语

新时期女性作家在德语世界的译介情况总的来说和中国整个新时期文学在德传播情况类似,以 20 世纪 80 年代末为分水岭。在译介的高潮期,"文革"结束后涌现的女作家基本都有一部或多部作品在德翻译出版。但从 80 年代末期开始,德语世界逐渐减少了对中国作品的翻译数量,时至今日,中国女性文学乃至整个中国文学在德语世界的翻译数量仍然是较少的,每年大约只有 11 本汉语文学作品翻译成德语。

在译介的高潮期,德语世界通过女性文学了解中国改革开放后的整个社会意识形态和人性变化,特别是女性的自我意识觉醒和女性在整个社会中的地位与作用,这些对于长期不了解中国的德语世界来说是具有全新意义的,因此很多作品都一版再版,出现多种不同的发行样式,传播范围甚广。德语世界作为西方典型的一个具有反思传统的民族,也乐于接受中国当代女性作家的反思

---

① 《明镜》杂志专访张洁。参见:http://www.spiegel.de/spiegel/print/d-13515448.html,检索日期:2017-06-30。

类作品。在 80 年代末,德语世界本身开始发生一系列巨变,两德的统一使得德国的聚焦热点转移到自身,也削弱了其在中国文学上的兴趣与关注度。之后中国的女性文学在德语世界都没有激发起如《沉重的翅膀》一般的反响。

不过,目前中国女性文学在德的接受情况也并不意味着要一味去迎合德语世界的阅读兴趣来扩大传播程度和影响力。中国和德国文学在文学创作思路上存在明显差异。翟永明在一次访谈中就提到,顾彬对中国当代文学,尤其是小说的批评,显然能看出中德文化差异的因素。欧洲,特别是在德国,小说、电影以及所有文学形式,都注重哲学思考,思想深度放在最重要的位置①。中国传统的说书式文学创作使得中国的文学作品历来故事性强,而德国的文学创作思路则一直以哲学式思考为上(除了纯粹的娱乐文学)。这种差异本身就会使得德语世界只会选择某些作品来翻译。如果中国女性文学或者说中国文学希望得到德语世界更多的关注,吴漠汀的观点值得引起我们的重视,即中国以一种越开放的姿态来对待世界,那么就会更加吸引来自他种文化的关注②。德语世界对于中国文学的关注其实根本上还是与中国文学本身的发展与变化紧密相连,中国文学只有不断地以开放的姿态展示其自身的特色价值并欢迎来自各方的褒贬评价,才能发展自身,获得继续向外输出的机会。另外,中国女性文学的对德传播还可以多借力于中国本土的译者,这也是文化开放的一种手段。至今,女性作品几乎没有中国本土的德语译者。尽管汉译外的中坚力量还是海外的汉学家,但如果有更多本土译者参与,则会对作品语言和思想内

① 黄里,翟永明,顾彬. 碰撞与交融——中德诗人眼中的文化交流. 四川日报,2010-09-17.

② 龙健. 中国当代文学何时能成为世界文学? 专访《红楼梦》德语译者吴漠汀. 南方周末,2017-06-08.

涵的正确表达形成强大的助力。汉语对于世界上大多数人来说还是一门极难掌握的语言,甚至对于汉学家亦是如此。在目前的出版市场导向严重的情况下,坐等出版社上门邀请倒不如主动向外推介那些中国优秀的女性文学作品。

(赵亘,同济大学德语系讲师;原载于《小说评论》2017 年第 5 期)

贾平凹作品在德语国家的译介情况

张世胜

在中国当代文学的发展格局中,陕西的文学创作经常被誉为最有实力和成就的创作群体之一。20 世纪 80 年代,陕西的文学创作呈现出相当活跃的态势,路遥、陈忠实、贾平凹和稍后出现的高建群、叶广芩、方英文、冯积岐、杨争光、吴克敬、红柯等一批作家构成了陕西作家的强大阵容。1993 年,陕西文学界集中推出陈忠实的《白鹿原》、贾平凹的《废都》和高建群的《最后一个匈奴》等长篇力作。由此,陕西文学以"陕军东征"的姿态,震撼中国文坛。[①]而在路遥和陈忠实离世之后,贾平凹无疑是陕西文坛的领军人物。

遗憾的是,陕西当代文学在德语国家地区的译介情况很不理想。德语国家主要指联邦德国、奥地利和瑞士(瑞士有德语、法语、意大利语和列托罗曼语四种官方语言,讲德语或瑞士德语的人占了总人口的 63.5%),德语书籍的出版和发行销售在这几个国家基本是一体化的,只是标价的货币单位不同。

本文试图总结贾平凹作品的德译情况,并探讨其中的原因,对如何改善提出初步思考。

---

① 李国平. 20 年前的集体出发,树立了文学追求的标尺. 参见:http://www. sxzjw. org/sxzj/ft/201312/t20131210_180317.htm,检索日期:2015-10-26。

一、贾平凹在德语国家的标签

德语国家地区的汉学家在介绍贾平凹时大多对他推崇备至，都承认他在中国当代文学中的地位，也对他在中国文坛的争议角色有所了解。已故的德国汉学家马汉茂(Helmut Martin,1940—1999)教授于 1991 年称贾平凹为"陕西地方文学的代表"①。汉学家包惠夫(Wolf Baus)在 1994 年就将贾平凹视为"中华人民共和国最为流行、最有争议的作家之一"，"人们提到他的时候是把他当作短篇小说家和散文家，但说到底主要还是把他当作长篇小说作家"②。也有人注意到贾平凹在整个华语世界的影响："凭借短篇小说和中篇传奇，他是中国当代文学最重要的代表人物之一；不止在中华人民共和国范围内，他还在整个华语世界得到了认可。"③ 2004 年，包惠夫是这样介绍贾平凹的："近三十年以来，他是中国优秀作家之一，是最为流行的作家之一。"并且指出其多重身份——"散文家、中篇传奇小说家以及长篇小说家、书法家"④。近年来与中国文学结下各种恩恩怨怨的德国著名汉学家顾彬在《中国文学史》第七卷《二十世纪中国文学史》中认为，贾平凹"先是凭借关于故乡——陕西省商州山区世界的短篇小说赢得名声，后来

---

① Martin，H. *Moderne chinesische Literatur*. Ein Überblick. 1991. Manuskript. Anlässlich der Veranstaltung Reinoldi 11. 15. 1991-06-23.

② Baus，W. Anhang zu „Der hässliche Stein". *Hefte für Ostasiatische Literatur* (*HOL*)，Nov. 1994(17).

③ Wegmann，K. & Fahr，O. ExKurs. In *Autorenhefte für Essays*，*Prosa und Lyrik*. H. 7; Jg. 2 (1998).

④ Baus，W. Vorstellung des Jia Pingwas. *HOL*，Mai 2004(36).

他的情色长篇小说《废都》使他获得了可疑的声望"①。很多汉学家都注意到了贾平凹受欢迎的程度:贾平凹"既作为小说家,也作为散文家属于中国最受欢迎的作家之一"②,是"中国当代最为流行的作家之一"③。类似的评价还可以继续罗列:"近三十年以来,中国最著名的文人之一,也是优秀的长篇小说家、中篇传奇作家和散文家。"④甘默霓于2012年强调了贾平凹作为散文家的名气,认为:"他凭借1991年问世的长篇小说《废都》在国际上引起了关注。贾平凹在中国也是著名的散文家。"⑤

另一方面,在众多介绍贾平凹的德语文章中都出现了Romancier这个字眼,其中隐含了一定的贬义成分;因为这个源自法语的术语一般用来称呼那些专门从事流行小说创作的作家。那些创作严肃小说的作家则多被称为Romanautor(字面意思:长篇小说作者)。贾平凹在德国还被视为书法家,这就使贾平凹符合了中国传统文人能诗能书的形象。

---

① Kubin, W. Chinesische Literatur nach 1949: Staat, Individuum und Region. Die chinesische Literatur im 20. Jahrhundert. In Kubin, W. (hrsg.). *Geschichte der chinesischen Literatur (Band 7)*. München: K G Saur, 2005.

② Kühner, H. Die Stimme des Baumes. Kühner, H. u. a. (übers.). *HOL*, Mai 2008(44).

③ Wang-Riese, X. Vorstellung des Jia Pingwas. In Hermann, M., Huang, W., Pleiger, H. & Zimmer, T. Biographisches Handbuch chinesischer Schriftsteller. Leben und Werke. In Kubin, W. (hrsg.). *Geschichte der chinesischen Literatur (Band 9)*. München: K. G. Saur, 2011.

④ Venne, Felix Meyer zu. Anhang zu „Der Müßiggänger". *HOL*, Nov. 2012 (53).

⑤ Gänßbauer, M. *Kinder der Berg, Schlucht*. Bochum: Projekt Verlag, 2012: Autorenzeichnis.

二、贾平凹作品德译情况

德语地区的汉学界也意识到了,贾平凹创作的主要体裁是长篇小说和散文。同样的,陕西作家网也认为贾平凹的代表作有长篇小说《废都》《秦腔》《古炉》《带灯》等①。但是,贾平凹作品的德译本却大多是散文和短篇小说。以下为作品原名及德语译名和出版时间的详细列表。

作品原名		
火纸	原文发表地点、时间	短篇小说《火纸》,《上海文学》1986 年第 2 期
	德语译文标题及其汉语回译	*Feuerpapier*,《火纸》
	德文载体名称及中文译名(形式)	*Nach den Wirren. Erzählungen und Gedichte aus der Volksrepublik China nach der Kulturrevolution*,《动乱之后——"文革"之后中华人民共和国的小说和诗歌选集》,第 128-158 页(合集)
	译文发表地点、时间	多特蒙德,1988 年
	出版社	RWAG Dienste und Verlag GmbH Rheinisch-Westfälische Auslandsgesellschaft in Dortmund und der Chinesische Volksliteraturverlag in Peking
	译者	主编:德中联合编辑小组。本篇译者:Konrad Wegmann
在商州山地——《小月前本》跋	原文发表地点、时间	中篇小说《小月前本》,《收获》1983 年第 5 期
	德语译文标题及其汉语回译	*Das Leben wandelt sich. Auch in den Bergen von Shangzhou*,《生活在改变,商州山里也如此》
	德文载体名称及中文译名(形式)	*Bittere Träume. Selbstdarstellungen chinesischer Schriftsteller*,《苦涩的梦想——中国作家自传》,第 105-110 页(合集)

---

① 陕西作家网:"贾平凹"。参见:http://www.sxzjw.org/sxzj/zyzj/201307/t20130730_172593.htm,检索日期:2016-01-17。

续表

	译文发表地点、时间	波恩,1993 年
	出版社	Bouvier
	译者	主编:Helmut Martin。本篇译者:Susanne Kümmel
丑石	原文发表地点、时间	原发表于《人民日报》1981-07-20。翻译依据《贾平凹散文选集》(范培松编,百花文艺出版社,1992 年)
	德语译文标题及其汉语回译	*Der hässliche Stein*,《丑石》
	德文载体名称及中文译名(形式)	*Hefte für Ostasiatische Literatur*,《东亚文学杂志》第 17 期,第 80-82 页(杂志)
	译文发表地点、时间	慕尼黑,1994 年
	出版社	Iudicium-Verlag
	译者	本篇译者:Wolf Baus
废都	原文发表地点、时间	中篇小说《废都》,《人民文学》1991 年第 10 期
	德语译文标题及其汉语回译	*Die verrottete Hauptstadt*,《废都》
	德文载体名称及中文译名(形式)	*minima sinica*,《袖珍汉学》1996 年第 1 期,第 111-117 页(杂志。选译,开头几页)
	译文发表地点、时间	慕尼黑,1996 年
	出版社	Edition Global
	译者	本篇译者:Hans Link
天狗	原文发表地点、时间	中篇小说《天狗》,《十月》1985 年第 2 期
	德语译文标题及其汉语回译	*Himmelshund*,《天狗》
	德文载体名称及中文译名(形式)	*ExKurs. Autorenhefte für Essays, Prosa und Lyrik.* H. 7: Jg. 2 (1998) Novelle,第 4-28 页(选译)

续表

	译文发表地点、时间	杜伊斯堡,1998 年	
	出版社	Autoren-Verlag Matern	
	译者	本篇译者:Konrad Wegmann。本篇审订:Oskar Fahr	
读山,月迹,秦腔,落叶	原文发表地点、时间	读山	散文
		月迹	散文,《散文》1980 年第 11 期
		秦腔	散文,《人民文学》1984 年第 5 期
		落叶	散文,《芳草》1982 年第 2 期
	德语译文标题及其汉语回译	读山	*Den Berg lesen*,《读山》
		月迹	*Mondspuren*,《月迹》
		秦腔	*Shaanxi-Oper*,《秦腔》
		落叶	*Blätter im Wechsel der Jahreszeiten*,《季节变换时的叶子》
	德文载体名称及中文译名(形式)	*Ausgewählte chinesische Essays des 20. Jahrhunderts in Übersetzung*,《二十世纪中国散文选集》(汉德对照)(合集)	
	译文发表地点、时间	波鸿,1998 年	
	出版社	MultiLingua Verlag	
	译者	主编及译者:Martin Woesler	
回乡,猎人	原文发表地点、时间	回乡	自传体小说《我是农民》中的一章,2000 年
		猎人	短篇小说《猎人》,《北京文学》2002 年第 1 期。翻译依据北京新世界出版社《饺子馆》,2000 年
	德语译文标题及其汉语回译	回乡	*Rückkehr aufs Land*,《回到农村》
		猎人	*Jäger*,《猎人》
	德文载体名称及中文译名(形式)	回乡	*Hefte für Ostasiatische Literatur*,《东亚文学杂志》第 36 期,第 57-65 页(杂志)
		猎人	*Hefte für Ostasiatische Literatur*,《东亚文学杂志》第 36 期,第 66-87 页(杂志)

续表

	译文发表地点、时间	慕尼黑,2004 年	
	出版社	Iudicium-Verlag	
	译者	回乡	本篇译者:Monika Gänßbauer
		猎人	本篇译者:Wolf Baus
制造声音	原文发表地点、时间	小说集《制造声音》,人民文学出版社,2008 年	
	德语译文标题及其汉语回译	*Die Stimme des Baumes*,《树的声音》	
	德文载体名称及中文译名(形式)	*Hefte für Ostasiatische Literatur*,《东亚文学杂志》第 44 期,第 21-29 页(杂志)	
	译文发表地点、时间	慕尼黑,2008 年	
	出版社	Iudicium-Verlag	
	译者	本篇译者:Hans Kühner	
太白山记	原文发表地点、时间	短篇小说集《太白山记》,人民文学出版社,2006 年	
	德语译文标题及其汉语回译	*Geschichten vom Taibai-Berg. Moderne Geistererzählungen aus der Provinz Shaanxi*,《太白山故事——来自陕西省的当代鬼怪故事》	
	德文载体名称及中文译名(形式)	*Geschichten vom Taibai-Berg. Moderne Geistererzählungen aus der Provinz Shaanxi*(单行本。20 篇)	
	译文发表地点、时间	2009 年	
	出版社	Lit-Verlag	
	译者	主编:Andrea Riemenschnitter	
不必规矩,泥土的形状,辞宴书	原文发表地点、时间	《说舍得》,东方出版中心,2006 年	
	德语译文标题及其汉语回译	不必规矩	*Kein Benimm notwendig*,《不必规矩》
		泥土的形状	*Die Erscheinungsformen von Erde*,《泥土的形状》
		辞宴书	*Die Absage einer Essenseinladung*,《辞宴书》

续表

	德文载体名称及中文译名（形式）	*Hefte für Ostasiatische Literatur*,《东亚文学杂志》第 49 期,第 86-92 页(杂志)	
	译文发表地点、时间	慕尼黑,2010 年	
	出版社	Iudicium-Verlag	
	译者	译者:Monika Gänßbauer	
闲人	原文发表地点、时间	《贾平凹散文》,人民文学出版社,2005 年	
	德语译文标题及其汉语回译	*Der Müßiggänger*,《闲人》	
	德文载体名称及中文译名（形式）	*Hefte für Ostasiatische Literatur*,《东亚文学杂志》第 53 期,第 108-114 页(杂志)	
	译文发表地点、时间	慕尼黑,2012 年	
	出版社	Iudicium-Verlag	
	译者	本篇译者:Felix Meyer zu Venne	
不必规矩,泥土的形状,辞宴书	原文发表地点、时间	《说舍得》,东方出版中心,2006 年	
	德语译文标题及其汉语回译	不必规矩	*Kein Benimm notwendig*,《不必规矩》
		泥土的形状	*Die Erscheinungsformen von Erde*,《泥土的形状》
		辞宴书	*Die Absage einer Essenseinladung*,《辞宴书》
	德文载体名称及中文译名（形式）	*Kinder der Bergschlucht. Chinesische Gegenwartsessays*,《峡谷之子——中国当代散文集》,第 62-69 页(合集)	
	译文发表地点、时间	波鸿,2012 年	
	出版社	Projekt Verlag	
	译者	译者:Monika Gänßbauer	

　　从上表可以看出,贾平凹作品已经译成德语并发表的包括十篇散文(德语叫 Essay,原意是非韵体的文章)、二十四篇短篇小

说、一部长篇小说的节选、两篇自传性文章。这些德译作品分别为：短篇小说《火纸》《在商州山地——〈小月前本〉跋》，散文《丑石》，长篇小说《废都》（原文前几段摘译，共两千三百多汉字），四篇散文《读山》《月迹》《秦腔》《落叶》，短篇小说《天狗》，自传散文《回乡》（摘译），短篇小说《猎人》《制造声音》，短篇小说集《太白山记》（共计二十篇），三篇散文《不必规矩》《泥土的形状》《辞宴书》（2010年首次发表译文，2012年再次收录），散文《闲人》。其中，《太白山记》是唯一一本以单行本形式发表贾平凹作品德语译文的，其他作品全都发表在杂志或合集中。值得注意的是，几年前吴漠汀（Martin Woesler）①在自己的个人主页上宣称自己的《废都》德语译文几近完成，但迄今尚未问世。

贾平凹作品的德语译者包括汉学教授马汉茂（Helmut Martin，1940—1999）、汉学教授康拉德·魏格曼（Konrad Wegmann，1932—2008）、汉学博士包惠夫（Wolf Baus）、汉学教授甘默霓（Monika Gänßbauer）、当代汉语语言文学教授洪安瑞（Andrea Riemenschnitter）、汉学教授吴漠汀（Martin Woesler）、中国文化教员司马涛（Thomas Zimmer）、汉语教师费纳（Felix Meyer zu Venne）、汉斯·林克（Hans Link）。从国籍上看，他们都不是华人，也符合翻译界的主流方向：从外语译入母语。这些译者大都有自己的汉语名字，都是三个字的，这或许可以说明他们对于汉语和中国文化的喜爱。所有译者都有其他主业，翻译只是他们的业余爱好，当然其中的主要原因还是：在德国仅凭翻译文学作品很难生存下去。以上"业余译者"还有一个共同特点，即没有人只专注于翻译贾平凹的作品，而是全都"心有旁骛"，还会翻译其他汉

---

① Woesler，M. 个人主页 http://martin. woesler. de/fr/china_literature_trends. html，检索日期：2017-01-03.

语文学作品。

　　出版贾平凹作品德译本的出版社分别为:《火纸》德译本所在的合集《动荡之后——来自中华人民共和国的短篇小说和诗歌》(*Nach den Wirren. Erzählungen und Gedichte aus der VR China*,1988)由德国北威州外国协会下属出版社(RWAG Dienste und Verlag GmbH:Auslandsgesellschaft Nordrhein-Westfalen)出版,该出版社位于波恩。出版《在商州山地——〈小月前本〉跋》德译本的出版社布维尔(Bouvier:Universitätsbuchhandlung)附属于波恩一家大学书店。位于慕尼黑的法庭出版社(Iudicium)拥有《东亚文学杂志》,先后在该杂志上发表了《丑石》《回乡》《猎人》《制造声音》《不必规矩》《泥土的形状》《辞宴书》《闲人》的德语译文。同样地处慕尼黑的环球出版(Edition Global)拥有《东方视角》(*ORIENTIERUNGEN:Zeitschrift zur Kultur Asiens*)和《袖珍汉学》(*minima sinica*)两本杂志,并在《袖珍汉学》上发表了《废都》的节译和一篇评论该小说的文章。杜伊斯堡的玛特恩作家出版社(Autoren-Verlag Matern)在杂志上推出了《天狗》译文。可以看出,这些出版社都不是著名的大出版社,上述的最后那家出版社每年只推出几本书。德国知名的人文社科出版社——苏尔坎普出版社(Suhrkamp Verlag)、费舍尔出版社(S. Fischer Verlag)、费利克斯·迈纳出版社(Felix Meiner Verlag)、雷克拉姆出版社(Reclam Verlag)、马修和赛驰出版社(Matthes & Seitz Verlag)、罗沃尔特出版社(Rowohlt Taschenbuch Verlag)——都没有推出贾平凹作品的德语译本。

　　如前所述,《太白山记》是唯一一本以单行本形式出现的贾平凹作品德译本,因此有必要在此仔细考察。该德语译本的正标题为 *Geschichten vom Taibai-Berg*,意即"太白山故事(集)",副标题为"来自陕西省的当代鬼怪故事"(*Moderne Geistererzählungen aus der Provinz Shaanxi*)。其主编为苏黎世大学汉学家洪安瑞(Andrea Riemenschnitter),该编者还为德语译本添加了评注。该译本共 159 页,内有前言、名为"系列"的正文、后记、文献目录和特殊词汇表,每篇小说之后都有评注。其中的前言名为《以鬼怪景象出现的文化记忆——太白山故事集》,对这本书进行了解读,标题中的文化记忆主要指社会主流无意之间忽视或有意掩盖的集体记忆。后记包括四部分:有棱有角——偏远省份的青年痕迹、寻根——在文学史背景下的贾平凹作品总览、太白山故事集、世界文学根系里的地方根源。文献目录也分为四部分:贾平凹作品原作选目、西方语种译本、贾平凹及其作品研究文献、(关于中国及中国文学文化的)延伸文献。可能是考虑到德国读者对中国文化比较陌生,书尾的特殊词汇表对八卦、笔记、伤痕文学、女娲等深具中国文化特色的概念进行了解释。值得一提的是,该德语译本还配有山东书法篆刻家鲁大东的绘图和篆刻印章图片。

三、针对贾平凹作品的评述

关于贾平凹作品的评论不多。1993 年 11 月 20 日,马汉茂(Helmut Martin)在《新苏黎世报》上发表一篇题为《〈废都〉:贾平凹的情色畅销作品》的评论,对这部长篇小说的评价非常低:"可能废的不仅仅是中国的这座都城,连小说作者也废了,他开始写作时致力于创作说教性质的农村改革文学这种严肃的作品,现在却顺应时代,转而制造三流消遣文学的产品。"①1996 年,孟玉花(Ylva Monschein)在《袖珍汉学》上发表了长篇评论《一切都在崩

---

① Martin, H. Chinas verrottete Hauptstadt. Ein erotischer Bestseller. *Neue Züricher Zeitung*, Nov. 1993, 271 (20/21): 69. In Ders. *Taiwanesische Literatur—Postkoloniale Auswege*: *Chinabilder II*. Dortmund: Projekt-Verlag, 1996.

溃？——贾平凹〈废都〉中的艺术和生活》，各节标题分别为：变化
中的社会——文学市场的新法则，贾平凹——文学界的新流浪者，
《废都》和中国知识分子的城市生活——受限制的改写尝试，大城
市作为情节发生地，老头是另一个世界的信使——魔幻现实主义
因素，城市上层的荣耀和不幸，作家的自由或自由权力，爱着很多
女人的男人，《废都》的结局是什么。孟玉花对这部长篇小说的评
价比较中肯："《废都》呼吸着自由创造的精神，对自身艺术愉悦欣
赏的精神。"① 2009 年，司马涛(Thomas Zimmer)在《东方视角》上
发表了针对贾平凹作品《高兴》的书评。然而，《高兴》这本书并没
有译为德语，有可能是汉学家看了原文之后写的评价，这在德国汉
学界很常见。司马涛非常强调《高兴》中的情节和口吻与作者生平
的关联；"城乡差异之外，还有一个关于传统和现代的对照，读者有
机会思考历史变革背后的驱动力。"②

　　网络媒体上也有对贾平凹的评价，比如柏林的《日报》
(Tageszeitung)下面博客中的文章对刊载在《法兰克福汇报》上一
篇关于贾平凹的被禁小说《废都》修订版出版的报道进行了评价
(Helmut Höge,2009)③；此外，该博客也介绍了一个同姓贾的中
国人(Jia Zhiping)翻译的贾平凹的散文作品。总体上看，除了马
汉茂发表在《新苏黎世报》上的书评以外，有关贾平凹作品评价的

---

① Monschein，Y. Alles im Zerfall? Kunst und Leben in Jia Pingwas Feidu
　　„Verfallende Hauptstadt". *minima sinica*，1996(1).
② Zimmer，T. Rezension zu Jia Pingwa：Gaoxing（Glücklich）. *Themenheft*
　　Orientierungen，2009（Chinesische Gegenwartsliteratur. Zwischen Plagiat und
　　Markt?）.
③ Höge,H. Chinesische Bauern/Kulturrevolution/Jia Pingwa. 参见：http://blogs. taz.
　　de/hausmeisterblog/2009/08/24/chinesische_bauernkulturrevolutionjia_pingwa/,检
　　索日期：2009-08-24.《法兰克福汇报》(*Frankfurter Allgemeine Zeitung*)的报道作
　　者是 Mark Siemons,2009-08-24.

文章在德国报纸的文艺副刊（Feuilleton）上极为罕见。

以上评论都有一个特点：引用的文献资料大多是汉语的评述文章。德语文献的匮乏也反映了关注度不够高。贾平凹的长篇小说都没有出德语版，现有的德译本以短篇为主；受此局限，贾平凹作品在德国引起的反响也比较有限。

四、译介不足的原因探析

贾平凹作品的德译情况在陕西当代文学中还算相对较好的，陕西当代文学在德语国家的译介情况并不乐观。实际上，整个中国当代文学在德语国家的译介都不充分。其中的原因很多。德国汉学家吴漠汀认为，中国文学在德国还没有摆脱异域风情的地位（Exotikstatus），德国人只有在寻找迥异于德国文化的其他文化时才会阅读中国文学作品[①]。他认为其中原因有三：第一，德国文学本身已经足够优秀，即便德国需要阅读外国文学，它也会首选译自美国文学的作品。第二，德国很多小型出版社不得不考虑现实的生存问题。第三，不同文化间的吸引力和亲和力不同，例如，法国文化同中国文化更为亲近，所以法国对于中国文学作品的接受度就相对来说多一些。

德国之声的记者在 2013 年对德国汉学家顾彬（Wolfgang Kubin）和高立希（Ulrich Kautz）进行访谈时曾指出：中国文学作品在德国书店中基本见不到，即便有，也大多是批评中国的作品。在访谈中，顾彬认为，20 世纪中国文学最伟大的作品都已译为德

---

① Woesler，M. Interview mit dem Sinologen Martin Woesler. „Chinesische Kultur hat Exotik-Status noch nicht abgelegt". http://www. buchreport. de/nachrichten/verlage/verlage_nachricht/datum/2009/10/03/chinesische-kultur-hat-exotik-status-noch-nicht-abgelegt. htm，检索日期：2015-10-26.

文。高立希也持相似的观点,他认为,迄今为止,译为德文的中国文学作品都是上乘之作。① 这两位属于汉语文学作品的主要德语译者,顾彬翻译过鲁迅、茅盾、巴金、丁玲、北岛、杨炼、张枣、翟永明等作家的作品,而高立希译过邓友梅、王蒙、王朔、余华、阎连科等作家的作品。

贾平凹的作品之所以没能进入顾彬和高立希的"法眼",得到他们的译介,应该还跟贾平凹作品自身的一些特点有关。

首先,贾平凹的作品中涉及多种方言。作品中故事发生的地方位于河南、陕西和湖北交界的地方,各地移民汇集此处。南北方言混杂融合,从中诞生了很多新的语汇。商洛地区方言及地域文化都极为丰富。贾平凹在这里生活了 20 多年,之后才去西安读大学,所以,他的创作肯定会受到这些方言的影响。② 一方面,他被动地受到了潜移默化的影响;另一方面,他在创作当中也会主动运用这些方言。中国现当代文学研究者指出,方言对于贾平凹作品中的乡土风情、人物性格以及作品主题的表现有很大帮助。③

此外,贾平凹散文作品和小说作品中的语言特色又各有不同。散文中的语言质朴、细致、心性空灵、富有诗情画意。④ "空灵"即便对于中国读者来说也是一个难以定义的概念,对于德语译者来说也必定不易。另外,诗情画意也是译者难以处理的语言特点。中国学者研究发现,贾平凹小说中的语言又与散文有所区别。不同文体中不同的语言特点就造成了翻译贾平凹作品的困难。首先是方言语汇的使用,比如"瓜"这个词,它有不同的搭配方式(瓜娃、瓜子、瓜

---

① Literatur aus China: Eine Nische? *DW*, 2009. http://www.dw.com/de/literatur-aus-china-eine-nische/a-17067785,检索日期:2015-10-05.
② 孟万春. 贾平凹文学作品中的商洛方言及其写作意义. 作家,2011(11):8-9.
③ 贺菊玲. 贾平凹作品中的方言俗语与乡土叙事. 小说评论,2011(4):99-102.
④ 冯常深. 论贾平凹作品的语词特色. 湖北教育学院学报,2007(3):25-26.

劲、瓜笑),产生不同的含义。面对这样的表达,译者首先要考虑是否需要将其译介到德语中去,如果有必要,又该采用什么样的策略。此外,贾平凹作品语言中还有名词重叠(盆盆、面面、渠渠、山梁梁、心尖尖、树梢梢)和儿化音(盆儿是陶的,碗儿是瓷的,还有盘儿,碟儿;敲打着,是一声儿水音,是一声儿铜律)等翻译难点。

贾平凹在创作中主动地使用方言表达,也是为了追求"语不惊人死不休"的效果,即有意地激活旧词,还原古意,从而起到语言陌生化的效果(不用"团结",而用"成团聚集";不说"颓废",而是说"坍塌废弃";不用"糟糕",用"用米粉、面粉等物做成的食品";不说"劳动",而是说"劳你动手、劳烦")。这会使读者在阅读过程中不会一带而过,而是激发读者停顿思考。这些方言语汇给翻译过程的两个步骤——理解和表达——都带来一定的难度。

在贾平凹的作品中,除了其语言特点会给翻译带来困难以外,作品中的文化意象也是译者较难处理的问题。这些文化意象不仅仅是贾平凹作品里特有的,其他中国文学作品中也富含类似的文学意象,比如"夜猫子""陈世美""万元户""梁山"等(《浮躁》)。对此,很多进行中国文学研究的人在没有任何翻译实践的情况下就给译者提出了种种处理这些问题的建议,比如采用直译加注的方法,或者舍去形象意义,转换形象等方法。[①] 然而,译者在翻译实践中是否能够真正使用这些策略,能够举一反三把这些策略推而广之还是一个疑问。

另外,很多具有民族文化特点的俗语、谚语、惯用语以及民谣也是翻译的难点,尤其是民谣还具备了诗歌的特点,这就又增加了翻译的难度。

---

① 于亚莉. 试论汉语独特文化意象的翻译——以《浮躁》中的俗语典故为例. 西北大学学报(哲学社会科学版),2010(3):166-167.

也有人在总结贾平凹作品难以翻译的原因时将贾平凹与其他作家——比如诺贝尔文学奖获得者莫言——进行了对比,发现贾平凹作品的语言风格、主题呈现以及叙事手法都比较小众化,语言具有乡土性,对于细节的过度描绘给人一种琐碎的感觉,影响了故事性和可读性。如果作品本身的可读性就不强的话,那么译为外文的可读性就更加难以保证。无论是中国文学在德国,还是德国文学在中国,可读性永远都是一个难以避开的问题。跟莫言相比,贾平凹作品的现代性和国际性都有所欠缺。① 这些研究结论都是国内学者得出的,有时候他们仅仅看到两种现象,稍加分析就快速地认定现象之间存在着因果关系,不免让人心生疑问。

事实上,德国学者和作家对贾平凹的国际性和现代性都是比较认可的。2013 年,贾平凹参加了首届"中德作家论坛",来自中、德两国的几十位优秀作家针对"全球化时代文学的使命和作家的责任"这一主题表达各自见解,深入探讨两国当代文学、文化现状。贾平凹以"一种责任与风度"为题进行了演讲,德国作家听众里有德国当代著名诗人、戏剧家和小说家福尔克·布劳恩(Volker Braun,1939—　),后来他针对演讲专门创作了一首题为《责任(贾的讲话)》的短诗:天之高见之于 /日月星辰。/地之深见之于 /肮脏龌龊。/两间的空间填满生命 /神灵,植物和动物。/加上人 /迷惘,糟蹋。/它们让我震惊,它们让我惊骇。/我们变得多么富有 /而另一方面又多么忧愁 /这是最好的时代 /也是最坏的时代 /我们得到了许多 /也失去了许多。/我不是孙悟空,能大闹天宫 /我要把尘世的灵魂感动 /我不对时代说是 /也不说永恒。②

① 杨一铎,禹秀玲,周毅. 西方对莫言及贾平凹作品的接受比较. 当代文坛,2014 (2):17-20.
② 布劳恩. 未终结的故事——福尔克·布劳恩作品集. 韩瑞祥,选编. 王彦会,等译. 北京:人民文学出版社,2015.

五、发挥官方及民间力量,推动中德合作,
改善陕西当代文学德译状况

中国对中国文学作品外译也日益重视,逐渐推出了一些扶持措施。"熊猫丛书"由《中国文学》(*Chinese Literature*)杂志社翻译出版,目的就是将中国文学作品(以现当代文学为主)译介给西方读者。"上海翻译出版促进计划"(*Shanghai Translation Grant*)是第一个以支持外籍译者译介中国作品为重点的地方性扶持方案。

中德合作的一个范例已经取得良好开端:《人民文学》编辑部和德国图书信息中心自 2015 年起开始推出第一期《路灯》(*Leuchtspur*),旨在介绍中国当代作家作品;这是继英文版《路灯》(*Pathlight*)成功出版后中国文学"走出去"的道路上又一重要一步。《人民文学》的目标就是打造"中国原创文学的权威载体,推动中国文学的海外传播"。第二期德语版《路灯》于 2016 年推出,里面收录了陕西诗人伊沙的五首诗作:《动物搬家》《城市的风景》《父亲的爱,父亲的诗》《春天的乳房劫》《烟民萨达姆》,译者是奥地利人维马丁(Werner Martin),排版方式也还是德汉对照。该期封底就是《城市的风景》德语译文。《路灯》的标价有三种形式:人民币、美元和欧元,初衷应该是要推向国外市场的。

实际上,贾平凹作品的德译本之前也得到过中国官方的支持。比如,《火纸》德译本所在的合集《动荡之后——来自中华人民共和国的短篇小说和诗歌》(*Nach den Wirren. Erzählungen und Gedichte aus der VR China*,1988)由北威州外国协会下属出版社(RWAG)与人民文学出版社合作出品。《太白山记》德译本(*Geschichten vom Taibai-Berg*)由国务院新闻办公室资助印刷。

另外,陕西省已经不满足于陕西文学仅在国内得到承认,还开

始对陕西作家作品走出国门、大力推介陕西作家也进行了积极的
尝试。2009 年,由陕西省人民政府主办,陕西省翻译协会、西安翻
译协会、陕西省作家协会承办的"首届东西部文化翻译产业论坛"
在西安举行。这是陕西省人民政府首次将文化翻译产业论坛纳入
一年一度的中国东西部合作与投资贸易洽谈会,是一次东西部以
中译外为主题的高端论坛。本次论坛上,陕西推出了 SLOT 计
划,即"陕西文学海外翻译计划",由省作协和省译协联合打造"中
译英"精品,并分别于 2011 年和 2014 年先后推出了《陕西作家短
篇小说集》英文版(*Old Land*, *New Tales*:20 *Best Stories of
Shaanxi Writers*)和西班牙语版,将路遥、贾平凹、陈忠实、叶广
芩、高建群、冯积岐、红柯、李康美、张虹等 20 位著名陕西作家的短
篇小说代表作首先译成外文。但这种由中国译者(陕西翻译协会)
完成、由中国国内出版社(五洲传播出版社)推出的外文译本在多
大程度上能够受到国外读者的欣赏还值得考量。创办于 1951 年
的《中国文学》(*Chinese Literature*)作为唯一一本对外译介当代中
国文学的官方外文刊物在 2001 年停刊①,陕西方面的这种官办译
介方式应该从中吸取经验教训。

　　具体到翻译实践方面,中外合作翻译陕西文学作品也有不错
的范本。从 2009 年起,西北大学教授胡宗锋与英国学者罗宾
(Robin Gilbank)开始合作翻译了包括陈忠实、贾平凹、穆涛、方英
文、红柯、吴克敬等陕西文坛名家在内的小说作品,两人合译了贾
平凹的《废都》《高兴》《白夜》《土门》《穆涛散文五篇》《闫安诗选译》
《桑恒昌怀亲诗》等作品 30 多部。

　　胡宗锋与罗宾合译的贾平凹长篇小说《废都》2013 年就已经

---

①　郑晔. 国家机构赞助下中国文学的对外译介——以英文版《中国文学》(1951—
　　2000)为个案. 上海:上海外国语大学博士学位论文,2012.

完工了,但直到现在还没有找到合适的出版社。而美国译者葛浩文(Howard Goldblatt)翻译的英文版《废都》(*Ruined City*)已经于2016 年初面世。由此可见,翻译和真正出版之间还有很长一段距离。即使译者历尽千辛万苦完成了翻译工作,也还不一定能够找到出版机会,更谈不上引起专业评论界的关注了。

综上所述,陕西当代文学想要"走出去",要做的努力还有很多很多。一要在翻译过程克服语言及文化移译的困难,以期完成好的译本;二要充分利用官方资助,发挥中德在文化领域的合作优势;三是还得借助良好的图书市场契机,然后才能进一步面临异文化读者的接受。

本文系陕西省社会科学基金项目"当代陕西文学在德语地区的译介困境及解决策略研究"(编号:2014I38)的阶段性成果。

(张世胜,西安外国语大学德语学院教授;原载于《小说评论》2017 年第 3 期)

多维度、多方位、多声部

——苏童在德国的译介与阐释

陈　民

中国文学如何"走出去"的研讨不光引起中国文学界、翻译界的重视,也得到国外汉学界越来越多的关注,并且将讨论深入推进到如何走进异文化。2012年莫言获得诺贝尔文学奖,意义不仅仅在于其文学成就得到了西方主流文学界的肯定,更是反映了中国文学在国际文学和文化舞台上的日益活跃,也证实了西方文学界和文学批评界开始将目光越来越多地投向中国。莫言获奖时,德国书市上已经出版了他的好几部作品,媒体虽然对其获奖并未全面认可,但也未感到十分迷惘。德国文学批评界特别是几位汉学家评点莫言时也常常提到余华和苏童等名字,这三位都是当代中国文学在德国具有较大影响力的作家。

一、多维度的译介状况

苏童作为当代中国文学著名作家之一,其作品在德国译介较多,也是较早受到关注的中国作家之一。苏童作品在德国翻译出版的有:《妻妾成群》(1992年)、《妇女生活》(1993年)、《来自草原》(1995年)、《红粉》(1996年)、《已婚男人》(1997年)、《红桃Q》(1998年)、《罂粟人家》(1998年)、《米》(1998年)、《平静如水》

(2001 年)和《碧奴》(2006 年)等。德译本的数量以及研究的关注度相对法国以及我国近邻的韩国数量上都不算少。"如果谈到在法国受到关注较多,影响较大的中国当代作家,苏童是一个不得不提的名字。从 20 世纪 90 年代初起,法国先后出版了六部他的作品:《妻妾成群》(1991 年,弗拉马利翁出版社)、《红粉》(其中还收录了《妇女生活》,1995 年,毕基耶出版社)、《罂粟之家》(1996 年,中法文对照版,友丰书店)、《米》(1998 年,弗拉马利翁出版社)、自选小说集《纸鬼》(其中收录 18 篇短篇小说,1999 年,德克雷德·布鲁韦出版社),以及去年刚刚出版的《我的帝王生涯》(2005 年,毕基耶出版社)。"①我们的近邻韩国在当代中国文学研究中对余华、苏童等也非常重视。②

苏童与德国有着较深的渊源,他曾随作家代表团参加 2009 年的法兰克福书展,也曾去德国东部城市莱比锡交流和考察,该市与南京市为友好城市。苏童随笔集《河流的秘密》中便有一篇题名为《莱比锡》,但这座城市只是个引子。真正进入德国得益于电影《大红灯笼高高挂》1992 年获第 64 届奥斯卡最佳外语片提名,电影的成功和浓郁的中国风促进了《妻妾成群》的译介,小说进入德国也是采用改编的电影名《大红灯笼高高挂》,缩略为《大红灯笼》。法德译介的跟风非常紧,德译本是根据法译本的转译,难免被怀疑为仓促、粗糙之作,德国文学批评将其归入通俗文学的行列。

文学的译介受各种因素的制约,译介的片面和误读影响阅读和接受,其中译本的作用至关重要,译者和赞助人对译本的定位影响着译本的作用。没有译本的支撑,接受和传播无从谈起。对译

---

① 杭零,许钧. 翻译与中国当代文学的接受——从两部苏童小说法译本谈起. 文艺争鸣,2010(11);112.
② 金炅南(韩). 中国当代小说在韩国的译介接受与展望——以余华、苏童小说为中心. 中国比较文学,2013(1);106.

本的分析可以更好地了解中国文学走向世界需要关注和思考的问题。本文选择《妻妾成群》和《米》两部作品的德译本分析苏童作品在德国的译介情况。苏童的德译本来自不同的译者，尽管译者不同，但采取的翻译策略大体一致，基本都是从目的语读者接受的角度。苏童在德国的译介从《妻妾成群》改编的电影《大红灯笼高高挂》开始，与中国当前的翻译出版策略大致相符，如奥地利诺奖得主耶利内克也是因改编的电影《钢琴教师》为普通读者了解，走下神秘的圣坛。从改编电影推进的作品更多易被纳入通俗小说行列，特别是在汉学家未看好的情形下。译本如何入法眼，入德国普通读者的法眼还是研究者的法眼不尽相同。对《妻妾成群》这类由改编电影先入为主进入异文化的文学作品进行翻译更接近普通读者的需求。在德文版《米》的扉页上写道："苏童凭借短篇小说《大红灯笼》获得了国际声誉。批评界赞誉他为最具冲击力的当代中国作家之一。……《米》是他的第一部长篇小说，稳固了其作为最具爆炸性(最具现实意义的)年轻作家之一的地位。……苏童洞察饥饿、性和暴力之间的关系。米不仅仅是一种生存食物和支付手段，对于五龙来说，在他的疯癫中米同时也是感官诱惑的性激素、性的折磨工具、致命的武器和生活的象征意义。"①这是译者对这部小说和作家的解读，也被贯穿于译作中。德译本将这部小说定义为一部使人着魔的美丽散文，一部令人震惊之丰满、充满野性力量的长篇小说，也提到这部小说被黄健中拍成电影。大多数评论认为，《米》是中国少见的灰色调小说，苏童的描写冷酷无情，恶是无法拯救的，一丝温情都被无情击碎，恶的成长在米店、黑帮、家庭各生态环境下，无处不在。这种无情的描写在让读者生恨的同时也更多地进行思考。德国电台的书评将《米》所描写的家族衰落史

---

① Su，T. *Reis*. Reinbek：Rowohlt Verlag，1998：Titelseite.

视为布登勃洛克式。《布登勃洛克一家》在德国读者心目中的地位非常高,可见译者和赞助人(这里指出版社)对《米》的界定十分到位。

二、多方位的翻译技巧

对译本进行分析可以了解翻译对影响力起着至关重要的作用。现当代文学中各种叙事技巧的介入给翻译带来了诸多困难和各种可能,从接受者的角度出发进行翻译证明译者意识到异文化的读者直接接受的难度。通过对苏童两部德译本的分析可以了解中国文学走进德国遇到的困难和潜在的翻译可能。

1. 标点符号的添加和更改

一般而言,我们在对译本进行分析时不太会关注标点符号的运用。但仔细阅读苏童这两部作品的译本,不难发现对标点符号的改动非常大,主要表现为添加了引号和对感叹号的使用。标点符号的功能基本上国际通用,主要有两个:帮助理解的意义功能和制造停顿的节奏功能。标点的使用是对文本的一种阐释,翻译过程通常很少关照标点符号的更改变动,对现当代作品中标点符号的增改更给读者造成一种错位感。

相较传统现实主义文学,现当代文学中引号的应用较少。《妻妾成群》原作中只有颂莲刚进陈府时的对话使用引号,此后不再使用,阅读起来一气呵成。① 德译本为了读者更好地明白对话,加引号标注直接引语。但因为德译本为法译本《大红灯笼》的转译,还不足以说明问题。再看《米》的德译本,也是选择了加标引号。而《米》的原文中几乎没有一个引号,并不影响母语读者的阅读。笔

---

① 苏童. 离婚指南、妻妾成群、红粉. 北京:人民文学出版社,2006.

者在翻译德国当代文学作品时也曾斟酌是否需要添加引号,基于我国读者对西方文学范式较为熟悉和学习的热情,最终选择了保留原文的风格。原汁原味是忠实翻译的追求。而德国乃至欧洲的读者对中国文学、中国文化了解甚少,德文译者在翻译时根据文本的情况采取相应的策略和技巧也是出于翻译接受的考虑,同时不得不承认在形式上对原文本造成了一定程度的破坏,使得译本更像强调故事性的传统叙事写作手法。

标点符号的运用在文学作品中还有意象暗示功能。标点符号的变动或变通证明了文学翻译走进去的难度主要在于文化、情感的意向传递。除了意义指向明确的引号应用,两部译作还大量使用感叹号取代原作中的逗号和句号、问号等一切译者认为无法满足情感传递的标点符号。

(1)原作中的语言表面轻描淡写,实则传递出愤怒与无奈的情感,译者认为这种隐性的情感只有通过感叹号方能显现。

《妻妾成群》的德译本①中,译者在翻译颂莲被卓云孩子呛声后的心情时,似乎不吐不快,用一个个感叹号将颂莲的怒火直白出来。

原作	颂莲心想这叫什么事儿,小小年纪就会说难听话。天知道卓云是怎么管这姐妹俩的。
译作	颂莲心想:"太不像话了!这么小就会说伤人的话!天知道卓云是怎么教育她的女儿们的!"

(2)也有使用一连串感叹号替代反问句渲染愤怒和无奈。如原作使用反问句强调女人间那种表面和谐、暗地互相争斗的微妙关系,而译作将互相之间的争斗完全表面化,缺少了若隐若现的感觉。

---

① Su,T. *Rote Laterne*. München:Goldmann Verlag,1992.

原作	颂莲说,呛,怎么又是我的错了? 算我胡说好了,其实谁想管你们的事?
译作	颂莲回应道:"又来了! 什么都是我的错! 好吧,就算是我又无聊生事了! 无论如何晚上不会再掺和你们的事了!"

(3)使用感叹号强化人物语气的夸张。原作用貌似平淡的语气描写颂莲表面平静的心情。如卓云送颂莲丝绸的场景里,原作表现得似乎丝绸并不贵重,但又强调产地。

原作	苏州的真丝,送你裁件衣服。
译作	"来自苏州真正的丝绸!"

另一部作品《米》①尽管是从中文直译,而不是从法文或英文转译,但也采用加感叹号的手法,说明译者在面对苏童表面平淡实则汹涌的语言同样无能为力,只能借助标点符号的更改。一方面是基于译者对原文本的阐释,另一方面对原文本某些个性化、口语化的语气感到棘手,难以翻译,只能选择加感叹号进行强调。例如《米》中五龙被阿保逼着叫爹的那场,加上感叹号恰恰相反,表达出五龙的声音不是无力而是悲壮。

原作	爹。五龙的声音在深夜的码头上显得空旷无力。
译作	"爹!"他的声音在黑夜的空气中听起来空洞无力。

柴生回家告诉绮云,看到抱玉带着日本宪兵队进了烟馆,绮云不相信柴生的话,原文的质疑口气在口语化表达中非常清晰。

---

① 苏童. 苏童作品系列:米. 上海:上海文艺出版社,2005.

原作	这不可能,抱玉在上海做地产生意做得很发达,他怎么会跑这里给日本人做事呢?
译作	"不可能!"她不相信自己的耳朵。"他在上海,生意很发达。没有理由跑这里来给日本人做事。"

《米》在接近尾声描写五龙家境败落,柴生要卖家具时,译者也是选择将口语化的表达变成直接引语,并加感叹号强化,而母语读者对口语化表达的理解自然而然。

原作	卖吧,卖吧。五龙的态度出乎母子双方的意料,他说,这家里的东西除了米垛之外,我都不喜欢,你们想卖就卖吧。卖吧,卖光了我也无所谓。
译作	"卖吧! 卖了好了!"五龙的反应让庭院的两人吓了一跳。"除了米这屋里我啥都没兴趣。都卖了好了,我无所谓。"

加注感叹号强化对读者情绪的召唤,译者的尝试本无可厚非,对原作的任何改动都是译者逼不得已、痛苦的选择,但这里译者对感叹号的滥用完全将情感指向了错误的方向。此外,我们不难发现,感叹号因为与情感的紧密关联,故多加在对话或内心活动中,所以常常和添加的引号一起出现。

2. 称呼及地名人名的翻译

《妻妾成群》的德文版名《大红灯笼》,出自电影《大红灯笼高高挂》。小说发生的时代尊卑分明,德译本里陈佐千称呼颂莲用"你",颂莲称呼陈佐千用德语"您"的旧时尊称。译者充分意识到《妻妾成群》非当代背景,考虑到尊卑的时代差异性对应使用德语中旧时的尊称。

相较称呼,人名地名的翻译难度更大,特别是意向清晰的创作,如苏童是从苏州走出去的作家,写出了"枫杨树"系列小说,多河多水的苏州常常有枫杨树的影子。《米》就是苏童枫杨树系列之一。但《米》的德译本把枫杨树老家翻译成 Fengyang,显然是错译,另外将地头蛇六爷翻译成 Meister Liu,Meister 德文中主要是师傅、大师的意思,六爷的"爷"除了权威的意思还有些黑社会、地头蛇的味道,揭示了人性恶的一面,德译本的翻译未能完全达意。

3. 注释的添加

法译本对德译本的影响非常大,一般认为转译本不如直译本准确达意,但对于转译本我们也应该客观、一分为二地看待。转译本如果建立在优秀的译本基础上也算是合理的翻译策略,毕竟选择转译的译本应该说大部分都是经过考验的,对于成熟的译本在相近语言中转译也许可以避免直译尝试遇到的某些问题。《妻妾成群》小说译本参照法译本在页脚共加标三处注释。其中对重阳节"双九节日"的注释:"这个节日在第九个月第九天,这天扫墓祭奠祖先,人们登山祈求神灵的保佑。"(注:据法译本)译本对仙鹤也做了注释:"在道教中仙鹤是不死永生的象征。"(注:据法译本)译本对原作中"很轻松地上了黄泉路"的"黄泉路"注释:"这是地下的泉源,人的灵魂在肉体死后安息的地方。"但又不是所有异文化元素都做了注释,如草台班子就翻译成草台队伍,草台只进行了音译,显然德语读者无法领悟其内涵,对此的理解只能囫囵吞枣了。而《米》的德译本没有添加任何注释。是否需要添加注释的争论在翻译界由来已久,诸如德国汉学家和翻译家考茨(中文名高立希)的翻译手法偏重改写,也许更适合对异文化的接受,但会对原作的整体性造成一定程度的破坏。如果无法在翻译中完全达意,笔者以为不如退而求其次,添加注释满足读者理解的需要。

4. 隐喻和意境不能表达之重

以《米》的德译本为例。织云去大烟馆寻找父亲时,初见六爷。原作营造出大烟馆吞云吐雾、飘飘欲仙的气氛,将织云和六爷分别以主体形式描述,而译作中六爷成为织云眼中的客体。

原作	织云疑惑地看着六爷的脸。六爷并不恼,狭长锐利的眼睛里有一种意想不到的温柔。织云脸上浮起一朵红晕,身子柔软地拧过去,绞着辫梢说,我给六爷跪下请安,六爷给我什么好处呢?
译作	织云仔细打量着陌生人。他看上去并不凶,而且意想不到地在斜长、锐利的眼睛里隐现出一丝温柔,她脸一红,转身慢慢朝向他,手里玩着辫子。

原作将六爷对织云的挑逗表现得很暧昧不清,译作无法体现这一意象。

原作	织云忘不了六爷的手。那只手很大很潮湿,沿着她的肩部自然下滑,最后在腰际停了几秒钟。它就像一排牙齿轻轻地咬了织云一口,留下疼痛和回味。
译作	她没法忘记六爷的手。那只手很大很潮湿,顺着她的肩滑到她的屁股上,在那停了会,温柔地拧了下。留下一股温暖的疼痛她带了回家。

再如原作中冯老板意识到织云堕落的开始,悲愤油然而生,译作就只有愤怒而没有体现父亲的悲戚。

原作	冯老板直直地盯着织云看,最后咬着牙说,随你去吧,小妖精,你哭的日子在后面呢。
译作	冯老板愤怒地盯着他女儿好一会。然后说道:"你想做啥就做吧,小撒旦,你会后悔的。"

翻译过于直白,少了那层隐晦,常常在《米》的德译本中可见。如:

原作	那畜生到底安的什么心?
译作	这头老猪怎么可能晚上老实睡觉呢?
原作	说到织云他们的眼睛燃起某种猥亵的火焰。
译作	每次说到织云,他们的眼睛就亮了。

不论是对标点符号的更改和添加,还是在专有名词翻译上的困惑,对文化意象名词进行注释,以及面对隐喻和意象翻译的无力,都说明异文化作品理解及翻译的障碍和难度。"文化的多样性,包括生活环境、社会习俗、宗教文化、意识形态等方面的差异,都会对作品的理解和翻译构成一定程度的障碍,在这个层面上翻译是'有限度的',尤其是语言特色层面的传达,困难很多。面对普遍存在的担忧,如汉语的韵味在翻译成另一种语言时很难表现出来,我们应该承认这种语言表现力的差异是客观存在的。在翻译实践中,译者也常常为这样的问题犯难。"①同时很多原作的表达也不符合德国人的审美情趣。还有个很重要的因素,就是作家的多样性,如苏童、余华、莫言都是不同的叙事风格和语言特色,这使得德国不多的汉译翻译工作者更加捉襟见肘。

"现今国内对于外国文学作品的翻译提倡忠实于原文,出版的一般也都是全译本,这是因为在接受西方文学的道路上我们已走了很久,如果再来对国外作品进行过多的删改已经适应不了读者以及社会对于翻译的一种要求。而中国文学,尤其是当代文学在西方国家的译介所处的还是一个初级阶段,我们应该容许他们在介绍我们的作品时,考虑到源语与译语的差异后,以读者为依归,进行适时适地的调整,最大限度地吸引西方读者的兴趣。当然,这种翻译方法不是无节制的,如葛浩文对于原作的处理就是有选择性的。"②德国汉学家,也是《红楼梦》译者之一的吴漠汀认为:"从语言文学的角度来看,在翻译一部经典作品时,有两种截然不同的工作方式:1)人们把翻译作品与原作者的意图联系在一起,注重文

---

① 许方,许钧. 翻译与创作——许钧教授谈莫言获奖及其作品的翻译. 小说评论,2013(2):6.
② 许方,许钧. 翻译与创作——许钧教授谈莫言获奖及其作品的翻译. 小说评论,2013(2):9.

本按照原著重建,并尊重作者的原意图。外来的以及对故事进展
的加工等措施都会避免掉。2)人们把一部作品的译文当作原版来
看待。译文完成后,人们可沿着译版作者的思路去寻找翻译者在
理解中改变原版意义的原因,或者去研究此译文对读者的作
用。"①出于不同的考虑,译者选择不同的翻译工作方式,各有利
弊,这也正是文学翻译的魅力。对文学精品不断重译的尝试也说
明,不同译者选择不同翻译技巧,各有千秋。对苏童的翻译与接受
的问题意识说明翻译本无定式,才会产生潜在的可能性。苏童的
成功胜在语言上,译介的难度也在语言上。

三、苏童在德国多声部的批评与研究

说起德国主流文学批评就不得不提汉学家顾彬。波恩大学汉
学系顾彬教授对中国当代文学的炮轰于中国文学界不啻为一场地
震,顾彬在许多场合公开指出中国小说家过度重视故事性,更倾向
将大多数中国当代文学归于通俗文学行列,而不是严肃文学。德
国文学批评界强调严肃文学和通俗文学的界定。一贯不爱参与辩
论的苏童也发表了自己的看法,认为汉学家精通的是汉字,但理解
中国文学的精妙还是吃力的。此外中国文学的产出量巨大,而一
个人的阅读量却非常有限,顾彬的结论未免以偏概全。更何况顾
彬还是"观念先行"②。到底顾彬持有怎样固有的观念?顾彬与绝
大多数西方文学批评家一样认为中国缺乏人的思想,与欧洲文学
传统相反,缺乏围绕人的思考。此外,顾彬本身也偏爱中国诗歌,
较为推崇一些当代诗人,对中国小说一直持排斥的态度,并不认同

---

① 吴漠汀.《红楼梦》在德国. 红楼梦学刊,2006(5):245-246.
② 参见:南京作家:德国老"汉"理太偏. 现代快报,2009-02-26.

中国小说家在叙事技巧上的成就,更看重一些当代诗人的语言。擅长叙事技巧和透明语言的苏童也因此遭到顾彬的批评,他在《二十世纪中国文学史》中针对苏童小说指出:"苏童的主人公们是作为已定型了的人物上上下下。生物性完全支配了他们,以致情节进程带有一种必然性,第一事件都是可以预料的。无论男女,生活仅仅演出于厕所和床铺之间。苏童追随着世界范围的'粪便和精液的艺术'潮流。在此以外,则又悄悄地潜入了程式化的东西,如:乡村是好的;女人是坏的,而且是一切堕落的原因;邪恶以帮会黑手党的形式组织起来;一个多余的'闹鬼'故事和一个乏味的寻宝过程最终圆满地达成了这个印象:这里其实是为一部卖座影片编制电影脚本。"①但顾彬提到的小说家就只有莫言、余华、苏童等几位,也说明了苏童等的知名度。

顾彬的批评只是一家之言,在欧洲汉学界也存有争议,马悦然在接受《南都周刊》的专访时就表示:"顾彬是个二三流的汉学家,他的中文知识太浅,喜欢胡说。"②但顾彬在德国汉学家中较为活跃,对中国当代文学在德国的译介和认同有一定的影响。对苏童比较了解、受顾彬影响较大的德国汉学家马海默指出:"80年代中期最晚90年代初,各种流派和潮流层出不穷,一个作家不同的创作就可能被贴上不同的标签(先锋派、新现实主义、新历史主义等)……同莫言一样取得成果的有余华和苏童。"③苏童是因长篇小说《米》等的创作被视为新历史主义者而出名。这三人(莫言、余华和苏童)叙述浅显易懂、形象生动的故事,也奠定了他们商业上的成功。因而构成了90年代的整体趋势——"先锋派的结束,故事的

① 顾彬. 二十世纪中国文学史. 上海:华东师范大学出版社,2008:356.

② 马悦然. 莫言得奖实至名归. 南都周刊,2014-04-17.

③ Hermann, M. & Kubin, W. (hrsg.). *Chinesische Gegenwartsliteratur—Zwischen Plagiat und Markt*? München: Edition Global, 2009:3.

回归"(顾彬语)。① 马海默同时也是苏童小说《碧奴》的译者。

　　和顾彬站在西方文学批评所谓世界高度俯视中国当代文学相反,德国出版的两部苏童研究专著都着眼于文本和创作分析,并顾及中德文化之差异。苏珊娜·鲍曼的《红粉——中国作家苏童作品中的女性形象》②,从女性形象的男性视角及其对女性评点的功能来分析苏童的创作;柯理博士的《中国新叙事——介于过去和现在之间的苏童小说》③,探讨苏童叙事作品重构想象中的过去,特别是枫杨树村和香椿树街两个承载历史的场景。

　　苏珊娜·鲍曼的研究抓住苏童作品的关键即对女性角色的塑造展开,将苏童视为文学先锋派、新写实主义和新历史主义的代表,也指出其叙事技巧为成功的要素之一。她认为,苏童的小说强调主体关怀,取代集体关怀。苏珊娜·鲍曼对苏童的评价不是建立在某种设定的观念上,而是从叙事理论对苏童的作品进行文本分析,总结出苏童在"继续逃离与回归乡村的交替游戏"(第44页)中,与顾彬对苏童创作中性丑恶的理解不同,苏珊娜·鲍曼认同"性同时是人类食饱和性的基本需求的象征"(第45页),但也指出《米》存在缺陷,似乎是苏童长篇创作的软肋。"早期枫杨村叙事中常追问过去对今天的意义,这部长篇小说'从故事的元层面'显得较为简陋。"(第46页)在苏珊娜·鲍曼看来,苏童对女性在爱与性的塑造上和他那些女性同行作家不同,作者从影像意义上是个观看者,一种男性的观看,只关注女性对性而无爱的需求,性也是性别斗争的武器,成为撕开女性面纱的工具。苏珊娜·鲍曼非常详

────────────

① Hermann, M. & Kubin, W. (hrsg.). *Chinesische Gegenwartsliteratur—Zwischen Plagiat und Markt?* München: Edition Global, 2009: 4.

② Baumann, S. *Rouge: Frauenbilder des chinesischen Autors Su Tong.* Dortmund: Projekt Verlag, 1996.

③ Treter, C. *China neu erzählen: Su Tongs Erzählungen zwischen Vergangenheit und Gegenwart.* Bochum: Projekt Verlag, 1999.

细地介绍了苏童的创作和在中国以及西方的评论,研究建立在详细的中国文献和西方文献的基础上。

柯理博士对苏珊娜·鲍曼的这部专著评价很高。"尽管苏珊娜·鲍曼因其西方汉学的视野影响有局限性,但对苏童创作的理解具有重要意义,对理解中国当代文学的重要趋势也很有启发。"(第3页)柯理博士的专著主要先介绍了当代中国的文学趋势和文学理论的讨论以及关于中国当代文学的西方汉学争论,特别有见地地指出对中国新叙事理解存在的可能性。他提出,苏童的叙事是从对过去重新建构走向当代的观察,在枫杨树村庄故事中重构虚拟的过去,在香椿树街的叙事中重构对自我过去的想象,建构令人费解的当下图像以及对想象来源与母题的追寻。他认为,苏童在西方首先是因为《妻妾成群》改编电影成为一个概念,苏童的《妻妾成群》重新采用传统形式取得了巨大成功。关于苏童的文章大部分观点混乱,常常没有体系,苏珊娜·鲍曼的研究是个例外(第14页)。他同时指出,中国内部常常讨论作家归属某一潮流的问题,但这个问题对于西方的争论没有任何意义,"苏童自己也反对将他的创作归为某一个群体或者潮流"(第2页)。

在德国,目前已有两部以苏童创作为研究对象的专著,这在中国当代作家中并不多见。尽管西方汉学研究缺乏坚实的土壤,但也因其独特的他者视角具有一定的参考价值。两部专著着眼文本分析,对苏童作品的阐释采取德国文学评论中通行的文本分析和叙事理论研究,因此更具有说服力。这两部专著和其他书评、评论充实了苏童在德国的译介和接受,同时也应该是苏童研究的重要组成部分。

(陈民,南京大学外国语学院副教授;原载于《小说评论》2014年第5期)

德译本《蛙》：莫言在德国的"正名"之作

崔涛涛

一、"无名"的莫言

在跨越文化的文学交流中，文学翻译的角色有目共睹。而在开启一国文学在他国的接受的进程中，翻译作为一种有效的途径，更是被普遍地采用。因此，研究者在梳理类似的接受史时会发现，译介史不仅必然地参与其中，而且在先期，往往还主导其发展。[①]时至今日，中国当代文学在德国的接受，尚停留在译介阶段，故其接受史，也仅称得上是译介史，它始于 20 世纪 80 年代并持续至

[①] 德国文学在中国接受的初期即如此，详情参见张意对于德语国家文学在中国接受史的梳理：Zhang, Yi. *Rezeptionsgeschichte der deutschsprachigen Literatur in China von den Anfängen bis zur Gegenwart*. Bern：Peter Lang，2007. 另外，日本、澳大利亚等国的文学在德国接受初期走过的历程大致也都与此相类似，详情可见：(a) Ando, J. *Japanische Literatur im Spiegel deutscher Rezensionen*. München：Indicium Verlag，2006. (b) Wolfgang, V. *Die Rezeption australischer Literatur im deutschen Sprachraum von 1945—1979*. Gießen：Staufenberg Verlag，1982.

今。期间,虽然有一批当代作家①被译介到德国,但是却极少持续地被译者关注,他们仅在某个时期被注意到,或仅有一两部并不具代表性的作品被翻译,这导致被译介到德国的中国当代作家不久后便被永久地遗忘。而唯一的例外,就是余华和莫言,他们自 20 世纪 90 年代被译介以来,在德国始终保持着热度。但就被译介作品的数量而言,莫言以 8 部译作远超余华(4 部)②。或许有人会说,莫言在德国能被持续地关注,并且在译作数量上多于余华,与他获得诺贝尔文学奖密不可分,但即使在获诺奖前,他也有 6 部作品被翻译,而余华则仅有 3 部。因此有理由认为,在中国当代文学在德国的接受方面,莫言至少在数量上可谓一马当先。但尽管如此,在 2012 年度诺贝尔文学奖揭晓前,莫言在德国也只是一个陌生的名字。正如《柏林日报》记者 Bernhard Bartsch 在 2009 年采访莫言时所指出的:

> 我们西方人很想去谈论中国文学,只可惜我们对此却知之甚少,以至于我们经常都将所有中国作家混为一谈,同样也包括您:在德国,您的小说被当作"来自中国的书籍"去阅读,

---

① 如张洁、王安忆、王蒙、张贤亮、冯骥才、李锐、阿城、王硕、陆文夫、苏童、阎连科、姜戎、李洱等,更多作家及作品请参见《中国当代文学德语译作目录表》,位于: Cui, T. *Ein literarischer Brückenbauer zwischen den Kulturen. Der chinesische Literaturnobelpreisträger Mo Yan in Deutschland*:*Werke*,*Übersetzungen und Kritik*. Würzberg:Königshausen & Neumann, 2015:403-406.

② 莫言的八篇译作包括一本短篇集:*Trockener Fluß und andere Geschichte* (1997) 和七部小说:《红高粱家族》:*Das rote Kornfeld* (1993);《天堂蒜薹之歌》:*Die Knoblauchrevolte* (1997);《酒国》:*Die Schnapsstadt* (2002);《生死疲劳》:*Der Überdruss* (2009);《檀香刑》:*Die Sandelholzstrafe* (2009);《蛙》:*Frösche* (2013);《变》:*Wie das Blatt sich wendet* (2014)。余华的四篇译作是:《活着》:*Leben* (1998);《许三观卖血记》:*Der Mann, der sein Blut verkaufte* (2000);《兄弟》:*Brüder* (2009);《十个词汇里的中国》:*China in zehn Wörtern* (2012)。

而并没有被视为出自无与伦比的当代著名作家莫言之大作。①

事实上,在 2012 年以前,德国批评界对莫言的认知的确如此:他仅被视作众多不知名的中国当代作家中相对较为知名的一位异域作家;平均约每隔五至七年有一部作品被翻译;在汉学研究界,莫言则几乎无人问津;仅在文学评论界,他偶尔才受到关注。由于批评家对他的了解甚是有限,因此在评论中频繁地出现常识性错误,例如他的出生年份时常被误认为是 1956 年,而他的出生地山东省高密东北乡,则更是被误解为在中国东北。② 这些通过检索本就能避免的错误,折射出莫言彼时在德国文学评论界的地位。多数批评家在解读他的作品时,习惯性地采用政治而非文学的标准去审视作品,并由此去借题发挥,在意识形态方面对中国的体制评头论足。类似的文学评论,在本质上既不关乎莫言,也与文学无太大关联。在此期间,莫言的文学立场,包括他作为知识分子的责任担当,以及他对特定社会问题的实际态度,更是从未被批评家所提及。他在德国评论界的这种"无名"状态,随着 2012 年诺贝尔文学奖的揭晓而被打破。顷刻间,他获奖的消息引爆了德国文学评论界,只是有关他的讨论,仍然与文学无关,而只是围绕他本人而展开。他的共产党员和作协副主席的身份,以及这一身份对他的文学创作的制约,被置于讨论的焦点。这场讨论在客观上为莫言构建了一个相对负面的中国知识分子与作家形象。

---

① Bartsch, B. Chinas Wahrheit ist nicht elegant. *Berliner Zeitung*, 2009-07-15.
② 更多类似的错误请参见:Cui, T. *Ein literarischer Brückenbauer zwischen den Kulturen. Der chinesische Literaturnobelpreisträger Mo Yan in Deutschland: Werke, Übersetzungen und Kritik.* Würzberg:Königshausen & Neumann, 2015:232-236.

二、饱受争议的诺奖得主

从民主德国时代的历史经验出发,批评家先入为主地认为,莫言的双重身份,必然迫使他在创作中陷入对立的矛盾境地:他的党员与作协副主席身份,使得他在言与思方面放不开;而他作家与知识分子的身份,却又要求他在这方面必须放得开。该悖论促使批评家对他在文学创作中的立场以及对他作为知识分子的责任担当提出质疑。他们似乎并不在意莫言作为党员是否称职,而追问他作为知识分子和作家,是否不辱使命,乃至真正配得上诺贝尔文学奖的殊荣。

Freund 认为:"莫言早已经同政府达成了一致。"①Neshitov 则推断:"莫言似乎在中国生活得如鱼得水,因为他不仅受到政府的供养,而且还被其包装后在国际上推广。"②Simons 强调莫言"亲政府"的私人立场,并认为"这妨碍他作为知识分子发出独立的声音"③。作为例证,批评家不约而同地指出莫言曾摘抄毛泽东 1942年《在延安文艺座谈会上的讲话》,并重温他在 2009 年法兰克福书展前期的一则"丑闻":莫言曾随中方代表团成员在一场研讨会期间集体离席,抗议德方不顾中方反对而执意邀请两位异议作家上台致辞。上述对莫言的指责遭到了另一些批评家的反对。例如 Claudia Roth 就表示:"莫言虽然没有公然与政府作对,但也绝不是纯粹的体制内作家。"④这与 Ehlert 的观点不谋而合:"莫言既不

① Freund,W. Halluzinatorische Wahl des Nobelpreiskomitees. *Die Welt*,2012-10-11.
② Neshitov,T. Beklemmend romantisch. *Süddeutsche Zeitung*,2012-10-11.
③ Simons,M. Mehr Dissidenz wagen. *Frankfurter Allgemeiner Zeitung*,2012-10-13.
④ Literatur-Nobelpreis geht an Chinesen Mo Yan. *ZDF-Tagesschau*,2012-10-11.

是体制的强烈批判者,也没有完全地效忠体制。"①正如 Platthaus 所言:"毕竟,莫言对现当代中国的诸多现象,是持有批判态度的,只是他的批判始终没有越界。他确实也指责当局的过错,但并不去质疑其合法性。"②Blume 将之称为"莫言式途径:他用自己的方式逃离并绕过了审查制度"③。

对于上述的指责和质疑,莫言间接地做出了回应。他在德国《时代报》曾委婉地表达了自己的难处,"我在中国生活和工作"④,并在另一场合表示,他能理解外国人对他的指责,因为后者并不了解他在中国的现实处境⑤。但尽管如此,他仍然坚决地驳斥了上述针对他的指责和质疑,并反驳道:"批评的表达方式并不是唯一的,一些人喜欢以上街游行的方式来表达思想,但也要允许另一些人缩进自己房间的角落,用写作的方式来默默地发声。"⑥他正面地回应了他的批评者:"假如仅仅因为我没有上街拉横幅、喊口号、签声明,就断定我不是一个有担当的作家,那对我未免也太不公平。"⑦莫言在驳斥他的批评者的同时,还对他们提出质疑:

> 我相信,很多批评我的人,并没有认真研读过我的作品,
> 否则他们会明白,我当时的创作,曾冒着多大的风险、顶着多

---

① Ehlert, J. Der Sprachlose, der viel zu sagen hat. *ZDF-Tagesschau*, 2012-10-11.

② 参见:Platthaus, A. Schreiben und Schweigen. *Frankfurter Allgemeine Zeitung*, 2012-10-11.

③ Blume, G. Helden, die nicht zur Ruhe kommen. *Zeit Online*, 2012-10-11.

④ 参见:Nobelpreisträger Mo Yan fordert Freiheit für Liu Xiaobo. *Zeit Online*, 2012-10-12.

⑤ 参见:Simons, M. Mehr Dissidenz wagen. *Frankfurter Allgemeiner Zeitung*, 2012-10-13.

⑥ 参见:Simons, M. Mehr Dissidenz wagen. *Frankfurter Allgemeiner Zeitung*, 2012-10-13.

⑦ Erling, J. Chinas Nobelpreisträger brüskiert Peking. *Die Welt*, 2012-10-13.

大的压力。我的作品,从那时起就有别于其他的畅销小说。并且从 80 年代起,我就始终站在人性的高度去写作,我的文学创作,早已超越了党派、阶级和政治的界线。①

莫言对其批评者的反质疑不无道理,至少后者对他的质疑和指责确实缺乏以作品分析为根基的事实依据,而它们才是判断莫言创作立场的合理根据。暂且不去争论批评家的结论是否正确,单就逻辑推断而言,它至少不严密,也缺乏说服力。但尽管如此,批评家通过对莫言进行质疑和指责,客观上为他在德国塑造了一个负面的知识分子与作家形象,但也客观上促进了德译本《蛙》的出版。

三、德译本《蛙》:别样的期待

译者 Martina Hasse 在接受歌德学院的采访时,曾谈到德译本《蛙》(*Frösche*)的翻译过程:"在翻译赢得诺贝尔文学奖的作家时,我最深的感触就是时间紧迫,当时我推掉了一切别的事务,然后马不停蹄地翻译。"②这间接地说明了德国对这部获奖作品的期待。于是,这部发表于 2009 年的作品,在莫言获诺奖 4 个月后(2013 年 2 月)便被译成德语出版,其速度令人瞠目结舌,因为除《生死疲劳》之外,莫言其他被译介到德国的作品,从国内发表到被翻译,往往需要经历数年,如《红高粱家族》(1987 年)历时 6 年(1993 年)、《天堂蒜薹之歌》(1988 年)历时 9 年(1997 年)、《酒国》(1992 年)历时 10 年(2002 年)、《檀香刑》(2001 年)历时 8 年

---

① Erling, J. Chinas Nobelpreisträger brüskiert Peking. *Die Welt*, 2012-10-13.
② Hasse, M. Den Literaturnobelpreisträger übersetzen. *Goethe Institut*, *Literatur und Sprache*, Dez. 2012.

(2009 年)。而《生死疲劳》(2006 年)之所以 3 年后(2009 年)就被译介到德国,与 2009 年的法兰克福书展不无关系。当时中国的主宾国地位,客观上推动了包括它在内的一批当代作品在德国的传播。与上述作品相比,《蛙》在德国的成功是空前的:在销量方面,它上市仅一年就突破了数万册的销量①,而《生死疲劳》即使在上市五年后,印刷的 2000 册仍未售完②;在接受方面,德国文学评论界更是给予了《蛙》史无前例的关注热度,在数量上,关于它的评论文章有十余篇;而在质量上,它们不仅篇幅可观,而且内容也充实详尽,与批评家解读《生死疲劳》《檀香刑》等作品时干瘪的情节概述和蜻蜓点水式的点评形成了鲜明对比;此外,评论文章中的错误也显著减少。上述变化表明,诺奖之后,德国文学评论界对莫言的关注变得更加用心。

上述进步,毫无疑问与莫言获诺奖的事实密不可分,但除此之外,莫言对其批评者的质疑在客观上也发挥了作用。对德国围绕莫言获诺奖的讨论进行梳理后可发现,它起于获奖消息揭晓当天,止于莫言对其批评者提出质疑之后。这意味着,批评家似乎在表面上接受了莫言的质疑,但事实上,他们并未善罢甘休,《蛙》随后被迅速译介到德国,并受到批评家认真、细致的解读和评价,就足以说明问题。在这样的接受背景下,《蛙》其实被命运性地赋予了某种"考验"的意义:德国文学评论界似乎押注于这部莫言获诺奖前就已发表的作品上,以此去证实自己先前对莫言的"预判"。只是后来的事实表明,批评家输了这场"赌局",而莫言,则经受住了这场"考验"。

---

① 数据来源于 2014 年 4 月 25 日笔者对 Carl Hanser 出版社销售部 Antje Bieber 女士的邮件咨询。
② 数据来源于 2014 年 1 月 6 日笔者对 Horlemann 出版社社长 Anja Schwarz 女士的邮件咨询。

四、莫言形象的 180 度逆转

德译本《蛙》的出版,颠覆了德国文学评论界之前对莫言的认知。在 10 篇评论中,批评家不再怀疑莫言作为知识分子的责任与担当,反而开始钦佩他的批判勇气,并承认他与体制间确实保持有距离。Schneider 着迷于《蛙》所反映的计划生育题材,并表示由此认识到一个"令人着迷的、别样的世界",他为莫言抱不平,并强烈建议莫言的批评者"最好先读读莫言的书"①。Zähringer 认为,莫言在《蛙》中借助文学的形式,表达了对中国社会的批判:"莫言用文学的批判形式对棘手的人口政策进行了美学地处理,并赋予了美学新的、极其幽默的内在。"②Borchardt 认为,《蛙》讲述了"一则道德冲向底谷的故事",并读到了"普通民众面对政治威权时的无助"和作品人物"对权利与公平的渴望"③。Wiesner 认为,《蛙》是对"计划生育政策的抨击",也是对"金钱与权利游戏规则"的批判④。Hammelehle 强调莫言在观察作品人物与社会发展时持有的"人性"视角,他感受到了莫言对母亲们的同情,并因此坚信:

> 在价值观方面,莫言与西方人的接近程度超乎这里很多批评他的人先前的想象:原来,他同样坚持宽恕罪行和仁爱(新)生命。如此美好的品德,人们本能地与某种别样的价值

---

① 参见:Schneider, W. Von Kadern und Kaulquappen. *Der Tagesspiegel*, 2013-03-16.

② Zähringer, M. Die Geister der ungeborenen Kinder. *Deutschlandradio Büchermarkt*, 2013-03-03.

③ 参见:Borchardt, K. Sehnsucht der Gerechtigkeit. *Deutschlandradio Radiofeuilleton*, 2013-02-26.

④ 参见:Wiesner, H. Mo Yans laue Kritik an Chinas Ein-Kind-Politik. *Die Welt*, 2013-03-01.

体系联系了起来……它们是基督教的信仰。①

类似的赞许和认可,在评论中还有许多。很显然,德译本《蛙》彻底地改变了德国批评家对待莫言的态度。Mangold 极具赞赏地写道:"《蛙》不仅仅是一部伟大的作品,它更没有避政治于千里之外。莫言这本创作于 2009 年的作品,仿佛是为回击他后来的批评者而事先预备的。"②Baron 也同样赞赏称:"《蛙》所讲述的一切似乎都在表明,莫言仿佛不仅预料到了将要赢得诺贝尔奖,而且预料到在获奖后将有人会诟病他的身份,而后一种情况,在他获诺奖后果不其然地发生了。"③由此可见,《蛙》颠覆了德国文学评论界之前对莫言的认知,批评家开始变得不再能理解,人们当初为何要如此那般地苛责莫言:"真是太不可思议了! 这样的作家,怎么能被视作体制内作家呢?"④由此可见,在接受方面,德译本《蛙》不仅有力地驳回了莫言之前在德国遭受的质疑和指责,而且改善了他在德国公众面前的形象。正如 Siemons 在评论中所指出的:"莫言创作了一本改变他自身形象的作品。"⑤

莫言在上述意义上的成功,除归功于《蛙》独特的主题与立意之外,他的"危机公关",或许也应当分享些许功劳:在 2013 年 2 月德译本《蛙》出版前夕,莫言曾接受《明镜周刊》采访,并首次主动地坦言了自己的"罪行",他忏悔称:"我曾为了自己的前途,让妻子流产,我是有罪的!"⑥同时,他也反思道:"任何人都没有资格用暴力

---

① Hammellehle,S. Monströse Kinderjagd. *Spiegel Online*,2013-03-13.

② Mangold,I. Roman „Frösche": ein großes Bestiarium. *Die Zeit*,2013-04-25 (18).

③ Baron,U. Vom Quäken der toten Seelen. *Süddeutsche Zeitung*,2013-03-01.

④ Baron,U. Vom Quäken der toten Seelen. *Süddeutsche Zeitung*,2013-03-01.

⑤ Siemons,M. Ich bin selbst schuldig. *Frankfurter Allgemeine Zeitung*,Feuilleton,2013-02-26.

⑥ Gespräch,S. Ich bin schuldig. *Der Spiegel*,Sep. 2013:124-127.

去阻止别人生儿育女。中国在过去几十年经历了动荡和巨变,几乎所有人都认为自己是受害者。但很少有人扪心自问,自己是不是也曾作过恶、伤害过他人。"①在言语中,莫言流露出的痛、真诚与悔过,客观上触动了德国批评家,例如 Schneider 写道:"蝌蚪就像是莫言自己,逼迫妻子流产的经历,后来在他心里被内化为对良心的拷问,使小说作者时刻都难以摆脱。"②它与莫言的哥哥管谟贤对《蛙》的评价高度吻合:"我觉得莫言是在写他自己,写他自己的一段经历,写他自己的思考,写他自己心里的痛,进行自我解剖,自我忏悔,自我救赎。"③由此看来,莫言选择以德文版《蛙》的出版为契机,并选择在德国媒体来首度曝光自己的"痛",暂且不论他是否有意为之,但他至少在客观上引导着德国批评家对《蛙》的理解,也间接地提示着作品中虚构(蝌蚪)与真实(莫言)间的现实联系。而莫言在虚构(小说)与真实(采访)中表现出的忏悔姿态,虽然暴露出他"伤害者"的角色,但是他"受害者"的角色显然更醒目。后者一方面激发了德国文学评论界的同情心,另一方面使批评家通过《蛙》认识到,莫言作为"受害者"与其所处的体制之间确实存有距离,这一认识拉近了批评家与莫言在心理上的距离,并推动批评家逐步放弃之前先入为主地站在莫言的对立面去认知莫言的习惯。这种认知态度的改变,同样是德译本《蛙》出版后莫言在德国的形象发生 180 度逆转的一个客观原因。

五、《蛙》对于莫言在德国接受的意义

从上述意义而言,莫言其实不仅"创作了一本改变他自身形象

---

① Gespräch, S. Ich bin schuldig. *Der Spiegel*, Sep. 2013:124-127.
② Schneider, W. Von Kadern und Kaulquappen. *Der Tagesspiegel*, 2013-03-16.
③ 管谟贤. 大哥说莫言. 济南:山东人民出版社,2013:77-78.

的作品"①,而且同时创作了一本推动德国文学评论界转换认知视角来重新审视他的作品。由此看来,德译本《蛙》对于莫言在德国接受方面的意义是很深远的:一方面,它在德国为莫言奠定的新形象,将成为批评家今后评判莫言下一部新作的认知起点,也有助于在一段时间内维系德国文学评论界对莫言的关注热度;另一方面,上面述及的批评家对《蛙》的解读,鉴于篇幅的关系,虽然仅以论点的形式被简单地列举,但它们在原文中都经过举例论证,而且例证也都基于对作品中故事情节与人物关系的分析得出。尽管在笔者看来,其中的一些观点还有可商榷之处,例如莫言是否真如批评家所言,通过《蛙》在顷刻间实现了从"体制内作家"到"勇于批判、敢于担当的良心作家"的蜕变。但总体而言,批评家如今在抛出观点时,开始从作品里旁征博引,并且在评论作品时,开始就事论事地围绕作品展开,而不再像之前那样或"借题发挥",或以干瘪的情节概述和蜻蜓点水式的点评来"敷衍",在评论态度上,这是很大的进步。

（崔涛涛,广东外语外贸大学西方语言文化学院德语系讲师；原载于《小说评论》2017年第1期）

---

① Siemons,M. Ich bin selbst schuldig. *Frankfurter Allgemeine Zeitung*,*Feuilleton*,2013-02-26.

"不语者":莫言的俄罗斯式解读

杨明明

相对于王蒙、张贤亮、余华、苏童等中国当代作家,莫言在俄罗斯似乎是一夜成名。早在 2012 年度诺贝尔文学奖颁奖前,俄罗斯国内便纷纷预测这一届的诺贝尔文学奖得主或是一位女性作家,或是一位亚洲作家。最终,莫言战胜了日本作家村上春树,脱颖而出,颇有些出乎俄罗斯媒体的预料。其实,俄罗斯媒体这种厚此薄彼的态度与其说是出于对村上春树的偏爱,不如说是出于对莫言的陌生。俄罗斯媒体在惊诧之余,便开始争相报道。

从总体上看,俄罗斯媒体对于莫言获得诺贝尔文学奖这一事件还是十分关注的,各大电台、电视台、报刊、网站等都对此进行了专门的报道。从媒体的报道情况看,莫言的作品基本上获得了俄罗斯媒体和读者的认可,有评论者说,"只要一接触莫言的作品,马上就能感觉到是在和一位真正的大作家打交道"[1],甚至还有媒体把莫言称为"中国的福克纳""中国的马尔克斯""中国的卡夫卡""中国的肖洛霍夫"[2]等。如此之高的赞誉在俄罗斯这样一个盛产

---

[1] Селиванова С. Who is товарищ Мо Янь? //*Литературная газета*. No 51. 19 дек. 2012 г. С. 6.

[2] Торопцев С. Новый Нобелевский лауреат—писатель Мо Янь//*Проблемы Дальнего Востока*. No 1. 2013 г. С. 152.

小说家的国度实在是难能可贵。从 19 世纪的托尔斯泰、陀思妥耶夫斯基、契诃夫这三位巨匠到 20 世纪的布宁、肖洛霍夫、索尔仁尼琴等诺贝尔文学奖得主,无一不是小说巨擘,习惯于阅读这些经典名著的俄罗斯知识分子阶层的文学鉴赏能力不可谓不高矣。

从目前俄罗斯报刊、网络上登载的有关莫言的文章与访谈内容来看,基本上都是以介绍为主,评价不多,研究更少。对于对莫言尚显陌生的俄罗斯读者来说,这样的文章显然是急需的。从这些文章的内容看,俄罗斯媒体较为关注的主要是莫言作品的翻译及其与俄罗斯作家的交流、其"苏联式的人生"经历、"莫言"这一笔名的由来与内涵、俄苏文学对他的影响以及对其创作的评价等几个方面。

一、莫言作品在俄罗斯的译介与传播

2012 年 10 月,圣彼得堡的阿姆弗拉出版社借莫言荣膺诺贝尔文学奖之际隆重推出了《酒国》的俄译本,旋即又推出了《丰乳肥臀》的俄译本,引起了不少读者的关注。该出版社此前曾于 2006 年成功预测土耳其作家帕慕克获得诺贝尔文学奖,这次又提前着手翻译莫言的作品,不能不说明其眼光的精准独到。

在此之前,俄罗斯读者接触莫言作品的机会是极为有限的。电影《红高粱》在俄罗斯的放映使他们得以初次感受莫言作品的魅力。2007 年《红云:当代中国小说选集》一书选译了莫言的短篇小说《姑妈的宝刀》。此后虽然有中国文学爱好者陆续将《红高粱家族》《酒国》等小说的片断译成俄文发表在互联网上,但读过莫言作品的人实在是寥寥无几。直至《酒国》和《丰乳肥臀》俄译本的问世,才使俄罗斯读者真正有机会领略莫言作品的风采。对于出版界直至莫言获奖才出版其作品俄译本这一事实,许多读者颇有微词,甚至有读者直指俄罗斯出版界的短视和功利。对此,俄罗斯作家协会副主席舍佩金表示将尽快购买《红高粱家族》等作品的版权,力争于第 26 届莫斯科国际书展之前推出其俄译本。

　　除了上述两部已经译成俄语的小说之外,还有一些尚未被译成俄语的作品也引起了俄罗斯媒体的关注。《天堂蒜薹之歌》这部被诺贝尔文学奖评委会常务秘书彼得·恩隆德誉为解读莫言其他作品的"密码"和"钥匙"的作品,在西方一直备受推崇,有人甚至将其与海勒的《第二十二条军规》、斯坦贝克的《愤怒的葡萄》相提并论,这部描写了"上个世纪中国农民的困境"①的小说虽然尚未被译成俄语,但已经引起了俄罗斯媒体的关注,据悉已经有出版社表示要购买其版权。

　　莫言获奖及其译本商业运作的成功也扭转了俄罗斯出版界和读者对中国文学的看法。一直以来,俄罗斯评论界和读者似乎都对中国文学抱有某种成见,认为中国文学"无趣乏味、千篇一律",这一印象虽然始于"将文学当作政治宣传工具"的中国"文革"时期,但长期以来却一直未能得到纠正。苏联解体后,出版社开始面向市场,读者对中国文学不买账,出版中国文学作品既得不到国家的经济支持,又无利可图,出版社自然对中国文学缺乏热情。

　　此次阿姆弗拉出版社值莫言获奖之际推出莫言作品叫好又叫座,不仅打破了"出版中国文学作品不赚钱"的定见,也在俄罗斯出版界掀起了一轮中国文学热,一些出版社表示将乘势推出苏童、毕飞宇、余华等人作品的俄译本。正如莫言作品的翻译者、圣彼得堡大学教授叶果罗夫所指出的那样,经历了 30 年的改革开放,中国已经发生了翻天覆地的变化,"中国文学也完全不一样了。不仅体

---

① Бавыкин О. Российские писатели знают Мо Яня // *Слово*. No 39. 19 окт. 2012 г. С. 9.

裁丰富多彩,更重要的是出现了在世界文学当之无愧地占有一席之地的作品"①。

当然,在对莫言的一片喝彩声中,也还是不可避免地存在着一些批评的声音。迄今为止,莫言作品已被译成英、法、德等十余种语言,但译成俄语的却只有《酒国》和《丰乳肥臀》这区区两部作品,实在不足以反映莫言创作的全貌。寄希望于通过一部电影和两部小说就能让俄罗斯读者真正了解莫言,这未免有些强人所难,因此,对于俄罗斯读者对莫言的某些误读以及评价的偏失之处,我们应该给予充分的理解与包容,相信随着莫言的更多作品被译成俄语,这些批评的声音一定会越来越少。

二、与俄罗斯作家的交流

与俄罗斯读者对莫言尚感陌生形成鲜明对比的是俄罗斯文学界其实早已与莫言相识相知。2007 年俄罗斯中国年期间,铁凝曾率中国作家代表团赴俄罗斯访问,莫言也身在其中。这是莫言第二次赴俄访问,此前一次他只是于 20 世纪 90 年代在远东稍做停留。低调而谦和的莫言给俄罗斯同行留下了深刻的印象。俄罗斯作家协会的档案记录下了莫言在此做客时的情景:"莫言坐在绘有别洛夫、舒克申、阿斯塔菲耶夫和索勃列夫的画下,并在大礼堂举行的隆重见面会上做了发言。此后他还谦逊地在俄罗斯作家协会主席加尼切夫的办公室里的普希金肖像下拍照留念。"②

---

① Почему россияне почти не читают китайских авторов. http://www. daokedao. ru/2012/09/06/pochemu-rossiyane-pochti-ne-chitayut-knigi-kitajskix-avtorov/,检索日期:2013-07-30。

② Бавыкин О. Российские писатели знают Мо Яня//*Слово.* № 39. 19 окт. 2012 г. C. 9.

俄罗斯文学批评家邦达连科曾有幸在中国与莫言晤面。他眼中的莫言,从外表上看似乎更像是一名普通的"中国农民",但"遣词造句从容不迫"。莫言对俄罗斯文学,无论是"经典文学",还是"当代文学"的稔熟无疑给他留下了深刻的印象。①

俄罗斯当代著名作家贝科夫在读过莫言作品之后断言从莫言身上"看到了一位大作家,看到了真正的中国文学"②。其他一些俄罗斯作家在读过了《酒国》的译本之后亦表示深有同感。莫言最终凭借自己作品"精致的而非标准的形象性、源于神话的极为丰富的想象力以及其对多种叙事形式的自如驾驭"③等独特魅力征服了俄罗斯同行。

(一)"知者不言"

2012 年 12 月 19 日的俄罗斯《文学报》上刊发了女作家、诗人谢利瓦诺娃的《谁是莫言同志》一文,对莫言获得诺贝尔文学奖的原因进行了探讨。此前,不少俄罗斯学者如阿尔巴托娃、萨莫卢科夫等人都认为莫言获奖与其说是凭借"其个人成就",不如说是出于"西方试图借此改善与中国的关系",或者干脆就是"屈服于中国的压力"。谢利瓦诺娃对此进行了反驳,她认为,只有那些从未读过莫言作品的人才会如此不负责任地将其贬斥为"书记文学"④,不应纠缠于莫言"官方作家"的身份而对其进行意识形态化解读或

---

① Бондаренко В. Мол Чун. http://www. rospisatel. ru/bondarenko-mo_jan. htm,检索日期:2013-07-30。

② Китайский Шолохов и сны на пустыре. http://www. svoboda. org/content/transcript/24743736. html,检索日期:2013-07-30。

③ Мо Янь—Страна вина. http://inolib. org/prose_/prose_contemporary/mo-yan-strana-vina. html,检索日期:2013-07-30。

④ Селиванова С. Who is товарищ Мо Янь? //*Литературная газета*. № 51. 19 дек. 2012 г. С. 6.

政治符号化,而要立足于莫言的艺术成就对其做出公正的评价。

其实,要想真正了解莫言,还要从对其人生经历的回顾与分析入手。在俄罗斯媒体看来,12 岁辍学务农,当过工人,后又参军入党,在军中开始文学创作的莫言,其履历是完全是"苏联式的"。而莫言这样的人生经历又令俄罗斯媒体不由得将其与同为诺贝尔文学奖得主,同时也是其最喜爱的苏联作家肖洛霍夫做一番比较。事实上,两人的人生经历和文学创作道路也确实有颇多相同之处:两人都出生于偏远农村,自幼都没有受过很长时间的正规教育,都是自学成才,后来又都担任了所在国家的作家协会副主席,成名后都没有选择首都而是仍旧留在故乡生活;在政治上两人都坚定地信仰共产主义,在创作上则选择了通过农村题材来体现自己对现实独特而深刻的思考,最终又都凭借自己的小说创作以"官方作家"的身份获得了诺贝尔文学奖。

俄罗斯批评家普遍关注到"莫言"这一笔名的含义,指出其字面意义为"沉默不语"(молчи, не говори)。邦达连科甚至还在《沉默者》一文中借用 19 世纪俄国诗人丘特切夫的名句"沉默吧,躲起来,隐藏起自己的所思与所行吧"①来诠释莫言这一笔名的内涵。在他们看来,莫言这一笔名似乎是解读莫言的思想、行为和创作的"钥匙"。虽然莫言本人曾表示过这个笔名源自在那个特殊的年代其父亲对其要谨言慎行、莫谈国是,避免祸从口出、因言获罪的告诫,但莫言作品的译者、圣彼得堡大学教授叶果罗夫却认为这个笔名实际上是出自《道德经·五十六章》的"知者不言,言者不知"一句。在他看来,莫言幼年时那段忍饥挨饿、备尝世间冷暖的辛酸日子,从军 20 余载却从未创作过与军队有关的作品,其人生之旅与

---

① Бондаренко В. Мол Чун. http://www.rospisatel.ru/bondarenko-mo_jan.htm,检索日期:2013-07-30。

创作之路大概还有许多不足与外人道的隐秘吧……

(二)"俄罗斯文学的勤奋学生"

基于俄罗斯的文学批评传统以及莫言个人的"苏联式"成长经历,其作品不可避免地被置之于俄罗斯文学语境下进行解读。

俄罗斯评论界普遍认为,莫言是在俄苏文学的影响下成长起来的,甚至有媒体称其为"俄罗斯文学的学生"。对于这一点,甚至连莫言本人也并不讳言,他曾坦承自己早在幼年时代就在哥哥的课本上读到过普希金的《渔夫和金鱼的故事》,后来又读了高尔基的《童年》、奥斯特洛夫斯基的《钢铁是怎样炼成的》等。在所有这些文学作品中,对他影响最大的还是肖洛霍夫的《静静的顿河》。虽然国内外的研究者都十分关注福克纳、马尔克斯等人对莫言的影响,但是事实上,"对于莫言来说,列夫·托尔斯泰、屠格涅夫等俄国经典作家的艺术经验"①同样也是十分重要的。

俄罗斯文学批评家邦达连科特别关注到莫言的创作品与20世纪中期的苏联农村小说的相似之处。在他看来,《酒国》无论"从名称上",还是"从内容上",都更多地指向"俄罗斯",而非"中国"。作为一名乡土文学作家,莫言的作品与苏联作家阿斯塔菲耶夫和阿·伊万诺夫颇有相似之处,他的《丰乳肥臀》很容易让俄罗斯读者联想起伊万诺夫的《永恒的呼唤》。瑞典皇家科学院的颁奖辞中曾赞誉莫言的创作"将魔幻现实主义与民间故事、历史和现代融会于一体",事实上,阿斯塔菲耶夫的《鱼王》、伊万诺夫的《永恒的呼唤》亦莫不如是。为什么苏联作家没有获得诺贝尔文学奖呢?究其原因也许在于莫言的创作所体现出的那种"精细的农民式的、乡

---

① Селиванова С. Who is товарищ Мо Янь? // *Литературная газета*. № 51. 19 дек. 2012 г. С. 6.

土的、民间的超现实主义的结合,在描写农民日复一日辛苦劳作的同时,还融入怪诞、故事性、神秘主义、中国民间口头创作"等因素,而这些恰恰是苏联作家所欠缺的。①

一些俄罗斯媒体认为,莫言的《红高粱》与肖洛霍夫的《静静的顿河》之间存在着某种相似性,但叶果罗夫对此并不赞同,他认为倒是《丰乳肥臀》与《静静的顿河》之间存在着更多的相似性。这两部小说都是以战争为题材,而且都是描写以共产党最终获胜为结局的国内战争。在创作中两位作家又都将关注的焦点集中于战争带给普通人的痛苦与牺牲,而这一点在当代中国文学中则是十分罕见的。②

其实,最令俄罗斯评论界称道的还是莫言文学创作所表现出的那种独立性,虽然受到多位作家的影响,但"莫言不仅没有丧失自我,还成功地将自己确立为一位具有高度独立性、强大有力却又绝不与人雷同的作家,他创造了令人称奇的独特艺术世界,塑造了众多多姿多彩、有血有肉的人物形象"③。

(三)解读莫言

俄罗斯评论界称莫言"对文学的强大内在自由驾驭能力",特别是其小说呈现出的"非同凡响的艺术风格与文体"实在是"令人惊叹"。"无情的现实主义与光怪陆离的幻象、梦幻与事实,幻觉与现实,温和的幽默与严厉的怪诞,赤裸裸的有时甚至是令人憎恶的肉欲与高度纯洁的感情,民间传奇与当代生活,这一切都奇妙地交

---

① Бондаренко В. Мол Чун. http://www.rospisatel.ru/bondarenko-mo_jan.htm,检索日期:2013-07-30。

② Китайский Шолохов и сны на пустыре. http://www.svoboda.org/content/transcript/24743736.html,检索日期:2013-07-30。

③ Селиванова С. Who is товарищ Мо Янь? //*Литературная газета*. № 51. 19 дек. 2012 г. С. 6.

织于莫言小说之中"①。也正是基于这一点,才最终令诺贝尔文学奖评委会为之动容。

叶果罗夫指出,当代中国有"诸多位世界级水准的作家",莫言是其中"特别突出"的一位。评价当代中国文学,不能抛开莫言,其作品在"质量、规模和多样性"等各个方面都是"名列前茅"的。他的每一部长篇小说,都是"中国现实某些方面的缩影"②。他的所有长篇小说几乎都是以其家乡——山东高密为背景写成的。"高密之于莫言,就如同约克纳帕塔法之于福克纳、马孔多之于马尔克斯、维约申斯克之于肖洛霍夫"③。福克纳作品的"故事基本上都发生在约克纳帕塔法,莫言也有自己的世界",其笔下的"主人公都生活在作家的故乡——高密"。同时,作为一名将"现实与魔幻现实主义和谐融合"的"出色的叙事者",莫言拥有与马尔克斯相同的"自由翱翔的想象力"以及"将非现实纳入到现实世界图景之中"的"魔幻现实主义"特质④。而将莫言与卡夫卡联系在一起的则是对那些"失去自由""迷失于存在的复杂性之中的人的心理"的深入细致的分析与刻画。虽然莫言与上述几位作家存在着某种相似性,但"莫言不是卡夫卡、福克纳、马尔克斯,他就是莫言"。

莫言的作品勾勒出了一幅令俄罗斯读者颇感陌生却又充满神奇魅力的当代中国风情画卷,昭示了中华文明传承千年、生生不息的深厚根基,展现了中国"广大而复杂、矛盾却又独一无二的国家

---

① Селиванова С. Who is товарищ Мо Янь? //*Литературная газета*. № 51. 19 дек. 2012 г. С. 6.

② Китайский Шолохов и сны на пустыре. http://www.svoboda.org/content/transcript/24743736.html,检索日期:2013-07-30。

③ Лю Вэньфэй. Мо Янь: между центром и краем//*Литературная газета*. № 1. 16 янв. 2013 г. С. 7.

④ Игорь Егоров: Мо Янь — как журавль в стае уток. http://www.fontanka.ru/2012/10/15/154/,检索日期:2013-07-30。

形象",其艺术成就获得了俄罗斯评论界的高度评价。相对于《丰乳肥臀》这部被赞誉为"20世纪中国农民生活的宏大史诗"①的作品而言,《酒国》获得了俄罗斯评论家更多的关注。有评论家称,《酒国》作为"作家新风格的典范",体现了莫言所特有的"形象性"、丰富的"想象力"和高超的叙事才能。这是一部"集道德剧、寓言故事、历史隐喻与荒诞派文学杰作于一身的"作品,同时也是"当代中国文学中最鲜明、尖刻的讽刺作品","这部小说在深刻的哲学与政治背景下描写了中国,它不仅属于中国,更属于全人类"②。另有评论家称,《酒国》是一部反映"生活如何影响文学,文学如何更多地影响生活,文学又如何更多地影响文学的小说",而上述这一切最终又"构成了无限的恶与荒诞"。《酒国》是一部讽刺小说,但又与果戈理、佩列文的讽刺有所不同,其不同之处就在于莫言笔下的"生活本身就是荒诞事件流"③。此外,莫言描写大饥荒的作品虽然目前被译成俄语的仅仅是片断,但其间所显示的深厚艺术功力也还是带给了俄罗斯文学界以深深的震撼。作品以一种"托尔斯泰式布局的艺术场景"再现了那个"沉重的时代",而这种非凡的功力更是"为其他中国作家所未见"④。

尽管莫言作品的艺术水准毋庸置疑,但还是有俄罗斯读者感叹读懂莫言作品实非易事。从总体上看,喜欢当代中国文学的俄罗斯读者,通常都来自受过良好教育的知识分子阶层,其成长环境

---

① Селиванова С. Who is товарищ Мо Янь? //*Литературная газета*. № 51. 19 дек. 2012 г. С. 6.

② Бавыкин О. Российские писатели знают Мо Яня//*Слово*. № 39. 19 окт. 2012 г. С. 9.

③ Данилкин Л. Мо Янь. 《Страна вина》: рец. //*Афиша*. 30 дек. 2012 г. http://www.afisha.ru/book/2174,检索日期:2013-07-30。

④ Китайский Шолохов и сны на пустыре. http://www.svoboda.org/content/transcript/24743736.html,检索日期:2013-07-30。

造就了他们对高雅文学的阅读偏好,即便如此,读懂中国文学作品对他们也绝非易事,完全理解更是不可能的。虽然莫言本人并不担心俄罗斯读者会读不懂自己的作品,认为"既然俄罗斯读者会喜欢布尔加科夫的《大师与玛格丽特》,那他们也一定能接受我的《酒国》";但事实上,莫言在中国也不是最流行的当代作家,究其原因就在于他的作品以"中国农村生活"为题材,反映的是"1949 年之前与之后"的中国历史,而这些都是"远离当代读者的"①。此外,其作品的魔幻色彩、对民间口头创作的引用及使用的方言词语即使对中国读者而言都有一定难度,更何况俄罗斯读者乎……

三、结　语

俄罗斯评论界清楚地看到莫言这位"中国'经典作家'一直在缓步走向西方,并最终获得了世界的承认",而世界对莫言的关注实际上是出于"在中国向大国迈进的背景下对中国文化日益增长的兴趣","批评家们正期待着中国文学的进一步解放,以期替代那些正处于危机之中的欧洲传统体裁"②。在这一点上,东西方的评论家们似乎不谋而合,日本将"福冈亚洲文化奖"颁给莫言也正是因为他"不但是当代中国文学的旗手,也是亚洲和世界文学的旗手","在西欧文学压倒性的影响下和历史传统的重压下,展示了带领亚洲文学走向未来的精神"③。

但是,中国文学要真正地"走出去"也注定将是一个漫长而艰

---

① Торопцев С. Новый Нобелевский лауреат—писатель Мо Янь//*Проблемы Дальнего Востока*. № 1. 2013 г. С. 152.

② Бавыкин О. Российские писатели знают Мо Яня//*Слово*. № 39. 19 окт. 2012 г. С. 9.

③ 莫言获奖及创作手法. http://www. whcfw. net/show. aspx? id=1425&cid=19,检索日期:2013-07-30.

辛的历程。俄罗斯读者对莫言的某种阅读理解障碍与误读,就在一定程度上折射出中国当代文学在跨文化传播中遭遇的困境。客观地讲,这一现象的形成,既有"历史"的原因,也有"文化"的原因。"中国历史上的对外封闭状态,西方文化中根深蒂固的文化中心主义",都为中国文学的跨文化解读与接受设置了障碍,而这些问题也不是单单靠高水平的译本就能解决的。为此,我们一方面要继续加大对外文化交流与宣传的力度,增进世界各国人民对中国文化的了解;另一方面,尝试转换一下思路和视角,站在接受者的立场上去反观中国文学,也许会别有一番洞天,探索出一条中国文学研究的新路径。我们相信,"随着中国的发展,国际影响力的提高,及政府的重视和中国图书出版机构的积极努力,中国文学会越来越多地为世界所阅读"①,也必将在跨文化的碰撞与融合中实现中国文学走向世界这一宏伟愿景。

(杨明明,上海交通大学人文艺术研究院研究员,上海交通大学外国语学院教授;原载于《小说评论》2013 年第 6 期)

---

① 许方,许钧. 翻译与创作——许钧教授谈莫言获奖及其作品的翻译. 小说评论,2013(2):10.

余华在俄罗斯的译介与阐释

袁淼叙

俄罗斯是传统海外汉学研究中心之一,拥有一大批著作等身的汉学家,在中国古典文学作品译介和研究领域成果丰硕。但中国现当代文学作品在俄罗斯的传播长期处于边缘状态,译介过程历经波折。1955 年创刊的苏联《外国文学》杂志结束了"中国文学"专题的长期断档后,终于从 1982 年开始零星出现中国现当代作家面孔。到了苏联解体前后的十多年间,以《外国文学》杂志为代表的俄罗斯外国文学研究界再次冷落了中国现当代文学,期间竟未刊登任何中国现当代文学新译作[1]。

令人欣慰的是,中国现当代作家在西方文学一边倒的俄罗斯外国文坛顽强地生存了下来。1992—2008 年间共计 16 部中国现当代文学作品单行本在俄出版,总发行量 71500 册[2]。在官方倡导和民间组织的共推下,汉学界和普通读者对其兴趣越来越浓,中国现当代作品渐渐占据一席之地,取得一定话语权。进入 21 世纪

---

[1] Ян Лянь,Стихи,пер. с китайского и вступление И. Смирнова. *Иностранная литература*,2004 (1). 参见:http://magazines. russ. ru/inostran/2014/1/l2. html,检索日期:2017-03-30.

[2] (俄罗斯)A. A. 罗季奥诺夫. 中国文学"走出去"的步伐——苏联解体后中国新时期小说散文在俄罗斯的传播状况. 小说评论,2009(5):129-137.

的第二个十年,中国国内最新书讯通过国际书展和网络媒体在第一时间传递到俄罗斯,莫言、余华、苏童、毕飞宇、张炜等中国当代知名作家进入大众视野,一些 80 后年轻作家的动态也出现在网络论坛。2013 年"中俄互译出版项目"签署以后,中国当代作家入俄的步伐越走越快。本文以余华为代表,梳理其在俄罗斯的译介过程和研究特色,为更多中国当代文学走进俄罗斯提供参考。

一、余华在俄多平台译介

2017 年 3 月 23 日线上播出的第 12 期《见字如面》中,香港著名学者许子东指出:"两个作家对中国当代青年影响最大,一个余华,一个路遥。"余华小说以叙事单纯、语义丰富见长。在先锋小说和长篇小说两个创作高峰期,反复渲染苦难和命运主题,间或沿着民间叙事之路做纯粹的世俗叙事,成为"中国当代被研究得最充分的作家之一"①,其创作研究成果多次结集出版②,余华创作研究中心也于 2007 年在浙江师范大学成立。

同西方国家对余华作品的及时追踪和持续关注相比,俄罗斯发现并认识这位中国作家滞后许多,但如今其作品正跨越线下线上多平台、多媒介与俄罗斯读者对话。余华早些年发表过带俄式标签的随笔散文③,与俄罗斯的第一次亲密接触是在 2007 年。当年正值"俄罗斯中国国家年",9 月余华出席第二十届莫斯科国际

① 刘琳,王侃,编著. 余华文学年谱. 上海:复旦大学出版社,2015:136.

② (a)吴义勤,等编选. 余华研究资料. 济南:山东文艺出版社,2006. (b)洪治纲,编. 余华研究资料. 天津:天津人民出版社,2007. (c)王达敏. 余华论(修订本). 合肥:安徽文艺出版社,2016.

③ (a)余华. 重读柴可夫斯基. 爱乐丛刊,1994(4):28-36. (b)余华. 布尔加科夫与《大师和玛格丽特》. 读书,1996(11):12-19. (c)余华. 契诃夫的等待. 读书,1998(7):3-9.

书展,与热爱中国文学的俄罗斯读者进行了面对面的交流。书展上展出了由中国作家协会编选并资助在俄出版的四部小说集①,其中两部分别收录了余华的短篇小说《十八岁出门远行》、长篇小说《活着》《许三观卖血记》节选。这场政治意义远大于文学意义的推介活动并未让俄罗斯读者记住余华,直到张艺谋的电影《活着》以非院线形式进入俄罗斯,余华才开始被俄罗斯观众和电影评论员认识——《活着》"这幅历史长卷足以称作中国式的《飘》"②。中国国家汉办主办的双月刊《孔子学院》俄文版在 2011 年第 4 期"文学角落"专栏刊登了叶果夫(И. А. Егоров)翻译的《阑尾》,这是第二篇在俄出版的短篇小说,就此拉开了其作品在俄密集出版的序幕。在小说导读部分译者不吝赞美之词,认为余华以"奇幻的情节叙事手法和自我表达的不懈追求赢得了读者认同……在不经意间刻画出主人公细腻的心理肖像,让读者成为故事的亲历者"③。

余华作品首部俄译单行本《十个词汇里的中国》在 2012 年由俄罗斯出版业两大巨头之一的阿斯塔出版集团发行,印数 3000册,由青年汉学家罗子毅(Р. Г. Шапиро)翻译。在网络书评中不难发现针锋相对的观点碰撞。对"文革"背景下的中国早已无丝毫新鲜感的俄罗斯读者欣喜又困惑,最终坦然接受了书中呈现的一个 20 世纪六七十年代的中国。但同样有读者质疑书中"碎片式"

---

① (a)中国作协,编选. 雾月牛栏:中国当代中短篇小说选集. 圣彼得堡:三合会出版社,2007. (b)中国作协,编选. 命若琴弦:中国当代中短篇小说选集. 莫斯科:AST 出版社/圣彼得堡:Astrel-SPb 出版社,2007. (c)中国作协,编选. 红云:中国当代中短篇小说选集. 莫斯科:AST 出版社/圣彼得堡:Astrel-SPb 出版社,2007. (d)华克生,编选. 中国变形:当代中国小说散文选. 莫斯科:东方文学出版社,2007.

② 参见:https://www. kinopoisk. rufilm57258/,检索日期:2017-04-20。

③ Аппендикс:рассказ Юй Хуа; пер. с кит., вступление И. Егоров. *Институт Конфуция*, 2011(4), С. 72-75.

勾勒中国形象的手法,无法产生全景式明晰的印象①。尽管国内评论界对这本随笔集同样褒贬不一,但余华针对当代中国现状的诘问,以及书稿雏形是在美国学校所做的报告这两个原因或许恰巧使其成为首部俄译本,且是目前唯一一部与西方世界同步传播的作品②。

长篇小说《活着》发表 22 年之后的 2014 年终于迎来其俄译本的问世,由规模和知名度较之前小很多的莫斯科文本出版社发行,印数 5000 册,译者依然是罗子毅。译本扉页简介中借同名电影之力吸引眼球,对小说本身仅有只言片语。与出版社谨小慎微的态度相反,译本甫一推出,俄罗斯读者就对其表达了关注。一篇题为《肖洛霍夫式的沉重小说》的网络评论文章不容错过,文中一方面肯定小说对中国艰难岁月里普通老百姓不幸命运的叙事,另一方面毫不留情地贬谪小说大量运用简单句式,文字功底仅为中学生水平③。在另一篇署名来自彼得堡的网评中将余华与莫言做了对比,认为余华的文字克制、准确、带点暗淡,不像莫言那样色彩浓郁,充满暗示、民间传说、隐喻式开放结尾等。两位作家都试图通过贫困农村小人物的个人经历展现 20 世纪六七十年代的中国,莫言选择鲜活生动的形象,对人物和事件作史诗般的叙述,而余华作品篇幅浓缩,人物数量精简,对主人公的态度摇摆不定,更接近欧洲遭禁作家风格,在讲述故事的同时对人物情感做模式化处理④。

---

① 参见:https://www.livelib.rubook1000571129/reviews-desyat-slov-pro-kitaj-yuj-hua,检索日期:2017-04-20。

② 《十个词汇里的中国》法译本 2010 年出版,英译本 2012 年出版,德译本 2012 年出版。

③ 参见:https://www.livelib.rubook1001009260/reviews-zhit-yuj-hua,检索日期:2017-03-23。

④ 参见:http://books.academic.ru/book.nsf/62370953/Жить2017/4/9,检索日期:2017-04-09。

2015 年莫斯科文本出版社再次推出余华作品,这次是有"十年磨一剑"之誉的厚重之作《兄弟》,译者是新生代汉学家、师从俄罗斯汉学界泰斗华克生(Д. Н. Воскресенский)的德列伊津斯(Ю. А. Дрейзис)。她因这部译作成为莫斯科中国文化中心设立的 2016 年第二届"品读中国"文学翻译奖"现当代文学"单元的两位获奖者之一,另一位是因翻译莫言《生死疲劳》获奖的叶果夫。在网络书评留言板中,普通读者用"微笑""哭泣"两个词来概括小说,甚至感慨"俄罗斯找不到像余华这样天才般地能将 20 世纪 90 年代发生的一切真实、全景式地融入一部作品中的人"。但反对声也同样存在,指责余华"在任何可以取悦读者的地方用暴力和性过度矫饰,由此使其在中国也褒贬不一";更有读者批评《兄弟》过多使用粗俗词汇和重复音节,没法与同样以一个家庭的时代变迁为主题的英籍华裔作家张戎的《野天鹅》相媲美"①。这似乎也与《兄弟》在国内毁誉参半,被认为是"争议最大的一部作品"②遥相呼应。

最新一部余华作品俄译本是 2016 年出版的《许三观卖血记》,也是汉学家罗子毅的第三部余华译作。虽然已是第四部俄译作品,但余华首次加入俄文版自序,并以契诃夫小说《草原》主人公叶果鲁希卡跟随陌生人在望不到边的草原上旅行时那种慌乱、期待和不安的心情自谦。不同于意、德、韩、中文版的自序,在俄文版自序中余华以 15 年前国内媒体披露的一则"父亲卖血供儿上学,儿子毕业不认老父"的辛酸报道为引子,揭开中国贫困农村因卖血而沦为"艾滋病村"的惨状,指出"文学作品之所以能够穿越生命、穿越历史而发芽生长,凭借的正是父亲一次又一次蹒跚跋涉三个小

---

① 参见:http://www.labirint.ru/reviews/goods/507534/,检索日期:2017-04-23.
② 刘琳,王侃,编著. 余华文学年谱. 上海:复旦大学出版社,2015:137.

时拨打儿子早就注销的电话号码的细节描写"①。在网络留言板中,俄罗斯读者试着与余华进行深度交流,将小说中的"血"看作良心的象征,看作神力赐予灵魂的暂居之所,以及将这股力量传递给相连所有人的纽带……整本小说宛如一部乐章,亦如茶道仪式,将主人公一一推到读者面前②。

除了传统纸质出版物,新媒体平台对余华作品也投入不少关注。一份无官方背景,介绍当代中国社会、经济和文化生活的非营利网络期刊 *Магазета* 创办于 2005 年,其前身是久居长春的俄罗斯人发起的博客号,如今已拥有一批固定作者群,所刊文章被俄罗斯主流媒体转载。2010 年 *Магазета* 刊发了一篇介绍余华的专题文章。在简要回顾了余华成为职业作家的经历和其创作年谱后,文章笔触转向余华的文字,认为他的文字"不是简单,而是易懂,不论是在名校接受过高等教育的人,还是偏远农村里刚达脱盲标准的人都能理解。作家没有给现实蒙上华丽的文字面纱,用一种肖洛霍夫式直击面门的率真来描写生活,在主人公身上能看到整整一代人的命运。他们一生承受苦难,但从未丢弃幽默感和乐观精神,这些都没法不引起读者共鸣"③。

专题网站和论坛也在中国当代文学作品入俄进程中不可或缺。2012 年在俄注册的网站"散文"(San Wen)即以传播中国现当代文学为己任。在余华凭《第七天》荣获第 12 届华语文学传媒大奖"年度作家"称号之后,网站即以《余华的巨款》为标题报道了此事件。另一在俄罗斯汉学界点击率颇高的网络论坛名为"东半球"

① Как Сюй Саньгуань кровь продавал: роман Юй Хуа; пер. с кит. Р. Шапиро. *Издательство Текст*, 2016. C. 9.

② 参见:https://www.livelib.rubook1001532538-kak-syuj-sanguan-krov-prodaval-yuj-hua,检索日期:2017-04-01。

③ 参见:https://magazeta.com/2010/04/yuhua/#more-7377,检索日期:2017-04-01。

(Восточное Полушарие),其"中国文学与艺术"讨论版版主为叶果夫。该讨论版长期追踪中国当代文学作品中文版和俄译本最新书讯,转载各类当代文学作品获奖信息和作家访谈,为俄罗斯的中国文学研究者和爱好者提供了互动园地。上述四部余华作品俄译本发行之际,论坛访问者都能在第一时间获知信息。而短篇小说《命中注定》俄译文的诞生与众不同。这篇译文产生于莫斯科 iTrex翻译机构主办的 2014 年度"翻译的乐章"线上多语种文学翻译竞赛,并从当年 1340 多篇参赛译文中脱颖而出,进入"年度最佳译作"候选名单。按照规则,竞赛不指定原文,由选手自行确定,评选过程既听取各语种资深翻译家意见,也参考读者投票结果。因此,《命中注定》译文的胜出再次证明余华作品已基本建立读者圈,作家成了中国当代文学的一张名片。

俄罗斯新旧媒体共同发力之下,余华作品在不同平台推出,在普通读者中知名度日益扩大。这种扎根民间的译介活动绵延了作品在俄传播的广度,而俄罗斯汉学家们对余华的研究成果则发掘了其深度。

二、余华在俄多维度研究

俄罗斯汉学界早已达成共识:余华是书写中国当代文学时绕不开的人物。从评价其在中国后现代主义文学创作中的地位到对其作品风格的通观考察,从聚焦单部作品到与俄罗斯当代作家对比,一个由面及点、纵横交错的多维立体研究网络已初具雏形。

2008 年,俄罗斯科学院远东所集体撰写并出版六卷本巨著

《中国精神文化大典》①第三卷《文学、语言和文字》。该卷"中国现当代文学"一章按时间顺序将 20 世纪三四十年代至今的中国文学发展分成五个阶段,自 90 年代起中国文学开始受到源自拉美作家的后现代主义思想深刻影响,形成独具特色的后现代主义文风,余华正是其中代表之一。文中指出,后现代主义文学雅俗共赏,符合社会消费需求。这批作家更具备国际视野,渴望汲取西方发达国家作家的创作经验并与之一较高下。该卷"先锋小说"词条解释中,余华以中国先锋小说开启人马原的继承者身份赫然在列,之后单设"余华"词条,对其创作初期现代主义倾向和中期现实主义风格做了归类。但作家在新千年出版的作品除了两部随笔集《内心之死》《高潮》略有提及外,其余未着笔墨。事实上,上述两个词条作者扎维多夫斯卡娅(Е. А. Завидовская)于 2005 年完成博士论文《中国当代小说中的后现代主义》②,之后却未能继续关注,不失为憾事。

全面考察余华的整体创作历程、从作品内部透视作家也是俄罗斯余华研究者们选取的角度之一。2013 年,《兄弟》译者德列伊津斯以《余华小说中的艺术概念》③为题完成博士论文。论文将余华创作艺术的世界图景看作一个宏大篇章,以此为研究客体,从中摘取"死亡""暴力""身体""命运""历史""过去"六大概念构成作家创作基石,并定为论文具体研究对象。作为俄罗斯第一部余华研究专论,文中重构了作家艺术世界图景中的重要美学片段,以其独特

① *Духовная культура Китая* : энциклопедия : в 5 т. , гл. ред. М. Л. Титаренко, Издательство Вост. лит. , 2006. Т. 3 : Литература. Язык и письменность, ред. М. Л. Титаренко и др. 2008. 855 с.

② Завидовская Е. А. *Постмодернизм в современной прозе Китая* : дисс. ... канд. филол. наук. Москва, 2005. 200 с.

③ Дрейзис Ю. А. *Художественные концепты прозы Юй Хуа* : автореф. дисс. ... канд. филол. наук. Москва, 2013. 24 с.

的艺术手法和创作历程为背景进行阐释。这些重要概念不仅是作家接受后现代主义和西欧哲学思想的明证，也是中国传统世界观、哲学观、美学观的体现。在作家创作成熟期，新美学观已现萌芽——从与自然主义抗争转向与之共存，从对神话解构变为对其重构，从文化空间研究过渡到现实性探求。作家的任务早已不流于语言修辞和故事情节神话性的表面，而试图向读者提出哲学本体论问题，启发读者对生存命题的思考。对于作品中的狂欢怪诞现象，德列伊津斯并没有将其局限为中国社会荒谬现实的体现，而是从中看到了发生在无自由群体身上的存在主义普遍荒谬性。圣彼得堡大学东方系中国语文教研室青年学者西多连科（А. Ю. Сидоренко）对余华叙事手法演变进行了专题研究①。从早期作品中擅长以故事吸引读者眼球的"讲述者"余华蜕变为对中国现状具备深度自我思考的"观察者"余华。西多连科拒绝承认余华为"先锋作家"，提出他在先锋文学的道路上只是匆匆过客的观点。从作品《活着》《许三观卖血记》开始，作家成功摆脱商业文学的泥沼，向历史题材转型。进入 21 世纪后，作家更是以观察者姿态冷静地看待中国当代社会发展中不容忽视的症结，延续并发展着自己的叙事风格。

单部作品聚焦研究是俄罗斯余华研究者的又一抓手，关注对象以篇幅厚重的《兄弟》居多。俄译本《兄弟》完成之前，德列伊津斯已借助巴赫金和利哈乔夫的笑论解读作品中的"笑世界"②，其观点在译后记中进一步充实完善。小说主人公李光头为典型的一代中国人，他历经波折，从只会对着遭红卫兵殴打致死的父亲尸体

---

① Сидоренко А. Ю. Эволюция повествовательной стратегии Юй Хуа—от рассказчика к наблюдателю. *Вестник СПбГУ*. Сер. 13. 2015(3)，С. 134-144.

② Дрейзис Ю. А. Смеховой мир романа Юй Хуа 《Братья》. *Материалы международного молодежного научного форума ЛОМОНОСОВ-2011*，МГУ，2011.

哭泣的穷小子,变成带领一群残疾人创业,甚至举办全国选美大赛的暴发户,其成长中加进了相当多的狂欢化幽默成分,但都通过作家惯有的平直语调缓缓道来。作家创造的刻薄、粗俗却不失俏皮的怪诞现象恰好构成作品中现实与荒谬交织的艺术世界。小说的另一特色在于给"文化大革命"加上了"反物质世界"的蒙板,人从周围固有的形式中剥离出来,进入刻意渲染的虚拟世界。在这个世界里,凶恶变成美德,工厂车间变成监狱,掰折的树枝用作筷子,儿童与成人角色互换。这层蒙板彻底地讽刺了 20 世纪六七十年代毫无笑意可言的红色中国社会。作品中"坦白的自然主义与高超的、几乎是莎士比亚式的悲剧完美融合,在承受了历史宏大动荡的俄罗斯民众中引起了最直观的共鸣"①。俄罗斯远东联邦大学学者波楚朗(О. В. Поцулан)着重分析了《兄弟》中的时空关系②。文中指出,小说故事发生地以作家故乡海盐为原型,情节展开以作家童年对"文化大革命"的记忆为底版。在刘镇这个有限的空间内排布了众多个性鲜明的小人物,他们的命运随国家社会政治剧变起起伏伏,其形象塑造也借由具体时空描述来实现,摒弃了传统的人物外貌心理等手段,尤以街道的时空体作用最为突出。街道在作家笔下扮演了"人民广场"的角色,人群在街上聚拢,又互相推开,他们既是狂欢化叙事的旁观者,又是参与者,以此讽刺人们聚众凑热闹的内心渴求。小说开头结尾呼应的主人公李光头梦想搭乘俄罗斯联盟号飞船进入太空的情节设置也被看作叙事时间的独特性所在——作品并非映射当下,而是从过去到未来的连续统。

---

① Братья: роман Юй Хуа; пер. с китайского, примечания и послесловие Ю. Дрейзис. *Издательство Текст*, 2015, С. 569-573.

② Поцулан О. В., Хузиятова Н. К. Художественное своеобразие романа Юй Хуа 《Братья》 в контексте современной китайской литературы. *Известия Восточного Института*. 2015(3), С. 44-56.

文学作品的解读离不开比较。在德列伊津斯看来,余华足以与凭借后现代主义小说而风靡全俄乃至西方世界的俄罗斯当代作家索罗金(В. Г. Сорокин)相媲美①。西方后现代主义思想在20世纪80年代几乎同时进入苏联和中国,两国社会随后发生剧烈变革。两位作家相仿的年龄、类似的成长背景催生了两者同出一源的早期创作风格——着力构建不同于以经典现实主义和社会主义现实主义为代表的传统文学修辞手法,通过对性场景、生理机能、暴力场面的自然主义描写,以及非常态词汇的大量运用来填补文学中身体书写的不足。由此也给两位作家招来了诟病,索罗金被指责"对善恶的冷漠到了可耻的地步",余华也被贴上"非现实主义"的标签。他们对生活真实性的敬畏导致创作中对荒谬且暴力结局的偏好,这一切与他们童年承受的心理创伤不无关系。创伤的印痕也影响了作家的世界观,在大部分作品中他们不约而同地选择了丑陋美学和混乱的艺术模式,以离奇怪诞的手法为主要架构。到了创作成熟期,作家的艺术风格又发生了惊人相似的转变。他们都清醒地认识到作家的追求已经不再是漂亮修辞和文化神话,而是通过文学作品抛出哲学命题。他们观察人群心理状态,在善良和暴力之间、在对世界的全线失望与实现乌托邦的期许之间摇摆不定。在两位作家眼中,首先需要思考的是哲学与公民政治话题,而那些不受时间限制的问题又与当下迫切需要解决的问题同根同源,紧密相连。

余华成为俄罗斯汉学界中国当代文学研究焦点人物已是不争事实,虽然身处文学诺奖光环之外,但无论译本数量和发行数量,还是研究成果,余华都是仅次于莫言的不二人选。余、莫作品俄译

---

① 参见:https://www.gazeta.ru/science/2013/05/13_a_5319069.shtml,检索日期:2017-04-23。

之路都开始于 2007 年俄罗斯"中国国家年"活动同期出版的四部中国当代中短篇小说选集,其中余华作品收录三篇,莫言仅有一篇《姑妈的宝刀》。随着莫言的获奖,2012—2014 年三年间集中翻译出版了《酒国》《丰乳肥臀》《生死疲劳》《变》四部单行本,在《孔子学院》俄文版 2012 年第 6 期上刊登了《白狗秋千架》,之后莫言似乎渐渐淡出俄罗斯读者视野,未再有新译本出现。反观余华,作品持续匀速出版,渐渐形成自己的读者圈和研究圈,成为中国当代作家走进俄罗斯的范例。

三、文学入俄多渠道给力

文学是一个民族精神世界的浓缩,也是深度认识其他民族的捷径。当今的中国闪耀在世界舞台离不开文化软实力输出,尤以文学作品外译充当先锋官,也更需要多方协同配合,群策群力。在余华入俄的译介和研究中有三点值得思考之处。

其一,官方民间共推共助。将余华推到俄罗斯读者面前的主导力量是汉学家个人的研究兴趣和中国文学爱好者的热情,他们翻译小说、参与论坛互动凭借的都是个体对余华的倾向。虽然他们对中国当代文坛和俄罗斯读者接受心理具备一定的把控能力,但依然不可避免局限性和随机性。如余华首部长篇力作《在细雨中呼喊》至今未有俄译本,对其思想艺术的分析也鲜有见到。该作品以时间为结构阐释存在哲理,是作家早期对命运主题的深刻解读,从中可预见其之后的创作走向。据不完全统计,在介绍作家生平而一笔带过此作品时,出现三种以上不同译名,给俄罗斯的余华研究制造了不必要的障碍。而在对余华创作的评论声音中,几乎看不到俄罗斯知名文学评论人的观点,权威文学评论媒体从未对余华做过专题介绍,不失为其入俄进程中的一大空白。即使在莫言获得诺奖的当年,俄罗斯《文学报》也仅仅刊登过一篇评论莫言的文章。2013年两国签订"中俄互译出版项目",为文学交流注入了强心针。经双方项目执行机构遴选确定的互译书目为文学的译介和研究提供了有章可循的方向,能更准确地反映本国文学的发展动态,在对方的文学评论界也将激起更大的波澜。

其二,出版机构策划加盟。在对余华译介起步较早、成绩斐然的法国,出版社专题项目策划人可谓功不可没。由汉学家坐镇的法国几大文学出版社在余华译介初期销量有限的困境下,依然持续推出作家各个阶段、不同风格的作品,为余华走进法国构筑了稳定良性的平台①。这中间需要汉学家精准的专业判断,更需要出版社放眼长远的勇气与魄力,亦缺不了对各国文学的包容和热爱。而从余华四部俄译作品出版机构的变化中发现,阿斯塔出版集团当初选择余华的《十个词汇里的中国》很难说与作品在中国遭禁无关。之后三部作品均由莫斯科文本出版社推出,该出版社并没有发行中国文学作品的传统,而接纳余华的原因恐怕正好印证了其宣传语——我们钟爱成书于不同时期,却因不同原因未能呈现给俄罗斯读者的优质图书。作为维系作家与读者对话关系的纽带、文学作品外译传播的重要执行人,出版机构找准自身定位,瞄准潜力作家,才能赢得市场和声誉的双丰收。

其三,专题活动受众拓宽。目前俄罗斯中国文学研究领域学术研讨渐趋常态,形成了以莫斯科国立大学亚非学院和彼得堡国立大学东方系为核心的两大中国当代文学学术圈。中国驻俄使馆主办的"品读中国"文学翻译奖评选活动自2015年启动以来已举行了两届,宣传推广了一批优秀中国文学作品俄译本。但一国文

---

① 杭零. 法兰西语境下对余华的阐释——从汉学界到主流媒体. 小说评论,2013 (5):67-74.

学作品在异域生根发芽离不开肥沃的土壤,中国当代文学在俄罗斯顺利传播终究取决于普通读者的认可度。配合新译本发行组织读者、译者,乃至作家见面交流会,开通三者线上沟通平台,举行面向所有汉语学习者的低门槛翻译竞赛等种种举措,可以帮助中国文学作品跨出小众专属圈,迎接来自更广泛读者群的讨论和批评,将不仅使中国文学外译之路越走越宽,更能在碰撞中产生火花反哺中国作家的创作活动。

四、结　语

具有深厚文学积淀的俄罗斯正在向中国当代文学张开双臂,带着好奇又挑剔的眼光迎接这批偏离中国传统文学创作道路、接受西方后现代主义思想冲击、彰显独立思想价值的当代作家。余华作品传入俄罗斯的十年,译介和研究均向多样化发展。纸质出版物依然占领主阵地,网络媒体时代的传播工具成为新宠儿,作品数量稳步增加,读者关注度不断提高,汉学家研究维度日益完善。可以说,余华作品在俄罗斯走上了良性发展之路,译作问世的稳定性甚至超过莫言,一方面与俄罗斯当红作家索罗金相似的主题风格令余华较容易博得读者青睐,另一方面汉学家持续跟踪研究使余华始终处于热议焦点。但同时应清醒地意识到,包括余华、莫言在内的中国当代作家群体尚未真正引起俄罗斯主流文学评论界的关注,官方媒体的宣传力度亟须加强,出版机构的战略方针尚可调整,低门槛文学活动有待普及。中国当代文学要想在俄罗斯本土文学洪流和西方文学强势入俄的双面夹击中突出重围,闯出自己的天地,尚任重而道远。

（袁淼叙,浙江大学外国语言文化与国际交流学院讲师;原载于《小说评论》2017 年第 4 期）

《解密》的"解密"之旅

——麦家作品在西语世界的传播和接受

张伟劼

　　在 21 世纪中国文坛升起的新星中,麦家无疑是最有影响力的作家之一,不仅收获了多个重要文学奖项,也凭借其小说作品的改编引领了近年来中国"谍战剧"的热潮。2014 年,麦家的名字和形象开始频频出现在西方媒体的报道中。继其初版于 2002 年的成名作《解密》在英美世界广获好评之后,2014 年 6 月,麦家开启了他亲身参与的作品海外推广之旅,首站选择的是西班牙,随后到访墨西哥和阿根廷,在这三个拥有深厚文学传统的西语国家推动《解密》西文版的发行。该书由西语出版界巨头行星出版集团(El Grupo Planeta)发行,3 万册的首印数和 12.5% 的版税率[①],以及规模庞大的广告投入和造势活动,是当代中国作家在海外难得享受的待遇。从西语世界各大媒体的报道和文学评论界的反应来看,《解密》得到了高度的认可,有力地提升了中国当代文学在西语国家的认知度。麦家作品在西语世界的初获成功,是否预示着中国文学海外译介的一些新趋势呢? 对于中国文化"走出去"的战略

---

① 　高宇飞. 麦家:西方不够了解中国作家. 京华时报,2014-06-25.

来说,麦家及其作品的西语世界之行可以提供哪些有益的启示呢?

一、原本与译本

事实上,首部翻译成西班牙文的麦家作品并非他的成名之作《解密》,而是《暗算》。该书从中文到西文的翻译由一位中国译者与一位西班牙译者合作完成,系中国五洲传播出版社与行星出版集团的首度合作,于 2008 年 8 月在北京国际图书博览会亮相①。不过,行星方面虽已签约引进,却“因翻译的版本不理想便搁置了计划”②,这部小说并未成功走入西语世界。2014 年在西语世界引发关注的《解密》西文版,则是从该书的英译本转译的。以下我们将集中讨论这本书的中文原版和西文版。

尽管我们无法确定,麦家的海外巡回推广之旅从西语世界开始,是否是出于作家的个人感情因素,但作家与西语文学的因缘之深却是无法掩盖的。麦家曾在国内的访谈中承认,阿根廷作家豪尔赫·路易斯·博尔赫斯是他的“精神之源”③。《解密》一书的开头就引用了博尔赫斯《神曲》中的一句话,似是作为对故事的带有神秘主义意味的预告:“所谓偶然,只不过是我们对复杂的命运机器的无知罢了。”④《解密》围绕情报与密码的题材探讨人生哲理,而博尔赫斯的著名短篇小说《小径分岔的花园》(又译《交叉小径的花园》,以下简称《花园》)亦将形而上学的思考融于侦探小说、间谍

---

① 王怀宇. 麦家作品“远嫁”欧洲. 青年时报,2013-08-25.
② 史斌斌. 麦家——西班牙语文学市场上一个崭新的“中国符号”. 国际在线,2014-07-25. 参见:http://gb.cri.cn/42071/2014/07/25/6891s4629693_1.htm,检索日期:2014-11-02。
③ 徐琳玲. 麦家,一个人的城池. 南方人物周刊,2014(35):38.
④ 麦家. 解密. 北京:中国青年出版社,2002. 另见:麦家. 解密. 杭州:浙江文艺出版社,2009.

故事的形式之中,两者之间似有隐秘的师承关系。如果我们细读文本的话,还能在《解密》中发现更多的博尔赫斯的影子。比如在故事中,希伊斯给主人公容金珍的一封信中有这样的句子:

> "现在,我终于明白,所谓国家,就是你身边的亲人、朋友、语言、小桥、流水、森林、道路、西风、蝉鸣、萤火虫,等等,等等,而不是某片特定的疆土(……)"①

试比较《花园》中,主人公的一段心理描写:

> "我想,一个人可能成为别人的敌人,到了另一个时候,又成为另一些人的敌人,然而不可能成为一个国家,即萤火虫、语言、花园、流水、西风的敌人。"②

这两段话都涉及国族身份认同的问题,前者是一位犹太裔流亡科学家的独白,后者是一个为德国人卖命的中国间谍的独白,其相似度是显而易见的。或许我们可以认为,对博尔赫斯的作品,麦家已烂熟于心,以至于能在写作中不经意地引用;或许我们可以认为,麦家是以这样一种隐秘的方式向博尔赫斯致敬。

另外一方面,如果单看《解密》第一篇的话,我们似能找到哥伦比亚作家加西亚·马尔克斯名著《百年孤独》的影子。这一篇是容金珍家族历史的叙事,简直是一个微缩版的《百年孤独》:一个家族相继几代人的人生经历、来自西方的现代文明对本土固有文明的冲击、超自然现象的涌现、梦与现实的奇妙关系等,无不是《百年孤独》同样涉及的题材。而作家本人也曾对西班牙记者坦言,《百年

---

① 麦家. 解密. 北京:中国青年出版社,2002:133-134.
② 豪·路·博尔赫斯. 博尔赫斯短篇小说集. 王央乐,译. 上海:上海译文出版社,1983:75.

孤独》是他最钟爱的书籍之一①。

考虑到《解密》与西语文学的这种不解之缘,《解密》西译本的书名是耐人寻味的。不同于英译本的直译(*Decoded*),西译本将书名定为 *El don*,意为"天才,才能"。据作家本人说,西译本的这一改动给了他"一个惊喜",他欣然接受②。从动词"解密"到名词"天才/才能",《解密》在西语世界中的这个新名凸显了故事主人公的悲剧命运。作家本人或许没有想到,"El don"会令人联想起博尔赫斯最有名的诗篇之一:Poema de los dones(《关于天赐的诗》),同样是以 don 这个词为题。对于西语读者来说,如果稍作提示,从书名中就可以隐约感知到这两位作家间的师承关系。

遗憾的是,《解密》的西译本系孔德(Claudia Conde)从英译本转译的,在这种双层的过滤中无疑会遗漏一些东西。如前文提到的小说开篇引自博尔赫斯的话,2002 年的中国青年出版社版和2009 年的浙江文艺出版社版均保留有此句,然而在西译本中却找不到这句引言。前文提到的与《花园》文本中相似的句子,在西译本中则变成了:

> Ahora por fin he comprendido que cuando la gente habla de "su país" se refiere a su familia, sus amigos, su idioma, el puente que atraviesa cuando va a trabajar, el riachuelo que pasa cerca de su casa, los bosques, los caminos, la suave brisa que sopla del oeste, el rumor de las cigarras, las luciérnagas en la

---

① Intxausti, A. Mai Jia, el espía chino de los 15 millones de libros. *El País*, 2014-06-26. 参见:http://cultura. elpais. com/cultura/2014/06/24/actualidad/1403617161_754164. html,检索日期:2014-11-12。

② Borgo, K. S. Mai Jia: "Hay escritores que opinan, pero la literatura es superior a la política". *Voz Populi*, 2014-06-28. 参见:https://www. vozpopuli. com/altavoz/cultura/Culturas-Literatura-Entrevistas-Novelas_0_710628976. html,检索日期:2014-11-12。

noche y ese tipo cosas, y no una extensión particular de territorio rodeada de fronteras convencionales(…)①

试比较《花园》中相应的原文:

> Pensé que un hombre puede ser enemigo de otros hombres, de otros momentos de otros hombres, pero no de un país: no de luciérnagas, palabras, jardines, cursos de agua, ponientes. ②

我们可以看到,这两段西文之间并不存在可以被认为有所暗合的地方,像"萤火虫""流水""西风"这样的词,在从博尔赫斯的西语原文到中译本,再从麦家的中文小说"回"到西文语境时,变成了另一种说法,使得《解密》与《花园》间存在的互文性关系受到了破坏。从这点上说,《解密》的西译本并不完美。

我们如果再仔细对照中文原本的话,可以发现,这个西译本并不是非常"忠实"的,在很多地方采取了照顾到译入语读者口味的归化译法。我们试比较几个案例。

1. 原文:在真人不能屈尊亲临的情况之下,这几乎是唯一的出路。③

译文:Si Mahoma no iba a la montaña, entonces la montaña tendría que ir a Mahoma. ④(如果穆罕默德不前往大山,那么大山就自己来找穆罕默德。)

---

① Mai, J. *El don*. Claudia Conde(trad.). Barcelona: Ediciones Destino, 2014: 197.

② Jorge Luis Borges. *Obras completas I*. Barcelona: RBA Coleccionables, 2005: 475.

③ 麦家. 解密. 北京:中国青年出版社,2002:3.

④ Mai, J. *El don*. Claudia Conde(trad.). Barcelona: Ediciones Destino, 2014: 11.

2. 原文:有点塞翁失马得福的意思。①

译文:Fue como agacharse para recoger una semilla de sésamo y encontrar una perla.②(这就好比弯下腰来捡一粒芝麻籽,结果发现了一颗珍珠。)

3. 原文:福兮,祸所伏。③

译文:La buena suerte depende de la calamidad y viceversa. Lo bueno puede venir de lo malo,y lo malo,de lo bueno.④(好运依附于厄运,反之亦然。好事可以从坏事中来,坏事也可以从好事中来。)

在例 1 中,译者凭空插入了一句西班牙谚语,以方便读者理解情节。在例 2 中,本应是一条中国成语的地方,西译本中又是一条西班牙谚语,读者自然能无障碍理解,原文笼罩的中国传统哲学的韵味却消失了。在例 3 中,译者似乎是在不厌其烦地解释这句来自《道德经》的名言。在小说原文中,这句话是作为"荣金珍笔记本"的独立一节出现的,而"荣金珍笔记本"一章的安排颇具先锋文学的实验意味,从中西经典中借用了不少资源,具有不可低估的文学价值,因此,译者对这一句话的翻译处理同样破坏了原文本与经典文本之间存在的互文性关系,或许,在忠实翻译的基础上加注说明该句出处的做法更为妥当。

目前,与英语世界和法语世界相比,西语世界的汉学研究仍有

---

① 麦家. 解密. 北京:中国青年出版社,2002:147.

② Mai,J. *El don*. Claudia Conde (trad.). Barcelona:Ediciones Destino, 2014:217.

③ 麦家. 解密. 北京:中国青年出版社,2002:264.

④ Mai,J. *El don*. Claudia Conde (trad.). Barcelona:Ediciones Destino, 2014:264.

很大的提升空间,汉学家人数稀少,很难找到像葛浩文、陈安娜这样的在中国文学译介方面富有经验的译者,这样的现实与使用西班牙语的庞大人口并不相称。直到今天,中国当代文学作品仍主要是从英译本或法译本曲折进入西语世界的,这无疑为这两个世界的文化交流多加了一层隔膜,而由中国和西语国家译者合作翻译的模式还有待检验。虽然《解密》获认可、《暗算》遭挫折的事实并不足以说明前一种模式优于后一种模式,却也为中国当代文学翻译策略的选择提供了非常有益的参考。

二、传播策略

单昕在探讨中国先锋小说的海外传播方式时指出,从先锋小说开始,中国当代文学海外传播渐与国际出版操作规律接轨,作为文学生产的产品而不再是政治宣传品走向市场。西方出版社和代理人的主动出击、作家的明星化、作品的文集化等都表明了传播方式的转型①。麦家作品在西语世界的传播就体现出这种中国文学作品作为文化产品进入国际出版市场的新趋势。经由中西出版方的合力运作,麦家作品得到了全方位的推销,实现了中国作家与外国新闻界、文学界与读者群之间的良性互动。"谁是麦家?你不可不读的世界上最成功的作家。"这是西班牙出版商印在马德里公交车上的广告语②。"谁是麦家"隐藏的信息是,在 2014 年之前,麦家在西语世界几乎无人知晓,不像莫言、苏童、王安忆这样的在西语世界已有作品译介、具备或大或小的名气的中国作家。后一句广告语则极尽夸张地鼓吹麦家的文学地位,制造一种爆炸式的幻

---

① 单昕. 先锋小说与中国当代文学海外传播之转型. 小说评论,2014(4):6.
② 高宇飞. 麦家:西方不够了解中国作家. 京华时报,2014-06-25.

觉,仿佛麦家作品是一个刚刚被发现的新大陆。麦家在西语世界知名度的迅速提升,绝不仅仅是作品质量的原因,也绝不仅仅是其作品与西语文学关联度的原因。用布尔迪厄的文化生产场的观念来看,"构建名誉"的不是单个的名人或名人群体,也不是哪个机构,而是生产场,即文化生产的代理人或机构之间客观的关系系统,以及争夺神圣化垄断权的场所,这里才是艺术作品的价值及价值中的信仰被创造的地方,也就是说,艺术作品是有着共同信念和不等利益的所有卷入场生产的代理人们(包括作家、批评家、出版商、买家和卖家)共同完成的社会魔力运作的结果①。尽管麦家在西语世界的迅速"走红"有助于提高中国文学界的集体自信,也是增强民族自豪感的好事,在考察这一案例时,我们仍应保持审慎的目光。

前文提到,麦家作品的西译与推介,系中国五洲传播出版社与行星出版集团的首度合作。事实上,在此之前,五洲传播出版社已经开始有计划地将中国当代作家成系列地译介到西语世界。如该社已经推出了刘震云的《手机》《温故一九四二》这两部畅销小说的西文版,并运作了刘震云访问墨西哥之行。与外方出版社的合作无疑能大大增加中国文学作品打入国际市场的胜算,毕竟在发行渠道、对本地读者口味的把握、与当地媒体的沟通乃至作家和作品的形象设计等方面,外方出版社具备更丰富的经验。麦家作品首度进入西语文学市场就是挂靠在西语世界出版巨头行星集团名下,且与多位诺贝尔文学奖得主的作品同列著名的"命运"(Destino)书系,即已在其通往"世界上最成功的作家"的道路上成功了一半。五洲与行星的合作或许标志着一种新的中国文学海外

---

① 皮埃尔·布尔迪厄. 信仰的生产//Thomas E. Wartenberg,编. 什么是艺术. 李奉栖,等译. 重庆:重庆大学出版社,2011:299.

传播模式的诞生:将中国出版社对本国文学现状的熟稔与外方出版社对其传统经营领域的掌握这两大优势结合起来;中国出版社推出的外译中国文学作品在接受国际市场的考验之前,先接受外方合作出版社的考验。

作家亲身参与作品的海外营销,也可视为麦家案例的一大亮点。我们可以从各大西语媒体的报道中看出,既然作家本人能与西语世界的记者、读者、评论家乃至同行面对面交流,麦家的形象经过了精心的设计,其个人经历与《解密》主人公的经历及故事背景被有机地缠绕在一起。密码的主题、神秘的东方、深不可测的中国军队等,无不成为激起西语读者窥秘心理的元素。在作者与文本的互动中,作家本人则成了窥秘目光的聚焦所在,这位沉默寡言之人的举手投足都令记者和读者充满好奇。《解密》西文本的五洲传播版(中国国内发行)和行星—命运版均附有作者简介,用的是同样的作者照片,我们试比较两者文字的不同:前者共 151 个西班牙语单词,简单介绍了作者的作品概貌、写作风格和所获奖项[1];后者则长达 309 个西班牙语单词,超过前者词数的两倍,在介绍作者所获奖项和作品概貌之前,先以足够吊人胃口的方式介绍作者生平:"他当过军人,但在 17 年的从军生涯中只放过 6 枪""他有三年时间住在世界的屋脊西藏,在此期间只阅读一本书""他曾长时间钻研数学,创制了自己的密码,还研制出一种数学牌戏"……[2]所有这些都与小说主人公容金珍的经历暗合,在作家的真实人生与文本的虚构人生之间建立起引人一探究竟的内在关系。由此可见,西班牙出版商将麦家形象的建构纳入一个由作家神秘人生、故事文本和作家现身说法共同构成的体系中。西班牙文学界的加入

---

[1]　麦家. 解密(西班牙文). 孔德,译. 北京:五洲传播出版社,2014.

[2]　Mai, J. *El don*. Claudia Conde (trad.). Barcelona:Ediciones Destino, 2014.

则使麦家世界级作家的地位获得了进一步的认可:知名作家哈维尔·希耶拉(Javier Sierra)在马德里参与《解密》的发布会,将容金珍比作西班牙人熟知的堂吉诃德①;另一位知名作家阿尔瓦罗·科洛梅(Álvaro Colomer)在巴塞罗那的亚洲之家(Casa Asia)与麦家展开对话②。就这样,《解密》作者的西班牙之行亦成了一次解密之旅:解作品的密,也解作家的密;作家阐释作品,作品也阐释作家,创作者与创作文本之间形成了富有神秘主义意味的互动。

可以预见的是,继麦家之后,将会有越来越多的中国作家走出国门参与自己作品的宣传,借此也更为近距离地加入与外国文学的互动之中,而作品在国际市场上的成功与否,将会是多方合力的结果。

三、西语世界的接受

如果说麦家作品在中国往往被贴上"特情小说"或"谍战小说"的标签的话,在进入西语世界时则被纳入了另一种认知模式。在西班牙最重要的在线书店之一的"书屋"(Casa del libro)的网页上,《解密》被归入"侦探叙事——黑色小说"的类别中③。西班牙新媒体"我读之书"(Librosquevoyleyendo)发布的专访报道也是这样评价麦家的:"他向我们证明,黑色小说之王的称号并非由北欧

---

① Guillermo Lorn. "El don" de Mai Jia. *Las lecturas de Guillermo*,2014-07-30. 参见:https://laslecturasdeguillermo. wordpress. com/2014/07/30/el-don-de-mai-jia-seudonimo/,检索日期:2014-11-10。

② 参见:http://www. casaasia. es/actividad/detalle/213640-presentacion-de-la-novela-el-don-de-mai-jia,检索日期:2014-11-10。

③ 参见:http://www. casadellibro. com/libro-el-don/9788423348060/2293278,检索日期:2014-11-10。

人独享。"①

　　"黑色小说"(novela negra)是从侦探小说(novela policíaca)中发展出来的一个门类。根据西班牙塞万提斯学院的定义,黑色小说是这样的一种文学:记录一个处于危机之中的社会,以一种对现实世界保持批判的眼光揭示人性的幽暗一面,多有道德层面的追问但并不作道德说教②。也就是说,黑色小说不仅仅是玩弄悬疑和推理的游戏,也致力于作社会批判和探讨人的内心冲突,将商业文学的魅力与严肃文学的关怀结合起来。在西班牙当代文学中,黑色小说崛起于1975年随着独裁者佛朗哥的去世而到来的文化解禁时期。经由巴斯克斯·蒙塔尔万、加西亚·帕翁和爱德华多·门多萨等作家的努力尝试,黑色小说成功地将侦探小说带入高雅文学的领地,成为西班牙当代文学中的一大重要体裁③。近几年,随着瑞典的亨宁·曼凯尔(Henning Mankell)、冰岛的阿纳德·因德里萨森(Arnaldur Indriðason)、挪威的乔·奈斯堡(Jo Nesbø)等这些北欧侦探—犯罪系列小说作家被西班牙出版社引进后的风行,黑色小说正在西班牙读者群中享受前所未有的热捧。西班牙《国家报》(El País)文化版2014年7月的一篇评论就指出,黑色小说在西班牙获得了太大的成功,有必要担心如何避免盛极而衰了④。由此可见,一旦把《解密》一书纳入黑色小说的类别

---

① 参见:http://www.librosquevoyleyendo.com/2000/07/entrevista-mai-jia.html,检索日期:2014-11-10。

② 参见:http://www.tetuan.cervantes.es/imagenes/catálogo2ecoacoplado.pdf,检索日期:2014-11-11。

③ Pertusa, Inmaculada. Emma García, detective privada lesbiana: la parodia posmoderna de lo detectivesco de Isabel Franc. *Revista Canadiense de Estudios Hispánicos*, otoño de 2010: 186.

④ Juan Carlos Galindo: El éxito mortal de la novela negra. *El País*, 2014-07-09. 参见:http://cultura.elpais.com/cultura/2014/07/08/actualidad/1404826359_583177.html,检索日期:2014-11-11。

中,这本中国小说就赶上了黑色小说的热潮,尽管它并不完全符合黑色小说的定义。麦家的系列作品会不会继续贴着"黑色小说"的标签在西班牙上架,是否会达到像北欧作家那样的欢迎度,将有待时间给出答案。

很可能为《解密》一书在西语世界的受宠起作用的另一个因素,是引发全世界持续关注的"棱镜门"事件。斯诺登何去何从、美国的监听网到底覆盖了多大的范围、信息时代的公民究竟有多少隐私可以保留,成为全世界热议的话题。《解密》的故事涉及情报、间谍、信息战,恰好契合了西方世界公众的兴趣。在被墨西哥记者问起《解密》与斯诺登事件的关系时,麦家称,"可以理解,斯诺登事件有助于刺激国际读者对我的书产生兴趣"。他接着指出,"斯诺登事件对于所有人是一个警示。也许我们从没有想到会存在这样的事实,但事实就是如此,情报活动无处不在,不管在哪个国家,我们的隐私和秘密已经无处可藏"①。当《解密》与一个全球化时代的热点问题联系起来时,这部作品也就真正超越了中国本土的边界。

在中国文化对外输出的过程中,我们往往会相信一个神话:越是本土的就越是世界的,因此,推介到国外的中国文学作品首先应当是包含了最本土化、最能代表中国特色的题材的作品。于是,经常出现的情况是,中国文学的看点和卖点成了诸如"文革"、一夫多妻、农村问题等"特色"题材,契合了西方人的"东方主义"想象。在与我们同为第三世界的拉丁美洲,作家们也曾普遍相信类似的神话,极力在作品中展现被赋予了魔幻色彩的本土民间文化。博尔赫斯就曾批评过这种倾向,他在探讨阿根廷文学的传统时指出,"整个西方文化就是我们的传统,我们比这一个或那一个西方国家

---

① Héctor González. "China se está volviendo irreconocible": Mai Jia. *Aristegui Noticias*,2014-07-07. 参见:http://aristeguinoticias. com/0707/lomasdestacado/china-se-esta-volviendo-irreconocible-mai-jia,检索日期:2014-11-04。

的人民更有权利继承这一传统"①。博尔赫斯自己的创作就完全不受本国题材的束缚,游走于全世界各种文化之间。而作为博尔赫斯的私淑弟子,麦家在《解密》中也游刃于东西方文化之间,甚至多次引用《圣经》的段落,并没有表现出对"本土化""中国性"的刻意追求。在全球化时代,"本土化"已然是一个神话,约翰·斯道雷在审视全球化时代的"本土"概念时指出,环绕全球的人口和商品流动把全球文化带入本土文化中,它明显地挑战了本土确立的文化边界观念;全球文化表现出一种游牧的特性②。《解密》的故事背景不仅有中国历史,也有世界历史:纳粹德国迫害犹太裔知识分子、以色列建国、冷战等,都成为麦家的文学虚构游戏的资源,而译者的进一步加工处理(如给原故事中没有名字的洋先生安上一个像模像样的名字,给波兰犹太人希伊斯换上一个典型的波兰姓氏:Lisiewicz)则邀请全球读者一同加入猜测故事人物是否确有其人的游戏中。中国作家大量取用西方文化的资源,同样可以成就一部获得全世界读者认可的小说,而这也代表了全球化时代本土的边界消弭、文化杂交形态加速形成的趋势。西班牙《公正报》就为《解密》给出了这样的评论:"这是一部卡夫卡式的小说,同时也是一部道家的小说。……在小说的最后部分,卡夫卡和维特根斯坦应着道家和禅的节奏翩翩起舞。"③或许,麦家走出国门、接受外国记者采访这一行为本身就是全球化时代中国文学的一个隐喻:中国文学完全可以跨越固有的传统边界,与世界展开对话。

从西语世界对《解密》的接受中我们同样可以看到,对中国文

---

① 博尔赫斯. 博尔赫斯谈艺录. 王永年,等译. 杭州:浙江文艺出版社,2005:68.

② 约翰·斯道雷. 作为全球文化的大众文化//陶东风,编. 文化研究读本. 南京:南京大学出版社,2013:377.

③ Espinosa, J. P. Mai Jia, *El don. El Imparcial*, 2014-07-20. 参见:http://www.elimparcial.es/noticia/140163/Los-Lunes-de-El-Imparcial/Mai-Jia:-El-don.html,检索日期:2014-11-04。

学的聚焦不再仅限于政治。以往中国当代文学在进入西方世界时，往往被当作了解中国政治社会现实的文本，其美学价值被社会批判价值所遮蔽，而后者往往被故意夸大。比如许钧就曾指出，在法国主流社会对中国现当代文学的接受中，作品的非文学价值受重视的程度要大于其文学价值，中国文学对法国文学或其他西方文学目前很难产生文学意义上的影响①。我们可以注意到，尽管西语世界对《解密》的解读仍不乏对中国政治现状的指涉，但更多的关注则集中到文学层面，对叙事技巧、语言风格、主题思想的兴趣超过了对中国政治的兴趣。吉耶莫·罗恩(Guillermo Lorn)的评论文章就劝诫读者：这是一本非常有趣的小说，而小说就是小说，不要尝试在其中寻找对任何一个国家表现出的政治同情倾向②。哈维尔·贝尔托西(Javier Bertossi)则指出，尽管《解密》没有表现出足够的政治批判力度，这并不妨碍读者从书中获得一种愉快的、引人深思的，尤其考验智力的阅读体验③。莫妮卡·马利斯坦(Mónica Maristain)从文明与野性的角度来考察书中主人公的命运，指出天才的悲剧在于文明对野性自然的压制；对于一个从小自由生长在与人类社会隔绝的环境中、有着超常能力的人来说，文明世界不啻为一个地狱④。麦家在《解密》的叙事中对中国古典小说技法的借用也引起了评论者的兴趣，尽管评论者并不一定能

---

① 许钧. 我看中国现当代文学在法国的译介. 中国外语,2013(5):11-12.

② Lorn, G. "El don" de Mai Jia. *Las lecturas de Guillermo*, 2014-07-30. 参见：https://laslecturasdeguillermo. wordpress. com/2014/07/30/el-don-de-mai-jia-seu donimo/,检索日期:2014-11-10。

③ Bertossi, J. Tres apuntes sobre *El don. Ojo en Tinta*, 2014-08-21. 参见：http://www. ojoentinta. com/2014/tres-apuntes-sobre-el-don-de-mai-jia/,检索日期:2014-11-09。

④ Maristain, M. Mai Jia y el don de la literatura. *Sinembargo*, 2014-07-04. 参见：http://www. sinembargo. mx/04-07-2014/1046399,检索日期:2014-11-04。

意识到这种叙事特色师承于何处。如沙维尔·贝尔特兰(Xavier Beltrán)就指出:"整个故事的编排技法精湛……所有的章节都带有一种富有魔力的节奏,激发读者在看完这章时迫不及待地要进入下一章。……也许,评价这部小说的最准确的词就是'非典型'。"①所谓"非典型",就是西方读者鲜有见识过的讲故事的方式。由此可见,麦家从章回体小说中借用的"欲知后事如何,且听下回分解"式的叙事技巧也获得了西方读者的认可。

总的来说,作为一名中国作家,麦家在西语世界是迅速成名的,出现误报、误读也在所难免。在西语媒体的报道中,我们经常能找出撰稿人的失误,如按照西语姓名的习惯把"家"当作麦家的姓氏,搞错麦家这位浙江作家的出生地——或是"富阳省",或是安徽省……可见西语世界对中国仍缺乏足够的了解。麦家在接受阿根廷记者采访时也指出,《解密》之所以在中国首版十多年后才被译介到西方,主要还是因为东西方交流的不对等,"在中国,我们非常注重引进西方文学,任何一个知名作家都在中国有翻译出来的作品,而中国作家的作品要被翻译成外文,则要困难得多。……中国作家仍然处在一个边缘的地位,而我是幸运的"②。麦家的"幸运"是否也能成为更多中国作家的"幸运"呢? 从麦家作品在西语世界的命运中,我们可以得到不少积极的启示。

(张伟劼,南京大学外国语学院西班牙语系讲师;原载于《小说评论》2015 年第 2 期)

---

① Beltrán, X. *El don* de Mai Jia. *Tras la Lluvia Literaria*, 2014-07-08. 参见: http://www. traslalluvialiteraria. com/2014/07/el-don-de-mai-jia. html,检索日期:2014-11-04。
② Caviglia, D. Entrevista a Mai Jia. *La Gaceta Literaria*, 2014-07-20. 参见:http:// www. lagaceta. com. ar/nota/600115/la-gaceta-literaria/vivi-estado-abandono-escribir-se-convirtio-necesidad-fisiologica. html,检索日期:2014-11-04。

莫言《天堂蒜薹之歌》的西班牙文译本

张伟劼

　　2012 年中国著名作家莫言荣获诺贝尔文学奖,成为近年来我国最受关注的文化事件之一。尽管作家本人在得知获奖消息时,谦虚而谨慎地表示"狂喜并惶恐"[①],如果我们能对莫言作品做出严肃的文学价值评判,并考虑到他在国外已然享有的知名度,应该说他的获奖还是实至名归的。莫言为世界文学所了解和接纳,并非"忽如一夜春风来,千树万树梨花开"式的爆发,而是走过了一个由各语种译者常年引进和介绍的漫长过程,这个过程当然还没有结束。除了葛浩文的英译、陈安娜的瑞典语翻译外,其他语种的译者对于莫言作品的世界性传播和国际声誉的奠定同样功不可没。然而,文学翻译史上有太多的案例表明,译出语文本和译入语文本并非完完全全的等价交换,莫言作品的外文译本究竟在多大程度上做到了"忠实"于原著、其"不忠"又在何种意义上影响了外国读者对作家乃至中国现实的解读,越来越引起国内文学评论界和翻译批评界的关注。本文试以莫言的长篇小说《天堂蒜薹之歌》的西

---

① 参见:http://culture.ifeng.com/huodong/special/2012nuobeierwenxuejiang/content-3/detail_2012_10/11/18190610_0.shtml,检索日期:2013-04-08。

班牙文译本为例,围绕译著对原著的"不忠"做一番探讨,希冀引发更多的关于中国文学外译的思考。

一

众所周知,西班牙语是使用人口数仅次于汉语和英语的重要语种。一部译为西班牙语的中国文学作品,不论翻译质量的好坏,势必会在大西洋两岸的二十多个国家、拥有数亿人口的西班牙语世界产生影响。由于地理阻隔和历史发展的原因,相对于英语世界和法语世界,西班牙语世界对中国文学的译介仍处于较低的水平,而中国文学的翻译出版策源地也集中在如西班牙、墨西哥这样的少数几个文化大国。不可否认的是,近年来随着中国文化影响的扩大,中国文学的西译保持着良好的势头:一方面,以莫言、王安忆、余华等为代表的越来越多的中国作家被介绍到西语世界,另一方面,西语国家对中国文学的译介也在逐渐抛弃从英文本和法文本转译的传统做法,改由中西或中墨学者合作,或由专职翻译家直接将中文原著译为西班牙语。

在为西班牙语世界的读者所逐渐了解的中国当代作家中,莫言是最为突出的作者之一,不仅因为其本人在中国当代文学的发展历程中所具有的不可撼动的地位,也因为他的写作手法令西语读者具有某种因亲切而产生的好奇感。一度成为西语美洲文学标签的"魔幻现实主义",是莫言作品被认为所具有的特征之一,莫言也从不讳言自己的写作受到了拉美魔幻现实主义小说的影响,如在西班牙《国家报》(El País)对他进行的专访中,他就坦言"魔幻现实主义激活了我以往生活中积累的体验。我家乡的生活和魔幻现实主义小说所展现的生活有颇多相似之处"①。据《南方人物周刊》的专题报道,在莫言学习写作的初期,拉美的"两斯一萨"(博尔赫斯、加西亚·马尔克斯和巴尔加斯·略萨)是必读的作家,而加西亚·马尔克斯正是魔幻现实主义最重要的代表人物,莫言受到这种文学风格的影响是非常明显的。② 无论"魔幻现实主义"在莫言的作品中获得了怎样的新生,这一标签无疑成为拉近这位中国作家与西语世界的桥梁。

在《天堂蒜薹之歌》的西译本于 2008 年 4 月面世之前,莫言的《红高粱》和《丰乳肥臀》已分别于 2002 年和 2007 年具有了西译本。《天堂蒜薹之歌》与《丰乳肥臀》的西译本都是由位于马德里的凯拉斯出版社(Editorial Kailas)推出的,两书的译者并非同一人。如今该社已推出了包括《蛙》《生死疲劳》《酒国》《师傅越来越幽默》在内的莫言作品系列,莫言也成为这家小众出版社主打的外国作家。在该社的官方网站首页上即可见到莫言的照片及其系列作品封面彩图。

二

《天堂蒜薹之歌》的西译本名为 *Las baladas del ajo*(大蒜之歌),与原题有所偏差。如果我们细究正文,还能发现更多的偏差之处。事实上,莫言作品在译成外文时遭到一定程度的"背叛",早已是公开的秘密。考虑到西方对中国文学的接受还需一个漫长的过程,不似中国对西方文学的接受已发展到今天如此成熟的地步,译者对中文原作进行一定程度的改译、使之符合西方读者的阅读

---

① 参见:http://elpais.com/diario/2008/05/10/babelia/1210377020_850215.html,检索日期:2013-05-02。

② 卫毅. 莫言的国. 南方人物周刊,2012(36):35.

趣味和审美习惯,也是可以理解的。谢天振先生就在《莫言作品"外译"成功的启示》一文中指出,思考莫言作品外译问题,应突破"逐字译还是逐意译"那种狭隘的语言文字转换层面上的讨论,关注译作的传播与接受问题。正是外译者的"连译带改",才让莫言的外译本跨越了中西方文化心理与叙述模式差异的隐形门槛,成功地进入了西方的主流阅读语境。而莫言也对自己作品的外文译者采取了相对宽松的态度:"外文我不懂,我把书交给你翻译,这就是你的书了,你做主吧,想怎么弄就怎么弄。"①

但是,如果我们细究"西方主流阅读语境"是怎样的"语境",西方读者的阅读趣味是怎样的"趣味",则会有更多耐人寻味的发现。尽管"文学是超越政治的"这一公理为大多数人所接受,西方读者还是倾向于对莫言作品作政治化的解读,对中国社会现实的关注超过了对文本美学价值的关注。周新凯和高方的《莫言作品在法国的译介与解读——基于法国主流媒体对莫言的评价》一文就指出,"在某种意义上,对不少读者而言,读莫言的作品,是看中国现实在某种意义上被遮蔽了的黑暗面"。以法国为例,"法国读者对莫言小说的接受,看重的是莫言作品对社会底层民众的苦难生活的反思,对社会问题比如不公正现象深刻的批判,对现实黑暗处的揭露"。更值得深思的是,"在中国规避审查、抵抗主流意识形态的某些影射性的特点在法兰西的语境中被放大,产生了基于误读之上的某种接受与共鸣"②。在英语世界也有类似的情况。翻译过莫言作品的美国翻译家葛浩文在一次访谈中被问到"普通的美国读者比较喜欢哪一类中国小说?"时就坦言:"所谓的知识分子小说他们不怎么喜欢。他们喜欢的有两三种吧,一种是 sex(性爱)多

① 谢天振. 莫言作品"外译"成功的启示. 文汇读书周报,2012-12-14.
② 周新凯,高方. 莫言作品在法国的译介与解读——基于法国主流媒体对莫言的评价. 小说评论,2013(2):14.

一点。第二种是 politics(政治)多一点,他们很喜欢的。"①由此可见,西方读者对中国当代文学作品的接受,还没有完全摆脱传统的偏见。

另一方面,译者的态度和立场也是耐人寻味的。翻译不是单纯的文字转换活动,译者不是绝对"客观中立"的翻译机器。正如许钧先生在《翻译论》一书中所指出的:"翻译,特别是文学翻译,作为一种再创造的行为,在它的背后,作为思想和解释系统的意识形态始终在起着作用。"②在其生活的社会政治环境中占主导地位的意识形态话语,必定会影响到译者的翻译策略:他认同还是不认同这套意识形态话语,必然会导出不同的翻译成果。对于莫言作品的每一位译者的政治立场我们无从知晓,但可以料定的是,那些有意为之的改译、节译,往往是与译者所处社会的主流意识形态、与其主流媒体对中国现实的看法相符的。

长久以来,西语世界特别是西语美洲有一种独特的"授命作家"(escritor comprometido)的传统。授命作家并非都是乏味的宣传标语写手,他们中的很多人反而能以奇丽的想象吸引读者,政治使命非但不与"魔幻现实主义"相抵牾,反而是内在于其中的。如被莫言奉为老师的哥伦比亚作家加西亚·马尔克斯就善于写作在外人读来荒诞不经的故事,映射充满苦难的拉美大陆的活生生的现实。西语世界的读者自然倾向于将莫言与他们的"授命作家"进行类比。在西班牙著名的人文刊物《西方杂志》(*Revista de Occidente*)对莫言进行的专访中,作家就被问到了这样一个令西语读者充满好奇的问题:"您认为自己是一个授命作家吗?"莫言的回答则是:"作家应当永远与社会、与世界和他周遭的现实保持密

---

① 华慧. 葛浩文谈中国当代文学在西方. 东方早报,2009-04-05.

② 许钧. 翻译论. 武汉:湖北教育出版社,2003:216.

切的联系。"他还进一步阐明:"我想通过文学展示我对中国社会的看法。我的文学作品,我的小说,是献给那些我爱的人,以及那些我从没有勇气向他们说出爱的人的。"①莫言的回答是审慎的,我们也不能简单地将莫言定性为"授命作家"。"授命作家"不仅与其生活的社会保持密切联系,还往往以写作以外的方式介入社会和政治,甚至以坐牢或流亡的代价公开挑战当权者。他们往往对周遭的不平等、不公正秩序采取积极抗争的态度,欲以革命推翻旧世界,建立理想国,而非隐忍地生活在当下、顺应体制或以温和的方式推动改良。如果我们比较马尔克斯和莫言的生平经历,前者无疑更为直接、更为积极地介入本国乃至本地区的政治活动。学者索飒曾指出,"授命"的这个"命"字,其内涵要比中国语境中的"社会责任感"更丰富。"除了意味着'责任''信约'外,它的动词还可以表示'卷入''牵连''冒险'等。"②她还进一步指出,拉美作家的这种责任意识,这种与"人"的约定,在拉丁美洲是根基深厚的,"它的确可以追溯到原始基督教神学思想"③。"授命作家"是诞生在拉丁美洲的特殊概念,与其历史语境密切相关。将莫言定性为"授命作家"是有失谨慎的,但不可否认的是,受媒体和传统思维定式的导引,西语世界的读者倾向于将莫言视为与诸多拉美作家类似的"授命作家",将他与中国的社会现实和政治体制对立起来。莫言作品西译本的改译乃至误译、包装和评论更会加重这一倾向。《天堂蒜薹之歌》的西译便可作为一例。

---

① Izquierdo, P. Mo Yan, el Kafka chino, recibe el Premio Nobel. *Revista de Occidente*, 2012(12), n. 379: 142.
② 索飒. 彼岸潮涌. 香港:香港大风出版社,2007:64.
③ 索飒. 彼岸潮涌. 香港:香港大风出版社,2007:66.

三

《天堂蒜薹之歌》完成于 1987 年。在 2001 年北岳文艺出版社的版本中,莫言附上了一篇重要性不可低估的自序。在这篇自序中,莫言交代了写这本小说的缘由:"十四年前,现实生活中发生的一件极具爆炸性的事件——数千农民因为切身利益受到了严重的侵害,自发地聚集起来,包围了县政府,砸了办公设备,酿成了震惊全国的'蒜薹事件'——促使我放下正在创作着的家族小说,用了三十五天的时间,写出了这部义愤填膺的长篇小说。"①小说取材于真实的事件——1986 年在山东省发生的一次群体性事件。关于这一点,小说的西译本并没有作说明。而在这本西文书的封底,我们可以看到这样一句介绍:"在他的国家和他的国家之外最受评论界和读者好评的中国作家,随着盲诗人张扣唱出的歌谣的节拍,叙写了一场农民革命之中的美丽和残暴。"②群体性事件与革命不可同日而语。革命是力图推翻现行政治体制、建立新的政治秩序的,而且往往有意识形态理论的指导,而"蒜薹事件"中的农民只是发泄愤怒而已,尽管砸了县政府,却并没有建立新政权的打算。他们的暴力针对的是不作为的地方官僚,而非现行政治体制。《天堂蒜薹之歌》西译本封底的这句介绍,很容易将西文读者导向一种与中文读者不一样的解读。

而在西译本的开头,我们可以读到一段署名为"Josef Stalin(约瑟夫·斯大林)"的话:"Los novelistas siempre tratan de alejarse de la política, pero la novela en sí gira en torno a la

---

①　莫言. 天堂蒜薹之歌. 太原:北岳文艺出版社,2001:1.

②　Mo, Y. *Las baladas del ajo*. Ossés, C. (trad.). Madrid:Editorial Kailas, 2008.

política. A los novelistas les preocupa tanto el 'destino del hombre' que suelen perder de vista su propio destino. Y ahí radica su tragedia. (小说家总是想远离政治,小说却自己逼近了政治。小说家总是想关心'人的命运',却忘了关心自己的命运。这就是他们的悲剧所在。)"①这句话的原文,我们也可以在 2001 年北岳文艺版的那篇作者自序中找到。作者坦言,此"名言"是他的杜撰,"这段话是斯大林在我的梦中、用他的烟斗指点着我的额头、语重心长地单独对我说的。"②这是作家的机智和幽默之处。如果我们把这篇自序也作为小说有机的一部分,它同样能体现文学的魅力。然而,在西译本中,我们看不到这样的交代。这就很可能使西文读者误认为此句真的出于斯大林之口,把它当成一部类似"社会主义现实主义小说"的作品。媒体也信以为真。如西班牙《国家报》的报道:"莫言引用了苏联领导人和独裁者约瑟夫·斯大林的这句话,作为他的《天堂蒜薹之歌》的开篇。"③

　　如果说少了对这段伪斯大林语录的说明,会让西文读者产生理解上的偏差的话,那么该译本在正文注解工作上的缺失,则可能会让读者在误解的道路上走得更远。《天堂蒜薹之歌》的故事发生在我国改革开放初期,那是一个巨大的转型期,人民群众对解放思想和生产力的日益急切的需要和诉求,与仍然严重滞后的经济体制之间的矛盾,是群体性事件的深层原因。如果无视这一重要的社会背景,对小说故事的解读难免会误入歧途。该书的西译本通篇没有一个脚注,许多应当为不谙中国当代史的西文读者做出说

---

① Mo, Y. *Las baladas del ajo*. Ossés, C. (trad). Madrid: Editorial Kailas, 2008:9.

② 莫言. 天堂蒜薹之歌. 太原:北岳文艺出版社,2001:1.

③ 参见:http://elpais.com/diario/2008/05/10/babelia/1210377020_850215.html,检索日期:2013-05-02。

明的细节并没有附带说明。如第五章的人物对话中出现了"邓大人"的称呼①。农民为什么称他为"邓大人"？这个称呼是值得细究的,可以做很多社会历史意义上的解读。译者仅将其译为汉语拼音的"邓小平"②。再如第十五章开头出现的"三中全会",只是逐字直译而已③。这两处如果能分别加上一个脚注,对这位政治家在历史上究竟做了什么做一个客观简单的介绍,对中国共产党的那次会议在中国历史上的划时代意义做一个简短说明,则可以帮助西文读者理解农民们家家种蒜薹、追求物质财富暴增的激情从何而起,进而思考作为小说情节高潮的暴力事件的深层原因。

瞎子张扣是这部小说中的一个很有意思的人物。他一直游离在叙事主线之外,只在故事的最后才出场,加入到那场蒜农风暴之中。另外值得一提的是,在每一章节的开头,作者都安排一段张扣的歌谣唱词,以此串起作为长篇叙事的"天堂蒜薹之歌"。西译本并没有忽略这些充满了地方色彩和民俗趣味的唱段,但如果我们细细对照原文,可以发现不少错译之处。本文在下面逐一指出。

第一章开头的唱段:"尊一声众乡亲细听端详/张扣俺表一表人间天堂/肥沃的良田二十万亩/清清的河水哗哗流淌/养育过美女俊男千千万/白汁儿蒜薹天下名扬。"④西译本将"人间天堂"译为"el mundo mortal y el Condado Paraíso(人世间和天堂县)"⑤,属误译。更为严重的是,从"肥沃的良田"开始的最后四句,被替换

---

① 莫言. 天堂蒜薹之歌. 太原:北岳文艺出版社,2001:70.

② Mo, Y. *Las baladas del ajo*. Ossés, C.（trad.）. Madrid:Editorial Kailas, 2008:126.

③ (a)莫言. 天堂蒜薹之歌. 太原:北岳文艺出版社,2001:198. (b)Mo, Y. *Las baladas del ajo*. Ossés, C.（trad.）. Madrid:Editorial Kailas, 2008:349.

④ 莫言. 天堂蒜薹之歌. 太原:北岳文艺出版社,2001:1.

⑤ Mo, Y. *Las baladas del ajo*. Ossés, C.（trad.）. Madrid:Editorial Kailas, 2008:13.

成了全然不同的意思："El Emperador Li, descendiente del Gran Kan y fundador de la nación, ordenó /a los ciudadanos de nuestra región que plantaran ajo a modo de tributo(李姓皇帝,是大汗的后代,国家的创立者,/命令本地区的百姓种植大蒜,作为贡赋)"①这样的改译,自然会让读者将封建中国与当代中国的关系作某种程度的联想,倾向于认为这是一个传统秩序千年不变的国度。

第二章开头的唱段歌颂种植大蒜给农民带来的生活上的改善,其中"娶了新娘"②被误译成"encontrar una nueva esposa(找到一个新的妻子)"③。

第三章开头的唱段开头"乡亲们种蒜薹发家致富"④,"发家致富"被译成"mantener a sus familias (供养家庭)"⑤。"发家致富"与"供养家庭"实是两个不同的概念,后者属于温饱层面,前者则属"小康"层面。这样的误译看似细枝末节,却会让读者对中国改革开放的历史意义的理解产生偏差。

第五章开头的唱段中,"老百姓依赖着共产党 /卖不了蒜薹去找县长"⑥被译成"Sed valientes, compañeros ciudadanos, sacad pecho: /Si no podéis vender vuestro ajo, id a ver al administrador de la provincia...(乡亲们,鼓起勇气,挺起胸膛:/如果你们卖不出

---

① Mo, Y. *Las baladas del ajo*. Ossés, C. (trad.). Madrid: Editorial Kailas, 2008: 13.

② 莫言. 天堂蒜薹之歌. 太原:北岳文艺出版社,2001:13.

③ Mo, Y. *Las baladas del ajo*. Ossés, C. (trad.). Madrid: Editorial Kailas, 2008: 31.

④ 莫言. 天堂蒜薹之歌. 太原:北岳文艺出版社,2001:34.

⑤ Mo, Y. *Las baladas del ajo*. Ossés, C. (trad.). Madrid: Editorial Kailas, 2008: 65.

⑥ 莫言. 天堂蒜薹之歌. 太原:北岳文艺出版社,2001:65.

你们的大蒜,就去找省长)……"①"依赖着共产党"没有译出,不知是出于译者的疏忽还是有意。

第十章开头的唱段:"仲县长你手按心窝仔细想,/你到底入的是什么党? /你要是国民党就高枕安睡/你要是共产党就鸣鼓出堂。"②西译本译为:"Jefe del Condado Zhong, pon la mano en el corazón y piensa:/como protector del gobierno, ¿dónde está la bondad en tu alma? /Si eres un oficial malvado, vete a casa y quédate en la cama;/pero si eres un servidor íntegro, toma el mando y haz algo bueno… (仲县长你手按心窝想想看:/你是政府派来的保护人,可你的善心安在了什么地方? /你要是坏官就回家睡觉;/你要是正直的服务者,就带起头来,做点好事……)"③译者再次略去了"共产党"的概念,将中国特色的政治体制替换成西方的政治语境。

第十二章开头的唱段,是张扣鼓动群众冲闯县府时的演唱片段,"乡亲们壮壮胆子挺起胸膛"④中的"乡亲们"在西译本中变成了"Ciudadanos(公民们)"⑤。"乡亲"一词在西译本中的其他地方要么处理成"Conciudadanos(同乡)",要么处理成"compañeros ciudadanos(同乡的伙伴)",在这个关键时刻变成了"公民",实在是耐人寻味的。读者难免会因此联想起法国大革命中喊出的"公民"口号,一场群体性事件也就被导引到"革命"的倾向上去,张扣

① Mo, Y. *Las baladas del ajo*. Ossés, C. (trad.). Madrid: Editorial Kailas, 2008: 117.

② 莫言. 天堂蒜薹之歌. 太原:北岳文艺出版社,2001:133.

③ Mo, Y. *Las baladas del ajo*. Ossés, C. (trad.). Madrid: Editorial Kailas, 2008: 233.

④ 莫言. 天堂蒜薹之歌. 太原:北岳文艺出版社,2001:150.

⑤ Mo, Y. *Las baladas del ajo*. Ossés, C. (trad.). Madrid: Editorial Kailas, 2008: 267.

也因此具有了某种革命英雄的色彩。

张扣的惨死出现在第二十章。在这一章中,作者还叙述了因参与蒜薹事件而受惩的两位农民——四婶和高马的下落:前者获得保外就医的机会回到家乡,后者则因违反劳改队的纪律而遭到哨兵的枪击。如果没有第二十一章即该书的最后一章的话,这个故事的结局是阴暗的:农民命如草芥,坏官没有受到惩罚,正义没有得到伸张。正是在第二十一章,作者巧妙地放置了一篇《群众日报》的报道,以官方新闻通稿的文体交代了蒜薹事件的最终结局:"本报讯 中共苍天市委对天堂'蒜薹事件'已作了全面调查,最近作出处理决定:撤销对天堂'蒜薹事件'负有主要责任的仲为民天堂县委副书记职务,并建议撤销其县长职务;县委书记纪南城停职检查,视检查情况另行处理。对借机煽动搞打砸抢的少数违法分子,天堂县司法部门依法进行了严惩。"①西译本只译到了第二十章,于是,高马中枪倒地成了整个故事的结尾,本有一个光明结局的故事成了彻底的悲剧,"革命"主角的惨死凸显了其崇高的英雄气质,天堂县的上级主管部门的作为被忽略不见,社会主义中国成了一个严重缺乏正义的黑暗、愚昧的国度。原书第二十一章那篇虚拟的新闻报道还对计划经济与商品经济的矛盾进行了反思,这一矛盾是改革开放初期中国经济体制面临的典型矛盾之一。充满希望的农民见到希望因地方官僚的渎职和失误而破灭,从而将愤怒转化为暴力的"蒜薹事件",是时代精神的体现。略去如此重要的历史因素,也很可能导致读者对小说的社会政治意义的理解产生严重偏差。无论如何,这最后一章可以视为作家本人对这起基于真实事件而虚构的事件的理性反思,某种程度上也体现了作者的明智和审慎。倘若看不到这一章,读者更容易把莫言当成一个

---

① 莫言. 天堂蒜薹之歌. 北京:作家出版社,2012:365.

394 /

明确把自己放在现行政治体制对立面的抵抗型作家,或者说,一个
"授命作家"。

四

在前文中我们已经看到,西文版的《天堂蒜薹之歌》与原书是
有不少出入的,那么西语世界的主流媒体和评论界对这本小说做
出某种程度的误读,便在情理之中了。

在西班牙最重要的在线书店"书屋"(Casa del libro)的网页
上,对莫言《天堂蒜薹之歌》一书(西译本)的介绍是:"莫言写出了
一部史诗性的小说。这部小说用抒情的意味描绘美好,也用野蛮
现实主义的方式描绘残暴。这部东方式的悲剧将我们带入一个隐
秘的,仍然不为人所知的当代中国。"①众所周知,改革开放三十多
年来,中国发生的变化是巨大的,20 世纪 80 年代的中国已与今天
的"当代中国"不可同日而语,然而,读着这本 2008 年出版的小说
的读者,会倾向于认为那个故事里的中国就是今日中国,而今日中
国与古代中国相差无几:仍然是"隐秘的""不为人所知的"。这正
符合西方主流媒体对中国的评价:千年不变的专制、愚昧、落
后……评论界和读者更不容易读出 20 世纪 80 年代的中国已经表
现出的进步性,因为正如前文所述,劳动者的希望是以遭到枪击倒
地而全然破灭的。

西班牙《国家报》围绕《天堂蒜薹之歌》西文版的出版所制作的
长篇报道中,更多触及中国的社会现实和作者生平,而不提该书的
风格。报道还引用了莫言接受专访时说的话,似乎以资证明莫言
作品美学价值的微不足道:"我大部分的著作都使用了一种从西方

---

① 参见:http://www.casadellibro.com/libro-las-baladas-del-ajo/9788489624429/
1191769,检索日期:2013-05-17。

文学抄来的风格。"①

刊登于西班牙《文化周刊》(El Cultural)上的对该小说的书评,同样是对内容的关注超过了对形式的关注,莫言被解读成一个报告文学式的作家:"就像公证员做记录一般,作者描绘了警察公务人员的残暴……并没有对写作风格表现出多大的关切。……莫言寻求的是一个非人称的证人的声音:忠于事实,保持公正。"作者指出,这部小说的背景"并不被设置在一个遥远的过去,而是在现今的中国以及其他类似的国家,这些国家开始见识到能源危机引起的饥饿暴乱"。由此可见,该书评作者对小说的时代背景并不了解。作者紧接着写道:"在该书正文之前,莫言引用了斯大林的话,以此证明授命文学的必要性。"作者并不知道斯大林的这句话是莫言杜撰的,莫言被笼罩上了"授命作家"的色彩。作者总结说:"在中国存在着腐败,对人权缺乏尊重……而传统的中国、深层的中国,对现代性表现出更强烈的抵触。"②如前文所述,该书评作者读不出那个时代的中国已经表现出的进步性。

墨西哥《精英报》(Excelsior)在莫言获诺贝尔文学奖后,即对这位中国作家做了匆忙的介绍,并刊登了其作品的两个节选③,让墨西哥读者走进他的文学世界。这两个西译选段一个来自《天堂蒜薹之歌》(即本文所讨论的西译本),另一个来自《蛙》的第一章。《天堂蒜薹之歌》的那个选段与蒜薹事件毫无联系,而是高羊的妻子在乡卫生院生产的经历。编辑引这一选段,意在陪衬《蛙》的故事内容,以此介绍受西方人诟病的中国计划生育政策和重男轻女

① 参见:http://elpais.com/diario/2008/05/10/babelia/1210377020_850215.html,检索日期:2013-05-02。
② 参见:http://www.elcultural.es/version_papel/LETRAS/23185/Las_baladas_del_ajo/,检索日期:2013-05-10。
③ 参见:http://www.excelsior.com.mx/2012/10/11/comunidad/863757,检索日期:2013-05-12。

的陋习。《天堂蒜薹之歌》再一次受到单向度的解读,似乎这部小说除了揭露社会黑暗面的道义价值之外,没有别的价值。

五

译本不啻为原文本在另一种语境中的新生。同一部中国文学作品,哪怕原名与译名保持一致,中国读者看到的与外国读者看到的,未必是同一本书。鉴于中国当代文学作品的西译还处在一个不算成熟的阶段,或许我们不必对外国译者的翻译成果吹毛求疵。从中国文学走向世界、让世界了解变化中的中国的意义上说,这些翻译家是功不可没的。但我们也应当看到,很多时候,对原作的改译和误译以及对文本内容和时代背景的误判,实是超越了文字转换正确与否的层面的。对中国文学作品的误读不仅不会有助于外国读者了解中国,反而会加深其对中国现实的曲解。如本文分析的《天堂蒜薹之歌》一书的西译本,文中存在的改译和误译、封面的介绍以及译者注释工作的缺失,很容易让西文读者对作家的写作立场做出某种程度上的误判,并且将 20 世纪 80 年代的中国与今天的中国画上等号,将"群体性事件"读成农民"革命",读不出故事的时代背景乃至中国共产党领导的改革开放的伟大意义。我们也应看到,尽管诺贝尔文学奖在理论上是超越政治的,但莫言其人其作还是受到了过多的政治上的解读。让文学"去政治化",尚有很多工作要做。对中国文学作品外文译本的解读和评论,也应有来自中国的声音。

(张伟劼,南京大学外国语学院西班牙语系讲师;原载于《小说评论》2013 年第 4 期)

第四编

中国文学在日本、韩国和泰国的译介与传播

路遥作品在日本的传播

梁向阳　　丁亚琴

我国当代已故著名作家路遥,在其短暂的生命里用坚定的信念和牛一样的精神努力践行着自己的文学追求和理想。他的文学作品有着丰富的社会内容,每一个字的背后都渗透着作者对生活、人生的思考,他用现实主义手法成功塑造了陕北土地上像高加林、孙少安、孙少平等平凡而有梦想的年轻人,传达出富有哲理的人生观,其作品里温暖的道德情怀和对人性的思考感动了无数读者。因此路遥的作品自问世以来,受到了广大读者的喜爱。他的长篇小说《平凡的世界》荣获了中国"第三届茅盾文学奖"。中国诸多评论家对路遥及其作品进行了深入的研究,成果颇丰。

早在 20 世纪八九十年代,路遥的作品就以俄文、法文等多种文字翻译出版①,在世界文坛产生了一定的影响力。随着路遥作品影响力的不断扩大,日本学者也开始关注路遥及其作品。

---

① 苏联的青年近卫军出版社 1988 年出版过路遥《人生》的俄译本,翻译者是谢曼诺夫;外文出版社 1990 年出版过《人生》的法文版,翻译者是张荣富。

一、路遥作品在日本的译介情况

迄今为止,路遥的作品在日本被正式翻译并出版的有《路遥作品集》①。该书翻译了路遥的五部中短篇小说:《姐姐》(日本出版的书名为《姉》)、《月下》《在困难的日子里》《人生》《痛苦》。译者为姬路独协大学外国语部的安本实教授,他也是第一位将路遥作品介绍到日本的翻译家。这五部中短篇小说的视点都聚焦在陕北"交叉地带"上的青年男女的人生故事。

为了使日本读者更加全面地认识中国作家路遥,更好地了解他笔下的作品内容,该书除了翻译以上五个中短篇小说外,还有一篇译者亲笔撰写的《译后记》。在长达 14 页的《译后记》中,安本实教授介绍了路遥的代表作,讲述了路遥文学的时代背景是城乡二元结构的历史现状和现实因素,简单地记述了路遥儿时至成年的人生经历以及他不同时期的创作活动,高度评价了路遥的人生观和文学观。

在作品的介绍方面,安本实教授考虑到日本读者对于中国城市和乡村二元结构的社会缺乏了解,为了让读者更加全面深刻地理解路遥笔下年轻人的思想情感和人生抉择,他花了大量笔墨详细地阐释了这些作品的时代背景、人物关系和作品的内涵。《译后记》能让日本读者在自然平和的叙述中了解中国当代农村和城市的结构差异,以及它造成的人们作为人在存在意义上的差距。《姐姐》这部作品以农村和城市的隔绝为舞台背景,从少年"我"的角度讲述了农村姐姐小杏与下乡知青高立民的爱情悲剧故事。《月下》是以描写生活在农村底层青年高大年对出嫁到城镇的兰兰近似疯

① 日本福冈的中国书店 2009 年出版日文版《路遥作品集》,日本学者安本实翻译。

狂的思念为题材的。在《在困难的日子里》这部作品中,作者通过对马建强因是"农民的儿子"而产生了强烈的自尊心和自卑感,因是"农民的儿子"所忍受种种屈辱和遭遇各种挫折的描写,让日本读者清晰地看到中国城乡二元结构中作为农民儿子的马建强复杂的内心世界。

除了作品本身的魅力外,译者从路遥众多优秀作品中选取荣获中国"第二届优秀中篇小说奖"的《人生》来翻译并收入《路遥作品集》中,此举包含了译者自己浓重的情感因素。在《一位日本学者的路遥研究情结——日本姬路独协大学教授安本实先生访谈录》中,安本实教授谈到在日本看到路遥中篇小说《人生》时的感受,是"十分激动,激动得流泪了"①。《人生》是路遥 1982 年发表的中篇小说,它通过对农村出身的知识青年"高加林"一波三折的人生经历的描写,反映了中国"城乡交叉地带"的年轻人的奋斗与无奈,其中穿插着几个青年爱情故事,深刻地反映了中国农村改革开放之初的新特点和存在的问题。

路遥的短篇小说《痛苦》描写了高考落榜的农村青年高大年所承受的精神和身体的双重痛苦,而大年却仍以他的善良和坚强面对人生。在中国城乡二元结构的社会里,农村人想走出去的渠道只有考大学和招工,而对于女孩子还有另外一条通道,就像《月下》里的兰兰,但兰兰通过出嫁走出去的前提也似乎是因为她父亲高明楼是大队书记。祖祖辈辈都是大山儿子的高大年只有考大学这一条路径,而他却落榜了,落榜不仅意味着他只能永远留在封闭落后的乡村,而且连他的爱情也会随之破灭。那位天真烂漫的小丽,在飞向外面的世界后似乎忘记了他们曾经拥有的美好爱情。安本

---

① 梁向阳. 一位日本学者的路遥研究情结——日本姬路独协大学教授安本实先生访谈录. 延安文学,2002(5):83.

实教授通过对高大年身体和精神双重痛苦的展现,分析了在当时社会历史条件下众多知识青年的痛苦。

　　毋庸置疑,安本实教授翻译出版路遥小说,使路遥作品在一定程度上被广大日本读者所了解。

二、路遥作品在日本的研究情况

　　为了让更多的日本读者认识中国当代作家路遥及其作品,只通过翻译出版作品远远不能在日本社会形成大众化的阅读趋势。而且,仅仅通过翻译出版部分作品也不能达到让日本读者全面认识路遥的目的,所以扩展对路遥的研究显得至关重要。

　　值得注意的是,日本对路遥的研究要早于对其作品的翻译。安本实教授最开始是从事路遥及其作品研究的,然后才着手翻译路遥的作品。安本实先生第一次接触路遥的名字是在 20 世纪 70 年代后期,而真正让他产生研究路遥的念头是在 1989 年。安本实教授在阅读了路遥作品《人生》后,被文中农村青年由于社会历史原因不能发挥自己的才能而产生的苦闷、悲苦所打动。当然,《人生》之所以能引起安本实的共鸣,是因为他自身的人生经历和路遥作品中的青年人有一定的相似性。安本实老家在日本高知县的一个小岛屿,周围是辽阔的大海,地理位置十分偏僻。上中学后的安本实搬家到大阪,生活和学习环境较之以前有了很大变化,这让来自小城市的安本实在繁华的大阪产生了自卑感。"也许我这个人有像'高加林'一样的进城遭遇和尴尬,所以我对《人生》这篇小说产生了相当浓厚的兴趣。"① 可以说,《人生》是安本实研究路遥的

---

① 梁向阳. 一位日本学者的路遥研究情结——日本姬路独协大学教授安本实先生访谈录. 延安文学,2002(5):83.

最初缘由。

安本实把路遥笔下的"交叉地带"作为研究的关键词。路遥对生活在城市和乡村"交叉地带"人们的喜怒哀乐进行了全景式的刻画，反映了当时中国城市和乡村之间的不和谐关系。安本实则通过对路遥笔下这些生活在城乡交叉地带人群的关注来映射当时中国社会的整体风貌。

日本学者最早专门研究路遥的学术论文，是1991年在《小说评论》刊发的论文《路遥文学中的关键词："交叉地带"》①，该文作者就是安本实教授。此文后于1997年1月刊发于日本《姬路独协大学外国语学部纪要》第10号上。该文共分为三部分：第一部分将路遥的创作活动大体划分为三个时期；第二部分阐述"交叉地带"的定义、意义以及它所带来的种种问题等，更进一步阐释了路遥把"交叉地带"作为自己创作基点的缘由；第三，对路遥人生经历的介绍以及他的这种人生经历对其不同历史时期创作的影响。

1992年1月，安本实教授在《姬路独协大学外国语学部纪要》第5号上刊发题为《路遥小说序言——〈人生〉的"交叉地带"描写》的论文。该文首先介绍了路遥的基本人生经历和文学创作活动，将他不同时期的作品、出版的时间、出版社进行了仔细的梳理，重点讲述了《卖猪》《姐姐》《月下》《风雪腊梅》《人生》几部反映身处"交叉地带"人们的不同的人生故事。安本实教授认为，它们之中最具代表性的作品是《人生》，生活在陕北土地上城乡交叉地带的年轻人，由于社会、经济、政治制度、思想等多种因素造就了他们身上特有的共性，而他们每个人的个性魅力也十分引人注目。安本实对路遥笔下"失败＋失恋"的知识分子青年所表现的善良、包容等品格给予了肯定。

---

① 安本实. 路遥文学中的关键词："交叉地带". 刘静，译. 小说评论，1991(1)：91-96.

1993 年 12 月 15 日,咿哑之会会刊《咿哑》中,收录了安本实教授怀念路遥的文章。安本实在一次访谈中曾这样谈到对路遥去世的感触:"1992 年 12 月,我在研究室里订阅的上海《文学报》上看到路遥先生逝世的消息后,一下子惊呆了,人像瘫痪了一样,一点力气都没有了。"①路遥病逝一年之后,安本实先生就在日本发表了纪念路遥的文章——《英年早逝的路遥》。该文回顾了路遥从初入文坛到走向文学高峰的不同阶段与不同时期的作品,认为其作品中表达的文学理念和价值取向是一脉相承的;最后,他对中国新时期陕西作家路遥的英年早逝深感痛惜。

1995 年 1 月,《姬路独协大学外国语学部纪要》第 8 号上刊发安本实教授关于路遥作品的研究性文章,题目为《路遥小说序言(二)——以长篇小说〈平凡的世界〉为中心》。《平凡的世界》是路遥最重要的长篇小说,它以孙少安、孙少平两兄弟的奋斗历程为线索,讲述了陕北年轻人走向外面世界的艰难过程和他们遭遇困难挫折时表现出的坚韧不拔的毅力。该文除了简单交代路遥的个人经历和创作活动外,重点谈到路遥《平凡的世界》的时代背景、人物形象、社会关系、婚姻爱情等方面,反映了时代大转折时期社会的全景式面貌与人们的价值观念、人生理想。

1995 年 12 月 15 日,咿哑之会会刊《咿哑》中,又刊发了安本实教授《路遥的"交叉地带"随笔——以中篇小说〈在困难的日子里——(一九六一年纪事)〉为中心》的学术论文。该文聚焦于路遥研究的关键点"交叉地带",概述了路遥不同时期大体的创作活动,重点探讨了小说《在困难的日子里》所反映的"交叉地带"。《在困难的日子里》也是路遥作品中第一篇用第一人称写的小说,讲述了

---

① 梁向阳. 一位日本学者的路遥研究情结——日本姬路独协大学教授安本实先生访谈录. 延安文学,2002(5):84.

主人公马建强生在农村、学习在城镇的心路历程。该文指出，马建强在忍受饥饿、孤独的过程中表现出自卑而又非妥协性的性格和强烈的自尊心，这与路遥青少年时期困顿的生活体验密切相关。

1997 年 3 月，日本汲古书院出版的《中国学论集》刊发安本实教授《路遥的中篇小说〈人生〉从年轻人"脱离"农村的观点开始》的论文。该文高度肯定了路遥在短暂的生命中所展现的诚挚的创作态度、现实主义的创作手法。安本实教授认为，路遥作品中的舞台背景是不同于他人的，他将主人公放置在陕北农村以及周边农村的"交叉地带"，《人生》的时代背景、户籍制度等将农村知识青年高加林与城市隔绝，而高加林却一直想要脱离农村走向城市。安本实教授进一步认为，这是推动《人生》故事情节发展的一个最基本的出发点。

1998 年 9 月 30 日，由咿哑之会编辑的《台湾文学的诸相》一书中收录了安本实教授的《陕北纪行——走访路遥的故乡》的文章。该文讲述了安本实教授 1997 年 8 月对路遥曾经生活过的延川、延安、西安等地进行的拜访和考察经历。特别是去延安大学文汇山上的路遥之墓，算是和路遥的第一次特殊意义的"见面"。安本实教授在访谈中这样谈到这次来访，"在路遥的家乡，看到四周是连绵起伏的群山，一眼望不到边际。我突然明白一个道理，少年路遥憧憬山外的世界的真正现实意义"①。安本实教授认为，只有真正了解陕北的地理特征，才能真正了解路遥笔下的人物与感情。陕北纪行对于安本实更好地研究路遥及其作品有着重要的现实意义，他为了全面地了解和介绍路遥及其作品，已先后 10 次来延安、榆林等地访问和收集资料，反映了一位日本学者严谨的治学态度。

---

① 梁向阳. 一位日本学者的路遥研究情结——日本姬路独协大学教授安本实先生访谈录. 延安文学，2002(5):84.

1999 年 3 月,《创大中国论集》一书收录了日本菱沼透《有关路遥〈人生〉的命名》的论文。菱沼透是日本第二位研究路遥及其作品的学者。该文分为七个部分,分别是目的方法、有关作者和作品、背景和登场人物、亲族关系中的称呼、社会关系中的称呼、"好""我"两者共用的称呼语和围绕主人公高加林的称呼。

2000 年 1 月,安本实在《姬路独协大学外国语学部纪要》第 13 号上刊发了路遥研究资料《路遥著作目录以及路遥有关资料》。该文分为两个大部分:第一部分又分为两个小的部分,分别是路遥著作的单行本(具体发表的时间和杂志)与《路遥文集》中未收录的著作和发言;第二部分由五个小部分组成,它们是路遥论、作品论、记事、对路遥的追悼及回忆、影片《人生》及评价戏剧《人生》。该文详尽地整理了路遥作品以及与路遥有关的资料,这对于日本读者和研究者更好地认识和研究路遥及其作品提供了有益的帮助。

2002 年 1 月,安本实在日本《姬路独协大学外国语学部纪要》第 15 号上刊发《路遥的文学风土——路遥与陕北》的论文。该文主要论述陕北这块贫瘠而又充满营养的土地,以及生长在陕北这块土地上的路遥及与路遥作品的关系。该论文后于 2004 年 5 月发表在中国的《济宁师专学报》上。我们在这篇文章中不难发现,安本实不仅对陕北地理文化十分了解,还高度关注中国国内路遥研究的成果,在其论文里大量参考、引用国内的路遥研究成果。安本实指出,陕北的地域性、历史性赋予了路遥以及路遥笔下的主人公共有的特性:浓烈的自卑感和强烈的自尊心。在《人生》《在困难的日子里》《平凡的世界》这些作品中的农村知识青年内心都无不充斥着这一特性。该文还认为,中国社会闭塞的二元对立结构对农村的"禁锢",既有制度上的"墙壁",也有青年人下意识的内在的"墙壁"。

2004 年 3 月,安本实在《姬路独协大学外国语学部纪要》第 17

号刊发《路遥的初期文坛活动——以"延川时代"为中心》的论文。该论文分五部分介绍延川时代的路遥。中国学者魏进、梁向阳后将其翻译成中文①。该文简述了路遥三个时期的文学创作活动，侧重分析路遥文学生涯的第一个时期，即延川时代的活动概括。延川时代的路遥遇到了引导他走上文学道路的伯乐、忘年之交的诗人曹谷溪，路遥当时的文学友人还有海波、陶正等人。安本实教授指出，"延川时代"是路遥文学生涯中的重要时期，这一时期既是路遥创作的"彷徨"期，也是路遥文学的摇篮和出发点。

2007 年 7 月，安本实在由山田敬三先生古稀纪念论集刊行会编辑的《南腔北调论集》里刊发了《"交叉地带"的描写——评路遥的初期短篇小说》的论文。该文分为四个部分介绍路遥初期小说中的"交叉地带"。前言部分指出路遥以中篇小说《人生》和长篇小说《平凡的世界》确立了其在中国当代文学史上的稳定地位，简略地分析了路遥生活的时代背景和其文学创作的总体概况；第二部分讲述"文革"时期和"文革"刚刚结束之后路遥的文学创作；第三部分重点介绍了路遥的多样化探索，《夏》《匆匆过客》《卖猪》是路遥"交叉地带"探索期的作品，《青松与小红花》《月下》《姐姐》《风雪腊梅》则是路遥文学探索期的力作，最后点出路遥以"交叉地带"作为其创作的焦点，反映了农村和城市之间的种种问题，这时路遥的文学创作正逐步走向成熟；在第四部分中，安本实对路遥初期的文学作品作了简要的评价，他认为此时路遥作品还没有写到摆脱农村社会的"束缚"与人物在形象上还不具备坚韧不拔的毅力和活力。这篇论文后来刊发在中国《当代文坛》2008 年第 2 期，陈凤翻译。

----

① 最早见：马一夫，厚夫，主编. 路遥研究资料汇编. 北京：中国文史出版社，2006：121-136.

2007 年 11 月 17 日,安本实给中国"纪念路遥逝世十五周年暨全国路遥学术研讨会"提交论文《一个外国人眼中的路遥文学——路遥"交叉地带"的发现》并作大会学术发言①。该文主要包括两个部分的内容:第一部分讲述有关路遥和路遥文学;第二部分分析对路遥"交叉地带"的发现,并将其分为"彷徨"期和"交叉地带""耕作"的开始。该论文对路遥和路遥作品给予了高度的赞扬,特别是对路遥描写"交叉地带"的农村青年作了具体分析,认为他们都出身农民,有强烈的好奇心和求知欲,对农村现状持批判性的观点,向往外面的世界。但是农村和城市之间又深又宽的鸿沟阻挡着他们,而这鸿沟就是有法律依据的种种制度。路遥于 1980 年 7 月发表在《雨花》上的《青松和小红花》,同年创作的《风雪腊梅》《姐姐》《月下》也都是以"交叉地带"为背景,以发生在农村和城市年轻人之间的爱情为主题的。安本实教授对于康庄这个我们普遍认为堕落、变节的人物形象给予了同情。他指出:"康庄只是想从农村跳出来,在农村和城市二元分化的社会里,在经济上、文化上城市占绝对优势地位的现实中,他的想法可以说是错的吗?难道不是年轻人自然的愿望吗?"②该论文最后点出了路遥还没有赋予这些人物坚韧不拔的毅力和生命力。

日本学者关于路遥研究的论文,还有天野节先生 2012 年 11 月在日本《中国当代文学研究会会报》第 26 号上发表的《路遥的生涯和作品(报告归纳)》。天野节先生为了更好地研究路遥,远赴中国陕西省的榆林学院当访问学者,认真考察了解路遥的生活环境,

---

① 此次学术研讨会由延安大学、陕西省作家协会、清涧县人民政府、延川县人民政府合办,于 2007 年 11 月 17 日在延安大学召开,该会议提交的学术论文汇集为《路遥再解读——路遥逝世十五周年全国学术研讨会论文集》(马一夫、厚夫、宋学成主编,陕西人民出版社,2008 年版)。

② 马一夫,厚夫,宋学成,主编. 路遥再解读——路遥逝世十五周年全国学术研讨会论文集. 西安:陕西人民出版社,2008:111.

并将路遥从 1949 年出生到 1992 年去世的人生经历和文学创作做了简单的梳理,为日本初学和研究路遥及其作品的人们,做了常识性的普及工作。

以上是我们了解到的路遥及其作品在日本的研究情况。从中我们得知,路遥作品在日本翻译的还较少,特别是他的优秀长篇小说并没有得到翻译和出版,这多少有点遗憾。安本实先生是日本研究路遥的权威,他的路遥研究论文最多。

三、关于加强路遥作品在日本传播的思考

路遥的作品自出版以来就受到了广大读者的喜爱,特别是《平凡的世界》一直是读者最喜爱的作品之一。路遥作品多次被改编为影视剧,足以证明中国对路遥作品的认可和赞誉。然而,如何让路遥的优秀作品在日本得到更大范围的传播,为日本读者所接受?

我们都知道,路遥作品在日本的传播还处于起始阶段。为了扩大路遥作品在日本的传播和研究,第一项必须做好的工作就是翻译。高水平的翻译对于路遥作品在日本的传播至关重要。目前路遥作品的日译本是由日语母语译者完成的。安本实教授用本国母语翻译路遥作品可以熟练地运用本国语言,了解读者的审美习惯和阅读感受,确保译本语言表达的流畅、准确和文学美感。但是,路遥作品中独特的陕北乡土风情、方言俗语等,要想原汁原味地表达出来对日本译者是有一定难度的。正如著名文学评论家李星所言:"路遥作品的普遍写法,属于中国传统现实主义,非常写实,涉及中国生产队体制、社会结构、计划经济时代的经济特点,那复杂的城乡差异是外国人不可理解的。"①安本实教授也曾这样表

---

① 职茵.《平凡的世界》为何还坐冷板凳. 西安晚报,2013-08-31(03).

述过:"我在着手翻译路遥的小说时,遇到许多困难。路遥的小说里有许多陕北方言,比如'骚气''葛针''油米馍馍'等,外国人很难懂;还有陕北的民俗文化问题。"①因此,为了全面展现路遥作品的地域风格,又不失自然流畅地表达美感,可以考虑中国本土译者和日本母语译者合作的方式。

然而路遥作品在日本的传播不能仅仅局限于文本的形式。就路遥《平凡的世界》而言,这部作品之所以在中国有巨大的影响力,还与它的传播媒介多样化有关。《平凡的世界》本身就以音频、视频、图画的形式在中国传播②。21世纪是互联网时代,网上资源可以实现全球共享,日本读者通过互联网能快速有效地查找到有关路遥及其作品的音频、视频和图像。对于那些不熟悉路遥笔下中国城乡二元结构和"交叉地带"的日本读者,图画的形式可能更容易被接受。将路遥的作品以图画的形式把故事情节的变化和人物之间的关系形象地呈现在读者面前,能有效地辅助读者理解著作。故加强中日之间的有效合作,实现路遥作品传播媒介的多样化,对路遥作品在日本的传播十分重要。此外,加深中日之间的文化交流对传播路遥及中国其他作家作品也会起到很好的推动作用。

四、结　语

路遥作为我国当代文坛中的著名现实主义作家,以朴素真挚的言语讲述了一代年轻人不懈奋斗的艰辛历程,向世人传达出一种温暖的道德情怀与向上向善的正能量,这是路遥作品得以传播的主要动力。目前尽管路遥作品在日本的翻译和研究情况还处于

---

① 梁向阳. 一位日本学者的路遥研究情结——日本姬路独协大学教授安本实先生访谈录. 延安文学,2002(5):84.
② 张健. 传播学视角下的《平凡的世界》. 延安:延安大学硕士学位论文,2015.

起始阶段,但优秀的文学作品不会因为时代的变迁、地域的差别、民族的不同而被束之高阁。相反,它们能超越时代、地域、种族,在不同时代、不同民族、不同国家的人们当中,传达着人性的美好和终极人文关怀,激起人们共同的思想和情感的共鸣。

(梁向阳,延安大学文学院教授;丁亚琴,延安大学文学院现当代文学专业 2014 级研究生;原载于《小说评论》2016 年第 5 期)

铁凝作品在日本的译介与阐释

宋 丹

在国外,日本是最早关注铁凝的国家之一,翻译铁凝作品的数量首屈一指,对其研究阐释也不乏令我国学人耳目一新之处,这自然与其深厚的汉学传统密切相关。那么,这些日译本的概观如何?总体呈现出哪些特征? 译者为谁? 译本如何传播? 翻译目的为何? 专家与普通读者又分别是如何解读、认识铁凝作品的? 本文拟对上述问题进行考察并做出回答。

一、及时、全面、持续的译介

(一)48 部(篇)译作囊括铁凝文学世界

2007 年 12 月,《日本中国当代文学研究会会刊》第 21 号刊登了《中国新时期文学日译一览》①,统计了 1976 年"文革"结束至 2007 年 6 月,在日本出版的中国当代文学的所有作品。共收录了 486 位中国当代作家的 2652 部作品。其中,日译本数量排名前五

---

① 日本中国当代文学研究会,编. 中国新時期文学邦訳一覧(増補・改訂版). 日本中国当代文学研究会会报,2007(21):附录.

的作家依次是莫言(54 部)、残雪(46 部)、王蒙(41 部)、铁凝(35 部)、史铁生(25 部)。① 笔者在其基础上做了进一步调查,最终统计自 1984 年至 2010 年,铁凝共有 48 部(篇)作品被翻译为日语。

总体而言,日本对铁凝作品的译介有以下四个特征。

第一,在铁凝于文坛崭露头角之时就已开始关注她。1982 年,铁凝的成名作《哦,香雪》发表在《青年文学》第 5 期上。孙犁高度评价"这篇小说,从头到尾都是诗"②,《小说月报》《小说选刊》《新华文摘》纷纷转载③。1984 年,该作获全国优秀短篇小说奖。同年,日本大修馆出版的杂志《中国语》7 月号就刊登了松井博光翻译的《哦,香雪》,这是铁凝作品最早的日译④。

第二,翻译的作品集中在铁凝 20 世纪 80、90 年代创作的作品,分别有 27 部(篇)和 15 部(篇)。这 20 年其实也是铁凝在创作上相当高产的 20 年。2000 年后的作品只翻译了《大浴女》《逃跑》《伊琳娜的礼帽》3 部,这跟铁凝当选、连任全国作家协会主席以来,由于公务繁忙,创作速度明显放缓有关。

第三,选择翻译的作品大部分是铁凝具有代表性的作品。一类是获得国内各种知名文学奖项的作品,如获全国优秀短篇小说奖的《哦,香雪》《六月的话题》、获全国优秀中篇小说奖的《没有纽扣的红衬衫》、获鲁迅文学奖全国优秀中篇小说奖的《永远有多远》、获鲁迅文学奖全国优秀散文奖的《女人的白夜》、获《小说月报》百花奖的《孕妇和牛》等。另一类是能反映铁凝各个阶段创作特点的典型作品,如早期的《丧事》《灶火的故事》、创作转型期的

---

① 谷川毅. 中国当代文学在日本. 中国图书评论,2011(5):93-94.

② 孙犁. 读铁凝的《哦,香雪》//孙犁. 孙犁文集(理论续编二). 天津:百花文艺出版社,2002:173.

③ 张光芒,王冬梅. 铁凝文学年谱. 东吴学术,2013(2):123.

④ 池沢実芳. 铁凝とその作品. 季刊中国,1992(30):63.

"三垛"系列《麦秸垛》《棉花垛》《青草垛》及成熟期集大成之作的畅
销作品《大浴女》等。

第四,翻译作品的体裁较为全面。48 部(篇)译作里,含《哦,
香雪》等短篇小说 29 部,《没有纽扣的红衬衫》等中篇小说 7 部,1
部长篇小说《大浴女》,《女人的白夜》等散文 11 篇,基本涵盖了铁
凝创作的主要体裁范围,各体裁所占比例也与铁凝创作的体裁比
例大体一致。

(二)汉学家担当主力,期刊、书籍为载体

铁凝作品的绝大部分日译者是大学里从事中国现当代文学
研究的人士。其中,首位日译者松井博光(1930—2012)是东京
都立大学名誉教授,翻译了鲁迅、冰心、茅盾、茹志鹃等人的作
品,尤以茅盾作品的研究与翻译知名。翻译铁凝作品数量最多
的译者池泽实芳(1953—　)现任福岛大学教授,自 1991 年至
2003 年共翻译了 34 部(篇)铁凝的作品,是铁凝作品在日本的主
力译者,还发表了数篇研究铁凝的学术论文,可谓铁凝在日本的
知音。长篇小说《大浴女》的译者饭塚容(1954—　)现任中央大学
文学部教授,以翻译曹禺、余华、苏童、李冯等中国现当代作家的作
品知名,2011 年获第五届中华图书特殊贡献奖,是著名汉学家、集
英社版《红楼梦》日文全译本的译者饭塚朗的儿子。此外,以研究
孙犁知名的原国学院大学教授渡边晴夫翻译了《盼》、立命馆大学
教授宇野木洋翻译了《四季歌》、拓殖大学副教授久米井敦子翻译
了《永远有多远》等。较早翻译铁凝作品的片山义郎虽不在大学工
作,而是从松下电器退休的公司职员,但也是日本现代中国文学翻
译研究会的成员。

译文载体以期刊和书籍为主。福岛大学的机关刊物《商学论
集》《行政社会论集》《福岛大学地域研究》及《季刊中国》刊登了池

泽实芳的《村路带我回家》《笛声悠扬》《草戒指》《意外》等 27 篇译文,大部分译文后被池泽实芳收入由他翻译的单行本译本中。《季刊中国现代小说》刊登了久米井敦子的《秀色》《小郑在大楼里》《永远有多远》《第十二夜》4 篇译文。《季刊中国现代小说》1987 年创刊,2005 年停刊,翻译收录了 145 位中国作家的 320 篇作品,在向日本读者介绍中国优秀的同时代文学上,做出了很大贡献。此外,北滨现代中国文学读书会的会刊《中国现代短篇小说》刊登了该读书会翻译的《安德烈的晚上》等 5 篇译文;大阪中日经济交流协会的会刊《上海经济交流》刊登了片山义郎的《孕妇和牛》等 4 篇译文;《中国语》《グリオ》《彩虹图书室》《螺旋》《火锅子》分别刊登了《哦,香雪》《四季歌》《盼》《第十二夜》《逃跑》的译文。

书籍分单行本和各类文学选集。单行本译本有中短篇小说集《遭遇礼拜八》(池泽实芳译,近代文艺社 1995 年版)、《没有纽扣的红衬衫》(池泽实芳译,近代文艺社 2002 年版)、《棉花垛》(池泽实芳译,近代文艺社 2003 年版)、长篇小说《大浴女》(饭塚容译,中央公论新社 2004 年版)。南条纯子主编的《80 年代中国女流文学选》第 2 卷《终点站》收录了《小路伸向果园》(片山义郎译,NGS 1987 年版),第 5 卷《六月的话题》收录了同名小说(片山义郎译,NGS 1989 年版)。田畑佐和子、原善编的《现代中国女性文学杰作选》第 1 卷收录了《第十二夜》(久米井敦子译,鼎书房 2001 年版)。东亚文学论坛日本委员会编的《伊琳娜的帽子——中国现代文学选集》收录了《伊琳娜的礼帽》(饭塚容译,トランスビュー 2010 年版)。

期刊具有时效性,流通范围也有局限性。相对而言,书籍的流传时间长,流通范围广。据此可以说,铁凝作品在日本流传较广的是以上 8 部以书籍形式出版的译作。其中,收藏《小路伸向果园》(75 家)、《第十二夜》(67 家)、《六月的话题》(60 家)、《大浴女》(55

家)4 部译作的公立图书馆均在 50 家以上。

除期刊、书籍外,根据铁凝作品改编的电影《红衣少女》《哦,香雪》都曾在日本的 NHK 电视台播出。

(三)借翻译铁凝认识真实的中国与中国人

日译者们自发翻译铁凝的作品,文学选集的编者们选择铁凝的作品,都在于他们将铁凝视为中国当代文学的杰出代表。池泽实芳评价铁凝[①]是"现在中国最活跃的中坚女作家之一"(日文引文均为笔者所译,下同);田畑佐和子也称铁凝与张抗抗、王安忆、残雪、方方同为"名副其实的、现在活跃在第一线的一流作家"。他们希冀通过翻译她的作品,帮助日本人了解同时代的、真实的中国与在这片土地上生活的中国人的真实形象。

如前所述,早在 20 世纪 80 年代,日本学界就已开始关注铁凝。南条纯子主编的《80 年代中国女流文学选》旨在通过翻译活跃在中国文坛的女作家们的作品,帮助读者理解现代化进程中的中国社会与中国人。收录了《小路伸向果园》的该套丛书第 2 卷的主题是"文革"。南条纯子认为:"唯有描写人的文学能真实地讲述'文革'到底为何。现在的中国人民在'文革'时期是如何生存的,又是怎样克服其后遗症,从中走出来并获得新生的,我想让文学成为理解这一切的一个渠道。……铁凝的《小路伸向果园》描写了'文革'期间失去女儿的父亲的爱与想念……本册中的每一部作品所描述的无不是所有中国人现在仍或多或少背负着的'文革'的伤痕。"但是,南条纯子又指出,她挑选的这些作品并不同于"文革"结束之初揭露"四人帮"罪恶的伤痕文学,而是蕴藏着对未来的憧憬与希望的救赎之作。因为她想反映的是"中国进入 80 年代后,随

---

① 池沢実芳. 第八曜日をください. あとがき, 訳. 東京:近代文芸社, 1995:245.

着四个现代化政策的推进,经济逐渐发展,人民生活逐渐改善的现状"①。两年后,随着改革开放的推进,中国在经济发展的同时,新的社会矛盾也逐渐产生。于是,以"世相"为主题的该套丛书的第 5 卷应时而生。铁凝的《六月的话题》被选入其中,入选理由是她用日益圆熟的文笔"聚焦现已成为重大社会问题的领导干部的腐败现象,用轻快的笔调刻画了追求权力者与畏惧权力者的微妙心理"②。

时至当下,岛田雅彦认为:"传到日本的中国和中国人形象是被日本网络的妄想与中伤扭曲了的形象,他们真实的形象一直被掩盖其中。中国是民族的、文化的多样性的宝库,若想将其真实姿态传到国外,唯有通过该国作家的作品这一渠道。"③他们想要通过铁凝等人的作品看到当下最真实的中国。如南云智透过《谁能让我害羞》看到了在市场经济大潮下的中国,贫富差距、文化差距在不知不觉间催生了人们的等级观念和严重的社会歧视心理。而中国社会对这种歧视逐渐习以为常。铁凝等人的小说对此敲响了警钟。④ 饭塚容也指出《逃跑》的背景是中国的城乡差距问题。⑤

他们也希望看到最真实的中国人形象,即"一个个在中国生活的人民的喜怒哀乐、生活实情、家人间的关系是如何的"⑥,由此改

---

① 南條純子,監修. 80 年代中国女流文学選(2)終着駅(まえがき). 現代中国文学翻訳研究会,訳. NGS,1987:4-6.
② 南條純子,監修. 80 年代中国女流文学選(5)六月の話題(まえがき). 現代中国文学翻訳研究会,訳. NGS,1989:4.
③ 島田雅彦. イリーナの帽子——我らが隣人の日常. 載:東アジア文学フォーラム日本委員会,編. 中国現代文学選集(解説). 2010:7.
④ 南雲智. 市場化経済がもたらすもの. 載:中国研究所,編. 中国年鑑(2003 年版). 東京:創土社,2003:203.
⑤ 飯塚容. 短編小説. 載:中国研究所,編. 中国年鑑(2004 年版). 東京:創土社,2004:201.
⑥ 島田雅彦. イリーナの帽子——我らが隣人の日常. 載:東アジア文学フォーラム日本委員会,編. 中国現代文学選集(解説). 2010:5.

变相互误会与曲解的现状,与中国人达成相互的理解。这一相互理解的前提是找到彼此相通和共同关注的地方。饭塚容就在《大浴女》里找到了这种地方:"她们在爱、憎恨、伤害他人的同时,拼命地去抓住幸福。这种恶战苦斗的姿态,难道不能超越国境引起读者的共鸣吗?章妩与尹亦寻在农场的生活,年幼的尹小跳、唐菲、孟由由秘密的聚会的确都是'文化大革命'这一特殊状况下所发生的事情。但是,即便是在那种特殊时期,想被异性所爱、想吃美食、想打扮得漂漂亮亮的人类普遍的欲望也绝不会消失。铁凝将生活在现代中国的女性的真情实感展露无遗。"①

二、细微、新颖、多维的阐释

在此节,笔者将分别考察日本的专家读者与普通读者对铁凝作品的阐释。专家读者分作家、文艺评论家、学者三种。

(一)大江健三郎对《大浴女》的文本细品

2009 年,大江健三郎访问北京,与铁凝、莫言等交谈时称赞铁凝是"最为活跃且最有实力的中国当代女作家"。他多次提到铁凝的《大浴女》,虽然谈话内容较为发散,但仍然可以看出他对《大浴女》重点关注的几个地方②。

首先,他非常认可《大浴女》对女性群体的描写。他指出:"围绕一个女性群像进行写作的手法在日本的作家里不曾出现过,即便在世界范围内也是不多见的。如果让我在世界范围内选出这十年间的十部作品的话,我一定会把《大浴女》列入其中。"他说:"尹

---

① 铁凝. 大浴女. 飯塚容,訳. 東京:中央公論新社,2004:460.

② 铁凝,大江健三郎,莫言. 中日作家鼎谈. 许金龙,翻译整理. 当代作家评论,2009(5):51.

小跳、唐菲和孟由由这三个主人公呀,她们在孩童时代,孟由由曾做过一桌美味的菜肴,这是她们的第一次宴会。第二次聚餐时,唐菲患了癌病,她们三人又聚在一起,还是由孟由由来烹饪当年那些菜肴,这个场景非常美好,也是我最喜欢的场景。"而他印象最深刻的场景是在性爱上非常自由,却不让任何人亲吻自己的唐菲在弥留之际跟好友尹小跳说"让我亲亲你吧"。他认为"这个场景非常悲哀,而且很强烈"。大江健三郎之所以喜欢这两个场景,大概是因为它们在给人带来世事无常的悲凉感的同时,让人感受到女孩们的变与不变,变的是她们的容貌、境遇与命运,不变的是她们真挚的友谊和经历不同的人生遭际后内心深处的真淳。这是铁凝一贯的善于发掘和刻画女性身上的真善美的审美意识与写作风格的体现。

其次,大江健三郎看出了外国文艺作品对铁凝作品的影响。铁凝特别喜欢巴尔蒂斯的画,大江健三郎指出,在铁凝接受的巴尔蒂斯的影响中,应该也含有巴尔蒂斯的哥哥、作家克罗索夫斯基的影响。他还认为,"铁凝女士的作品中隐含着塞尚的画"。《大浴女》虽是写了几个女性的个人历史,但"却是一部表现所有女性的小说,在一个画面里集中描绘了女性群像的小说,这与塞尚的画是相同的,我非常清楚,塞尚的画就存在于这部小说的根本之处"。"《大浴女》完美体现了塞尚的风格"。

再者,他对日译本也做了点评。原著里,尹小跳将方兢托唐菲送给她的红宝石戒指随手往脑后一扔,恰巧套在了一棵法国梧桐的树枝上。"唐菲下意识地抓住尹小跳的肩膀说,你干什么哪你!那是白金和红宝石,肯定花了他不少法郎。"①他指出饭塚容把唐菲所说的"花了他不少法郎"误译为"花了他好几法郎"。此处,饭

① 铁凝. 大浴女. 沈阳:春风文艺出版社,2010:166.

塚容的译文为"何フランもしたでしょうに"①。经询问几位日本学者,他们均认为这句日文的意思是"花了好几法郎吧",可见大江健三郎的批评是正确的,这里的确是误译。不过,虽然指出了微瑕,但他仍高度认可饭塚容"对《大浴女》翻译得非常出色"。这是译者之幸,更是铁凝之幸。

(二)刷新文艺评论家的中国人印象

《大浴女》日译本出版后,文艺评论家松山岩在《读卖新闻》上发表了一篇书评《洞察现代中国的细微处》②。他对小说的定性是"讲述了在地方城市长大的少女,心怀年幼时的愧疚,恋爱并走向成熟的故事。"他指出,作品并未落入讲述被命运捉弄的女人的故事这一俗套中。书中的女人们坚韧不拔,不惧背叛他人也要拼命抓住幸福。而令他印象深刻的是尹小跳与唐菲、孟由由三人在"文革"期间秘密制作美食的场景。他指出:"她们即便是在黑暗的时代,也渴求美食、追求打扮,性觉醒后寻觅爱情,相互竞争、嫉妒,渴望荣达。但'文革'结束,世间变得丰饶后,她们又渐次失调。"他表示:"读完《大浴女》会对中国人的印象焕然一新,宛如他们就在身边。作者拥有洞察当代中国最细微之处的眼力和高超的行文架构能力。"松山岩的专业与中国语言文学无关,在看到《大浴女》之前,中国和中国人于他而言是异域的、陌生的存在。但看完《大浴女》后,他对中国人的印象焕然一新并能感受到中国社会最细微之处的景象,这是像《大浴女》这样优秀的中国当代文学作品在中日文化交流上,通过讲好中国故事传递真实的中国与中国人形象的独特作用的体现。

---

① 鉄凝. 大浴女. 飯塚容,訳. 東京:中央公論新社,2004:245.
② 松山巌. 現代中国の細部を見据える. 読売新聞,2004-08-29.

(三)比较文学、女性主义等多视角研究

相较中国的铁凝研究的丰厚积累,日本的铁凝研究在数量上并不太多,但视角新颖。总体而言,以池泽实芳为代表的学者们的研究具有以下四点特色。

第一,从比较文学研究的视野探讨铁凝作品从他国文学作品所受到的影响。池泽实芳指出《棉花垛》中"小臭子和国"这一章的构思受到了苏联作家拉夫列尼约夫的《第四十一》的启发。他指出,两部作品的共同点是讲述在战争中处于对立阵营的一对男女,暂时地从大背景下脱离,身处只有他们两人的小宇宙中,在那里经历了爱或者性的纠缠、较量,最终又回归到战争的大背景里。但两者的不同在于《第四十一》中男女主人公是相爱的,这是一个战时阶级对立下的爱情悲剧,而《棉花垛》中小臭子与国之间没有爱情,铁凝着眼的是他们之间没有爱情的肉欲及此后国枪杀小臭子所反映的问题。① 他还指出,《大浴女》中尹小跳与尹小帆因为嫉恨妹妹尹小荃是母亲与人偷情的私生女,眼见其失足掉进污水井却见死不救的情节设定是受到《小妇人》的启发:乔恨妹妹艾米把她的原稿烧掉,在河上滑冰时,故意不提醒艾米前方的危险而眼睁睁地看她掉下去。②

池泽实芳从比较文学中的平行研究出发,发现铁凝作品与外国作品的相似处,再从铁凝曾大量阅读苏联等外国文艺作品的读书经历来佐证自己的判断,最终回归到影响研究。这在国内的铁凝研究中较为少见。这与他作为一位外国研究者,将铁凝的作品视为世界文学的组成部分的研究视野有关。

---

① 铁凝. 棉積み(三). 池沢実芳,訳. 商学論集,1996,65(1):91.
② 池沢実芳. 人が落ちる物語——90年代後半の4篇の鉄凝作品の考察. 商学論集,2005,73(3):52.

第二,运用西方文艺理论解读铁凝的作品。这在国内的铁凝研究中较为常见。但日本的研究角度与方法不同于中国。下面以池泽实芳对《棉花垛》、白水纪子对《大浴女》的解读为例进行说明。

上文提及的《棉花垛》中小臭子出卖了乔,使其遭受日军的凌辱致死,国在押解小臭子的过程中,先是与小臭子发生性关系,随后枪杀了她这一情节,是铁凝研究中的一个重点。我国学者的研究多是在转述这一情节的基础上,再运用女性主义的理论进行论述。池泽实芳则是另辟蹊径,他对1991年和1995年分别由华云出版社和太白文艺出版社出版的两个版本的《棉花垛》做了细致的文本比对,找出1991版的编辑在铁凝不知情的情况下删减的内容。如1991版删除了国与小臭子发生性关系的内容,而保留了国枪杀小臭子的情节,国成为一个为同志复仇的正义的共产党员形象。但从未删除的版本来看,铁凝的意图并不是刻画理想的党员形象,而是揭示女性在任何情况下,都是男性的附属品、牺牲品,这一点在战争时代也不例外。池泽实芳运用版本考证法与文本细读法,最终水到渠成地引出女性主义理论,论证《棉花垛》的主题是女性主义,这部作品明显地表达了铁凝的女性主义意识。① 三年后,当《棉花垛》日译本出版时,铁凝在译本的作者前言里明确指出:"我想探究的是战时男女关系的本质和男权社会下女性真实的地位。战争残酷地彰显了这种关系的本质和女性的地位。"②这番话也就直接证明了池泽实芳和国内学者将这部作品视为女性主义文学的正确性。

女性主义其实是中日学界解读铁凝文学的共同的关键词,尽管铁凝本人不以为然,称自己"最希望的就是达到第三性的写作境

① 池沢实芳. 铁凝「棉積み」(棉花垛)論——民国時期の河北農村における女の悲劇. 商学論集,2000,69(2):12.
② 铁凝. 棉積み. 池沢实芳,訳. 東京:近代文芸社,2003:2-3.

界"①。对此,白水纪子指出:"在中国,feminism 这一词汇总给人一个很强的印象,让人感觉它是在恶作剧般地煽动女性跟男性唱反调。也许是因此缘故,大部分女作家讨厌被称作女性主义作家,铁凝也不例外。但是,她们采用所谓的'中立的立场'所描绘的'人的真实姿态',由于大部分主要的登场人物是女性,结果导致越是质量上乘的作品,越能被称作深入探究女性的生存与性的女性主义文学作品。这是铁凝的很多作品被当作女性主义文学来阅读并获得高度评价的原因之所在。"②

关于《大浴女》,我国作家王蒙在对其语言、风格、结构等给出高度评价的同时,也质疑书中尹小跳对自己的母亲章妩和父亲尹亦寻的态度太过苛刻。他看出尹小跳的一个理论基础是弗洛伊德的精神分析,但他认为这种精神分析有点太过聪明,"未免不憨厚"③。而同样的问题在白水纪子那里却不成问题。她也运用了精神分析学派的理论,即与弗洛伊德的"恋母情结"说相对应的荣格的"恋父情结"说。白水纪子借用荣格这一学说,以"女儿的成长故事"的角度来解读这部作品。将尹小跳对章妩的苛刻视为"弑母",这是她成长为"父亲的女儿"的必经阶段,进而又将尹小跳对尹亦寻的苛刻视为"弑父",其目的是为了从"父亲的女儿"这一禁锢中获得解放,进而踏上寻找自我的历程。而在商场目睹母亲的窘境,尹小跳心中沉睡的母性被唤醒,通过解救母亲的窘境,达成了与母亲的和解。这是徐坤在《女娲》、残雪在《山上的小屋》里都未能实现的"弑母"后与母亲关系的重构。这同时是对"恋父情结"的解构,将女人间的连带感也融入了写作视野。白水纪子认为《大

---

① 刘峰. 铁凝:拒绝女性主义视角. 财经时报,2006-01-23(E07).

② 白水纪子. 活躍する女性作家——铁凝『大浴女』に見る娘の成長物語.「規範」からの離脱——中国同時代作家たちの探索. 東京:山川出版社,2006:52.

③ 王蒙. 读《大浴女》. 读书,2000(9):116.

浴女》在此点突破上意义非凡。①

第三,独特细微的切入点。池泽实芳注意到铁凝20世纪90年代后半期创作的4部作品《青草垛》《秀色》《午后悬崖》《大浴女》里均含有书中人物坠落或者坠死这一情节。《青草垛》中的冯一早在无人在场的情况下意外从山顶坠下致死,其魂魄将四分五裂的肢体捡起来聚合在一起后又回到家中。《秀色》里的李技术帮村民打井成功后在众人的注视下不幸失足跌落悬崖。《午后悬崖》中的韩桂心回忆自己在上幼儿园时把同班的男同学陈非从滑梯上推下来致其死亡。《大浴女》里尹小跳和尹小帆眼睁睁地看着三岁的妹妹尹小荃跌落污水井而见死不救,致其夭折;唐医生在与女护士偷情后被埋伏在床下的人抓奸,于众目睽睽之下,光着身子一路奔跑,跳下烟囱摔死。可以看出铁凝描写的重点是从单纯的坠死,到推人坠死,再发展至对即将坠落的人见死不救乃至旁观者对坠死之人的恶意。池泽实芳指出,从这一变化历程可以看出90年代后半期铁凝多姿多彩、娴熟的磨炼与修行,是其描写技巧日臻高超的表现。② 其实,铁凝在这一过程中,不仅是创作技巧逐渐完善,她对人性的思考、揭露和拷问也逐渐深刻。

另外,吉田富夫着眼于《玫瑰门》中的"乾いた文体"(冷峻的文体)。他指出,铁凝将"冷眼旁观"的描写贯穿于500余页的篇幅,并能不令读者厌倦,唯有高超的笔力方能达到如此境界。③ 深道惠子则着眼于《麦秸垛》与《对面》中的性描写,论述了铁凝作品中

① 白水紀子.活躍する女性作家——鉄凝『大浴女』に見る娘の成長物語.「規範」からの離脱——中国同時代作家たちの探索.東京:山川出版社,2006:67-68.
② 池沢実芳.人が落ちる物語——90年代後半の4篇の鉄凝作品の考察.商学論集,2005,73(3):58.
③ 吉田富夫.鉄凝『バラの門』.中国研究所,編.中国年鑑(1990年版).東京:大修館書店,1990:148.

的性描写并非滥用,而是能引发读者对性本身进行思考。①

第四,公道的学术立场。《棉花垛》里的日本兵残暴地凌辱乔后将其杀害。对此,池泽实芳有一大段评论:"军队对女性施暴的行为根植于攻击他者、支配他者的军队本质。作为男人的日本兵强奸中国女性,是为了满足性欲,是因为他们有一套歪理邪说,即支配和凌辱被侵略国的女性的肉体等同于支配和凌辱这个国家。毋庸置疑,这种想法是非人道的、非正当的,是不可饶恕的战争犯罪。"②这段话说明,池泽实芳在历史的大是大非面前是保有良知、不失公道的。他这种公道的学术立场,还体现在对铁凝作品的评判上。他虽喜爱铁凝的作品,但对个别作品还是公允地指出了不足之处。《在道旁呵在道旁》的结尾处丁雯雯在母亲的威严下与她分手的男友说了"我是人呵,不是你网兜里的广柑"后,铁凝有一段描述:"这声音那么沉重,那么威严,好像不是从她喉咙里发出来的,像来自浩瀚的星空,像来自深沉的大海。"③池泽实芳认为,这是作者感情太过强烈的夸张表达,而这种强烈的感情与作品的气势并不相称,从而不太稳妥。④ 对于《秀色》结尾处李技术的心理活动:"那个羞耻的晚上,羞耻的本不是张品,羞耻的该是他本人。他还感到了一点恐惧,他想着共产党的打井队若是给老百姓打不成井,最后渴死的不是自己又是谁呢!"⑤崔道怡给出了"作品全篇

① 深道惠子. 鉄凝文学における性. 地域文化研究,2000(3):12-21.
② 池沢実芳. 鉄凝「棉積み」(棉花垛)論——民国時期の河北農村における女の悲劇. 商学論集,2000,69(2):23.
③ 铁凝. 在路旁呵在路旁//铁凝. 没有纽扣的红衬衫. 北京:中国青年出版社,1984:143.
④ 池沢実芳. 道端に道端に「鉄凝評伝」. 商学論集,1995,63(3):106.
⑤ 铁凝. 秀色//铁凝. 中国当代作家中短篇小说典藏:秀色. 郑州:河南文艺出版社,2014:164.

点睛之笔"①的高度评价,但池泽实芳却认为换一个角度来看的话,这一段是画蛇添足,"无须写得那么露骨,暗示一下就好了"②。

除上述特点以外,日本学者的研究还注重考证。池泽实芳根据对中国近代史和铁凝生活经历的调查等详细考证了她的作品里涉及的历史名词、历史事件、地点等,有的地方甚至会去实地考察。高峰对《玫瑰门》中描写的清末至民国的北京的风俗传统做了文献上的考证。③

(四)引发普通读者的共鸣

中国当代文学在日本的普通读者偏少,铁凝的作品也是如此,因而购书网站、书评网站上的读者评语也较少。但是日本亚马逊网站④上的两条读者评语从不同的角度给了《大浴女》高度的评价。署名为 Amazon Customer 的读者评价道:"久违地勾起了我继续阅读下去的兴趣,这是一部让人忘记时间的作品。可能因为主人公是女性吧,让我强烈地感觉到中国真是女系社会啊。主人公与母亲、妹妹的关系浓厚得可怕,然而竟然明白这种可怕的自己也是可怕的。不过,围绕主人公的男性们是魅力四射的。尤其是陈在身上能看到我先生的影子,让我感同身受。主人公与好友的故事让我深深地感到友情的珍贵和有别于亲情的难得。我想尽快地看到这位作家的其他作品。也希望有更多的人来一同享受这个浓厚的世界。不愧是初版两个月就卖了 20 万册的畅销书!"另一位署名 KATERINA 的读者评价道:"非常独特的文风! 这应该不

---

① 崔道怡. 令人落泪的短篇小说——我读铁凝的《秀色》. 名作欣赏,1998(3):45.
② 铁凝. 秀色. 池沢实芳, 訳. 商学論集,1997,66(2):73.
③ 高峰. 铁凝の都市生活——三つの長編小説を中心に. 福井県立大学論集,2002,20:1-23.
④ 见:https://www.amazon.co.jp,检索日期:2017-09-20。

是译文的原因,而是作者的特色吧。一边让人享受长篇小说的故事,一边让人学习人间之爱的女性作家还是第一次遇到,很是新鲜。'文革'这一中国历史背景通过书中人物的遭遇,一目了然地描绘出来,并能引起共鸣。即便读者对中国发生的'文革'全然不知,小说也能给人营造一种身临其境之感,真是一部杰作。作品里应该夹杂了作者的亲身经历,但还是让人佩服她刻画人与人之间关系的深刻性和对人类充满爱的眼神。我仿佛触碰到了作者的灵魂一般,读完不禁肃然起敬。"这两位读者的评价角度虽然不同,但共同点是都指出铁凝的作品能让他们感受到人与人之间的关系和爱的存在。铁凝本人曾说过:"小说反复表现的,是人和自己(包括自己的肉体和自己的精神)的关系、人和他人的关系、人和世界的关系,以及这种关系的无限丰富的可能性。作家通过对关系的表现,达到发掘人的精神深度的目的。"[①]而贺绍俊也曾指出铁凝作品的基本内涵是"面对世界的善良之心和温暖情怀"[②]。可见文学的确能跨越国界引起人的共鸣。

三、结　语

铁凝是一个有世界文学意识的作家,她认为文学中应该有人类心灵能够共同感受到的东西。她指出:"文学让万里之外的异国民众意识到,原来生活在远方的这些人们,和他们有着相通的喜怒哀乐,有着人类共同的正直和善良。"[③]如贺绍俊所言:"作协主席

---

① 铁凝."关系"一词在小说中——在苏州大学"小说家讲坛"上的讲演.当代作家评论,2003(6):6.
② 贺绍俊.铁凝评传.北京:昆仑出版社,2008:58.
③ 王杨.连接心灵与友谊的彩虹——汉学家文学翻译国际研讨会在京召开.文艺报,2010-08-11(01).

的工作,为她提供了具备世界性视阈的可能性。铁凝抓住这一机会,自觉培育起世界文学的眼光,强化自主的世界文学意识。"①她发表在《人民文学》2009 年第 3 期上的《伊琳娜的礼帽》就充分体现了此点,该作于 2010 年 9 月获得首届郁达夫小说奖。李敬泽评价该作证明了现代境遇中异域的内在化这一认识自我的新方向所蕴含的复杂空间和巨大可能性。② 饭塚容于 2010 年 11 月就及时将其翻译为日语出版,可见日本学界也是高度认可这部作品的。

铁凝熟读川端康成、大江健三郎、井上靖、黑井千次等人的作品,对日本诸多知名作家的写作风格相当了解,换言之,这也是一种对日本文化和日本读者阅读取向的了解。从 2001 年春天首次访日以来,她多次访问日本,在日本参加文学研讨会或举办讲座等。在她的领导下,中国作家协会已成功举办了三届汉学家文学翻译国际研讨会和第三届中韩日东亚文学论坛。在这过程中,她与日本汉学界、文学界的交流日益紧密,这也为日本读者提供了更多了解她和她的作品的机会。我们期待不久的将来,她的其他三部长篇《无雨之城》《玫瑰门》《笨花》能在日本翻译出版;也相信她会创作出更多沟通人类心灵,当然也包括日本读者心灵的作品,成为连通两国人民心灵的桥梁和照亮、温暖人类心灵的灯。

本文是国家社科基金青年项目(16CWW006)与湖南省社科基金青年项目(16YBQ015)的相关成果,获湖南大学"青年教师成长计划"(531107050820)的资助。

(宋丹,湖南大学外国语与国际教育学院副教授;原载于《小说评论》2017 年第 6 期)

---

① 贺绍俊. 倾情于"人类的心灵能够共同感受到的东西"——论铁凝近期的文学创作. 文学评论,2015(6):116.

② 首届郁达夫小说奖终评公示. 江南,2010(5):201.

贾平凹作品在日本的译介与研究

吴少华

2012 年,莫言成为第一个获得诺贝尔文学奖的中国籍作家。多年来,为了使中国文学走向世界,中国当代文学家们付出了艰苦不懈的努力。除了莫言之外,贾平凹也是获得世界认可的当代优秀中国作家之一。身为中国文学界的最高荣誉——茅盾文学奖得主,贾平凹先后获得过美国美孚飞马文学奖、法国费米那文学奖、法兰西文学艺术最高荣誉奖等国际奖项,其作品以英、法、德、俄、日、韩、越等多种文字在海外翻译出版,在世界文坛具有一定的影响力。

然而,正如吴赟在《〈浮躁〉英译之后的沉寂——贾平凹小说在英语世界的译介研究》中论述的那样,"相比于荣获诺贝尔文学奖的莫言,贾平凹在国际社会中所获得的关注和认可却远远不及"[①]。而在英语世界之外,日本一向注重对中国文学的观察和研究。本文试图通过考察贾平凹作品在日本的译介和研究情况,为贾平凹乃至其他中国当代优秀作家作品在日本和海外其他地区的进一步推广提供有益的参考。

[①] 吴赟.《浮躁》英译之后的沉寂——贾平凹小说在英语世界的译介研究. 小说评论,2013(3):72.

一、贾平凹作品在日本的译介情况

迄今为止,贾平凹的小说在日本被正式翻译并出版的单行本仅有 3 部,分别是井口晃翻译的《鸡窝洼的人家》(《野山—鶏巣村の人びと·他》,德间书店,1987)、吉田富夫翻译的《废都》(中央公论社,1996)和《土门》(中央公论社,1997)。

日本德间书店在 1987 年至 1990 年期间出版了《现代中国文学选集》系列丛书,该丛书共 12 卷,选译了王蒙、史铁生、古华、莫言、刘心武等众多当代中国知名作家的代表作品。其中第 4 卷为贾平凹选集,收录了《鬼城》《鸡窝洼的人家》和《小城街口的小店》等三部中短篇小说。译者为日本中央大学文学部教授井口晃,他也是第一位将贾平凹介绍到日本的翻译家。

为了使日本读者更加全面地认识中国作家贾平凹、更好地理解其作品内容,在该卷译本中,除了上述三篇小说外,还附有一篇译者亲笔撰写的《解说》。在长达十数页的解说中,井口晃首先记叙了贾平凹儿时至成年的主要人生经历及其文学创作发展的历程,积极评价和肯定了贾平凹的文学观。

在作品解说方面,考虑到日本读者对于刚刚步入改革开放的中国农村及山村农民的生活和思想变化知之甚少,为了让读者更好地理解这个山村新旧思想观念大碰撞的故事,井口晃特别花费笔墨详细解说了《鸡窝洼的人家》这部作品的时代背景、人物关系和作品内涵。《鸡窝洼的人家》以主人公禾禾为中心展开故事,讲述他如何在"折腾"中发家致富,于潜移默化中改变了周围人固有的、保守的思想观念,带领大家寻求致富之路的故事。译者的解说使日本读者在贾平凹平和自然的叙述中,了解一个悲喜交织的故事。透过两个家庭重组,使读者看到中国的时代变革和观念的更新,表明当新的经济结构出现的时候,人们原有的伦理道德、价值观念、生活方式都将受到强大的冲击并随之发生变异,这是时代的必然。

除了作品本身的魅力外,译者(或者出版商)能从众多贾平凹的优秀作品中选取《鸡窝洼的人家》来翻译,多少也受到了电影《野山》的影响。中篇小说《鸡窝洼的人家》发表于1983年10月,1985年获得西安首届"冲浪"文学奖。次年根据小说改编的电影《野山》一举夺得第6届金鸡奖最佳故事片奖等5项大奖,在1986年东京的"中国电影展"上,受到了日本观众的广泛关注。此后,小说《鸡窝洼的人家》和电影《野山》在国内外还多次获奖,在中国文学史和电影史上都留下了辉煌的一页。

关于译介选篇的问题,译者井口晃在《解说》中最后也提到"如果现在(指1987年夏,笔者注)选择的话,一定会从《商州》系列中选取几篇翻译。不过。筹划出版这本选集的时候尚未做好翻译《商州》的准备,期待以后再有机会。"然而遗憾的是,时至今日《商州》仍未被翻译成日文。

日本佛教大学名誉教授吉田富夫是第二位将贾平凹小说译介到日本的翻译家。在《鸡窝洼的人家》被译介到日本将近10年后,1996年和1997年,吉田富夫相继翻译并出版了贾平凹的《废都》和《土门》。

《废都》是一部深刻反映社会现实,揭露社会问题,描写当代知识分子生活的小说,由于其独特而大胆的态度以及赤裸裸的性描写,自出版之日起就引起社会各界的激烈争议。小说毁誉参半,誉之者称为奇书,毁之者视为坏书。1993年,《废都》发表在《十月》杂志第4期,后由北京出版社出版,由于大量的性描写,下半年即遭禁。然而,在国内遭禁的17年间,关于《废都》的话题却从未间断,1997年贾平凹凭《废都》获得法国著名的费米娜文学奖,在海外赢得了声誉。而日文版《废都》也恰恰是在这一期间翻译出版的。

贾平凹对《废都》这部作品能够被译介到日本感到格外喜悦，他特地为日文版《废都》作序，明确表示"自《废都》先后被翻译为英语、法语和韩语后，我个人十分期待日文版的出现"，因为"日本是中国的邻邦，曾经有众多中国著名的作家留学日本，而且我在刚步入文坛的时候也受到了芥川龙之介和川端康成的影响。如今我的期待终于变为现实，这令我异常欣喜"[①]。贾平凹一向低调，这种溢于言表的"欣喜"更多的应该是来源于国外的认可带给他的一份欣慰和自信。2009 年 7 月 28 日，《废都》解禁，由作家出版社再度出版，并与《浮躁》《秦腔》组成"贾平凹三部"。

吉田富夫之所以选择《废都》，是因为"这部作品不同于《鸡窝洼的人家》《商州》《浮躁》等以作者故乡商州为舞台的寻根文学，是贾平凹第一部以城市为背景的长篇小说，是一部审视自我存在根本的小说，而且小说直面自我丑恶这一点堪称是这部作品的一个飞跃，我认为这是中国新时期文学史上一部划时代的作品"[②]。2006 年 8 月，吉田富夫在接受《中华读书报》记者采访时再次高度评价《废都》，并明确陈述了选择翻译这部作品的理由："中国改革开放后被介绍到日本的现代中国文学当中，我所知道的畅销书有两部，其中之一就是贾平凹的《废都》。这本书我是译者。我认为畅销的原因大致有两点：一是它在'五四'以后的中国现代文学当中第一个大胆地描写了性问题；二是它的后面有作者贾平凹的深刻的自审意识。其实，这两者是结合在一起的。看了《废都》后，我感到非常兴奋，便开始翻译。"[③]

---

① 贾平凹. 廢都. 吉田富夫，訳. 東京：日本中央公論社，1996：3-5.
② 吉田富夫. 莫言や賈平凹の文学の可能性. 現代中国，2004(78)：9-28.
③ 舒晋瑜. 十问吉田富夫. 中华读书报，2006-08-30.

贾平凹自 1972 年起就居住在西安,但在相当长的一段时间里,他的文学世界都以自身长期的农村生活经历为根基,带有浓厚的乡土民情和淳朴的山村民风。《废都》是贾平凹第一部关于城市的长篇小说,以历史文化悠久的古都西安当代生活为背景,记叙"闲散文人"作家庄之蝶、书法家龚靖元、画家汪希眠及艺术家阮知非"四大名人"的起居生活,展现了浓缩的西京城形形色色的"废都"景观。这部小说是贾平凹第一次尝试审视自己生活了 20 多年的城市,把自己对这座古城的认识和感悟淋漓尽致地表现了出来。对于日本读者能否理解、如何接受《废都》这部作品,贾平凹在序文中表示"尚属未知数",不过他希望读者能够"慢慢地、仔细地品读这部小说,因为这部小说既可能是极其有趣的一本书,也可能是极易招致误解的一本书。它所描写的是 20 世纪末的中国现实,是 20 世纪末中国人的生存状况、精神构造和生命意识"①。

1997 年出版的《土门》是贾平凹最后一部被翻译成日文的小说。作品围绕乡村与城市的争斗展开,讲述了一个村庄城市化的过程。这是贾平凹所有长篇小说中篇幅最短的一部,但也是最有特色的。小说脱离了贾平凹一贯的排斥都市、向往乡村的情结,理智地对城市当中腐朽的生存方式和乡村的保守心态进行了双重批判。

吉田富夫连续两年翻译出版两部贾平凹小说,这种势头当时如果能够持续下去的话,贾平凹作品在日本的影响也许会是另一番天地。然而两部译作之后,吉田富夫转向翻译莫言的作品。自 1999 年翻译出版莫言《丰乳肥臀》后,迄今为止,吉田富夫已经翻译了 8 部莫言的作品,《丰乳肥臀》《檀香刑》《四十一炮》等有代表性的长篇小说都是由吉田富夫翻译的。

---

① 舒晋瑜. 十问吉田富夫. 中华读书报,2006-08-30.

与贾平凹在英语世界的译介情况基本相同的是,对贾平凹小说的日文翻译也都是在 20 世纪八九十年代进行的。进入 21 世纪后,贾平凹的作品在日本再没有翻译出版过单行本,唯有日本驹泽大学教授盐旗伸一郎在 2005 年至 2008 年期间翻译了《猎人》《太白山记》和《有着责任活着》等 3 则短篇。

二、贾平凹作品在日本的研究情况

日本读者总体上倾向于阅读本国和欧美的畅销书,在日本,中国当代文学的阅读人群并不庞大。"中国作家的翻译小说在日本顶多也就卖 2000 本左右,莫言算是例外,可以卖 3000 多本,算是在日本卖得最好的。"①虽然《鸡窝洼的人家》《废都》《土门》等小说在日本的译介为贾平凹赢得了一定的影响力,但两三千本的销量很难在日本社会形成大众化的阅读趋势,而以汉学家为主的小众阅读群体也使得日本的贾平凹研究成果不够丰厚。

事实上,对贾平凹的文学研究要早于对其作品的翻译。早在 1982 年,《鹿儿岛经大论集 23》上就发表了一篇题为《贾平凹的小说》的论文,作者为名和又介,现为同志社大学教授。该论文是迄今能够查阅到的日本最早的专门研究贾平凹的学术论文。② 文章主要包括两部分内容,第一章介绍了贾平凹的生活和创作经历,第二章分别以"生活之歌""封建意识""散文诗"为题,将贾平凹的小说分为三个时期,对各时期的代表作品进行了详细解读。作者将贾平凹的大学时代到 1979 年底划分为第一个时期,通过介绍《春女》《第一堂课》《满月儿》《第五十三个》《进山》《竹子和含羞草》等

---

① 舒晋瑜. 十问吉田富夫. 中华读书报,2006-08-30.
② 伊藤敬一.「文化大革命」と「文芸講話」. 中国研究,1979(6):31. 此文对贾平凹《铁妈》中概念化人物的描写进行了批评,但并非专门研究贾平凹的论文.

作品,概括了贾平凹这一时期文学创作的风格和特点。作者划分的第二个时期为 1980 年至 1981 年上半年,他认为这一时期是贾平凹挑战社会问题,尝试多种文学题材,形成独特文学风格的时期,指出《罪证》《地震》《提兜女》《他和她的木耳》《夏家老太》《鲤鱼杯》《年关夜景》等作品中所表现出的助长官僚主义滋生的农民封建意识是贾平凹这一时期文学批判的重点。1981 年以后是第三个时期,主要介绍了《文物》《沙地》和《病人》等作品,作者将这一时期贾平凹的作品形容为"充满诗情画意的、童话般的散文诗"①。

另外,除了以上三个时期的代表作品外,名和又介还提及了贾平凹《结婚》《老人》《马大叔》《好了歌》等几则短篇小说,并在附录部分汇总了 1977 年至 1982 年贾平凹发表的作品目录。最后,名和又介以对贾平凹的美好祝福来结束论文,表现出对这位中国作家由衷的钦佩与敬意。

吉田富夫不仅是贾平凹两部作品的翻译者,也是一位深入研究贾平凹文学的学者。在《莫言与贾平凹文学的可能性》②中,吉田富夫以《废都》为例,通过透彻地分析贾平凹作品中表现出来的"颓废的世界""赤裸裸的人性丑恶",敏锐地捕捉到了贾平凹作品风格的变化以及作家"自审意识"的建立,并高度评价《废都》为"新时期文学史上划时代的作品"。

日本驹泽大学盐旗伸一郎教授近年来致力于贾平凹的作品研究和短篇翻译,2004 年发表《贾平凹近作中表现出的创作目标》,2008 年发表《贾平凹〈秦腔〉的叙述方法》。1998 年,他还在中国国内的学术杂志《小说评论》第 79 号上发表论文《贾平凹创作道路上的第二个转机》,这篇论文被雷达主编的《贾平凹研究资料》(山东

---

① 名和又介. 賈平凹の小説. 鹿児島経大論集,1982(23):182.
② 吉田富夫. 莫言や賈平凹の文学の可能性. 現代中国,2004(78):19-28.

文艺出版社,2006 年)收录。

此外,他还翻译了一些贾平凹的短篇作品,包括《猎人》(2005年)、《太白山记》(2006 年)和《有着责任活着》(2008 年)等。①

盐旗伸一郎在《贾平凹近作中表现出的创作目标》一文中指出:"进入 90 年代后,贾平凹从《废都》到《病相报告》,10 年发表 6 部长篇小说,堪称贾平凹的长篇时代(之前只有《商州》和《浮躁》两部)。"②该论文分析了 20 世纪 90 年代贾平凹长篇小说的特点,论述了 90 年代以后贾平凹"寻根"文学到"反寻根"小说文学观的探索与形成,并以中篇小说《阿吉》为例,对贾平凹中短篇小说的人物创作、叙事方法等进行了详细解读和分析。在另一篇论文《〈秦腔〉的叙述方法》中,盐旗伸一郎透过 2003 年的长篇小说《秦腔》探讨了贾平凹文学在创作方面发生的变化,此外,对小说《秦腔》中登场的 300 多人物进行梳理,从中选取了 40 个主要人物进行了简要介绍。

特别值得一提的是,盐旗伸一郎十分关注中国国内的贾平凹研究动态和最新研究成果,在其两篇论文中除大量参考、引用中国国内的贾平凹学术研究成果外,更是灵活地将《贾平凹谢有顺对话录》(苏州大学出版社,2003 年)、《关于〈秦腔〉和乡土文学的对谈(与郜元宝的对谈)》(《上海文学》2005 年 7 期)、《对当今散文的一些看法》(贾平凹北京大学演讲,2002 年 5 月)等贾平凹本人亲自表述出来的观点、想法运用其中,有效地论证了个人观点,具有较

---

① (a)盐旗伸一郎. ハンター. 火鍋子(66). 東京:翠書房,2005. (b)盐旗伸一郎. 太白山記. 釜屋修,監修.同時代の中国文学——ミステリーインチャイナ. 東京:東方書店,2006. (c)盐旗伸一郎. 生きる責任があるから. 現代詩手帖,51(8). 東京:思潮社,2008.

② 盐旗伸一郎.滅びゆくもの、残るもの——賈平凹の近作に見る創作志向. 日本中国当代文学研究会会報,2004(18):1-17.

高的学术价值。从其观点和论述屡屡被其他论文引用这一点来看①,足以证明盐旗伸一郎的贾平凹研究在日本的权威地位。另外,盐旗伸一郎所翻译的《猎人》《太白山记》和《有着责任活着》等也是目前在日本对贾平凹作品的最新译介。

在为数不多的所有贾平凹研究的论文中,日本和光大学教授加藤三由纪的《贾平凹的〈高兴〉》一文所选取的研究作品是较新的贾平凹小说。《高兴》是贾平凹2007年发表的长篇小说,小说以第一人称自述的方式,讲述了一个进城拾荒的农民刘高兴在都市里的生存故事。这是一个密布着冲突、错位、荒谬、伤痛、病象重重而又情切至深的当代故事。加藤三由纪在论文中解说作品,探讨主人公刘高兴这一人物形象的形成,指出:"贾平凹的《高兴》是一部界于底层文学和乡土文学的交汇点,描写城市化进程中失去土地、步入城市的农民生存状况的作品。这部作品无论对于希望重新审视'要写什么'的贾平凹,还是对于中国当代文学都提出了一个新课题,那就是:面对中国农村和农民,面对农民的生活与现实碰壁后的心灵空虚将会产生什么?"②

其他关于贾平凹作品的研究还有:布施直子《读贾平凹的散文》(2012年)、加藤奈津子《贾平凹〈鸡窝洼的人家〉研究——与电影〈野山〉相比较》(2010年)。由于加藤奈津子的论文是未正式发表的新潟大学人文学部本科毕业论文,这里不做详细介绍。神奈川大学讲师布施直子以贾平凹散文集《我有一个狮子军——贾平凹寄给小读者》(21世纪出版社,2011年第1版)的18篇散文为研

---

① 加藤三由纪(賈平凹『高興』——閏土イメージからの救出.日本中国当代文学研究会会報,2009(23))、布施直子(賈平凹のエッセイを読む.日本中国当代文学研究会会報,2012(26))等的论文中多次引用盐旗伸一郎的观点。

② 加藤三由纪.賈平凹『高興』——閏土イメージからの救出.日本中国当代文学研究会会報,2009(23):1-10.

究对象,着重介绍了其中"写景·摹物篇"《月迹》《一只贝》《丑石》《古土罐》《晚雨》《我有一个狮子军》《残佛》等,以便于日本读者及研究者了解贾平凹较新的散文作品。[①]

以上综述了贾平凹在日本的研究情况。显而易见,由于贾平凹的代表作品在日本翻译得较少,而且主要集中在 20 世纪八九十年代,因此针对贾平凹文学展开的研究数量也很少,截至目前统计不足 10 篇。而据不完全统计,从 1986 年至今,日本学界研究莫言文学的文章有近 50 篇,这与莫言主要代表作品在日本已经全部译介不无关系。可见,作家在海外的译介与研究情况在很大程度上是成正比的。随着莫言获得诺贝尔文学奖,他的作品还将不断被日本学者翻译介绍到日本,对莫言文学的学术研究也会起到更大的促进作用。莫言获奖之后,他的书在日本销量增加,很多作品都再版发行。而且,日本的一些书店还有意识地在莫言作品专区旁边摆出中国其他当代作家的作品销售,这对扩大中国作家在日本的影响大有裨益。希望更多贾平凹的文学作品也能以此为契机被介绍到日本,让日本读者对他的作品有更多的了解和认识。

三、贾平凹作品在日本推介的展望

近年来,贾平凹不断推出新作,坚持着丰富多产的创作实践。最新力作《带灯》获得 2013 年"《当代》长篇小说年度"最佳奖,同时获得《当代》长篇小说论坛 2013 年度最佳奖。在新近揭晓的 2013 年度中国小说排行榜 25 部上榜作品中,贾平凹的《带灯》榜上有名。[②] 2013 年全国出版的原创长篇多达 4000 多部,《带灯》取得如

---

① 布施直子. 贾平凹のエッセイを読む. 日本中国当代文学研究会会报,2012 (26):43-45.

② 2013 年度中国小说排行榜揭晓 贾平凹榜上有名. 扬子晚报,2013-01-13.

此骄人的成绩足以证明国内对贾平凹小说的认可和赞誉。然而，如何让贾平凹这些优秀的文学作品在海外得到完整的翻译和推介，使贾平凹作品能够在异域的土壤上开花结果这一问题值得我们思考。笔者认为，要继续扩大贾平凹作品在世界的影响力，为海外读者接受和欣赏，应该做好以下几方面的工作。

(一)坚持"走出去"理念

吴赟分析贾平凹作品在英语世界译介较少的原因时指出，贾平凹在对待翻译的看法以及树立国际合作眼光方面存在一定的局限性。[①] 李星也曾直言陕西作家固守乡土，很少"走出去"，以前有人叫贾平凹去香港他都不去，这对我们冲击世界有着很大的拘囿，是陕西作家必须改进的地方。[②] 的确，包括贾平凹在内的陕西作家多给人留下闷头苦干、不善交流、不善推销自己的印象。关于为何拒绝"走出去"这一点，贾平凹在接受《南方周末》采访时曾表示："我刚刚出道时，外国翻译我很多作品，大概有十几种文字，法语版本最多。当时很多翻译者和评论家、出版人都和我有联系。1991年我去过美国，参加《浮躁》英文版在美的首发式，跑了纽约、华盛顿、丹佛、洛杉矶。国外时兴搞读书会，每到一个城市，都让我用陕西话念小说。当时聂华苓就让我唱一首民歌，理由是音乐是最好的沟通。后来我唱了《浮躁》里引用的陕南民歌，没想到读者都鼓掌，效果很好。后来因为《废都》惹了事，一下被打入冷宫。我干脆就隐居，借机躲开社会活动，到乡下躲起来，两耳不闻窗外事。所有的出国活动也都拒掉了，就连《废都》获得了费米娜奖，我也没有

---

① 吴赟.《浮躁》英译之后的沉寂——贾平凹小说在英语世界的译介研究. 小说评论,2013(3):76-77.

② 张静. 评论家称贾平凹也有获诺奖实力:作品难翻译得多. 西安晚报,2012-10-13.

去法国领奖。后来,法国给我颁'法兰西文学艺术骑士',也是在北京法国大使馆领的奖。二十多年来一门心思写小说了。"而对于选择回避是否后悔的问题,贾平凹回答:"中断和国外的联系,是主动也是被动的选择。小时候我总也长得不高,长得不高的人,一般不愿到人多的地方去。尤其我父亲被打成反革命分子之后,我就更加把自己封闭起来。"①

长期以来,由于种种原因,以贾平凹为代表的陕西当代作家的优秀作品很少被翻译成其他文字或者在国外出版,这极大地限制了陕西作家在海外的影响力。作为陕西省作协主席,贾平凹已经意识到"走出去"的重要性,2008 年 9 月成立的陕西省作家协会文学翻译委员会就是其中一项重要的举措。在陕西省作协与陕西省译协的共同努力下成立的该委员会,目的在于整合陕西省的翻译力量,有组织、有计划地把陕西的优秀文学作品推向世界。2005年国务院新闻办推出"中国图书对外推广计划",资助和支持中国的中译外事业,陕西作协文学翻译委员会的成立,是对国务院新闻办"中国图书对外推广计划"的积极响应,也标志着陕西文学翻译事业走上一个新的阶段。②

另外,贾平凹在"文学陕军:再次出发"文学研讨会上指出:"中国作家需要进一步提高文学的品质。这是人类的天,这是中国的地。要仰望世界的天,写出中国的地。这样的文学才能让世界上更多的人读出启示,读出兴趣。"这表明,贾平凹希望中国作家的作品引起世界关注,同时希望通过中国作家的自身作为,改变"外部世界看待中国当代文学时关注作品政治成分大于文学价值成分的

① 张英. 贾平凹:不要嘴说,要真操那个心. 南方周末,2013-11-07.

② 参见:http://www. chinawriter. com. cn/zx/2008/2008-09-11/1344. html,检索日期:2013-12-20。

现象"①。

(二)高水平的翻译

吉田富夫的译介帮助莫言成就了诺贝尔文学奖的梦想,村上春树在中国受到广泛关注也离不开林少华等翻译家的努力。因此,找到能向日本社会成功译介贾平凹作品的优秀的翻译家至关重要。

前面谈到吉田富夫曾经翻译过贾平凹的《废都》(1996年)和《土门》(1997年),之前他翻译过的其他作品还有鲁迅《二心集》(1984年,学习研究社)、叶紫《丰收》(1962年,筑摩书房)、萧平《三月雪》(1971年,河出书房新社)、茹志鹃《阿舒》(1971年,河出书房新社)等。自1999年翻译莫言《丰乳肥臀》之后就成为莫言作品的主要日译者,迄今为止已翻译出版了8部莫言代表作品。吉田富夫翻译莫言小说的契机源于1997年,当时莫言作为电影《红高粱》的原作者在日本相当有名。吉田富夫读到莫言的《丰乳肥臀》,这部小说中的部分内容引起了他的共鸣。"我在日本的农村长大,从小从事农活。我父亲是打铁的,莫言的周围也有类似的人,《丰乳肥臀》里就有打铁的,这部小说里母亲的形象和我母亲的形象一模一样,真的,不是我杜撰的。我开始认真翻译《丰乳肥臀》之后,完全融入莫言的世界了。"②吉田富夫先是作为一个研究者读了《丰乳肥臀》原作后很受感动,认为这种说出了中国农民真话的小说过去从没有出现过,于是产生了翻译的强烈欲望,马上积极与中方联系,最终获得莫言本人的授权,并从此与莫言成为挚友。

为了让现代的日本读者更加了解《丰乳肥臀》的历史背景,吉

---

① 参见:http://www.chinadaily.com.cn/hqgj/jryw/2013-12-09/content_10774213.html,检索日期:2013-12-20。

② 舒晋瑜.十问吉田富夫.中华读书报,2006-08-30.

田富夫注重在翻译技巧上下功夫,将每一章都加了原文没有的小标题,比如《第一章、日本鬼子来了》《第二章、抗日乐曲》等,还添加了一些帮助解说该章节历史背景的译注。2003 年,吉田富夫翻译了莫言《檀香刑》,这部小说一半以上内容为作者虚构,以说唱风格的山东省地方戏"猫腔"为主调,每一章开头都有一段"猫腔"。吉田富夫翻译时做了一些努力,将其转化成日本的"五七调",受到多方好评。

可以说,遇到这样一位勤恳、用心的优秀译者,对莫言来说是一种幸运,当然最终征服译者的只能是作品本身。莫言获得诺贝尔奖,并邀请法语、德语、英语、日语、挪威语的译者前往斯德哥尔摩参加颁奖大派对无疑是对译者表达敬意的最佳方式。莫言自己也说:"我借这个机会,向很多翻译我作品的翻译家、汉学家致以敬意。通过翻译,我们的文学才能走向其他国家。"①

贾平凹作品中独特的语言风格、弥漫着乡土气息的陕西方言是贾平凹文学的显著特征,而这种方言俗语的运用无疑为翻译设置了很大的障碍,会使一部分译者因面临较大挑战而望而却步。截至目前,贾平凹的日译本翻译都是由日语母语译者完成的。日语母语译者在熟练运用本国语言,熟悉文化观念、读者审美习惯以及阅读感受等方面具有很大的优势,可以保证译本语言表达的自然流畅、准确和文学美感。但是,反过来看,对于作品中所包含的文化背景、人情世故、情绪色彩,尤其是贾平凹作品中陕西地域独特的乡土风情、村俗俚语等,要想原汁原味地表达出来对日语母语译者来说是一件相当困难的事情,需要译者非同一般的功力。因此,笔者认为,要想既全面展现贾平凹作品浓郁的地域风格,又不

---

① 2012 年诺贝尔文学奖得主莫言 12 月 7 日下午出席了中国驻瑞典大使馆举行的见面会。他在会上表示,获得诺奖离不开翻译者的创造性工作。

失自然流畅的表达美感,可以考虑这样几种翻译模式:(1)以中国本土译者和日语母语译者合作的方式;(2)由中国本土译者翻译,以日语为母语的著名翻译家定稿的方式;(3)由长年生活、定居在日本的中国翻译家(陈忠实的《白鹿原》即由日本神田外国语大学教授林芳翻译)完成翻译的方式。总之,找到高水平的翻译对于贾平凹小说在日本推介将起到至关重要的作用。

(三)及时推介新作品

事实上,"一个作家,要开拓自己的传播空间,在另一个国家延续自己的生命,只有依靠翻译这一途径,借助翻译,让自己的作品为他国的读者阅读、理解与接受。一个作家在异域能否真正产生影响,特别是产生持久的影响,最重要的是要建立起自己的形象"①。借助于高水平的翻译,作家及其作品才能在异域的空间中得到艺术生命的延续,树立其在世界范围的形象。而及时、有效地将最新作品推介出去对提高作家在异域的影响力会发挥巨大的作用。

日本著名作家村上春树近年来在中国的推介就是十分成功的一个例子。每次新作问世,不仅在译者的人选方面制造出很多话题,在第一时间推出新作中文版方面也运作得当,很大程度地提升了出版界人士和读者对村上春树小说的期待和关心,有效地扩大了作家在中国的影响力。

村上春树的最新长篇小说《没有色彩的多崎作和他的巡礼之年》2013年4月12日凌晨在日本正式开始发售,这是2010年4月的《1Q84》第三卷发售以来,时隔近三年村上春树首次出版长篇小

① 许钧,宋学智. 20世纪法国文学在中国的译介与接受. 武汉:湖北教育出版社,2007:184.

说。该书上市 7 天销售突破 100 万册,打破日本迄今所有销售纪录,位列日本 2013 年畅销书综合类榜单第一名。

这股在日本掀起的销售狂潮很快就影响到了中国大地。这部小说的繁体版由台湾时报出版社于 2013 年 10 月 1 日出版,不过香港部分书店于 9 月 22 日起已开始发售,成为全球最早开卖的地区。中文简体的版权在经过几家出版社之间的"争夺"之后,最终由新经典文化公司获得授权发行,2013 年 10 月 21 日由南海出版公司出版。仅用半年时间完成译介和出版,不得不说村上春树小说在中国的推介是十分高效的。这种译介和营销的有效结合,使作家作品能够及时得到接受、欣赏、评论乃至研究,这对于作家及其作品在海外艺术生命的延续、形象的树立、影响力的扩大都将起到积极的促进作用。

作家积极参加在海外举行的书展推介、读书会,与海外的作家、汉学家开展交流等活动,也是快速、有效推介新作品的方式之一。另外,"一位外国作家在日本被接受,最需要的是时间,需要持续地翻译出版。还有一个因素是和电影的结合。莫言首先是作为电影《红高粱》的原作者而被介绍到日本来的。这也许可以说是莫言的幸运之一吧"[①]。

四、结　语

尽管贾平凹作品在日本译介和研究的情况不尽如人意,但应该说贾平凹在日本拥有良好的接受基础。日本上至国立国会图书馆,下到各大学图书馆都馆藏着丰富的贾平凹研究资料,其中大部分是中国国内出版的著作和论文,而且不乏国内最新的研究成果。

---

① 　舒晋瑜. 十问吉田富夫. 中华读书报,2006-08-30.

另外,日本的各类书店也有大量的贾平凹相关书籍,通过网络能够轻松买到所需的贾平凹研究资料。最值得一提的是,在日本还有人专门开设了支持和推广贾平凹小说的个人网站。可见,只要有合适的契机,贾平凹译介和研究在日本异域的土壤上开花并不只是一个梦想。当然,我们也不能急于求成,"文学'走出去'不同于出口商品,这是缓慢的过程。今年翻译一百本,或者明年一本没翻译,对世界没有任何影响,世界可能会以上百年作为一个周期来衡量一个国家的文学。和(20世纪)80年代比较,现在中国的对外翻译引起了中国和西方的普遍关注,可能为作品'走出去'带来积极效果。首先是数量增加了,做译介的人增加了,对翻译过程中技术问题的解决会有越来越多的办法和建议"①。作为陕西省作协文学翻译委员会的成员之一,笔者愿为推广陕西作家、推介贾平凹作品竭尽个人绵薄之力。

（吴少华,西安外国语大学日本文化经济学院教授;原载于《小说评论》2014年第5期）

---

① 舒晋瑜. 莫言:文学'走出去'是一个缓慢的过程. 中华读书报,2010-08-25.

韩国文化语境中的余华

张乃禹

　　韩国^①自 1992 年与中国建交以来,对中国现当代文学作品的
翻译介绍呈积极姿态,并且得到了飞跃性的发展,两国关系逐渐回
暖的连续几年中每年都有 30 多本译本出版发行。综观中韩建交
以来译介到韩国的中国当代文学作品,不难发现,余华的作品占据
了相当大的比重,其本人也由此成为众多研究者的重点研究对象。
到目前为止,包括短篇、中篇、长篇在内的余华作品,绝大部分均被
翻译为韩语并出版发行。值得一提的是,《许三观卖血记》曾于
2003 年被改编为同名话剧搬上了韩国的荧幕,并获得了 2004 年
第 40 届东亚话剧奖最佳作品奖,吸引了公众的视线,引起了极大
的反响。因此,无论是从作品的销量和影响,还是从出版的作品种
类来看,余华都可以被称作是在韩国受到关注最多、知名度最高的

---

①　现在"韩国"这一国名的全称为"大韩民国",1945 年随着第二次世界大战的结
　　束,韩国成功脱离日本的殖民统治而获得解放。由于当时苏联和美国的共同介
　　入,1948 年原本统一的民族国家被分裂为"大韩民国(南部)"和"朝鲜民主主义
　　人民共和国(北部)"。由于种种历史原因,中国对南北两方一直称呼为"南朝
　　鲜"和"北朝鲜",直到 1992 年中韩建交,对两国的称呼变为"韩国"和"朝鲜",并
　　一直沿用至今。而"朝鲜"这一名称在 1948 年南北分裂前的相当长的一段时间
　　内曾经代指整个朝鲜半岛。鉴于这种复杂状况和避免引起歧义,本文为了统一
　　名称,除了引用文之外,都使用"韩国"这一国名。

中国当代作家之一。余华在接受韩国《世界日报》记者的采访时曾坦言，自己"在韩国拥有很多读者，如果从人口比例来算的话，比在中国的读者还要多"①。此外，在学术研究领域，余华亦是重要的代表性中国作家，在韩国发表的余华相关的研究论文多达 24 篇。韩国读者如何解读和接受余华？在接受过程中是否存在不同于中国的诠释和理解？在中国众多的当代作家中，余华缘何成为受到热烈追捧的对象？本文试图从接受美学和媒介学的角度出发，探析其背后深层次的原因。

一、接受媒介：西方的认可和电影的助推

实际上，余华并不是较早受到韩国关注的中国当代作家，在先锋小说作家中，余华的作品数量相对较少，但其风格却一直处于变化之中。直到 1997 年 6 月，韩国著名出版机构青林出版社翻译出版了余华的《活着》，成为其在韩国出版的第一部作品，余华才真正进入了韩国普通读者们的视线。虽然韩国出版机构对余华的翻译介绍相对较晚，但自《活着》出版之后，余华作品以罕见的高频率在韩国翻译出版，每一到两年就有一部作品面世，迄今为止韩国已翻译出版的余华作品依次为《许三观卖血记》(1999 年)、《世事如烟》(2000 年)、《我没有自己的名字》(2000 年)、《在细雨中呼喊》(2004年)、《兄弟》(2007 年)、《灵魂饭》(2008 年)、《炎热的夏天》(2009年)。由于受到读者们的持续欢迎而人气不减，《活着》和《许三观卖血记》在 2007 年 6 月同时再版。在这些作品中，最受韩国读者欢迎的当属《活着》和《许三观卖血记》，其中后者的销量达到了 10

① 参见：http://blog.sina.com.cn/s/blog_467a3227010009gu.htm，检索日期：2012-11-26。

余万册,在总人口只有不足五千万的韩国,这一销量可以说是可圈可点,而且由于人气居高不下,曾经在 2000 年成功入选韩国"《中央日报》100 部必读书"。在中文版权交易方面颇具影响力的 Carrot Korea 公司总经理白银荣曾指出:"虽然日本小说(在韩国)卖 50 万册以上的也不在少数,但是对于中国文学来说,在韩国能卖到 1 万册以上就可算畅销书。"①此种说法虽然不无夸张之处,但也从另一个侧面说明了中国当代文学作品在韩国译介的现实。从这个标准来衡量,《许三观卖血记》10 余万册的销量显然可以称得上是中国当代文学在韩国的超级畅销书了。

在韩国,供职于出版社且熟稔中国当代文学的汉学家寥寥无几,所以要出版什么书,其决定权掌握在版权公司手里。而版权公司也只能依靠某些表面化的评价体系和可量化的标准来决定出版什么书,这些评价标准之中最重要、最直观的一项便是西方的文学奖项。某部作品如果获得某项西方文学奖,就会在韩国掀起一股出版狂潮。于是,是否获得西方世界的认可成为韩国出版中国当代文学作品的重要衡量尺度。另外,从商业运作的角度来看,被改编为电影而公映的小说往往也较容易进入出版机构的视线,进而获得优先的翻译出版权。

基于历史发展等多方面的原因,韩国是一个属于汉文化圈、深受儒家思想影响的国家,但同时它又是一个政治、经济上以资本主义模式运转的国家。在这个东方积淀与西方辐射、历史根源与现实影响并存的国家,自然会呈现出某种原有的东方传统价值观与西方现代价值观并存、融合、碰撞的复杂特性。东方与西方、传统与现代的碰撞对韩国人的文化生活产生了巨大影响。西方价值观

---

① 参见:http://www.segye.com/newsView/20110415002883,检索日期:2012-12-23。

的影响主要表现在政治制度以及各种社会文化表层,如大众文化的发展机制和传播模式。如果说西方价值观对韩国社会的影响体现在宏观方面,那么东方传统价值观主要是从微观上对每个个体产生影响。因此,在中国当代文学作品的译介方面,西方价值观可能会影响韩国出版界进行第一步的选择,而东方价值观则指引着每一个韩国读者对译介的作品进行进一步的甄别和扬弃。一般来说,韩国出版机构在引进中国当代文学作品时,会不自觉地唯西方马首是瞻,把西方对中国文学的评判标准借为己用,挑选那些符合西方价值观的作品。比如在欧美知名度较高且比较畅销的中国文学作品,或者干脆把西方的文学奖项作为衡量的标准。韩国最看重的西方文学奖项有诺贝尔文学奖(瑞典)、普利策文学奖(美国)、布克文学奖(英国)和龚古尔文学奖(法国)等,获得了这些文学奖的作家作品一般都比较容易在韩国翻译出版。韩国学者曾李旭渊直言不讳地指出:"我们出版界出版的时候不是自己选择中国作品,而是西方读者认可的作品。"①其实,以西方的评判标准选择的文学作品出版之后,韩国的读者们还是会运用东方传统的价值观进行进一步的筛选,从而决定自己喜欢何种作品,而这正是决定译介作品是否能够畅销起来的最重要因素。

余华作为当代中国最具影响力的作家之一,较早就引起了西方世界的关注,其作品在多个国家得到译介并获得奖项,在西方获得了较高的知名度,"特别是长篇小说《兄弟》的问世,不仅在国内引发了广泛而热烈的讨论,在西方世界也受到了主流社会的关注"②。他的作品在被翻译为韩语之前,曾被翻译为英语、

---

① 李旭渊. 通往中国文学之路:莫言与韩国内的中国文学. 创作与批评,2005,33(4):145.

② 杭零,许钧.《兄弟》的不同诠释与接受——余华在法兰西文化语境中的译介. 文艺争鸣,2010(7):131.

法语、德语、俄语、意大利语、荷兰语和挪威语等多种西方语言文
字并在外国公开出版发行,被称为作品在海外翻译最多的作家。
就在《活着》畅销的前一年,余华获得了世界性的著名西方文学
奖项——意大利格林扎纳·卡佛文学奖,2002 年获澳大利亚悬
念句子文学奖,2004 年获法国文学与艺术骑士勋章。这些奖项
的获得为余华赢得了西方的认可,为余华打入韩国市场、进入韩
国读者的视野打下了坚实的基础。然而,文学奖项的获得并不
是余华作品受欢迎的唯一因素,因为有些作家获得的奖项远比
余华的重要,在韩国的热度却是暂时的。由此可见,文学奖的获
得和西方世界的认可并不是余华被接受和受到欢迎的唯一
原因。

电影的推动作用也是余华作品在韩国广受欢迎的重要因
素。市场化运作和审美情趣的趋同性,使得小说作品与电影创
作有着先天的血缘关系,并且可以相得益彰地发展,因为小说给
电影提供了绝佳的剧本素材,而热映的电影则往往会提升原著
小说的受欢迎程度,进而推动小说创作。由于不满足电影所展
示的作品内容,读者们就渴望了解电影背后原著故事的原貌和
更深层次的东西,因此几乎每一部成功电影的热映都会使得同
名小说成为畅销书并且带动同类题材小说的创作热潮。韩国学
者金离锦曾经就 20 世纪 90 年代外国翻译小说在韩国的热销情
况做过系统分析并指出:"在韩国受欢迎的小说种类排行榜中,
电影原作小说仅次于推理科学小说,排名第二。"[①]近 20 年,借助
于影视剧而在韩国译介出版并走红的中国当代小说有《活着》
(余华)、《红高粱家族》(莫言)、《芙蓉镇》(古华)、《霸王别姬》(李

---

① 金离锦. 1990 年代翻译小说畅销书研究. 首尔:庆熙大学博士学位论文,
1998:189.

碧华)、《伏羲伏羲》(刘恒)等。而实际上,电影的受追捧也是受西方价值观影响的,某部电影若是获得了西方电影奖项,就会更好地被韩国观众接纳。以张艺谋为代表的中国第五代导演"在80年代的社会语境中试图操作的,正是中国与世界、东方与西方的对话与对接"①。不难看出,第五代导演们在融合东西方传统观念、在自己的作品中植入西方价值观方面还是做了很多尝试的,并且也取得了一些成功。他们的电影往往改编于当时一些先锋小说家的作品,这些作品正是受到了西方的某些创作观念与创作技法的影响,同时也获得了西方的很多文学奖项。比如莫言的《红高粱》被张艺谋改编为电影,曾获得了国内外的 11 项大奖,此后名声大噪,这些荣誉的获得和西方的认可使这部电影在韩国受到了空前的欢迎。虽故事情节大抵相同,但张艺谋却在此基础上做了稍许修改和调整,这就为电影版的《红高粱》留下了些许不完整的背景和情节,观众们需要通过阅读原著作品来填补这些想象的空间,于是《红高粱家族》在韩国一经出版,便受到了热烈的追捧。此外,刘震云作为新写实派的重要代表作家,其早期的代表作(《一地鸡毛》等)并没有译介到韩国,但他的《手机》《一腔废话》和《故乡天下黄花》等均在韩国出版,而读者对其作品评价最高的当属改编为电影的《手机》,正是因为电影,使得文学性不如其他几部的《手机》受到了欢迎。刘恒也是在韩国出版作品较多的作家,他的《伏羲伏羲》《贫嘴张大民的幸福生活》《狗日的粮食》《白涡》等均被翻译介绍到韩国,这同样与他的作品被张艺谋改编为电影密切相关,韩国观众们正是通过电影《菊豆》认识了刘恒并产生了阅读其作品的欲望。事实上张艺谋与韩国有着较深的渊源,在韩国也具有极高的知名度,他执导的

---

① 戴锦华. 电影批评. 北京:北京大学出版社,2004:270.

很多部影片,包括《英雄》《十面埋伏》《满城尽带黄金甲》等,都在韩国受到追捧。而余华的《活着》正是张艺谋翻拍成电影而公开在韩国上映的,并且在西方获得了诸如第 47 届法国戛纳电影节评委会大奖、全美国影评人协会最佳外语片、英国电影学院奖最佳外语片等奖项。在这么多西方获奖光环的笼罩下,电影《活着》的同名原版小说理所当然地受到了韩国读者们的喜爱和欢迎。尤其是获得戛纳电影节评委会大奖之后,《活着》的销量猛增至 40 多万册,并在一段时间内占据各大书店畅销书排行榜的前列,连余华自己都表示对这个数字非常满意。此后,余华在韩国的知名度迅速提高,超越了知识界的圈子,并逐渐渗透到寻常百姓之中,为一般市民读者所熟知。

事实上,西方的认可和电影的助推只是余华小说在韩国获得读者喜爱的外部助力因素,并不是所有满足这两个条件的中国当代小说都能获得韩国读者的好评和接受。比如莫言,其在当代文学上的地位和知名度高于余华,在 2012 年获得诺贝尔文学奖之前,他的作品在韩国翻译出版的也不在少数,电影《红高粱》的票房也不低于《活着》,但是他的小说在韩国并没有产生像余华这样的轰动效应。可见,除了西方认可和商业运作的影响之外,余华作品中可能还渗透了某些符合韩国读者接受视野与阅读期待的相关内容。

二、《许三观卖血记》:接受视野、阅读期待的符合与满足

《许三观卖血记》在韩国出版时,韩国《京乡新闻》曾做过如下介绍:"贫穷时代卖血的悲喜剧,中国作家余华的长篇小说,以'文革'前后为时代背景,为了家人卖血一辈子,一个家庭的苦难历程,

张艺谋导演电影原作,欧洲等地获得旋风式的人气。"①从历史背景、主人公形象到电影推动作用和西方认可等外部影响因素,这一评论基本涵盖了《许三观卖血记》在韩国获得极高人气的内外因素。但是,如果说《活着》在韩国受欢迎很大程度是依靠西方认可和电影的助推的话,那么《许三观卖血记》则更多的是依靠对韩国读者接受视野和阅读期待的符合与满足,是韩国人内心深处的东方传统价值观起作用的最终结果。其实,《活着》大卖之时,对于余华的关注度也基本停留在像对莫言、苏童等其他因小说改编为同名电影而成为令人瞩目的作家一样,并没有达到洛阳纸贵般的普通读者争相捧读的程度。余华的小说销量在韩国达到 10 余万册,并产生了剧烈的轰动效应,还是始于和缘于《许三观卖血记》。

"期待视野"是姚斯在海德格尔"前结构"和伽达默尔"视野"的影响下提出的一个新概念。他认为读者在阅读活动之前并不是空白,当面对一部文学作品时,即刻生成的阅读经验和存留在脑海中的阅读记忆,会立刻参与到阅读活动中,使自身沉浸在一种特定的情感状态,并且产生阅读期待。阅读期待对于阅读活动的展开方向具有指导意义。在某种程度上,它决定了阅读活动所产生的意义。这一理论可以很好地解释《许三观卖血记》在韩国引起轰动的现象。由于种种历史原因,中韩两国 1992 年才建立外交关系,绝大部分韩国人对于新中国成立之后的社会生活状况,特别是现当代文学文化缺乏基本的了解。因此,韩国读者迫切需要了解的是具有某种"历史真实性"、反映当时真实生活图景的作品,对沉湎于歌颂某些政治运动本身的歌功颂德的

---

① 参见:http://www.khan.co.kr/kh_news/art_view.html?artid=201209072125045&code=900308,检索日期,2012-09-08。

作品,韩国人基本持嗤之以鼻的态度。而对于接受西方文学影响、改变小说创作理念、改变意识形态传达者角色的先锋派作家们,韩国读者普遍持欣赏和接纳的态度。比如莫言的《红高粱家族》、余华的《活着》和《许三观卖血记》、韩少功的《暗示》等。其中《许三观卖血记》通过"民间叙事"的构建,给韩国读者们提供了一种"间接体验",这种体验具有更真实亲切的可触性,而不是死板的历史政治教科书式的叙述,而这正是广大韩国读者所期待的。韩国读者的这种"阅读期待"在某种程度上决定了何种小说受欢迎以及受欢迎的程度。《许三观卖血记》描述的是以父亲为中心的家族史,政治背景是"文化大革命",展现的是特殊历史空间下民间生活的苦难,这种对政治背景不加过分渲染,却能够表现更多独特民间生活的小说顺利进入了韩国读者的"接受视野"。李旭渊在其《新时期文学中的民间与国家——以莫言和余华小说为例》中曾对"民间"的界定提出了自己的见解,他认为,"民间叙事"中的"民间"在具备中国特点的同时,最好也具备普适性。通过比较莫言和余华笔下的"乡村",可以发现,余华描绘的"乡村"不同于"高密东北乡",它不仅存在于中国,在不同文化背景的其他国家中也可能见到它的影子。也就是说,余华小说空间或背景的设置更具有普遍意义,更能够引起不同文化背景读者们的精神共鸣。如果说莫言的小说是引导其他文化背景的读者探寻一个他们所不了解的中国的话,那么余华的小说就是以其所描述的"民间"为跳板,引领读者感悟身边的生活,寻找自我。

《许三观卖血记》对政治历史背景的描写采取了有意的淡化处理,重点在于表达自己对现实的理解,强调某种批判性。读完小说,韩国人蓦然发现:"小说里卖血并没有想象中的那么悲惨,许三观的村子里卖血证明男人的强壮和健康,是一种谋生的手段。"①
通过对政治背景的"生活化"描述,表现政治变化给最普通的人们
带来的变化和感触。而这些细节上的特点,正是符合韩国读者阅
读期待的,他们对"文革"中的中国政治社会状况感到神秘莫测而
又无法获得直接体验,通过阅读小说,他们获得了对"文革"的间接
体验,而且这种体验正是通过阅读期待的满足实现的。西方对余
华作品的期待视野经历了一个修正的过程,而相较于此,韩国读者
的阅读期待却没有一个明显的变化过程。或许正是中韩文化的同
根性使余华在韩国的接受相较于欧美国家更为轻松和顺理成章。
虽然韩国对余华的认知过程是通过西方价值观认可的电影来实现
的,但是韩国读者们在接纳余华小说的时候却并没有遇到多少文
化障壁。他们对余华的小说反而产生了一种一见倾心、感同身受
的感觉。《许三观卖血记》中对不屈不挠生命力的赞扬,对一个人
和他命运之间友情的歌颂,对个人家庭生活史的娓娓而谈,对"活
着"意义的阐释,都与韩国读者的审美观念和阅读期待不谋而合。
而这一切的背后,正是东方的传统文化价值观在起作用,这种价值
观引导着韩国读者在内心中完成了对《许三观卖血记》的韩国化阐
释,使小说主题意识、情节构造和叙述风格满足了他们的审美视野
和心理期待。

　　韩国接受《许三观卖血记》还有一个重要的社会背景,那就
是1997年韩国发生的令整个国家濒临破产边缘的金融危机(韩
国称之为IMF)。那时的韩国,无数公司倒闭破产,普通民众家
庭经济困难,失业者、无业人员猛增,整个国家笼罩在一片悲观
主义情绪之中。韩国民众急需一种百折不挠的抗压精神,一个
强有力的精神支柱,一个能够撑起整个国家或者家庭的坚强人

---

① 沈惠英. 1990年代余华小说的人道主义美学. 中国现代文学,2006(39):198.

物。而正在此时,《许三观卖血记》恰逢其时地进入了韩国人的生活,因为它最符合当时韩国人的心理欲求。小说中的父亲形象高大鲜明,它以博大的温情描绘了磨难中的人生,以残酷的叙事表达了人在面对厄运时求生的欲望。也许通过当时介绍余华作品的编辑之口,我们能够清楚地看到当时译介这本小说的初衷:

> 《许三观卖血记》正是韩国 IMF 的时候出版的,正符合当时韩国的时代需求。《活着》像一部严肃的正剧,而《许三观卖血记》则像个人的故事,个人的主观情感和体验与社会变化混合的时候发生的故事。小说里有许玉兰受到批判的场面,她挂着写有"妓女许玉兰"的牌子站在路上,许三观带给她盒饭,米饭下面铺了小菜,这表现的就是人和人之间的信赖,虽然是被压在巨大的政治历史的轮子下的普通人,但是他们也有他们的方式确认相互之间的爱和信任。这本书比其他的"文革"书描写更鲜艳、简洁。①

可见,在当时的社会窘境下,韩国读者想通过阅读获得某种相同境遇下同病相怜的安慰和鼓励,从而获得战胜困难的勇气和力量。韩国读者通过阅读急切地想了解与其处于同一文化圈的中国是如何渡过苦难危机的,如果类似危机发生在自己身上时该如何应对。因此,对于余华在韩国的接受,与其说是韩国读者对于他国文化的"求异"探寻,不如说是一种"求同"心理起作用的过程,其目的就是要找寻到跨地域、跨文化的相同点。

---

① 河贞美. 中国当代小说在韩国的接受情况研究. 北京:北京大学硕士学位论文,2010:56.

三、"先锋特质"抑或"人道主义":韩国对余华小说的不同解读

在国内,余华是作为"先锋派小说"代表人物的身份进入文坛并为人们所熟知的,他惯用一种冷叙述、零视角的写作方式,表现其作品的"反叛性"。这种"反叛性"主要体现在对一切传统文化观念的反抗精神,对一切既成理性逻辑和社会秩序的质疑心态。而在韩国,余华的这一"先锋作家"的身份却很少被提及,极少作为研究的对象,韩国读者从余华的作品中,读到更多的是其"先锋特质"以外的其他内容。虽然他作品的先锋性在不断地消减和削弱,经历了一个由"先锋"向"世俗"的转向过程,但在韩国学界和普通读者的眼中,关注更多的还是他极具人道主义色彩的民间叙事。韩国读者们对《许三观卖血记》中表现的家庭、责任与亲情甚为推崇,甚至因此而称余华为"人道主义作家"。他们从《活着》《许三观卖血记》等作品中读出了温情和怜悯等人道主义内容。有韩国学者曾指出:"90 年代余华小说里我们能感到对人生的同情怜悯之心,小说指向的是高尚、超越、真理、意义、永远和希望……《许三观卖血记》表明存在的深层爱情和信赖,是人道主义的作品。"[①]正如作者本人在《活着》前言中坦陈的那样:"随着时间的推移,我内心的愤怒渐渐平息,我开始意识到一位真正的作家所寻找的是真理,是一种排斥道德判断的真理。作家的使命不是发泄,不是控诉或者揭露,他应该向人们展示高尚。这里所说的高尚不是那种单纯的美好,而是对一切事物理解之后的超然,对善和恶一视同仁,用同情的目光看待世界。"[②]他排斥了"控诉"或者"揭露"之后,展示的

---

① 沈惠英. 1990 年代余华小说的人道主义美学. 中国现代文学,2006(39):202.
② 余华.《活着》前言. 上海:上海文艺出版社,2002:2.

正是韩国读者所读到的"高尚",进而更加深入地了解到生活中单纯的美好和人与人之间、家庭成员之间真挚的爱。

韩国读者还从余华作品中参悟到了强大的生命力和积极乐观的精神。余华小说中有很多涉及家庭和个人苦难史的描述,同时表现主人公百折不挠的顽强生命力。余华曾在韩文版《活着》的序言中说道:"'活着'在我们中国的语言里充满了力量,它的力量不是来自于喊叫,也不是来自于进攻,而是忍受,去忍受生命赋予我们的责任,去忍受现实给予我们的幸福和苦难、无聊和平庸。"①许三观历尽苦难,抽了十二次血,依然顽强地活着,与之类似,韩国经济的飞速发展,"汉江奇迹"的创造,都离不开韩国人民不服输的精神和强大的民族凝聚力。许三观们的人格韧性和向命运抗争的精神与韩民族本身杂草般坚忍不拔的民族精神相吻合。另外,《许三观卖血记》中表现出的乐观和幽默也深得韩国读者的同感和共鸣,他们读到了许三观苦中作乐的生活态度,对余华化悲情为乐观的幽默生活抒写表示赞赏。一位韩国学者曾表示,如果许三观出现在西方的文学作品中,其结局肯定是显而易见的悲惨和凄凉,可是余华笔下的许三观却十分懂得在痛苦中自得其乐。比如,许三观用嘴给大家做菜的细节描写就为韩国读者所津津乐道,他们不仅从中读到了浓郁的生活气息,而且感受到了艰难生活中的乐观精神。韩国研究者认为:"《许三观卖血记》是悲伤地开玩笑,把悲剧人生通过喜剧的语言让人感受到审美体验。笑容展现给人以活下去的力量,这就是余华小说里乐观精神的力量。"②韩国读者通过阅读恍然发现,严酷的苦难生活可以轻松地承受,这种乐观精神也可以成为战胜困难、生活下去的重要动力。

---

① 余华. 活着. 白元淡,译. 首尔:青林出版社,2007:198.
② 沈惠英. 1990 年代余华小说的人道主义美学. 中国现代文学,2006(39):206.

四、结 语

近年来,随着中国国际地位的不断提升,在全球化的时代背景下,中国文化如何"走出去"成为不断被提及的话题,而中国当代文学作品在国外的译介自然成为推进这一文化战略的重要一环。为此,相关专家学者对"中国文学如何'走出去'"这一课题进行了深入的探索和研究。高方和许钧教授曾在《现状、问题与建议——关于中国文学"走出去"的思考》一文中,提出了切实而有针对性的主张和建议,其中关于传播媒介曾做过如下阐述:"中国文学走向世界,不仅仅是文本的翻译与出版的问题,要关注新技术对于文学传播所起的特别作用,调动各种媒介手段,形成各种媒介的互动,如小说改编的电影在中国文学走向世界进程中就起到了非常大的作用,有力地促进了小说在域外的翻译、出版和传播。"①这一点恰恰印证了余华的《活着》在韩国引起轰动的事实,说明被改编为电影的小说原著往往能够获得较高的人气和销量。此外,通过对余华作品在韩国的译介和接受的分析,我们不难看出,在韩国这样一个东西方文化价值观交融碰撞的国家,中国当代文学作品首先要获得西方的认可,获得重要的文学奖项,才能受到韩国出版机构的青睐和一般读者的欢迎。另外,余华的作品在韩国广受认可和追捧,除了上述两个因素之外,更为重要的是符合了韩国读者们的接受视野,满足了他们的阅读期待。而更为深层的因素便是中韩共同的历史文化背景和传统的东方价值观念,它们使韩国读者对余华的作品情有独钟而爱不释手。

---

① 高方,许钧. 现状、问题与建议——关于中国文学"走出去"的思考. 中国翻译,
2010(6):9.

韩国文化语境下,对余华及其作品有着另一种诠释和解读,这是因为一部中国文学作品在国外的接受是一种社会文化现象,外国读者对译介到本国的中国文学作品的理解和接受,往往与其本身对中国社会文化的认知程度密切相关。明白这一点,我们就不难理解韩国读者在余华身上看到更多的是其人道主义色彩,而非其作为先锋作家的"先锋特质"的原因,同时也能够解释为什么韩国读者对余华作品中体现出的顽强生命力和乐观精神感同身受,"民间叙事"缘何成为韩国读者和评论界关注的焦点等问题。

（张乃禹,苏州大学外国语学院副教授;原载于《小说评论》2013 年第 4 期）

超级畅销书如何炼成：戴厚英
在韩国的接受与解读

张乃禹

自 20 世纪 80 年代，特别是 1992 年中韩建交前夕开始，韩国对中国现当代文学的译介变得异常活跃，数量众多的中国当代文学作品被译介到韩国。两国关系逐渐缓和的几年中，每年都有三十多本译本出版发行，进入 21 世纪以来更是呈现突飞猛进的增长态势。2006 年 7 月，由《亚洲周刊》与来自全球各地的知名学者、作家联合评选的"20 世纪中文小说 100 强"出炉。然而，综观中韩建交前后直到目前译介到韩国的中国当代文学作品的销量和受欢迎程度，可以发现一个有意思的现象，那就是在"20 世纪中文小说100 强"中排名比较靠前的作家及作品在韩国并不太受欢迎，而在韩国比较知名、作品受到追捧的作家大都排名较低。比如，戴厚英（《人啊，人！》排名 76 位）、余华（《活着》排名 96 位）等，在排行榜上的排名比较靠后，但是在韩国的人气却居高不下，知名度极高。事实上，在中国现当代文学作品的韩国译介史上，戴厚英是一个不得不提的名字。

英年早逝的戴厚英在韩的地位和受欢迎程度之高出乎人们的想象，被认为是中国现当代文学的代表人物之一，1996 年 8 月 29 日的韩国《东亚日报》曾对戴厚英的不幸遇害进行过详细的报道,称其为"中国著名女性作家"①。戴厚英的代表作《人啊,人!》在韩国的总销量竟达到了 100 余万册,这对总人口不及五千万的韩国来说,不啻是一个奇迹。在《人啊,人!》连锁反应的影响下,她的其他作品陆续被译介并广受好评。无论是从知名度和评价方面,还是从作品再版次数和产生的影响方面来看,戴厚英都可称得上是风靡韩国的中国当代作家。韩国读者如何解读和阐释戴厚英? 他们对戴厚英的接受和理解是否存在异于国内读者的相关内容? 与戴厚英同时期的中国知名作家大有人在,缘何韩国读者唯独对她情有独钟? 本文依据阐释学和接受美学的基本理论,尝试寻找其背后的深层原因。

一、"二次阐释"与超级畅销书的诞生

由于正处于创作高峰期的戴厚英猝然离世,其作品数量相对较少,但以其"知识分子三部曲(《人啊,人!》《诗人之死》《空谷的足音》)"为代表的很多作品均在韩国译介出版。1989 年,作为戴厚英首部在韩国翻译出版的作品,《人啊,人!》成功发行,韩国读者也才真正认识和接触到戴厚英,后随着阅读需求的猛增,在 1991 年、1992 年和 2005 年分别再版。此外,她的《悬空的十字路口》《空中的足音》和《诗人之死》均在 1992 年被翻译为韩语并出版发行,由于受到读者们的持续欢迎而人气不减,其中《诗人之死》于 2008 年再版。在这些作品中,最受韩国读者欢迎的当属《人啊,人!》,据统计,其销量达到 100 余万册,创造了韩国外国文学作品出版史上的一项崭新纪录,以当时韩国人口四千万计算,每四十个人中就有一人手持一本《人啊,人!》,这一销量可以用"惊人"来形容。在中文

---

① 参见:http://newslibrary.naver.com/viewer/index,检索日期:2014-07-25。

版权交易方面颇具影响力的 Carrot Korea 公司总经理白银荣曾指出:"虽然日本小说(在韩国)卖五十万册以上的也不在少数,但是对于中国文学来说,在韩国能卖到一万册以上就可算畅销书。"①这种说法虽然稍显夸张,但也算如实反映了韩译中国当代文学作品的现状。以此标准推算,《人啊,人!》100余万册的销量简直可以成为"超级畅销书"了。在此,人们不禁思考和追问:到底什么原因使《人啊,人!》受到如此欢迎和追捧? 戴厚英到底与韩国存在何种渊源?

受欢迎程度居高不下使《人啊,人!》在韩国的版本众多,前后共有四个版本,虽然四个版本各有千秋,但最为读者所熟知、流传最广的版本为1991年由申荣福翻译的版本。正是通过申荣福的翻译,韩国读者才领略了《人啊,人!》的真谛,进而了解了戴厚英本人,在《人啊,人!》畅销的基础上,《空谷的足音》和《诗人之死》等陆续翻译出版。可以说,戴厚英为广大韩国读者所认识熟知进而受到热烈追捧,是与其代表作《人啊,人!》的走红分不开的,而《人啊,人!》的走红和畅销则是与其成功译介分不开的,这个译介者就是申荣福。作为不同语言构成的文学作品的传播媒介,译介者的重要中介作用毋庸置疑,译介者本人身份、翻译策略和对文学作品源语国历史文化的了解把握等都在很大程度上左右着译介工作的成功与否。其中,译者在翻译过程中,加入自己的理解和感受并进行二次阐释,对于某部文学作品在另一不同文化背景国家中的顺利传播接受可能起到至关重要的作用。

《人啊,人!》的译介者申荣福是韩国当代著名作家、进步学者、大学教授,至今还活跃在韩国当代文坛。他从未直接参与过政治,

---

① 参见:http://www.segye.com/newsView/20110415002883,检索日期:2014-12-23。

但却曾深深陷入政治的漩涡激流中。1941 年生于韩国密阳的申荣福,1968 年因"统一革命党事件"被刑拘并被判无期徒刑,经过二十年的牢狱生活,1988 年被特别假释而出狱。申荣福一生中,有将近二十年的牢狱生活,作为一个正直正义的进步知识分子,他遭受了思想被压制、言论自由被抹杀的时代磨难。通过上面的分析,不难看出申荣福与戴厚英的历史遭遇何其相似。此外,通过审视申荣福的生活经历和遭遇,也不难发现其与《人啊,人!》主人公何荆夫的相似之处。他们都是在两国民主自由被压制和抹杀的极端阶段,因为政治原因遭受了处分,经历了或发配或监禁的苦难生活。在挫折与磨难中,他们放弃了自身知识分子的精英意识,使理论与实践结合起来,更加坚定了自己的信念。

也许正是经历的相似性使申荣福选择翻译戴厚英的作品,在翻译《人啊,人!》的时候,申荣福刚刚结束二十年牢狱生活,重获自由不久。他在阅读《人啊,人!》时产生了强烈的认同感,这种认同感是超越横亘在中韩之间的一切文化隔阂和意识形态的,只有经历了与主人公相似遭遇的人才可能产生。申荣福对小说里的主人公感同身受,甚至亲口说过自己就是"韩国的何荆夫",因此他在翻译过程中,自然加入了自己的理解和感受并进行了韩国化的二次阐释。正因为如此,《人啊,人!》一经出版就轰动一时,引起了韩国读者们的精神共鸣,这种共鸣是某种超越政治体制和意识形态的认同感,是对人性和人道主义的强烈认同。与《人啊,人!》主人公具有相似的人生经历,使申荣福能够从"阐释学"的角度翻译《人啊,人!》,只有他才能穿透中韩文化背景和意识形态的壁障,深入小说的内部,洞见其本质内容和深层含义,也才能对小说从"译者视域"角度,进行符合韩国读者审美情趣和阅读期待的"二次阐释"。

翻译诠释学指出,译者和源语文本都有自己的视域,翻译过程实际上是一个"视域融合"的过程。融合过程分为两个阶段,首先是"译者视域"与原始"文本视域"的融合,然后是第一次形成的"新视域"与译语国文化的融合。《人啊,人!》在韩国的传播恰恰印证了这一理论。首先,申荣福作为特定的个体在阅读《人啊,人!》时,产生了"译者视域"与"文本视域"的第一次融合,译者的接受形成了一个包含个人解读的新视域,接着这种经过韩国化的视域与韩国普通读者的审美视域再一次融合。恰巧当时的韩国社会正弥漫着一种对激进主义的幻灭情绪之中,第二次视域融合就变得顺理成章,这就是《人啊,人!》在韩国受到广泛接受和欢迎的根本原因。

翻译过程总是被一定的传统思维模式和固定的文化范式所规约,小说文本的价值正是通过译者的诠释而显现出来。可以说在整个翻译过程中,译者一直是在与外来语和支撑在其背后的文化背景进行对话,而根据斯坦纳阐释翻译理论的四个步骤之一的"侵入"理论,译者兼具"读者"和"释者"的双重身份,在对文本分析和理解的基础上,进入语言深层挖掘内涵。朱光潜曾说过:"须设身处在作者的地位,透入作者的心窍,和他同样感,同样想,同样地努力使所感所想凝定于语文。"①这一过程中,译者本人的知识储备、审美感知、阅读经验甚至人生阅历都是决定"侵入"是否成功的重要因素。申荣福与戴厚英以及小说主人公何荆夫相似的人生经历并不是每一个韩国读者都有的,所以他能够在自己的审美意识和人生阅历所形成的文化敏感性的引导下完成对《人啊,人!》的跨文化解读,同时他利用自己的人生经历和翻译策略为韩国读者搭建了深入解读异域文化和政治背景的平台。同时,虽然他的经历和何荆夫十分相似,但毕竟是发生于不同政治背景和意识形态的两个国家中,所以在进行"二次阐释"时,他会不由自主地掺入自己的

---

① 　朱光潜. 朱光潜美学文集. 上海:上海文艺出版社,1982:139.

理解和解读,从而做出韩国化的阐释。经过他的翻译,《人啊,人!》在一定程度上实现了韩国化的转变,自然更容易被韩国读者所接受。

戴厚英的一系列作品一般被归为"反思小说"。反思小说相较于伤痕小说,不会对个人伤痛进行直接表现,而是以相对冷静的态度,分析和反思引起这些伤痛的社会及历史原因,通过对人物命运的如实呈现,回答分析和反思历史时所提出的问题。在申荣福翻译出版《人啊,人!》前后,韩国也曾涌现出很多类似的反思小说,但却没能引起多大的反响。究其原因,先不论韩国反思小说的主题思想和创作主旨与戴厚英小说之间存在差异,最重要的一点是他们的作品本身缺少一个接受媒介,缺乏通过译者解读之后的"二次阐释"。

二、"阅读期待"满足后的价值认同

1992 年,戴厚英的《诗人之死》和《空谷的足音》韩译本出版之时,韩国《东亚日报》曾以"中国女性作家戴厚英之'旋风'"为题,做过如下介绍:"以激变的现代中国为背景,刻画人间的爱恨情仇,以《人啊,人!》为代表的'知识分子三部曲'陆续出版,国内出版界掀起了中国女性作家戴厚英的出版旋风。"①在报道中,还称戴厚英为"现代中国人道主义文学的旗手"。这一报道涵盖了戴厚英作品的历史背景、主要内容以及对戴厚英的高度评价等,戴厚英及其作品在韩国的高人气和知名度可见一斑。

戴厚英在韩国认可和接受除了前面所述的译者的二次阐释之

---

① 参见:http://newslibrary. naver. com/viewer/index. nhn? publishDate＝1996-08-29&officeId＝00020&pageNo＝1,检索日期:2015-09-24。

外,还有一个重要因素,那就是她的作品对韩国读者接受视野和阅读期待的符合与满足。"期待视野"是姚斯(Hans Robert Jauss)提出的重要理论,是指作为接受主体的读者在阅读之前或阅读过程中,心理上形成的预先估计与期盼。这一理论强调读者对文学作品进行的"前理解"(pre-understanding),一部好的文学作品可以向读者输入一些超出其既有审美经验的信息,使读者的"期待视野"发生改变。戴厚英及其作品在韩国引起轰动的事实恰巧印证了这一理论。韩国接受戴厚英作品的历史背景比较特殊。1945年实现民族解放的韩国,先后经历了"四一九学生革命"①、"五一六军事政变"②和"五一八民主化运动"③等民族性政治事件,而在此后的朴正熙独裁统治时代,民众们的一言一行均受到严密监控。在惶惶不安的恐怖氛围之中,韩国民众们对民主的渴望犹如爆发前夜的火山,渴求解放、追求自由的他们在沉默中酝酿着如何为争取自身利益而掀起革命。当时的情势反映到文学上,就产生了韩国的"伤痕文学"或"反思文学"。"光州惨案"给人们带来难以修复的心灵创伤,使作家体验到某种强烈的挫败感和失落感,在此种社会背景下产生的文学作品自然就是以反映光州体验的悲剧性、独

---

① "四一九学生革命"是指 1960 年 4 月 19 日,以学生为主导的韩国民众运动。此运动结束了李承晚的独裁政权,是韩国建国后一次比较成功的民主化运动。起因为李承晚执政期间逐渐背离民主宪政轨道,滑向个人独裁和权威主义,引起全体国民的强烈不满。在第四届总统大选时,以学生为主的民众通过示威迫使李承晚下台,近百人在抗争中死亡。

② 在韩国社会动荡不安、经济萧条之际,朴正熙等人于 1961 年 5 月 16 日发动军事政变,结束了韩国第二共和的短暂统治,史称此政变为"五一六军事政变"。政变之后,朴正熙军事政权上台,使韩国社会再次回到独裁统治的局面。

③ "五一八民主化运动",又名"光州事件",发生于 1980 年 5 月 18 日至 27 日期间,是一次由当地市民自发的要求民主运动。当时掌握军权的全斗焕将军下令武力镇压这次运动,造成大量平民和学生死亡和受伤。"光州事件"敲响了韩国军人独裁统治的丧钟,加速了民主政治的到来。

裁政权的暴力性为主旋律。这种文学现象一直持续到 20 世纪 90
年代初。正在此时,以《人啊,人!》为代表的戴厚英作品恰逢其时
地进入韩国读者们的视野。《人啊,人!》讲述的故事和时代背景与
当时韩国意识形态占统治地位、人性受到冷落的历史时期不谋而
合,符合了韩国读者们的接受视野,契合了那个时代的审美情趣,
自然得到他们感同身受的支持和普遍好评。韩国读者通过阅读,
对中国那段历史文化获得了某种"同情式价值认同",体验到了似
曾相识的压抑感受,并很快转化为阅读动力,以致达到洛阳纸贵般
的争相捧读的程度。

　　此外,从韩国读者们的阅读期待角度来看,他们希望读到的
是中国特殊政治体制下普通人的生活,他们希望了解的并不是
整个运动的发展过程,更有兴趣的是通过当时具体历史背景的
描述,亲身感受政治的残酷和人性的光辉。中韩两国 1992 年才
正式建交,绝大多数韩国读者对 1949 年之后的中国社会充满了
好奇,但又不愿意通过阅读枯燥刻板的历史书籍获取相关信息。
因此,韩国读者非常希望看到的是如实展现中国当时社会状况
的小说,所以对于具有某种"历史真实性"的伤痕文学或反思文
学意味浓厚的作品,他们普遍持欣赏和接纳的态度。他们希望
看到的是将特定的历史背景弱化,以突出具有普遍意义的人类
共性的故事。《人啊,人!》并没有在政治运动的过程和批判上过
多地落墨,只是对知识分子的生活遭遇和思想变化进行了颇具
真实性的描摹和剖析。这一特点正好符合了韩国读者们的阅读
期待。许多韩国人对于 20 世纪 80 年代的回忆异常鲜明,这是
因为那个时代革命和民主化运动留给人们的印记已经深入骨
髓,回想起他们为民主自由而奋勇斗争的热情,有些人仍然会禁
不住潸然泪下。因此,当他们读到《人啊,人!》中类似场景的时
候,就仿佛回到了那个难忘的时代。《人啊,人!》的生活气息十

分浓厚,通过夫妻间、母女间、父子间的矛盾展现知识分子饱受苦难折磨、经受灵魂考验的历程,描述他们丧失年轻时梦想的同时,还要忍受身边最亲近人的背叛行为。这些主题正是通过日常生活琐事来表现的。以《人啊,人!》为代表的戴厚英一系列小说在符合韩国读者接受视野的同时,满足了他们的阅读期待,才使得她在韩国迅速走红。

三、"爱情抒写"与成长主题的融合

在国内,戴厚英曾引起过文学界的几次争议,但并不尽然与文学相关,与同时期文坛上的其他作家相比,她算不上著名,其在文学史上的地位也算不上最高,但是不得不承认的一点是她具有一定的文学史意义。因为她是"文革"后以自身的血泪经历,主张在文学创作中对"人道主义"高声呼唤的第一人,可谓振聋发聩。当时的主流"伤痕文学"作者多站在受害人的立场进行控诉声讨,而戴厚英则在作品中把自己作为"文革"参与者,做了沉痛的反思和忏悔。事实上,"人道主义"是任何一个研究戴厚英的学者都绕不开的主题。韩国也不例外,对于《人啊,人!》,韩国学者也同样关注到了其人道主义的思想内核,甚至通过普通读者在网上的评论,亦可看出这一点:"《人啊,人!》的历史背景是'文革',但小说并没有用大量文字对'文革'进行批判,而是专注于描写'文革'对人与人之间的关系造成的冲击,阅读的时候可以明显体会到人道主义关怀,让人们反思对待人生的态度和前进的方向。"甚至有的研究者还挖掘了戴厚英在《人啊,人!》中体现人道主义主题的心理动机,指出戴厚英"最初创作这本小说的目的并不是出版,而是发泄内心的痛楚和苦闷,不但用恻隐之心解读"人",而且试图从更深层次上强调'人'的主题"①。这一评论可谓一语破的,还原了戴厚英《人啊,人!》的创作初衷和原始心态。

而除了"人道主义"之外,韩国解读《人啊,人!》时有一个明显的特点,那就是对小说中爱情主题的挖掘和重视。爱情主题在《人啊,人!》中并不是特别突出的主题,而在韩国却特别强调这一点,甚至把它归类到言情小说的专栏中加以销售。还有研究者甚至认为爱情是《人啊,人!》最重要的主题:"《人啊,人!》含有一定的政治要素,但作者对脱离政治的友情和爱情并没有视而不见,特别是对爱情的描写着墨较多。"②"爱情"中的哀怨情仇构成了一个个"小事件",而这一个个"小事件"在"文革"这种特殊历史背景下,变得那么不堪一击,历史的理想信念把个人日常生活的价值贬低到极致。不光在学术研究界,韩国的一般读者更是从《人啊,人!》中读出了"爱情"的主题,他们认为《人啊,人!》讲述的就是一对男女的爱情故事,里面有很多爱情相关的情感倾诉,且都是当前社会不容易感受到的纯真和真切。

对于《人啊,人!》,中国读者更多的是从"人道主义"的角度切入,分析戴厚英对各色人性的描绘,爱情在小说中只是一个处于从属地位的附属品。而韩国读者却认为爱情是其重要主题,把其归为言情小说。究其原因,除了两国读者身份、知识背景和阅读体验的不同之外,更为重要的一点是韩国人对于爱情主题的偏爱。对小说内容中"爱情"的期待成为韩国读者"阅读期待"的重要组成部分,这在无形中构成了某种"召唤结构",他们期待在文学作品中读到爱情相关的内容。在韩国读者眼中,言情小说都必须具备某种错综复杂的爱情纠葛,爱情纠葛的阻扰因素多种多样,或因家长反

---

① 梁宾旭. 戴厚英《人啊,人!》. 中央论坛,2002(25):90.
② 姜鲸求. 韩国的中国语翻译理论考察. 文化研究,2005(10):145.

对,或因有缘无分,使爱情情节的描述跌宕起伏。《人啊,人!》同样描述了荆棘载途的爱情,只是导致悲剧的因素是"政治"罢了。

韩国读者还从戴厚英作品中参悟到了成长主题。戴厚英小说中存在不少主人公与命运抗争的具体描述,表现成长历程。《人啊,人!》主人公孙悦身上明显体现了成长主题。小说中,孙悦摆脱了奚流,舍弃了许恒忠,她最终想得到的是何荆夫。通过一系列错综复杂的轮回,描写了人的觉醒和实践。"这些年来,我觉得自己好似一片东飘西荡的羽毛,要找一个依附,可又总是找不到。我盼望着有一天有一只强有力的大手突然抓住我,命令我:'你的位置就在这里,不要再飘来荡去了。'在梦境里,我曾经遇到过这只大手,然而,那是多么虚幻和模糊啊——"[1]这段独白,透露了孙悦内心的脆弱,她需要强有力的支撑和依赖,而对这种支撑和依赖的追求,就是她成长的过程。韩国研究者从孙悦身上以小见大地看到了她的成长与中华民族的成长是相辅相成的,孙悦成功摆脱了其心灵上的阴暗面,最终实现精神成长,并据此认为《人啊,人!》是描述孙悦精神成熟成长史的一部小说。在此过程中,孙悦成为全体中国人民的代表和缩影,孙悦所要战胜的困难顿时成为整个中国要战胜的困难,亦即"对待历史,要努力实现从不负责任到负责任的转变;对待人生,要努力实现从'怨恨'到'爱情'的转变"[2]。而这恰恰为戴厚英在《人啊,人!》后记中所倾诉的心声做了最好的注脚:"我认为,在生活和斗争中,作家应该力求忘记自己,把自己融合到人民群众的共同事业中去,他应该与人民同呼吸,共命运。"[3]

---

① 戴厚英. 人啊,人! 北京:人民文学出版社,2007:189.

② 姜鲸求. 韩国的中国语翻译理论考察. 文化研究,2005(10):138.

③ 参见:戴厚英《人啊,人!》后记,安徽文艺出版社,1999年版。

四、结　语

通过对戴厚英作品在韩国的译介和接受的分析,我们不难看出,译者的"二次阐释"对于《人啊,人!》顺利准确地被韩国读者接受发挥了重要作用。其中,译者的语言素养和文化敏锐度、文学敏感性,"特别是译者与作者之间是否能达到某种跨越意识形态和文化隔阂的理解和尊重关系对于译作是否能充分体现出作者的文学风格,作者在译语国文学形象的建立有着重要的影响"①。《人啊,人!》正是经过与戴厚英有着相似经历的译者申荣福的"二次阐释",进行了韩国化的诠释之后才在韩国引起轰动效应,成为名副其实的"超级畅销书"。除此之外,《人啊,人!》的内容和主题与韩国读者们的接受视野相吻合,满足了他们的"阅读期待"。另外,戴厚英作品中的认知价值和政治价值也对韩国读者产生了一定的吸引力。他们希望通过反映"文革"时代特征的作品了解中国那个特定的历史阶段,《人啊,人!》正好反映了"文革"时代的独有风貌。许钧教授在论及中国当代文学法国译介接受状况时,曾指出:"当代文学所具有的认知价值和社会政治价值往往得到法国译介者的强调。特别是在 20 世纪 80 年代初期,得到译介的作品常常被当作是了解'文革'时代的社会认知材料。这种倾向至今依然存在,所以一些以'文革'为题材的作品往往更容易引起译介者的兴趣。"②这种现象同样适用于韩国。明白这一点,就不难理解申荣福为什么会在中国众多的当代文学作品中,唯独选择《人啊,人!》作为译介对象了。

① 杭零,许钧.《兄弟》的不同诠释与接受——余华在法兰西文化语境中的译介. 文艺争鸣,2010(7):137.
② 许钧. 我看中国现当代文学在法国的译介. 中国外语,2013(5):11.

　　韩国读者对戴厚英及其作品有着异于国内读者的别样解读。究其原因,除了韩国读者的知识背景和阅读期待与国内读者有所不同之外,他们对中国社会背景和历史文化的认知程度在很大程度上决定着对译本的接受程度。据此,我们自然能够理解韩国读者在《人啊,人!》中参悟到更多的是爱情主题的原因,同时也可以说明为什么韩国读者对戴厚英小说中内含的人性探索和民主主义等因素情有独钟、特定历史时期的"爱情抒写"为何能够引起韩国读者深层共鸣等问题。

　　(张乃禹,苏州大学外国语学院副教授;原载于《小说评论》2015 年第 2 期)

20世纪鲁迅及其文学作品
在泰国的译介与传播

聂渔樵　林敏洁

中泰两国关系源远流长,可上溯两千年之久。两千年间,一代又一代东南沿海华人浮槎向海,筚路蓝缕,旅泰而居。他们不仅为泰国带去了较为先进的生产技术,同时也将中国古典文学中不少经典之作介绍给了泰国人民。1802年,拉达纳哥信王朝拉玛一世国王命财政大臣昭披耶帕康(宏)与华人合译《三国演义》,揭开了中国文学在泰传播译介之序幕。从此,中国文学作品便在泰生根发芽,对泰国文化产生了深远的影响。鲁迅作为20世纪中国最伟大的作家,其经典文学作品也经由多种途径被引介入泰,先后在泰国知识界两度掀起"鲁迅热",成为中泰关系史上的一件文化盛事。2010年中泰建交35周年之际,泰国知名网站"经理人报"(www.manager.co.th)曾评出中泰关系史上的35件大事,其中,鲁迅作品《阿Q正传》泰文版在泰出版一事位列其间,鲁迅在泰影响之巨可见一斑。总体而言,20世纪鲁迅及其文学作品在泰传播经历了以下四个阶段。

一、20世纪30年代

中国大革命失败后,不少革命者取道南洋,发动海外侨胞支持国内革命运动。"九一八"事变爆发后,包括旅泰侨胞在内的海外侨胞皆为之震惊。为更好地唤醒侨胞参加革命,旅泰侨党大力发展各类读书社、夜校,宣传抗日救亡。由于鲁迅在国内文化界崇高的威信,不少鲁迅的著作和他支持出版的刊物如《中流》《译文》等进步杂志都从香港、上海、新加坡等地秘密运入泰国,在侨社中传阅。

鲁迅的作品极大地鼓舞了侨胞,给他们提供了革命的思想武器和精神动力。泰华知名作家洪林认为,早期的泰华文学深受中国传统文化的影响,"中国当代著名作家之名著是泰华作家创作的精神支柱",尤其是左联主帅鲁迅的作品《狂人日记》"深刻揭露当时社会人吃人的历史本质,给泰华作家们很大的启示。《阿Q正传》更是影响深远的巨著。作家们对这部新文学杰作的感应是强烈的,至今仍不时引用于文学作品里。还有《自嘲》中'横眉冷对千夫指,俯首甘为孺子牛'这一名句,更为人所熟悉,时常引用。鲁迅先生的名著,在泰华文学领域里确实起着非凡的指导作用"①。泰华著名作家黄病佛、谭金洪、柳烟和名记者丘心婴、诗人邱亦山等在20世纪30年代组建的第一个文学团体就命名为"彷徨学社",并出版社刊《彷徨》(半月刊)。抗日战争全面爆发后带领第一批华侨青年奔赴延安的泰华反帝大同盟负责人张庆川,经常以"横眉冷对千夫指,俯首甘为孺子牛"这一名言教育华侨青年。泰华文艺界成立的第一个剧社秋田剧社在1935年8月公演的第一个节目就是由吴琳曼、许侠、许一新三人改编的三幕话剧《阿Q》。之后,又得到华侨总商会蚁光炎主席赞助,使《阿Q》得以在侨社中最大的礼堂——中华总商会礼堂再度公演。此外,鲁迅先生出资支持出版的歌颂中国东北人民抗击日寇侵略的萧军名作《八月的乡村》也

---

① 洪林. 中国传统文化对泰华文学的影响. 泰中学刊(泰中学会出版),1998(4).

于 1936 年 5 月被改编成《李七嫂》在泰公演。在鲁迅战斗精神的鼓舞下,华侨抗日救亡热情空前高涨。

　　1936 年 10 月,鲁迅病逝。噩耗传到泰国,侨界一片哀鸣。在当时的政治环境下,泰国当局禁止侨社举行任何形式的鲁迅悼念活动。尽管如此,旅泰侨党依然通知各读书社分散举行小组悼念会。其后,在中华总商会蚁光炎主席的倡议和组织下,旅泰侨胞于 12 月初举行了一次盛大的鲁迅悼念会,约有各界代表一千余人参加。蚁光炎、刘石、黄病佛等泰华名人赠送了挽联:"鲁迅先生不朽,中华民族永生""大地余阿 Q,何处觅狂人"。同时《华侨日报》发表题为《追悼鲁迅先生》的专论,号召文友们发扬鲁迅先生的现实主义精神,以笔做刀枪,投入抗日救亡斗争。[①] 追悼活动促进了泰华文化界的大联合。由"我们""生力""南哨""螺凝"等 40 多个读书社联名发起,庄严宣告联合成立"学习鲁迅联友社"。第二年七七事变当天,联友社即宣告成立泰国华侨文化界抗日救国联合会。[②] 在鲁迅精神的感召下,很多联友社成员在抗战期间都奔赴前线,参加抗日,为救亡图存不惜抛家舍业乃至献出宝贵生命。

　　总体而言,尽管这一阶段鲁迅及其作品已经进入泰国,但主要是在旅泰侨胞中传播。由于中泰之间一直没有正式建交,而且泰国自拉玛六世时期一直到二战期间,大部分时期都实行排华政策,华文教育和中国文化传播都处于地下秘密状态,鲁迅及其作品自然也无法翻译为泰文,为泰国主流社会所关注。

二、20 世纪 50—60 年代

　　二战结束后,泰国与美国结盟,成为美国在亚太地区遏制共产

---

① 高伟光. 泰华文学面面观. 曼谷:留中大学出版社,2010:11.
② 欧阳惠. 泰国华侨鲁迅追悼会的回忆. 中共党史资料,2007(4):90-92.

主义的桥头堡。但泰国国内政局并不稳定,民主力量反抗独裁军人势力的斗争从未停歇,政治斗争暗流涌动。泰国进步知识分子、文学家、新闻工作者等积极追求政治自由,反对军政府独裁统治,并对社会主义治国思想产生了共鸣。由素帕·诗里玛侬主办的《文学信》月刊的问世,为泰国进步势力提供了研究和传播共产主义思想和社会主义思潮的平台。在该刊物的引领下,泰国文学界掀起了一阵社会主义浪潮。1949 年 12 月至 1950 年 2 月的《文学信》月刊连续登载由泰国文学家、革命家阿萨尼·普拉查(笔名鬼先生)翻译的毛泽东《在延安文艺座谈会上的讲话》。受毛泽东文艺思想的影响,泰国文坛开展了一场"文艺为人生"的文艺革新运动。而正是在这个时期,一大批中国的优秀文学作品被翻译成泰文,在泰国广为传播。鲁迅及其作品一经译介入泰,立刻引起泰国知识界强烈共鸣,形成了第一次"鲁迅热"。

鲁迅作品第一次被译为泰文的是其诗作《自嘲》中的两句诗——"横眉冷对千夫指,俯首甘为孺子牛"。由于毛泽东在《在延安文艺座谈会上的讲话》中引用了鲁迅这两句诗,因此这可视作是泰国文学界第一次接触到鲁迅及其作品。在同一时期,《暹罗时代》周报刊登了鲁迅简介及其几篇杂文的泰文版,如《关于女人》《论"三种人"》《男人的进化》等。这是鲁迅及其文学作品首次被正式译为泰文。然而,真正令鲁迅蜚声泰国的是,1952 年 4 月,《文学信》全文刊载由提查·般查猜先生翻译的鲁迅名作《阿 Q 正传》,同时刊载的还有两篇关于鲁迅作品的研究文章:萨隆·披萨坡的《鲁迅与鲁迅思想》以及丹努·纳瓦育的《阿 Q 是谁? 从哪儿来?》①。鲁迅这个名字迅速为泰国文化界所熟知且景仰。然而,

① 〔泰〕雅妮. 泰国知识者对鲁迅形象的评价. 青岛:中国海洋大学硕士学位论文,2012:9.

1952 年,执掌大权的军政府视共产主义为洪水猛兽,畏惧共产主义思想在泰国的传播,颁布《反共产主义法》,将具有共产主义倾向的出版物都列为违禁品,并利用该法律打压进步势力。这使得刚刚兴起的鲁迅作品翻译热戛然而止,陷入了停顿状态。

鲁迅的战斗精神激励和鼓舞了相当一大批泰国新文学家。他们以鲁迅作品作为批判现实的思想武器,向泰国社会的阴暗面发起挑战。其中,最具代表性的作家是吉特·普密斯克(1930—1966)。吉特·普密斯克,笔名"提巴贡",是泰国著名历史学家、文学家和革命斗士。1958 年,吉特被泰国当局投入监狱,1964 年出狱后投入泰国东北部地区的革命斗争,于 1966 年 5 月 5 日牺牲。吉特及其作品在泰国广为流传,他的诗集和以马克思辩证唯物主义为指导撰写的著作《泰国封建面貌》均被列入"泰国人必读的100 本书"之内,可见其影响力之巨。吉特的思想在很大程度上来源于鲁迅作品。吉特·普密斯克在当时泰国的《艺术之生》杂志上介绍鲁迅的旧体诗,在提到"横眉冷对千夫指,俯首甘为孺子牛"这两句诗时,他说:"人民艺术家在群众的眼里,就是为人民服务的牛。"吉特·普密斯克还非常喜欢鲁迅笔下的阿 Q,他认为"阿 Q是中国精神方面各种毛病的综合,像阿 Q 这样的人,不只是在中国有,在泰国的文化里也有不少"①。鲁迅的作品对吉特的创作产生了很大影响。吉特的作品如《书的灵魂》《夜里的星星》《老朋友的劝告》等,都被称为"批判旧社会的文学"。吉特最负盛名的著作《艺术为人生、艺术为人民》全面阐释了"为人生"的艺术及泰国文艺发展的过程,不仅为泰国新文学革命提供了基本理论,而且为泰国 1973 年"十月十四日运动"奠定了政治改革的思想基础。

---

① [泰]吉特·普密斯克. 艺术之生. 曼谷:泰威斯出版社,1957. 转引自:[泰]黄盈秀. 泰国中文专业教学中鲁迅作品的教学与接受. 杭州:浙江大学硕士学位论文,2011:4.

受鲁迅影响较深的还有阳努·纳瓦育。1952 年,阳努·纳瓦育在《文学月刊》上发表文章指出:"鲁迅向人们揭露了中华民族长期流传下来的缺点,目的是让人摆脱愚昧落后的思想。……现在这类思想在中国几乎全部消失,然而在世界其他地方,包括其邻近国家在内,却还普遍地存在着。"他借此批评泰国当局,在日军攻占泰国期间,广大的泰国人民受到日本帝国主义的奴役、欺诈和压迫,但当局却像自欺欺人的阿 Q 那样吹嘘"泰国正在变成一个强国"①。

此外,泰国不少新文学家撰著有关鲁迅研究的文章和著作,表达对鲁迅精神的钦慕。1956 年,纳里耶在《鲁迅的一生和著作》一文中指出:"我感到学习和研究中国伟大作家鲁迅的一生和著作,就像学习其他伟人的一生和著作一样,可以使我们更接近人类高尚的情操和品德。高尚的情操即坚信工作和战斗能消除一切阻力、克服困难,包括坚持不懈地反对压迫,憎恨各种私心杂念的坚强信心。"1958 年,曼挺·窗瓦的著作《学习鲁迅》出版,作者在前言中写道:"我认为在充满荆棘和各种豺狼猛兽的我国文学园地,鲁迅的锐利武器——杂文,无疑是杀死猛兽的武器。我相信不久的将来,我国革命文学的园地,必然会出现人民的勇士,手中拿着鲁迅锐利的武器即杂文,跳入文学园地,杀死猛兽或戳穿豺狼的卑劣行径。人民文学的园地将生长起一片革命文学油绿的新苗。"在该书的结尾部分,曼挺·窗瓦大声疾呼"在为夺取泰国人民自由、独立、幸福的年代,我们更需要鲁迅坚韧不拔的战斗精神"②。

---

① 戚盛中. 鲁迅作品在泰国流传的意义. 鲁迅研究年刊(1991,1992 年卷).
② 戚盛中. 鲁迅作品在泰国流传的意义. 鲁迅研究年刊(1991,1992 年卷).

1957 年,泰国再度发生军事政变。执政的沙立政府极为敌视共产主义,对于进步文学采取高压政策,以危害国家安全等罪名大肆逮捕新文学家、知识分子。进入 60 年代后,泰国文坛相当沉寂,有价值的作品甚少。泰国评论家将 1958 年至 1967 年这十年称为文化上的"黑暗时期"。尽管鲁迅作品在这一时期仍然受到泰国文学界关注,但囿于政治氛围,无论是鲁迅及其作品的译介传播还是泰国文学界对鲁迅的研究都大为减少。

三、20 世纪 70—80 年代初

长期的军政府独裁统治和日益严重的腐败问题不断遭到泰国社会各界的批评,最终导致了 1973 年"十月十四日运动"的爆发。学生们走上街头,要求军政府还政于民,泰国由此进入"脆弱的民主时代"。这次运动对泰国文学产生了积极的促进作用,前后出现的一批青年作家极为活跃,他们不满现状,渴望变革,泰国社会重新兴起认识和了解当代中国的思想热潮。加之中国于 1971 年恢复联合国常任理事国席位和中美关系的改善,令泰国政府在 70 年代初期放宽了对于中国文学作品译介传播的限制。1975 年中泰正式建交,两国文化交流日渐深入。这些因素都促使鲁迅及其作品在 20 世纪 70 年代再度成为泰国文化界关注的焦点。

这一时期,鲁迅作品在泰国的译介迎来了第二次高潮。仅《阿Q正传》就出现了多个译本。1952 年由提查·般查猜翻译的《阿Q正传》在 1974 年重新再版两次、1976 年第三次再版。由张·陈翻译的第二个译本也于 1975 年出版。同年,由阿披瓦翻译的第三个译本(由英文版转译为泰文)也正式出版。此后,《阿Q正传》数次再版,在泰国拥有广大的读者群。2002 年的一项调查表明,《阿Q正传》在 20 世纪下半叶共出现了 9 个不同的泰文译本,总印数

达 20 万册。① 此外,鲁迅其他名篇也陆续被译介刊载。披萨翁·鹏必塔翻译的《祝福》《一件小事》于 1974 年分别发表于《三八国际妇女节纪念文集》和《大众生活》杂志。1975 年,察里曼翻译的《故乡》发表于《普罗大众》。1976 年,《狂人日记》(泰文书名为《狂人日记:鲁迅短篇小说集》)泰文版出版。1977 年,由庞雷·康良翻译的《野草》正式出版。由阿丽·莉维拉翻译的《鲁迅优秀小说》,于 1979 年出版。值得一提的是,随着中泰两国于 1975 年正式建交,中国外文出版社组织翻译的《呐喊》《鲁迅选集》泰文版也于 1976 年起陆续进入泰国,并由泰国出版社多次再版。②

尽管如此,1976 年 10 月爆发的军事政变再度让泰国社会进入分裂状态。军政府为控制和禁锢民众思想,颁布了《泰国印刷品法令》,将 204 本书籍认定为禁书,其中包括义提蓬翻译的《阿 Q 正传》以及一本研究鲁迅的《阿 Q 与鲁迅的思想》。事实上,这个法令执行得并不十分严苛。鲁迅作品及研究鲁迅的作品依然在泰国文坛不断涌现。1979 年,尤妍·哈瓦提纳努恭撰写的《鲁迅的作品与改革社会路线》被收录在《论东方文学作品》一书中,由法政大学出版社出版。在 1981 年纪念鲁迅诞生一百周年之际,泰国媒体发表了一批纪念和研究鲁迅的文章。泰国著名的《书籍世界》在1981 年 11 月号发表编辑部纪念文章,对鲁迅生平思想作了介绍,文章重点介绍了鲁迅在世界文坛上的影响,研究了鲁迅与外国文学的关系。泰国文学评论家塔维巴温在《书籍世界》的 12 月号上刊载了纪念鲁迅的文章,专门介绍吉特·普密斯克所受鲁迅的影响。法政大学教师阿通·凤谭玛塞 1981 年在《法政大学杂志》上

---

① [泰]黄瑞贞.《阿 Q 正传》泰译本之比较. 曼谷:朱拉隆功大学,2002:69.
② 这部分资料主要由笔者通过泰文材料整理汇编,有部分参考:何明星. 从"三国演义"到鲁迅,中国文学在泰国的传播. 济南大学学报(社会科学版),2011,21(6):45-52.

发表了《鲁迅短篇小说评论》，以鲁迅《呐喊》中的 10 篇短篇小说作为研究对象，分析了作品的社会背景、作家经历与作品内容的关系，进而指出鲁迅文学作品创造的重要意图。

总的来看，这一阶段见证了鲁迅及其作品在泰国传播及影响的最高峰。泰国进步力量从鲁迅作品中汲取革命精神力量，用以批判现实，反抗军人独裁统治，彰显了鲁迅作品高度的现实价值。

四、20 世纪 80 年代中期至今

随着泰国政治趋于稳定，笃信佛教的泰国社会革命热情逐渐消散，重新回归到安静平和的生活状态之中。在这样一种背景之下，鲁迅及其作品作为思想武器和精神动力的现实意义也日渐淡漠。随着中国文化在泰国日益广泛的传播，鲁迅作品逐渐转型为泰国学术界对于中国现代文学研究的重要对象，以及泰国大学中文专业的教学内容之一。

1990 年，泰国政府颁布《泰国取消禁书暂时法规》，1998 年颁布《泰国取消禁书法令》，以《阿 Q 正传》为代表的鲁迅作品得以重新在泰国社会广泛传播。这个时期鲁迅作品在泰国的出版情况包括：1990 年曼谷火焰出版社出版的《鲁迅选集》；1997 年素可潘栽出版社出版的《阿 Q 正传》；2000 年素可潘栽出版社出版的《鲁迅选集》；2000 年由他伟旺翻译的《鲁迅诗歌》由曼谷健心出版社出版；2003 年最新版的《鲁迅全集》由春斯出版社出版，译者为泰国法政大学汉语专业的学生；2007 年泰国一所较小的出版社再次印刷了提查·般查猜先生翻译的《阿 Q 正传》。

这个阶段出现了一个显著的特点，即：很少有对于鲁迅作品的译介，一般是旧作再版；同时，对于鲁迅及其作品研究的博士硕士论文数量呈现出较快的增长。主要有：2000 年，法政大学娜般·

卜雅瓦斯撰写的题为《鲁迅对中国社会的看法——论鲁迅的作品》的硕士论文;2001 年,朱拉隆功大学黄瑞贞撰写的题为《〈阿 Q 正传〉泰译本之比较》的硕士论文;2004 年,青岛大学裴思兰(泰国留学生)撰写的题为《鲁迅和金庸在泰国的接受之比较》的硕士论文;2008 年,黎皇家大学瓦查拉坡·志扎仁撰写的题为《分析中英小说译文的语言:〈阿 Q 正传〉运用词汇衔接的方法表现出批判性》的硕士论文;中国海洋大学雅妮(泰国留学生)撰写的题为《泰国知识者对鲁迅形象的评价》的硕士论文以及山东大学徐佩玲(泰国留学生)撰写的题为《中国现代文学对泰国影响之研究》的博士论文。

此外,随着中文在泰国传播的逐渐深入,泰国不少大学中文专业课程设置中都将鲁迅作为重要教学内容。比如,朱拉隆功大学中文专业大四时教授《阿 Q 正传》和《狂人日记》选段;农业大学中文专业大二时教授《阿 Q 正传》《狂人日记》《孔乙己》选段;艺术大学中文专业大三时也教授这三篇小说选段;清迈大学中文专业在大三时对鲁迅基本情况进行介绍。以艺术大学为例,2006 年由该校中文教师张美芬自编的《中国小说选(教材)》,全书共九章,第一章至第四章分别为鲁迅介绍、《狂人日记》《阿 Q 正传》和《孔乙己》,剩余五章主要选编了胡适、朱自清、溥仪、赵树理和张贤亮的一些文章。可见,有关鲁迅的选材比例较高,是教材的主要部分。而且,教材后面还附有《狂人日记》《阿 Q 正传》的泰语译文,以及诺帕万在"经理人"网站发表的文章《阿 Q 仍然在吗?》。

近一个世纪以来,鲁迅及其作品以其独特的艺术魅力在泰国广为传播,对泰国现代文艺发展产生了深远影响。从革命年代鲁迅精神对旅泰侨胞的激励,到 20 世纪 50－70 年代对泰国文艺界"文艺为人生"运动的促进,到如今成为泰国研究中国现代文学最为重要的对象,鲁迅及其作品在泰国历经了数个不同的角色,在各个历史时期都发挥着重要功能。尽管由于时代变迁,鲁迅及其作品难以重现 20 世纪 50 年代和 70 年代的辉煌,但是,随着泰国华文教育雨后春笋般地蓬勃发展,鲁迅及其作品重新得到重视。我们相信,鲁迅及其作品的价值在泰国社会将会得到越来越深入的挖掘和肯定,在未来一定会再造辉煌、重放异彩。

（聂渔樵,南京师范大学中北学院讲师；林敏洁,南京师范大学外国语学院东语系教授；原载于《小说评论》2017 年第 1 期）

后　记

在新的历史时期,翻译活动在中国变得越来越丰富,翻译路径也发生了根本性的变化。我在《中国外语》2015 年第 5 期曾写过一篇小文章,题目叫《中西古今关系之变下的翻译思考》,明确提出要进一步深化对翻译本质的认识,明确翻译在新的中西古今关系之变中的作用与地位。同时,要从跨文化交流的高度,以文化多样性的维护为目标,去考察翻译活动的丰富性、复杂性与创造性,进一步认识翻译活动的各种价值。在中国文化"走出去"战略实施过程中,中国文学外译被赋予了新的社会和文化意义,具有重要的文化建构力量。那么,在新的语境下,中国文学在域外有着怎样的形象? 中国文学外译的状况如何? 中国文学在域外的翻译和传播中遭遇到何种障碍? 其接受途径与传播效果如何? 中国文学外译是否给翻译研究提出新的问题? 翻译方法与翻译效果之间是否存在必然的联系? 这一个个问题,需要我们翻译研究界加以思考,予以回答。

实际上,中国的比较文学界和翻译学界对于中国文学在国外的译介与传播问题一直非常关注。记得在 20 世纪 90 年代初,比较文学界就合力推出了一套很有价值的丛书,主要梳理了中国文学在国外的研究与接受状况。在我比较熟悉的中法文学交流领域,南京大学的钱林森教授于 1990 年在花城出版社出版的《中国文学在法国》具有开拓性的价值。在新的历史时期,钱林森教授又主编了《法国汉学家论中国文学》,全书分为"古典诗词""古典戏剧和小说"和"现当代文学"三卷,约 120 万字,展现了一百多年来法国汉学研究和中法文学交融碰撞的历史脉络。就我们翻译研究界而言,这方面也有过很有意义的探索,如高方的《中国现代文学在法国的译介与接受》、王颖冲的《中国现当代文学在英语国家的翻译和接受》等研究成果,具有代表性。近几年来,随着中国综合国力的增强,中国文化"走出去"上升为国家战略,中国文学在国外的译介与传播成为学界重要的关注点。正是在这样的背景之下,在南京召开的一次中国当代作家作品研讨会上,我与《小说评论》的主编李国平先生一拍即合,决定在《小说评论》杂志开设"小说译介与传播研究"栏目,就中国文学,尤其是中国当代文学在域外的译介与传播展开持续性的研究。

在我们看来,中国文学"走出去",翻译是必经之路。对中国文学在域外的译介与传播问题加以思考与研究,其价值是多方面的:一是通过中国文学作品在域外的翻译、阐释与接受状况的梳理与研究,可以为中国文学界提供了解自身的新途径与新角度,如歌德所言,可以通过"异域"明镜照自身;二是通过对中国文学译介问题的整体思考与个案研究,可以为中国文化"走出去"战略的实施,为中国文学的翻译与传播提供理论的参照与实践的引导;三是在翻译研究的理论层面,提供丰富且重要的思考与探索的材料。从一开始,李国平主编与我就明确了这一栏目的选文原则:一是要把握中国文学译介的整体趋势与发展状况,对一些具有普遍意义的问题展开研究;二是要选择具有代表性的作家或作品的译介个案加以深入研究;三是要拓展视野,以开放的眼光去梳理与展现中国文学在不同语种国家与地区的译介与传播的状况;四是宏观思考与个案分析相结合,理论与实践互动。

回望"小说译介与传播研究"栏目开设以来所走过的路,我们发现,我们当初所商定的原则得到了很好的贯彻,收获也很丰富。许多副教授在《中国当代文学在西方译介与接受的障碍及其原因探析》一文中对此有中肯的评价:《小说评论》开设"小说译介与传播研究"栏目,"就中国当代文学在域外译介的基本状况、译介的重点、译介的方法、译介的效果进行探索,整体思考与个案研究相结合,涉及近20位重要的中国现当代作家在英语、法语、德语、西班牙语、俄语、日语、韩语、泰语国家的译介和接受问题,在学界产生了积极的反响",如"如姜智芹的《中国当代文学海外传播与中国形象塑造》(《小说评论》2014年第2期)、曹丹红和许钧的《关于中国文学对外译介的若干思考》(《小说评论》2016年第1期)被《新华文摘》全文转载(见《新华文摘》2014年第15期和2016年第9期),过婧、刘云虹的文章《中国文学对外译介中的异质性问题》(《小说评论》2015年第3期)在中国作家协会创研部的报告《2015年中国文学发展状况》中作为2015年度文学理论的代表性成果之一被引,认为相关的研究文章'不再仅仅满足于对海外出版和学界的一般情况梳理,或是对译本的简单比对,而是从中国学者的立场出发,对文学译介的历史和现状展开一定的反思和批判'(见《人民日报》2016年5月3日第16版)"。

如我们在"中华翻译研究文库"的总序中所言,学术重积累,积累是创新的基础。基于这一认识,我们决定对"小说译介与传播研究"栏目的研究工作做一阶段性的总结,将该栏目开设以来所发表的文章结集分卷一、卷二出版,与学界及时分享我们的研究成果,也期望以我们的研究引起学界更多的关注,对中国文学译介与传播问题展开更为深入的思考与积极的探索。

许 钧
2018年4月20日

图书在版编目(CIP)数据

中国文学译介与传播研究.卷二 / 许钧,李国平主
编.—杭州:浙江大学出版社,2018.10(2019.5 重印)
(中华翻译研究文库)
ISBN 978-7-308-18720-6

Ⅰ.①中… Ⅱ.①许…②李… Ⅲ.①中国文学—文
学翻译—文集②中国文学—文化交流—文集 Ⅳ.
①I046-53②I206-53

中国版本图书馆 CIP 数据核字(2018)第 241960 号

中华译学馆 莫言题

中国文学译介与传播研究(卷二)

许钧　李国平　主编

出 品 人	鲁东明	
总 编 辑	袁亚春	
丛书策划	张　琛　包灵灵	
责任编辑	张颖琪	
责任校对	包灵灵	
封面设计	程　晨	
出版发行	浙江大学出版社	
	(杭州市天目山路 148 号　邮政编码 310007)	
	(网址:http://www.zjupress.com)	
排　　版	浙江时代出版服务有限公司	
印　　刷	浙江新华数码印务有限公司	
开　　本	710mm×1000mm　1/16	
印　　张	31	
字　　数	389 千	
版 印 次	2018 年 10 月第 1 版　2019 年 5 月第 2 次印刷	
书　　号	ISBN 978-7-308-18720-6	
定　　价	88.00 元